Kazuo Ishiguro

DIE UNGETRÖSTETEN

▲

Roman

Deutsch
von Isabell Lorenz

ROWOHLT

Die Originalausgabe erschien 1995 unter dem Titel
«The Unconsoled» bei Faber and Faber, London.
Redaktion Tamara Trautner
Umschlaggestaltung Barbara Hanke
(Foto: Gruner + Jahr Fotoservice; Rieder & Walsh)

1. Auflage September 1996

Satz aus der Caslon (Linotronic 500)
Gesamtherstellung Clausen & Bosse, Leck
Printed in Germany
ISBN 3 498 03212 7

▲

FÜR
LORNA
UND NAOMI

1

▲

EINS

Dem Taxifahrer war es offensichtlich peinlich, daß niemand – nicht einmal ein Angestellter an der Rezeption – anwesend war, um mich willkommen zu heißen. Er ging durch die menschenleere Halle, vielleicht in der Hoffnung, hinter einer der Pflanzen oder einem der Sessel einen Hotelangestellten zu entdecken. Schließlich stellte er meine Koffer neben den Aufzugtüren ab, brummelte ein paar entschuldigende Worte und verabschiedete sich.

Die Hotelhalle war geräumig, einige Kaffeetischchen hatte man dort aufstellen können, ohne daß es gedrängt wirkte. Aber die Decke war niedrig und hing sichtlich durch, was eine leicht klaustrophobische Stimmung verursachte, und trotz des Sonnenscheins draußen war es hier düster. Nur beim Empfang sah man einen hellen Sonnenstreifen an der Wand, der einen Teil der dunklen Holztäfelung und ein Regal mit deutschen, französischen und englischen Zeitschriften erleuchtete. Auf dem Empfangstisch sah ich außerdem eine kleine silberne Klingel, und ich wollte gerade hinübergehen, um mich bemerkbar zu machen, als sich irgendwo hinter mir eine Tür öffnete und ein junger Mann in Uniform erschien.

«Guten Tag», sagte er gelangweilt, ging hinter den Empfangstisch und begann mit der Anmeldeprozedur. Obwohl er sich für seine Abwesenheit entschuldigte, benahm er sich noch eine ganze Weile recht schroff. Doch kaum hatte ich meinen Namen genannt, da schreckte er hoch und richtete sich auf.

«Tut mir leid, daß ich Sie nicht gleich erkannt habe, Mr. Ryder. Unser Direktor Herr Hoffman hatte Sie so gern persönlich begrüßen wollen. Aber gerade eben mußte er leider dringend zu einer Sitzung.»

«Das ist schon in Ordnung. Ich werde ihn dann ja später kennenlernen.»

Der Mann am Empfang ging schnell die Anmeldeformulare durch, wobei er die ganze Zeit vor sich hinbrummelte, wie sehr sich der Direktor ärgern würde, meine Ankunft verpaßt zu haben. Zweimal erwähnte er, wie sehr die Vorbereitungen für «Donnerstag abend» ihn unter Druck setzten und ihn öfter als sonst vom Hotel fernhielten. Ich nickte einfach nur, ich konnte die Energie nicht aufbringen, ihn zu fragen, was genau denn «Donnerstag abend» geschehen würde.

«Ach, Mr. Brodsky war heute übrigens ganz großartig», sagte der Angestellte, und sein Gesicht hellte sich auf. «Ganz einfach großartig. Heute vormittag hat er vier Stunden ohne Unterbrechung mit dem Orchester geprobt. Und hören Sie ihn sich jetzt nur an! Er kann gar nicht genug bekommen, arbeitet immer noch für sich allein weiter.»

Er deutete ans andere Ende der Halle. Erst da wurde mir bewußt, daß irgendwo im Gebäude jemand Klavier spielte, gerade eben hörbar über dem gedämpften Straßenlärm von draußen. Ich hob den Kopf und hörte genauer hin. Jemand spielte langsam und gedankenverloren immer wieder eine einzige kurze Passage aus dem zweiten Satz von Mullerys *Verticality*.

«Natürlich, wenn der Direktor hier wäre», sagte der Mann am Empfang, «hätte er Mr. Brodsky sicher zu Ihrer Begrüßung hinzugebeten. Aber ich weiß nicht genau...» Er lachte auf. «Ich weiß nicht genau, ob ich ihn stören darf. Wissen Sie, wenn er so konzentriert arbeitet...»

«Natürlich, natürlich. Ein andermal.»

«Wenn nur der Direktor hier wäre...» Er geriet ins Stocken, und dann lachte er wieder. Dann beugte er sich vor und sagte leise: «Können Sie sich vorstellen, daß einige Gäste doch tatsächlich die Frechheit besessen haben, sich zu beschweren? Weil wir jedesmal den Salon zusperren, wenn Mr. Brodsky den Flügel braucht. Kaum zu glauben, was manche Leute sich so denken! Gestern haben sich doch tatsächlich zwei Gäste unabhängig voneinander bei Herrn Hoffman beschwert. Aber sie mußten schnell klein beigeben, das können Sie mir glauben.»

«Das glaube ich gern. Brodsky, sagen Sie.» Ich dachte über den Namen nach, aber es wollte mir dazu nichts einfallen. Dann merkte ich, daß mich der Mann am Empfang verwundert ansah, und sagte schnell: «Ja, ja. Ich freue mich schon darauf, Mr. Brodsky dann später zu sehen.»

«Wenn doch nur der Direktor hier wäre.»

«Machen Sie sich darüber keine Gedanken. Wenn das jetzt alles ist, würde ich gerne ...»

«Aber natürlich. Sie müssen sehr erschöpft sein nach der langen Reise. Hier ist Ihr Schlüssel. Unser Gustav wird Sie zu Ihrem Zimmer bringen.»

Ich schaute mich um und sah, daß am anderen Ende der Halle ein ältlicher Hoteldiener wartete. Er stand vor der geöffneten Aufzugtür und starrte gedankenverloren ins Innere. Er schreckte hoch, als ich auf ihn zuging. Dann nahm er meine Koffer auf und folgte mir schnell in den Aufzug.

Während wir hochfuhren, behielt der ältliche Hoteldiener beide Koffer in der Hand, und ich sah, daß er vor Anstrengung ganz rot wurde. Die Koffer waren beide sehr schwer, und da ich mir ernstliche Sorgen machte, er könne hier vor mir zusammenbrechen, sagte ich:

«Es wäre doch wohl besser, Sie würden die Koffer abstellen.»

«Ich bin froh, daß Sie das sagen», erwiderte er, und seine Stimme verriet erstaunlich wenig von der Anstrengung, die ihn das Ganze kostete. «Als ich in diesem Beruf anfing, das ist jetzt schon viele, viele Jahre her, habe ich die Gepäckstücke immer auf dem Boden abgestellt. Sie nur hochgehoben, wenn unbedingt nötig. Wenn ich in Bewegung war, sozusagen. Ja, ich muß sagen, daß ich während meiner ganzen ersten fünfzehn Jahre hier so gearbeitet habe. Viele junge Hoteldiener in der Stadt gehen immer noch nach dieser Methode vor. Aber mich werden Sie so etwas ganz bestimmt nicht mehr tun sehen. Wir sind übrigens gleich da.»

Schweigend fuhren wir weiter hoch. Dann sagte ich:

«Sie arbeiten also schon eine ganze Weile in diesem Hotel.»

«Siebenundzwanzig Jahre. In der Zeit habe ich einiges gesehen. Aber natürlich gab es das Hotel schon lange, bevor ich hier anfing. Im 18. Jahrhundert soll Friedrich der Große hier eine Nacht verbracht haben, und nach allem, was man so hört, war es schon damals ein Haus mit Tradition. Tja, im Lauf der Jahre haben sich hier Ereignisse von großer historischer Bedeutung zugetragen. Wenn Sie sich erst einmal ausgeruht haben, würde ich Ihnen irgendwann gerne ein paar von den Geschichten erzählen.»

«Aber Sie wollten mir gerade erklären», sagte ich, «warum Sie es für falsch halten, das Gepäck auf dem Boden abzustellen.»

«Ach ja», erwiderte der Hoteldiener. «Das ist wirklich ganz interessant. Sie können sich sicher denken, daß es in einer Stadt wie dieser etliche Hotels gibt. Das heißt, daß sich viele Leute in der Stadt irgendwann schon einmal als Hoteldiener versucht haben. Viele hier glauben offensichtlich, sie bräuchten sich bloß eine Uniform anzuziehen, und das wär's dann schon, dann könnten sie diese Arbeit machen. Das ist ein Irrtum, dem man in dieser Stadt besonders leicht verfällt. Eine Art allgemein verbreiteter Trugschluß, wenn Sie so wollen. Und ich will gerne zugeben, daß ich eine Zeitlang selber so gearbeitet habe, ohne groß darüber nachzudenken. Aber dann haben meine Frau und ich – ach, das ist jetzt schon etliche Jahre her – einmal einen kleinen Urlaub gemacht. Wir sind in die Schweiz gefahren, nach Luzern. Meine Frau ist inzwischen verstorben, aber immer wenn ich an sie denke, fällt mir dieser kleine Urlaub ein. Dort am See ist es wirklich sehr schön. Aber das wissen Sie sicher. Nach dem Frühstück haben wir immer herrliche Bootsfahrten gemacht. Aber um nun auf die bewußte Angelegenheit zurückzukommen – in diesem Urlaub ist mir aufgefallen, daß die Leute dort ihren Hoteldienern gegenüber eine andere Einstellung haben als die Leute hier. Wie soll ich das erklären? Dort hat man vor Hoteldienern einen viel größeren *Respekt*. Die besten unter ihnen genießen beträchtliches Ansehen, und die führenden Hotels wetteifern um ihre Dienste. Das hat mir wirklich die Augen geöffnet. Aber hier bei uns, na ja, da haben die Leute eben eine ganz bestimmte Meinung. Es gab Tage, da habe ich mich gefragt, ob sich so eine Meinung je ausrotten läßt. Ich sage ja nicht, daß sich die Leute uns gegenüber irgendwie schlecht benehmen. Im Gegenteil, ich bin hier immer sehr höflich und rücksichtsvoll behandelt worden. Aber wissen Sie, die Leute meinen eben immer, daß jeder diese Arbeit machen kann, wenn er nur will, wenn er es sich nur in den Kopf gesetzt hat. Das liegt wohl daran, daß jeder hier in der Stadt schon einmal die Erfahrung gemacht hat, wie es ist, einen Koffer von einem Ort zum anderen zu tragen. Und deshalb glauben sie, Hoteldiener zu sein ist im Prinzip nichts anderes. Im Lauf der Jahre hatte ich hier in diesem Aufzug Leute, die haben zu mir gesagt: ‹Eines Tages gebe ich vielleicht meinen Beruf auf und fange als Hoteldiener an.› Ja, tatsächlich. Na, also, eines Tages – gar nicht lange nach unserem Urlaub in der Schweiz – sagt mir doch fast genau denselben Satz einer unserer prominenten Stadträte. ‹Eines Tages würde ich das gerne selber mal machen›, sagt er und deutet auf die Gepäckstücke. ‹Das wäre das richtige Leben für mich. Ich müßte mir um nichts mehr Sorgen machen.› Ich nehme an, er wollte einfach nur nett sein. Wollte andeuten, daß ich zu beneiden wäre. Da war ich ja noch jünger, da habe ich die Koffer nicht in der Hand behalten, ich habe sie auf dem Boden abgestellt, genau hier in diesem Aufzug, und ich nehme an, daß ich damals wirklich ein bißchen so aussah. Eben sorglos, wie der Herr meinte. Na, ich kann Ihnen sagen, da hat es mir aber wirklich gereicht. Ich meine, nicht das, was er gesagt hat, hat mich so wütend gemacht. Aber als er es zu mir sagte, da wurde mir auf einmal alles klar. Über einiges hatte ich nämlich schon eine ganze Weile nachgedacht. Und dann, das habe ich Ihnen ja erzählt, war ich gerade erst aus unserem kurzen Urlaub in Luzern gekommen, wo mir erst richtig die Augen aufgegangen sind. Na, und da dachte ich mir, jetzt ist es aber höchste Zeit, daß die Hoteldiener in dieser Stadt anfangen, die hier herrschende Einstellung zu ändern. In Luzern hatte ich nämlich etwas anderes gesehen, und ich dachte, na ja, was sich hier abspielt, ist wohl nicht so ganz das Wahre. Also habe ich mir den Kopf zerbrochen und ein paar Maßnahmen beschlossen, die ich persönlich ergreifen wollte. Natürlich wußte ich wahrscheinlich damals schon, wie schwierig das werden würde. Ich glaube, ich habe wohl schon vor all den Jahren begriffen, daß es für meine Generation vielleicht schon zu spät war. Daß schon zu viel geschehen war. Aber da dachte ich eben, wenn ich auch nur meinen kleinen Beitrag leisten kann und sich auch nur ein bißchen etwas ändert, dann wäre es wenigstens leichter für alle, die nach mir kommen. Also habe ich meine Maßnahmen ergriffen, und ich halte mich daran, seit der Stadtrat das damals zu mir gesagt hat. Und ich kann voller Stolz sagen, daß eine ganze Reihe von Hoteldienern in der Stadt meinem Beispiel gefolgt ist. Das heißt nicht, daß sie ganz genau nach derselben Methode arbeiten. Aber na ja, sagen wir, daß ihre Methoden mit meiner durchaus in Einklang stehen.»

«Ah ja. Und eine Ihrer Maßnahmen besteht darin, das Gepäck nicht abzustellen, sondern in der Hand zu behalten.»

«Das ist es, Sie haben mich ganz genau verstanden. Natürlich muß ich zugeben, daß ich damals, als ich meine eigenen Regeln aufgestellt habe, wesentlich jünger und kräftiger war, und ich nehme an, ich habe nicht ernsthaft damit gerechnet, mit zunehmendem Alter auch schwächer zu werden. Schon komisch, aber mit so etwas rechnet man eben einfach nicht. Den anderen Hoteldienern ist es ganz ähnlich ergangen. Aber trotzdem versuchen wir, uns an das zu halten, was wir einmal beschlossen haben. Mit den Jahren sind wir eine richtig eingeschworene Gemeinschaft geworden; wir sind zu zwölft, der

Rest von denen, die damals vor all den Jahren versucht haben, etwas zu ändern. Wenn ich jetzt irgend etwas davon zurücknehmen würde, dann hätte ich das Gefühl, die anderen im Stich zu lassen. Und wenn einer von ihnen etwas zurücknehmen würde, dann würde ich mich im Stich gelassen fühlen. Denn es steht außer Zweifel, daß in dieser Stadt ein gewisser Fortschritt erzielt worden ist. Es gibt immer noch viel zu tun, natürlich, aber wir haben es oft besprochen – wir treffen uns jeden Sonntagnachmittag im Ungarischen Café in der Altstadt, Sie können ja einmal mitkommen, es wäre uns eine große Freude, Sie bei uns zu haben –, na ja, wir haben uns über diese Dinge oft unterhalten, und wir sind uns alle einig: Wir können zweifelsohne sagen, daß sich in dieser Stadt, was die Einstellung uns gegenüber betrifft, einiges deutlich verbessert hat. Die Jüngeren, die nach uns kommen, die halten natürlich alles für selbstverständlich. Aber wir zwölf vom Ungarischen Café, wir wissen, daß wir etwas bewirkt haben, und wenn es auch nur ganz wenig ist. Wir würden uns wirklich sehr freuen, Sie einmal bei uns zu haben. Es wäre mir eine Freude, Sie unserer Gruppe vorzustellen. So förmlich wie früher geht es bei uns längst nicht mehr zu, und wir sind uns einig, daß wir gelegentlich unter besonderen Umständen auch Gäste an unseren Tisch bitten. Und um diese Jahreszeit ist es draußen bei der sanften Nachmittagssonne besonders schön. Wir haben unseren Tisch im Schatten, unter der Markise, mit Blick auf den Alten Platz. Es ist wirklich sehr schön, es gefällt Ihnen bestimmt. Aber um auf das zurückzukommen, was ich gerade erzählt habe, wir haben im Ungarischen Café viel über dieses Thema gesprochen. Ich meine, über diese alten Beschlüsse, die wir vor all den Jahren gefaßt haben. Keiner von uns hat sich nämlich überlegt, was werden wird, wenn wir erst älter sind. Ich nehme an, wir waren so mit unserer Arbeit beschäftigt, daß wir nicht weiter als bis zum nächsten Tag gedacht haben. Vielleicht haben wir auch falsch eingeschätzt, wie lange es dauern würde, bis sich diese tief verwurzelten Einstellungen ändern.

Aber so ist es nun mal. Ich bin so alt, wie ich bin, und mit jedem Jahr wird es schwieriger.»

Der Hoteldiener schwieg einen Augenblick, und trotz der körperlichen Anstrengung, der er ausgesetzt war, schien er ganz gedankenverloren. Dann sagte er:

«Ich sollte ganz ehrlich sein. Das ist nur fair. Als ich noch jünger war, als ich diese Regeln damals für mich aufstellte, habe ich immer bis zu drei Koffer getragen, egal wie groß oder schwer sie waren. Wenn ein Gast einen vierten Koffer hatte, habe ich den auf dem Boden abgestellt. Aber drei konnte ich immer bewältigen. Also, die Wahrheit ist, daß es mir vor vier Jahren gesundheitlich nicht so gut ging, und es fiel mir alles etwas schwer, und darüber haben wir dann auch im Ungarischen Café gesprochen. Na ja, schließlich waren sich meine Kollegen einig, daß ich so streng nun auch wieder nicht mit mir sein müßte. Meine Aufgabe wäre es doch nur, so haben sie zu mir gesagt, den Gästen einen Eindruck von dem zu vermitteln, was unsere Arbeit wirklich ausmacht. Ob nun zwei Gepäckstücke oder drei, die Wirkung wäre so ziemlich dieselbe. Ich sollte mein Minimum bei zwei Koffern ansetzen, und keinem wäre geschadet. Daran habe ich mich dann auch gehalten, aber ich weiß, es ist nicht so ganz das Wahre. Ich merke ja, daß es nicht annähernd dieselbe Wirkung hat, wenn die Leute mich jetzt beobachten. Ob man nun einen Hoteldiener sieht, der sich mit zwei Koffern müht, oder einen mit drei Koffern, Sie müssen doch wohl zugeben, daß das auch für das ungeübteste Auge ein beträchtlicher Unterschied ist. Ich weiß das, und ich sage es Ihnen ganz offen, es ist mir ganz schön schwergefallen, damit zu leben. Aber ich will noch einmal auf die eigentliche Sache zurückkommen. Ich hoffe, Sie verstehen jetzt, warum ich Ihre zwei Koffer nicht abstellen möchte. Es sind ja nur zwei. Wenigstens ein paar Jahre lang werde ich zwei Koffer noch bewältigen können.»

«Na, das ist ja alles höchst lobenswert», sagte ich. «Und den beabsichtigten Eindruck haben Sie auf mich ganz bestimmt gemacht.»

«Sie sollten wissen, daß ich nicht der einzige bin, der gewisse Einschränkungen hinnehmen mußte. Diese Dinge besprechen wir ständig im Ungarischen Café, und tatsächlich mußten wir alle gewisse Einschränkungen hinnehmen. Aber glauben Sie nur nicht, daß wir uns gestatten würden, weit von den einmal gesetzten Maßstäben abzurücken. Wenn wir das tun würden, dann wären all unsere Bemühungen während der vergangenen Jahre umsonst gewesen. Dann wären wir sehr schnell nur noch lächerliche Figuren. Die Leute auf der Straße würden sich über uns lustig machen, wenn sie uns am Sonntagnachmittag an unserem Tisch sitzen sehen. O nein, wir werden immer sehr streng mit uns sein, und Fräulein Hilde wird sicher bestätigen, daß unsere sonntäglichen Versammlungen in der Gemeinde einiges Ansehen genießen. Wie ich schon sagte, Sie sind uns jederzeit herzlich willkommen. Das Café und auch der Platz sind an diesen sonnigen Nachmittagen wirklich sehr, sehr schön. Und manchmal bestellt der Besitzer des Cafés auch Zigeunergeiger, die dann auf dem Platz spielen. Auch bei dem Besitzer genießen wir übrigens allergrößte Hochachtung. Das Café ist nicht gerade groß, aber immer sorgt er dafür, daß genügend Platz da ist, damit wir bequem an unserem Tisch sitzen können. Sogar wenn einmal ganz viel Betrieb ist, sorgt er dafür, daß wir unseren Platz bekommen und ungestört sind. Sogar an den hektischsten Nachmittagen könnten wir an unserem Tisch alle gleichzeitig die Arme nach allen Seiten ausstrecken und würden niemandem in die Quere kommen. So große Hochachtung genießen wir bei dem Besitzer. Fräulein Hilde wird das alles sicher bestätigen.»

«Entschuldigung», sagte ich, «aber wer ist denn dieses Fräulein Hilde, das Sie ständig erwähnen?»

Kaum hatte ich das gefragt, da merkte ich, daß der Hoteldiener über meine Schulter hinweg einen ganz bestimmten Punkt hinter mir fixierte. Ich drehte mich um und sah verblüfft, daß wir in dem Aufzug nicht allein waren. Eine kleine junge Frau in adretter Straßenkleidung stand hinter mir, in die äußerste Ecke gezwängt. Als sie sah, daß ich sie endlich bemerkt hatte, lächelte sie und trat einen Schritt vor.

«Tut mir leid», sagte sie zu mir, «ich hoffe, Sie glauben nicht, daß ich Sie belauscht habe, aber ich habe natürlich mit angehört, was Gustav Ihnen da alles erzählt hat, und ich muß sagen, er war uns allen gegenüber ziemlich ungerecht. Ich meine, wenn er sagt, daß wir unsere Hoteldiener nicht achten. Natürlich achten wir sie – und unseren Gustav hier ganz besonders. Alle lieben ihn. Da ist ein offensichtlicher Widerspruch selbst in dem, was er Ihnen gerade erzählt hat. Wenn wir nämlich wirklich so wenig Hochachtung hätten, wie erklärt er dann das große Ansehen, das sie im Ungarischen Café genießen? Also wirklich, Gustav, das ist nicht sehr nett von Ihnen, daß Sie Mr. Ryder ein so falsches Bild von uns vermitteln.»

Das alles war in eindeutig freundlichem Ton gesagt, aber der Hoteldiener schien wirklich beschämt. Er rückte ein wenig ab von uns, die schweren Koffer schlugen ihm dabei gegen die Beine, und verschüchtert schaute er weg.

«So, jetzt haben wir es ihm aber gezeigt», sagte die junge Frau lächelnd. «Aber er ist wirklich einer der besten. Wir alle lieben ihn. Er ist unwahrscheinlich bescheiden, und deshalb würde er es Ihnen von allein nie sagen, aber die anderen Hoteldiener in der Stadt schauen alle zu ihm auf. Ja, wahrscheinlich wäre es nicht einmal übertrieben zu sagen, daß sie alle gewaltigen Respekt vor ihm haben. Manchmal sieht man sie sonntags nachmittags an ihrem Tisch sitzen, und wenn Gustav noch nicht eingetroffen ist, warten sie immer, ehe sie anfangen zu reden. Sie würden es nämlich respektlos finden, ohne ihn mit ihren Beratungen zu beginnen. Oft sieht man sie zu zehnt oder elft schweigend über ihrem Kaffee sitzen und warten. Allenfalls flüstern sie gelegentlich miteinander, als wären sie in der Kirche. Aber erst wenn Gustav da ist, entspannen sie sich und fangen an, sich zu unterhalten. Nur um Gustavs Ankunft zu erleben, lohnt es sich schon, zum Ungarischen Café zu gehen. Der Unterschied zwischen Vorher und Nachher ist wirklich verblüffend, das können Sie mir glauben. Den einen Moment sitzen sie alle noch stumm mit ihren mürrischen alten Gesichtern um den Tisch herum. Doch kaum erscheint Gustav, geht ein Geschrei und Gelächter los. Sie geben sich freundschaftliche Klapse, schlagen sich gegenseitig auf den Rücken. Manchmal tanzen sie sogar, ja tatsächlich, und zwar auf den Tischen. Sie haben einen besonderen ‹Hoteldiener-Tanz›, stimmt's, Gustav? Sie haben richtig Spaß zusammen. Aber erst, wenn Gustav erschienen ist. Aber das würde er Ihnen von allein natürlich nie sagen, dazu ist er viel zu bescheiden. Wir alle hier in der Stadt lieben ihn.»

Während die junge Frau sprach, muß sich Gustav wohl immer weiter weggedreht haben, denn als ich wieder zu ihm hinsah, stand er mit dem Rücken zu uns vor der gegenüberliegenden Ecke des Aufzuges. Unter dem Gewicht der Koffer sackte er in den Knien ein, und auch seine Schultern zitterten. Den Kopf hatte er so tief nach vorn gebeugt, daß er für uns hinter seinem Körper praktisch versteckt war, doch ob das nun auf seine Verschämtheit oder die schiere körperliche Anstrengung zurückzuführen war, ließ sich schwer sagen.

«Entschuldigen Sie, Mr. Ryder», sagte die junge Frau. «Ich habe mich noch gar nicht vorgestellt. Ich bin Hilde Stratmann. Ich soll dafür sorgen, daß während Ihres Aufenthaltes hier bei uns alles reibungslos verläuft. Ich bin so froh, daß Sie es schließlich doch noch geschafft haben. Alle haben hier heute vormittag so lange wie möglich gewartet, aber viele hatten wichtige Termine, und so mußte einer nach dem anderen gehen. Also ist es meine Aufgabe, Ihnen als kleine Angestellte des Städtischen Kulturvereins zu sagen, wie sehr wir uns alle durch Ihren Besuch geehrt fühlen.»

«Und ich habe mich sehr über die Einladung gefreut. Aber wegen heute vormittag. Sagten Sie gerade ...»

«Ach, machen Sie sich wegen heute vormittag bitte keine Gedanken, Mr. Ryder. Das hat niemand übelgenommen. Hauptsache, Sie sind jetzt hier. Worin ich Gustav übrigens voll und ganz zustimme, Mr. Ryder, ist in dem, was er über die Altstadt gesagt hat. Dieser Teil der Stadt ist wirklich sehr sehenswert, und ich empfehle allen Touristen einen Besuch dort. Die Atmosphäre ist überwältigend, es gibt eine Fülle von Straßencafés, Handwerksbetrieben, Restaurants. Man kommt bequem zu Fuß von hier aus hin, die Gelegenheit sollten Sie also wahrnehmen, sobald Ihr Terminplan es erlaubt.»

«Das werde ich mir bestimmt nicht entgehen lassen. Ach übrigens, Miss Stratmann, was den Terminplan betrifft...» Ich redete absichtlich nicht weiter, weil ich hoffte, die junge Frau würde eine Bemerkung über ihre Vergeßlichkeit machen, vielleicht in ihren Aktenkoffer greifen und ein Blatt Papier oder eine Mappe hervorziehen. Doch obwohl sie recht schnell das Wort ergriff, sagte sie nur:

«Es ist wirklich ein sehr straffer Terminplan. Aber ich hoffe doch, es ist zu bewältigen. Wir haben versucht, ihn auf das Notwendige zu beschränken. Natürlich hat es sich nicht vermeiden lassen, daß wir völlig überrannt wurden – von den Gesellschaften und Vereinen der Stadt, von den Medien, von allen. Sie haben eine riesige Anhängerschaft bei uns, Mr. Ryder. Viele hier sind überzeugt, daß Sie nicht nur einer der besten Pianisten der heutigen Zeit sind, sondern vielleicht sogar der größte des Jahrhunderts. Aber wir denken, wir haben es schließlich geschafft, die Termine auf das absolute Minimum zu beschränken. Ich hoffe, es findet alles Ihre Zustimmung.»

Genau in dem Moment öffneten sich die Aufzugtüren, und der ältliche Hoteldiener machte sich auf den Weg den Korridor hinunter. Unter dem Gewicht der Koffer schlurfte er mit den Füßen über den Teppich, Miss Stratmann und ich hinter ihm her, und wir mußten langsam gehen, um ihn nicht zu überholen.

«Ich kann nur hoffen», sagte ich zu ihr, während wir weitergingen, «daß sich niemand gekränkt gefühlt hat, ich meine, weil ich nicht für alle Zeit haben werde.»

«O nein, machen Sie sich darüber keine Gedanken. Wir alle

wissen, warum Sie gekommen sind, und es will sich keiner nachsagen lassen, er hätte Sie irgendwie abgelenkt. Von zwei wirklich bedeutenden gesellschaftlichen Ereignissen abgesehen, haben übrigens alle Punkte Ihres Programms mehr oder weniger direkt mit Donnerstag abend zu tun. Aber Sie haben ja inzwischen Gelegenheit gehabt, sich mit Ihrem Terminplan vertraut zu machen.»

Es war etwas an der Art, wie sie diesen letzten Satz sagte, das es für mich schwierig machte, offen und ehrlich zu antworten. Deshalb brummelte ich: «Ja, natürlich.»

«Es ist wirklich ein vollgepackter Terminplan. Aber für uns war Ihr Wunsch ausschlaggebend, so viel wie möglich aus erster Hand zu erfahren. Was ich sehr lobenswert finde, wenn ich das sagen darf.»

Der ältliche Hoteldiener vor uns blieb bei einer Tür stehen. Endlich stellte er meine Koffer ab und machte sich an dem Schloß zu schaffen. Als wir bei ihm waren, nahm Gustav die Koffer wieder auf, ging schwankend in das Zimmer und sagte: «Bitte, treten Sie ein.» Das wollte ich gerade tun, als mich Miss Stratmann mit der Hand am Arm berührte.

«Ich will Sie nicht lange aufhalten», sagte sie. «Aber ich möchte mich bei dieser Gelegenheit doch noch vergewissern, ob es in Ihrem Terminplan irgend etwas gibt, mit dem Sie nicht so ganz einverstanden sind.»

Die Tür schlug zu, und wir standen davor auf dem Korridor.

«Also, Miss Stratmann», sagte ich, «im großen und ganzen scheint es mir... ein sehr ausgewogenes Programm zu sein.»

«Gerade weil uns daran gelegen war, Ihre Wünsche zu berücksichtigen, haben wir ein Treffen mit der Bürger-Selbsthilfe arrangiert. Die Mitglieder dieser Organisation sind ganz normale Leute aus allen Gesellschaftsschichten, die das Bewußtsein zusammengeführt hat, daß sie Opfer der gegenwärtigen Krise sind. Sie werden von den Betroffenen selbst hören können, was manche durchmachen mußten.»

«Aha. Das wird bestimmt sehr hilfreich sein.»

«Und wie Sie sicher gesehen haben, konnten wir auch Ihrem Wunsch entsprechen, mit Herrn Christoff persönlich zusammenzutreffen. Unter den Umständen haben wir vollstes Verständnis für diesen Wunsch. Herr Christoff seinerseits ist hocherfreut, wie Sie sich ja denken können. Er hat sich dieses Treffen mit Ihnen natürlich auch gewünscht, wofür er seine ganz eigenen Gründe hat. Ich meine, er wird mit seinen Freunden alles nur Erdenkliche tun, um Sie von seiner Sicht der Dinge zu überzeugen. Das ist natürlich alles Unsinn, aber ich bin sicher, es wird Ihnen dabei helfen, sich einen ungefähren Eindruck von dem zu verschaffen, was sich hier im Augenblick tut. Sie sehen sehr erschöpft aus, Mr. Ryder. Ich will Sie auch gar nicht weiter aufhalten. Hier ist meine Karte. Sie können mich jederzeit anrufen, wenn Fragen oder Probleme auftreten.»

Ich bedankte mich und sah ihr hinterher, als sie den Korridor wieder hinunterging. Als ich mein Zimmer betrat, war ich in Gedanken immer noch bei dem Gespräch und bei der Frage, wie ich das Ganze wohl zu verstehen hätte, deshalb dauerte es auch eine Weile, bis ich Gustav wahrnahm, der neben dem Bett stand.

«Ah, da sind Sie ja.»

Nach der dunklen Holztäfelung überall im Gebäude überraschte mich der helle, moderne Eindruck des Zimmers. Die Wand mir gegenüber bestand vom Boden bis zur Decke fast ganz aus Glas, und Sonnenstrahlen drangen freundlich durch die Lamellen der vertikalen Jalousie, die vor dem Fenster hing. Meine Koffer standen nebeneinander beim Schrank.

«Also wenn Sie mir noch einen Augenblick Ihre Aufmerksamkeit schenken», sagte Gustav, «dann kann ich Ihnen noch einiges hier erklären. Damit Ihr Aufenthalt hier so bequem wie nur möglich wird.»

Ich ging mit Gustav im Zimmer umher, während er mich auf Schalter und andere Einrichtungen hinwies. Dann führte er mich auch noch ins Badezimmer, wo er seine Erklärungen fortsetzte. Ich hatte ihn schon unterbrechen wollen, so wie ich das immer mache, wenn mir ein Hoteldiener das Zimmer zeigt, doch etwas an der Eilfertigkeit, mit der er sich seiner Aufgabe widmete, etwas an seinen Bemühungen, einer Sache einen persönlichen Anstrich zu geben, die er viele Male am Tag erledigte, rührte mich sehr, und so brachte ich es nicht fertig, ihm einfach ins Wort zu fallen. Und dann, während er mit seinen Erklärungen fortfuhr und mit der Hand auf Verschiedenes im Zimmer deutete, ging mir durch den Kopf, daß bei all seiner Routiniertheit und bei all seinem Bemühen, es mir bequem zu machen, etwas wieder die Oberhand gewonnen hatte, was ihn schon den ganzen Tag beschäftigen mußte. Mit anderen Worten, er machte sich wieder einmal Sorgen um seine Tochter und ihren kleinen Sohn.

Als ihm das Arrangement vor einigen Wochen vorgeschlagen worden war, hatte Gustav mit nichts anderem gerechnet, als daß das Ganze für ihn ein reines Vergnügen sein würde. An einem Nachmittag in der Woche sollte er mit seinem Enkel spazierengehen, so daß Sophie ein bißchen Zeit für sich hätte. Tatsächlich hatte sich das Arrangement von Anfang an als großer Erfolg erwiesen, und innerhalb weniger Wochen hatten Großvater und Enkel zu einer für beide Seiten höchst angenehmen Gewohnheit gefunden. An den Nachmittagen, an denen es nicht regnete, begannen sie ihre Runde stets im Park bei den Schaukeln, wo Boris seinen neuesten Wagemut unter Beweis stellen konnte. Wenn es regnete, fingen sie ihren Spaziergang beim Schiffsmuseum an. Dann gingen sie durch die engen Straßen der Altstadt, schauten in verschiedene Geschenkartikelläden hinein und blieben vielleicht auf dem Alten Platz stehen, um einem Pantomimen oder Akrobaten zuzusehen. Da man den ältlichen Hoteldiener in der Gegend recht gut kannte, waren sie nie lange unterwegs, ohne daß sie jemand grüßte, und Gustav bekam viele Komplimente zu seinem Enkel zu hören. Als nächstes gingen sie dann zu der alten Brücke, um zuzuschauen, wie die Boote darunter hindurchfuhren. Der Rundgang endete dann immer bei einem ihrer Lieblingscafés, wo sie Kuchen oder Eis bestellten und auf Sophies Rückkehr warteten.

Anfangs hatten diese kleinen Ausflüge Gustav mit immenser Genugtuung erfüllt. Doch da er Tochter und Enkel nun weit häufiger sah, mußte er bald gewisse Dinge zur Kenntnis nehmen, die er sonst wohl immer weiter verdrängt hätte, bis es ihm nicht mehr möglich gewesen wäre, so zu tun, als sei alles in bester Ordnung. Da war zunächst einmal das Problem von Sophies Stimmungslage. Während der ersten Wochen ihres Arrangements hatte sie sich fröhlich von ihnen verabschiedet und war zum Einkaufen ins Stadtzentrum geeilt oder zu einem Treffen mit Freunden. Doch in letzter Zeit schlich sie immer so lustlos davon, als sei sie sich ganz fremd geworden. Außerdem gab es deutliche Anzeichen dafür, daß sich die Probleme, welcher Art sie auch sein mochten, allmählich auf Boris auszuwirken begannen. Zwar war sein Enkel meistens so gut gelaunt wie eh und je. Doch dem Hoteldiener war aufgefallen, daß dann und wann, besonders wenn die Rede aufs Familienleben kam, eine Wolke den Gesichtsausdruck des kleinen Jungen verdüsterte. Vor zwei Wochen war dann plötzlich etwas geschehen, was dem ältlichen Hoteldiener nicht mehr aus dem Kopf gehen wollte.

Er ging gerade mit Boris an einem der zahlreichen Cafés der Altstadt vorbei, als er plötzlich seine Tochter in dem Café sitzen sah. Wegen der Markise lag die Glasfront ganz im Schatten, und so konnte er ungehindert bis in den hinteren Teil des Lokals schauen, und da sah er Sophie ganz allein sitzen, eine Tasse Kaffee vor sich, einen Ausdruck tiefster Niedergeschlagenheit auf dem Gesicht. Die Erkenntnis, daß sie nicht einmal die Kraft aufgebracht hatte, die Altstadt zu verlassen, ganz zu schweigen von ihrem Gesichtsausdruck, hatte den Hoteldiener schwer erschüttert – und zwar so sehr, daß eine ganze Weile verging, ehe ihm einfiel, daß er Boris ablenken sollte. Es war schon zu spät: Boris war dem Blick des Hoteldieners gefolgt und hatte seine Mutter klar und deutlich gesehen. Der Junge hatte sofort wieder weggeschaut, und sie hatten ihren Spaziergang fortgesetzt, ohne die Sache auch nur einmal zu erwähnen. Nur Minuten später hatte Boris wieder gute Laune, aber dennoch hatte der Zwischenfall den Hoteldiener sehr beunruhigt, und er hatte seitdem viele Male daran denken müssen. Tatsächlich war die Erinnerung an diesen Vorfall der Grund für seinen gedankenverlorenen Ausdruck in der Hotelhalle und der Grund dafür, daß er sich auch jetzt, während er mir das Zimmer zeigte, wieder Sorgen machte.

Der alte Mann war mir inzwischen sehr sympathisch, und ich verspürte eine Welle des Mitgefühls für ihn. Offensichtlich hatte er über allerlei Dinge lange Zeit gegrübelt und lief jetzt Gefahr, seine Sorgen unberechtigte Ausmaße annehmen zu lassen. Ich zog in Erwägung, die ganze Angelegenheit mit ihm zu besprechen, doch als Gustav mit seinem üblichen Vortrag am Ende war, überkam mich wieder die Müdigkeit, die ich mit einigen Unterbrechungen schon gefühlt hatte, seit ich aus dem Flugzeug gestiegen war. Ich beschloß, später mit ihm über die Sache zu reden, und entließ ihn mit einem großzügigen Trinkgeld.

Kaum hatte sich die Tür hinter ihm geschlossen, da fiel ich, so wie ich war, auf das Bett und starrte eine ganze Weile mit leerem Blick an die Decke. Zuerst kreisten in meinem Kopf nur die Gedanken an Gustav und seine diversen Probleme. Doch während ich so dalag, wurde mir bewußt, daß ich wieder an das Gespräch mit Miss Stratmann dachte. Ganz offensichtlich erwartete diese Stadt mehr von mir als nur ein schlichtes Konzert. Doch als ich versuchte, mich an einige grundlegende Einzelheiten dieser Tournee zu erinnern, wollte mir das nicht gelingen. Mir wurde klar, daß es sehr dumm von mir gewesen war, nicht viel offener mit Miss Stratmann gesprochen zu haben. Wenn ich meinen Terminplan nicht erhalten hatte, dann war das ihr Fehler, nicht meiner, und ich hatte mich ganz ohne Grund so entschuldigend und vorsichtig verhalten.

Mir fiel der Name Brodsky wieder ein, und jetzt hatte ich das deutliche Gefühl, daß ich vor gar nicht allzu langer Zeit etwas über ihn gehört oder gelesen haben mußte. Und dann kam mir plötzlich eine kurze Szene wieder ins Gedächtnis, die sich während des langen Fluges zugetragen hatte, den ich gerade hinter mir hatte. Ich hatte in dem abgedunkelten Flugzeug gesessen, und während die anderen Passagiere um mich herum schliefen, hatte ich unter dem schwachen Strahl der Leselampe den Terminplan für diese Tournee studiert. Einmal war der Mann neben mir aufgewacht, und nach ein paar Minuten hatte er einige witzige Bemerkungen gemacht. Tatsächlich hatte er sich sogar, so fiel mir jetzt wieder ein, zu mir herübergelehnt und mir eine kleine Quizfrage gestellt, irgend etwas über die Fußballweltmeisterschaft. Ich wollte mich von der Analyse meines Terminplans nicht ablenken lassen, und so fertigte ich ihn recht kühl ab. An all das erinnerte ich mich jetzt ganz deutlich. Ich erinnerte mich sogar an die Struktur des dicken grauen Papiers, auf das der Terminplan gedruckt war, an den trüben gelben Fleck, der von der Leselampe auf das Papier geworfen wurde, an das Dröhnen der Flugzeugmotoren – doch sosehr ich mich auch bemühte, ich wußte nichts mehr von dem, was auf dem Blatt gestanden hatte.

Kurze Zeit später spürte ich dann, wie mich meine Müdigkeit überwältigte, und ich entschied, daß es keinen Zweck hatte, mir weiter Sorgen zu machen, bevor ich nicht ein wenig geschlafen hatte. Denn aus Erfahrung wußte ich ganz genau, wieviel klarer man die Dinge sieht, wenn man sich etwas ausgeruht hat. Danach könnte ich dann Miss Stratmann aufsuchen, das Mißverständnis aus dem Weg räumen, eine Kopie meines Terminplans in Empfang nehmen und mit ihr alles klären, was noch einer Klärung bedurfte.

Ich war gerade dabei einzudösen, als mich plötzlich etwas veranlaßte, die Augen noch einmal zu öffnen und wieder an die Decke zu starren. Eine ganze Weile musterte ich die Decke sehr aufmerksam, dann setzte ich mich im Bett auf und sah mich um, das Gefühl des Wiedererkennens wurde von Sekunde zu Sekunde stärker. Das Zimmer, in dem ich mich befand, so erkannte ich, war haargenau dasselbe Zimmer, das mir während der zwei Jahre, die ich mit meinen Eltern im Haus meiner Tante an der englisch-walisischen Grenze verbracht hatte, als Schlafzimmer gedient hatte. Ich sah mich noch einmal in dem Zimmer um, dann legte ich mich wieder hin und starrte weiter an die Decke. Sie war vor kurzem frisch getüncht und gestrichen worden, sie war jetzt größer, die Kranzleisten waren entfernt worden, die Verzierungen um die Deckenleuchte herum waren ganz andere. Aber es war unverkennbar dieselbe Decke, an die ich damals von meinem schmalen quietschenden Bett aus so oft gestarrt hatte.

Ich drehte mich auf die Seite und schaute hinunter auf den Fußboden neben dem Bett. Genau dort, wo ich mit den Füßen aufkommen würde, hatte das Hotel einen dunklen Bettvorleger plaziert. Mir fiel ein, daß damals dasselbe Stückchen Fußboden ein abgenutzter grüner Vorleger bedeckt hatte, auf dem ich mehrmals in der Woche in sorgfältiger Formation meine Kunststoffsoldaten aufzubauen pflegte – insgesamt über einhundert, die ich in zwei Keksdosen aufbewahrte. Ich streckte meine Hand aus und ließ meine Finger über den Hotelvorleger gleiten, und dabei kam mir ein Nachmittag ins Gedächtnis, als ich in meine Kunststoffsoldaten-Welt versunken war und als unten plötzlich ein lauter Streit ausbrach. Die Stimmen waren so laut und erbost, daß sogar ich als sechs- oder siebenjähriges Kind begriff, daß dies kein gewöhnlicher Streit war. Doch ich hatte mir eingeredet, es sei weiter nichts, und so legte ich meine Wange wieder auf den grünen Vorleger und ließ meine Schlachtpläne weiter gedeihen. Ungefähr in der Mitte dieser grünen Matte befand sich ein Riß, der für mich immer Anlaß beträchtlicher Verärgerung gewesen war. Doch an dem Nachmittag, als die Stimmen unten weiter wüteten, kam mir zum erstenmal in den Sinn, daß dieser Riß als eine Art Dickicht dienen könnte, durch das sich meine Soldaten schlagen müßten. Diese Entdeckung – daß nämlich der Schönheitsfehler, der meine Phantasiewelt immer zu gefährden drohte, in das Spiel einbezogen werden könnte – war für mich außerordentlich aufregend, und dieses «Dickicht» sollte ein Schlüsselelement in den vielen Schlachten werden, die ich danach noch inszenierte.

All dies fiel mir wieder ein, während ich weiter an die Decke starrte. Natürlich war mir die ganze Zeit vollkommen bewußt, daß überall im Zimmer gewisse Dinge verändert oder entfernt worden waren. Doch die Erkenntnis, daß ich mich nach all der langen Zeit wieder in meinem Kindheitsrefugium befand, führte dazu, daß sich ein tiefes Gefühl des Friedens über mich senkte. Ich schloß die Augen, und für einen Augenblick war mir so, als sei ich wieder von all den alten Möbeln umgeben. In der Ecke hinten zu meiner Rechten der große weiße Schrank mit dem zerbrochenen Türknauf. Das Bild meiner Tante mit der Kathedrale von Salisbury an der Wand am Kopfende meines Bettes. Das Nachttischchen mit seinen zwei winzigen Schubladen, in denen meine kleinen Schätze und geheimen Besitztümer lagen. Die ganze Anspannung des Tages – der lange Flug, das Durcheinander wegen meines Terminplans, Gustavs Probleme – schien zu weichen, und ich spürte, wie ich in einen tiefen und erschöpften Schlaf sank.

ZWEI

Als ich durch das Telefon auf dem Nachttisch geweckt wurde, hatte ich das Gefühl, daß es schon eine ganze Weile geklingelt haben mußte. Ich nahm den Hörer ab, und eine Stimme sagte:

«Hallo? Mr. Ryder?»

«Ja, hallo.»

«Ah, Mr. Ryder. Mein Name ist Hoffman, ich bin der Hoteldirektor.»

«Ah ja. Guten Tag.»

«Wir freuen uns so sehr, Mr. Ryder, Sie endlich bei uns zu haben. Seien Sie herzlich willkommen.»

«Danke.»

«Ganz besonders herzlich. Sorgen Sie sich bitte nicht wegen Ihrer verspäteten Ankunft. Ich glaube, Fräulein Stratmann hat es Ihnen schon gesagt – wir alle hier haben vollstes Verständnis. Wenn jemand derartige Entfernungen zurücklegen muß und so viele Engagements in der ganzen Welt hat – haha! –, sind solche Dinge manchmal nicht zu vermeiden.»

«Aber...»

«Nein, wirklich, über die Sache müssen wir kein Wort mehr verlieren. Sämtliche Damen und Herren hatten, wie ich schon sagte, vollstes Verständnis. Also wollen wir die Sache als erledigt betrachten. Hauptsache, Sie sind jetzt hier. Und allein dafür schulden wir Ihnen schon unendlichen Dank.»

«Also, ich danke Ihnen, Mr. Hoffman.»

«Tja, wenn Sie im Moment nicht allzu beschäftigt sind, würde ich Sie gerne noch einmal persönlich begrüßen. Sie in unserer Stadt und in diesem Hotel willkommen heißen.»

«Das ist wirklich sehr freundlich von Ihnen», entgegnete ich. «Aber ich hatte mich gerade ein wenig hingelegt...»

«Ein wenig hingelegt?» Kurzes Aufflackern von Verärgerung in der Stimme. Doch schon im nächsten Moment war die Höflichkeit vollständig zurückgekehrt. «Ja, natürlich, natürlich. Sie müssen sehr erschöpft sein. Sie hatten ja eine sehr lange Reise. Dann sagen wir also, wann immer es Ihnen recht ist.»

«Ich freue mich schon darauf, Sie kennenzulernen, Mr. Hoffman. Und ich kann gerne sofort hinunterkommen.»

«Nein, nein, bitte keine Umstände meinetwegen. Ich werde einfach hier warten – ich meine, hier in der Halle –, bis es Ihnen beliebt zu kommen. Es hat wirklich keine Eile.»

Ich dachte einen Augenblick nach. Dann sagte ich: «Aber Mr. Hoffman, Sie haben doch sicher so viele andere Dinge zu erledigen.»

«Ja, stimmt, um diese Zeit ist immer besonders viel zu tun. Aber auf Sie, Mr. Ryder, warte ich gerne hier, egal wie lange es dauert.»

«Aber bitte, Mr. Hoffman, Sie sollten Ihre wertvolle Zeit nicht für mich opfern. Ich bin sofort unten bei Ihnen.»

«Nein, nein, Mr. Ryder, das ist gar nicht nötig. Es ist mir eine Ehre, hier auf Sie zu warten, ganz bestimmt. Also wie ich schon sagte, bitte keine Umstände meinetwegen. Seien Sie gewiß, ich bleibe hier stehen, bis Sie kommen.»

Ich bedankte mich noch einmal bei ihm und legte auf. Ich setzte mich im Bett auf, schaute mich um, und an dem Licht von draußen erkannte ich, daß es später Nachmittag sein mußte. Ich fühlte mich noch erschöpfter als vorher, aber ich hatte wohl keine andere Wahl, als in die Halle hinunterzugehen. Ich stand auf, ging zu einem der Koffer und fand ein Jackett, das nicht ganz so verknittert war wie die Jacke, die ich immer noch trug. Während ich mich umzog, überkam mich ein heftiges Verlangen nach einer Tasse Kaffee, und so drängte es mich wenige Minuten später förmlich aus meinem Zimmer hinaus.

Ich trat aus dem Aufzug und merkte sofort, daß es in der Halle weit lebhafter zuging als bei meiner Ankunft. Überall um mich herum saßen Hotelgäste in bequemen Sesseln, sie blätterten Zeitungen durch oder plauderten bei einer Tasse Kaffee miteinander. In der Nähe der Rezeption begrüßten sich fröhlich einige Japaner. Diese Wandlung verwirrte mich ein wenig, und so sah ich den Hoteldirektor erst, als er genau vor mir stand.

Er war in den Fünfzigern und größer und korpulenter, als ich es mir der Stimme am Telefon nach vorgestellt hatte. Er reichte mir die Hand und strahlte mich mit breitem Lächeln an. Dabei fiel mir auf, daß er recht kurzatmig war und daß ihm der Schweiß auf der Stirn stand.

Während wir uns die Hand schüttelten, betonte er mehrmals, welch große Ehre meine Anwesenheit für die Stadt und besonders für sein Hotel sei. Dann lehnte er sich vor und sagte in vertraulichem Ton: «Und lassen Sie mich Ihnen versichern, daß alle Vorbereitungen für Donnerstag abend in vollem Gange sind. Es gibt wirklich nichts, worüber Sie sich Sorgen machen müßten.»

Ich wartete darauf, daß er fortfuhr, aber als er nur immer weiter lächelte, sagte ich: «Aha, gut zu wissen.»

«Doch, doch, tatsächlich, da ist wirklich nichts, worüber Sie sich Sorgen machen müßten.»

Es entstand eine unangenehme Pause. Nach einer Weile schien Mr. Hoffman noch etwas sagen zu wollen, aber dann hielt er inne, lachte und schlug mir leicht auf die Schulter – eine Geste, die ich für unangemessen vertraulich hielt. Schließlich sagte er: «Wenn es irgend etwas gibt, Mr. Ryder, das ich tun kann, um Ihren Aufenthalt hier noch angenehmer zu gestalten, lassen Sie es mich bitte sofort wissen.»

«Danke, sehr freundlich.»

Es entstand eine weitere Pause. Dann lachte er wieder, schüttelte leicht den Kopf und schlug mir noch einmal auf die Schulter.

«Mr. Hoffman», sagte ich, «ist da noch irgend etwas Besonderes, über das Sie mit mir sprechen wollten?»

«Ach, nichts Besonderes, Mr. Ryder. Ich wollte Sie einfach

nur willkommen heißen und sicherstellen, daß alles zu Ihrer Zufriedenheit geregelt wurde.» Dann plötzlich brach es aus ihm heraus. «Ja, natürlich. Jetzt wo Sie es sagen – da ist tatsächlich noch etwas. Aber es ist wirklich nur eine Kleinigkeit.» Doch da schüttelte er wieder den Kopf und lachte. Dann sagte er: «Es geht um die Sammelmappen meiner Frau.»

«Die Sammelmappen Ihrer Frau?»

«Sie ist sehr gebildet, Mr. Ryder. Natürlich bewundert sie Sie sehr. Sie hat Ihre Karriere voller Interesse verfolgt, und seit einigen Jahren sammelt sie alle Zeitungsausschnitte über Sie.»

«Ach ja? Wie nett von ihr.»

«In der Tat hat sie zwei Sammelmappen angelegt, die Ihnen allein vorbehalten sind. Die Ausschnitte sind chronologisch eingeordnet und gehen etliche Jahre zurück. Aber ich will gleich zur Sache kommen. Meine Frau hofft schon so lange von ganzem Herzen, daß Sie sich diese Mappen eines Tages einmal ansehen werden. Die Nachricht, daß Sie zu uns in die Stadt kommen würden, hat dieser Hoffnung natürlich neue Nahrung gegeben. Allerdings war ihr auch bewußt, wie beschäftigt Sie hier sein würden, und sie hat darauf bestanden, daß man Sie wegen der Mappen nicht extra belästigt. Aber mir war natürlich klar, was sie sich insgeheim erhofft hat, also habe ich ihr versprochen, daß ich die Angelegenheit Ihnen gegenüber auf jeden Fall zur Sprache bringe. Wenn Sie auch nur eine Minute Zeit hätten, einen Blick in die Alben zu werfen – Sie machen sich ja keine Vorstellung davon, was ihr das bedeuten würde.»

«Übermitteln Sie Ihrer Frau bitte meinen Dank, Mr. Hoffman. Es wird mir eine Freude sein, mir die Mappen einmal anzuschauen.»

«Das ist sehr freundlich von Ihnen, Mr. Ryder! Wirklich sehr, sehr freundlich! Die Sammelmappen habe ich übrigens gleich hierher ins Hotel mitgebracht. Aber ich kann mir gut vorstellen, wie beschäftigt Sie sein müssen.»

«Ja, ich habe wirklich einen ziemlich dichten Terminplan.

Aber ganz sicher werde ich die Zeit finden, mir die Mappen Ihrer Frau anzusehen.»

«Wie freundlich von Ihnen, Mr. Ryder! Aber lassen Sie mich in aller Deutlichkeit sagen, daß ich Sie ganz bestimmt nicht noch zusätzlich belasten möchte. Deshalb will ich Ihnen folgendes vorschlagen. Ich werde so lange warten, bis Sie mich wissen lassen, wann Sie die Mappen ansehen wollen. Bis dahin werde ich Sie nicht belästigen. Wenn Sie das Gefühl haben, daß die Zeit dafür gekommen ist, können Sie mich jederzeit, ob Tag oder Nacht, aufsuchen. Ich bin im Grunde leicht zu finden und verlasse das Haus immer erst sehr spät. Wenn Sie kommen, lasse ich dann alles stehen und liegen, was immer ich gerade tue, und gehe die Mappen holen. Wenn wir so verbleiben, würde ich mich viel wohler fühlen. Ihren Terminplan noch weiter belastet zu haben, das könnte ich wirklich nicht ertragen.»

«Das ist sehr rücksichtsvoll von Ihnen, Mr. Hoffman.»

«Da fällt mir gerade noch etwas ein, Mr. Ryder. In den nächsten Tagen wird es möglicherweise den Anschein haben, daß ich ungeheuer beschäftigt bin. Aber Sie sollten wissen, nie werde ich so sehr in Anspruch genommen sein, als daß ich nicht Zeit für unsere kleine Angelegenheit hätte. Also auch wenn ich sehr beschäftigt wirke, lassen Sie sich bitte nicht abschrekken.»

«Na schön. Ich werde daran denken.»

«Vielleicht sollten wir eine Art Zeichen vereinbaren. Ich sage das, weil Sie mich vielleicht suchen kommen und mich am anderen Ende eines Raumes voller Menschen sehen. Es wäre sicher sehr beschwerlich für Sie, sich einen Weg durch eine wogende Menschenmasse bahnen zu müssen. Und wenn Sie die Stelle im Raum erreicht haben, an der Sie mich hatten stehen sehen, könnte es ja auch sein, daß ich schon längst wieder weg bin. Deshalb wäre es bestimmt ratsam, sich durch ein Zeichen zu verständigen. Irgendeine leicht erkennbare Geste, die Sie über die Köpfe der Menschen hinweg machen könnten.»

«Ja, tatsächlich, das ist wohl eine ganz vernünftige Idee.»

«Ausgezeichnet. Ich finde es richtig herzerfrischend, daß Sie ein so angenehmer und freundlicher Mensch sind, Mr. Ryder. Wenn man das doch nur von gewissen anderen Prominenten sagen könnte, die bei uns schon zu Gast waren. Also. Wir müssen uns dann nur noch auf ein Zeichen einigen. Vielleicht darf ich einen Vorschlag machen... tja, also – sagen wir doch in etwa so.»

Er hob eine Hand, die Handfläche weg vom Körper, Finger gespreizt, und er beschrieb eine Bewegung, als wolle er ein Fenster putzen.

«Nur so als Beispiel», sagte er und führte die Hand schnell hinter den Rücken. «Natürlich, wenn Sie vielleicht lieber ein anderes Zeichen hätten.»

«Nein, dieses Zeichen ist wunderbar. Ich werde Ihnen das Zeichen geben, sobald ich die Zeit habe, mir die Sammelmappen Ihrer Frau anzusehen. Es ist wirklich sehr freundlich von ihr, daß sie sich all die Mühe gemacht hat.»

«Ich weiß, daß es ihr eine ganz große Freude gewesen ist. Wenn Sie später natürlich doch das Gefühl haben, ein anderes Zeichen wäre Ihnen lieber, rufen Sie mich einfach von Ihrem Zimmer aus an oder hinterlassen Sie bei einem der Angestellten eine Nachricht.»

«Sehr freundlich von Ihnen, aber das Zeichen, das Sie vorschlagen, scheint mir wirklich ganz prima zu sein. Tja, Mr. Hoffman, könnten Sie mir wohl sagen, wo ich einen guten Kaffee bekommen kann? Im Moment habe ich das Gefühl, als könnte ich mehr als nur eine Tasse vertragen.»

Der Hoteldirektor lachte höchst theatralisch. «Das Gefühl kenne ich nur zu gut. Ich bringe Sie ins Atrium. Ich darf doch vorangehen.»

Ich folgte ihm zu einer Ecke der Halle und durch eine schwere Drehtür. Wir betraten einen langen düsteren Korridor mit dunkler Holztäfelung an den Wänden. In diesen Korridor fiel so wenig Licht von draußen, daß man sogar um diese Tageszeit eine lange Reihe trüber Wandleuchten angelassen hatte. Hoffman ging flott immer weiter voran, und alle paar Schritte wandte er den Kopf, um mir über die Schulter zuzulächeln. Auf halber Höhe kamen wir an einer recht pompös aussehenden Tür vorbei, und Hoffman, der meinen Seitenblick bemerkt haben mußte, sagte:

«Ach ja. Normalerweise würde der Kaffee dort im Salon serviert werden. Ein prachtvoller Raum, Mr. Ryder, und sehr bequem. Und jetzt ist er sogar noch schöner durch die handgearbeiteten Tische, die ich selbst vor kurzem auf einer Reise nach Florenz entdeckt habe. Ich bin sicher, sie würden Ihnen gefallen. Allerdings haben wir momentan, wie Sie ja schon wissen, den Raum für Mr. Brodsky reserviert.»

«Ach, richtig. Er war hier, als ich angekommen bin.»

«Er ist immer noch hier. Ich würde Sie ja hineinführen und Sie beide miteinander bekanntmachen, aber ich glaube, es ist nicht ganz der richtige Zeitpunkt. Mr. Brodsky könnte... na ja, sagen wir, es könnte einfach nicht der richtige Zeitpunkt sein. Haha! Aber keine Sorge, Sie beide werden noch genügend Gelegenheit haben, einander kennenzulernen.»

«Mr. Brodsky ist jetzt gerade da drin?»

Ich schaute zurück zur Tür, und vielleicht verlangsamte ich auch meinen Schritt ein wenig. Jedenfalls nahm mich der Hoteldirektor beim Arm und fing an, mich von der Tür wegzubugsieren.

«Ja, er ist in dem Raum. Aber wenn er im Moment auch ganz still dasitzt, kann ich Ihnen versichern, daß er gleich wieder weiterüben wird. Wissen Sie, heute vormittag hat er volle vier Stunden mit dem Orchester geprobt. Nach dem, was man so hört, klappt alles wirklich ganz wunderbar. Sie sehen also, Sie müssen sich keine Sorgen machen.»

Der Korridor machte schließlich eine Biegung, und danach wurde er sehr viel heller. Tatsächlich gab es in diesem Teil des Korridors an einer Wand eine ganze Reihe von Fenstern, was dazu führte, daß sich auf dem Boden Flecken aus Sonnenlicht gebildet hatten. Erst nachdem wir diesen Teil des Korridors ein ganzes Stück entlanggegangen waren, ließ Hoffman mich los. Während wir unsere Schritte wieder etwas verlangsamten, lachte der Hoteldirektor kurz auf, um seine Verlegenheit zu verbergen.

«Das Atrium ist gleich hier. Im Grunde ist es eine Bar, aber es ist ganz gemütlich dort, und Sie können Kaffee bestellen oder was immer Sie wünschen. Hier entlang bitte.»

Wir traten vom Korridor unter einen überwölbten Eingang.

«Dieser Anbau», erklärte Hoffman, während er mich hineinführte, «ist vor drei Jahren fertig geworden. Wir nennen das Ganze unser Atrium, und wir sind sehr stolz darauf. Die Entwürfe hat eigens für uns Antonio Zanotto angefertigt.»

Wir gelangten in einen hellen geräumigen Saal. Wegen des Glasdaches hoch über uns hatte man beinahe den Eindruck, auf einen Innenhof hinauszutreten. Der Fußboden war eine weitläufige weißgeflieste Fläche, das herausragendste Merkmal des Raumes war ein Brunnen in der Mitte dieser Fläche – ein Gewirr nymphenartiger Gestalten aus Marmor, die mit beachtlicher Kraft Wasser spien. Tatsächlich kam es mir so vor, als sei der Wasserdruck reichlich übertrieben; das andere Ende des Atriums konnte man nur durch den feinen, in der Luft schwebenden Sprühnebel erkennen. Trotzdem konnte ich mich recht schnell davon überzeugen, daß jede Ecke des Atriums ihre eigene Bar mit jeweils eigener Gruppe von Barhockern, Sesseln und Tischen hatte. Weißgekleidete Kellner durchquerten im Zickzack den Raum, und es hatte den Anschein, als sei eine recht große Zahl von Gästen anwesend – doch die Wirkung des Raumes war so, daß man die Gäste kaum bemerkte.

Ich merkte, daß der Hoteldirektor mich mit selbstgefälligem Ausdruck musterte und darauf wartete, daß ich das Ambiente lobte. Doch es überwältigte mich ein so heftiges Bedürfnis nach Kaffee, daß ich mich einfach wegdrehte und zur nächsten Bar trat.

Ich hatte mich gerade auf einen Barhocker gesetzt und meine Ellenbogen auf den Tresen gestützt, als der Hoteldirektor wieder hinter mir erschien. Er schnipste mit den Fingern nach dem Barkeeper, der allerdings ohnehin gerade meine Bestellung entgegennehmen wollte, und sagte: «Kenyan! Mr. Ryder hätte gerne ein Kännchen Kaffee.» Dann drehte er sich wieder zu mir um und sagte: «Nichts würde ich jetzt lieber tun, als mich hier zu Ihnen zu setzen, Mr. Ryder. Und mich gemütlich mit Ihnen ein bißchen über Kunst und Musik zu unterhalten. Leider habe ich einiges zu erledigen, was ich nicht länger aufschieben kann. Wollen Sie mich also bitte entschuldigen?»

Obwohl ich mich nachdrücklich für seine Freundlichkeit bedankte, verbrachte er einige weitere Minuten damit, sich von mir zu verabschieden. Dann schaute er endlich auf seine Uhr, und mit einem Aufschrei eilte er davon.

Nun, da ich allein war, muß ich wohl recht schnell in Gedanken versunken sein, denn daß der Barkeeper zurückgekommen war, hatte ich nicht bemerkt. Aber er muß wohl zurückgekommen sein, denn bald schon trank ich meinen Kaffee und starrte in die verspiegelte Wand hinter der Bar – in der ich nicht nur mein eigenes Spiegelbild, sondern auch einen großen Teil des Raumes hinter mir sehen konnte. Nach einer Weile stellte ich fest, daß aus irgendeinem Grund in meinem Kopf Schlüsselszenen eines Fußballspiels abliefen, zu dem ich vor vielen Jahren einmal gegangen war – eine Begegnung zwischen Deutschland und den Niederlanden. Ich korrigierte meine Haltung auf dem Barhocker – ich sah, daß ich mich zu sehr zusammengekrümmt hatte – und versuchte, mich an die Namen der Spieler zu erinnern, die in dem Jahr zur Mannschaft der Niederlande gehört hatten. Rep, Krol, Haan, Neeskens. Nach einigen Minuten waren mir alle bis auf zwei Spieler wieder eingefallen, aber diese beiden letzten Namen waren am Rand meines Gedächtnisses steckengeblieben. Während ich noch versuchte, mich zu erinnern, fing das Geräusch des

Springbrunnens hinter mir, das ich zuerst als recht beruhigend empfunden hatte, plötzlich an, mich nervös zu machen. Es schien, als würde sich, wenn nur dieses Geräusch endlich aufhören könnte, mein Gedächtnis öffnen, als würde es mir dann gelingen, mich an die Namen zu erinnern.

Ich versuchte immer noch, mich zu erinnern, als eine Stimme hinter mir plötzlich sagte:

«Entschuldigen Sie, Sie sind doch Mr. Ryder, nicht?»

Ich schaute mich um und blickte in das gesunde Gesicht eines jungen Mannes. Er war wohl Anfang Zwanzig, und nachdem ich genickt hatte, kam er sofort zur Bar herüber.

«Ich hoffe, ich störe nicht», sagte er, «aber als ich Sie gesehen habe, mußte ich einfach sofort herüberkommen und Ihnen sagen, wie aufregend ich es finde, daß Sie hier sind. Wissen Sie, ich bin selber Pianist. Allerdings spiele ich nur aus reiner Liebhaberei. Na ja, und ich habe Sie immer schon so sehr verehrt. Und als Vater dann erfuhr, daß Sie kommen werden, war ich hellauf begeistert.»

«Vater?»

«Oh, Verzeihung. Ich bin Stephan Hoffman. Der Sohn des Hoteldirektors.»

«Ach so. Guten Tag.»

«Sie haben doch nichts dagegen, wenn ich mich einen Augenblick zu Ihnen setze, oder?» Der junge Mann setzte sich neben mich auf einen Hocker. «Wissen Sie, Vater ist genauso begeistert, wenn nicht noch begeisterter. So wie ich Vater kenne, hat er Ihnen womöglich noch gar nicht gesagt, *wie* begeistert er ist. Aber glauben Sie mir, es ist ungeheuer wichtig für ihn.»

«Was Sie nicht sagen.»

«Ja, wirklich, ich übertreibe nicht. Ich weiß noch, wie es war, als Vater auf Ihre Antwort wartete. Immer, wenn von Ihnen die Rede war, verfiel er in dieses merkwürdige Schweigen. Und als dann der Druck immer stärker wurde, brummelte er oft leise vor sich hin: ‹Wie lange noch? Wie lange wird er mich noch auf seine Antwort warten lassen? Er wird absagen. Ich fühle es.› Ich habe mich wirklich anstrengen müssen, um ihn wieder aufzumuntern. Na, jedenfalls können Sie sich ja vorstellen, wie wichtig Ihre Anwesenheit hier für ihn ist. Er ist ein solcher Perfektionist! Wenn er ein Ereignis wie diesen Donnerstag abend organisiert, muß alles, aber auch wirklich alles, hundertprozentig klappen. Jede Einzelheit geht er wieder und wieder durch. Manchmal treibt er dieses Streben nach Perfektion allerdings wirklich etwas zu weit. Aber wenn er in dem Punkt anders wäre, dann wäre er nicht Vater, und nicht einmal die Hälfte seiner Vorhaben wäre erfolgreich.»

«Ach ja. Er scheint wirklich ein bewundernswerter Mensch zu sein.»

«Also eigentlich, Mr. Ryder», sagte der junge Mann, «hatte ich Sie etwas fragen wollen. Tatsächlich ist es mehr eine Bitte. Und wenn es nicht geht, dann sagen Sie es nur. Ich nehme es bestimmt nicht übel.»

Stephan Hoffman schwieg, als wolle er all seinen Mut zusammennehmen. Ich trank noch einen Schluck Kaffee und betrachtete im Spiegel, wie wir da so nebeneinander saßen.

«Also, es hat mit Donnerstag abend zu tun», fuhr er fort. «Sie müssen wissen, Vater hat mich gebeten, bei der Veranstaltung Klavier zu spielen. Ich habe geübt, und ich bin auch soweit, und es ist nicht so, daß ich mir Sorgen deswegen mache oder so etwas...» Während er das sagte, verließ ihn seine selbstbewußte Art, und für einen kurzen Moment sah ich einen schüchternen Heranwachsenden. Aber sofort hatte er sich mit einem lässigen Achselzucken wieder im Griff. «Es ist ja bloß, weil dieser Donnerstag abend so wichtig ist und ich ihn nicht enttäuschen möchte. Also folgendes: Ich habe mich gefragt, ob Sie vielleicht ein paar Minuten Zeit hätten und einmal zuhören würden, wenn ich mein Stück durchspiele. Ich habe mir Jean-Louis La Roches *Dahlia* ausgesucht. Wie gesagt, ich spiele nur aus Liebhaberei, und Sie müßten schon ein bißchen Nachsicht haben. Aber ich habe mir gedacht, ich könnte es einfach einmal durchspielen, und Sie könnten mir verraten, wie ich einige Stellen noch verbessern könnte.»

Ich dachte einen Augenblick darüber nach. «Also», sagte ich nach einer Weile, «Sie sind entschlossen, Donnerstag abend aufzutreten.»

«Natürlich ist es nur ein bescheidener Beitrag zu dieser Veranstaltung – verglichen mit... nun ja», er lachte auf, «den anderen Auftritten. Aber trotzdem möchte ich, daß mein Vorspiel so gut wie nur möglich wird.»

«Ja, das verstehe ich vollkommen. Also, ich würde mich freuen, Ihnen zu helfen, so gut ich kann.»

Über das Gesicht des jungen Mannes ging ein Strahlen. «Oh, Mr. Ryder, ich bin sprachlos! Das ist genau das, was ich brauche...»

«Aber da gibt es ein kleines Problem. Sie können sich ja wohl vorstellen, daß meine Zeit hier recht knapp bemessen ist. Ich weiß noch nicht genau, wann ich ein paar Minuten Zeit für Sie erübrigen kann.»

«Ja, natürlich. Wann immer es Ihnen paßt, Mr. Ryder. Du meine Güte, das ist ja wirklich wundervoll. Um ganz ehrlich zu sein, ich war fest davon überzeugt, daß Sie meine Bitte rundheraus ablehnen würden.»

Auf einmal war irgendwo in der Kleidung des jungen Mannes ein Piepser zu hören. Stephan schreckte hoch, dann langte er in die Innentasche seiner Jacke.

«Tut mir furchtbar leid», sagte er, «aber das ist wirklich dringend. Ich hätte schon längst weg sein müssen. Aber als ich Sie hier habe sitzen sehen, Mr. Ryder, mußte ich einfach herüberkommen. Ich hoffe, wir können unser Gespräch bald fortsetzen. Aber jetzt darf ich mich entschuldigen.»

Er stieg von dem Barhocker, doch dann schien er eine Sekunde lang in Versuchung, eine weitere Unterhaltung zu beginnen. Dann ließ sich der Piepser wieder hören, und der junge Mann eilte verlegen lächelnd davon.

Ich drehte mich wieder zu meinem Spiegelbild hinter dem

Bartresen um und widmete mich wieder meinem Kaffee. Doch es wollte mir nicht gelingen, die Stimmung entspannter innerer Ruhe erneut heraufzubeschwören, die ich vor der Ankunft des jungen Mannes verspürt hatte. Statt dessen war da wieder die Befürchtung, daß man hier sehr viel von mir erwartete, daß aber im Augenblick der Stand der Dinge alles andere als zufriedenstellend war. Es blieb mir wohl nichts anderes übrig, als Miss Stratmann aufzusuchen und einige Punkte ein für allemal zu klären. Ich beschloß, zu ihr zu gehen, sobald ich diese Tasse Kaffee ausgetrunken hatte. Es gab überhaupt keinen Grund dafür, daß dieses Treffen unangenehm verlaufen sollte, und es wäre sicher ganz einfach zu erklären, was bei unserer letzten Begegnung schiefgegangen war. «Miss Stratmann», könnte ich etwa sagen, «ich war vorhin sehr müde, und deshalb habe ich Sie mißverstanden, als Sie nach meinem Terminplan gefragt haben. Ich dachte, Sie wollten wissen, ob ich Zeit hätte, mir den Plan sofort anzusehen, wenn Sie mir an Ort und Stelle eine Kopie gegeben hätten.» Ich könnte aber auch in die Offensive gehen oder sogar in vorwurfsvollem Ton mit ihr reden. «Also, Miss Stratmann, ich muß schon sagen, ich bin recht besorgt und... ja sogar ein wenig enttäuscht. Wenn man bedenkt, welch hohe Verantwortung Sie und die Bürger dieser Stadt mir offensichtlich aufbürden wollen, sollte ich doch wohl mit Fug und Recht ein gewisses Niveau bei der Organisation erwarten dürfen.»

Ich hörte, wie sich ganz in meiner Nähe etwas bewegte, schaute auf und sah, daß Gustav, der ältliche Hoteldiener, neben meinem Hocker stand. Als ich mich zu ihm umdrehte, lächelte er und sagte:

«Ach, hallo. Ganz zufällig habe ich Sie hier sitzen sehen. Ich hoffe, Sie fühlen sich wohl hier bei uns.»

«O ja, bestimmt. Allerdings hatte ich leider noch keine Gelegenheit, in die Altstadt zu gehen, wie Sie mir empfohlen hatten.»

«Das ist wirklich schade. Denn das ist ein ganz besonders

schönes Viertel und auch ganz hier in der Nähe. Und heute ist das Wetter... also, einfach ideal, finde ich. Die Luft angenehm kühl, aber noch Sonnenschein. Gerade noch warm genug, um draußen zu sitzen, obwohl Sie sicher eine Jacke oder einen leichten Mantel tragen müßten. Wirklich genau das richtige Wetter für einen Besuch in der Altstadt.»

«Wissen Sie was», sagte ich, «ein bißchen frische Luft könnte jetzt genau das sein, was ich brauche.»

«Da kann ich Ihnen nur zustimmen. Es wäre geradezu eine Schande, wenn Sie wieder abreisen würden, ohne wenigstens einen kurzen Spaziergang durch die Altstadt gemacht zu haben.»

«Wissen Sie was, ich glaube, genau das werde ich jetzt tun. Ich gehe sofort los.»

«Und wenn Sie dann noch Zeit haben, sich am Alten Platz ins Ungarische Café zu setzen, werden Sie es sicher nicht bereuen. Ich würde vorschlagen, Sie bestellen sich ein Kännchen Kaffee und ein Stück Apfelstrudel. Übrigens, da fällt mir gerade ein...» Der Hoteldiener schwieg einen Augenblick. Dann fuhr er fort: «Da fällt mir gerade ein, daß ich Sie um einen kleinen Gefallen bitten wollte. Normalerweise würde ich Gäste des Hotels nicht darum bitten, mir einen Gefallen zu tun, aber in Ihrem Fall, nun ja, ich glaube, wir haben einander schon recht gut kennengelernt.»

«Ich würde sehr gern etwas für Sie tun, wenn es nur möglich ist», antwortete ich.

Einen Moment lang blieb der Hoteldiener schweigend an seinem Platz stehen.

«Es ist nur eine Kleinigkeit», sagte er schließlich. «Sehen Sie, ich weiß, daß genau jetzt um diese Zeit meine Tochter im Ungarischen Café sein wird. Sie wird den kleinen Boris bei sich haben. Sie ist eine sehr liebenswürdige junge Frau, ich bin sicher, Sie werden sie sehr sympathisch finden. Das geht den meisten Leuten so. Sie ist nicht gerade das, was man schön nennen würde, aber sie ist eine recht attraktive Erscheinung.

Sie ist wirklich herzensgut. Aber ich nehme an, daß sie diese kleine Schwäche immer schon in sich hatte. Vielleicht war es die Art und Weise, wie sie aufgewachsen ist, wer kann das schon sagen? Aber auf jeden Fall war es immer schon da. Das heißt, sie neigt dazu, sich manchmal von den Problemen erdrücken zu lassen, selbst wenn sie sie durchaus bewältigen könnte. Eine kleine Schwierigkeit ergibt sich, und statt die wenigen schlichten Maßnahmen zu ergreifen, die nötig wären, grübelt sie einfach darüber nach. Auf die Weise, und das wissen Sie ja, wachsen sich kleine Probleme zu großen aus. Und bald erscheinen ihr die Dinge äußerst kompliziert, und sie steigert sich in höchste Verzweiflung hinein. Das ist alles so unnötig. Ich weiß nicht, was ihr gerade im Moment Sorgen bereitet, aber ich bin sicher, so unüberwindlich ist das Problem nicht. Ich habe das schon so oft gesehen. Aber wissen Sie, inzwischen merkt Boris allmählich etwas. Also wenn Sophie die Dinge nicht bald in den Griff bekommt, fürchte ich, daß der Junge ernsthaft verunsichert wird. Und im Moment bereitet er einem wirklich nur Freude. Er ist so offen und vertrauensvoll. Ich weiß, daß er unmöglich für den Rest seines Lebens so bleiben wird, und vielleicht wäre das ja auch gar nicht gut für ihn. Aber trotzdem – ich glaube, in seinem Alter sollte er noch ein paar Jahre lang glauben, daß die Welt ein Ort voller Sonnenschein und Lachen ist.» Er schwieg wieder und schien eine Weile tief in Gedanken versunken. Dann schaute er auf und fuhr fort: «Wenn Sophie nur begreifen würde, was da vor sich geht – ich weiß, dann würde sie die Dinge in den Griff bekommen. Im Grunde ihres Herzens ist sie sehr gewissenhaft, immer bestrebt, das Beste zu tun für die Menschen, die sie am meisten liebt. Aber mit Sophie ist es so, daß sie... na ja, wenn sie erst einmal in dem Zustand ist, braucht sie ein wenig Hilfe, um ihren Sinn für das richtige Maß wiederzubekommen. Ein ordentliches Gespräch, das ist eigentlich alles, was ihr fehlt. Einfach nur jemand, der sich ein paar Minuten mit ihr zusammensetzt und sie alles etwas klarer sehen läßt. Ihr dabei hilft festzustellen, wo die eigentlichen Schwierigkeiten liegen, ihr zeigt, mit welchen Strategien sie ihre Probleme bewältigen kann. Mehr fehlt ihr gar nicht, ein ordentliches Gespräch, etwas, das ihr wieder den Blick für die richtigen Verhältnisse eröffnet. Den Rest macht sie dann schon allein. Sie kann sehr vernünftig sein, wenn sie nur will. Na ja, und damit bin ich eigentlich schon beim springenden Punkt. Wenn Sie jetzt zufällig in die Altstadt gehen, habe ich mir gedacht, es macht Ihnen vielleicht nichts aus, kurz mal mit Sophie zu reden. Mir ist natürlich klar, daß ich Ihnen damit wohl Ungelegenheiten bereite, aber wenn Sie sowieso hingehen, habe ich mir gedacht, ich könnte Sie ja wenigstens mal fragen. Sie müßten auch gar nicht lange mit ihr reden. Bloß eine kurze Unterhaltung, bloß um herauszufinden, was ihr solche Sorgen macht, und um ihr wieder zum Sinn für das richtige Maß zu verhelfen.»

Der Hoteldiener schwieg und sah mich bittend an. Nach einer Weile antwortete ich seufzend:

«Ich würde wirklich gern helfen, das können Sie mir glauben. Aber wenn ich so höre, was Sie mir da erzählen, habe ich stark den Eindruck, daß Sophies Probleme, was auch immer dahinterstecken mag, höchstwahrscheinlich mit Familienangelegenheiten zu tun haben. Und wie Sie wissen, sind solche Probleme oft sehr verwickelt und kompliziert. Ein Außenstehender wie ich kommt in einem offenen Gespräch womöglich der einen Sache auf den Grund, muß dann aber feststellen, daß diese Sache mit noch einem anderen Problem zusammenhängt. Und so weiter und so weiter. Also, wenn Sie meine ehrliche Meinung hören wollen – ich hätte jetzt gedacht, daß Sie diese verstrickten Familienangelegenheiten mit ihr besprechen sollten. Als Sophies Vater und als Großvater des Jungen verfügen Sie doch schließlich über eine natürliche Autorität, die mir ganz einfach fehlt.»

Der Hoteldiener schien sofort das Gewicht dieser Worte zu verspüren, und fast tat es mir schon leid, so gesprochen zu haben. Ganz offensichtlich hatte ich einen wunden Punkt berührt. Er drehte sich etwas von mir weg und starrte eine ganze Weile mit leerem Blick durch das Atrium in Richtung Brunnen. Schließlich sagte er:

«Ich weiß Ihren Rat zu schätzen. Von Rechts wegen ist es ja auch tatsächlich so, daß ich mit ihr reden sollte, das sehe ich ja ein. Also, ich will ganz aufrichtig sein – ich weiß nicht genau, wie ich es sagen soll –, aber ich will wirklich ganz aufrichtig Ihnen gegenüber sein. Die Wahrheit ist, Sophie und ich sprechen schon seit Jahren nicht mehr miteinander. Schon ungefähr seit der Zeit, als sie noch ein Kind war. Also können Sie sich denken, daß es für mich ziemlich schwierig ist zu tun, was getan werden muß.»

Der Hoteldiener sah auf seine Füße hinunter und schien auf meine nächste Äußerung wie auf ein Urteil zu warten.

«Tut mir leid», sagte ich nach einer Weile, «aber ich weiß nicht, ob ich Sie wirklich richtig verstanden habe. Wollen Sie sagen, Sie haben Ihre Tochter all diese Jahre nicht gesehen?»

«Nein, nein. Sie wissen doch, ich *sehe* sie ganz regelmäßig, immer wenn ich ihr Boris abnehme. Ich wollte sagen, daß wir nicht miteinander reden. Vielleicht verstehen Sie es besser, wenn ich Ihnen ein kleines Beispiel gebe. Nehmen Sie etwa diese Nachmittage, an denen Boris und ich nach unseren kleinen Spaziergängen durch die Altstadt auf sie warten. Wir sitzen zum Beispiel in Krankls Kaffeehaus. Boris ist gut gelaunt, spricht laut, lacht über alles. Doch sobald er seine Mutter durch die Tür kommen sieht, sagt er kein Wort mehr. Er ist nicht etwa verstört, er hält sich einfach nur zurück. Er respektiert das Ritual, verstehen Sie? Dann kommt Sophie an unseren Tisch und spricht *ihn* an. Haben wir uns gut amüsiert? Wo sind wir hingegangen? Hat sich Großvater auch nicht erkältet? O ja, sie fragt immer nach mir. Sie macht sich Sorgen, daß ich mir bei diesen Streifzügen durch das Viertel etwas holen könnte. Aber wie ich schon sagte, Sophie und ich – wir sprechen nicht direkt miteinander. ‹Sag auf Wiedersehen zu Großvater›, sagt sie dann immer zu Boris statt eines Abschiedsgrußes, und dann gehen sie zusammen weg. So stehen die Dinge zwischen uns schon seit vielen Jahren, und es scheint keinen rechten Grund zu geben, ausgerechnet jetzt etwas daran zu ändern. Aber wissen Sie, in solchen Situationen fühle ich mich so hilflos. Ich bin wirklich davon überzeugt, ein ordentliches Gespräch ist genau das, was ihr fehlt. Und jemand wie Sie wäre meiner Meinung nach ideal. Bloß ein paar Worte. Bloß damit sie erkennt, wo die eigentlichen Probleme liegen. Wenn Sie bloß das tun würden, den Rest macht sie dann schon allein, darauf können Sie sich verlassen.»

«Na schön», sagte ich, nachdem ich einen Moment darüber nachgedacht hatte. «Na schön, ich will sehen, was ich tun kann. Aber ich muß noch einmal klar und deutlich sagen, was ich vorhin schon angedeutet habe. Diese Dinge sind für einen Außenstehenden oft zu kompliziert. Aber ich will sehen, was ich tun kann.»

«Ich bin Ihnen sehr verbunden. Sie ist jetzt um diese Zeit im Ungarischen Café. Sie dürften keine Probleme haben, sie zu erkennen. Sie hat langes dunkles Haar und sieht mir recht ähnlich. Und wenn Sie im Zweifel sind, können Sie immer den Besitzer oder einen der Angestellten bitten, sie Ihnen zu zeigen.»

«Na schön. Ich mache mich gleich auf den Weg.»

«Ich bin Ihnen ja so verbunden. Und selbst wenn es aus irgendeinem Grund nicht möglich ist, mit ihr zu reden, bin ich sicher, der Spaziergang durch die Gegend da wird Ihnen Spaß machen.»

Ich stieg von dem Barhocker. «Also gut», sagte ich zu ihm, «ich sage Ihnen dann, wie ich vorangekommen bin.»

«Ganz, ganz herzlichen Dank.»

▲

DREI

Der Weg vom Hotel zur Altstadt – ein fünfzehnminütiger Spaziergang – war alles andere als vielversprechend. Rechts und links der lauten Straßen, im spätnachmittäglichen Berufsverkehr, ragten über mir gläserne Bürogebäude in die Höhe. Aber als ich an den Fluß kam und die bucklige Brücke betrat, die zur Altstadt führte, spürte ich, daß ich dabei war, in eine vollkommen andere Atmosphäre einzutreten. Am gegenüberliegenden Ufer sah man bunte Markisen und die Sonnenschirme von Kaffeehäusern. Ich nahm das Hin und Her von Kellnern wahr und im Kreis herumlaufende Kinder. Auf dem Kai bellte aufgeregt ein winziger Hund, der vielleicht meine Ankunft bemerkt hatte.

Wenige Augenblicke später befand ich mich in der Altstadt. Die engen Straßen mit ihrem Kopfsteinpflaster waren voller Menschen, die gemächlich vor sich hin spazierten. Einige Minuten lang ging ich ziellos umher, an etlichen Souvenirläden, Konditoreien und Bäckereien vorüber. Ich kam auch an mehreren Cafés vorbei, und einen Moment lang fragte ich mich, ob ich wohl Schwierigkeiten haben würde, das Café zu finden, das der Hoteldiener mir genannt hatte. Aber da gelangte ich zu einem weitläufigen Platz im Herzen des Stadtviertels, und das Ungarische Café lag unübersehbar vor mir. Die Tische, die die ganze hintere Ecke des Platzes einnahmen, standen, soweit ich das erkennen konnte, vor einem schmalen Eingang unter einer gestreiften Markise.

Ich blieb kurz stehen, um zu Atem zu kommen und die Umgebung in mich aufzunehmen. Die Sonne war kurz davor, über dem Platz unterzugehen. Es wehte, wie Gustav schon warnend erwähnt hatte, ein leichter kühler Wind, der dann und wann ein Zittern durch die Sonnenschirme gehen ließ, die um das Café herum aufgestellt waren. Trotzdem war die Mehrzahl der Tische besetzt. Viele Café-Besucher schienen Touristen zu sein, aber ich bemerkte auch eine ganze Reihe Leute, die nach Einheimischen aussahen und die ihren Arbeitsplatz früh verlassen hatten, um sich jetzt bei einem Kaffee und ihrer Zeitung zu entspannen. Tatsächlich kam ich, als ich über den Platz ging, an etlichen Büroangestellten vorbei, die mit ihren Aktentaschen in Gruppen zusammenstanden und vergnügt miteinander plauderten.

Als ich bei den Tischen ankam, verbrachte ich eine ganze Weile damit, auf und ab zu gehen und nach einer Frau Ausschau zu halten, die die Tochter des Hoteldieners sein könnte. Zwei Studenten debattierten über einen Film. Ein Tourist las die *Newsweek*. Eine alte Frau warf ein paar Tauben, die sich zu ihren Füßen versammelt hatten, Brotkrumen hin. Aber ich sah keine einzige junge Frau mit langem dunklem Haar und mit einem kleinen Jungen. Ich betrat das Café, es war ein enger, recht düsterer Raum mit nur fünf oder sechs Tischen. Jetzt verstand ich, wie die Sache mit der Überfüllung, die der Hoteldiener erwähnt hatte, während der kälteren Monate zu einem wirklichen Problem werden konnte, doch im Augenblick war der einzige Gast dort ein alter Mann mit Baskenmütze, der ziemlich weit hinten saß. Ich beschloß, meine Suche aufzugeben, und ging wieder nach draußen, und während ich mich nach einem Kellner umschaute, bei dem ich etwas Kaffee bestellen könnte, hörte ich plötzlich eine Stimme, die meinen Namen rief.

Ich schaute mich um und sah eine Frau, die mit einem kleinen Jungen an einem Tisch ganz in der Nähe saß und mir zuwinkte. Die beiden entsprachen eindeutig der Beschreibung des Hoteldieners, und ich begriff nicht, wie ich sie vorher hatte übersehen können. Außerdem war ich ein wenig verblüfft darüber, daß sie mich offenbar erwarteten, und so verging ein Moment, ehe ich zurückwinkte und zu ihnen hinüberging.

Obwohl der Hoteldiener sie als «junge Frau» bezeichnet hatte, war Sophie mittleren Alters, etwa um die Vierzig. Trotz alledem war sie in gewisser Weise attraktiver, als ich erwartet hatte. Sie war recht groß, von schlankem Wuchs, und ihr langes dunkles Haar verlieh ihr ein zigeunerartiges Aussehen. Der Junge neben ihr war ein richtiges kleines Pummelchen, und im Moment warf er seiner Mutter recht böse Blicke zu.

«Nun?» Sophie schaute lächelnd zu mir auf. «Wollen Sie sich nicht setzen?»

«Doch, doch», antwortete ich, als mir klar wurde, daß ich die ganze Zeit unschlüssig dagestanden hatte. «Das heißt, wenn Sie nichts dagegen haben.» Ich grinste dem Jungen zu, der jedoch nur voller Mißbilligung zu mir herübersah.

«Natürlich haben wir nichts dagegen. Stimmt's, Boris? Boris, sag hallo zu Mr. Ryder.»

«Hallo, Boris», sagte ich und setzte mich.

Immer noch schaute mich der Junge voller Mißbilligung an. Dann sagte er zu seiner Mutter: «Warum hast du zu ihm gesagt, daß er sich hinsetzen kann? Ich war doch gerade dabei, dir was zu erklären.»

«Das ist doch Mr. Ryder, Boris», entgegnete Sophie. «Er ist ein ganz lieber Freund. Natürlich kann er sich zu uns setzen, wenn er mag.»

«Aber ich war doch gerade dabei, dir zu erklären, wie die Voyager geflogen ist. Ich habe doch gewußt, daß du mir nicht zuhörst. Du solltest dir mehr Mühe geben, besser aufzupassen.»

«Tut mir leid, Boris», sagte Sophie und lächelte mich kurz an. «Ich habe mir wirklich schreckliche Mühe gegeben, aber diese ganze Wissenschaft ist einfach zu hoch für mich. Also warum sagst du nicht hallo zu Mr. Ryder?»

Boris schaute mich einen Moment lang an und sagte dann mürrisch: «Hallo.» Dann schaute er sofort wieder weg.

«Bitte, ich möchte nicht Anlaß für irgendwelchen Ärger sein», sagte ich. «Bitte, Boris, erzähl nur, was du gerade erzählen wolltest. Mich würde es übrigens auch sehr interessieren, etwas über dieses Flugzeug zu hören.»

«Das ist kein Flugzeug», sagte Boris gequält. «Das ist eine Fähre für den Raumflug. Aber das würden Sie genausowenig verstehen wie Mutter.»

«Ach? Woher weißt du denn, daß ich das nicht verstehen würde? Ich könnte doch einen sehr wissenschaftlichen Verstand haben. Man sollte über Menschen nicht so schnell ein Urteil fällen, Boris.»

Er seufzte tief und hielt den Blick immer noch abgewendet. «Sie sind bestimmt genau wie Mutter», sagte er. «Sie können sich nicht konzentrieren.»

«Ach, hör schon auf, Boris», sagte Sophie. «Du solltest ein bißchen netter sein. Mr. Ryder ist wirklich ein sehr lieber Freund von uns.»

«Nicht nur das», sagte ich, «ich bin auch ein Freund von deinem Großvater.»

Zum erstenmal sah Boris mich ganz interessiert an.

«O ja», sagte ich. «Wir sind gute Freunde geworden, dein Großvater und ich. Ich wohne in seinem Hotel.»

Boris sah mich immer noch aufmerksam an.

«Boris», sagte Sophie, «warum sagst du nicht richtig nett hallo zu Mr. Ryder? Das ist wirklich sehr schlechtes Benehmen. Du willst doch nicht, daß er abreist und von dir denken muß, daß du ein schlecht erzogener junger Mann bist, oder?»

Boris sah mich noch einen Moment lang an. Dann ließ er sich plötzlich vornüber auf den Tisch fallen und vergrub seinen Kopf in den Armen. Gleichzeitig fing er an, mit den Füßen unter dem Tisch hin und her zu schaukeln; ich hörte das Klakken seiner Schuhe gegen das Metall des Tischbeins.

«Tut mir leid», sagte Sophie. «Er ist schon den ganzen Tag ziemlich launisch gewesen.»

«Also eigentlich», sagte ich leise zu ihr, «gibt es etwas, über das ich gern mit Ihnen sprechen würde. Aber, äh...» Ich deutete mit den Augen auf Boris. Sophie sah mich an, dann drehte sie sich zu dem Jungen und sagte:

«Boris, ich muß jetzt mal mit Mr. Ryder reden. Warum gehst du dir nicht die Schwäne angucken? Nur eine Minute.»

Boris blieb mit dem Kopf auf den Armen sitzen, als würde er schlafen, wobei die Füße weiterhin rhythmisch gegen das Tischbein schlugen. Sophie berührte ihn an der Schulter und schüttelte ihn sanft.

«Na komm schon», sagte sie. «Da ist auch ein schwarzer Schwan. Stell dich da drüben an das Geländer, da wo die Nonnen sind. Dann siehst du ihn ganz bestimmt. Nach ein paar Minuten kommst du zurück und erzählst uns, was du gesehen hast.»

Ein paar Sekunden lang reagierte Boris überhaupt nicht. Dann richtete er sich auf, seufzte noch einmal gequält und glitt von seinem Stuhl. Aus irgendeinem Grund, den wohl nur er kannte, nahm er das Gehabe eines Volltrunkenen an und entfernte sich schwankend vom Tisch.

Als der Junge weit genug weg war, wandte ich mich wieder Sophie zu. Dann wurde ich plötzlich unsicher, ich wußte nicht, wie ich anfangen sollte, und saß einen Moment lang unschlüssig da. Doch da lächelte Sophie schon und ergriff das Wort:

«Ich habe gute Neuigkeiten. Dieser Herr Mayer hat vorhin wegen des Hauses angerufen. Es wird heute zum erstenmal angeboten. Es klingt wirklich vielversprechend. Ich habe den ganzen Tag schon darüber nachgedacht. Irgendwie habe ich das Gefühl, das könnte es jetzt sein: das Haus, nach dem wir die ganze Zeit gesucht haben. Ich habe ihm gesagt, ich werde gleich morgen früh hingehen und es mir ganz genau ansehen. Wirklich, es scheint perfekt zu sein. Ungefähr eine halbe Stunde Fußweg vom Dorf, das einzige Haus auf einer kleinen Anhöhe, drei Stockwerke. Herr Mayer sagt, der Blick über den Wald ist der schönste, den er seit Jahren gesehen hat. Ich weiß, du hast gerade jetzt sehr viel zu tun, aber wenn es sich herausstellt, daß das Haus auch nur annähernd so schön ist, wie es sich anhört, rufe ich dich an, und vielleicht kannst du mit hinauskommen. Boris auch. Es könnte genau das sein, nach dem wir gesucht haben. Ich weiß, es hat lange gedauert, aber jetzt habe ich es vielleicht endlich gefunden.»

«Ah ja. Schön.»

«Ich nehme gleich morgen früh den ersten Bus und fahre hin. Wir müssen jetzt schnell handeln. Es wird sicher viele Interessenten geben.»

Sie fing an, mir weitere Einzelheiten von dem Haus zu erzählen. Ich schwieg die ganze Zeit, was allerdings nicht allein an meiner Unsicherheit darüber lag, wie ich auf das Ganze reagieren sollte. Denn Tatsache war, daß mir Sophies Gesicht, während wir hier zusammensaßen, langsam, aber sicher immer vertrauter wurde, bis ich schließlich überzeugt war, mich an frühere Gespräche über den Kauf eines solchen Hauses in den Wäldern erinnern zu können. Inzwischen muß mein Gesichtsausdruck wohl etwas Sorgenvolles angenommen haben, denn schließlich brach sie ab und sagte in einem veränderten, etwas vorsichtigen Ton:

«Tut mir leid wegen des Anrufs neulich. Ich hoffe, du bist nicht mehr eingeschnappt deswegen.»

«Eingeschnappt? Natürlich nicht.»

«Es geht mir gar nicht aus dem Kopf. Ich hätte das alles nicht sagen sollen. Ich hoffe, du hast es dir nicht allzusehr zu Herzen genommen. Wie kann man von dir erwarten, daß du ausgerechnet jetzt zu Hause bleibst? Was für ein Zuhause? Und die Küche in so einem Zustand! Und ich habe so lange gebraucht, etwas für uns zu finden. Aber jetzt bin ich ganz zuversichtlich – was das Haus morgen angeht.»

Sie fing wieder an, über das Haus zu reden. Währenddessen versuchte ich, mir das Telefongespräch wieder ins Gedächtnis zu rufen, das sie gerade erwähnt hatte. Nach einer Weile kam mir eine schwache Erinnerung, genau diese Stimme schon gehört zu haben – oder zumindest eine härtere, verärgertere Variante dieser Stimme –, und zwar am anderen Ende eines

Telefons, und das konnte auch noch gar nicht so lange her sein. Schließlich war ich überzeugt, mich auch an einen ganz bestimmten Satz erinnern zu können, den ich ihr durchs Telefon entgegengeschrien hatte: «Du lebst in so einer winzigen Welt!» Sie hatte weiter gestritten, und ich hatte voller Verachtung immer wieder gesagt: «So eine winzige Welt! Du lebst in so einer winzigen Welt!» Zu meiner großen Enttäuschung mußte ich jedoch feststellen, daß mir von diesem Gespräch sonst nichts mehr einfallen wollte.

In meinem Bemühen, meinem Gedächtnis auf die Sprünge zu helfen, muß ich wohl angefangen haben, sie anzustarren, denn etwas verunsichert fragte sie mich schließlich:

«Findest du, ich habe zugenommen?»

«Aber nein.» Ich drehte mich lachend weg. «Du siehst ganz wunderbar aus.»

Da fiel mir ein, daß ich noch gar nichts von dem Problem erwähnt hatte, das ihren Vater beschäftigte, und wieder setzte ich an, das Thema behutsam zur Sprache zu bringen. Doch genau in dem Moment stieß etwas von hinten gegen meinen Stuhl. Boris war zurückgekommen.

Tatsächlich lief der Junge ganz in der Nähe von unserem Tisch immer im Kreis herum und trat eine weggeworfene Pappschachtel wie einen Fußball vor sich her. Als er merkte, daß ich ihn jetzt beobachtete, jonglierte er die Schachtel von einem Fuß auf den anderen, und dann gab er ihr einen kräftigen Stoß und schoß sie genau zwischen die Beine meines Stuhls.

«Nummer Neun!» rief er und riß die Arme hoch. «Ein herrliches Tor von der Nummer Neun!»

«Boris», sagte ich, «solltest du die Schachtel nicht besser in den Abfalleimer werfen?»

«Wann gehen wir denn endlich?» fragte Boris, indem er sich zu mir umdrehte. «Wir werden zu spät kommen. Bald ist es dunkel.»

Ich schaute über ihn hinweg und sah, daß die Sonne tatsächlich schon über dem Platz unterging und viele Tische nicht mehr besetzt waren.

«Tut mir leid, Boris. Was wolltest du denn machen?»

«Los, schnell!» Der Junge zog mich am Arm. «Wir schaffen es bestimmt nicht mehr.»

«Wo will Boris denn hin?» fragte ich seine Mutter leise.

«Zum Spielplatz natürlich.» Sophie seufzte und stand auf. «Er will dir zeigen, was er inzwischen alles kann.»

Ich schien keine andere Wahl zu haben, als auch aufzustehen, und im nächsten Augenblick gingen wir drei schon über den Platz.

«Also», sagte ich zu Boris, der mit mir Schritt hielt, «du willst mir etwas zeigen.»

«Als wir vorhin da waren», sagte er und nahm mich beim Arm, «war da dieser Junge, er war größer als ich, und er konnte nicht mal einen Torpedo machen! Mutter hat gesagt, er war mindestens zwei Jahre älter als ich. Ich habe ihm fünfmal gezeigt, wie das geht, aber er hat einfach zu große Angst gehabt. Er ist immer gerade nur bis oben gekommen, aber dann hat er sich nicht mehr getraut.»

«Ach ja. Und du hast natürlich keine Angst, das zu machen. Diesen... diesen Torpedo.»

«Natürlich habe ich keine Angst! Das ist doch leicht! Das ist wirklich kinderleicht!»

«Na, dann ist es ja gut.»

«Er hat solche Angst gehabt. Richtig komisch war das!»

Wir verließen den Platz und gingen weiter über die kleinen engen kopfsteingepflasterten Straßen des Viertels. Boris schien den Weg gut zu kennen, und oft lief er vor lauter Ungeduld ein paar Schritte voraus. Etwas später kam er dann wieder an meine Seite und fragte:

«Du kennst meinen Großvater?»

«Ja. Wir sind gute Freunde.»

«Großvater ist sehr stark. Er ist einer der stärksten Männer in der ganzen Stadt.»

«Ach ja?»

«Er kann richtig gut kämpfen. Er war früher mal Soldat. Er ist alt, aber er kämpft immer noch besser als die meisten Leute. Schlägertypen auf der Straße merken das nicht immer gleich, und dann erleben sie eine ziemlich böse Überraschung.» Boris sprang im Gehen plötzlich nach vorn. «Ehe sie es sich versehen, hat Großvater sie schon auf dem Boden.»

«Ja, wirklich? Sehr interessant, Boris.»

Genau in dem Augenblick, während wir immer noch durch die schmalen Kopfsteinpflasterstraßen gingen, fiel mir plötzlich noch etwas von dem Streit ein, den ich mit Sophie gehabt hatte. Es war etwa vor einer Woche gewesen, in irgendeinem Hotelzimmer, und ich hatte gehört, wie ihre Stimme am anderen Ende der Leitung schrie:

«Wie lange wollen sie denn noch von dir verlangen, daß du so weitermachst? So jung sind wir beide nicht mehr! Du hast doch wirklich genug getan! Soll es doch jetzt mal ein anderer machen!»

«Sieh mal», hatte ich mit noch ruhiger Stimme zu ihr gesagt, «es ist einfach eine Tatsache, daß die Leute mich brauchen. Ich komme in einer Stadt an, und meistens finde ich schreckliche Probleme vor. Tiefsitzende, scheinbar unmöglich zu lösende Probleme, und die Leute sind so dankbar, daß ich gekommen bin.»

«Aber wie lange kannst du das noch für die Leute machen? Und für uns, das heißt für dich und mich und Boris, bleibt immer weniger Zeit. Ehe du es dich versiehst, ist Boris erwachsen. Es kann doch keiner von dir erwarten, daß du ewig so weitermachst. Und wieso können diese ganzen Leute sich nicht selbst um ihre Probleme kümmern? Das täte denen womöglich ganz gut!»

«Du hast ja keine Ahnung!» unterbrach ich sie ärgerlich. «Du weißt ja nicht, was du da sagst! An manchen der Orte, die ich bereise, wissen die Leute rein gar nichts. Sie haben keinen Schimmer von zeitgenössischer Musik, und wenn man sie sich selbst überläßt, dann ist es ganz klar, daß sie tiefer und immer tiefer in ihre Probleme sinken würden. Ich werde gebraucht, wieso willst du das denn nicht begreifen? Ich werde hier gebraucht! Du hast ja keine Ahnung, wovon du redest!» Und da habe ich ihr dann zugeschrien: «So eine winzige Welt! Du lebst in so einer winzigen Welt!»

Wir hatten einen kleinen, von einem Gitter umgebenen Spielplatz erreicht. Er war menschenleer, und ich bemerkte, daß eine recht melancholische Stimmung über diesem Ort hing. Doch Boris führte uns voller Begeisterung durch das kleine Tor hinein.

«Guck, das geht ganz leicht!» sagte er und lief zu dem Klettergerüst.

Eine Weile standen Sophie und ich in dem schwächer werdenden Licht und sahen zu, wie seine Gestalt höher und immer höher kletterte. Dann sagte sie leise:

«Eigentlich war das ganz komisch. Als ich mit diesem Herrn Mayer gesprochen habe und als er mir das Wohnzimmer von diesem Haus beschrieb, da kamen mir dauernd diese Bilder in den Sinn, von der Wohnung, in der wir damals lebten, als ich noch klein war. Die ganze Zeit, während er redete, kamen mir diese Bilder in den Sinn. Unser altes Wohnzimmer. Und Mutter und Papa, wie sie damals waren. Wahrscheinlich wird es überhaupt nicht so sein. Ich rechne nicht wirklich damit, daß es so aussieht. Ich fahre morgen hin und werde feststellen, daß es ganz anders ist. Aber es hat mir diese Zuversicht gegeben. Weißt du, so eine Art Omen.» Sie lachte leise auf, dann berührte sie mich an der Schulter. «Du siehst so mürrisch aus.»

«Wirklich? Tut mir leid. Das kommt von der ewigen Herumreiserei. Ich nehme an, ich bin einfach müde.»

Boris hatte die oberste Stange des Klettergerüsts erreicht, aber es war inzwischen so dunkel geworden, daß er kaum mehr als eine Silhouette vor dem Himmel war. Er rief zu uns hinunter, dann fing er an, da oben Purzelbäume zu schlagen.

«Er ist so stolz, daß er das kann», sagte Sophie. Dann rief sie hinauf: «Es ist zu dunkel jetzt, Boris. Komm runter.»

«Es ist ganz leicht. Es ist leichter im Dunkeln.»

«Komm jetzt runter.»

«Es ist die ewige Herumreiserei», sagte ich. «Ein Hotelzimmer nach dem anderen. Nie ein bekanntes Gesicht sehen. Das nimmt einen sehr mit. Sogar hier jetzt, in dieser Stadt, dieser ganze Druck, der auf einem lastet. Die Leute hier. Offenbar erwarten sie eine Menge von mir. Ich meine, es ist ganz offensichtlich...»

«Hör mal», unterbrach mich Sophie sanft und legte mir eine Hand auf den Arm, «warum vergessen wir das alles nicht für eine Weile? Wir können später immer noch darüber reden, wir haben so viel Zeit. Wir sind alle müde. Komm mit zu uns in die Wohnung. Es ist nur ein paar Minuten zu Fuß von hier, gleich hinter der mittelalterlichen Kapelle. Ein ordentliches Abendessen, die Füße ein bißchen hochlegen, das wird uns guttun.»

Sie hatte leise gesprochen, den Mund dicht an meinem Ohr, so daß ich ihren Atem spüren konnte. Erneut überkam mich die Müdigkeit, und die Vorstellung, mich in der Wärme ihrer Wohnung entspannen zu können – mich vielleicht mit Boris auf dem Teppich herumzulümmeln, während Sophie uns Essen machte –, erschien mir auf einmal sehr verlockend. Und zwar so sehr, daß ich für einen kurzen Moment sogar die Augen hätte schließen können und dann verträumt lächelnd dagestanden hätte. Aber Boris, der jetzt wieder zu uns zurückkam, riß mich aus dieser träumerischen Stimmung.

«Es ist ganz einfach im Dunkeln», sagte er.

Da merkte ich, daß Boris kalt und irgendwie mitgenommen aussah. Seine ganze Energie von vorhin schien verpufft, und ich hatte das Gefühl, daß die Vorstellung, die er gerade gegeben hatte, eine ungeheure Kraftanstrengung von ihm gefordert hatte.

«Wir gehen jetzt alle zurück in die Wohnung», sagte ich. «Da werden wir dann etwas Ordentliches essen.»

«Also kommt», sagte Sophie und ging los. «Es wird sonst zu spät.»

Ein feiner Nieselregen hatte eingesetzt, und nun nach dem Sonnenuntergang war es wesentlich kühler. Boris nahm wieder meine Hand, und von dem Spielplatz folgten wir Sophie in eine kleine, verlassene Seitenstraße hinein.

VIER

Es war offensichtlich, daß wir die Altstadt jetzt hinter uns gelassen hatten. In den schmuddeligen Mauern aus Ziegelsteinen, die zu beiden Seiten in die Höhe ragten, waren keine Fenster, es schienen die Rückwände von Lagerhäusern zu sein. Während wir immer weiter die Straße entlanggingen, schritt Sophie zielstrebig aus, und schon bald merkte ich, daß Boris Mühe hatte, Schritt zu halten. Aber als ich ihn fragte: «Gehen wir zu schnell?», schaute er mich nur wütend an.

«Ich kann sogar noch viel schneller gehen!» rief er und fiel in eine Art Trab, wobei er mich an der Hand hinterherzog. Aber fast sofort wurde er wieder langsamer, auf seinem Gesicht lag ein schmerzlicher Ausdruck. Obwohl ich weiterhin recht langsam ging, hörte ich nach einer Weile, daß er sehr angestrengt atmete. Und dann fing er an, etwas vor sich hin zu murmeln. Zuerst achtete ich nicht sehr darauf, weil ich annahm, daß er einfach nur versuchte, sich anzustacheln. Doch dann hörte ich ihn flüstern:

«Nummer Neun... Es ist die Nummer Neun...»

Voller Neugierde schaute ich ihn an. Er sah naß und kalt aus, und ich hatte das Gefühl, ich müßte ihn dazu bringen, mit mir zu sprechen.

«Diese Nummer Neun», fragte ich. «Ist das ein Fußballspieler?»

«Der beste Fußballspieler von der ganzen Welt.»

«Nummer Neun. Ja, natürlich.»

Vor uns verschwand Sophies Gestalt um eine Ecke, und der Griff, mit dem Boris meine Hand umklammert hatte, wurde fester. Bis zu dem Augenblick hatte ich nicht richtig eingeschätzt, wie weit wir seine Mutter hatten vorangehen lassen, und obwohl wir unsere Schritte jetzt beschleunigten, schien eine übermäßig lange Zeit zu vergehen, ehe wir selbst die Ecke erreichten. Als wir endlich um die Ecke gebogen waren, sah ich zu meiner Verärgerung, daß Sophie den Abstand zwischen uns noch vergrößert hatte.

Wir kamen an weiteren schmutzigen Ziegelmauern vorüber, einige davon wiesen großflächige feuchte Flecken auf. Das Straßenpflaster war uneben, und vor uns unter den Straßenlaternen sah ich Pfützen glänzen.

«Nur keine Sorge», sagte ich zu Boris. «Wir sind gleich da.»

Boris murmelte immer weiter vor sich hin, und in gewissen Abständen wiederholte er unter heftigen Atemstößen: «Nummer Neun... Nummer Neun...»

Von Anfang an hatte mich die «Nummer Neun», die Boris immer wieder erwähnte, vage an irgend etwas erinnert. Als ich jetzt genauer zuhörte, was er da vor sich hin murmelte, fiel mir ein, daß die «Nummer Neun» kein wirklicher Fußballspieler war, sondern eine der kleinen Figuren aus dem Tischfußballspiel des Jungen. Die Fußballspieler, die aus weißem Plastik gegossen und an der Basis mit einem Gewicht beschwert waren, konnte man mit einem Fingerschnippen dribbeln, Pässe machen und einen winzigen Plastikball schießen lassen. Das Spiel war für zwei Spieler gedacht, von denen jeder eine Mannschaft unter sich haben sollte, doch Boris spielte immer allein und verbrachte Stunden damit, auf dem Bauch zu liegen und Spiele voller dramatischer Wendungen und nervenzerfetzender Umschwünge zu inszenieren. Er besaß sechs komplette Mannschaften sowie Miniaturtore mit richtigem Netz und ein grünes Filztuch, das man auseinanderfalten konnte und das dann das Spielfeld darstellte. Boris war voller Verachtung für die Annahme der Hersteller, daß es ihm Spaß machen würde, so zu tun, als seien die Spielzeug-Teams richtige Mannschaften, wie etwa Ajax Amsterdam oder der AC Mailand, und so hatte er seinen Mannschaften eigene Namen gegeben. Doch obwohl Boris die Stärken und Schwächen jedes einzelnen Spielers ganz genau kennengelernt hatte, gab er den Spielern selbst keinen Namen, sondern zog es vor, sie einfach bei der Nummer ihres Trikots zu nennen. Weil er die Bedeutung der Trikotnummern im Fußball vielleicht nicht kannte – oder weil es vielleicht einfach nur eine weitere seltsame Eigenheit seiner Phantasie war –, gab es keine Beziehung zwischen der Nummer eines Spielers und der Position, an der Boris ihn innerhalb der Mannschaftsaufstellung plazierte. So mochte etwa die Nummer Zehn einer Mannschaft ein legendärer Verteidiger im Mittelfeld sein und die Nummer Zwei ein vielversprechender junger Außenstürmer.

Die «Nummer Neun» gehörte zur Lieblingsmannschaft von Boris und war der weitaus talentierteste aller Spieler. Doch bei all seinem Geschick war Spieler Nummer Neun eine höchst launenhafte Persönlichkeit. Er hatte seine Position in der Mannschaft irgendwo im Mittelfeld, doch über weite Strecken des Spiels mochte er sich wohl schmollend auf einem unbedeutenden Teil des Spielfelds herumtreiben, und offensichtlich war ihm in solchen Situationen nicht bewußt, daß seine Mannschaft dabei war, haushoch zu verlieren. Zuweilen mochte Nummer Neun wohl über eine Stunde in dieser Teilnahmslosigkeit zubringen, so daß seine Mannschaft vier, fünf, sechs Tore zurücklag, und dann sagte der Sportberichterstatter – denn tatsächlich gab es einen Sportberichterstatter – immer mit leicht verwirrter Stimme: «Die Nummer Neun hat bis jetzt noch nicht zu ihrer Form gefunden.» Wenn dann nur noch etwa zwanzig Minuten zu spielen waren, vermittelte Spieler Nummer Neun dann doch eine Ahnung von seinen wahren Fähigkeiten. «Na also!» rief dann der Reporter. «Endlich zeigt Spieler Nummer Neun, was er kann!» Von da an wurde das Spiel von Nummer Neun beständig stärker, bis er nach kurzer Zeit ein Tor nach dem anderen schoß und sich die gegnerische Mannschaft schließlich nur noch darauf konzentrierte, um jeden Preis zu verhindern, daß Spieler Nummer Neun überhaupt in Ballbesitz kam. Doch früher oder später bekam er den

Ball, und ganz gleich wie viele gegnerische Spieler dann zwischen ihm und dem Tor standen, er fand immer eine Möglichkeit, den Ball zu plazieren. Kaum hatte er den Ball, war die Unausweichlichkeit des Ergebnisses derart, daß der Reporter ankündigte: «Das ist ein Tor», und zwar im Tonfall resignierter Bewunderung, und nicht erst dann, wenn der Ball tatsächlich ins Netz ging, sondern in dem Augenblick, in dem Spieler Nummer Neun in Ballbesitz kam – selbst wenn dies noch in der eigenen Spielhälfte geschah. Auch die Zuschauer – es gab tatsächlich Zuschauer – setzten mit ihren triumphierenden Beifallsstürmen ein, sobald sie sahen, daß Nummer Neun den Ball hatte, und die Beifallsstürme wurden immer stärker, während sich Nummer Neun anmutig seinen Weg durch die gegnerischen Spieler bahnte, den Ball am Torhüter vorbei ins Netz brachte und sich dann umdrehte, um die Lobeshymnen seiner dankbaren Mannschaftskameraden entgegenzunehmen.

Als mir all dies wieder einfiel, kam mir auch eine vage Erinnerung daran, daß es da vor kurzem ein Problem bezüglich der Nummer Neun gegeben hatte, also unterbrach ich das Gemurmel von Boris und fragte:

«Wie geht es denn Nummer Neun im Moment? Ist er gut in Form?»

Boris ging schweigend noch ein paar Schritte weiter, dann antwortete er: «Wir haben die Schachtel dagelassen.»

«Die Schachtel?»

«Nummer Neun hat sich von seinem kleinen Sockel gelöst. Das passiert mit vielen so, aber man kann es ganz einfach reparieren. Ich habe Nummer Neun in eine besondere Schachtel gelegt, und ich wollte ihn reparieren, wenn Mutter den richtigen Kleber besorgt hat. Ich habe ihn in die Schachtel getan, es war eine ganz besondere, damit ich nicht vergesse, wo er ist. Aber wir haben ihn dagelassen.»

«Aha. Du meinst, ihr habt ihn da gelassen, wo ihr früher gewohnt habt.»

«Mutter hat vergessen, ihn einzupacken. Aber sie hat gesagt, wir können bald noch mal hingehen, in die alte Wohnung, und daß er da ist. Ich repariere ihn dann wieder, wir haben jetzt die richtige Sorte Kleber. Ich habe mir ein bißchen davon aufgehoben.»

«Aha.»

«Mutter sagt, das kriegen wir schon wieder hin, sie wird sich um alles kümmern. Sie wird dafür sorgen, daß die neuen Leute ihn nicht aus Versehen wegwerfen. Sie hat gesagt, wir gehen bald noch mal hin.»

Ich hatte das deutliche Gefühl, daß Boris auf irgend etwas ganz Bestimmtes hinaus wollte, und als er wieder schwieg, sagte ich zu ihm:

«Wenn du möchtest, Boris, kann ich ja mit dir hingehen. Ja, wir können zusammen hingehen, nur wir zwei. Zurück in die alte Wohnung, und da holen wir dann Nummer Neun. Das können wir bald mal machen. Vielleicht schon morgen, wenn ich eine freie Minute habe. Und du hast dann ja den Kleber. Der kommt ganz schnell wieder in Ordnung. Also mach dir keine Sorgen. Wir machen das bald mal.»

Wieder entschwand Sophies Gestalt unserem Blick, diesmal so unvermittelt, daß ich glaubte, sie müsse in ein Haus hineingegangen sein. Boris zog mich an der Hand, und wir beide liefen schnell zu der Stelle, an der sie verschwunden war.

Bald entdeckten wir, daß Sophie in eine winzige Seitengasse eingebogen war, deren Öffnung zur großen Straße hin kaum mehr als ein Mauerriß zu sein schien. Die Gasse fiel so steil ab und sah so eng aus, daß es kaum möglich schien hindurchzugelangen, ohne sich an einer der beiden rauhen Wände, die sie umschlossen, einen Ellenbogen aufzukratzen. Die Dunkelheit wurde nur von zwei Straßenlaternen durchbrochen, eine auf halber Höhe der Gasse, die andere ganz an ihrem Ende.

Boris umklammerte meine Hand, als wir den Abstieg die Gasse hinunter begannen, und bald atmete er wieder angestrengt. Nach einer Weile merkte ich, daß Sophie schon das Ende der Gasse erreicht hatte, aber schließlich schien sie unsere mißliche Lage bemerkt zu haben, blieb unter der hinteren Laterne stehen und schaute mit leicht besorgtem Gesichtsausdruck zu uns zurück. Als wir endlich bei ihr waren, sagte ich wütend:

«Na hör mal, siehst du denn nicht, daß wir Mühe haben, mit dir Schritt zu halten? Das war ein anstrengender Tag, für mich genausogut wie für Boris.»

Sophie lächelte verträumt. Dann legte sie einen Arm um die Schulter des kleinen Jungen und zog Boris zu sich heran. «Mach dir keine Sorgen», sagte sie sanft zu ihm. «Ich weiß, es ist ein bißchen unangenehm hier, und es ist kalt und regnerisch. Aber mach dir nichts draus, bald sind wir zu Hause. Dort wird es sehr warm sein, dafür werden wir schon sorgen. Warm genug, daß wir alle nur im T-Shirt herumlaufen können, wenn wir wollen. Und da sind diese großen neuen Sessel, in die man sich so schön hineinkuscheln kann. Ein kleiner Junge wie du geht in solch einem Sessel richtig verloren. Und du kannst dir deine Bücher ansehen oder ein Video gucken. Oder wenn du magst, holen wir ein paar Brettspiele vom Regal. Ich hole sie dir alle herunter, und du kannst mit Mr. Ryder spielen, welches du willst. Du könntest die großen roten Kissen auf den Teppich legen und das Spiel auf dem Boden ausbreiten. Und ich werde uns während dessen etwas zum Abendessen machen und den Tisch in der Ecke decken. Wenn ich es mir recht überlege, könnte ich statt einer großen Mahlzeit eine Auswahl von mehreren kleinen Sachen machen. Kleine Fleischbällchen, winzige Käsepastetchen, kleine Kuchen. Nur keine Sorge, ich werde an all deine Lieblingsgerichte denken, und ich werde alles auf dem Tisch anrichten. Dann können wir uns hinsetzen und essen, und danach können wir alle drei zusammen weiterspielen. Wenn du keine Lust mehr hast zu spielen, hören wir natürlich auf. Vielleicht möchtest du ja auch mit Mr. Ryder über Fußball reden. Und dann, aber erst wenn du richtig müde bist, kannst du ins Bett gehen. Ich weiß, dein neues Zimmer ist sehr klein, aber es ist auch sehr gemütlich, das hast du doch selbst gesagt. Du wirst heute nacht bestimmt ganz tief und fest schlafen. Diesen kalten, unangenehmen Spaziergang wirst du bis dahin längst vergessen haben. Tatsächlich wirst du das alles schon in dem Moment vergessen haben, wenn du durch die Tür kommst und die schöne warme Heizung spürst. Also nur nicht den Mut verlieren. Wir haben es nicht mehr weit.»

Während sie das alles sagte, hatte sie Boris fest im Arm gehabt, doch jetzt ließ sie ihn plötzlich los, drehte sich um und machte sich wieder auf den Weg. Die Plötzlichkeit dieses Aufbruchs überraschte mich sehr – denn ich selbst war von ihren Worten mehr und mehr eingelullt worden und hatte einen Moment lang die Augen geschlossen. Auch Boris sah verwirrt aus, und als ich endlich seine Hand genommen hatte, war uns seine Mutter schon wieder einige Schritte voraus.

Ich wollte sie auf keinen Fall wieder zu weit vorauslaufen lassen, doch gerade in dem Augenblick hörte ich hinter uns Schritte, und ich konnte einfach nicht anders, ich mußte eine Sekunde zurückbleiben und die Gasse hinauf zurückschauen. Genau in dem Moment trat die Person hinter uns in den Lichtkegel der ersten Laterne, und ich sah, daß es jemand war, den ich kannte. Sein Name war Geoffrey Saunders, und er war in England in der Schule im selben Jahrgang gewesen wie ich. Ich hatte seit der Schulzeit keinen Kontakt mehr zu ihm gehabt, und so war ich natürlich erstaunt zu sehen, wie sehr er gealtert war. Auch ohne das nicht sehr schmeichelhafte Licht der Laterne und ohne den kalten Nieselregen hätte er entsetzlich heruntergekommen ausgesehen. Er trug einen Regenmantel, der sich offensichtlich nicht mehr schließen ließ und den er beim Gehen vorne zusammenhielt. Ich war mir keineswegs im klaren, ob ich Lust hatte, ihn zu grüßen, aber als Boris und ich dann weitergehen wollten, kam Geoffrey Saunders an unsere Seite.

«Hallo, alter Knabe», sagte er. «Wußte ich doch, daß du es bist. Was für ein schrecklicher Abend es noch geworden ist.»

«Ja, furchtbar», erwiderte ich. «Und vorhin war es noch so schön.»

Die Gasse hatte uns auf eine dunkle, verlassene Straße hinausgeführt. Es wehte ein kräftiger Wind, und die Stadt schien weit weg zu sein.

«Dein Junge?» fragte Geoffrey Saunders und deutete mit einem Kopfnicken auf Boris. Ehe ich noch antworten konnte, fuhr er schon fort: «Netter Junge. Gut gemacht. Er scheint ein schlauer Bursche zu sein. Ich selbst habe nie geheiratet. Ich habe immer gedacht, das würde noch kommen, aber die Zeit ist einfach so verflogen, und jetzt wird es damit wohl nichts mehr. Um ehrlich zu sein, dazu gäbe es wohl noch einiges zu sagen. Aber ich will dich nicht mit all dem schrecklichen Pech langweilen, das ich im Laufe der Jahre gehabt habe. Ich habe auch schöne Dinge erlebt. Na ja, trotzdem. Gut gemacht. Netter Junge.»

Geoffrey Saunders beugte sich vor und begrüßte Boris. Aber Boris, der entweder zu verärgert oder zu sehr in Gedanken war, reagierte nicht.

Die Straße führte uns jetzt bergab. Während wir durch die Dunkelheit gingen, erinnerte ich mich daran, daß Geoffrey Saunders in der Schule immer als das hoffnungsvollste junge Talent des Jahrgangs gegolten hatte, immer hatte er sich in den schulischen Leistungen, aber auch in sportlicher Hinsicht ausgezeichnet. Er wurde ständig als leuchtendes Beispiel hingestellt, wenn wir anderen getadelt wurden, weil wir uns nicht genügend angestrengt hatten, und alle waren überzeugt davon, daß er bald Schulsprecher würde. Doch dazu kam es nie, wie mir jetzt wieder einfiel, und zwar aufgrund irgendeines Vorfalles, der ihn zwang, ganz plötzlich während unseres fünften Jahres von der Schule abzugehen.

«Ich habe in der Zeitung gelesen, daß du kommst», sagte er zu mir. «Ich habe angenommen, du läßt mal von dir hören, weißt du. Um mir zu sagen, wann du mich mal besuchen kommst. Ich hatte schon Kuchen aus der Bäckerei geholt, damit ich was im Haus habe, das ich dir zum Tee anbieten könnte. Meine Behausung mag ja durchaus etwas trist sein, da ich ja nun mal alleinstehend bin und so, aber ich rechne trotzdem damit, daß die Leute mich ab und zu besuchen, und ich bin ganz bestimmt in der Lage, sie nett zu bewirten. Also, als ich gehört habe, daß du kommst, bin ich gleich losgelaufen und habe eine Auswahl verschiedener kleiner Teekuchen besorgt. Das war vorgestern. Gestern habe ich gedacht, man kann den Kuchen noch anbieten, wenn auch der Zuckerguß schon ein bißchen hart geworden war. Aber als du dich heute immer noch nicht gemeldet hattest, habe ich alles weggeworfen. Aus Stolz, nehme ich an. Ich meine, du bist so erfolgreich, und ich wollte einfach nicht, daß du wieder wegfährst und denkst, ich führe ein armseliges Leben in einer winzigen Mietwohnung und kann meinen Gästen nur altbackenen Kuchen anbieten. Also bin ich wieder in die Bäckerei gegangen und habe frischen Kuchen geholt. Und ich habe mein Zimmer ein bißchen aufgeräumt. Aber du hast dich nicht gemeldet. Tja, ich nehme an, ich kann dir das nicht mal übelnehmen. Hör mal» – er beugte sich vor und sah Boris an – «geht es dir auch wirklich gut? Du bist ja ganz aus der Puste.»

Boris, der tatsächlich wieder nur schwer Luft bekam, gab durch nichts zu erkennen, daß er die Frage gehört hatte.

«Wegen dem kleinen Bummelanten hier sollten wir lieber etwas langsamer gehen», sagte Geoffrey Saunders. «Ich habe eine Zeitlang einfach ein bißchen Pech in der Liebe gehabt. Viele hier in der Stadt glauben, ich sei homosexuell. Bloß weil ich allein in einem kleinen gemieteten Zimmer wohne. Anfangs fand ich das ziemlich schlimm, aber jetzt nicht mehr. Also schön, sie halten mich für einen Homosexuellen. Na und? Tatsache ist, daß sich meine Bedürfnisse nun mal am besten von Frauen befriedigen lassen. Du weißt schon, die Sorte Frauen, die man bezahlt. Genau das Richtige für mich, und ein paar von denen sind wirklich hochanständig. Aber trotzdem fängt man nach einer Weile an, sie zu verachten. Da kann man nichts machen. Ich kenne die meisten Huren hier in der Stadt. Das heißt natürlich nicht, daß ich mit allen geschlafen habe. Ganz bestimmt nicht! Aber sie kennen mich, und ich kenne sie. Wir grüßen uns, wenn wir uns sehen. Du glaubst vielleicht, ich führe ein ganz armseliges Leben. Tue ich gar nicht. Es ist eine Frage der Betrachtungsweise. Ab und zu kommen mich Freunde besuchen. Ich bin bestimmt in der Lage, mich bei einer Tasse Tee nett mit ihnen zu unterhalten. Ich mache das ganz gut, und hinterher sagen sie oft, wie nett es gewesen ist, mal bei mir hereinzuschauen.»

Die Straße war eine ganze Weile steil abgefallen, doch jetzt wurde sie eben, und wir befanden uns an einem Ort, der nach einem verlassenen Bauernhof aussah. Überall um uns herum im Mondlicht erhoben sich die dunklen Umrisse von Scheunen und Nebengebäuden. Sophie ging uns immer noch voran, aber inzwischen hatte sie wieder beträchtlichen Abstand zu uns gewonnen, und nur ab und zu sah ich ganz flüchtig ihre Gestalt, wenn sie um die Ecke irgendeines verfallenen Gebäudes bog.

Glücklicherweise schien sich Geoffrey Saunders hier gut auszukennen, und ohne lange nachdenken zu müssen, bahnte er sich seinen Weg durch die Dunkelheit. Während ich dicht hinter ihm herging, erinnerte ich mich an ein bestimmtes Ereignis aus unserer Schulzeit, an einen frischen Wintermorgen in England, der Himmel war bewölkt und der Boden frostbedeckt. Ich war vierzehn oder fünfzehn und stand mit Geoffrey Saunders vor irgendeinem Pub mitten in Worcestershire. Wir waren zu zweit als Richtungsweiser in einem Querfeldeinrennen dorthin geschickt worden, und unsere Aufgabe hatte ganz einfach darin bestanden, die Läufer, sobald sie aus dem Nebel auftauchten, in die vorgesehene Richtung über ein nahe gelegenes Feld zu schicken. Ich war an diesem Morgen ziemlich durcheinander, und nachdem wir ungefähr fünfzehn Minuten dort zusammen gestanden und schweigend in den Nebel gestarrt hatten, konnte ich mich einfach nicht länger beherrschen und brach in Tränen aus. Zu dem Zeitpunkt kannte ich Geoffrey Saunders nicht besonders gut, obwohl ich wie alle anderen auch immer ganz versessen darauf war, einen guten Eindruck auf ihn zu machen. Deshalb war ich zutiefst beschämt, und nachdem ich meinen Gefühlsausbruch endlich unter Kontrolle hatte, war mein erster Eindruck der, daß er voller Verachtung keinerlei Notiz von mir nahm. Doch dann fing Geoffrey Saunders an zu reden, anfangs ohne in meine Richtung zu sehen, dann schließlich mir zugewandt. Es wollte mir jetzt nicht mehr einfallen, was er damals an diesem nebligen Morgen zu mir gesagt hatte, doch ich erinnerte mich nur allzugut an die Wirkung, die seine Worte auf mich gehabt hatten. Zunächst einmal war ich sogar in diesem Zustand des Selbstmitleids in der Lage gewesen, die beachtliche Großzügigkeit zu erkennen, die er mir gegenüber bewies, und ich hatte eine tiefe Dankbarkeit empfunden. Außerdem hatte ich in dem Augenblick einen deutlichen Kälteschauer verspürt, und mir war bewußt geworden, daß es an dem hoffnungsvollen jungen Talent der Schule eine unbekannte Seite gab – etwas tief Verwundbares, das verhindern würde, daß er die hohen Erwartungen erfüllte, die man in ihn gesetzt hatte. Während wir weiter zusammen durch die Dunkelheit gingen, versuchte ich noch einmal, mich an das zu erinnern, was er an dem Morgen zu mir gesagt hatte, aber es wollte mir nicht gelingen.

Da der Boden nun wieder eben war, schien Boris ein wenig zu Atem zu kommen, und er hatte wieder angefangen, vor sich hin zu murmeln. Vielleicht weil er sich durch die Gewißheit ermutigt fühlte, daß wir unser Ziel bald erreichen würden, fand er die Kraft, einem Stein, der auf seinem Weg lag, einen Stoß zu geben, und dabei rief er: «Nummer Neun!» Der Stein sprang über den rauhen Boden und landete irgendwo in der Dunkelheit im Wasser.

«Na, das ist doch schon viel besser», sagte Geoffrey Saunders zu Boris. «Ist das deine Position? Die Nummer Neun?»

Als Boris nicht antwortete, sagte ich schnell: «O nein, das ist nur sein Lieblingsfußballspieler.»

«Ach ja? Ich sehe viel Fußball. Im Fernsehen, meine ich.»

Er beugte sich zu Boris vor. «Welche Nummer Neun ist es denn?»

«Oh, einfach nur sein Lieblingsspieler», sagte ich wieder.

«Was Mittelstürmer angeht», fuhr Geoffrey Saunders fort, «da mag ich am liebsten diesen Holländer, spielt für Mailand. Der ist wirklich klasse.»

Ich wollte gerade noch etwas sagen, um das mit der Nummer Neun zu erklären, doch in dem Augenblick blieben wir stehen. Da sah ich dann, daß wir am Rand einer riesigen Grasfläche angekommen waren. Wie groß das Feld genau war, konnte ich nicht abschätzen, doch ich nahm an, daß es sich sehr viel weiter hinstreckte, als wir im Mondlicht sehen konnten. Ein kräftiger Wind fegte über das Gras und in die Dunkelheit hinein.

«Wir scheinen uns verirrt zu haben», sagte ich zu Geoffrey Saunders. «Kennst du dich hier aus?»

«O ja. Ich wohne nicht weit von hier. Leider kann ich dich im Moment nicht zu mir einladen, weil ich sehr müde bin und ins Bett muß. Aber ich würde mich sehr freuen, wenn du morgen kommen könntest. Sagen wir doch einfach, irgendwann nach neun Uhr.»

Ich schaute über das Feld hinweg und in das Dunkel hinein.

«Um ehrlich zu sein, wir haben da ein kleines Problem im Moment», sagte ich. «Weißt du, wir waren auf dem Weg zur Wohnung dieser Frau, der wir vorhin gefolgt sind. Jetzt haben wir uns ziemlich verlaufen, und ich kenne ihre Adresse nicht. Sie sagte etwas davon, daß sie in der Nähe einer mittelalterlichen Kapelle wohnt.»

«Die mittelalterliche Kapelle? Die ist im Stadtzentrum.»

«Aha. Und kommen wir da hin, wenn wir hier weitergehen?» Ich deutete über das Feld.

«O nein, da hinten ist gar nichts mehr. Nichts als Leere. Da lebt nur einer, und zwar dieser Brodsky.»

«Brodsky», sagte ich. «Hhm. Ich habe ihn heute im Hotel üben gehört. Diesen Brodsky scheint ihr ja hier in der Stadt alle zu kennen.»

Geoffrey Saunders warf mir einen Blick zu, der mich vermuten ließ, daß ich etwas ganz Dummes gesagt hatte.

«Na ja, schließlich lebt er schon seit vielen Jahren hier. Weshalb sollten wir ihn da nicht kennen?»

«Ja, ja, natürlich.»

«Kaum zu glauben, daß der verrückte Alte es sich in den Kopf gesetzt hat, den Taktstock zu schwingen. Aber ich will einfach mal abwarten. Viel schlimmer kann es schon gar nicht mehr kommen. Und wenn du dann noch so große Stücke auf Brodsky hältst, was kann ich dann schon dagegen sagen?»

Mir fiel nichts ein, was ich darauf hätte antworten können. Da hatte sich Geoffrey Saunders aber auch schon plötzlich von dem Feld weggedreht und sagte:

«Nein, nein, die Stadt ist in der Richtung. Ich kann euch auf den Weg bringen, wenn ihr wollt.»

«Wir wären dir sehr dankbar», erwiderte ich, während uns ein eisiger Wind entgegenschlug.

«Na gut.» Geoffrey Saunders überlegte einen Moment. Dann sagte er: «Um ehrlich zu sein, es wäre wohl am besten, ihr würdet einen Bus nehmen. Von hier aus würdet ihr zu Fuß eine gute halbe Stunde brauchen. Vielleicht hat die Frau dir einreden wollen, ihre Wohnung wäre ganz in der Nähe. Tja, das machen sie immer so. Das ist einer ihrer Tricks. Denen solltest du nie glauben. Aber es ist kein Problem, wenn ihr den Bus nehmt. Ich zeige euch, wo die Haltestelle ist.»

«Wir wären dir sehr dankbar», sagte ich wieder. «Boris wird es allmählich kalt. Ich hoffe, die Bushaltestelle ist ganz in der Nähe.»

«O ja, sicher. Folge mir einfach nur.»

Geoffrey Saunders drehte sich um und führte uns zurück in Richtung des verlassenen Bauernhofes. Doch schnell war ich überzeugt, daß wir nicht denselben Weg zurückgingen, und tatsächlich befanden wir uns sehr bald schon auf einer schmalen Straße, die in einem Stadtteil zu liegen schien, der alles andere als wohlhabend war. Kleine Reihenhäuschen standen zu beiden Seiten der Straße. Hier und da sah ich Lichter in den Fenstern, aber die meisten Bewohner schienen schon zu Bett gegangen zu sein.

«Alles in Ordnung», sagte ich leise zu Boris, der, wie ich spüren konnte, am Rand der Erschöpfung war. «Wir werden jetzt bald in der Wohnung sein. Bis wir da sind, wird deine Mutter schon alles für uns fertig haben.»

Wir gingen eine Weile an weiteren Häuserblocks vorbei. Dann fing Boris wieder an, vor sich hin zu murmeln:

«Nummer Neun... Es ist die Nummer Neun...»

«Also hör mal, welche Nummer Neun meinst du denn?» fragte Geoffrey Saunders und wandte sich zu Boris um. «Du meinst doch den Holländer, oder?»

«Die Nummer Neun ist der bisher beste Spieler in der Geschichte des Fußballs», gab Boris zur Antwort.

«Ja, aber welche Nummer Neun meinst du?» In der Stimme von Geoffrey Saunders schwang jetzt Ungeduld mit. «Wie heißt er? In welcher Mannschaft spielt er?»

«Boris nennt ihn einfach nur...»

«Einmal hat er in den letzten zehn Minuten siebzehn Tore geschossen!» sagte Boris.

«Ach, so ein Unsinn.» Geoffrey Saunders schien wirklich verärgert zu sein. «Ich dachte, du meinst das im Ernst. Dabei hast du nur Unsinn geredet.»

«Das stimmt!» schrie Boris. «Das war Weltrekord!»

«Ja, richtig!» fiel ich ein. «Weltrekord!» Dann gewann ich meine Fassung wieder und lachte auf. «Das heißt, das muß es ja wohl gewesen sein, nicht?» Ich lächelte Geoffrey Saunders mit flehentlichem Blick an, doch er nahm keine Notiz von mir.

«Aber von wem sprichst du denn? Meinst du diesen Holländer? Außerdem solltest du einsehen, mein lieber Junge, daß das Toreschießen nicht alles ist. Die Verteidiger sind genauso wichtig. Die *wirklich* großen Spieler sind oft Verteidiger.»

«Die Nummer Neun ist der bisher beste Spieler in der Geschichte des Fußballs!» sagte Boris wieder. «Wenn er in Form ist, kann ihn kein Verteidiger stoppen!»

«Das stimmt», sagte ich. «Die Nummer Neun ist zweifellos der beste Spieler der Welt. Im Mittelfeld, vorne, überall. Er macht einfach alles. Wirklich.»

«Das ist Unsinn. Ihr habt beide keine Ahnung, wovon ihr redet.»

«Und ob wir eine Ahnung haben.» Inzwischen war ich richtig wütend auf Geoffrey Saunders geworden. «Was wir da sagen, ist doch nun wirklich allgemein bekannt. Wenn Nummer Neun in Form ist, in richtig guter Form ist, schreit der Reporter in dem Moment ‹Tor›, in dem er den Ball bekommt, egal wo auf dem Spielfeld das passiert...»

«Ach du meine Güte.» Geoffrey Saunders drehte sich angeekelt weg. «Wenn du den Kopf von deinem Jungen tatsächlich mit solch einem Blödsinn vollstopfst, dann Gnade ihm Gott.»

«Also hör mal...» Ich kam mit meinem Gesicht ganz nah an sein Ohr und flüsterte ärgerlich. «Hör mal, begreifst du denn nicht...»

«Das ist Blödsinn. Du stopfst den Kopf von deinem Jungen mit lauter Blödsinn voll...»

«Aber er ist noch jung, er ist doch nur ein kleiner Junge. Begreifst du nicht...»

«Das ist noch lange kein Grund, ihm den Kopf mit lauter Blödsinn vollzustopfen. Übrigens sieht er so jung nun auch wieder nicht aus. Ich finde, ein Junge in seinem Alter sollte schon was Anständiges machen. Sollte anfangen, seinen Beitrag zu leisten. Er sollte was über das Tapezieren lernen, zum Beispiel, oder über das Fliesenlegen. Nicht all diesen Unsinn über eingebildete Fußballspieler...»

«Ach, du Idiot. Sei doch ruhig. Sei doch endlich ruhig.»

«Ein Junge in seinem Alter – es ist doch höchste Zeit, daß er seinen Beitrag leistet...»

«Das ist mein Junge, ich sage, wann es Zeit für ihn ist...»

«Tapezieren, Fliesenlegen, irgend so etwas. Ich finde, das ist die richtige ...»

«Ach hör doch auf, was weißt du denn schon davon? Was weißt du denn schon – ein armseliger, einsamer Junggeselle? Was weißt du denn schon davon?»

Ich gab ihm einen kräftigen Stoß gegen die Schulter. Plötzlich wirkte Geoffrey Saunders ganz niedergeschmettert. Er schlurfte ein paar Schritte vor uns her und ging dann weiter mit leicht vorgebeugtem Kopf voran, seinen Regenmantel hielt er immer noch vor der Brust zusammen.

«Ist schon gut», sagte ich leise zu Boris. «Wir sind bald da.»

Boris antwortete nicht, und ich sah, daß er die Gestalt von Geoffrey Saunders anstarrte, der vor uns her schlurfte.

Während wir weitergingen, verrauchte allmählich die Wut auf meinen alten Schulfreund. Im übrigen hatte ich nicht vergessen, daß wir darauf angewiesen waren, daß er uns den Weg zur Bushaltestelle zeigte. Ein paar Augenblicke später schloß ich zu ihm auf, trat ganz nah an ihn heran und fragte mich, ob er wohl noch mit mir sprechen würde. Zu meiner großen Überraschung hörte ich Geoffrey Saunders leise vor sich hinmurmeln:

«Ja, ja, wir bereden das dann alles, wenn du mal zum Tee zu mir kommst. Wir reden über alles, verbringen ein paar wehmutsvolle Stunden miteinander und klatschen über die Schule und alte Schulfreunde. Ich habe dann mein Zimmer aufgeräumt, und wir können zu beiden Seiten des Kamins in den bequemen Sesseln sitzen. Ja, das Zimmer sieht ganz so aus wie eines, das man auch in England mieten könnte. Das heißt, bis vor ein paar Jahren mieten konnte. Deshalb habe ich es auch genommen. Es hat mich an zu Hause erinnert. Na jedenfalls, wir können am Kamin sitzen und über alles reden. Die Lehrer, die Jungs, können uns Neues von gemeinsamen Freunden erzählen, mit denen wir noch in Kontakt sind. Ah, da wären wir ja.»

Wir waren zu einer Stelle gelangt, die wie ein kleiner Dorfplatz aussah. Es gab einige kleine Läden – in denen höchstwahrscheinlich die Bewohner dieses Viertels ihre Lebensmittel kauften –, alle waren geschlossen und zur Nacht vergittert. In der Mitte des Platzes befand sich ein Fleckchen Grün, das nicht viel größer war als eine Verkehrsinsel. Geoffrey Saunders deutete auf eine einsame Straßenlaterne vor den Läden.

«Du und dein Junge, ihr wartet am besten dort drüben. Ich weiß, da ist kein Schild, aber nur keine Sorge, es ist eine ganz normale Bushaltestelle. Und jetzt muß ich euch leider verlassen.»

Boris und ich starrten auf die Stelle, auf die er gedeutet hatte. Es regnete nicht mehr, doch unten um den Laternenpfahl waberte der Nebel. Nichts rührte sich um uns her.

«Bist du auch sicher, daß hier ein Bus hält?» fragte ich.

«Aber ja. Gut, um diese Tageszeit muß man ein bißchen warten. Aber am Ende kommt er ganz bestimmt. Du mußt nur Geduld haben, das ist alles. Es wird euch vielleicht ein bißchen kalt werden, während ihr hier wartet, aber glaube mir, der Bus ist das Warten wert. Er wird aus der Dunkelheit auftauchen und ganz hell erleuchtet sein. Und wenn ihr erst einmal eingestiegen seid, werdet ihr feststellen, daß es dort drin warm und gemütlich ist. Und in diesem Bus sitzen immer die fröhlichsten Leute. Sie lachen und machen Witze, reichen sich heiße Getränke und Kleinigkeiten zu essen. Sie werden dich und deinen Jungen herzlich aufnehmen. Sag einfach nur dem Fahrer, er soll euch bei der mittelalterlichen Kapelle rauslassen. Mit dem Bus ist es wirklich nicht weit.»

Geoffrey Saunders sagte uns gute Nacht, dann drehte er sich um und ging davon. Boris und ich sahen, wie er in einer kleinen Gasse zwischen zwei Häusern verschwand, und dann machten wir uns auf den Weg zur Bushaltestelle.

FÜNF

Wir standen einige Minuten lang unter der Straßenlaterne, um uns nichts als Stille. Schließlich legte ich meinen Arm um Boris und sagte: «Dir ist doch bestimmt kalt.»

Er drängte sich an mich, sagte aber nichts, und als ich zu ihm hinunterschaute, sah ich, daß er ganz gedankenverloren die düstere Straße hinunterstarrte. Irgendwo in der Ferne fing ein Hund an zu bellen und hörte dann auf. Als wir eine ganze Weile so dagestanden hatten, sagte ich:

«Tut mir leid, Boris. Ich hätte das alles besser regeln sollen. Tut mir wirklich leid.»

Der kleine Junge schwieg einen Moment, dann antwortete er: «Nur keine Angst. Der Bus wird bald kommen.»

Auf der anderen Seite des Platzes sah ich vor der kleinen Reihe mit Läden Nebelschwaden vorbeiziehen.

«Ich weiß nicht genau, ob wirklich ein Bus kommen wird», sagte ich schließlich.

«Keine Bange. Du mußt einfach nur Geduld haben.»

Wir warteten noch eine Weile. Dann sagte ich wieder:

«Ich weiß aber wirklich nicht, ob hier überhaupt ein Bus kommen wird.»

Der kleine Junge drehte sich zu mir um und seufzte gequält. «Hör doch auf, dir Sorgen zu machen», sagte er. «Hast du denn nicht gehört, was der Mann gesagt hat? Wir müssen einfach nur warten.»

«Ach, Boris. Manchmal kommt es im Leben nicht so, wie man das erwartet. Selbst wenn es dir jemand gesagt hat.»

Boris seufzte wieder. «Aber der Mann hat es doch gesagt, oder? Außerdem wird Mutter schon auf uns warten.»

Ich überlegte noch, was ich darauf sagen könnte, als sich

ganz in unserer Nähe jemand räusperte, so daß wir beide zusammenschraken. Ich drehte mich um und sah, daß sich genau in dem Licht, das die Straßenlaterne warf, jemand aus einem haltenden Auto herausbeugte.

«Guten Abend, Mr. Ryder. Entschuldigen Sie, aber ich fuhr gerade vorbei und habe Sie da stehen sehen. Ist alles in Ordnung?»

Ich ging ein paar Schritte in Richtung Auto und erkannte Stephan, den Sohn des Hoteldirektors.

«O ja», sagte ich. «Alles in Ordnung, danke. Wir... äh, wir warten hier auf einen Bus.»

«Vielleicht kann ich Sie mitnehmen. Ich war gerade auf dem Weg zu jemandem, und zwar in einer recht heiklen Mission, mit der Vater mich betraut hat. Hören Sie mal, es ist doch ziemlich kalt da draußen, wieso steigen Sie nicht ein?»

Der junge Mann stieg aus und öffnete Vorder- und Hintertür auf der Beifahrerseite. Ich dankte ihm, half Boris, hinten einzusteigen, und setzte mich nach vorn. Sofort setzte sich das Auto in Bewegung.

«Das ist also Ihr Junge», sagte Stephan, während wir durch verlassene Straßen rasten. «Wie nett, ihn kennenzulernen, obwohl er ja im Moment etwas erschöpft aussieht. Na ja, soll er sich ausruhen. Ich mache mich dann ein andermal mit ihm bekannt.»

Ich schaute nach hinten und sah, daß Boris dabei war einzuschlafen, den Kopf hatte er an die gepolsterte Armlehne gelegt.

«Also, Mr. Ryder», fuhr Stephan fort, «ich nehme an, Sie wollen ins Hotel zurück.»

«Eigentlich waren Boris und ich auf dem Weg in die Wohnung von jemandem. In der Stadtmitte, in der Nähe der mittelalterlichen Kapelle.»

«Der mittelalterlichen Kapelle? Hhm.»

«Macht das große Umstände?»

«Ach nein, eigentlich nicht. Nein, nein, keineswegs.» Stephan machte eine scharfe Kurve und bog in eine weitere enge, düstere Straße. «Es ist nur so, tja also, wie ich schon sagte, ich war gerade selber auf dem Weg zu jemandem. Zu einer Verabredung. Wollen mal sehen...»

«Und das ist eine dringende Verabredung?»

«Also eigentlich, Mr. Ryder, ist die Sache *sehr* dringend. Es hat mit Mr. Brodsky zu tun, wissen Sie. Also tatsächlich ist das Ganze recht heikel. Hhm. Ich überlege gerade, ob Sie und Boris vielleicht so freundlich wären, ein paar Minuten zu warten, während ich mich um die Angelegenheit kümmere, und hinterher könnte ich Sie dann hinfahren, wohin Sie möchten.»

«Selbstverständlich müssen Sie sich erst um Ihre Angelegenheiten kümmern. Aber ich wäre Ihnen sehr dankbar, wenn es nicht ganz so lange dauern würde. Wissen Sie, Boris hat noch nicht zu Abend gegessen.»

«Ich mache so schnell ich kann, Mr. Ryder. Ich wünschte nur, ich könnte Sie sofort in die Stadt bringen, aber verstehen Sie bitte, ich möchte auf keinen Fall zu spät kommen. Wie gesagt, es ist eine recht schwierige kleine Mission...»

«Natürlich, darum müssen Sie sich zuallererst kümmern. Wir warten gern, das macht uns nichts aus.»

«Ich will versuchen, es so schnell wie möglich zu erledigen. Aber um ehrlich zu sein, ich glaube nicht, daß ich die Sache allzusehr beschleunigen kann. Es ist eine Angelegenheit, die Vater normalerweise selbst in die Hand nehmen oder einem der anderen Herren übertragen würde, aber, nun ja, es ist wohl so, daß Miss Collins immer schon eine gewisse Schwäche für mich gehabt hat...» Der junge Mann war auf einmal ganz verlegen und brach ab. Dann sagte er: «Ich will versuchen, mich zu beeilen.»

Wir fuhren jetzt durch eine angenehmere Gegend – schon mehr in Richtung Stadtmitte, wie ich vermutete. Die Straßenbeleuchtung war besser, und ich bemerkte, daß neben uns Straßenbahngleise verliefen. Hier und da sah man Cafés oder Restaurants, die zur Nacht geschlossen hatten, doch das Viertel bestand hauptsächlich aus repräsentativen Wohnhäusern.

Die Fenster waren alle dunkel, und unser Wagen schien weit und breit das einzige zu sein, das die Stille störte. Schweigend fuhr Stephan Hoffman ein paar Minuten lang weiter. Dann sagte er plötzlich, als habe er sich die Worte sorgfältig zurechtgelegt:

«Also, es ist bestimmt sehr unverschämt von mir. Aber sind Sie wirklich *sicher*, daß Sie nicht doch ins Hotel zurück möchten? Ich meine, es ist ja nur wegen all der Reporter, die dort auf Sie warten.»

«Reporter?» Ich sah in die Nacht hinaus. «Ach ja. Die Reporter.»

«Du meine Güte, ich hoffe, Sie halten mich jetzt nicht für anmaßend. Es ist nur so, daß ich sie alle gesehen habe, als ich das Hotel verließ. Sie saßen in der Halle mit ihren Mappen und Aktentaschen auf dem Schoß und haben so ausgesehen, als seien sie sehr nervös bei dem Gedanken, Ihnen zu begegnen. Wie gesagt, es geht mich natürlich nichts an, und Sie haben sicher alles im Griff, davon bin ich überzeugt.»

«Ja, ja, natürlich», sagte ich leise und schaute wieder aus dem Fenster hinaus.

Stephan schwieg jetzt, sicher hatte er beschlossen, die Sache auf sich beruhen zu lassen. Aber nun mußte ich an die Reporter denken, und nach einer Weile glaubte ich, mich wohl an solch einen Termin zu erinnern. Das Bild, das der junge Mann wachgerufen hatte, die Vorstellung von Leuten, die mit Mappen und Aktentaschen dasaßen, sagte mir durchaus etwas. Doch schließlich konnte ich mich nicht mit Bestimmtheit daran erinnern, einen derartigen Programmpunkt auf meinem Terminplan zu haben, und beschloß, die Angelegenheit zu vergessen.

«So, da wären wir», sagte Stephan neben mir. «Also, wenn sie mich nun kurz entschuldigen würden. Bitte machen Sie es sich so bequem wie möglich. Ich bin zurück, so schnell es geht.»

Wir hatten vor einem großen weißen Wohnhaus gehalten. Es

hatte mehrere Stockwerke, und durch die dunklen, gußeisernen Balkone hatte es etwas Spanisches.

Stephan stieg aus dem Auto, und ich sah ihn zum Eingang gehen. Er beugte sich zu den Klingeln hinunter, drückte auf eine und stand dann wartend da, seine Haltung ließ eine gewisse Nervosität erkennen. Einen Augenblick später ging im Hausflur Licht an.

Die Tür wurde von einer ältlichen silberhaarigen Frau geöffnet. Sie wirkte schmal und zerbrechlich, doch es war eine gewisse Anmut in ihren Bewegungen, als sie Stephan lächelnd hereinbat. Die Tür schloß sich hinter ihm, aber als ich mich in meinem Sitz zurücklehnte, sah ich die beiden immer noch hell erleuchtet in der schmalen Glasscheibe seitlich der Eingangstür. Stephan trat sich die Füße ab und sagte:

«Tut mir leid, daß ich ohne große Voranmeldung erscheine.»

«Ach, Stephan, ich habe Ihnen doch schon so oft gesagt», erwiderte die ältere Dame, «daß ich immer für Sie da bin, wenn Sie sich mal aussprechen wollen.»

«Also, eigentlich, Miss Collins, ist es gar nicht... Also, es geht gar nicht um das Übliche. Ich wollte über etwas ganz anderes mit Ihnen reden, eine recht wichtige Angelegenheit. Vater wäre gern selbst gekommen, aber, na ja, er ist im Moment so beschäftigt...»

«Ach so», unterbrach die Frau ihn lächelnd, «es geht um etwas anderes, auf das Ihr Vater Sie angesetzt hat. Er läßt Sie also immer noch die Schmutzarbeit erledigen.»

Das sagte sie in neckischem Tonfall, doch Stephan schien das nicht zu bemerken.

«Keineswegs», erwiderte er ernst. «Im Gegenteil, diese Mission ist von besonders heikler und schwieriger Natur. Vater hat sie mir anvertraut, und ich habe das gern übernommen...»

«Ich bin also schon eine Mission geworden! Noch dazu eine von heikler und schwieriger Natur!»

«Aber nein. Ich wollte sagen...» Stephan schwieg verwirrt.

Die ältere Dame schien zu glauben, daß sie Stephan genug gehänselt hatte. «Na schön», sagte sie, «wir gehen besser hinein und besprechen das in aller Ruhe bei einem Glas Sherry.»

«Sehr freundlich von Ihnen, Miss Collins. Aber eigentlich kann ich nicht lange bleiben. Im Wagen warten ein paar Leute.» Er deutete in unsere Richtung, doch die ältere Dame war schon dabei, ihre Wohnungstür zu öffnen.

Ich sah, daß sie Stephan durch einen kleinen und ordentlichen Flur führte, durch eine weitere Tür und dann einen dämmrigen Korridor entlang, dessen Wände zu beiden Seiten mit kleinen, gerahmten Aquarellen geschmückt waren. Der Korridor führte in den Salon von Miss Collins – einen geräumigen, L-förmigen Raum im hinteren Teil des Gebäudes. Das Licht im Raum war gedämpft und erweckte eine behagliche Stimmung, und auf den ersten Blick wirkte der Raum auf eine teure und altmodische Weise elegant. Bei näherer Betrachtung sah ich jedoch, daß die meisten Möbel sehr abgewetzt waren und daß die Stücke, die ich zunächst für Antiquitäten gehalten hatte, in Wirklichkeit kaum mehr als Trödel waren. Ehemals luxuriöse Sofas und Sessel in reparaturbedürftigem Zustand füllten den Raum, und die bodenlangen Samtvorhänge waren fleckig und ausgefranst. Stephan setzte sich mit einer Selbstverständlichkeit, die seine Vertrautheit mit der Umgebung verriet, sah aber weiterhin nervös aus, während sich Miss Collins an dem Schränkchen mit den Getränken zu schaffen machte. Als sie ihm schließlich ein Glas reichte und sich zu ihm setzte, brach es plötzlich aus dem jungen Mann heraus: «Es hat mit Mr. Brodsky zu tun.»

«Aha», sagte Miss Collins. «So etwas Ähnliches hatte ich mir schon gedacht.»

«Es ist so, Miss Collins, wir haben uns gefragt, ob Sie uns eventuell helfen würden. Beziehungsweise *ihm* helfen würden...» Stephan lachte auf, schwieg dann und schaute weg.

Miss Collins legte den Kopf nachdenklich zur Seite. Dann fragte sie: «Sie möchten, daß ich Leo helfe?»

«Oh, wir möchten ja nicht, daß Sie etwas tun, das für Sie unangenehm oder... nun ja, schmerzlich ist. Vater versteht voll und ganz, wie Sie sich fühlen müssen.» Er lachte wieder auf. «Es ist nur so, daß Ihre Hilfe in diesem Stadium von Mr. Brodskys... Genesung äußerst wichtig sein könnte.»

«Aha.» Miss Collins nickte und schien darüber nachzudenken. Dann sagte sie: «Darf ich aus all dem schließen, Stephan, daß Ihr Vater bei Leo in nur sehr beschränktem Maße erfolgreich ist?»

Der hänselnde Ton in ihrer Stimme schien mir deutlicher denn je zu sein, doch Stephan bemerkte ihn auch diesmal nicht.

«Aber ganz und gar nicht!» erwiderte er verärgert. «Im Gegenteil, Vater hat wahre Wunder bewirkt und enorme Fortschritte erzielt! Es ist nicht einfach gewesen, aber Vaters Beharrlichkeit war bemerkenswert, das ist sogar uns aufgefallen, die wir doch wissen, daß Vater auch sonst alles sehr beharrlich angeht.»

«Vielleicht ist er nicht beharrlich genug gewesen.»

«Sie haben ja keine Ahnung, Miss Collins! Überhaupt keine Ahnung! Manchmal kommt er nach einem zermürbenden Tag im Hotel erschöpft nach Hause, so erschöpft, daß er gleich nach oben ins Bett gehen muß. Es ist schon passiert, daß Mutter dann herunterkam und sich beschwert hat, und dann bin ich hochgegangen, nach oben in ihr Schlafzimmer, und dann habe ich Vater gesehen, der einfach quer aufs Bett gefallen ist und vor sich hin schnarcht. Sie müssen wissen, schon seit Jahren gibt es diese feste Vereinbarung, daß er sich zum Einschlafen auf die Seite legt, aber nicht auf den Rücken, weil er sonst so schrecklich schnarcht, also können Sie sich denken, wie angewidert Mutter ist, wenn sie ihn so findet. Meistens ist das dann eine Heidenarbeit für mich, ihn wach zu kriegen, aber was bleibt mir schon übrig, denn sonst, ich sagte es ja schon, sonst weigert Mutter sich, wieder ins Schlafzimmer zu gehen. Sie geht dann einfach mit wütendem Blick auf dem Flur auf und ab, und sie geht erst wieder hinein, wenn ich ihn aufgeweckt, ihn ausgezogen, ihm in seinen Bademantel geholfen und ihn dann ins Bad geführt habe. Aber was ich damit sagen will, ist folgendes: Auch wenn er derart müde ist, klingelt manchmal das Telefon, und es ist einer von den Angestellten, der mitteilt, daß Mr. Brodsky extrem gereizt ist, daß er etwas zu trinken will, und wissen Sie was, Vater sammelt dann oft von irgendwoher wieder Kraft. Er reißt sich zusammen, dieser Ausdruck kommt wieder in seine Augen, er zieht sich an und geht hinaus in die Nacht und kommt dann manchmal erst nach Stunden wieder zurück. Er hat gesagt, er wird Mr. Brodsky wieder auf die Beine bringen, und er gibt alles, was er hat, er gibt sein Äußerstes, um zu erreichen, was er sich vorgenommen hat.»

«Das ist höchst lobenswert. Aber was genau hat er denn bis jetzt erreicht?»

«Ich kann Ihnen versichern, Miss Collins, der Fortschritt ist bemerkenswert. Alle, die Mr. Brodsky in der letzten Zeit gesehen haben, sagen das. Es tut sich jetzt so viel mehr hinter diesen Augen. Auch seine Bemerkungen werden mit jedem Tag sinnvoller. Aber das Wichtigste ist, daß sein Talent, Mr. Brodskys außerordentliches Talent, zweifellos wieder zurückkehrt. Nach allem, was man so hört, verlaufen die Proben wirklich sehr vielversprechend. Das Orchester hat er ganz und gar für sich gewonnen. Und wenn er nicht im Konzertsaal probt, ist er immer bemüht, für sich allein weiterzuarbeiten. Oft hört man beim Gang durchs Hotel winzige Bruchstücke, wenn er am Klavier sitzt. Wenn Vater das Klavier hört, gibt ihm das so viel Zuversicht, daß man förmlich sieht, wie er sich innerlich bereit erklärt, auch das letzte bißchen Schlaf zu opfern.»

Der junge Mann brach ab und sah Miss Collins an. Einen Augenblick lang schien sie ganz in Gedanken versunken zu sein und hatte ihren Kopf zur Seite gelegt, als ob auch sie einige Klänge eines entfernten Klaviers aufschnappen wollte. Dann legte sich auf ihr Gesicht erneut ein sanftes Lächeln, und sie sah Stephan wieder an.

«Nach dem, was ich gehört habe», sagte sie, «setzt Ihr Vater ihn in diesen Salon, setzt ihn vor den Flügel wie eine Gliederpuppe, und da bleibt Leo dann stundenlang sitzen und dreht sich auf dem Klavierstuhl hin und her, ohne eine einzige Taste zu berühren.»

«Das ist ungerecht, Miss Collins! Vielleicht hat es am Anfang solche Phasen gegegen, aber inzwischen ist das ganz anders geworden. Selbst wenn er manchmal nur still dasitzt – Sie müssen doch immerhin bedenken, daß das nicht unbedingt bedeutet, daß sich nichts tut. Stille kann genausogut ein Hinweis darauf sein, daß tiefgründigste Gedanken Gestalt annehmen, daß verborgene Kräfte freigesetzt werden. Neulich ist Vater nach einer besonders langen Zeit der Stille tatsächlich einmal in den Salon hineingegangen, und da saß Mr. Brodsky und starrte auf die Tasten. Nach einer Weile schaute er zu Vater auf und sagte: ‹Die Geigen müssen hart sein. Sie müssen hart klingen.› Das hat er tatsächlich gesagt. Es mag eine Weile still gewesen sein, doch in seinem Kopf ist eine ganze Welt voller Musik gewesen. Wie aufregend, sich vorzustellen, was er uns am Donnerstag abend zeigen wird. Solange ihn nur jetzt seine Kräfte nicht verlassen.»

«Aber, Stephan, Sie wollten doch, daß ich irgendwie behilflich bin.»

Der junge Mann, der immer lebhafter geworden war, beruhigte sich jetzt wieder.

«Ja, also», sagte er. «Darüber wollte ich ja heute abend mit Ihnen sprechen. Wie gesagt, Mr. Brodsky ist sehr schnell wieder zu Kräften gekommen. Und, na ja, mit all seinem Talent sind natürlich auch verschiedene andere Dinge wieder aufgetaucht. Für alle, die ihn vorher nicht so gut gekannt hatten, war es geradezu so etwas wie eine Offenbarung. In letzter Zeit ist er oft so offen und gesprächsbereit, so liebenswürdig. Na jedenfalls, die Sache ist die: Zusätzlich zu allem anderen hat er auch wieder angefangen, sich zu erinnern. Also, um es ganz direkt zu sagen: Er spricht von Ihnen. Die ganze Zeit denkt er an Sie und spricht von Ihnen. Letzte Nacht, also nur so als Beispiel – es ist ein bißchen peinlich, aber ich will es Ihnen erzählen –, letzte Nacht hat er angefangen zu weinen und konnte nicht mehr aufhören. Er hat immer weiter geweint und hat dabei alle Gefühle für Sie aus sich herausgelassen. Das ist nun schon das dritte oder vierte Mal passiert, aber letzte Nacht war es ganz besonders schlimm. Es war schon fast Mitternacht, Mr. Brodsky war noch nicht aus dem Salon herausgekommen, also ist Vater hingegangen, hat an der Tür gehorcht und hat ihn schluchzen hören. Also ist er hineingegangen, und der Raum lag vollständig im Dunkeln, und Mr. Brodsky war über den Flügel gebeugt und weinte. Na ja, oben stand eine Suite leer, also hat Vater ihn hochgebracht und hat aus der Küche alle Lieblingssuppen von Mr. Brodsky heraufbringen lassen – er ernährt sich ja fast nur noch von Suppen – und hat ihn genötigt, Orangensaft zu trinken und andere alkoholfreie Getränke, aber ehrlich, letzte Nacht stand es wirklich auf Messers Schneide. Offensichtlich ist er voller Wut über die Pappkartons mit dem Saft hergefallen. Wäre Vater nicht dagewesen, dann wäre er wahrscheinlich völlig zusammengebrochen, selbst noch in dieser fortgeschrittenen Phase seiner Genesung. Und die ganze Zeit hat er dabei nur von Ihnen gesprochen. Also, was ich eigentlich sagen will – ach herrje, ich darf mich nicht allzulange aufhalten, da warten Leute in meinem Wagen –, was ich sagen will, ist folgendes: Da für die Zukunft unserer Stadt so viel von ihm abhängt, müssen wir unser Möglichstes tun, um sicherzustellen, daß er diese letzte Phase auch noch durchsteht. Dr. Kaufmann stimmt mit Vater darin überein, daß wir uns jetzt kurz vor der letzten Hürde befinden. Sie sehen also, wie prekär die Lage noch ist.»

Miss Collins schaute Stephan weiterhin mit der Andeutung eines entrückten Lächelns an, sagte aber immer noch nichts. Nach einer Weile fuhr der junge Mann fort:

«Was ich Ihnen erzählt habe, Miss Collins, könnte alte Wunden wieder aufbrechen lassen, das weiß ich durchaus. Und mir ist auch klar, daß Sie und Mr. Brodsky schon seit Jahren kein einziges Wort mehr miteinander gesprochen haben...»

«Oh, das stimmt nicht ganz. Anfang des Jahres erst hat er mir ein paar Obszönitäten zugeschrien, als ich im Volksgarten spazierenging.»

Stephan lachte verlegen, er war sich nicht sicher, wie er den Tonfall von Miss Collins deuten sollte. Dann fuhr er mit beträchtlichem Ernst fort: «Also, Miss Collins, es verlangt ja niemand von Ihnen, daß Sie längere Zeit mit ihm verbringen. Mein Gott, das bestimmt nicht. Sie wollen das Vergangene hinter sich lassen. Vater und die anderen verstehen das vollkommen. Wir wollen Sie nur um eines bitten, nur um eine Kleinigkeit, und diese Kleinigkeit würde so viel ausmachen, es würde ihn so ermutigen und ihm so viel bedeuten. Wir hatten gehofft, Sie würden verstehen, daß wir mit dieser Bitte zu Ihnen kommen.»

«Ich habe mich doch schon bereit erklärt, an dem Bankett teilzunehmen.»

«Ja, ja, natürlich. Vater hat es mir erzählt, und dafür sind wir ja auch sehr dankbar...»

«Aber einzig und allein unter der Bedingung, daß es zu keiner direkten Begegnung kommt...»

«Das ist vollkommen klar. Ja, das Bankett. Aber eigentlich, Miss Collins, hatten wir Sie um noch etwas bitten wollen, wenn Sie doch nur einmal darüber nachdenken würden. Also es ist so: Eine Gruppe von Herren – darunter Herr von Winterstein – wird morgen mit Mr. Brodsky in den Zoo gehen. Offensichtlich ist er in all den Jahren nicht einmal dagewesen. Seinen Hund darf er natürlich nicht mit hineinnehmen, aber Mr. Brodsky hat sich schließlich damit einverstanden erklärt, ihn für die paar Stunden in guten Händen zu lassen. Alle meinten, daß ein solcher Ausflug ihm helfen würde, sich zu beruhigen. Vor allem die Giraffen, so hatten wir gedacht, könnten eine entspannende Wirkung auf ihn haben. Also, es geht darum: Die Herren würden gern wissen, ob Sie sich der Gruppe im Zoo nicht vielleicht anschließen möchten. Und wenn auch nur, um ein paar Worte mit ihm zu reden. Sie müßten nicht mit den Leuten zusammen hinfahren, Sie könnten dort zu ihnen stoßen, nur für ein paar Minuten, einige freundliche Bemerkungen mit ihm austauschen, vielleicht etwas Ermutigendes sagen, das würde so viel ausmachen. Ein paar Minuten nur, dann könnten Sie sich wieder verabschieden. Bitte, Miss Collins, wenn Sie wenigstens einmal darüber nachdenken würden. Davon könnte so viel abhängen.»

Während Stephan geredet hatte, war Miss Collins aufgestanden und langsam zum Kamin hinübergegangen. Jetzt blieb sie ein paar Sekunden still dort stehen, die eine Hand hatte sie auf den Kaminsims gestützt, als versuchte sie, ihr Gleichgewicht zu bewahren. Als sie sich schließlich wieder zu Stephan umdrehte, sah ich, daß ihre Augen feucht waren.

«Verstehen Sie doch meine Lage, Stephan. Ich mag mit ihm verheiratet gewesen sein. Aber die wenigen Male, die ich ihn in den letzten Jahren gesehen habe, hat er mich immer nur beschimpft. Sie sehen also, daß es für mich nicht ganz einfach ist zu erahnen, welche Art von Gespräch er am liebsten führen würde.»

«Aber Miss Collins, ich versichere Ihnen, er ist ein völlig anderer Mensch geworden. In letzter Zeit ist er so höflich und umgänglich und... aber das wissen Sie sicher noch. Wenn Sie nur darüber nachdenken wollen. Es steht so viel auf dem Spiel.»

Nachdenklich nippte Miss Collins an ihrem Sherry. Sie schien gerade antworten zu wollen, da hörte ich, daß Boris sich hinter mir im Fond des Wagens bewegte. Ich drehte mich um und sah, daß der Junge schon eine ganze Weile wach gewesen sein mußte. Er schaute aus seinem Fenster die stille und leere Straße hinunter, und ich spürte, daß ihn eine Traurigkeit erfüllte. Ich wollte eben etwas sagen, aber er mußte gemerkt haben, daß meine Aufmerksamkeit jetzt ihm galt, denn ohne sich zu rühren fragte er leise:

«Kannst du Badezimmer renovieren?»

«Ob ich Badezimmer renovieren kann?»

Boris seufzte schwer und schaute weiter in die Dunkelheit hinaus. Dann sagte er: «Ich habe nie mit Fliesen zu tun gehabt. Deshalb habe ich auch all diese Fehler gemacht. Wenn es mir jemand gezeigt hätte, dann hätte ich auch damit umgehen können.»

«Ja, das glaube ich ganz bestimmt. Sprichst du von dem Badezimmer in eurer neuen Wohnung?»

«Wenn es mir jemand gezeigt hätte, dann hätte ich alles richtig gemacht. Dann wäre Mutter mit dem Badezimmer auch zufrieden gewesen. Sie hätte das Badezimmer dann richtig gemocht.»

«Aha. Jetzt ist sie also nicht mit dem Badezimmer zufrieden?»

Boris sah mich an, als hätte ich etwas abgrundtief Dummes gesagt. Reichlich ironisch sagte er dann: «Würde sie vielleicht wegen des Badezimmers weinen, wenn sie es mögen würde?»

«Tja, wieso? Sie weint also wegen des Badezimmers. Ich würde gerne wissen, wieso sie das tut.»

Boris drehte sich wieder zu seinem Fenster, und in dem diffusen Licht, das in den Wagen fiel, sah ich jetzt, daß er dagegen ankämpfte, in Tränen auszubrechen. Im letzten Moment gelang es ihm, seine Gefühlsaufwallung mit einem Gähnen zu tarnen, und mit den Fäusten rieb er sich über das Gesicht.

«Das werden wir schon alles wieder in Ordnung bringen», sagte ich. «Du wirst schon sehen.»

«Ich hätte alles richtig gemacht, wenn es mir nur jemand gezeigt hätte. Dann hätte Mutter nicht geweint.»

«Ja, du hättest das bestimmt ganz fabelhaft gemacht. Aber wir werden das bald wieder in Ordnung bringen.»

Ich richtete mich in meinem Sitz auf und schaute durch die Windschutzscheibe. Auf der ganzen Straße war kaum ein Fenster erleuchtet. Nach einer Weile sagte ich: «Wir müssen jetzt mal gut nachdenken, Boris. Hörst du mir zu?»

Im Fond des Wagens herrschte Schweigen.

«Also, Boris», fuhr ich fort, «wir müssen jetzt eine Entscheidung treffen. Ich weiß, daß wir vorhin auf dem Weg zur Wohnung deiner Mutter gewesen sind. Aber jetzt ist es schon sehr spät. Hörst du mir zu, Boris?»

Ich schaute über die Schulter zurück und sah, daß er immer noch mit leerem Blick in die Dunkelheit starrte. Ein paar Minuten lang saßen wir da, ohne ein Wort zu sprechen. Dann sagte ich:

«Also, Tatsache ist, daß es jetzt schon sehr spät ist. Wenn wir zum Hotel zurückfahren würden, könntest du deinen Großvater besuchen. Er würde sich sehr freuen, dich zu sehen. Du könntest ein eigenes Zimmer bekommen, oder wenn dir das lieber ist, könnten wir ein zusätzliches Bett für dich in mein Zimmer stellen lassen. Wir könnten etwas Gutes zu essen heraufbringen lassen, dann könntest du dich schlafen legen. Und morgen früh stehen wir dann zum Frühstück auf und überlegen, was wir weiter tun.»

Hinter mir war nur Schweigen.

«Ich hätte das alles besser regeln sollen», sagte ich. «Tut mir leid. Ich... ich habe heute abend nicht klar denken können. Es ist so viel passiert heute. Aber schau, ich verspreche dir, das wird morgen alles ganz anders. Wir können morgen alles mögliche unternehmen. Wenn du willst, gehen wir zurück in die alte Wohnung und holen Nummer Neun. Was sagst du dazu?»

Boris sagte immer noch nichts.

«Wir hatten beide einen anstrengenden Tag heute. Was sagst du dazu, Boris?»

«Wir fahren wohl besser ins Hotel.»

«Ich glaube, das ist die beste Lösung. So, das wäre also abgemacht. Wenn der Herr zurückkommt, teilen wir ihm unseren neuen Plan mit.»

SECHS

Genau in dem Augenblick nahm ich eine Bewegung wahr, und als ich mich wieder zu dem Haus umschaute, sah ich, daß die Haustür offenstand. Miss Collins war dabei, Stephan zu verabschieden, und obwohl sie recht freundschaftlich auseinandergingen, deutete etwas in ihrer beider Verhalten darauf hin, daß ihr Treffen letztlich doch nicht so angenehm geendet hatte.

«Tut mir leid, daß es so lange gedauert hat», sagte er und setzte sich ins Auto. «Ich hoffe, mit Boris ist alles in Ordnung.» Er legte die Hände um das Lenkrad und seufzte besorgt. Dann zwang er sich zu einem Lächeln und sagte: «Also, dann wollen wir mal.»

«Also eigentlich», sagte ich, «haben Boris und ich uns mal unterhalten, während Sie weg waren. Wir glauben, daß wir doch lieber ins Hotel zurückfahren sollten.»

«Wenn Sie mir die Bemerkung gestatten, Mr. Ryder, ich finde, das ist eine sehr gute Entscheidung. Also zurück ins Hotel. Wunderbar.» Er schaute auf die Uhr. «Wir sind im Handumdrehen da. Die Reporter werden kaum Grund haben, sich zu beschweren. Wirklich überhaupt keinen Grund.»

Stephan ließ den Motor an, und wir machten uns erneut auf den Weg. Während wir durch die verlassenen Straßen fuhren, fing es wieder an zu regnen, und Stephan schaltete die Scheibenwischer an. Nach einer Weile sagte er:

«Ich überlege gerade, Mr. Ryder, ob ich wohl so unverschämt sein und Sie an unsere Unterhaltung von vorhin erinnern darf. Sie wissen schon, als ich Sie heute nachmittag im Atrium getroffen hatte.»

«Ach ja», sagte ich. «Ja, wir haben uns über Ihren Auftritt am Donnerstag abend unterhalten.»

«Sie waren so freundlich und hatten sich bereit erklärt, mir ein paar Minuten Ihrer Zeit zu schenken. Und zuzuhören, wenn ich den La Roche einmal durchspiele. Natürlich, das ist wahrscheinlich völlig unmöglich, aber, na ja, ich dachte, ich kann ja wenigstens einmal fragen. Es ist so, daß ich heute abend noch ein wenig üben wollte, wenn wir wieder im Hotel sind. Und jetzt wollte ich fragen, ob Sie, wenn Sie mit den Reportern fertig sind, ich weiß, das ist alles sehr lästig, aber ob Sie vielleicht wenigstens ein paar Minuten zuhören könnten und mir dann sagen würden, was Sie davon halten...» Mit einem Auflachen brach er ab.

Ich begriff, daß die ganze Angelegenheit für den jungen Mann ungeheuer wichtig war, und war schon in Versuchung, seiner Bitte nachzukommen. Dennoch sagte ich nach kurzer Überlegung:

«Tut mir leid, aber ich bin jetzt so müde, daß ich unbedingt so zeitig wie nur möglich ins Bett kommen muß. Aber machen Sie sich keine Sorgen, wir werden schon sehr bald eine Gelegenheit finden. Also warum verbleiben wir nicht einfach so? Ich weiß nicht genau, wann ich wieder einmal ein paar Minuten Zeit habe, aber sobald es geht, rufe ich bei der Rezeption an und lasse Sie suchen. Wenn Sie dann nicht im Hotel sind, versuche ich es einfach noch einmal, wenn ich wieder etwas Zeit habe, und so weiter. Auf diese Weise können wir uns bestimmt bald auf einen Termin einigen, der uns beiden paßt. Aber heute abend muß ich wirklich, wenn Sie nichts dagegen haben, so früh wie möglich ins Bett und mich einmal richtig ausschlafen.»

«Natürlich, Mr. Ryder, ich verstehe. Also machen wir es doch so, wie Sie es vorgeschlagen haben. Es ist wirklich sehr, sehr freundlich von Ihnen. Ich warte dann, bis Sie mir Bescheid geben.»

Stephan hatte in sehr höflichem Ton gesprochen, doch er schien über Gebühr enttäuscht zu sein, hatte meine Antwort vielleicht sogar als unterschwellige Ablehnung mißverstanden.

Offensichtlich war er wegen seines bevorstehenden Auftrittes in einem Zustand derartiger Nervosität, daß jede auch noch so winzige Zurückweisung nackte Panik bei ihm auslösen mußte. Ich konnte mit ihm fühlen und sagte noch einmal beruhigend:

«Nur keine Sorge, wir werden schon sehr bald die Gelegenheit finden.»

Unverändert regnete es weiter, während wir durch die nächtlichen Straßen fuhren. Der junge Mann sagte eine ganze Weile kein Wort, und ich fragte mich, ob er wohl sehr wütend auf mich war. Aber dann sah ich sein Profil in dem mal schwachen, mal stärkeren Licht und begriff, daß ihm eine ganz bestimmte Episode im Kopf herumging, die sich vor einigen Jahren zugetragen hatte. Es war eine Episode, über die er zuvor schon viele Male nachgegrübelt hatte – oft, wenn er nachts wachlag oder allein Auto fuhr –, und jetzt hatte seine Angst, ich würde ihm vielleicht nicht helfen können, dazu geführt, daß die Sache ihm erneut in den Sinn kam.

Es war am Geburtstag seiner Mutter gewesen. Als er seinen Wagen an dem Abend in der vertrauten Auffahrt geparkt hatte – es war während der Zeit, als er in Deutschland auf die Universität ging –, hatte er sich innerlich auf einige qualvolle Stunden eingestellt. Doch sein Vater hatte ihm die Tür geöffnet und aufgeregt geflüstert: «Sie ist guter Stimmung. Wirklich sehr guter Stimmung.» Dann hatte sich sein Vater umgedreht und ins Haus hineingerufen: «Stephan ist hier, Liebes. Ein bißchen spät, aber nun ist er hier.» Dann wieder flüsternd: «In sehr guter Stimmung. So gut wie schon lange nicht mehr.»

Der junge Mann war ins Wohnzimmer gegangen und hatte seine Mutter in ein Sofa zurückgelehnt gesehen, mit einem Cocktailglas in der Hand. Sie trug ein neues Kleid, und Stephan hatte wieder einmal feststellen können, was für eine elegante Frau seine Mutter doch war. Sie war nicht aufgestanden, um ihn zu begrüßen, und so mußte er sich hinunterbeugen, um ihr die Wange zu küssen, dennoch überraschte ihn ihre warmherzige Art, als sie ihn aufforderte, sich in den Sessel ihr gegen-

über zu setzen. Sein Vater hinter ihm, der höchst zufrieden ı dem Beginn dieses Abends war, hatte ein leises Lachen hör lassen, und dann hatte er auf die Schürze gedeutet, die er tru, und war zurück in Richtung Küche geeilt.

Als Stephan nun mit seiner Mutter allein war, hatte er al: erstes ein Gefühl schieren Entsetzens verspürt – Entsetzen darüber, daß er irgend etwas sagen oder tun könnte, was ihre gute Stimmung erschüttern würde, wodurch stunden-, vielleicht tagelange sorgfältigste Vorbereitungen seines Vaters zunichte gemacht wären. So hatte er zunächst nur kurze, gestelzte Antworten auf ihre Fragen nach seinem Universitätsleben gegeben, aber als ihre Haltung freundlich und aufgeschlossen blieb, hatte er sich bald immer ausführlicher antworten gehört. Einmal hatte er einen Professor beschrieben, indem er ihn als «emotional ausgeglichene Ausgabe unseres Außenministers» bezeichnet hatte – eine Formulierung, auf die er besonders stolz war und die er seinen Kommilitonen gegenüber oftmals mit beträchtlichem Erfolg benutzt hatte. Wäre die vorausgegangene Konversation mit seiner Mutter nicht so gut verlaufen, hätte er es nicht gewagt, diese Formulierung vor ihr zu wiederholen. Doch er hatte es getan, und sein Herz schlug heftig vor Freude, als er sah, daß das Gesicht der Mutter vor Vergnügen kurz aufleuchtete. Aber trotz allem war er in gewisser Weise erleichtert, als sein Vater zurückkam und sie zum Abendessen bat.

Sie waren ins Eßzimmer gegangen, wo der Hoteldirektor den ersten Gang aufgetragen hatte. Das Essen hatte ruhig begonnen. Dann hatte sein Vater – ein wenig unvermittelt, wie Stephan fand – damit angefangen, eine witzige Anekdote über eine Gruppe italienischer Hotelgäste zu erzählen. Als er zu Ende gekommen war, hatte der Hoteldirektor gedrängt, Stephan möge eine eigene Geschichte erzählen, und als Stephan etwas unsicher begonnen hatte, war ihm sein Vater mit übertriebenem Gelächter immer wieder zur Hilfe gekommen. So hatten Stephan und sein Vater weitergemacht, hatten sich damit abgewechselt, amüsante Geschichten zu erzählen und sich gegensei-

tig mit herzlichen Reaktionen zur Hilfe zu kommen. Die Taktik schien Erfolg zu haben, denn schließlich – Stephan hatte es kaum glauben können – hatte auch seine Mutter angefangen, langanhaltend zu lachen. Hinzu kam, daß das Essen selbst mit der für den Hoteldirektor so typischen besessenen Liebe zum Detail zubereitet und eine höchst erstaunliche kulinarische Glanzleistung gewesen war. Der Wein war offensichtlich ganz besonders erlesen, und mitten beim Hauptgericht – eine exquisite Komposition aus Gans mit wilden Beeren –, war die Stimmung dieses Abends von aufrichtiger Fröhlichkeit gewesen. Dann hatte sich der Hoteldirektor, der vom vielen Wein und vor lauter Lachen ganz rosa im Gesicht war, herübergelehnt und gesagt:

«Ach, Stephan, erzähl uns doch von der Jugendherberge, in der du übernachtet hast. Du weißt schon, die in den Wäldern des Burgund.»

Eine Sekunde lang war Stephan entsetzt gewesen. Wie konnte sein Vater, der bisher alles so makellos inszeniert hatte, die Lage so offensichtlich falsch einschätzen? Die Geschichte, auf die er sich bezog, enthielt ausgedehnte Anspielungen auf die Toiletten der Jugendherberge und war ganz eindeutig nicht geeignet, vor seiner Mutter erzählt zu werden. Doch während er noch zögerte, hatte sein Vater ihm zugezwinkert, als ob er sagen wollte: «Ja, ja, verlaß dich nur auf mich, das wird schon funktionieren. Die Geschichte wird ihr gefallen, sie wird ein voller Erfolg.» Sosehr er auch gezweifelt hatte, war doch Stephans Vertrauen in seinen Vater so groß gewesen, daß er mit der Anekdote begonnen hatte. Doch er war noch nicht weit damit gediehen, als ihm der Gedanke in den Sinn kam, daß es mit dem Abend, der so erstaunlich erfolgreich begonnen hatte, jetzt ein schlimmes Ende nehmen würde. Doch angestachelt durch das schallende Gelächter seines Vaters hatte er weitererzählt, und dann hatte er zu seinem großen Erstaunen das freimütige Lachen seiner Mutter gehört. Er hatte an das andere Ende des Tisches geschaut und gesehen, wie seine Mutter sich

nicht hatte beherrschen können und den Kopf geschüttelt hatte. Gegen Ende seiner Geschichte, mitten in all dem Gelächter, hatte Stephan dann gerade noch gesehen, wie seine Mutter seinem Vater einen liebevollen Blick zugeworfen hatte. Es war nur ein ganz kurzer Blick gewesen, aber er hatte sich nicht getäuscht. Und obwohl dem Hoteldirektor vor lauter Lachen die Tränen in den Augen standen, war auch ihm dieser Blick nicht entgangen, und er hatte sich zu seinem Sohn umgedreht und ihm noch einmal zugezwinkert, diesmal voller Triumph. In dem Augenblick hatte der junge Mann gespürt, wie etwas sehr Mächtiges in seiner Brust angeschwollen war. Doch bevor er noch Zeit gehabt hätte, dieses Gefühl eindeutig zu bestimmen, hatte sein Vater zu ihm gesagt:

«Also, Stephan, vor dem Dessert müssen wir ein kleines Päuschen machen. Warum spielst du nicht etwas für deine Mutter zum Geburtstag?» Während er das sagte, hatte der Hoteldirektor zum Klavier an der Wand gedeutet.

Diese Geste – dieses beiläufige Deuten auf das Klavier im Eßzimmer – war etwas, woran sich Stephan während der nächsten Jahre wieder und immer wieder erinnern sollte. Und jedesmal, wenn er daran dachte, stellte sich auch dieses gräßliche Frösteln wieder ein, das er in dem Augenblick verspürt hatte. Zuerst hatte er seinen Vater ungläubig angesehen, doch der hatte einfach nur immer weiter voller Zufriedenheit gelächelt und seine Hand in Richtung Klavier ausgestreckt.

«Ach, komm schon, Stephan. Irgend etwas, das deiner Mutter gefallen würde. Etwas von Bach vielleicht. Oder etwas Zeitgenössisches. Eventuell Kazan. Oder Mullery.»

Der junge Mann hatte mit aller Kraft so lange die Augen verdreht, bis sie auch die Mutter erblickten, und er hatte gesehen, daß seine Mutter, deren Gesicht durch die ungewohnten Lachfältchen ganz weich geworden war, ihn anlächelte. Dann hatte sich die Mutter zum Hoteldirektor umgedreht, aber nicht zu Stephan, und hatte gesagt: «Ja, Liebster, ich glaube, Mullery wäre jetzt hübsch. Das wäre wirklich großartig.»

«Na, komm schon, Stephan», hatte der Hoteldirektor vergnügt gesagt. «Schließlich hat deine Mutter heute Geburtstag. Du darfst sie nicht enttäuschen.»

Ein Gedanke war Stephan durch den Kopf gegangen – ein Gedanke, der gleich im nächsten Moment wieder verworfen wurde –, daß seine Eltern sich nämlich gegen ihn verschworen hatten. Wie sie ihn so anschauten – so voller stolzer Erwartung –, hatte es ganz den Anschein, als hätten sie inzwischen einfach vergessen, welch qualvolle Geschichte mit seinem Klavierspiel verknüpft war. Aber wie dem auch sei, der Einwand, den er hatte vorbringen wollen, hatte sich noch auf seiner Zunge aufgelöst, und er war aufgestanden, als wäre er jemand anders.

Das Klavier stand in einem Winkel an der Wand, der es Stephan, als er sich an das Instrument gesetzt hatte, erlaubte, aus den Augenwinkeln heraus seine Eltern zu sehen: Sie hatten die Ellenbogen auf den Tisch gestützt und sich leicht einander zugeneigt. Nach einer Weile hatte er sich tatsächlich umgedreht und sie direkt angeschaut, und während er das tat, war ihm bewußt geworden, daß er sie noch ein letztes Mal so hatte sehen wollen – als wären sie durch ein ungetrübtes Glück miteinander verbunden. Dann hatte er sich wieder zum Klavier umgedreht, überwältigt von der Gewißheit, daß der Abend sich jetzt zum Schlimmeren wenden würde. Verblüfft hatte er zur Kenntnis genommen, daß ihn die neueste Entwicklung der Ereignisse nicht länger erstaunte, ja daß er sogar die ganze Zeit darauf gewartet hatte und daß diese Entwicklung nun ein Gefühl der Erleichterung mit sich gebracht hatte.

Einige Augenblicke hatte Stephan nur einfach so, ohne zu spielen, dagesessen und sich verzweifelt bemüht, die Wirkungen des Weins abzuschütteln und in Gedanken das Stück durchzugehen, das er spielen wollte. Einen schwindelerregenden Moment lang hatte er die Möglichkeit ins Auge gefaßt – schließlich war es ein Abend voller bemerkenswerter Ereignisse gewesen –, daß er irgendwie auf einem vorher nie erreichten Niveau spielen und daß er enden würde, um seine Eltern lächeln, applaudieren und Blicke voll tiefer Zuneigung wechseln zu sehen. Doch kaum hatte er die ersten Takte von Mullerys *Epicycloid* begonnen, als ihm auch schon die schiere Unmöglichkeit eines solchen Szenarios bewußt wurde.

Dennoch hatte er weitergespielt. Lange Zeit – fast den ganzen ersten Satz hindurch – waren die beiden Gestalten in seinem äußersten Blickwinkel sehr ruhig sitzen geblieben. Dann hatte er gesehen, daß sich seine Mutter leicht in ihrem Sessel zurückgelehnt und eine Hand an ihr Kinn geführt hatte. Einige Takte später hatte sein Vater den Blick von Stephan abgewendet, er hatte beide Hände in den Schoß gelegt und den Kopf so weit vorgebeugt, daß es aussah, als würde er eine Stelle vor sich auf dem Tisch mustern.

Unterdessen lief das Stück weiter und immer weiter, und obwohl der junge Mann mehrfach in Versuchung gewesen war, einfach aufzuhören, schien das völlige Abbrechen irgendwie die schrecklichste aller Möglichkeiten zu sein. Also hatte er weitergemacht, und als er endlich mit dem Stück fertig war, hatte Stephan dagesessen und eine ganze Weile auf die Tastatur gestarrt, bevor er den Mut hatte aufbringen können, sich zu dem Anblick umzudrehen, der ihn erwartete.

Weder Vater noch Mutter hatten ihn angeschaut. Der Vater hatte den Kopf inzwischen so weit vorgebeugt, daß er fast die Oberfläche des Tisches berührte. Seine Mutter schaute in die entgegengesetzte Ecke des Zimmers, und auf ihrem Gesicht lag jetzt der frostige Ausdruck, den Stephan so gut kannte und der sich an diesem Abend bisher erstaunlicherweise nicht gezeigt hatte.

Stephan hatte nur eine Sekunde gebraucht, um die Szene einschätzen zu können. Dann war er aufgestanden und schnell zum Eßtisch zurückgegangen, als ob dadurch die Minuten, seit er vom Tisch fortgegangen war, ausgelöscht werden könnten. Für kurze Zeit hatten sie alle schweigend dagesessen. Schließlich war seine Mutter aufgestanden und hatte gesagt:

«Das war wirklich ein sehr schöner Abend. Vielen Dank euch beiden. Aber ich bin jetzt recht müde und denke, ich sollte zu Bett gehen.»

Zunächst hatte es so geschienen, als habe der Hoteldirektor nicht verstanden. Aber als Stephans Mutter in Richtung Tür gegangen war, hatte er den Kopf gehoben und leise gesagt: «Die Torte, Liebes. Die Torte. Es ist... es ist etwas ganz Besonderes.»

«Sehr lieb von dir, aber ich habe wirklich schon so viel gegessen. Ich muß jetzt einfach ins Bett.»

«Ja, sicher, sicher.» Der Hoteldirektor hatte voller Resignation wieder auf den Tisch hinuntergestarrt. Doch als dann Stephans Mutter gerade durch die Tür gehen wollte, hatte der Hoteldirektor sich plötzlich aufgerichtet und gesagt: «Schau sie dir doch wenigstens einmal an, Liebes. Nur einmal anschauen. Wie gesagt, es ist etwas ganz Besonderes.»

Seine Mutter hatte gezögert und dann gesagt: «Also schön. Zeig sie mir schnell. Aber dann muß ich wirklich ins Bett. Vielleicht ist es ja der Wein, aber ich bin jetzt einfach furchtbar müde.»

Als der Hoteldirektor das gehört hatte, war er aufgesprungen, und im nächsten Augenblick hatte er seine Frau aus dem Eßzimmer hinausgeführt.

Der junge Mann hatte die Schritte seiner Eltern gehört, die in die Küche gegangen waren, dann, nach kaum mehr als einer Minute, waren sie über den Flur zurückgekommen und nach oben gegangen. Eine ganze Weile war Stephan noch am Tisch sitzen geblieben. Verschiedene leise Geräusche waren von oben gedrungen, aber er hatte keine Stimmen hören können. Schließlich hatte er gedacht, es wäre am besten, einfach die Nacht durch und zurück zu seiner Studentenbude zu fahren. Seine Gegenwart beim Frühstück würde dem Vater wohl kaum bei der langwierigen, immensen Aufgabe helfen, die gute Stimmung seiner Mutter wiederherzustellen.

Er war aus dem Eßzimmer hinausgegangen und hatte unbemerkt aus dem Haus schlüpfen wollen, doch im Flur war er mit dem Vater zusammengetroffen, der die Treppe herunterkam. Der Hoteldirektor hatte den Finger an die Lippe geführt und gesagt:

«Wir müssen leise sein. Deine Mutter hat sich gerade hingelegt.»

Stephan hatte seinem Vater die Entscheidung mitgeteilt, nach Heidelberg zurückzufahren, woraufhin der Hoteldirektor gesagt hatte: «Wie schade. Deine Mutter und ich dachten, du könntest ein bißchen länger bleiben. Aber wie du sagst, du hast Seminare morgen. Ich werde es deiner Mutter erklären, sie wird es bestimmt verstehen.»

«Und Mutter», hatte Stephan gesagt. «Ich hoffe, es war ein schöner Abend für sie.»

Sein Vater hatte dann zwar gelächelt, doch für einen kurzen Augenblick hatte Stephan einen Ausdruck tiefer Traurigkeit über sein Gesicht huschen sehen.

«O ja. Ganz bestimmt. O ja. Sie war so froh, daß du dich von deinen Studien losreißen und den ganzen Weg hierher auf dich nehmen konntest. Ich weiß, sie hatte gehofft, du könntest ein paar Tage bleiben, aber keine Sorge. Ich werde es ihr schon erklären.»

Als er in jener Nacht über die verlassenen Landstraßen gefahren war, hatte Stephan über alle Einzelheiten des Abends noch einmal nachgedacht – so wie er es in den folgenden Jahren wieder und immer wieder tun sollte. Die Qual, die er jedesmal bei dem Gedanken an den Vorfall empfunden hatte, war im Laufe der Zeit immer schwächer geworden, doch jetzt hatte das beharrliche Näherrücken des Donnerstagabends viele der alten Schrecken zurückgebracht und führte dazu, daß er, während wir durch die regnerische Nacht fuhren, erneut an den schmerzlichen Abend zurückversetzt wurde, der sich vor mehreren Jahren zugetragen hatte.

Ich hatte Mitleid mit dem jungen Mann und brach das Schweigen, indem ich sagte:

«Ich weiß, es geht mich nichts an, und ich hoffe, ich bin jetzt nicht unhöflich, aber ich glaube, Sie sind damals von Ihren Eltern, was Ihr Klavierspiel betrifft, sehr ungerecht behandelt worden. Ich würde Ihnen folgendes raten: Versuchen Sie doch einfach, so viel Spaß wie nur möglich an Ihrem Spiel zu haben und ungeachtet Ihrer Eltern Befriedigung und Sinn daraus zu ziehen.»

Der junge Mann dachte eine Weile darüber nach. Dann sagte er:

«Ich bin Ihnen sehr dankbar, Mr. Ryder, daß Sie sich Gedanken über meine Lage machen und so weiter. Aber eigentlich – na ja, um ganz direkt zu sein, glaube ich nicht, daß Sie es wirklich verstehen können. Ich sehe ein, daß das Verhalten meiner Mutter an jenem Abend für einen Außenstehenden durchaus ein wenig, nun ja, ein wenig taktlos erscheinen mag. Aber damit würde man ihr Unrecht tun, und ich möchte keinesfalls, daß Sie mit solch einem Eindruck von hier fortgehen. Sehen Sie, Sie müssen verstehen, was alles dahintersteckt. Wissen Sie, zunächst einmal hatte ich seit meinem vierten Lebensjahr Klavierunterricht bei Frau Tilkowski. Ich nehme an, das wird Ihnen nicht viel sagen, Mr. Ryder, aber Sie müssen wissen, daß Frau Tilkowski in unserer Stadt eine hochverehrte Persönlichkeit ist, jedenfalls ganz bestimmt nicht nur *irgendeine* Klavierlehrerin. Ihre Dienste sind nicht in der üblichen Weise für Geld zu haben, obwohl sie natürlich wie alle anderen auch ein Honorar nimmt. Ich will damit sagen, sie nimmt das, was sie tut, sehr ernst und akzeptiert als Schüler nur die Kinder der künstlerischen und intellektuellen Elite der Stadt. So hat etwa Paulo Rozario, der surrealistische Maler, eine Zeitlang hier gelebt, und Frau Tilkowski hat seine beiden Töchter unterrichtet. Und Professor Diegelmanns Kinder. Auch die Nichten der Gräfin. Sie wählt ihre Schüler sehr sorgsam aus, Sie sehen also, daß ich sehr viel Glück hatte, sie als Lehrerin zu bekommen, vor allem, weil Vater in jenen Tagen in der Gemeinde noch nicht das Ansehen genoß, das ihm heute zuteil wird. Aber ich nehme an, meine Eltern hatten sich schon damals der Kunst verschrieben. Ich erinnere mich, daß sie meine ganze Kindheit hindurch über bildende Künstler und Musiker gesprochen haben und darüber, wie wichtig es sei, sie zu unterstützen. Inzwischen bleibt Mutter meistens im Haus, aber damals ging sie noch viel mehr unter Menschen. Wenn etwa ein Musiker oder ein Orchester in die Stadt kam, legte sie stets Wert darauf hinzugehen, um den Künstlern ihre Unterstützung zukommen zu lassen. Sie besuchte nicht nur die Vorstellung, sondern bemühte sich auch immer, hinterher in die Künstlergarderobe zu gehen, um den Künstlern persönlich ihr Lob auszusprechen. Selbst wenn mal jemand keine so gute Vorstellung gegeben hatte, ging sie anschließend in die Garderobe, um ihn aufzumuntern und einige dezente Ratschläge anzubringen. Sie lud die Musiker sogar oft zu uns nach Hause ein oder erbot sich, ihnen die Stadt zu zeigen. Meistens war der Terminplan der Künstler zu gedrängt, als daß sie ihre Einladungen und Angebote hätten annehmen können, aber wie Sie sicher selber bestätigen werden, sind solche Einladungen für jeden Künstler immer sehr erhebend. Was meinen Vater angeht, so war er immer sehr beschäftigt, aber ich erinnere mich, daß auch er sein Bestes gab. Wenn zu Ehren eines gastierenden Prominenten in unserer Stadt ein Empfang gegeben wurde, legte er natürlich immer großen Wert darauf, Mutter dorthin zu begleiten, ganz gleich wie beschäftigt er war, so daß er seinen Beitrag zur feierlichen Begrüßung des Besuchers leisten konnte. Sie sehen also, Mr. Ryder, daß meine Eltern, so weit ich zurückdenken kann, immer schon sehr kultivierte Menschen gewesen sind, die die Bedeutung der Kunst in unserer Gesellschaft zu schätzen wußten, und ich bin sicher, daß Frau Tilkowski bestimmt auch deshalb schließlich zugestimmt hat, mich als Schüler anzunehmen. Ich verstehe jetzt, daß es für meine Eltern damals ein wahrer Triumph gewesen sein muß, besonders für meine Mutter, die das Ganze arrangiert hatte. Nun nahm ich tatsächlich Stunden bei Frau Tilkowski, zusammen mit den Kindern von Mr. Rozario und Professor Diegelmann. Sie müssen unheimlich stolz gewesen sein. Und in den ersten Jahren machte ich mich auch wirklich sehr gut, ja tatsächlich, und zwar so gut, daß Frau Tilkowski mich einmal als einen der vielversprechendsten Schüler bezeichnete, den sie je gehabt hätte. Alles lief wunderbar, bis... ja, bis ich zehn Jahre alt war.»

Der junge Mann schwieg plötzlich, vielleicht weil er bedauerte, so offen gesprochen zu haben. Doch ich sah auch, daß ein Teil seiner Person mit seinen Offenbarungen unbedingt fortfahren wollte, also fragte ich:

«Was ist denn passiert, als Sie zehn waren?»

«Also, ich schäme mich richtig, es zuzugeben, vor allem Ihnen gegenüber, Mr. Ryder. Aber als ich zehn war, na ja, da habe ich einfach mit dem Üben aufgehört. Ich bin zu Frau Tilkowski gegangen und hatte meine Stücke überhaupt nicht geübt. Und wenn sie mich dann fragte, wieso nicht, habe ich einfach nicht den Mund aufgemacht. Das ist entsetzlich peinlich, es kommt mir vor, als würde ich über einen ganz anderen sprechen, und ich wünschte mir jetzt, daß es durch irgendeinen Zaubertrick tatsächlich ein anderer gewesen wäre. Aber es stimmt, so ist es nun mal, das habe ich tatsächlich gemacht. Und nachdem es ein paar Wochen so gegangen ist, blieb Frau Tilkowski nichts anderes übrig, als meinen Eltern mitzuteilen, daß sie mich nicht länger unterrichten könne, wenn sich nicht bald etwas änderte. Später erfuhr ich, daß Mutter ein bißchen die Fassung verloren und Frau Tilkowski angeschrien hatte. Na, jedenfalls ist das alles nicht sehr erfreulich zu Ende gegangen.»

«Und danach sind Sie zu einem anderen Lehrer gekommen?»

«Ja, zu einem Fräulein Henze. Die war gar nicht so schlecht. Aber eben keine Tilkowski. Ich habe immer noch nicht geübt, aber Fräulein Henze war da nicht so streng. Als ich dann zwölf war, änderte sich wieder alles. Es ist schwer zu sagen, was genau passiert ist, es klingt vielleicht ein bißchen merkwürdig.

Eines Nachmittags saß ich zu Hause im Wohnzimmer. Die Sonne schien, ich erinnere mich, daß ich in dieser Fußballzeitschrift gelesen habe, und mein Vater kam ins Zimmer geschlendert. Ich weiß noch, er trug seine graue Weste und hatte die Hemdsärmel hochgekrempelt, und er stand einfach da und starrte aus dem Fenster in den Garten hinaus. Ich wußte, daß Mutter im Garten war und auf der Bank saß, die wir damals unter den Obstbäumen stehen hatten, und ich wartete darauf, daß Vater hinausging und sich zu ihr setzte. Aber er blieb einfach nur da stehen. Er stand mit dem Rücken zu mir, also konnte ich sein Gesicht nicht sehen, aber immer wenn ich hochschaute, sah ich, daß er in den Garten hinausstarrte, genau zu der Stelle, an der Mutter saß. Na ja, als ich zum dritten- oder viertenmal hochschaute und Vater immer noch nicht hinausgegangen war, dämmerte mir ganz plötzlich etwas. Das heißt, in dem Augenblick ist es mir klargeworden. Daß mein Vater und meine Mutter seit Monaten schon kaum ein Wort mehr miteinander gesprochen hatten. Es war ganz merkwürdig, plötzlich kam diese Erkenntnis über mich, daß sie fast gar nichts geredet hatten. Merkwürdig, daß mir das nicht schon früher aufgefallen war, aber ich hatte es tatsächlich nicht gemerkt, bis zu diesem Augenblick. Aber dann sah ich auf einmal alles ganz klar. Ganz plötzlich erinnerte ich mich an eine ganze Reihe von Gelegenheiten – Zeiten, zu denen Vater und Mutter früher miteinander geredet hätten, aber in Wirklichkeit hatten sie es nicht getan. Ich will damit nicht sagen, daß sie immer nur geschwiegen hätten. Aber sehen Sie, da war auf einmal diese Kälte zwischen ihnen, und ich hatte das bis zu diesem Augenblick nicht bemerkt. Ich kann Ihnen sagen, Mr. Ryder, das war ein ziemlich merkwürdiges Gefühl, als mir diese Erkenntnis auf einmal kam. Und fast im selben Moment schoß mir diese andere schreckliche Sache durch den Kopf – daß diese Veränderung nämlich genau zu dem Zeitpunkt eingesetzt hatte, als ich mit den Stunden bei Frau Tilkowski aufgehört hatte. Ich konnte es nicht mit Bestimmtheit sagen, denn seither war ja schon so viel Zeit vergangen, aber je länger ich darüber nachdachte, um so sicherer war ich, daß damals alles angefangen hatte. Heute weiß ich nicht mehr, ob Vater damals in den Garten hinausging oder nicht. Ich habe nichts gesagt, einfach nur so getan, als ob ich weiter in meiner Fußballzeitschrift lesen würde, nach einer Weile bin ich dann in mein Zimmer hinaufgegangen, habe mich aufs Bett gelegt und über alles nachgedacht. Danach habe ich dann wieder ganz intensiv zu üben angefangen. Ich habe angefangen, wirklich sehr fleißig zu üben, und ich muß große Fortschritte gemacht haben, weil meine Mutter ein paar Monate später zu Frau Tilkowski gegangen ist, um sie zu fragen, ob sie mich eventuell wieder zurücknehmen würde. Heute weiß ich, daß das sehr demütigend für Mutter gewesen sein muß, nachdem sie beim letztenmal so herumgeschrien hatte, und sie hat Frau Tilkowski wohl ziemlich lange bearbeiten müssen. Na jedenfalls, am Ende hat sich Frau Tilkowski schließlich bereit erklärt, mich zurückzunehmen, und diesmal habe ich die ganze Zeit hart gearbeitet, geübt und nochmals geübt. Aber wissen Sie, ich hatte diese zwei wichtigen Jahre verloren. Die Jahre zwischen zehn und zwölf, Sie wissen besser als jeder andere, wie wichtig diese Jahre sind. Sie können mir glauben, Mr. Ryder, ich habe versucht, diese verlorenen Jahre wieder aufzuholen, ich habe getan, was ich konnte, aber es war eben einfach zu spät. Noch heute frage ich mich oft: ‹Was habe ich mir dabei bloß gedacht?› Ach, was gäbe ich nicht darum, diese Jahre zurückzubekommen! Aber sehen Sie, ich glaube, meine Eltern haben nicht wirklich einschätzen können, wie verheerend sich diese zwei fehlenden Jahre auswirken würden. Ich glaube, sie haben gedacht, wenn ich erst einmal wieder bei Frau Tilkowski anfange, werden diese Jahre keinen großen Unterschied machen, solange ich nur hart arbeite. Ich weiß, Frau Tilkowski hat mehr als einmal versucht, es ihnen zu erklären, aber ich glaube, sie waren so voller Stolz und so voller Liebe für mich, daß sie die Realität einfach nicht akzeptiert haben. Noch ein paar Jahre lang waren sie davon überzeugt, daß ich prächtige Fortschritte machte, daß ich wirklich Talent hätte. Erst als ich siebzehn war, wurde ihnen alles auf einmal klar. Damals gab es bei uns einen Klavierwettbewerb, und der Jürgen-Flemming-Preis wurde verliehen, der Städtische Kulturverein organisierte das Ganze für die vielversprechenden jungen Talente der Stadt. Der Wettbewerb hatte durchaus einen guten Ruf, doch wegen fehlender finanzieller Mittel wird er heute nicht mehr ausgeschrieben. Als ich siebzehn war, hatten meine Eltern es sich in den Kopf gesetzt, daß ich daran teilnehmen sollte, und meine Mutter hatte sogar schon angefangen, alle Vorkehrungen zu treffen, damit ich mich als Teilnehmer für den Wettbewerb anmelden konnte. Und da haben sie dann erstmals gemerkt, wie wenig ich den Anforderungen entsprach. Sie haben sehr genau zugehört, wenn ich spielte – zum erstenmal haben sie vielleicht *wirklich* zugehört –, und ihnen wurde klar, daß ich mich und die Familie nur blamieren würde, wenn ich an dem Wettbewerb teilnahm. Ich wollte es trotzdem unbedingt versuchen, aber meine Eltern kamen zu dem Schluß, daß eine Teilnahme mein Selbstvertrauen allzusehr untergraben würde. Wie gesagt, es war das erste Mal, daß sie merkten, wie dürftig mein Spiel war. Bis dahin hatten ihre hohen Erwartungen und wahrscheinlich auch ihre Liebe zu mir sie einfach davor bewahrt, mir wirklich ganz objektiv zuzuhören. Zum erstenmal akzeptierten sie jetzt die Tatsache, daß die zwei fehlenden Jahre eine wirklich verheerende Wirkung gehabt hatten. Na ja, danach waren meine Eltern dann verständlicherweise sehr enttäuscht. Besonders Mutter schien sich jetzt mit dem Gedanken abzufinden, daß alles umsonst gewesen war, die ganze Mühe, die sie sich gegeben hatte, all die Jahre bei Frau Tilkowski, dieses eine Mal, als sie zu ihr gegangen war, um sie zu bitten, mich wieder aufzunehmen, alles umsonst, sie schien alles als eine einzige große Vergeudung anzusehen. Und sie war dann oft sehr niedergeschlagen und ging kaum noch aus, ging nicht mehr zu Konzerten oder festlichen Veranstaltungen. Vater dagegen hat die

Hoffnung, was mich betrifft, nie ganz aufgegeben. Das ist wirklich typisch für ihn. Immer ist er voller Hoffnung, bis ganz zum Ende. Ab und zu, so ungefähr einmal im Jahr, bittet er mich, ihm vorzuspielen, und wenn er mich dann hört, sehe ich förmlich seine Hoffnung, ich sehe, wie er denkt: ‹Diesmal, dieses eine Mal wird es anders sein.› Aber wenn ich mit Spielen fertig bin und zu ihm hinschaue, sehe ich immer nur, daß er wieder einmal ganz niedergeschmettert ist. Natürlich tut er sein Möglichstes, um das vor mir zu verbergen, aber es ist dennoch deutlich zu sehen. Trotzdem hat er die Hoffnung nie aufgegeben, und das hat mir immer viel bedeutet.»

Mit hoher Geschwindigkeit fuhren wir jetzt eine Hauptstraße entlang, die von hochaufragenden Bürogebäuden gesäumt wurde. Zwar kamen wir an langen Reihen ordentlich geparkter Wagen vorbei, aber unser Auto war meilenweit das einzige, das fuhr.

«Also war es die Idee Ihres Vaters», fragte ich, «daß Sie am Donnerstag abend auftreten sollen?»

«Ja. Da sehen Sie, was er für ein Vertrauen in mich hat! Den Vorschlag hat er zum erstenmal vor sechs Monaten gemacht. Seit beinahe zwei Jahren schon hat er mich nicht mehr spielen hören, und doch hat er solches Vertrauen in mich. Natürlich hat er mir alle nur erdenkliche Gelegenheit gegeben, nein zu sagen, doch ich war so gerührt, daß er nach all den Enttäuschungen immer noch solches Vertrauen in mich hatte. Also habe ich ja gesagt, ich habe gesagt, ich tue es.»

«Das war sehr mutig von Ihnen. Ich hoffe, es stellt sich heraus, daß es die richtige Entscheidung war.»

«Also eigentlich, Mr. Ryder, habe ich zugesagt, weil ich, nun ja, weil ich zu dem Schluß gekommen bin, daß ich kürzlich eine Art Durchbruch erzielt habe. Vielleicht wissen Sie ja, wovon ich spreche, es ist nicht ganz einfach, es zu erklären. Es ist, als ob etwas in meinem Kopf, etwas, das meinen Fortschritt immer blockiert hat, eine Art Damm oder so etwas, plötzlich gebrochen ist und sich jetzt ein ganz neuer Elan ausbreiten kann. Ich kann es nicht so recht erklären, aber Tatsache ist, daß ich davon überzeugt bin, jetzt ein besserer Pianist zu sein als zu dem Zeitpunkt, als Vater mich das letzte Mal gehört hat. Sie verstehen also, als er mich fragte, ob ich Donnerstag abend auftreten wollte, habe ich, so nervös ich auch war, zugesagt. Hätte ich es nicht getan, wäre es ihm gegenüber ungerecht gewesen, bei all dem Vertrauen, das er in mich gesetzt hat. Ich will damit nicht sagen, daß ich mir wegen Donnerstag abend keine Sorgen mache. Ich habe sehr hart an meinem Stück gearbeitet, und ich gebe zu, ich bin tatsächlich ein wenig in Sorge. Aber ich weiß, die Chancen stehen gut, daß ich meine Eltern wirklich überraschen kann. Sie müssen wissen, ich habe immer diesen einen Traum gehabt. Auch als mein Klavierspiel auf seinem absoluten Tiefpunkt war. Ich hatte diesen Traum, daß ich mehrere Monate irgendwo eingesperrt zubringe und übe und nochmals übe. Meine Eltern würden mich monatelang nicht zu Gesicht bekommen. Dann eines Tages würde ich plötzlich nach Hause kommen. Vielleicht an einem Sonntagnachmittag. Auf jeden Fall zu einer Zeit, wenn auch Vater zu Hause ist. Ich würde hereinkommen, kaum ein Wort sagen, einfach zum Klavier gehen, den Deckel aufklappen und zu spielen anfangen. Ich würde nicht einmal meinen Mantel ausziehen. Ich würde einfach nur spielen und immer weiter spielen. Bach, Chopin, Beethoven. Dann die zeitgenössischen Sachen. Grebel. Kazan. Mullery. Ich würde einfach nur spielen und immer weiter spielen. Und meine Eltern wären mir ins Eßzimmer gefolgt, und sie würden einfach völlig verblüfft zusehen. Es wäre jenseits ihrer kühnsten Träume. Aber dann würden sie zu ihrem großen Erstaunen bemerken, daß ich mich, noch während ich immer weiter spiele, zu größeren und immer größeren Höhen aufschwinge. Erhabene Adagios voller Empfindsamkeit. Verblüffende Bravourstücke voller Leidenschaft. Höher und höher würde ich mich hinaufschwingen. Und sie würden dastehen, mitten im Raum, Vater immer noch in der Hand die Zeitung haltend, die er gerade gelesen hatte, beide Eltern völlig verblüfft. Schließlich würde ich mit einem atemberaubenden Finale enden, dann würde ich mich endlich zu ihnen umdrehen und... na ja, ich weiß nie genau, was dann passiert. Aber diesen Traum habe ich gehabt, seit ich dreizehn oder vierzehn Jahre alt bin. Donnerstag abend wird es vielleicht nicht ganz so, wie ich es mir in meinen Träumen vorstelle, aber möglicherweise kommt es dem recht nahe. Wie gesagt, irgend etwas ist anders geworden, und ich bin sicher, ich bin jetzt fast soweit. So, Mr. Ryder, da wären wir. Und Sie kommen noch rechtzeitig zu Ihren Reportern.»

Das Stadtzentrum war so still gewesen, ohne jeden Straßenverkehr, daß ich die Gegend gar nicht wiedererkannt hatte. Aber tatsächlich näherten wir uns jetzt dem Eingang des Hotels.

«Wenn Sie nichts dagegen haben», fuhr Stephan fort, «lasse ich Sie und Boris hier aussteigen. Ich muß den Wagen nach hinten bringen.»

Im Fond des Wagens sah Boris sehr müde aus, war aber immer noch wach. Wir stiegen aus, und ich achtete darauf, daß der Junge sich auch bei Stephan bedankte, bevor ich ihn zum Hotel führte.

SIEBEN

Das Licht in der Hotelhalle war gedämpft, und das ganze Haus wirkte vollkommen still. Der junge Angestellte, den ich bei meiner Ankunft kennengelernt hatte, war wieder im Dienst, obwohl er auf seinem Stuhl hinter der Rezeption fest zu schlafen schien. Als wir auf ihn zugingen, sah er auf, und als er mich erkannt hatte, gab er sich große Mühe, wieder wach zu werden.

«Guten Abend», sagte er recht munter, doch im nächsten Augenblick schien ihn wieder seine Müdigkeit zu überkommen.

«Guten Abend. Ich brauche noch ein Zimmer. Für Boris.» Ich legte meine Hand auf die Schulter des Jungen. «So nahe wie möglich bei meinem, bitte.»

«Wollen mal sehen, was ich da tun kann, Mr. Ryder.»

«Also zufällig ist Gustav, der Hoteldiener hier, der Großvater von Boris. Ist es vielleicht möglich, daß er sich noch im Hotel aufhält?»

«O ja, Gustav wohnt hier. Er hat ein kleines Zimmer im Dachgeschoß. Aber im Moment wird er wohl gerade schlafen.»

«Vielleicht hätte er nichts dagegen, wenn wir ihn wecken. Ich bin sicher, er wird Boris gleich sehen wollen.»

Der Angestellte sah besorgt auf die Uhr. «Also gut, was immer Sie sagen», erwiderte er unsicher und griff zum Telefonhörer. Einen Augenblick später war die Verbindung hergestellt.

«Gustav? Gustav, es tut mir sehr leid. Hier ist Walter. Ja, ja, tut mir leid, daß ich Sie wecke. Ja, ich weiß, tut mir wirklich leid. Aber hören Sie bitte. Mr. Ryder ist gerade zurückgekommen. Er hat Ihren Enkel bei sich.»

Danach hörte der Angestellte eine ganze Weile nur zu und

nickte von Zeit zu Zeit. Dann legte er wieder auf und lächelte mich an.

«Er kommt sofort herunter. Er sagt, er wird sich um alles kümmern.»

«Wunderbar.»

«Sie müssen sehr müde sein, Mr. Ryder.»

«Ja, das bin ich wirklich. Es war ein sehr anstrengender Tag. Aber ich glaube, da gibt es noch einen Termin, den ich wahrnehmen muß. Es müßten einige Reporter hier auf mich warten.»

«Ach ja, die Reporter. Die sind vor ungefähr einer Stunde wieder gegangen. Sie wollen einen neuen Termin vereinbaren. Ich habe vorgeschlagen, daß sie sich direkt an Fräulein Stratmann wenden, so daß Sie damit nicht behelligt werden. Also Sie sehen wirklich sehr müde aus. Sie sollten sich jetzt um all diese Dinge keine Sorgen mehr machen und zu Bett gehen.»

«Ja, das sollte ich wohl. Hhm. Die sind also gegangen. Erst kommen sie zu früh, und dann gehen sie einfach wieder.»

«Ja, wirklich sehr ärgerlich. Aber wenn Sie mich fragen, Mr. Ryder, sollten Sie jetzt zu Bett gehen und sich ausschlafen. Sie sollten sich darüber wirklich keine Sorgen mehr machen. Ich bin fest davon überzeugt, daß alles bestens geregelt wird.»

Ich war dem Angestellten dankbar für diese tröstlichen Worte, und tatsächlich verspürte ich das erste Mal seit vielen Stunden ein Gefühl der Entspannung. Ich stützte die Ellenbogen auf den Empfangstisch, und für einen Moment nickte ich im Stehen ein. Aber ich schlief nicht richtig, denn die ganze Zeit über war ich mir bewußt, daß Boris seinen Kopf schwer an meine Seite gelehnt hatte, und ich hörte die Stimme des Angestellten in demselben beruhigenden Tonfall direkt vor meinem Gesicht.

«Gustav wird gleich hier sein», sagte er, «und er wird sich darum kümmern, daß Ihr Junge gut untergebracht wird. Es gibt wirklich keinen Grund mehr, sich Sorgen zu machen. Und

Fräulein Stratmann kennen wir hier im Hotel schon so lange. Eine wirklich sehr tüchtige Frau. Sie hat sich im Laufe der Jahre um die Angelegenheiten vieler prominenter Gäste gekümmert, und alle waren sie hundertprozentig beeindruckt von ihr. Fehler gibt es bei ihr einfach nicht. Also können Sie die Sache mit den Reportern beruhigt ihr überlassen, da wird es schon keine Probleme geben. Und was Boris betrifft, so werden wir ihn in einem Zimmer genau Ihnen gegenüber unterbringen. Morgens hat er von da eine herrliche Aussicht, die ihm bestimmt gefallen wird. Also, Mr. Ryder, ich finde wirklich, Sie sollten sich jetzt schlafen legen. Heute können Sie bestimmt nichts mehr erreichen. Und wenn ich mir einen Vorschlag erlauben dürfte, ich glaube, es wäre besser, wenn Sie Boris in der Obhut seines Großvaters lassen, sobald Sie alle nach oben gegangen sind. Gustav wird jeden Moment hier sein, er zieht nur noch seine Uniform an, das wird ihn noch ein wenig aufhalten. Aber bald wird er in all seinem Glanz dastehen, das ist Gustav, wie er leibt und lebt, in tadelloser Uniform, alles picobello. Wenn er kommt, müssen Sie ihn einfach nur dazu bringen, daß er sich sofort um alles kümmert. Er macht, so schnell er kann. Er wird jetzt in diesem Moment gerade dabeisein, sich die Schnürsenkel zuzubinden und dabei auf dem Rand seines kleinen Bettes sitzen. Er wird jetzt jeden Moment fertig sein, er wird aufspringen, obwohl er aufpassen muß, daß er sich dabei nicht den Kopf an den Deckenbalken stößt. Jetzt kämmt er noch schnell seine Haare durch, und dann ist er auch schon auf dem Korridor. Ja, jeden Moment wird er hier sein, und dann gehen Sie einfach in Ihr Zimmer, schalten ein bißchen ab und schlafen sich einmal tüchtig aus. Ich würde Ihnen einen kleinen Schlummertrunk empfehlen, einen der Spezialcocktails, die schon fertig gemixt in Ihrer Minibar stehen. Die sind wirklich ausgezeichnet. Oder vielleicht möchten Sie sich lieber ein heißes Getränk heraufbringen lassen. Und Sie könnten das Radio anmachen und ein wenig entspannende Musik hören. Abends um diese Zeit sendet ein Kanal aus Stockholm nur ruhigen Mitternachts-Jazz, wirklich sehr entspannend, den Sender höre ich selber oft, um ein bißchen abzuschalten. Oder wenn Sie richtig abschalten wollen, würde ich eventuell vorschlagen, daß Sie sich einen Film ansehen. Viele Hotelgäste sind genau in diesem Augenblick im Kino und sehen sich einen Film an.»

Diese letzte Bemerkung – das Gerede über den Film – riß mich aus meiner Schläfrigkeit. Ich richtete mich auf und fragte:

«Entschuldigung, aber was haben Sie da gerade gesagt? Viele Hotelgäste sind sich einen Film ansehen gegangen?»

«Ja, da ist ein Kino gleich um die Ecke. Die haben dort eine Spätvorstellung. Viele Gäste finden, daß sie sich nach einem harten Tag besser entspannen können, wenn sie sich einen Film ansehen. Das könnten Sie ja auch tun, statt einen Cocktail oder etwas Heißes zu trinken.»

Das Telefon neben der Hand des Angestellten klingelte, und er entschuldigte sich und hob den Hörer ab. Während er zuhörte, merkte ich, daß er mich von Zeit zu Zeit verlegen ansah. Dann sagte er: «Er steht gerade hier», und dann reichte er mir den Hörer.

«Hallo», sagte ich.

Einen kurzen Moment herrschte Stille. Dann sagte eine Stimme: «Ich bin es.»

Ich brauchte einen Augenblick, um zu begreifen, daß es Sophie war. Aber kaum war ich mir dessen bewußt, da erfaßte mich heftige Wut auf sie, und nur die Gegenwart von Boris hielt mich davon ab, rasend vor Ärger ins Telefon zu brüllen. Schließlich sagte ich sehr kühl: «Ach so. Du bist es.»

Es entstand eine weitere kurze Pause, bevor sie sagte: «Ich bin draußen in einer Telefonzelle. Auf der Straße. Ich habe dich und Boris hineingehen sehen. Es ist vielleicht besser, wenn er mich im Augenblick nicht sieht. Es ist längst höchste Zeit für ihn zum Schlafengehen. Laß dir doch bitte nicht anmerken, daß du mit mir sprichst.»

Ich schaute zu Boris hinunter, der an mich gelehnt im Stehen eingenickt war.

«Also was bildest du dir eigentlich ein?» fragte ich.

Ich hörte sie tief seufzen. Dann antwortete sie:

«Du hast alles Recht der Welt, wütend zu sein. Ich... Ich weiß nicht, wie das passieren konnte. Ich sehe ja ein, daß das blöd von mir war...»

«Hör mal», unterbrach ich sie voller Sorge, daß ich meinen Ärger nicht mehr viel länger unter Kontrolle würde halten können, «wo genau bist du?»

«Auf der anderen Straßenseite. Unter dem Bogengang, vor den Antiquitätenläden.»

«Ich bin sofort draußen. Bleib, wo du bist.»

Ich gab dem Angestellten den Hörer zurück und war erleichtert, daß Boris während des Gesprächs nicht aufgewacht war. In dem Moment ging allerdings die Aufzugtür auf, und Gustav trat in die Halle.

Seine Uniform saß tatsächlich tadellos. Sein dünnes weißes Haar war angefeuchtet und gekämmt. Leichte Schwellungen unter den Augen und eine gewisse Steifheit in seinem Gang waren die einzigen Anzeichen dafür, daß er noch vor wenigen Minuten tief und fest geschlafen hatte.

«Ach, guten Abend», sagte er, während er näher kam.

«Guten Abend.»

«Sie haben Boris mitgebracht. Wie freundlich von Ihnen, daß Sie sich solche Mühe gemacht haben.» Gustav ging noch einige Schritte weiter auf uns zu und schaute mit einem sanften Lächeln auf seinen Enkel. «Du meine Güte, schauen Sie ihn sich nur an. Der schläft ja tief und fest.»

«Ja, er ist sehr müde gewesen», sagte ich.

«Er sieht noch so jung aus, wenn er so schläft.» Noch einen Augenblick lang schaute er Boris voller Zärtlichkeit an. Dann sah er auf zu mir und sagte: «Darf ich Sie fragen, ob es Ihnen gelungen ist, mit Sophie zu reden? Den ganzen Nachmittag habe ich daran gedacht, wie Sie es wohl anstellen werden.»

«Also, ja, ich habe mit ihr gesprochen.»

«Aha. Und haben Sie jetzt eine Ahnung gekriegt?»

«Eine Ahnung?»

«Eine Ahnung von dem, was sie so beschäftigt.»

«Ach so. Tja, obwohl sie einige recht aufschlußreiche Dinge gesagt hat... also, um ehrlich zu sein... wie ich ja schon gesagt habe, es ist für einen Außenstehenden wie mich recht schwierig, da durchzublicken. Natürlich habe ich die ein oder andere vage Vorstellung von dem, was sie belastet, aber ich meine jetzt mehr denn je, daß Sie am besten selbst mit ihr sprechen sollten.»

«Aber Sie wissen doch, ich habe es Ihnen doch schon gesagt...»

«Ja, ja, Sie und Sophie, Sie sprechen nicht direkt miteinander, ich weiß schon», sagte ich unter einem plötzlichen Aufflackern von Ungeduld. «Und doch, wenn das Ganze so wichtig für Sie ist, denke ich...»

«Das Ganze ist mir ungeheuer wichtig. O ja, wirklich *ungeheuer* wichtig. Und zwar wegen Boris, verstehen Sie. Wenn wir dieser Sache nicht bald auf den Grund kommen, wird er sich ernsthafte Sorgen machen. Ganz bestimmt sogar. Schon jetzt gibt es eindeutige Anzeichen dafür. Sie brauchen ihn sich doch nur anzugucken, wie er da so schläft, schauen Sie ihn sich an, wie jung er noch ist. Wir sind es ihm einfach schuldig, seine Welt noch ein wenig länger von solchen Sorgen freizuhalten, finden Sie nicht auch? Diese Sache als ungeheuer wichtig zu bezeichnen ist eher ziemlich untertrieben. In letzter Zeit habe ich mir fast rund um die Uhr Sorgen gemacht. Aber sehen Sie...» Er brach ab und schaute mit leerem Blick auf den Fußboden hinunter. Dann schüttelte er leicht den Kopf und seufzte. «Sie sagen, ich sollte selbst mit Sophie reden. Aber das ist gar nicht so einfach. Sie müssen den Hintergrund, die ganze Situation bedenken. Wissen Sie, wir haben diese... diese *Übereinkunft* jetzt schon seit vielen Jahren. Seit sie noch ein kleines Mädchen war. Als sie noch sehr klein war, da war alles natürlich noch ganz anders. Bis sie acht oder neun war, ach, da haben Sophie und ich ständig miteinander geredet. Ich habe ihr Geschichten erzählt, wir haben lange Spaziergänge durch die Altstadt gemacht, Hand in Hand, nur wir zwei, und haben geredet und geredet. Sie dürfen mich nicht mißverstehen, ich habe Sophie damals sehr geliebt, und das tue ich auch heute noch. O ja, ganz bestimmt. Wir haben uns *sehr* nahe gestanden, als sie noch klein war. Mit dieser Übereinkunft fing es erst an, als sie acht Jahre alt war. Ja, so alt war sie damals. Übrigens, mit dieser Übereinkunft, die da zwischen uns besteht, sollte es gar nicht so lange gehen. Ich nehme an, ich habe damals gedacht, es würde ein paar Tage dauern. Das war es, das war alles, was ich wollte. Ich weiß noch, an diesem ersten Tag habe ich nicht gearbeitet, und ich wollte meiner Frau in der Küche gerade ein Regal anbringen. Sophie ist mir andauernd hinterhergelaufen, fragte dieses, bot an, mir jenes zu bringen, wollte mir helfen. Ich habe nichts gesagt, ich habe die ganze Zeit kein Wort gesagt. Bald war sie natürlich ganz verwirrt und verärgert, das habe ich sehr wohl gesehen. Aber ich hatte mich nun mal dazu entschlossen, und ich wollte konsequent sein. Es war wirklich nicht einfach für mich. Du liebe Güte, nein, es war wirklich nicht einfach, ich habe mein kleines Mädchen mehr als alles auf der Welt geliebt, aber ich habe mir gesagt, ich müßte stark sein. Drei Tage, habe ich mir gesagt, drei Tage müßten genügen, drei Tage, und dann wäre es vorbei. Nur drei Tage, dann könnte ich von der Arbeit nach Hause kommen, würde sie wieder hochheben, sie an mich drücken, und wir würden uns alles erzählen. Alles wieder wettmachen, sozusagen. Damals habe ich im Hotel Alba gearbeitet, und gegen Ende des dritten Tages habe ich, wie Sie sich ja wohl denken können, das Ende meiner Schicht herbeigesehnt, damit ich endlich nach Hause gehen und meine kleine Sophie wiedersehen konnte. Sie können sich sicher meine Enttäuschung vorstellen, als ich in der Wohnung ankam und Sophie sich weigerte, zu mir zu kommen und mich zu begrüßen, als ich sie rief. Und als ich sie dann suchen ging, hat sie sich, und das war dann noch schlimmer, absichtlich weggedreht und ist aus dem Zimmer gegangen, ohne ein Wort zu sagen. Wie Sie sich ja denken können, war ich ziemlich verletzt. Und ich glaube, ich bin auch ein bißchen wütend geworden – wie gesagt, ich hatte einen schweren Tag gehabt und hatte mich so darauf gefreut, sie zu sehen. Da habe ich mir gesagt, wenn sie sich *so* benehmen will, dann wird sie schon sehen, wohin das führt. Also habe ich mit meiner Frau Abendbrot gegessen, dann bin ich ins Bett gegangen, ohne ein einziges Wort mit Sophie zu reden. Ich nehme an, von da an ist es einfach so weitergegangen. Ein Tag folgte auf den anderen, und bevor man es sich versah, war es schon die Regel zwischen uns geworden. Ich möchte nicht, daß Sie mich mißverstehen, wir haben uns nicht etwa gestritten, Feindschaft bestand schon sehr bald keine mehr zwischen uns. Tatsächlich war es damals schon, wie es jetzt auch ist. Sophie und ich, na ja, wir sind immer sehr rücksichtsvoll zueinander gewesen. Wir haben einfach nur nicht mehr miteinander gesprochen. Ich gebe zu, ich habe damals nicht gedacht, daß das so lange dauern würde. Ich glaube, ich wollte immer, daß wir bei einer passenden Gelegenheit – an einem besonderen Tag, wie etwa ihrem Geburtstag – alles hinter uns lassen und genauso weitermachen wie vorher. Aber dann kam und ging ihr Geburtstag, genauso Weihnachten, es kam und ging, und irgendwie haben wir nie den Anfang gefunden. Und als sie dann elf war, ist ein ganz bestimmtes trauriges Ereignis eingetreten. Sophie hatte damals diesen kleinen weißen Hamster. Sie hatte ihn Ulrich genannt, und sie hatte ihn sehr liebgewonnen. Stunden über Stunden brachte sie damit zu, sich mit ihm zu unterhalten und ihn durch die Wohnung zu tragen. Dann eines Tages verschwand das Tier. Sophie hat überall nach ihm gesucht. Auch ihre Mutter und ich haben die Wohnung durchsucht und haben die Nachbarn nach ihm gefragt, aber es hatte alles keinen Zweck. Meine Frau tat ihr Möglichstes, um Sophie zu versichern, daß es Ulrich gutging – daß er einfach nur eine kleine

Reise machte und bald wieder zurück wäre. Eines Abends dann war meine Frau ausgegangen, und Sophie und ich waren allein in der Wohnung. Ich war im Schlafzimmer und hatte das Radio recht laut aufgedreht – es wurde ein Konzert übertragen –, als ich plötzlich hörte, daß Sophie im Wohnzimmer hemmungslos schluchzte. Fast sofort habe ich mir gedacht, daß sie Ulrich endlich gefunden hatte. Beziehungsweise das, was von ihm noch übrig war – zu dem Zeitpunkt war er schon seit ein paar Wochen verschwunden. Nun ja, die Tür zwischen Schlafzimmer und Wohnzimmer war geschlossen, und, wie gesagt, das Radio war laut aufgedreht, also wäre es durchaus denkbar gewesen, daß ich sie gar nicht gehört hätte. Deshalb blieb ich im Schlafzimmer, mit dem Ohr an der Tür, hinter mir lief das Konzert. Natürlich habe ich mehrmals gedacht, ich sollte zu ihr hingehen, aber je länger ich da an der Tür stand, desto merkwürdiger erschien es mir, einfach ins Zimmer zu stürzen. Wissen Sie, so laut hat sie ja gar nicht geweint. Einen Moment lang habe ich mich sogar wieder hingesetzt und habe versucht, mir einzureden, ich hätte sie gar nicht gehört. Aber natürlich hat es mir fast das Herz zerrissen, sie so schluchzen zu hören, und bald stand ich wieder bei der Tür, beugte mich vor und versuchte, Sophie vor dem Hintergrund der Konzertmusik zu hören. Wenn sie mich ruft, sagte ich mir, wenn sie an die Tür klopft oder mich ruft, dann gehe ich zu ihr hin. So hatte ich es entschieden. Wenn sie ruft: ‹Papa!›, dann gehe ich zu ihr, ich werde sagen, daß ich sie wegen der Musik nicht früher gehört habe. Ich habe gewartet, aber sie hat mich weder gerufen, noch hat sie an die Tür geklopft. Das einzige, was sie gemacht hat, war folgendes: Nachdem sie eine Weile wie von Sinnen gewesen ist und schrecklich geschluchzt hat – es ging richtig zu Herzen, das können Sie mir glauben –, da hat sie zu sich selbst gesprochen – ich möchte es noch einmal ganz deutlich sagen –, sie hat zu sich selbst gesprochen und gerufen: ‹Ich habe Ulrich in dem Karton gelassen! Es war meine Schuld! Ich habe es vergessen! Es war meine Schuld!› Es war so gewesen, und das habe ich dann später herausgefunden, daß Sophie Ulrich in diesen kleinen Geschenkkarton gesetzt hatte. Sie wollte ihn irgendwohin mitnehmen, sie hat ihn oft mitgenommen, um ihm etwas zu zeigen. Sie hatte ihn in diesen kleinen Karton gesetzt, fertig zum Ausgehen, aber dann ist etwas dazwischengekommen, sie wurde abgelenkt und ist dann gar nicht ausgegangen, und in der Zwischenzeit hatte sie dann vergessen, daß sie Ulrich in den Karton gesetzt hatte. An dem Abend, von dem ich Ihnen erzähle, das war dann Wochen später, hat sie sich irgendwie in der Wohnung zu schaffen gemacht, und da ist es ihr plötzlich eingefallen. Können Sie sich vorstellen, was das für ein entsetzlicher Moment für mein kleines Mädchen gewesen sein muß? Sich plötzlich daran zu erinnern, vielleicht verzweifelt zu hoffen, sie könne sich geirrt haben, und dann zu dem Karton zu laufen. Und natürlich war Ulrich dann da, immer noch in dem Karton. Weil ich nur durch die geschlossene Tür zuhörte, konnte ich zu dem Zeitpunkt natürlich nicht ganz genau mitbekommen, was alles geschehen war, aber ich habe es mir natürlich gedacht, als sie gerufen hat: ‹Ich habe Ulrich in dem Karton gelassen! Es war meine Schuld.› Aber Sie müssen verstehen, daß sie das zu sich selbst gesagt hat. Wenn sie gesagt hätte: ‹Papa! Bitte komm her...› Aber nein. Aber trotzdem habe ich mir gedacht: ‹Wenn sie noch einmal etwas sagt, dann gehe ich hinein.› Aber sie hat nichts mehr gesagt. Sie hat einfach nur immer weiter geschluchzt. Ich habe sie im Geiste vor mir gesehen, wie sie Ulrich in der Hand hielt und vielleicht hoffte, er könne noch gerettet werden... Ach, es ist mir wirklich nicht leichtgefallen. Aber das Konzert hinter mir lief immer noch, und ich bin im Schlafzimmer geblieben. Viel später habe ich gehört, wie meine Frau nach Hause gekommen ist, wie die beiden miteinander geredet haben und Sophie wieder geweint hat. Und dann ist meine Frau ins Schlafzimmer gekommen und hat mir erzählt, was passiert ist. ‹Hast du denn nichts gehört›, hat sie mich gefragt, und ich habe geantwortet: ‹Liebe Güte, nein, ich habe mir das Konzert angehört.› Am anderen Morgen beim Frühstück hat Sophie nichts zu mir gesagt und ich nichts zu ihr. Mit anderen Worten, wir haben einfach weitergemacht im Sinne unserer Übereinkunft. Aber ich habe gemerkt, und es konnte gar keinen Zweifel daran geben, ich habe gemerkt, daß Sophie *wußte*, ich hatte sie gehört. Und sie hat es mir nicht einmal übelgenommen. Sie hat mir das Milchkännchen gereicht, genau wie immer, die Butter, sie hat sogar meinen Teller abgeräumt – als kleinen Extradienst. Ich will damit sagen, daß Sophie unsere Übereinkunft verstanden hat und sie auch respektierte. Danach haben sich die Dinge dann, wie Sie sich ja denken können, so eingespielt. Verstehen Sie? Da wir unsere Übereinkunft wegen der Sache mit Ulrich nicht aufgegeben haben, wäre es einfach nicht richtig gewesen, sie aufzugeben, ehe nicht etwas mindestens genauso Bedeutungsvolles passiert wäre. Die ganze Sache eines Tages ohne einen besonderen Grund beizulegen, wäre tatsächlich nicht nur irgendwie merkwürdig gewesen, sondern es hätte sogar die Tragik verharmlost, die für meine Tochter mit der ganzen Ulrich-Episode verbunden war. Sie verstehen das doch hoffentlich. Jedenfalls nachdem sich nun unsere Übereinkunft, na ja, gewissermaßen verfestigt hat, scheint es mir, sogar unter den gegebenen Umständen, einfach nicht angebracht, daß ich so plötzlich mit einem so langandauernden Abkommen breche. Und ich kann wohl sagen, daß es Sophie sicher ganz ähnlich ergeht. Und deshalb habe ich Sie ja auch gebeten, mir diesen besonderen Gefallen zu tun, zumal Sie ja heute nachmittag ohnehin in die Richtung gingen...»

«Ja, ja, ja», unterbrach ich und verspürte eine weitere Welle der Ungeduld. Dann sagte ich ein wenig versöhnlicher: «Ich verstehe ja, wie die Dinge zwischen Ihnen und Ihrer Tochter jetzt liegen. Aber ich frage mich gerade, könnte nicht vielleicht genau diese Sache – diese Sache mit Ihrer Übereinkunft... Könnte nicht vielleicht gerade diese Sache der tiefere Grund für die Probleme Ihrer Tochter sein? Daß es Ihre Übereinkunft war, über die sie damals in dem Café nachgedacht hat, als Sie sie so verzweifelt haben dasitzen sehen?»

Gustav schien verblüfft, und eine ganze Weile sagte er nichts mehr. Schließlich erwiderte er: «Was Sie da sagen, das ist mir noch gar nicht in den Sinn gekommen. Darüber muß ich erst mal nachdenken. Also ehrlich, das ist mir noch gar nicht in den Sinn gekommen.» Wieder schwieg er einen Augenblick, auf seinem Gesicht lag jetzt ein besorgter Ausdruck. Dann schaute er auf und sagte: «Aber warum sollte ihr unsere Übereinkunft *gerade jetzt* solche Probleme machen? Nach all der Zeit?» Langsam schüttelte er den Kopf. «Darf ich Sie noch etwas fragen? Sind Sie nach dem Gespräch mit ihr zu diesem Schluß gekommen?»

Plötzlich war ich sehr müde und wünschte, die ganze Sache würde mir aus der Hand genommen. «Ich weiß es nicht, ich weiß es nicht», entgegnete ich. «Wie ich schon mehrfach gesagt habe, diese Familienangelegenheiten... Ich bin nur ein Außenstehender. Wie kann ich das beurteilen? Ich habe ja nur gesagt, es könnte vielleicht möglich sein.»

«Darüber muß ich natürlich erst einmal nachdenken. Schon wegen Boris will ich gern alle Möglichkeiten in Erwägung ziehen. Ja, ich werde darüber nachdenken müssen.» Dann schwieg er wieder, sein Gesichtsausdruck jetzt noch besorgter. «Ich überlege gerade», sagte er schließlich, «ob ich Sie um noch einen Gefallen bitten dürfte. Wenn Sie Sophie das nächste Mal sehen, vielleicht macht es Ihnen dann nichts aus, dieser besonderen Möglichkeit nachzugehen. Ich weiß, daß Sie dabei sehr taktvoll vorgehen würden. Normalerweise würde ich Sie um so etwas nicht bitten, aber wissen Sie, ich denke an den kleinen Boris hier. Ich wäre Ihnen so dankbar.»

Er warf mir einen flehentlichen Blick zu. Schließlich seufzte ich und sagte: «Na schön. Wegen Boris will ich sehen, was ich tun kann. Aber ich kann nur noch einmal sagen, daß es für einen Außenstehenden wie mich...»

Vielleicht war es die Erwähnung seines Namens, in diesem Augenblick jedenfalls fuhr Boris aufgeschreckt hoch.

«Großvater!» rief er, und indem er mich losließ, lief er aufgeregt auf Gustav zu und wollte ihn offensichtlich umarmen. Doch im letzten Moment schien er sich eines Besseren zu besinnen und streckte ihm statt dessen die Hand hin.

«Guten Abend, Großvater», sagte er ruhig und würdevoll.

«Guten Abend, Boris.» Gustav tätschelte ihm sanft den Kopf. «Wie schön, dich zu sehen. Wie war denn dein Tag heute?»

Boris zuckte lässig mit den Schultern. «Ein bißchen ermüdend. Ein ganz normaler Tag.»

«Einen kleinen Augenblick noch», sagte Gustav, «und dann kümmere ich mich um alles.»

Der Hoteldiener hatte den Arm immer noch um seinen Enkel gelegt, und so gingen sie zusammen zur Rezeption. Eine Weile lang wechselten er und der Angestellte dann einige leise Sätze im Hoteljargon. Dann nickten sie beide zum Zeichen, daß sie sich einig waren, und der Angestellte reichte einen Schlüssel herüber.

«Wenn Sie mir bitte folgen wollen», sagte Gustav. «Dann zeige ich Ihnen, wo wir Boris unterbringen werden.»

«Also eigentlich habe ich noch eine Verabredung.»

«Um diese Zeit? Sie haben ja wirklich ein sehr hektisches Leben. Nun ja, darf ich in dem Fall vorschlagen, daß ich Boris selbst hinaufbringe und ihm sein Zimmer zeige?»

«Das ist eine ausgezeichnete Idee. Ich wäre Ihnen sehr dankbar.»

Ich ging mit ihnen bis zum Aufzug und winkte noch ein letztes Mal, als sich die Aufzugtür hinter ihnen schloß. Dann überkamen mich auf einmal mit aller Gewalt die ganze Enttäuschung und der ganze Ärger, die ich bis dahin im Zaum hatte halten können, und ohne noch ein Wort mit dem Hotelangestellten zu wechseln, ging ich durch die Halle und hinaus in die Nacht.

ACHT

Die Straße war menschenleer und ruhig. Ich brauchte eine Weile, um – ein Stück weiter weg auf der anderen Straßenseite – den steinernen Bogengang zu entdecken, den Sophie am Telefon erwähnt hatte. Während ich hinüberging, fragte ich mich einen Augenblick lang, ob sie wohl die Nerven verloren hatte und geflüchtet war. Aber dann sah ich ihre Gestalt aus der Dunkelheit auftauchen und spürte, wie die Wut wieder in mir hochstieg.

Sie sah nicht so sanft und demütig aus, wie ich erwartet hatte. Sie beobachtete mich aufmerksam, und als ich bei ihr war, sagte sie beinahe ruhig:

«Du hast alles Recht der Welt, wütend zu sein. Ich weiß wirklich nicht, wie das passieren konnte. Ich nehme an, ich war etwas verwirrt. Ich weiß, du hast alles Recht der Welt, wütend zu sein.»

Ich schaute sie unbekümmert an. «Wütend? Ach ja, ich verstehe. Du meinst dein Benehmen von vorhin. Na ja, ich muß schon sagen, wegen Boris war ich wirklich sehr enttäuscht. Ganz offensichtlich hat er sich sehr aufgeregt. Aber was mich betrifft, sage ich dir ganz ehrlich, daß ich mir weiter keine Gedanken darum gemacht habe. Ich habe im Moment so viel anderes im Kopf.»

«Ich weiß nicht, wie das passieren konnte. Ich weiß, wie sehr du auf mich angewiesen warst...»

«Ich war nie auf dich angewiesen. Ich finde, du solltest dich jetzt ein bißchen beruhigen.» Ich lachte kurz auf und fing dann an, langsam weiterzugehen. «Was mich betrifft, für mich ist das Ganze wirklich keine große Affäre. Ich bin immer durchaus in der Lage gewesen, die anstehenden Fragen zu erledigen, ob du mir nun geholfen hast oder nicht. Ich bin einfach nur wegen Boris enttäuscht, das ist alles.»

«Ich habe mich wirklich sehr blöd benommen, das sehe ich ja ein.» Sophie ging jetzt neben mir her. «Ich weiß nicht, ich nehme an, ich habe gedacht, daß Boris und du – du mußt es einmal von meinem Standpunkt aus sehen –, daß ihr zurückgeblieben seid, und ich habe gedacht, ihr seid vielleicht gar nicht so versessen gewesen auf das, was ich für den Abend geplant hatte, und ich nahm an, du wolltest dich sowieso absetzen... Schau, wenn du willst, erkläre ich dir alles. Alles, was du wissen willst. Jede Einzelheit...».

Ich blieb stehen und drehte mich zu ihr um. «Offensichtlich habe ich mich nicht deutlich genug ausgedrückt. Das alles interessiert mich überhaupt nicht. Ich bin nur herausgekommen, weil ich ein bißchen frische Luft schnappen und etwas abschalten wollte. Es ist wirklich ein schwerer Tag gewesen. Eigentlich bin ich herausgekommen, um mir vor dem Schlafengehen noch einen Film anzusehen.»

«Einen Film? Was für einen Film?»

«Woher soll ich wissen, was für einen Film? Irgendeine Spätvorstellung. Hier gibt es ein Kino gleich um die Ecke. Ich habe mir gedacht, ich gehe einfach hin und gucke mir den Film an, egal was für einer läuft. Es ist wirklich ein sehr schwerer Tag gewesen.»

Ich war inzwischen weitergegangen, diesmal entschlossener. Nach einer Weile hörte ich mit großer Genugtuung, daß sie hinter mir herkam.

«Bist du wirklich nicht wütend?» fragte sie, als sie mich eingeholt hatte.

«Natürlich nicht. Warum sollte ich wütend sein?»

«Kann ich mitkommen? Ins Kino?»

Ich zuckte mit den Schultern und ging mit unveränderter Geschwindigkeit weiter. «Wie du willst. Ich habe nichts dagegen.»

Sophie griff nach meinem Arm. «Wenn du magst, mache ich

jetzt reinen Tisch. Ich erzähle dir alles. Alles, was du wissen willst über...».

«Also hör mal, wie oft soll ich es dir denn noch sagen? Das interessiert mich alles überhaupt nicht. Ich will jetzt wirklich nichts anderes als nur ein bißchen abschalten. In den nächsten paar Tagen werde ich unter großem Druck stehen.»

Sie hielt immer noch meinen Arm, und eine Weile gingen wir schweigend nebeneinander her. Dann sagte sie leise: «Das ist wirklich schön. Daß du so viel Verständnis hast.»

Darauf erwiderte ich nichts. Einen Augenblick später verließen wir den Bürgersteig und gingen mitten auf der menschenleeren Straße weiter.

«Wenn ich erst einmal ein richtiges Zuhause für uns gefunden habe», sagte sie schließlich, «dann wird auch alles besser. Ganz bestimmt. Was das Haus betrifft, das ich mir morgen ansehe, bin ich wirklich sehr zuversichtlich. Es hört sich an, als wäre es genau das, wonach wir schon so lange gesucht haben.»

«Ja. Wollen wir es hoffen.»

«Du könntest wirklich etwas mehr Begeisterung zeigen. Jetzt könnte sich für uns alles zum Guten wenden.»

Ich zuckte mit der Schulter und ging weiter. Das Kino war noch ein ganzes Stück weit weg, aber weil es so ungefähr das einzige erleuchtete Gebäude auf der dunklen Straße war, hatten wir es schon vor einiger Zeit entdeckt. Als wir dann näher kamen, seufzte Sophie, sie blieb stehen und hielt mich immer noch fest.

«Vielleicht komme ich doch nicht mit», sagte sie, während sie meinen Arm losließ. «Das Haus morgen anzusehen, wird eine ganze Weile dauern. Ich muß früh raus. Ich gehe wohl besser wieder zurück.»

Aus irgendeinem Grund kamen ihre Worte sehr überraschend für mich, und einen Moment lang war ich mir nicht sicher, was ich darauf sagen sollte. Ich schaute zum Kino, dann wieder auf Sophie.

«Aber ich dachte, du hast gesagt, du wolltest...», fing ich

an, dann nach einer Pause sagte ich etwas ruhiger: «Also es ist ein wirklich guter Film. Ich bin sicher, er wird dir gefallen.»

«Aber du weißt doch nicht einmal, welcher Film läuft.»

Mir schoß der Gedanke durch den Kopf, daß sie irgendeine Art Spiel mit mir spielte. Aber wie auch immer, eine merkwürdige Panik hatte mich allmählich erfaßt, und es wollte mir nicht gelingen, ohne diesen flehentlichen Ton in der Stimme zu sprechen.

«Du weißt schon, was ich meine. Der Angestellte an der Rezeption. Er hat es mir vorgeschlagen. Ich weiß, er ist ein sehr zuverlässiger Mann. Und das Hotel muß schließlich an seinen guten Ruf denken. Es ist ziemlich unwahrscheinlich, daß sie etwas empfehlen, das...» Ich brach ab, und die Panik nahm jetzt noch weiter zu, als Sophie sich allmählich entfernte. «Hör doch» – ich hob die Stimme, inzwischen war es mir egal, wer mich hörte – «ich weiß, das wird ein guter Film. Und wir sind schon so lange nicht mehr zusammen im Kino gewesen. Das stimmt doch, oder? Wann haben wir das letzte Mal so etwas zusammen unternommen?»

Sophie schien darüber nachzudenken, dann lächelte sie schließlich und kam zu mir zurück.

«Na schön», sagte sie und faßte mich sanft beim Arm. «Na schön. Es ist zwar schon spät, aber ich komme mit dir. Du hast ja recht, es ist eine Ewigkeit her, daß wir so etwas zusammen unternommen haben. Komm, wir wollen uns amüsieren.»

Ich verspürte eine beträchtliche Erleichterung, und als wir das Kino betraten, hätte nicht viel gefehlt, und ich hätte sie fest an mich gepreßt. Sophie schien das irgendwie zu ahnen und schmiegte den Kopf an meine Schulter.

«Das ist wirklich schön», sagte sie leise. «Daß du nicht wütend auf mich bist.»

«Weshalb sollte ich denn wütend sein?» flüsterte ich und schaute mich im Foyer um.

Knapp vor uns gingen die Leute, die als letzte in der Schlange gestanden hatten, in den Kinosaal hinein. Ich schaute mich um, weil ich sehen wollte, wo ich die Karten kaufen könnte, aber die Kasse war geschlossen, und mir fiel ein, es könnte eine besondere Vereinbarung zwischen dem Hotel und dem Kino bestehen. Auf jeden Fall stellten Sophie und ich uns ans Ende der Reihe, ein Mann in einem grünen Anzug, der am Eingang stand, lächelte und ließ uns zusammen mit all den anderen hinein.

Es war praktisch ausverkauft. Die Lichter waren noch nicht ausgegangen, und viele Leute gingen noch herum, um ihre Plätze zu finden. Ich suchte nach Plätzen für uns, als Sophie mir aufgeregt in den Arm kniff.

«Komm, wir kaufen uns irgendwas», sagte sie. «Eis oder Popcorn oder irgendwas anderes.»

Sie deutete in den vorderen Teil des Kinos, wo sich vor einer Frau in Uniform, die ein Tablett mit Süßigkeiten trug, eine kleine Schlange gebildet hatte.

«Natürlich», sagte ich. «Aber wir sollten uns lieber beeilen, sonst sind alle Plätze besetzt. Es ist sehr voll hier.»

Wir bahnten uns unseren Weg nach vorne und stellten uns an. Nachdem ich eine Weile so dagestanden hatte, spürte ich, daß die Wut wieder in mir hochstieg, bis ich mich schließlich ganz von Sophie wegdrehen mußte. Dann hörte ich sie hinter mir sagen:

«Ich will ganz ehrlich sein. Ich bin heute abend gar nicht wirklich zum Hotel gekommen, um dich zu sehen. Ich wußte nicht einmal, daß ihr zwei dort auftauchen würdet.»

«Ach ja?» Ich beugte mich vor und schaute auf die Süßigkeiten.

«Nachdem das passiert war», fuhr Sophie fort, «das heißt, als ich begriffen hatte, wie blöd ich mich benommen hatte, na ja, da wußte ich nicht, was ich tun sollte. Dann fiel es mir plötzlich wieder ein. Die Sache mit Papas Wintermantel. Mir fiel ein, daß ich ihm den Mantel immer noch nicht zurückgegeben hatte.»

Da war ein raschelndes Geräusch. Ich drehte mich um, und

da erst merkte ich, daß Sophie in der einen Hand ein großes unförmiges Paket in braunem Papier trug. Sie hob es hoch in die Luft, aber es war offensichtlich recht schwer, und so nahm sie den Arm bald wieder herunter.

«Es war einfach dumm von mir», sagte sie. «Ich hätte mir überhaupt keine Sorgen machen müssen. Aber weißt du, ich hatte auf einmal so ein Gefühl, als läge der Winter in der Luft. Und mir fiel das mit dem Mantel wieder ein, und ich wollte einfach nicht mehr länger warten, ich mußte ihn zurückbringen. Also habe ich ihn eingepackt und bin hergekommen. Aber dann war ich beim Hotel, und der Abend war so mild. Ich sah ein, daß ich mir ganz umsonst Sorgen gemacht hatte, und ich wußte nicht, ob ich hineingehen und ihm den Mantel heute abend noch geben sollte. Also stand ich da, und es wurde später und immer später, und schließlich wurde mir klar, daß Papa wohl schon im Bett sein würde. Ich dachte daran, den Mantel für ihn an der Rezeption abzugeben, aber dann wollte ich ihn doch lieber persönlich überbringen. Und da habe ich dann gedacht, na ja, ich könnte ihn in ein paar Wochen immer noch abgeben, es ist ja noch so mild. Da ist dann das Auto vorgefahren, und du bist mit Boris ausgestiegen. So war das in Wirklichkeit.»

«Aha.»

«Ich weiß nicht, ob ich sonst den Mut gehabt hätte, dir gegenüberzutreten. Aber da stand ich nun, direkt auf der anderen Straßenseite, also habe ich tief durchgeatmet und habe angerufen.»

«Tja, ich bin froh, daß du das getan hast.» Ich deutete auf unsere Umgebung. «Schließlich ist es schon eine Ewigkeit her, daß wir so zusammen ins Kino gegangen sind.»

Sie antwortete nicht, und als ich mich umsah, schaute sie voller Zärtlichkeit auf das Paket hinunter. Sie tätschelte es mit der freien Hand.

«Das Wetter wird sich jetzt noch eine Weile halten», murmelte sie, zu dem Mantel so gut wie zu mir. «Also kein Grund zu solcher Eile. Wir können ihm den Mantel in ein paar Wochen noch geben.»

Wir standen jetzt ganz vorn in der Reihe, und Sophie trat vor mich, um neugierig auf das Tablett zu schauen, das die Frau in Uniform uns hinhielt.

«Was nimmst du denn?» fragte sie. «Ich glaube, ich nehme einen Eisbecher. Nein, ein Eis am Stiel mit Schokoglasur. Eines von diesen.»

Ich schaute über ihre Schulter hinweg auf das Tablett und sah, daß darauf all die üblichen Eissorten und Schokoriegel lagen. Doch merkwürdigerweise waren sie alle unordentlich in die Ecken des Tabletts geschoben worden, damit der Ehrenplatz für ein großes, arg mitgenommenes Buch frei war. Ich beugte mich vor, um es eingehend zu betrachten.

«Das ist ein sehr nützliches Handbuch», sagte die Frau in Uniform eifrig. «Ich kann es guten Gewissens empfehlen. Ich sollte es eigentlich hier nicht so zum Verkauf anbieten. Aber der Geschäftsführer hat nichts dagegen, wenn wir ab und zu auch mal etwas privat verkaufen, solange es nicht zu oft vorkommt.»

Auf dem Schutzumschlag befand sich die Fotografie eines lächelnden Mannes im Overall, der auf einer Trittleiter stand, einen Malerpinsel in der Hand und eine Tapetenrolle im Arm hielt. Als ich das Buch hochnahm, merkte ich, wie der Einband allmählich auseinanderfiel.

«Also eigentlich hat es meinem ältesten Sohn gehört», fuhr die Frau in Uniform fort. «Aber er ist jetzt erwachsen und nach Schweden gegangen. Ich habe letzte Woche endlich einmal alle seine Sachen durchgesehen. Aus Sentimentalität habe ich alles aufgehoben, was für mich einen Erinnerungswert hatte, den Rest habe ich weggeworfen. Aber es waren auch ein paar Sachen dabei, die in keine von den beiden Kategorien zu passen schienen. Dieses alte Handbuch zum Beispiel, ich kann nicht gerade behaupten, daß es einen großen Erinnerungswert hat, aber es ist so ein nützliches Buch, man lernt, wie man allerlei Dinge im Haus selber macht, anstreichen und tapezieren, Fliesen legen, es wird einem alles Schritt für Schritt gezeigt, in ganz deutlichen Abbildungen. Ich weiß noch, mein Sohn hat es sehr nützlich gefunden, als er noch ein Junge war. Gut, es ist ein bißchen ramponiert inzwischen, aber es ist wirklich ein ganz besonders nützliches Buch. Ich verlange auch gar nicht viel dafür.»

«Vielleicht würde sich Boris darüber freuen», sagte ich zu Sophie, während ich das Buch durchblätterte.

«Oh, wenn Sie einen Jungen haben in dem Alter wie meiner damals, dann ist das wirklich ideal. Ich spreche aus eigener Erfahrung, glauben Sie mir. Unser Junge hat sehr davon profitiert damals. Anstreichen, Fliesen legen, damit lernen Sie alles.»

Die Lichter gingen allmählich aus, und mir fiel ein, daß wir immer noch keinen Platz hatten.

«Na schön, vielen Dank», sagte ich.

Die Frau dankte mir überschwenglich, als ich ihr das Geld gab, und mit dem Buch und dem Eis gingen wir weg.

«Wie lieb von dir, so an Boris zu denken», sagte Sophie, während wir den schmalen Gang hinaufgingen. Dann hob sie raschelnd ihr Paket wieder hoch und preßte es an sich.

«Merkwürdig, sich vorzustellen, daß Papa den ganzen letzten Winter ohne ordentlichen Wintermantel herumgelaufen ist», sagte sie. «Aber er war eben einfach zu stolz, seinen alten zu tragen. Es war ja recht mild im vorigen Jahr, also ist es nicht so schlimm gewesen. Aber noch einen Winter kann er nicht so herumlaufen.»

«Nein, das sollte er wirklich nicht.»

«Ich sehe das ganz unsentimental. Ich weiß, daß Papa jetzt allmählich alt wird. Ich habe mir das alles schon überlegt. Wie es wird, wenn er in Rente geht, zum Beispiel. Er wird allmählich alt, und damit müssen wir uns abfinden.» Dann fügte sie leise hinzu: «Ich werde ihm den Mantel in ein paar Wochen geben. Das ist dann noch früh genug.»

Inzwischen war es immer dunkler geworden, und die Zuschauer in ihrer Vorfreude saßen schon ganz still da. Mir fiel auf, daß der Saal jetzt noch voller war als vorher, und ich fragte mich, ob wir nicht vielleicht zu lange damit gewartet hatten, uns Plätze zu suchen. Aber als sich die Dunkelheit über uns senkte, kam ein Platzanweiser mit einer Taschenlampe den Gang hinunter und wies auf zwei Sitze ganz vorn. Sophie und ich drängten uns in der Reihe an den Leuten entlang, murmelten Entschuldigungen und setzten uns gerade in dem Augenblick, als die Werbung begann.

Die meisten Spots warben für Firmen am Ort, und die ganze Werbung schien sich endlos hinzuziehen. Als der Hauptfilm endlich anfing, saßen wir schon seit mindestens einer halben Stunde auf unseren Plätzen, und ich stellte mit einiger Erleichterung fest, daß es sich um den Science-fiction-Klassiker *2001: Odyssee im Weltraum* handelte – einen meiner Lieblingsfilme, den ich immer wieder sehen konnte. Sobald diese packenden Anfangsbilder einer prähistorischen Welt über die Leinwand liefen, spürte ich, wie ich mich entspannte, und bald schon war ich angenehm gefesselt von dem Film. Wir befanden uns gerade in dem Mittelteil der Geschichte – Clint Eastwood und Yul Brynner flogen an Bord des Raumschiffes Richtung Jupiter –, als ich Sophie neben mir sagen hörte:

«Aber das Wetter könnte umschlagen. Ganz schnell sogar.»

Ich nahm an, daß sie sich auf den Film bezog, und so gab ich flüsternd etwas Zustimmendes zur Antwort. Aber einige Minuten später sagte sie:

«Im vergangenen Jahr hatten wir einen so schönen sonnigen Herbst, genau wie jetzt. Es ging einfach so weiter. Bis weit in den November hinein saßen die Leute draußen in Straßencafés. Dann wurde es praktisch über Nacht kalt. Genauso könnte es in diesem Jahr auch gehen. Das kann man nie so genau wissen, stimmt's?»

«Nein, ich denke nicht.» Inzwischen war mir natürlich klar, daß sie wieder über den Mantel sprach.

«Aber noch ist es nicht so dringend», murmelte sie.

Als ich das nächste Mal zu ihr hinschaute, schien sie wieder in den Film vertieft zu sein. Auch ich wendete mich wieder der Leinwand zu, aber wenige Augenblicke später tauchten da in der Dunkelheit des Kinos erneut einige Erinnerungsfetzen in mir auf, und wiederum konnte ich mich nicht auf den Film konzentrieren.

Ich erinnerte mich plötzlich recht lebhaft an einen bestimmten Moment, als ich in einem unbequemen, vielleicht sogar schmuddeligen Sessel gesessen hatte. Es war wahrscheinlich früher Morgen, ein trüber, grauer Morgen, und ich hatte eine Zeitung vor mir. Boris hatte ganz in der Nähe bäuchlings auf dem Teppich gelegen und mit einem Wachsstift auf einem Zeichenblock gemalt. Aufgrund des Alters des Jungen – er war noch sehr klein – nahm ich an, es müsse sich um eine Erinnerung aus der Zeit von vor sechs oder sieben Jahren handeln, obwohl ich nicht zu sagen wüßte, in was für einem Raum und in was für einem Haus wir uns befanden. Eine Tür zu einem angrenzenden Raum hatte weit offengestanden, und von dort waren die Stimmen mehrerer Frauen zu hören gewesen, die miteinander plauderten.

Eine ganze Weile hatte ich auf dem unbequemen Sessel in meiner Zeitung gelesen, als etwas an Boris – vielleicht eine kaum merkliche Änderung in seinem Verhalten oder seiner Position – mich veranlaßt hatte, zu ihm hinunterzuschauen. Dann hatte ich in nur einem einzigen Augenblick die Situation voll erfaßt. Boris war es geglückt, auf sein Blatt einen deutlich zu erkennenden «Supermann» zu zeichnen. Das hatte er schon seit einigen Wochen versucht, doch trotz all unserer ermutigenden Worte hatte er es nicht einmal geschafft, auch nur ein annähernd ähnliches Bild fertigzustellen. Doch dank jener Mischung aus glücklichem Zufall und tatsächlichem Durchbruch, die man bei Kindern so oft beobachtet, war es ihm jetzt plötzlich doch gelungen. Die Zeichnung war noch nicht ganz fertig gewesen – an Mund und Augen hatten noch einige Striche gefehlt –, doch trotzdem hatte ich deutlich gesehen, welch immensen Triumph er in diesem Augenblick verspüren mußte. Tatsächlich hatte ich gerade etwas sagen wollen, als ich auf einmal bemerkt hatte, wie er sich in einem Zustand äußerster Anspannung nach vorn beugte, sein Stift schwebte noch über dem Papier. Ich hatte nachempfunden, wie er zögerte, ob er an dem Bild weitermalen sollte, auch auf die Gefahr hin, es damit zu ruinieren. Ich hatte sein Dilemma ganz deutlich spüren können und war in Versuchung gewesen, laut zu sagen: «Hör auf, Boris. Das reicht. Laß es dabei und zeige jedem, was du geschaffen hast. Zeig es mir, dann zeig es deiner Mutter und dann all den anderen Leuten im Nebenzimmer. Es macht doch nichts, daß es noch nicht ganz fertig ist. Jeder wird verblüfft sein und so stolz auf dich. Hör jetzt auf, bevor du es noch ruinierst.» Aber ich hatte nichts gesagt, hatte ihn statt dessen über meine Zeitung hinweg beobachtet. Schließlich hatte Boris es sich überlegt und hatte begonnen, mit äußerster Sorgfalt einige weitere Striche anzubringen. Aber als er dann immer selbstbewußter wurde, hatte er sich noch weiter vorgebeugt und angefangen, den Stift immer unbekümmerter zu benutzen. Einen Augenblick später hatte er abrupt aufgehört und schweigend auf sein Blatt gestarrt. Dann – und sogar jetzt erinnerte ich mich noch, wie meine Qual immer größer wurde – hatte ich ihn dabei beobachtet, wie er versuchte, sein Bild zu retten, indem er mehr und mehr Farbe auftrug. Schließlich war sein Gesicht ganz eingefallen, und er hatte den Stift auf das Papier geworfen, war aufgestanden und hatte den Raum verlassen, ohne ein einziges Wort zu sagen.

Die ganze Episode hatte eine überraschend heftige Wirkung auf mich gehabt, und ich war immer noch dabei, meinen Gefühlsaufruhr zu besänftigen, als Sophies Stimme irgendwo in meiner Nähe gesagt hatte:

«Du hast keine Ahnung, was?»

Ich hatte die Zeitung niedersinken lassen, überrascht von der Bitterkeit ihres Tons, und hatte sie im Zimmer stehen und mich anstarren sehen. Dann hatte sie gesagt:

«Du hast keine Ahnung, was das für mich bedeutet, das mit ansehen zu müssen. Für dich wird das nie dasselbe sein. Guck dich doch nur an, wie du da in deiner Zeitung liest.» Dann hatte sie die Stimme gesenkt, wodurch sie ihr noch größere Wirkung verliehen hatte. «Das ist eben ein Unterschied! Er ist nicht dein eigen Fleisch und Blut. Sag, was du willst, aber das ist eben ein Unterschied. Du wirst ihm gegenüber nie die Gefühle haben, die ein richtiger Vater hätte. Guck dich doch nur an! Du hast ja keine Ahnung, wie schlimm das eben für mich war.»

Damit hatte sie sich umgedreht und war hinausgegangen.

Mein erster Gedanke war es gewesen, ihr in das Nebenzimmer zu folgen, ob da nun Besucher waren oder nicht, und sie wieder zurückzuholen, damit wir miteinander reden könnten. Doch schließlich hatte ich mich entschieden, hier auf sie zu warten. Tatsächlich war Sophie einige Minuten später wieder ins Zimmer gekommen, doch etwas an ihrer Art hatte mich davon abgehalten, sie anzusprechen, und sie war wieder hinausgegangen. Und obwohl Sophie während der nächsten halben Stunde mehrfach hereingekommen und wieder hinausgegangen war, hatte ich, trotz meines Entschlusses, mit ihr über meine Gefühle zu reden, kein Wort gesagt. Von einem gewissen Punkt an hatte ich schließlich begriffen, daß inzwischen jede Gelegenheit verstrichen war, das Thema, ohne daß ich lächerlich erschienen wäre, zur Sprache zu bringen, und mit der intensiven Empfindung, verletzt und enttäuscht zu sein, hatte ich mich wieder meiner Zeitung zugewandt.

«Entschuldigen Sie», hörte ich hinter mir eine Stimme sagen, und eine Hand berührte mich an der Schulter. Ich sah einen Mann in der Reihe hinter uns, der sich vorbeugte und mich prüfend betrachtete.

«Sie sind doch Mr. Ryder, oder? Ja, tatsächlich, Sie sind es. Nehmen Sie es mir nicht übel, ich habe hier die ganze Zeit hinter Ihnen gesessen und Sie in dem schwachen Licht nicht gleich erkannt. Ich bin Karl Pedersen. Ich hatte mich so darauf gefreut, Sie heute vormittag bei dem Empfang zu sehen. Aber natürlich waren Sie durch unvorhergesehene Umstände verhindert. Wie günstig, daß ich Sie jetzt hier treffe.»

Der Mann hatte weißes Haar, ein freundliches Gesicht und trug eine Brille. Ich richtete mich leicht auf.

«Ach ja, Mr. Pedersen. Ich freue mich sehr, Ihre Bekanntschaft zu machen. Wie Sie ja selbst sagen, das war wirklich sehr bedauerlich heute vormittag. Auch ich hatte mich schon sehr darauf gefreut, Sie, äh, Sie alle kennenzulernen.»

«Wie es sich gerade so trifft, Mr. Ryder, sind auch einige andere Stadträte heute abend hier im Kino, und ihnen allen tut es ebenfalls sehr leid, Sie heute vormittag verpaßt zu haben.» Er sah sich im Dunkeln um. «Wenn ich nur ausmachen kann, wo sie alle sitzen, dann würde ich Sie gern hinüberbegleiten und Ihnen wenigstens ein oder zwei von ihnen vorstellen.» Er drehte sich und verrenkte sich den Hals, um die Reihen hinter sich abzusuchen. «Unglücklicherweise kann ich gerade im Moment keinen sehen...»

«Natürlich würde es mich sehr freuen, Ihre Kollegen kennenzulernen. Aber es ist schon recht spät, und wenn sie sich doch bei dem Film amüsieren, sollten wir es vielleicht auf ein andermal verschieben. Es werden sich sicherlich noch zahlreiche Gelegenheiten ergeben.»

«Ich kann gerade im Moment keinen sehen», sagte der Mann und drehte sich wieder zu mir um. «Wie schade. Ich weiß, sie sind hier irgendwo im Kino. Na jedenfalls – darf ich Ihnen als Mitglied des Stadtrats sagen, welch große Freude und Ehre Ihr Besuch für uns alle ist.»

«Danke, sehr freundlich.»

«Mr. Brodsky hat nach allem, was man so hört, heute nachmittag im Konzertsaal beachtliche Fortschritte gemacht. Drei oder vier Stunden ununterbrochenes Proben.»

«Ja, ich habe davon gehört. Wirklich wunderbar.»

«Ach, sagen Sie, hatten Sie heute Gelegenheit, sich unseren Konzertsaal anzusehen?»

«Den Konzertsaal? Also – nein. Leider bin ich nicht dazu gekommen...»

«Natürlich nicht. Sie hatten ja eine so weite Reise hierher. Na ja, dazu ist ja immer noch Zeit. Unser Konzertsaal wird Sie ganz bestimmt sehr beeindrucken, Mr. Ryder. Es ist wirklich ein prachtvolles altes Gebäude, und mag sich auch sonst etliches in dieser Stadt durch unsere Schuld zum Schlimmeren verändert haben, so kann uns doch niemand nachsagen, daß wir unseren Konzertsaal vernachlässigt haben. Ein wirklich prachtvolles altes Gebäude, und noch dazu in dieser herrlichen Umgebung. Das heißt mitten im Liebmann-Park. Sie werden ja bald sehen, was ich meine, Mr. Ryder. Ein angenehmer Spaziergang durch den Park mit seinen Bäumen, und dann kommen Sie zur Lichtung – und da! Der Konzertsaal! Sie werden es ja bald mit eigenen Augen sehen. Ein Ort, der wie geschaffen dazu ist, daß die Gemeinde sich dort versammelt, weit weg von den Straßen mit ihrer hektischen Betriebsamkeit. Ich weiß noch, in jenen Tagen, als ich ein kleiner Junge war, hatten wir ein städtisches Orchester, und an jedem ersten Sonntag im Monat versammelte sich die ganze Stadt vor dem Konzert auf dieser Lichtung. Ich sehe es noch vor mir, wie all die Familien eintrafen, alle fein angezogen, immer mehr Leute kamen durch den Park auf die Lichtung heraus und begrüßten einander. Und wir Kinder, wir sind immer überall herumgelaufen. Im Herbst hatten wir da ein Spiel, ein ganz besonderes Spiel. Wir flitzten umher und sammelten alles Laub auf, das wir fanden, brachten es zum Gartenhäuschen und häuften es an der einen Seite des Häuschens auf. Da war diese eine Latte, ungefähr in dieser Höhe, an der einen Seitenwand des Gartenhäuschens, und auf dieser Latte war ein Fleck. Wir haben dann immer so getan, als müßten wir so viel Laub wie möglich sammeln, und das alles bevor die Erwachsenen anfingen, in den Saal hineinzugehen. Schafften wir es nicht, dann würde die ganze Stadt explodieren und in eine Million Einzelteile zerbersten, oder irgend so etwas. Und da waren wir dann, liefen hin und her, das ganze feuchte Laub in den Armen! In meinem Alter wird man leicht sentimental, Mr. Ryder, aber es steht wohl außer Zweifel, daß dies einmal eine sehr glückliche Gemeinde gewesen ist. Es gab große glückliche Familien hier. Und wirklich dauerhafte Freundschaften. Voller Wärme und Zuneigung sind die Leute füreinander gewesen. Das ist hier wirklich einmal eine glückliche Gemeinde gewesen. Viele Jahre lang. Ich werde jetzt bald sechsundsiebzig, also ich kann mich persönlich dafür verbürgen.»

Pedersen schwieg einen Augenblick. Er blieb vornübergebeugt sitzen, den Arm auf der Rückenlehne meines Sitzes, und als ich zu ihm schaute, merkte ich, daß seine Augen nicht auf die Leinwand, sondern in ganz weite Ferne gerichtet waren. Inzwischen näherten wir uns der Stelle des Films, an der die Astronauten zum erstenmal einen Verdacht gegen den Computer H. A. L. hegen, der von zentraler Bedeutung ist für jeden Lebensbereich an Bord des Raumschiffes. Clint Eastwood mit seinen markanten Gesichtszügen und mit einer Flinte mit langem Lauf wandert klaustrophobisch wirkende Korridore entlang. Ich war gerade dabei, mich wieder in den Film zu versenken, als Pedersen erneut anfing zu sprechen.

«Ich will ganz ehrlich sein. So ein bißchen tut *er* mir leid. Herr Christoff, meine ich. Ja, auch wenn es Ihnen ein wenig merkwürdig vorkommt, er tut mir leid. Das habe ich auch zu einigen Kollegen gesagt, und die haben einfach gedacht, der Alte wird jetzt weich, wer kann denn auch nur einen Funken Mitleid mit diesem Scharlatan haben? Aber wissen Sie, ich habe einfach ein besseres Gedächtnis, was das alles betrifft. Ich erinnere mich noch, was damals passierte, als Herr Christoff zu uns in die Stadt kam. Natürlich habe ich mich über ihn genauso geärgert wie alle meine Kollegen. Aber sehen Sie, ich weiß sehr wohl, daß es damals am Anfang, gleich am Anfang, nicht Herr Christoff selbst gewesen ist, der sich vorgedrängt hat. Nein, nein, das... na ja, das waren *wir*. Das heißt, Leute wie ich, ich will es gar nicht leugnen, ich hatte ja eine sehr einflußreiche

Stellung. Wir haben ihn ermutigt. Wir haben ihn gefeiert, ihm geschmeichelt, es ganz klar gemacht, daß wir Unterweisung und Initiative von ihm erwarteten. Zumindest ein Teil der Verantwortung für das, was geschehen ist, liegt bei uns. Meine jüngeren Kollegen haben das in diesen Anfangsjahren nicht so mitbekommen. Sie kannten Herrn Christoff nur als diese dominierende Persönlichkeit, die immer im Mittelpunkt stand. Sie haben ganz vergessen, daß er nie darum gebeten hatte, in solch eine Lage gebracht zu werden. O ja, ich erinnere mich noch sehr gut daran, wie Herr Christoff damals zu uns in die Stadt gekommen ist. Er war noch ein recht junger Mann damals, ganz allein, ohne große Ansprüche, regelrecht bescheiden. Wenn ihn niemand ermutigt hätte, dann hätte er sich ganz bestimmt damit zufriedengegeben, im Hintergrund zu bleiben, bei einer privaten Veranstaltung gelegentlich ein Konzert zu geben, und das wäre dann alles gewesen. Aber es hatte mit dem Zeitpunkt zu tun, Mr. Ryder. Der Zeitpunkt war sehr unglücklich. Gerade damals, als Herr Christoff bei uns in der Stadt auftauchte, erlebten wir gerade eine Art, nun ja, eine Art Bruch. Der Maler Bernd und der wirklich wunderbare Komponist Vollmöller, die so lange Zeit das kulturelle Leben hier gemeinsam angeführt hatten, sind beide innerhalb weniger Monate gestorben, und allgemein herrschte das Gefühl vor... nun ja, das Gefühl, daß wir aus dem Gleichgewicht geraten waren. Der Tod zweier solch hervorragender Männer hat uns alle mit großer Trauer erfüllt, aber ich glaube, es waren auch alle überzeugt davon, daß es jetzt Zeit für eine Veränderung war. Zeit für etwas Neues und Unverbrauchtes. Verständlicherweise hatte sich, nachdem wir alle so glücklich gewesen waren, diese beiden Herren so viele Jahre lang im Zentrum des Geschehens zu haben, ein gewisses Gefühl der Niedergeschlagenheit ausgebreitet. Als dann bekannt wurde, daß dieser Fremde, der bei Frau Roth wohnte, von Beruf Cellist war und sogar mit dem Gothenburger Symphonieorchester, noch dazu gelegentlich unter Kazimierz Studzinski, aufgetreten war, können Sie sich ja denken, daß es durchaus zu einiger Aufregung kam. Ich erinnere mich noch, daß ich seinerzeit persönlich sehr stark in Herrn Christoffs Begrüßung einbezogen war. Wissen Sie, ich weiß noch sehr gut, wie das damals war und wie anspruchslos er zunächst auftrat. Im nachhinein würde ich jetzt sagen, daß es ihm einfach an Selbstvertrauen gefehlt hatte. Höchstwahrscheinlich hatte er, bevor er zu uns kam, einige Niederlagen einstecken müssen. Aber wir machten viel Aufhebens um ihn, drängten ihn, zu allem seine Meinung zu äußern, ja, so hat das damals alles angefangen. Ich erinnere mich noch, daß ich selbst einer von denen gewesen bin, die ihn zu diesem ersten Konzert überredet haben. Er ging wirklich nur sehr zögernd darauf ein. Na jedenfalls sollte dieses erste Konzert ursprünglich nur in sehr kleinem Rahmen stattfinden, nämlich im Haus der Gräfin. Erst zwei Tage vor dem Ereignis, als offensichtlich wurde, wie viele Leute sich entschlossen hatten zu kommen, sah die Gräfin sich gezwungen, die Veranstaltung in die Galerie Holtmann zu verlegen. Von da an fanden Herrn Christoffs Konzerte – wir verlangten mindestens alle sechs Monate eines – immer im Konzertsaal statt, und jahraus, jahrein waren nun diese Konzerte unser wichtigster Gesprächsstoff. Aber anfangs hatte er sich wirklich nur sehr zögernd darauf eingelassen. Und das nicht nur bei diesem ersten Mal. Während der ersten paar Jahre haben wir ihn ständig überreden müssen. Lob, Beifall, Schmeichelei taten dann natürlich ihren Dienst, und von da an verbreitete sich Herr Christoff in der Öffentlichkeit gern über sich und das, was er dachte. ‹Hier bin ich aufgeblüht›, hörte man ihn damals sehr oft sagen. ‹Seit ich hier lebe, bin ich richtig aufgeblüht.› Was ich damit sagen will, ist, daß *wir* es gewesen sind, die *ihn* in den Vordergrund geschoben haben. Inzwischen tut er mir wirklich leid – aber ich bin mir ziemlich sicher, daß ich der einzige in der Stadt bin, dem es so geht. Wie Sie ja feststellen konnten, ist es seinetwegen zu beträchtlichem Ärger gekommen. Ich sehe die Situation ganz realistisch, Mr. Ryder. Wir müssen jetzt hart sein. Unsere Stadt steht am Rand einer Krise. Wohin man auch schaut, es gibt nur Unannehmlichkeiten. Irgendwo müssen wir ja anfangen, wieder Ordnung zu schaffen, also können wir genausogut gleich mittendrin anfangen. Wir müssen jetzt hart sein, und so leid er mir auch tut, sehe ich doch auch, daß es keine andere Möglichkeit gibt. Er und alles, was er inzwischen darstellt, müssen in eine dunkle Ecke unserer Geschichte geschoben werden.»

Obwohl ich immer noch leicht zu ihm hingebeugt dasaß und damit zeigte, daß ich ihm immer noch zuhörte, galt meine Aufmerksamkeit inzwischen wieder dem Film. Clint Eastwood sprach über ein Mikrofon mit seiner Frau auf der Erde, und Tränen strömten ihm über das Gesicht. Ich wußte, wir näherten uns der berühmten Szene, in der Yul Brynner den Raum betritt und Eastwoods Schnelligkeit mit der Waffe auf die Probe stellt, indem er vor ihm in die Hände klatscht.

«Entschuldigen Sie», fragte ich, «aber wann ist Herr Christoff denn eigentlich in die Stadt gekommen?»

Ich hatte das gefragt, ohne groß nachzudenken, mindestens fünfzig Prozent meiner Aufmerksamkeit galten der Leinwand. Tatsächlich schaute ich die nächsten zwei oder drei Minuten weiter dem Film zu, bevor ich merkte, daß Pedersen hinter mir in tiefer Beschämung den Kopf hängen ließ.

«Sie haben vollkommen recht, Mr. Ryder. Sie haben vollkommen recht, wenn Sie uns das vorhalten. Siebzehn Jahre und sieben Monate. Das ist eine lange Zeit. Einen Fehler wie den unseren hätte man überall machen können, aber dann so lange Zeit verstreichen lassen, ehe wir ihn wiedergutmachen? Mir ist klar, wie wir auf einen Außenstehenden, auf Sie zum Beispiel, wirken müssen, und ich bin tief beschämt, wenn ich das einmal sagen darf. Ich will gar keine Entschuldigungen suchen. Es hat eine Ewigkeit gedauert, ehe wir unseren Fehler eingestehen konnten. Bemerkt haben wir ihn natürlich schon eher. Aber ihn einzugestehen, auch vor uns selbst einzugestehen, war schwierig und hat sehr lange gedauert. Wissen Sie, bei uns hat sich wirklich alles um Herrn Christoff gedreht. Praktisch jeder Stadtrat hat ihn irgendwann einmal zu sich eingeladen. Bei den jährlichen Banketten der Stadt hatte man ihn immer neben Herrn von Winterstein gesetzt. Seine Fotografie hatte das Titelbild unseres Stadtalmanachs geziert. Er hatte die Einleitung zum Programm der Roggenkamp-Ausstellung geschrieben. Und das war noch längst nicht alles. Das ging noch viel weiter. Da war zum Beispiel diese unselige Geschichte mit Herrn Liebrich. Ach, entschuldigen Sie, ich glaube, ich sehe da hinten gerade Herrn Kollmann» – wieder verrenkte er sich den Hals, um in den hinteren Teil des Kinosaals sehen zu können – «ja, das ist Herr Kollmann, und wenn ich mich nicht irre, in diesem Licht sieht man ja kaum etwas, sitzt er mit Herrn Schaefer zusammen. Die beiden Herren waren heute vormittag auch auf dem Empfang, und ich weiß, sie würden sich außerordentlich freuen, Sie zu sehen. Was übrigens diese Angelegenheit betrifft, über die wir uns gerade unterhalten haben, so bin ich sicher, daß die beiden Herren dazu einiges zu sagen haben. Möchten Sie nicht hinübergehen und sie kennenlernen?»

«Es wäre mir eine Ehre. Aber Sie wollten mir doch gerade erzählen...»

«Ach ja, natürlich. Diese unselige Geschichte mit Herrn Liebrich. Als Herr Christoff zu uns kam, müssen Sie wissen, war Herr Liebrich schon seit vielen Jahren einer unserer angesehensten Geigenlehrer gewesen. Er unterrichtete die Kinder der vornehmsten Familien. Er wurde sehr verehrt. Dann bat man Herrn Christoff kurz nach seinem ersten Konzert um seine Meinung über Herrn Liebrich, und er gab zur Antwort, daß er von Herrn Liebrich ganz und gar nicht viel halte. Weder von seinem Spiel noch von seinen Unterrichtsmethoden. Vor einigen Jahren dann, als Herr Liebrich starb, hatte er praktisch alles verloren. Seine Schüler, seine Freunde, seinen Platz in der Gesellschaft. Und das ist nur eines von vielen Beispielen, das mir gerade in den Sinn kommt. Uns einzugestehen, daß wir wegen Herrn Christoff von Anfang an falsch gelegen haben –

können Sie sich die Ungeheuerlichkeit dieser Erkenntnis vorstellen? Ja, wir sind schwach gewesen, das gebe ich zu. Aber dann war es auch so, daß wir überhaupt keine Ahnung hatten, daß sich alles zu solch einer Krise zuspitzen würde. Die Leute schienen im großen und ganzen immer noch zufrieden zu sein. Jahr um Jahr verging, und wenn einer von uns Zweifel hatte, dann behielt er sie für sich. Aber ich will unsere Nachlässigkeit gar nicht verteidigen, ganz bestimmt nicht. Und ich weiß sehr wohl, daß ich mir aufgrund meiner Stellung im Stadtrat damals genausoviel vorzuwerfen habe wie alle anderen. Schließlich, und das zuzugeben schäme ich mich besonders, schließlich waren es die Leute in dieser Stadt, die einfachen Leute, die uns zwangen, uns unserer Verantwortung zu stellen. Die einfachen Leute, deren Leben zu diesem Zeitpunkt immer erbärmlicher wurde, waren uns zumindest einen deutlichen Schritt voraus. Ich weiß noch genau, wann mir diese Tatsache zum erstenmal bewußt wurde. Es war vor drei Jahren, ich war auf dem Nachhauseweg nach Herrn Christoffs letztem Konzert – ich weiß noch, er hatte in Kazans *Grotesken für Violoncello und drei Flöten* gespielt. Ich ging schnell durch die Dunkelheit des Liebmann-Parks, es war recht kühl, und ich sah, daß nur wenige Schritte vor mir Herr Kohler, der Apotheker, ging. Ich wußte, daß er auch in dem Konzert gewesen war, also schloß ich zu ihm auf, und wir fingen an, uns zu unterhalten. Zunächst habe ich sehr darauf geachtet, meine Meinung für mich zu behalten, aber dann fragte ich ihn, ob ihm Herrn Christoffs Konzert gefallen habe. Ja, hat Herr Kohler gesagt. Es muß etwas an der Art und Weise gewesen sein, wie er das gesagt hatte, denn ich erinnere mich, daß ich ihn kurze Zeit später noch einmal fragte, ob ihm das Konzert gefallen habe. Diesmal sagte Herr Kohler, ja, es habe ihm gefallen, aber vielleicht sei Herrn Christoffs Darbietung ein wenig sachlich gewesen. Ja, ‹sachlich› war das Wort, das er gebrauchte. Wie Sie sich vorstellen können, habe ich gut überlegt, ehe ich wieder das Wort ergriff. Schließlich beschloß ich, alle Vorsicht fahren zu lassen, und sagte: ‹Ich denke, ich stimme Ihnen da zu, Herr Kohler. Das Ganze war in gewisser Weise etwas nüchtern.› Woraufhin Herr Kohler bemerkte, ‹kühl› sei das Wort, das ihm in den Sinn gekommen sei. In dem Augenblick hatten wir die Parktore erreicht. Wir sagten einander gute Nacht und trennten uns. Aber ich weiß noch, Mr. Ryder, daß ich in der Nacht kaum geschlafen habe. Einfache Leute, ehrbare Bürger wie Herr Kohler äußerten sich inzwischen so. Es war klar, daß es mit dem Vertuschen unseres Irrtums nicht länger so weitergehen konnte. Es war höchste Zeit, daß wir – wir alle in den einflußreichen Positionen – unseren Fehler eingestanden, wie weitreichend die Konsequenzen auch sein mochten. Oh, aber entschuldigen Sie, das ist tatsächlich Herr Schaefer, der da neben Herrn Kollmann sitzt. Ich bin sicher, beide Herren haben interessante Ansichten über das, was passiert ist. Sie sind eine ganze Generation jünger als ich, und deshalb werden sie die Dinge von einer etwas anderen Warte aus gesehen haben. Außerdem weiß ich, wie sehr sie sich darauf gefreut hatten, Sie heute vormittag kennenzulernen. Lassen Sie uns bitte hinübergehen.»

Pedersen stand auf, und ich sah seine gebückte Gestalt sich die Reihe entlangzwängen, wobei er Entschuldigungen murmelte. Als er den Mittelgang erreichte, richtete er sich auf und machte eine Geste in meine Richtung. Obwohl ich so erschöpft war, blieb mir nichts anderes übrig, als zu ihm zu gehen, und so stand auch ich auf und fing an, mir meinen Weg zum Gang hin zu bahnen. Dabei fiel mir auf, daß eine beinahe festliche Stimmung den Kinosaal erfüllte. Überall machten die Leute Scherze und wechselten kurze Bemerkungen miteinander, während sie auf den Film sahen, und niemandem schien es etwas auszumachen, daß ich mich an ihnen vorbeidrängte. Im Gegenteil, die Leute schienen eifrig die Füße zu einer Seite hin einzuziehen oder bereitwillig aufzuspringen. Ein paar ließen sich sogar nach hinten in ihren Sitz fallen, hielten die Füße in die Luft und quietschten dabei vor Vergnügen.

Als ich den Mittelgang erreicht hatte, ging Pedersen vor mir her die mit Teppichboden ausgelegte schräge Fläche hinauf. Irgendwo hinten beim Parkett blieb er stehen, und mit förmlicher Geste sagte er:

«Nach Ihnen, Mr. Ryder.»

NEUN

Wieder mußte ich mich an Leuten entlangdrängen, diesmal ging Pedersen direkt hinter mir und flüsterte Entschuldigungen in unser beider Namen. Bald gelangten wir zu einer Gruppe von mehreren dicht zusammensitzenden Männern. Ich brauchte einen Augenblick, bis ich begriff, daß ein Kartenspiel im Gange war, wobei einige Spieler sich von der hinteren Reihe nach vorn beugten, während sich andere von der vorderen Reihe nach hinten lehnten. Sie schauten hoch, als wir näher kamen, und nachdem Pedersen mich vorgestellt hatte, richteten sie sich auf, so daß sie halb standen. Sie setzten sich erst wieder, als ich bequem in ihrer Mitte saß, und ich mußte etliche Hände schütteln, die sich mir im Dunkeln entgegenstreckten.

Der Mann, der mir am nächsten saß, trug einen Straßenanzug, den Hemdkragen hatte er aufgeknöpft und die Krawatte gelockert. Er roch nach Whisky, und ich merkte, daß es ihm schwerfiel, den Blick auf mich gerichtet zu halten. Sein Begleiter, der ihm über die Schulter schaute, war hager, hatte ein mit Sommersprossen merkwürdig geflecktes Gesicht und schien nüchterner zu sein, obwohl auch er die Krawatte gelockert hatte. Ich hatte keine Zeit, den Rest der Gesellschaft eingehend zu betrachten, denn schon schüttelte der Betrunkene mir zum zweitenmal die Hand und sagte:

«Ich hoffe, der Film gefällt Ihnen.»

«O doch. Es ist sogar zufällig mein absoluter Lieblingsfilm.»

«Aha. Na, dann haben Sie ja Glück, daß er heute abend gezeigt wird. Ja, ich mag den Film auch. Ein richtiger Klassiker. Wollen Sie vielleicht dieses Blatt übernehmen, Mr. Ryder?» Er hielt mir seine Karten vor das Gesicht.

«Nein, danke. Bitte unterbrechen Sie Ihr Spiel nicht meinetwegen.»

«Ich habe Mr. Ryder gerade erzählt», sagte Pedersen hinter mir, «daß das Leben hier nicht immer so war wie jetzt. Selbst Sie, die Sie doch jünger sind als ich, werden das gewiß bestätigen können...»

«Ach ja, die gute alte Zeit», sagte der Betrunkene verträumt. «Ach ja. Alles war wunderbar in der guten alten Zeit.»

«Theo denkt an Rosa Klenner», sagte hinter mir der Mann mit den Sommersprossen, womit er allseitiges Gelächter auslöste.

«Blödsinn», protestierte der Betrunkene. «Und hör auf, mich vor unserem berühmten Gast in Verlegenheit bringen zu wollen.»

«Ach ja, ach ja», fuhr sein Freund fort. «Damals war Theo bis über beide Ohren verliebt in Rosa Klenner. Das heißt, in die jetzige Frau Christoff.»

«Ich bin nie in sie verliebt gewesen. Übrigens war ich damals schon verheiratet.»

«Um so bedauerlicher, Theo. Um so bedauerlicher.»

«Das ist kompletter Blödsinn.»

«Ich weiß noch, Theo», ließ sich eine Stimme aus der Reihe dahinter vernehmen, «wie du uns mit dem stundenlangen Gerede über Rosa Klenner gelangweilt hast.»

«Ich habe ja damals gar nicht gewußt, wie sie wirklich war.»

«Wie sie wirklich war, hast du doch gerade so anziehend gefunden», fuhr die Stimme fort. «Du bist schon immer hinter Frauen hergewesen, die dich keines Blickes gewürdigt haben.»

«Da ist was Wahres dran», sagte der Mann mit den Sommersprossen.

«Da ist überhaupt nichts Wahres dran...»

«Nein, nein, laß mich Mr. Ryder das erklären.» Der Mann mit den Sommersprossen legte seinem betrunkenen Freund die Hand auf die Schulter und beugte sich zu mir vor. «Die jetzige Frau Christoff – meist nennen wir sie immer noch Rosa Klenner – ist ein Mädchen von hier, eine von uns, mit uns aufgewachsen. Sie ist immer noch eine sehr schöne Frau, und damals, na ja, damals waren wir alle ganz verzaubert von ihr. Sie war wunderschön und sehr abweisend. Sie hat damals in der Galerie Schlegel gearbeitet, die hat jetzt geschlossen. Da hat sie immer hinter einem Schreibtisch gesessen, wohl nicht viel mehr als eine einfache Angestellte. Sie war immer dienstags und donnerstags da...»

«Dienstags und *freitags*», unterbrach der Betrunkene.

«Dienstags und freitags. Entschuldigung. War ja klar, daß sich Theo daran erinnern würde. Schließlich ist er ständig in die Galerie gegangen – es war einfach nur ein kleiner weißer Raum –, er ist ständig hingegangen und hat so getan, als würde er sich die ausgestellten Kunstgegenstände ansehen.»

«Blödsinn...»

«Und du warst damit nicht der einzige, stimmt es, Theo? Du hattest eine ganze Reihe von Rivalen. Jürgen Haase. Erich Brull. Sogar Heinz Wodak. Die sind dort ständig ein und aus gegangen.»

«Und Otto Röscher», sagte Theo sehnsüchtig. «Der war auch oft da.»

«Ach ja? Tja, Rosa hatte eine Menge Verehrer.»

«Ich habe nie mit ihr gesprochen», sagte Theo. «Nur einmal, als ich sie um einen Katalog bat.»

«Über Rosa», fuhr der Mann mit den Sommersprossen fort, «ist uns eines schnell klargeworden, und da waren wir noch Teenager, daß nämlich ihrer Meinung nach kein Mann aus dem Ort gut genug für sie war. Sie stand bald in dem Ruf, Annäherungsversuche auf die gemeinste Art zurückzuweisen, die sich nur denken läßt. Deshalb haben auch so arme Kerle wie unser Theo hier vernünftigerweise erst gar nicht mit ihr gesprochen. Aber kaum ist einer auf Durchreise in der Stadt gewesen, der irgendwie berühmt war, irgendein Künstler, etwa ein Musiker oder Schriftsteller, hat sie ihm ohne jede

Scham nachgestellt. Sie war in allen nur erdenklichen Komitees, was bedeutete, daß sie Zugang zu praktisch jedem Prominenten hatte, der die Stadt bereiste. Es gelang ihr, zu allen Empfängen zu gehen, und kaum war eine halbe Stunde vergangen, da hatte sie den Besucher in eine Ecke gedrängt und redete und redete und schaute ihm tief in die Augen. Natürlich gab es allerlei Vermutungen – über ihr Sexualleben, meine ich –, aber es hat ihr nie einer etwas nachweisen können. Sie ist immer sehr schlau gewesen. Aber wenn Sie gesehen hätten, wie sie sich einem Prominenten auf Durchreise an den Hals geworfen hat, wäre Ihnen klargeworden, daß sie mit dem ein oder anderen eine Affäre gehabt haben mußte. Mit ihrem Charme hat sie sicher etliche verhext, sie war ja außerordentlich attraktiv. Aber die Männer im Ort, die hat sie keines Blickes gewürdigt.»

«Hans Jongboed hat immer behauptet, eine Affäre mit ihr gehabt zu haben», sagte der Mann, den sie Theo nannten. Das verursachte lautes Gelächter, mehrere Stimmen in der Nähe wiederholten höhnisch: «Hans Jongboed!» Doch Pedersen regte sich nervös.

«Aber meine Herren», fing er an, «Mr. Ryder und ich sprachen gerade über...»

«Ich habe nie mit ihr gesprochen. Nur dieses eine Mal. Um sie um den Katalog zu bitten.»

«Ach Theo, mach dir nichts daraus.» Der Mann mit den Sommersprossen schlug seinem Freund auf den Rücken, was letzteren ein wenig nach vorn sacken ließ. «Mach dir nichts daraus. Denk nur an die Misere, in der sie sich jetzt befindet.»

Theo schien ganz in Gedanken versunken. «So war sie in allem», sagte er. «Nicht nur in der Liebe. Immer hatte sie nur Zeit für die Leute, die zum Kreis der Künstler gehörten, und dann auch nur für die wirkliche Elite. Anders konnte man sich ihren Respekt gar nicht verdienen. Hier mochte sie keiner. Schon lange, bevor sie Christoff geheiratet hat, mochte sie hier keiner.»

«Wenn sie nicht so schön gewesen wäre», sagte der Mann mit

den Sommersprossen zu mir, «hätte sie jedermann hier verabscheut. Aber so hat es immer Männer wie unseren Theo hier gegeben, die bereitwillig ihrem Charme erlagen. Na jedenfalls, dann kam Christoff in die Stadt. Cellist von Beruf, noch dazu einer, der bereits beachtliche Erfolge vorzuweisen hatte! Völlig schamlos machte Rosa ihm Avancen. Es schien ihr ganz egal zu sein, was wir uns dabei dachten. Sie wußte, was sie wollte, und ohne alle Skrupel ist sie auf ihr Ziel losgegangen. Durchaus bewundernswert auf eine ekelhafte Art und Weise. Christoff war völlig verzaubert, und noch in seinem ersten Jahr hier haben die beiden geheiratet. Christoff war genau das, worauf sie so lange gewartet hatte. Tja, ich hoffe, es war die Sache wert. Sechzehn Jahre mit ihm verheiratet. Sie hatte gar kein schlechtes Leben. Aber was wird jetzt werden? Hier ist er erledigt. Was wird sie jetzt wohl machen?»

«Jetzt bekommt sie nicht einmal mehr eine Stellung in der Galerie», sagte Theo. «All die Jahre hat sie uns viel zu sehr gekränkt. Uns in unserem Stolz gekränkt. Sie ist unten durch in dieser Stadt, haargenau wie Christoff selbst.»

«Die einen hier meinen», sagte der Mann mit den Sommersprossen, «daß Rosa mit Christoff aus der Stadt fortgeht und ihm erst den Laufpaß gibt, wenn sie sich in einer anderen Gegend niedergelassen haben. Aber unser Herr Dremmler» – er deutete auf jemanden in der vorderen Reihe – «ist fest davon überzeugt, daß sie hierbleiben wird.»

Der Mann in der vorderen Reihe drehte sich um, als sein Name fiel. Offensichtlich hatte er ganz genau zugehört, denn jetzt sagte er mit einigem Nachdruck: «Was Rosa angeht, dürft ihr nicht vergessen, daß sie eine regelrecht ängstliche Seite hat. Ich bin mit ihr zur Schule gegangen, wir waren im selben Jahrgang. Diese Seite, die hat sie immer schon gehabt, und das ist ihr Fluch. Diese Stadt ist nicht gut genug für sie, aber sie ist auch zu ängstlich, um wegzugehen. Ihr wißt doch, daß sie bei all ihrem Ehrgeiz nie versucht hat, von hier fortzugehen. Diese ängstliche Seite, viele Leute merken das nicht, aber die ist wirklich da. Deshalb würde ich auch darauf wetten, daß sie bleibt. Sie wird bleiben und ihr Glück hier noch einmal versuchen. Sie wird sich Hoffnungen machen, einen anderen Prominenten auf Durchreise einzufangen. Für ihr Alter ist sie schließlich noch sehr attraktiv.»

Eine hohe piepsige Stimme ganz in der Nähe ließ sich vernehmen: «Vielleicht macht sie sich an Brodsky ran.»

Das löste ein noch schallenderes Gelächter aus als vorher.

«Das ist doch gut möglich», fuhr die Stimme in einem Ton gespielter Kränkung fort. «Na schön, er ist alt, aber so jung ist sie nun auch nicht mehr. Und wer sonst kann ihr hier schon das Wasser reichen?» Wieder viel Gelächter, was den Sprecher weiter anspornte. «Tatsächlich wäre Brodsky das Beste für sie. Ich würde es ihr empfehlen. Was immer sie sonst macht, der ganze Groll, den die Stadt gegen Christoff hegt, wird an ihr hängenbleiben. Aber wenn sie Brodskys Geliebte wird oder sogar Brodskys *Frau*, tja, das wäre wirklich die beste Methode, ihre Verbindung mit Christoff auszulöschen. Und es würde bedeuten, sie könnte einfach so weitermachen und in ihrer... in ihrer bisherigen Stellung bleiben.»

Inzwischen war überall um uns herum Gelächter, sogar drei Reihen weiter vorn drehten sich Leute um und ließen ihrer Heiterkeit freien Lauf. Pedersen neben mir räusperte sich.

«Bitte, meine Herren», sagte er. «Ich bin sehr enttäuscht. Was soll denn Mr. Ryder jetzt von uns denken? Sie sehen Mr. Brodsky – *Mr.* Brodsky, bitte –, Sie sehen ihn immer noch so, wie er früher einmal war. Sie machen sich ja lächerlich. Mr. Brodsky ist schon längst keine Witzfigur mehr. Was auch immer zu halten ist von Herrn Schmidts Einfall Frau Christoff betreffend, Mr. Brodsky ist jedenfalls keine sehr amüsante Alternative...»

«Es ist wirklich nett von Ihnen, daß Sie gekommen sind, Mr. Ryder», warf Theo ein. «Aber es ist zu spät. Die Dinge hier haben ein Stadium erreicht, na ja, es ist eben einfach zu spät...»

«Das ist doch Unsinn, Theo», sagte Pedersen. «Wir befinden uns an einem Wendepunkt, einem bedeutenden Wendepunkt. Mr. Ryder ist hergekommen, um uns das zu sagen. Ist es nicht so?»

«Ja...»

«Es ist zu spät. Wir haben verloren. Warum finden wir uns nicht einfach damit ab, eine von diesen kalten einsamen Städten zu sein? Andere Städte haben das auch geschafft. Wenigstens gehen wir mit der Zeit. Die Seele dieser Stadt, Mr. Ryder, die ist nicht krank, die ist tot. Jetzt ist es zu spät. Vor zehn Jahren vielleicht. Da hätten wir noch eine Chance gehabt. Aber jetzt nicht mehr. Herr Pedersen» – der Betrunkene deutete kraftlos auf meinen Begleiter – «ja, Sie. Sie sind es gewesen. Sie und Herr Thomas. Und Herr Stika. All ihr feinen Herren. Ihr habt gegen Pflicht und Gewissen gehandelt...»

«Fang doch nicht schon wieder damit an, Theo», unterbrach der Mann mit den Sommersprossen. «Herr Pedersen hat recht. Für diese Art Resignation ist es einfach noch zu früh. Wir haben Brodsky – *Mr.* Brodsky – gefunden, und wer weiß, vielleicht ist er ja...»

«Brodsky, Brodsky. Es ist zu spät. Wir sind erledigt. Laßt uns doch einfach eine kalte moderne Stadt sein und uns damit zufriedengeben.»

Ich spürte Pedersens Hand auf meinem Arm. «Es tut mir so leid, Mr. Ryder...»

«Sie haben gegen Pflicht und Gewissen gehandelt! Siebzehn Jahre lang. Siebzehn Jahre lang durfte Christoff ungestraft tun, was er wollte. Und was bieten Sie uns jetzt? Brodsky! Es ist einfach zu spät, Mr. Ryder.»

«Es tut mir wirklich leid», sagte Pedersen zu mir, «daß Sie sich das alles haben anhören müssen.»

Jemand hinter uns sagte: «Du bist betrunken und deprimiert, Theo. Morgen wirst du Mr. Ryder aufsuchen und dich bei ihm entschuldigen müssen.»

«Ach», sagte ich, «mich interessieren alle Standpunkte in dieser Debatte...»

«Aber das ist gar kein Standpunkt!» widersprach Pedersen. «Glauben Sie mir, Mr. Ryder, Theos Gefühle sind in keinster Weise typisch für die augenblickliche Stimmung der Leute. Überall, auf der Straße, in der Straßenbahn, spüre ich einen starken, einen ganz starken Optimismus.»

Das löste allgemeine Zustimmung aus.

«Glauben Sie das nur nicht, Mr. Ryder», sagte Theo und packte mich am Ärmel. «Das ist doch alles nur vergebliche Liebesmüh. Machen wir doch schnell einmal eine kleine Umfrage hier im Kino. Die Leute sollen uns sagen...»

«Also, Mr. Ryder», sagte Pedersen schnell, «ich werde jetzt nach Hause gehen, es ist schon reichlich spät. Der Film ist wunderbar, aber ich habe ihn schon etliche Male gesehen. Und Sie müssen doch allmählich auch recht müde sein.»

«Ja, tatsächlich bin ich sehr müde. Ich glaube, ich schließe mich Ihnen an, wenn ich darf.» Dann drehte ich mich um und sagte zu den anderen: «Entschuldigen Sie mich, meine Herren, aber ich glaube, ich gehe jetzt lieber ins Hotel zurück.»

«Aber Mr. Ryder», sagte der Mann mit den Sommersprossen, und in seiner Stimme schwang Sorge mit, «bitte gehen Sie doch nicht gerade jetzt. Sie müssen wenigstens so lange bleiben, bis der Astronaut H. A. L. auseinandernimmt.»

«Ach Mr. Ryder», hörte ich eine Stimme weiter hinten in der Reihe, «vielleicht möchten Sie gern mein Blatt hier übernehmen. Ich habe für heute abend vom Spielen genug. Und es ist auch immer so schwer, die Karten bei diesem Licht zu erkennen. Meine Augen sind auch nicht mehr das, was sie einmal waren.»

«Sehr freundlich von Ihnen, aber ich muß jetzt wirklich gehen.»

Ich wollte allen noch gute Nacht sagen, aber da war Pedersen schon aufgestanden und fing an, sich seinen Weg hinaus zu bahnen. Ich hielt mich dicht hinter ihm, und während ich ging, winkte ich noch ein paarmal der Gesellschaft zu.

Pedersen war sichtlich verärgert über das, was vorgefallen war, denn als wir den Mittelgang erreichten, ging er einfach schweigend und mit gesenktem Kopf weiter. Als wir den Saal verließen, warf ich einen letzten Blick zurück auf die Leinwand und sah, daß Clint Eastwood sich darauf vorbereitete, H. A. L. auseinanderzunehmen, indem er seinen riesigen Schraubenzieher sorgfältig prüfte.

Die Nacht draußen – die Totenstille, die Kälte, der dichter werdende Nebel – bildete einen solchen Kontrast zu Wärme und Tumult in dem Kino, daß wir beide auf der Straße stehenblieben, als ob wir erst unsere Haltung wiedergewinnen müßten.

«Ich weiß gar nicht, was ich sagen soll, Mr. Ryder», sagte Pedersen. «Theo ist ein feiner Kerl, aber manchmal nach einem üppigen Abendessen...» Niedergeschlagen schüttelte er den Kopf.

«Keine Sorge. Menschen, die hart arbeiten, müssen sich auch mal entspannen. Ich habe mich heute abend sehr amüsiert.»

«Ich bin tief beschämt...»

«Aber bitte. Vergessen wir das Ganze doch. Wirklich, ich habe mich sehr amüsiert.»

Wir gingen weiter, und unsere Schritte hallten auf der einsamen Straße wider. Eine ganze Weile wahrte Pedersen besorgtes Schweigen. Dann sagte er:

«Bitte glauben Sie mir. Wir haben nie unterschätzt, wie schwierig es sein würde, solch eine neue Idee unserer Gemeinde näherzubringen. Ich meine, diese Idee mit Mr. Brodsky. Ich kann Ihnen versichern, wir sind alles mit äußerster Vorsicht angegangen.»

«Ja, davon bin ich überzeugt.»

«Zu Beginn haben wir sehr darauf geachtet, wem gegenüber

wir diese Idee überhaupt erwähnten. Es war von entscheidender Bedeutung, daß während dieser Anfangsphasen nur diejenigen davon erfuhren, die aller Wahrscheinlichkeit nach der Idee gegenüber aufgeschlossen waren. Dann haben wir zugelassen, daß die Sache sich über diesen Personenkreis langsam in der Öffentlichkeit verbreitete. Auf die Weise konnten wir sicherstellen, daß der ganze Plan im denkbar günstigsten Licht erschien. Gleichzeitig haben wir noch andere Maßnahmen ergriffen. So haben wir etwa zu Ehren von Mr. Brodsky zu einer Reihe von Diners gebeten, zu denen nur sorgfältig ausgewählte Gäste aus der höheren Gesellschaft geladen wurden. Anfangs fanden diese Diners in eher kleinem Rahmen statt und waren praktisch geheim, aber allmählich konnten wir unser Netz weiter und immer weiter spannen und haben so mehr und mehr Unterstützung für unseren Plan erhalten. Auch bei allen wichtigen öffentlichen Ereignissen haben wir dafür gesorgt, daß Mr. Brodsky immer mitten unter den Würdenträgern zu sehen war. Als zum Beispiel das Pekinger Ballett zu Gast bei uns war, haben wir ihn zu Herrn und Frau Weiss in die Loge gesetzt. Auf persönlicher Ebene, sozusagen, haben wir natürlich stets größten Wert darauf gelegt, ihn nur in den höchsten Tönen zu loben. Zwei Jahre arbeiten wir jetzt schon hart daran, und im großen und ganzen sind wir sehr zufrieden. Der allgemeine Eindruck, den man von ihm hat, ist längst schon ein anderer. Und zwar so anders, daß wir es für an der Zeit hielten, diesen bedeutenden Schritt zu wagen. Deshalb war das für mich vorhin auch so entmutigend. Die Herren da drinnen, das sind diejenigen, die allen ein Beispiel geben sollten. Wenn *sie* schon, kaum daß sie sich einmal entspannen, zu solch einer Haltung zurückkehren, wie können wir dann von der Allgemeinheit erwarten...» Er brach ab und schüttelte wieder den Kopf. «Ich fühle mich im Stich gelassen. Um meinetwillen, aber auch um Ihretwillen, Mr. Ryder.»

Er schwieg wieder. Nachdem eine Weile keiner von uns gesprochen hatte, sagte ich seufzend:

«Die öffentliche Meinung ist nicht so leicht zu beeinflussen.»

Auch während der nächsten paar Schritte schwieg Pedersen, dann sagte er: «Sie müssen auch bedenken, wie es am Anfang war. Wenn Sie bedenken, wie es am Anfang war, dann sehen Sie sicher, daß wir tatsächlich beträchtliche Fortschritte gemacht haben. Sie sollten wissen, daß Mr. Brodsky schon recht lange bei uns lebt, und in all den Jahren hat nie jemand gehört, daß er über Musik gesprochen, geschweige denn Musik gemacht hätte. Gut, wir haben alle irgendwie gewußt, daß er in seiner alten Heimat früher einmal Dirigent gewesen war. Aber sehen Sie, diese Seite haben wir nie an ihm bemerkt, und deshalb haben wir auch nie an ihn als einen Musiker gedacht. Um ganz ehrlich zu sein, bis vor kurzem haben alle hier Mr. Brodsky nur zur Kenntnis genommen, wenn er sich sinnlos betrunken hatte und dann schreiend durch die Stadt schwankte. Die übrige Zeit war er für alle nur dieser Einsiedler, der mit seinem Hund in der Nähe des Nördlichen Zubringers wohnte. Allerdings stimmt das auch nicht ganz, denn man hat ihn recht regelmäßig in der Bücherei gesehen. Zwei- oder dreimal die Woche ist er vormittags immer in die Bücherei gekommen, hat sich auf seinen üblichen Platz bei den Fenstern gesetzt und seinen Hund am Tischbein festgebunden. Es ist gegen die Vorschriften, Hunde in die Bücherei mitzubringen, aber die Bibliothekare haben vor langer Zeit schon beschlossen, daß es am einfachsten wäre, ihn den Hund mitbringen zu lassen. Viel einfacher, als einen Streit mit Mr. Brodsky anzufangen. Da hat man ihn dann manchmal gesehen, der Hund ihm zu Füßen, und da hat er seinen Stapel mit Büchern durchgeblättert – immer dieselben bombastisch wirkenden Geschichtswerke. Und wenn jemand im Raum auch nur die allerkürzeste getuschelte Unterhaltung anfing oder auch nur jemanden begrüßte, stand er auf und brüllte den Schuldigen an. Theoretisch war er natürlich im Recht. Aber was die Ruhe in unserer Bücherei angeht, sind wir nie sehr streng gewesen. Die

Leute reden schließlich immer gern ein bißchen, wenn sie sich treffen, das ist an allen öffentlichen Orten so. Und wenn Sie bedenken, daß Mr. Brodsky selbst durch das Mitbringen des Hundes gegen die Vorschriften verstoßen hatte, ist es nicht weiter verwunderlich, daß viele meinten, sein Benehmen sei nicht sehr vernünftig. Doch dann, an manchen Vormittagen, war es zuweilen so, daß eine ganz besondere Stimmung über ihn kam. Da saß er dann an seinem Tisch und las, und plötzlich kam dann dieser verlorene Blick über ihn. Man sah ihn dasitzen und in die Luft starren, und manchmal kamen ihm sogar die Tränen. Immer, wenn das geschah, wußten die Leute, sie konnten ungestraft reden. Meist versuchte erst ein einzelner sein Glück. Und wenn Mr. Brodsky dann nicht reagierte, fingen bald im ganzen Raum alle an zu reden. Zuweilen – die Menschen sind ja so schlecht – war es in der Bücherei viel lauter als an den Tagen, an denen Mr. Brodsky nicht da war. Ich weiß noch, ich war eines Vormittags da, um ein Buch zurückzugeben, und es klang da wie auf einem Bahnhof. Ich mußte regelrecht schreien, um mich an der Rückgabe verständlich zu machen. Und da saß Mr. Brodsky, ganz still mitten im Trubel, in seiner eigenen Welt. Ganz ehrlich, das war ein trauriger Anblick. Das morgendliche Licht ließ ihn sehr hinfällig wirken. Ein Tropfen hing ihm an der Nasenspitze, seine Augen schienen ganz entrückt, und die Seite, die er gerade las, hatte er völlig vergessen. Und ich fand, daß es recht grausam war, wie die Stimmung um ihn herum sich verändert hatte. Es war, als würden sie ihn irgendwie ausnutzen, wenn ich auch nicht genau weiß, in welcher Beziehung. Aber sehen Sie, an einem anderen Tag wäre er durchaus in der Lage gewesen, sie alle in nur einem einzigen Augenblick zum Schweigen zu bringen. Also, Mr. Ryder, ich will damit sagen, daß wir Mr. Brodsky lange Jahre nur so gesehen haben. Es ist wohl einfach zuviel verlangt, daß die Leute ihre Meinung über ihn in einer solch relativ kurzen Zeit *vollständig* ändern. Beträchtliche Fortschritte wurden erzielt, aber wie Sie ja gerade gesehen haben...» Wieder schien Verbitterung ihn zu überwältigen. «Aber *die da* sollten es doch wohl besser wissen», murmelte er vor sich hin.

Bei einer Kreuzung blieben wir stehen. Der Nebel war noch viel dichter geworden, und ich hatte die Orientierung verloren. Pedersen schaute sich um, ging dann weiter und führte mich durch eine schmale Straße, auf der lange Reihen von Wagen auf den Bürgersteigen parkten.

«Ich bringe Sie noch in Ihr Hotel, Mr. Ryder. Ob ich nun hier oder anderswo entlang nach Hause gehe, spielt wirklich keine Rolle. Ich hoffe, Sie sind mit dem Hotel zufrieden?»

«O ja, ein ausgezeichnetes Hotel.»

«Ein ausgezeichnetes Haus, das Herr Hoffman da leitet. Er ist ein patenter Direktor und überhaupt auch ein patenter Mensch. Sie wissen natürlich, daß wir Mr. Brodskys, äh, Genesung Herrn Hoffman zu verdanken haben.»

«Ja, ja, natürlich.»

Die Wagen auf dem Bürgersteig zwangen uns, für den Moment hintereinander zu gehen. Dann gerieten wir mitten auf die Straße, und als ich zu Pedersen aufschloß, merkte ich, daß sich seine Stimmung aufgehellt hatte. Er lächelte und sagte:

«Man sagte mir, Sie gehen morgen zur Gräfin, um sich die Schallplatten anzuhören. Ich weiß, daß unser Bürgermeister Herr von Winterstein auch vorhat zu kommen. Er will Sie unbedingt beiseite nehmen und über alles mit Ihnen sprechen. Aber die Hauptsache sind natürlich diese Schallplatten. Wirklich außergewöhnlich!»

«Ja. Ich freue mich schon sehr auf das alles.»

«Die Gräfin ist eine wirklich bemerkenswerte Frau. Wieder und immer wieder hat sie bewiesen, daß es da eine Seite ihres Verstandes gibt, die uns alle tief beschämt. Mehr als einmal habe ich sie gefragt, was in aller Welt ihr nur diese Idee eingegeben hat. ‹Nur so ein Gefühl›, sagt sie immer. ‹Eines Morgens wachte ich auf und hatte dieses Gefühl.› Was für eine

Frau! Es ist bestimmt nicht ganz einfach gewesen, diese Grammophonplatten zu besorgen. Aber sie hat es geschafft, mit Hilfe eines darauf spezialisierten Händlers in Berlin. Natürlich hatten wir anderen damals keine Ahnung von dem Ganzen, und hätten wir eine Ahnung gehabt, kann ich wohl sagen, daß wir bei dem Gedanken daran schallend gelacht hätten. Und eines Abends dann hat sie uns zu sich nach Hause eingeladen. Vorigen Monat war es genau zwei Jahre her, ein sehr angenehmer, sonniger Abend. Da waren wir nun alle, insgesamt waren wir zu elft, saßen in ihrem Salon, und keiner von uns wußte so recht, was ihn erwartete. Sie servierte uns Erfrischungen, und dann richtete sie auch schon bald das Wort an uns. Wir hätten uns jetzt lange genug gegrämt, sagte sie. Es sei an der Zeit, daß wir nun handelten. Zeit, daß wir uns eingeständen, wie irregeleitet wir gewesen seien, und daß wir konkrete Maßnahmen ergriffen, den angerichteten Schaden so weit als möglich wiedergutzumachen. Andernfalls würden unsere Kindeskinder und auch deren Kinder es uns niemals verzeihen. Nun, das war uns alles nicht neu, solche Ansichten hatten wir bereits monatelang untereinander geäußert, und so nickten wir alle nur und machten die üblichen Bemerkungen. Doch dann fuhr die Gräfin fort. Was Herrn Christoff betreffe, so sagte sie, seien kaum noch Schritte notwendig. Er sei nun in allen Kreisen überall in der Stadt gründlich in Mißkredit geraten. Aber das allein werde schwerlich genügen, die Spirale der Verzweiflung aufzuhalten, die in unserer Gemeinde immer größere Ausmaße erreiche. Irgendwie müßten wir eine andere Stimmung schaffen, eine neue Ära begründen. Auch hierzu nickten wir alle, aber wieder war es so, Mr. Ryder, daß wir diese Ansichten untereinander schon viele Male geäußert hatten. Ich glaube, Herr von Winterstein machte eine Bemerkung dahingehend, wenn auch in der allerhöflichsten Form. Zu diesem Zeitpunkt begann nun die Gräfin zu erläutern, was genau sie sich vorgestellt hatte. Die Lösung, so erklärte sie, sei höchstwahrscheinlich schon die ganze Zeit mitten unter uns gewesen. Sie fuhr mit ihren Darlegungen fort, und, nun ja, zunächst mochten wir verständlicherweise unseren Ohren kaum trauen. Mr. Brodsky? Den wir aus der Bücherei und von den betrunkenen Spaziergängen durch die Stadt kannten? Meinte sie wirklich *Mr. Brodsky*? Hätte jemand anderer als die Gräfin das vorgeschlagen, hätten wir uns vor Lachen sicherlich nicht halten können. Aber ich weiß noch, die Gräfin blieb ihrer Sache ganz sicher. Sie schlug vor, wir sollten es uns alle bequem machen, sie hätte da Musik, die wir uns anhören sollten. Sehr aufmerksam anhören sollten. Dann fing sie an, uns diese Platten vorzuspielen, eine nach der anderen. Wir saßen da und hörten zu, während draußen die Sonne unterging. Die Aufnahmequalität war dürftig. Die Musikanlage der Gräfin, das werden Sie ja morgen sehen, ist auch leicht veraltet. Aber das war alles unwichtig. Innerhalb weniger Minuten hatte die Musik uns alle in ihren Bann gezogen, hatte uns in eine äußerst ruhige Stimmung gewiegt. Manche von uns hatten Tränen in den Augen. Wir begriffen, daß wir etwas hörten, was wir während der vergangenen Jahre so schmerzlich vermißt hatten. Plötzlich schien es unverständlicher als je zuvor, daß wir jemanden wie Herrn Christoff hatten preisen können. Hier waren wir nun und hörten endlich wieder richtige Musik. Das Werk eines Dirigenten, der nicht nur unendlich begabt war, sondern der *dieselben Werte schätzte wie wir*. Dann war die Musik zu Ende, wir standen auf und streckten die Beine – wir hatten weit über drei Stunden zugehört –, und dann, tja, der Gedanke an Mr. Brodsky – Mr. Brodsky! – erschien uns genauso absurd wie vorher. Die Aufnahmen seien sehr alt, argumentierten wir. Und Mr. Brodsky habe aus Gründen, über die er selbst wohl am besten Bescheid wußte, die Musik schon vor langer Zeit aufgegeben. Und außerdem seien da ja noch seine ... seine Probleme. Man könne wohl kaum sagen, er sei noch derselbe Mensch wie früher. Bald schüttelten wir alle den Kopf. Aber dann ergriff die Gräfin wieder das Wort. Wir würden uns einer Krise nähern. Wir müßten offen für alles bleiben. Wir müßten Mr. Brodsky aufsuchen, mit ihm reden, uns des derzeitigen Zustands seiner Kräfte vergewissern. Sicher mußte keiner von uns an die Dringlichkeit der Lage erinnert werden. Wir alle kannten Dutzende trauriger Fälle. Konnten berichten von Leben, die von der Einsamkeit zerstört worden waren. Von Familien, die alle Hoffnung aufgegeben hatten, je wieder das Glück zu finden, das sie einst für selbstverständlich gehalten hatten. Hier nun räusperte sich plötzlich Herr Hoffman, der Direktor unseres Hotels, und erklärte, er wolle sich um Mr. Brodsky kümmern. Er wolle sich höchstpersönlich – er sagte all dies sehr feierlich, stand dazu sogar auf –, er wolle sich höchstpersönlich darum kümmern, die Lage zu beurteilen, und wenn für Mr. Brodsky überhaupt Hoffnung auf Genesung bestünde, dann wolle er, Herr Hoffman, sich der Sache annehmen. Wenn wir ihm diese Aufgabe anvertrauen wollten, dann würde er uns hoch und heilig versprechen, die Gemeinde nicht zu enttäuschen. Das ist jetzt, wie ich schon sagte, etwas über zwei Jahre her. Seitdem haben wir höchst verblüfft beobachtet, mit welcher Hingabe sich Herr Hoffman der Erfüllung seines Versprechens verschreibt. Die Fortschritte sind, wenn auch nicht immer ganz gradlinig, so doch insgesamt beachtlich gewesen. Und jetzt ist Mr. Brodsky, nun ja, man hat ihm zum gegenwärtigen Stadium verholfen. Und zwar so sehr, daß wir meinen, mit dem entscheidenden Schritt nicht länger warten zu müssen. Schließlich können wir nicht viel mehr tun, als Mr. Brodsky in einem günstigeren Licht zu *präsentieren*. Von einem gewissen Zeitpunkt an müssen die Leute dieser Stadt ihren eigenen Augen und Ohren trauen und dann ein Urteil fällen. Nun ja, bisher spricht alles dafür, daß wir in unserem Ehrgeiz nicht zu hoch gegriffen haben. Mr. Brodsky hat regelmäßig geprobt, und nach allem, was man so hört, hat er die Achtung des Orchesters voll und ganz gewonnen. Es mag sehr, sehr viele Jahre her sein, seit er das letzte Mal öffentlich aufgetreten ist, aber es scheint, daß nur wenig verlorengegangen ist. Diese Leidenschaft, diese wundervolle Phantasie, die wir an jenem Abend im Salon der Gräfin erlebt haben, hat die ganze Zeit irgendwo tief innen verborgen gewartet und erwacht jetzt nach und nach wieder zum Leben. Ja, wir sind voller Zuversicht, daß er uns am Donnerstag abend alle Ehre machen wird. Bis dahin werden wir alles in unserer Macht Stehende tun, um den Erfolg des Abends sicherzustellen. Das Orchester der Stuttgarter Nagel-Stiftung ist, wie Sie ja wissen, wenn nicht höchstrangig, so doch hochangesehen. Seine Dienste sind nicht gerade billig zu haben. Dennoch hat es kaum eine Gegenstimme gegeben, als es darum ging, dieses Orchester für diese wichtigste aller Gelegenheiten zu engagieren, auch über den betreffenden Zeitraum kam es zur Einigung. Zunächst war eine zweiwöchige Probenzeit vorgesehen, doch schließlich haben wir uns mit voller Unterstützung des Finanzkomitees auf drei Wochen geeinigt. Drei Wochen Unterbringung und Gastfreundschaft für ein Tournee-Orchester, und dann noch all die Honorare. Sie sehen, es handelt sich nicht gerade um ein bescheidenes Unterfangen. Aber nicht einmal im Flüsterton hat sich Widerspruch geregt. Alle Stadträte begreifen inzwischen die Bedeutung des Donnerstagabend. Jeder versteht, daß man Mr. Brodsky jede nur mögliche Chance geben muß. Und trotz allem» – Pedersen seufzte plötzlich schwer – «und trotz allem, wie Sie ja heute abend mit eigenen Augen sehen konnten, sind die alten, fest verwurzelten Vorstellungen nur schwer auszumerzen. Und gerade deshalb kann Ihre Hilfe, Mr. Ryder, Ihre Zustimmung, in unsere bescheidene Stadt zu kommen, so ungeheuer wichtig für uns sein. Die Leute werden auf Sie hören, wie sie niemals auf einen von uns hören würden. Ja, Sie dürfen mir glauben, die Stimmung in dieser Stadt hat sich allein schon aufgrund der Nachricht von Ihrer Ankunft geändert. Die größten Erwartungen ranken sich schon um das, was Sie uns am Donnerstag abend erzählen werden. In den Straßenbahnen, in den Cafés reden die Leute kaum noch von etwas anderem. Natürlich weiß ich nicht genau, was Sie für uns vorbereitet haben. Vielleicht halten Sie es für angemessen, kein allzu rosiges Bild zu zeichnen. Vielleicht wollen Sie uns warnend auf die harte Arbeit aufmerksam machen, die vor einem jeden von uns liegt, wenn wir das Glück, das wir einst kannten, je wiedererlangen wollen. Sie täten ganz recht daran, uns solch warnende Hinweise zu geben. Doch ich weiß auch, wie geschickt Sie an die positive, gemeinsinnige Seite in den Zuhörern appellieren werden. Aber eines ist sicher. Sobald Sie mit Ihrer Rede am Ende sind, wird niemand in dieser Stadt Mr. Brodsky anschauen und in ihm immer noch den schäbigen alten Trunkenbold sehen. Oh, ich merke, Sie sehen etwas beunruhigt aus, Mr. Ryder. Bitte machen Sie sich keine Sorgen. Wir mögen wie ein Provinznest wirken, aber es gibt gewisse Gelegenheiten, bei denen wir nicht zu übertreffen sind. Vor allem Herr Hoffman hat hart gearbeitet, um einen wirklich prachtvollen Abend zu gestalten. Seien Sie versichert, sämtliche Bürger von Rang werden zugegen sein. Und was nun Mr. Brodsky betrifft – wie ich schon sagte, ich bin sicher, er wird uns nicht enttäuschen. Er wird jedermanns Erwartungen übertreffen, dessen bin ich gewiß.»

Tatsächlich hatte mein Gesichtsausdruck, den Pedersen bemerkt hatte, weniger damit zu tun, daß ich beunruhigt war, sondern eher damit, daß ich mich zunehmend über mich selbst ärgerte. Denn die Wahrheit war, daß meine vor der Stadt zu haltende Rede nicht nur noch lange nicht fertig war, es stand mir sogar noch bevor, den gesamten Hintergrund zu recherchieren. Ich konnte nicht begreifen, wie ich es bei all meiner Erfahrung zu solch einer Situation hatte kommen lassen können. Mir fiel ein, daß ich am Nachmittag erst im eleganten Atrium des Hotels gesessen und den starken bitteren Kaffee getrunken und mir dabei ins Gedächtnis gerufen hatte, wie wichtig es sein würde, den Rest des Tages sorgfältig zu planen, um die begrenzte Zeit so gut wie möglich zu nutzen. Während ich dasaß und im Spiegel hinter der Bar den Sprühnebel des Brunnens betrachtete, hatte ich mich sogar in einer Situation gesehen, die der, die ich gerade im Kino erlebt hatte, nicht ganz unähnlich war, und hatte mir vorgestellt, kraft meiner spielerischen Beherrschung der gesamten Palette lokaler Themen die Anwesenden beträchtlich zu beeindrucken und wenigstens eine spontane witzige Bemerkung auf Christoffs Kosten zu machen, die denkwürdig genug sein würde, um am nächsten Tag überall in der Stadt wiederholt zu werden. Statt dessen hatte ich es zugelassen, daß ich durch andere Dinge abgelenkt wurde, und als Folge war mir während der ganzen Zeit im Kino kein einziger bemerkenswerter Kommentar eingefallen. Es war sogar denkbar, daß ich den Eindruck hinterlassen hatte, alles andere als weltmännisch zu sein. Plötzlich spürte ich in mir eine heftige Wut auf Sophie, wegen des Chaos, das sie verursacht hatte, und wegen der Art und Weise, in der sie mich genötigt hatte, meine üblichen Ansprüche so tiefgreifend zu kompromittieren.

Wir waren wieder stehengeblieben, und ich sah, daß wir uns direkt vor dem Hotel befanden.

«Also, es war mir eine große Freude», sagte Pedersen und hielt mir die Hand hin. «Ich freue mich schon darauf, Sie während der nächsten Tage öfter zu sehen. Aber jetzt müssen Sie sich etwas ausruhen.»

Ich dankte ihm, wünschte ihm eine gute Nacht und betrat die Hotelhalle, während seine Schritte in der Dunkelheit verhallten.

Der junge Angestellte an der Rezeption war immer noch im Dienst. «Der Film hat Ihnen hoffentlich gefallen», sagte er, während er mir meinen Schlüssel reichte.

«O ja, sehr sogar. Danke für den Vorschlag. Es war sehr entspannend.»

«Ja, viele unserer Gäste halten es für eine gute Möglichkeit, den Tag abzurunden. Ach übrigens, Gustav läßt ausrichten, daß Boris sich sehr über sein Zimmer gefreut hat und sofort eingeschlafen ist.»

«Ah ja, schön.»

Ich wünschte ihm eine gute Nacht und ging schnell zu den Aufzügen hinüber.

Ich kam in mein Zimmer und fühlte mich nach dem langen

Tag ganz schmutzig, und so zog ich mir den Bademantel an und machte mich für die Dusche fertig. Aber während ich mir dann das Badezimmer ansah, überkam mich eine solche Welle von Müdigkeit, daß ich praktisch nur noch zu meinem Bett zurückstolpern und mich darauf fallen lassen konnte, und sofort sank ich in einen tiefen Schlaf.

▲

ZEHN

Ich hatte noch nicht lange geschlafen, als neben meinem Ohr das Telefon klingelte. Ich ließ es eine Weile klingeln, dann richtete ich mich schließlich im Bett auf und nahm den Hörer ab.

«Ah, Mr. Ryder. Ich bin es. Hoffman.»

Ich wartete auf eine Erklärung, weshalb er mich störte, doch der Hoteldirektor sagte weiter nichts. Es entstand ein peinliches Schweigen, und dann sagte er wieder:

«Ich bin es. Hoffman.» Dann eine weitere Pause, schließlich sagte er: «Ich bin hier unten in der Halle.»

«Ah ja.»

«Tut mir leid, Mr. Ryder, vielleicht störe ich gerade bei irgend etwas.»

«Also eigentlich habe ich gerade versucht, ein wenig zu schlafen.»

Diese Bemerkung schien Hoffman in Erstaunen zu versetzen, denn es folgte ein weiteres Schweigen. Ich lachte kurz auf und fuhr fort:

«Ich wollte sagen, ich hatte mich gerade ein wenig hingelegt. Natürlich werde ich kaum richtig zum Schlafen kommen, bevor... bevor nicht alles erledigt ist, was heute erledigt werden muß.»

«Ja, ja, sicher.» Hoffman klang erleichtert. «Nur eine kleine Atempause sozusagen. Durchaus verständlich. Na, jedenfalls bin ich hier unten in der Halle und warte auf Sie.»

Ich legte den Hörer auf, saß auf dem Bett und wußte nicht genau, was ich jetzt tun sollte. Ich war noch genauso erschöpft wie vorher – ich konnte kaum mehr als ein paar Minuten geschlafen haben –, und die Versuchung war groß, die ganze Sache zu vergessen und mich einfach wieder hinzulegen. Aber schließlich sah ich ein, daß das unmöglich ginge, und so stand ich auf.

Ich merkte, daß ich in meinem Bademantel eingeschlafen war, und ich wollte ihn gerade ausziehen und mich ankleiden, als mir plötzlich der Gedanke durch den Kopf ging, ich könne ja auch im Bademantel hinuntergehen und mit Hoffman reden. Denn um diese Zeit in der Nacht war es recht unwahrscheinlich, daß ich außer Hoffman und dem Angestellten an der Rezeption jemandem begegnen würde, und mein Erscheinen in solch einem Aufzug würde dezent, aber unverkennbar die späte Stunde unterstreichen und auch die Tatsache, daß er mich vom Schlafen abhielt. Ich trat auf den Korridor hinaus, und mehr als nur ein bißchen verärgert machte ich mich auf den Weg zum Aufzug.

Am Anfang zumindest schien der Bademantel die gewünschte Wirkung zu erzielen, denn als ich die Halle betrat, waren Hoffmans erste Worte: «Tut mir leid, Sie zu stören, wo Sie sich gerade ausruhen wollten, Mr. Ryder. Es muß sehr anstrengend für Sie sein, diese ständige Herumreiserei.»

Ich unternahm nicht den Versuch, meine Müdigkeit zu verbergen. Ich fuhr mir mit der Hand durchs Haar und sagte: «Das ist schon in Ordnung, Mr. Hoffman. Aber ich hoffe, es wird nicht zu lange dauern. Tatsächlich bin ich inzwischen sehr müde.»

«Ach, das dauert nicht lange, wirklich nicht.»

«Schön.»

Ich sah, daß Hoffman einen Regenmantel trug und darunter einen Smoking, komplett mit Kummerbund und Fliege.

«Sie haben die schlimmen Neuigkeiten natürlich gehört», sagte er.

«Die schlimmen Neuigkeiten?»

«Es sind schlimme Neuigkeiten, aber ich darf wohl sagen, ich bin zuversichtlich, sehr zuversichtlich, daß sich keine ernsthaften Konsequenzen ergeben werden. Und bevor der Abend um ist, glaube ich ganz bestimmt, daß auch Sie davon überzeugt sein werden, Mr. Ryder.»

«Das werde ich sicher», antwortete ich und nickte ermutigend. Nach einer Weile beschloß ich dann, daß die Situation hoffnungslos war, und fragte rundheraus: «Tut mir leid, Mr. Hoffman, aber welche schlimmen Neuigkeiten meinen Sie denn? Es hat so viele schlimme Neuigkeiten in letzter Zeit gegeben.»

Bestürzt sah er mich an. «So viele schlimme Neuigkeiten?»

Ich lachte auf. «Ich meine, die Kampfhandlungen in Afrika und so weiter. Überall nur schlimme Neuigkeiten.» Ich lachte noch einmal auf.

«Ach so. Ich meine natürlich die schlimmen Neuigkeiten wegen Mr. Brodskys Hund.»

«Aha. Mr. Brodskys Hund.»

«Sie stimmen mir natürlich zu, daß das höchst ungelegen kommt. Ausgerechnet jetzt. Man kann alles mit noch so großer Sorgfalt planen, und dann passiert so etwas!» Er seufzte verbittert.

«Ja, das ist furchtbar. Ganz furchtbar.»

«Aber wie gesagt, ich bin durchaus voller Zuversicht. Voller Zuversicht, daß es nicht zu einem größeren Rückschlag kommen wird. Also, darf ich dann jetzt vorschlagen, daß wir uns sofort auf den Weg machen? Übrigens, wenn ich so darüber nachdenke, hatten Sie natürlich ganz recht, Mr. Ryder. Das ist jetzt eine sehr viel geeignetere Zeit für diesen Gang. Denn wenn wir hinkommen, wird es weder zu früh noch zu spät sein. Stimmt schon, man muß diese Dinge in aller Ruhe angehen. Bloß nicht in Panik geraten. Also, dann gehen wir mal.»

«Äh... Mr. Hoffman. Ich glaube, ich habe wohl für diese Gelegenheit den falschen Aufzug gewählt. Vielleicht geben Sie mir ein paar Minuten, damit ich nach oben gehen und mir etwas anderes anziehen kann.»

«Ach» – Hoffman schaute mich flüchtig an – «Sie sehen großartig aus, Mr. Ryder. Machen Sie sich bitte keine Sorgen.

Jetzt» – er schaute besorgt auf die Uhr – «schlage ich vor, daß wir uns auf den Weg machen. Ja, das ist genau die richtige Zeit jetzt. Bitte.»

Die Nacht draußen war dunkel, und der Regen fiel stetig. Ich folgte Hoffman um das Hotel herum, einen schmalen Weg entlang und zu einem kleinen Parkplatz im Freien, auf dem fünf oder sechs Wagen standen. Am Pfosten eines Zauns war eine einsame Lampe befestigt, in deren Licht ich auf dem Boden vor mir eine große Pfütze ausmachen konnte.

Hoffman lief zu einem großen schwarzen Auto hinüber und hielt die Beifahrertür auf. Als ich zu dem Wagen hinging, spürte ich, wie Feuchtigkeit meine Pantoffeln durchdrang. Ich wollte gerade in das Auto einsteigen, als der eine Fuß tief in einer Pfütze versank und komplett naß wurde. Ich schrie auf, doch Hoffman eilte schon zur Fahrertür.

Hoffman fuhr uns von dem Parkplatz herunter, während ich mein Möglichstes tat, um mir auf der weichen Fußmatte die Füße zu trocknen. Als ich wieder hochschaute, waren wir schon auf der Hauptstraße, und überrascht nahm ich zur Kenntnis, wie dicht der Verkehr inzwischen geworden war. Außerdem waren viele Geschäfte und Restaurants wieder zum Leben erwacht, und Menschenmassen drängten sich dort hinter erleuchteten Scheiben. Während wir weiterfuhren, nahm der Verkehr beständig zu, bis wir irgendwo mitten im Herzen der Stadt auf einer dreispurigen Fahrbahn voller Wagen ganz zum Stillstand kamen. Hoffman schaute auf die Uhr und schlug dann verzweifelt mit der Hand an das Lenkrad.

«Wie unangenehm», sagte ich mitfühlend. «Und als ich vor gar nicht allzulanger Zeit draußen war, schien die Stadt zu schlafen.»

Er schien äußerst besorgt und sagte geistesabwesend: «Mit dem Verkehr in dieser Stadt wird es schlimmer und immer schlimmer. Ich weiß gar nicht, wie man da Abhilfe schaffen kann.» Wieder schlug er gegen das Lenkrad.

Während der kommenden Minuten saßen wir schweigend

im Auto, während wir uns langsam vorwärtsschoben. Dann sagte Hoffman leise:

«Mr. Ryder ist gerade von einer Reise zurückgekommen.»

Ich dachte, ich hätte mich verhört, aber da sagte er es noch einmal – diesmal mit einem verbindlichen kleinen Winken der Hand –, und mir wurde klar, daß er probte, was er bei unserer Ankunft sagen wollte, um unser spätes Erscheinen zu erklären.

«Mr. Ryder ist gerade von einer Reise zurückgekommen. Mr. Ryder – ist gerade von einer Reise *zurückgekommen*.»

Während wir uns weiter durch den dichten nächtlichen Verkehr vorwärtsdrängten, fuhr Hoffman fort, zuweilen im Flüsterton etwas vor sich hinzumurmeln, von dem ich das meiste nicht verstehen konnte. Er war in seine eigene Welt versunken und schien immer angespannter zu werden. Einmal, nachdem wir eine grüne Ampel nicht rechtzeitig erreicht hatten, hörte ich ihn flüstern: «Nein, nein, Mr. Brodsky! Er war wunderbar, ein ganz wunderbares Tier!»

Dann bogen wir endlich ab, und es ging hinaus aus der Stadt. Bald schon verschwanden die Gebäude, und wir fuhren über eine lange Straße mit dunklen offenen Flächen – vielleicht Ackerland – zu beiden Seiten. Der Verkehr wurde immer spärlicher, und so konnte der kraftvolle Wagen beschleunigen. Ich sah, daß sich Hoffman sichtlich entspannte, und als er das nächste Mal das Wort an mich richtete, hatte er viel von seiner üblichen höflichen Art zurückgewonnen.

«Sagen Sie, Mr. Ryder. Ist im Hotel alles zu Ihrer Zufriedenheit?»

«O ja. Alles ist wunderbar, danke.»

«Ihr Zimmer gefällt Ihnen?»

«O ja, ja.»

«Ihr Bett. Ist es bequem?»

«Sehr bequem.»

«Ich frage das, weil wir ganz besonders stolz auf unsere Betten sind. Wir erneuern sehr oft die Matratzen. Kein anderes Hotel in der Stadt erneuert die Matratzen so oft wie wir. Das weiß ich ganz sicher. Viele unserer sogenannten Konkurrenten wären der Ansicht, daß die Matratzen, die wir hinauswerfen, noch etliche weitere Jahre ihren Dienst tun würden. Übrigens, wenn man all die gebrauchten Matratzen, die wir im Verlauf von fünf Geschäftsjahren hinauswerfen, hintereinander aufstellen würde, könnte man entlang unserer Hauptstraße eine Reihe bilden, angefangen beim Bürgerhaus, am Brunnen vorbei, bei der Sterngasse um die Ecke und bis hin zu Herrn Winklers Apotheke, wußten Sie das?»

«Nein. Das ist ja wirklich sehr beeindruckend.»

«Lassen Sie mich ganz offen sein, Mr. Ryder. Ich habe viele Überlegungen angestellt, was Ihr Zimmer betrifft. In den Tagen vor Ihrer Ankunft habe ich natürlich beträchtliche Zeit damit zugebracht, darüber nachzudenken, welches Zimmer ich Ihnen geben sollte. Die meisten Hotels hätten eine einfache Antwort auf die Frage: ‹Welches ist das beste Zimmer des Hauses?› Aber in meinem Hotel, Mr. Ryder, ist das nicht der Fall. Im Lauf der Jahre habe ich so vielen Zimmern so viele individuelle Aufmerksamkeit angedeihen lassen. Es gab sogar Zeiten, in denen ich mich – haha! –, manche würden sagen, regelrecht besessen, ja besessen, mit dem ein oder anderen Zimmer beschäftigt habe. Wenn ich erst einmal das Potential eines bestimmten Zimmers erfaßt habe, bringe ich ganze Tage damit zu, darüber nachzudenken, und dann gehe ich mit höchster Sorgfalt daran, es so renovieren zu lassen, daß es meinen Vorstellungen so nahe wie nur möglich kommt. Nicht immer gelingt mir das, aber bei einer ganzen Reihe von Gelegenheiten sind die Ergebnisse, nach langer, harter Arbeit, doch dem sehr nahe gekommen, was ich mir vorgestellt habe, und das ist natürlich äußerst befriedigend. Aber dann – und das ist womöglich eine Schwäche meines Charakters – packt mich, kaum daß ich die Renovierung des einen Zimmers zu meiner Zufriedenheit abgeschlossen habe, das Potential eines anderen Zimmers. Und bevor ich es noch so richtig begreife, widme ich schon wieder einem neuen Projekt viel Zeit und Überlegung.

Ja, manche würden das wohl als Besessenheit bezeichnen, aber ich kann darin nichts Schlimmes sehen. Kaum etwas ist so langweilig wie ein Hotel, das alle Zimmer nach demselben faden Konzept gestaltet hat. Ich dagegen war immer schon der Meinung, daß jeder Raum in Übereinstimmung mit seinen eigenen einzigartigen Merkmalen entworfen werden sollte. Na jedenfalls, was ich damit sagen will, Mr. Ryder, ist folgendes: Kein Zimmer im Hotel ist mein spezielles Lieblingszimmer. Also habe ich lange nachgedacht und bin dann zu dem Schluß gekommen, daß Sie sich in dem Zimmer, das Sie augenblicklich bewohnen, wahrscheinlich am wohlsten fühlen werden. Aber nachdem ich Sie nun kennengelernt habe, bin ich mir da nicht mehr ganz so sicher.»

«Aber ich bitte Sie, Mr. Hoffman», sagte ich, indem ich ihn unterbrach. «Das Zimmer, in dem ich jetzt untergebracht bin, ist wirklich wunderbar.»

«Aber ich habe den ganzen Tag schon, seit ich Sie kennengelernt habe, immer mal wieder daran gedacht. Es scheint mir, daß Sie vom Naturell her besser in ein anderes Zimmer passen würden, das ich da im Sinn habe. Vielleicht zeige ich es Ihnen morgen früh einmal. Ich bin ganz sicher, es wird Ihnen besser gefallen.»

«Nein wirklich, Mr. Hoffman, bitte. Das Zimmer, in dem ich jetzt...»

«Lassen Sie mich ganz offen sein, Mr. Ryder. Ihre Ankunft hat das Zimmer, in dem Sie jetzt untergebracht sind, seiner ersten wirklichen Prüfung unterworfen. Wissen Sie, es ist das erste Mal, daß ich seit der völligen Umgestaltung des Zimmers vor vier Jahren einen wirklich berühmten Gast dort wohnen habe. Natürlich war es mir nicht möglich vorauszusehen, daß Sie selbst uns eines Tages die Ehre geben würden. Doch Tatsache ist, daß ich bei der Arbeit an dem Zimmer jemanden im Sinn hatte, der Ihnen ganz ähnlich ist. Sehen Sie, ich will damit sagen, daß das Zimmer erst jetzt, nach Ihrer Ankunft, zum erstenmal der Bestimmung zugeführt wurde, für die es ursprünglich gedacht war. Tja, und nun sehe ich ganz deutlich, daß ich vor vier Jahren einige entscheidende Irrtümer begangen habe. Es ist so schwierig, selbst für jemanden mit meiner Erfahrung. Nein, ich bin absolut nicht zufrieden. Es ist keine glückliche Verbindung. Deshalb möchte ich Ihnen vorschlagen, daß wir Sie statt dessen in der 343 unterbringen, die Ihnen vom Temperament her sicher viel näher ist. Da werden Sie mehr Ruhe finden und auch besser schlafen können. Und das Zimmer, das Sie jetzt haben – na ja, ich habe den ganzen Tag schon immer wieder mal daran gedacht. Ich hätte nicht übel Lust, das Zimmer, so wie es jetzt ist, wieder völlig auseinanderzunehmen.»

«Aber Mr. Hoffman, ich bitte Sie!»

Ich hatte das fast geschrien, und Hoffman wandte den Blick von der Straße ab, um mich überrascht anzusehen. Ich lachte, fing mich sehr schnell wieder und sagte:

«Ich wollte sagen, Sie sollten meinetwegen nicht so viel Kosten und Mühen auf sich nehmen.»

«Es geht dabei ausschließlich um meinen Seelenfrieden, seien Sie dessen versichert, Mr. Ryder. Mein Hotel ist mein Lebenswerk. Ich habe einen schwerwiegenden Fehler gemacht, was dieses Zimmer angeht. Ich sehe keine andere Möglichkeit, als es vollständig auseinanderzunehmen.»

«Mr. Hoffman, dieses Zimmer... Tatsache ist, ich fühle mich diesem Zimmer sehr verbunden. Ich bin wirklich sehr zufrieden dort.»

«Ich verstehe nicht.» Er schien wirklich höchst verblüfft. «Das Zimmer ist für Sie ganz eindeutig nicht das richtige. Nun, da ich Sie kennengelernt habe, kann ich das mit einiger Bestimmtheit behaupten. Sie müssen das nicht aus Höflichkeit sagen. Es überrascht mich, daß Sie sich diesem Zimmer so merkwürdig nahe fühlen.»

Ich lachte kurz und vielleicht unnötig laut auf. «Das nun wieder nicht. Merkwürdig nahe?» – wieder lachte ich auf – «Es ist ja nur ein Zimmer, weiter nichts. Wenn es auseinandergenommen werden muß, dann muß es das eben! Ich ziehe gerne in ein anderes Zimmer um.»

«Aha. Ich freue mich, daß Sie es so sehen. Ich wäre wirklich äußerst betrübt gewesen, Mr. Ryder, und das nicht nur während der verbleibenden Zeit Ihres Aufenthaltes hier, sondern noch auf Jahre hinaus, wenn ich denken müßte, daß Sie einmal in meinem Hotel gewohnt haben und genötigt waren, ein derart ungeeignetes Zimmer zu ertragen. Ich weiß wirklich nicht, was vor vier Jahren in meinem Kopf vor sich gegangen ist. Eine völlige Fehleinschätzung!»

Wir waren eine ganze Weile durch die Dunkelheit gerast, ohne anderen Scheinwerfern zu begegnen. In weiter Ferne waren wohl einige Gehöfte zu sehen, doch ansonsten war da kaum etwas, das die schwarze Leere zu beiden Seiten durchbrochen hätte. Eine Zeitlang fuhren wir schweigend weiter. Dann sagte Hoffman:

«Das ist wirklich besonderes Pech, Mr. Ryder. Der Hund, na ja, er war ja nicht mehr jung, aber er hätte noch gut und gern zwei oder drei Jahre leben können. Und die Vorbereitungen liefen so gut.» Er schüttelte den Kopf. «Solch ein ungünstiger Zeitpunkt.» Dann drehte er sich lächelnd zu mir um und fuhr fort: «Aber ich bin zuversichtlich. Ja, wirklich zuversichtlich. Jetzt wird er wenigstens nicht mehr abgelenkt, nicht einmal durch so etwas.»

«Vielleicht sollte man Mr. Brodsky einen anderen Hund geben, als Geschenk sozusagen. Vielleicht einen kleinen Welpen.»

Ich hatte das gesagt, ohne groß darüber nachzudenken, doch Hoffman gab sich den Anschein, die Sache gebührend in Erwägung zu ziehen.

«Ich weiß nicht so recht, Mr. Ryder. Sie müssen wissen, er hat außerordentlich an Bruno gehangen. Er ist kaum unter Menschen gegangen. Er wird wohl regelrecht trauern. Aber Sie könnten recht haben, wir müssen jetzt, da Bruno nicht mehr ist, seine Einsamkeit lindern. Vielleicht ein anderes Tier. Irgend etwas Beruhigendes. Ein Vogel in einem Käfig etwa. Dann später, wenn er so weit ist, könnte man es mit einem anderen Hund versuchen. Ich weiß nicht so recht.»

Die nächsten paar Minuten schwieg er, und ich dachte, seine Gedanken wären jetzt bei etwas anderem. Doch dann, während er auf die dunkle Straße starrte, die sich vor uns auftat, murmelte er plötzlich leise, aber bestimmt vor sich hin:

«Hornochse! Jawohl, Hornochse, Hornochse, Hornochse!»

Doch inzwischen war ich die ganze Sache mit Brodskys Hund leid, und ohne etwas zu erwidern, lehnte ich mich in meinen Sitz zurück, fest entschlossen, mich auszuruhen, solange die Fahrt noch dauerte. In dem Versuch, etwas in Erfahrung zu bringen über die Veranstaltung, der wir entgegenfuhren, sagte ich zu ihm: «Ich hoffe, wir kommen nicht zu spät.»

«Nein, nein. Gerade richtig», antwortete Hoffman, doch er schien mit seinen Gedanken ganz woanders zu sein. Ein paar Minuten später hörte ich ihn dann noch einmal bestimmt vor sich hinmurmeln: «Hornochse! Hornochse!»

Nach einer Weile bogen wir von der Straße ab und befanden uns in einem vornehmen Wohngebiet. In der Dunkelheit erkannte ich große Häuser auf separaten Grundstücken, oft von hohen Mauern oder Hecken umgeben. Vorsichtig fuhr Hoffman die baumbestandenen Wege entlang, und mehr als einmal hörte ich ihn leise seine Sätze proben.

Durch ein hohes eisernes Tor fuhren wir auf den Innenhof eines stattlichen Gebäudes. Vor dem Haus parkten schon etliche Wagen, und der Hoteldirektor brauchte eine Weile, um einen freien Platz zu finden. Dann stieg er aus und lief schnell auf den Haupteingang zu.

Ich blieb noch einen Moment lang sitzen und betrachtete eingehend das Haus, weil ich mir Hinweise auf die Art der Veranstaltung erhoffte, an der wir nun teilnehmen sollten. An der Vorderfront erkannte ich eine lange Reihe riesiger Fenster, die fast bis zum Boden reichten. Hinter ihren Vorhängen waren die meisten dieser Räume erleuchtet, doch ich konnte nichts von dem sehen, was drinnen vor sich ging.

Hoffman klingelte an der Tür und bedeutete mir mit einer Geste, ich solle zu ihm kommen. Als ich aus dem Auto stieg, war aus dem Regen ein leichtes Nieseln geworden. Ich zog meinen Bademantel fest um mich und ging auf das Haus zu, wobei ich darauf achtete, nicht in eine Pfütze zu treten.

Die Tür wurde von einem Dienstmädchen geöffnet, das uns in eine weitläufige, mit imposanten Porträts geschmückte Halle führte. Die junge Frau schien Hoffman zu kennen, und es ergab sich ein kurzes Gespräch, während sie ihm den Regenmantel abnahm. Hoffman blieb einen Moment stehen, um vor dem Spiegel seine Fliege zu richten, bevor er weiter ins Innere des Hauses voranging.

Wir gelangten zu einem riesigen lichtdurchfluteten Raum, in dem ein Empfang in vollem Gang war. Es waren wenigstens einhundert Gäste anwesend, die in eleganter Abendkleidung herumstanden, Gläser in der Hand hielten und Konversation machten. Als wir auf der Türschwelle standen, hob Hoffman einen Arm vor mich, als wolle er mich schützen, und suchte den Raum mit den Augen ab.

«Er ist noch nicht hier», murmelte er schließlich. Dann drehte er sich lächelnd zu mir um und sagte: «Mr. Brodsky ist noch nicht hier. Aber ich bin zuversichtlich, *sehr* zuversichtlich, daß er bald kommen wird.»

Hoffman wandte sich wieder dem Raum zu, und zum zweitenmal wirkte er ganz hilflos. Dann sagte er: «Wenn Sie hier einen Moment warten wollen, Mr. Ryder, gehe ich und hole die Gräfin. Ach, und wenn es Ihnen nichts ausmacht, treten Sie ein wenig zurück und stellen sich dort hinten hin – haha! –, damit man Sie nicht sieht. Wie Sie sicher noch wissen, sollen Sie ja unsere große Überraschung sein. Bitte, ich bin bald wieder zurück.»

Er betrat den Raum, und eine Zeitlang sah ich seine Gestalt zwischen den Gästen hin und her gehen, dabei stand seine besorgte Haltung in deutlichem Kontrast zu der Fröhlichkeit um ihn herum. Ich bemerkte, daß eine Reihe von Leuten versuchte, mit ihm ins Gespräch zu kommen, doch jedesmal lief Hoffman mit zerstreutem Lächeln weiter. Schließlich verlor ich ihn aus den Augen, und in meinem Bemühen, ihn wiederzufinden, war ich vielleicht ein wenig vorgetreten. Jedenfalls muß ich die Aufmerksamkeit auf mich gezogen haben, denn ich hörte eine Stimme neben mir sagen: «Ach, Mr. Ryder, da sind Sie ja. Wie wunderbar, daß Sie endlich zu uns gefunden haben.»

Eine große Frau um die Sechzig hatte ihre Hand auf meinen Arm gelegt. Ich lächelte und machte leise irgendeine höfliche Bemerkung, woraufhin sie sagte: «Alle hier freuen sich so darauf, Sie kennenzulernen.» Damit begann sie, mich entschlossen mitten in die Gesellschaft zu führen.

Während ich ihr folgte und mir meinen Weg durch die Gäste bahnte, fing die große Frau an, mir Fragen zu stellen. Zunächst waren es die üblichen Erkundigungen meine Gesundheit und meine Reise betreffend. Doch dann, als wir immer weiter den Raum durchschritten, ging sie dazu über, mich sehr eingehend über das Hotel zu befragen. Tatsächlich ging sie so sehr ins Detail – mochte ich die Seife? was hielt ich von dem Teppich in der Halle? –, daß ich allmählich den Verdacht hatte, sie könne eine Konkurrentin von Hoffman sein, die es sehr geärgert hatte, daß ich in seinem Haus abgestiegen war. Doch ihre ganze Haltung und die Art, in der sie im Vorübergehen Leuten zunickte und zulächelte, ließen kaum Zweifel daran, daß sie die Gastgeberin dieses Abends war, und daraus schloß ich, daß sie die Gräfin selbst sein mußte.

Ich hatte angenommen, daß sie mich entweder zu einem bestimmten Punkt in dem Raum oder zu einer bestimmten Person führen würde, doch nach einer Weile hatte ich den deutlichen Eindruck gewonnen, daß wir langsam immer im Kreis herumgingen. Tatsächlich war ich mehrfach überzeugt gewesen, daß wir in einer Ecke des Zimmers mindestens schon zweimal vorher gewesen waren. Was ich außerdem leicht befremdet zur Kenntnis nahm, war die Tatsache, daß sich meine Gastgeberin, obwohl sich ihr Köpfe zuwandten, um sie zu begrüßen, nicht die Mühe machte, mich jemandem vorzustellen. Und obwohl mir manche von Zeit zu Zeit höflich zulächelten, schien sich niemand besonders für mich zu interessieren. Jedenfalls begann niemand eine Unterhaltung mit mir, als ich vorbeiging. Das verblüffte mich ein wenig, denn ich hatte mich schon gewappnet gegen das übliche Bedrängtwerden mit Fragen und Komplimenten.

Dann fiel mir nach einer Weile auf, daß an der ganzen Atmosphäre im Raum etwas Merkwürdiges war – irgend etwas Gezwungenes, ja sogar Theatralisches an der ganzen Fröhlichkeit –, obwohl ich es nicht genau benennen konnte. Doch schließlich blieben wir stehen – die Gräfin fing eine Unterhaltung mit zwei juwelenübersäten Frauen an –, und endlich erhielt ich die Gelegenheit, mich umzuschauen und einige Eindrücke zu sammeln. Erst da merkte ich, daß es sich bei dem Ereignis dieses Abends keineswegs um eine Cocktailparty handelte, sondern daß alle diese Leute tatsächlich darauf warteten, zum Diner gebeten zu werden; daß das Diner schon vor mindestens zwei Stunden hätte serviert werden sollen, aber daß die Gräfin und ihre Mitarbeiter genötigt gewesen waren, den Beginn des Essens zu verschieben, und zwar weil sowohl Brodsky – der offizielle Ehrengast – als auch ich selbst – die große Überraschung des Abends – noch nicht eingetroffen waren. Als ich dann meinen Blick weiterschweifen ließ, begriff ich allmählich, was genau vor unserer Ankunft geschehen war.

Diese Abendveranstaltung war das bisher größte der zu Brodskys Ehren gegebenen Diners. Da sie auch die letzte vor dem entscheidenden Ereignis am Donnerstag abend war, hatte ohnehin niemand mit einer allzu gelösten Atmosphäre gerechnet, und Brodskys Verspätung hatte für weitere Anspannung gesorgt. Doch anfangs waren die Gäste – die sich ihrer Stellung als Elite der Stadt alle in höchstem Maße bewußt waren – noch ruhig geblieben, und alle hatten es sorgsamst vermieden, irgendeine Bemerkung zu machen, die als Zweifel an Brodskys Zuverlässigkeit hätte ausgelegt werden können. Den meisten war es sogar gelungen, Brodsky überhaupt nicht zu erwähnen und ihrer Anspannung dadurch Herr zu werden, daß sie sich in endlosen Spekulationen darüber ergingen, wann denn nun das Diner serviert würde.

Dann war die Sache mit Brodskys Hund bekannt geworden. Wie die Sache in solch nachlässiger Art und Weise hatte bekanntgegeben werden können, war nicht klar. Wahrscheinlich war ein Telefonanruf gekommen, und einer der Stadtoberen hatte es in dem fehlgeleiteten Versuch, die Atmosphäre aufzulockern, einigen Gästen gegenüber ausgeplaudert. Zuzulassen, daß eine solche Sache sich durch Mundpropaganda verbreitete, noch dazu unter Menschen, die vor Sorge und Hunger ohnehin schon angespannt waren, mußte Folgen haben, die für jedermann klar auf der Hand lagen. Bald schon kursierten allerhand wilde Gerüchte im Raum. Brodsky sei vollkommen betrunken dabei entdeckt worden, wie er den Kadaver seines Hundes in den Armen wiegte. Brodsky sei draußen auf der Straße in einer Pfütze liegend gefunden worden und habe unverständliches Zeug gelallt. Brodsky habe, von Kummer überwältigt, Paraffinöl getrunken, um sich das Leben zu nehmen. Diese letzte Geschichte hatte ihren Ursprung in einem sieben Jahre zurückliegenden Zwischenfall, als Brodsky im Zustand der Volltrunkenheit tatsächlich von einem benachbarten Bauern ins Krankenhaus gebracht wurde, nachdem er eine gewisse Menge Paraffin zu sich genommen hatte – aber ob er das mit der Absicht getan hatte, sich zu töten, oder lediglich in der Verwirrung des Alkoholrausches, ist niemals festgestellt worden. Im Gefolge dieser Gerüchte waren dann bald verzweifelte Bemerkungen laut geworden.

«Dieser Hund war sein ein und alles. Darüber wird der Mann nie hinwegkommen. Wir sollten uns damit abfinden, daß wir wieder ganz bei Null anfangen müssen.»

«Wir müssen den Donnerstagabend absagen. Sofort absagen. Jetzt kann es nur noch eine Katastrophe werden. Wenn wir so weitermachen wie geplant, werden die Leute dieser Stadt uns nie im Leben eine zweite Chance geben.»

«Von Anfang an war das Risiko mit diesem Menschen zu groß. So weit hätten wir es nie kommen lassen dürfen. Aber was sollen wir jetzt machen? Wir sind erledigt.»

Und obwohl dann sogar die Gräfin und ihre Mitarbeiter versucht hatten, den Abend wieder unter Kontrolle zu bringen, war irgendwo in der Mitte des Raumes ein Schwall von Geschrei losgebrochen.

Viele waren dorthin gelaufen, wo der Zwischenfall sich ereignete, einige waren in Panik zurückgewichen. Folgendes hatte sich zugetragen: Ein junger Stadtrat hatte eine rundliche, glatzköpfige Gestalt zu Boden geworfen, die jedermann nur Augenblicke später als den Tierarzt Keller erkannte. Der junge Stadtrat war weggezogen worden, hatte sich aber so hartnäckig in Kellers Revers verkrallt, daß der Tierarzt mit ihm hochgezogen wurde.

«Ich habe getan, was ich konnte!» hatte Keller geschrien, der ganz rot im Gesicht war. «Ich habe getan, was ich konnte! Was hätte ich denn sonst noch machen können? Vor zwei Tagen war das Tier noch ganz in Ordnung!»

«Lügner!» hatte der junge Stadtrat gebrüllt und einen weiteren Angriff versucht. Wieder war er weggezogen worden, doch inzwischen hatten einige andere erkannt, daß man einen idealen Sündenbock gefunden hatte, und waren dazu übergegangen, Keller ebenfalls anzuschreien. Einen Moment lang waren von allen Seiten Anschuldigungen auf den Tierarzt niedergeprasselt, man hatte ihm Nachlässigkeit vorgeworfen und Gefährdung der Zukunft einer ganzen Gemeinde. Und auf einmal hatte eine Stimme gerufen: «Und was ist mit den kleinen Kätzchen der Breuers? Sie haben die ganze Zeit nur Bridge gespielt, Sie haben diese kleinen Kätzchen eines nach dem anderen sterben lassen...»

«Ich spiele nur einmal in der Woche Bridge, und selbst dann...», hatte der Tierarzt angefangen, sich mit heiserer Stimme zu verteidigen, doch sofort hatten ihn noch mehr Stimmen niedergeschrien. Plötzlich hatte es den Anschein gehabt, als hege jeder in dem Raum wegen eines geliebten Haustieres schon lange einen tiefen Groll gegen den Tierarzt. Dann hatte jemand gerufen, Keller schulde ihm Geld, ein anderer, daß Keller eine vor sechs Jahren ausgeliehene Gartenharke nicht zurückgegeben habe. Bald hatte die Stimmung gegen den Tierarzt ein solches Ausmaß erreicht, daß es nur ganz natürlich erschienen war, daß diejenigen, die den jungen Stadtrat festhielten, ihren Griff gelockert hatten. Und als der Stadtrat noch einmal auf Keller losging, hatte es den Eindruck, daß er es diesmal im Namen der großen Mehrheit aller Anwesenden tat. Es hatte den Anschein gehabt, als drohte die Situation außerordentlich unangenehm zu werden, als eine durch den ganzen Raum dröhnende Stimme schließlich alle wieder zur Räson gebracht hatte.

Daß sich über den Raum tatsächlich so schnell Stille gesenkt hatte, war wohl eher der Überraschung angesichts der Identität des Sprechers zu verdanken als einer natürlichen Autorität, über die er womöglich verfügte. Denn die Gestalt, der sich alle zugewandt hatten und die von dem Podium auf die Anwesenden herabschaute, war die des Jakob Kanitz, eines Mannes, der in der Stadt vor allem seiner Schüchternheit wegen bekannt war. Jakob Kanitz war jetzt Ende Vierzig, und solange die Leute zurückdenken konnten, hatte er immer nur dieselbe langweilige Angestelltentätigkeit im Rathaus ausgeübt. Nur höchst selten hatte man ihn eine eigene Meinung äußern, noch seltener jemandem widersprechen oder mit jemandem streiten hören. Er hatte keine engen Freunde, und vor einigen Jahren war er aus dem kleinen Häuschen ausgezogen, das er mit Frau und drei kleinen Kindern bewohnt hatte, und hatte sich ein winziges Zimmerchen unter dem Dach ein Stück weiter weg auf derselben Straße gemietet. Wann immer jemand das

Thema zur Sprache brachte, hatte er angedeutet, daß er bald wieder zu seiner Familie ziehen werde, doch die Jahre waren vorübergegangen, und das Arrangement war unverändert geblieben. In der Zwischenzeit war er, hauptsächlich aufgrund seiner Bereitschaft, etliche untergeordnete Aufgaben im Zusammenhang mit der Organisation eines kulturellen Ereignisses zu übernehmen, ein wohlgelittenes, wenn auch ein wenig gönnerhaft behandeltes Mitglied der Künstlerkreise der Stadt geworden.

Die Gäste hatten nur wenig Zeit gehabt, ihre Verblüffung zu überwinden, als Jakob Kanitz auch schon – vielleicht auch in dem Bewußtsein, seine Nerven würden dem nicht lange standhalten – zu sprechen angefangen hatte.

«Andere Städte! Und ich meine nicht unbedingt Paris! Oder Stuttgart! Ich meine kleinere Städte, nicht größer als wir, andere Städte. Laßt sie ihre angesehensten Bürger zusammenrufen und stellt sie dann vor eine Krise wie die unserige, wie würden sie sich dann verhalten? Sie wären ruhig, zuversichtlich. Solche Leute würden wissen, was zu tun ist, wie man sich verhalten muß. Was ich sagen will, was ich uns allen hier sagen will, wir sind die angesehenen Leute dieser Stadt. Es ist nicht zu viel für uns. Gemeinsam können wir diese Krise durchstehen. Würden sie sich in Stuttgart streiten?! Noch besteht kein Grund zur Panik. Keine Notwendigkeit aufzugeben, untereinander zu streiten anzufangen. Na schön, der Hund, das ist ein Problem, aber es ist nicht das Ende, das hat noch nichts zu bedeuten. In welcher Verfassung Mr. Brodsky in diesem Augenblick auch immer sein mag, wir können ihm wieder auf die Beine helfen. Das können wir wirklich, vorausgesetzt wir spielen heute abend alle unsere Rolle. Ich bin sicher, daß wir es schaffen, wir müssen es schaffen. Wir müssen ihm wieder auf die Beine helfen. Denn wenn wir das nicht tun, wenn wir nicht alle an einem Strang ziehen und das hier heute abend zu einem guten Ende bringen, dann bleibt uns nichts anderes mehr als Elend! Ja, tiefstes, einsamstes Elend! Es gibt niemanden sonst, an den wir uns wenden könnten, da ist nur Mr. Brodsky, und sonst niemand im Augenblick. Wir müssen Ruhe bewahren. Was machen wir denn hier, wir streiten uns? Würden sie sich in Stuttgart streiten? Wir müssen jetzt ganz vernünftig überlegen. An seiner Stelle, wie würden wir uns da fühlen? Wir müssen ihm zeigen, daß wir alle mit ihm trauern, daß die ganze Stadt seinen Kummer teilt. Aber dann, Freunde, denkt darüber nach, müssen wir ihn aufheitern. O ja! Wir können nicht den ganzen Abend Trübsal blasen, ihn wegschicken in der Überzeugung, daß ihm nichts mehr bleibt, denn dann könnte er womöglich wieder... Nein, nein! Das richtige Maß! Wir müssen auch fröhlich sein, ihm zeigen, daß es da noch mehr im Leben gibt, daß wir alle zu ihm aufschauen, uns alle auf ihn verlassen. Ja, wir müssen alles richtig machen in diesen kommenden Stunden. Er wird jetzt vielleicht schon auf dem Weg hierher sein, Gott weiß, in was für einer Verfassung. Diese kommenden Stunden, die werden entscheidend sein, entscheidend. Wir müssen unbedingt alles richtig machen. Andernfalls steht uns nur Elend bevor. Wir müssen... wir müssen...»

Inzwischen war Jakob Kanitz ganz und gar in heillose Verwirrung versunken. Er war noch einige Sekunden lang auf dem Podium stehengeblieben, ohne zu sprechen, und immense Verlegenheit umwogte ihn beständig. Ein Rest seiner vorherigen Gefühlsaufwallung hatte ihn veranlaßt, den Versammelten noch einen letzten Blick zuzuwerfen, dann hatte er sich schüchtern umgedreht und war vom Podium gestiegen.

Doch dieser unbeholfene Appell hatte eine sofortige Wirkung gehabt. Noch bevor Jakob Kanitz seine Ansprache beendet hatte, hatte ein leises, zustimmendes Gemurmel eingesetzt, und so mancher hatte vorwurfsvoll gegen die Schulter des jungen Stadtrats gestoßen – der zu diesem Zeitpunkt verschämt mit den Füßen gescharrt hatte. Jakob Kanitzens Abgang vom Schauplatz des Geschehens waren einige Momente betretenen Schweigens gefolgt. Dann war allmählich überall im Raum wieder das Gespräch in Gang gekommen, wobei sich alle in ernstem, doch ruhigem Ton darüber unterhalten hatten, was bei Brodskys Ankunft zu tun sei. Bald schon war es zu einer Übereinstimmung dahingehend gekommen, daß Jakob Kanitz mehr oder weniger recht hatte. Ihre Aufgabe sei es nun, das richtige Maß zwischen Betrübnis und Jovialität zu finden. Die Stimmung müßte zu jeder Zeit von jedem Anwesenden sorgsam überwacht werden. Ein Gefühl der Entschlossenheit war durch den Raum gegangen, und dann hatten die Leute bald begonnen, sich mehr und mehr zu entspannen, bis sie schließlich lächelten, miteinander plauderten, einander höflich und liebenswürdig begrüßten, und das alles, als hätte es die unschönen Zwischenfälle der letzten halben Stunde nicht gegeben. Es war ungefähr um diese Zeit gewesen – nicht länger als zwanzig Minuten, nachdem Jakob Kanitz seine Ansprache beendet hatte –, daß Hoffman und ich eingetroffen waren. Kein Wunder also, daß ich unter der Schicht eleganter Fröhlichkeit etwas irgendwie Sonderbares bemerkt hatte.

Ich dachte immer noch über all das nach, was vor unserer Ankunft geschehen war, als ich auf der anderen Seite des Raumes Stephan entdeckte, der mit einer älteren Dame sprach. Die Gräfin neben mir schien immer noch in ihr Gespräch mit den beiden juwelenübersäten Damen vertieft zu sein, also murmelte ich leise eine Entschuldigung und entfernte mich langsam von ihnen. Als ich auf Stephan zukam, sah er mich und lächelte mich an.

«Ach, Mr. Ryder. Da sind Sie ja. Darf ich Ihnen Miss Collins vorstellen?»

Da erkannte ich die zierliche alte Dame, zu deren Wohnung wir etwas früher am Abend gefahren waren. In ihrem langen, schwarzen Kleid war sie schlicht, aber elegant angezogen. Sie lächelte und reichte mir die Hand, als wir uns begrüßten. Ich wollte gerade weiter höfliche Konversation mit ihr machen, als sich Stephan vorbeugte und leise sagte:

«Ich bin ein solcher Dummkopf gewesen, Mr. Ryder. Jetzt

weiß ich überhaupt nicht mehr, was das Beste ist. Miss Collins ist wie immer sehr freundlich gewesen, aber ich würde dazu auch gerne Ihre Meinung hören.»

«Sie meinen ... wegen Mr. Brodskys Hund?»

«Ach. Nein, nein, das ist alles ganz schrecklich, ich weiß ja. Aber wir haben uns gerade über etwas ganz anderes unterhalten. Ich hätte wirklich gerne Ihren Rat. Tatsächlich hat Miss Collins gerade eben vorgeschlagen, daß ich Sie suchen gehe, stimmt es nicht, Miss Collins? Bitte glauben Sie mir, ich möchte damit niemanden langweilen, aber es hat sich da eine Komplikation ergeben. Ich meine, wegen meines Auftritts am Donnerstag abend. Mein Gott, ich bin ein solcher Dummkopf gewesen! Wie ich Ihnen ja schon erzählt habe, Mr. Ryder, habe ich Jean-Louis La Roches *Dahlia* vorbereitet, aber ich habe Vater gegenüber nie etwas davon erwähnt. Jedenfalls nicht bis heute abend. Ich habe mir gedacht, ich überrasche ihn damit, La Roche mag er wirklich sehr gerne. Außerdem würde Vater es sich nie träumen lassen, daß ich ein so schwieriges Stück beherrsche, also habe ich gedacht, es wäre eine riesige Überraschung für ihn, in mehr als nur einer Hinsicht. Aber jetzt, da der große Abend immer näher rückt, bin ich doch der Überzeugung, daß es wohl nicht ganz praktisch wäre, das Geheimnis noch länger für mich zu behalten. Zunächst einmal muß ja alles in einem offiziellen Programm gedruckt werden, neben jeder Serviette wird ein Exemplar liegen, Vater zermartert sich das Hirn wegen der Entwürfe, muß Entscheidungen wegen der Prägung treffen, wegen der Abbildung auf der Rückseite, wegen allem. Vor ein paar Tagen wurde mir klar, daß ich es ihm sagen mußte, aber immer noch wollte ich gern, daß es so etwas wie eine Überraschung ist, also habe ich darauf gewartet, daß sich die richtige Gelegenheit ergibt. Na ja, vorhin, als ich Sie und Boris abgesetzt hatte, ging ich in sein Büro, um den Autoschlüssel zurückzubringen, und da war er auf dem Fußboden und arbeitete einen Stapel Papiere durch. Er kauerte da auf Händen und Knien, all die Papiere waren auf dem Teppich um ihn herum verstreut, was gar nicht ungewöhnlich ist, so arbeitet Vater oft. Es ist ein recht kleines Büro, und sein Schreibtisch nimmt ohnehin schon so viel Platz ein, so daß ich auf Zehenspitzen um alles herumgehen mußte, um den Schlüssel zurückzulegen. Er fragte mich, wie alles gelaufen sei, und dann schien er sich, bevor ich noch irgend etwas antworten konnte, wieder in seine Papiere zu vertiefen. Na ja, als ich gerade gehen wollte, fiel mein Blick aus irgendeinem Grund auf ihn, wie er da auf dem Teppich kauerte, und da dachte ich, es wäre jetzt der richtige Moment, es ihm zu sagen. Es war einfach nur so ein Impuls. Also sagte ich ganz beiläufig zu ihm: ‹Ach übrigens, Vater, ich werde am Donnerstag abend La Roches *Dahlia* spielen. Ich dachte, du würdest das gerne wissen.› Ich habe es nicht irgendwie besonders betont, ich habe es ihm einfach nur gesagt und auf seine Reaktion gewartet. Tja, er hat die Unterlagen, in denen er gerade gelesen hat, beiseite gelegt, aber hat weiterhin auf den Teppich vor sich geschaut. Dann kam ein Lächeln über sein Gesicht, und er sagte etwas wie: ‹Ach ja, *Dahlia*›, und ein paar Sekunden lang sah er ganz glücklich aus. Er schaute nicht hoch, er kauerte immer noch auf Händen und Knien, aber er sah ganz glücklich aus. Dann schloß er die Augen und fing an, die ersten Takte des Adagio zu summen, dort auf dem Boden fing er an zu summen und den Kopf im Takt zu bewegen. Er schien so glücklich und gelassen, Mr. Ryder, daß ich mir in dem Augenblick schon gratulierte. Dann öffnete er die Augen, lächelte verträumt zu mir hoch und sagte: ‹Ja, ein wunderschönes Stück. Ich habe nie verstehen können, wieso deine Mutter es so verabscheut.› Wie ich gerade schon zu Miss Collins sagte, dachte ich zuerst, ich hätte mich verhört. Aber dann sagte er es noch einmal. ‹Deine Mutter verabscheut es so. Tja, wie du ja weißt, hat sie inzwischen nur Abscheu für La Roches Spätwerk übrig. Ich darf nirgendwo im Haus seine Platten spielen, nicht einmal, wenn ich dazu die Kopfhörer aufsetze.› Dann muß er gemerkt haben, wie verblüfft und verstört ich war. Weil er – und das ist typisch für Vater! – sofort alles getan hat, damit ich mich wieder besser fühle. ‹Ich hätte dich schon längst fragen sollen›, sagte er wieder und immer wieder. ‹Das ist alles meine Schuld.› Dann schlug er sich plötzlich vor die Stirn, als sei ihm gerade etwas eingefallen, und er sagte: ‹Stimmt schon, Stephan, ich habe euch beide enttäuscht. Ich habe damals gedacht, ich tue das Richtige, wenn ich mich nicht einmische, aber ich sehe jetzt, daß ich euch beide enttäuscht habe.› Und als ich ihn fragte, was er damit meinte, erklärte er mir, wie sehr sich Mutter die ganze Zeit schon darauf gefreut hatte, mich Kazans *Glass Passions* spielen zu hören. Offensichtlich hatte sie Vater gegenüber schon vor einer ganzen Weile durchblicken lassen, daß sie genau das hören wollte, und Mutter mußte, na ja, sie mußte doch annehmen, daß Vater das in die Wege leiten würde. Aber wissen Sie, Vater hat auch versucht, sich in mich hineinzuversetzen. In solchen Dingen ist er wirklich sehr feinfühlig. Ihm war bewußt, daß ein Musiker – sogar ein solcher Laie wie ich – bei einem solch wichtigen Auftritt gern seine eigenen Entscheidungen treffen würde. Deshalb hat er nichts zu mir gesagt, er wollte Mutter alles erklären, sobald er die Gelegenheit dazu hätte. Aber dann kam natürlich – also ich glaube, ich sollte Ihnen das wohl etwas ausführlicher erzählen, Mr. Ryder. Wissen Sie, wenn ich sage, Mutter hat das mit Kazan Vater gegenüber durchblicken lassen, meine ich damit nicht, daß sie es ihm tatsächlich *gesagt* hat. Es ist nicht ganz einfach, das einem Außenstehenden zu erklären. Es funktioniert so, daß Mutter es Vater gegenüber irgendwie, wissen Sie, irgendwie vage *durchblicken* lassen würde, ohne das Thema je direkt zur Sprache zu bringen. Sie macht das durch Andeutungen, die für ihn ganz eindeutig sind. Ich weiß nicht genau, was sie diesmal gemacht hat. Vielleicht ist er nach Hause gekommen, und genau in dem Moment hat sie sich *Glass Passions* auf der Stereoanlage angehört. Na ja, da sie die Stereoanlage nur sehr selten benutzt, wäre das ein recht deutliches Zeichen. Oder vielleicht ist Vater nach seinem Bad zu Bett gegangen, und da hat sie dann gerade im Bett ein Buch über Kazan gelesen, oder so ungefähr, das ist eben einfach die Art, wie die Dinge zwischen den beiden laufen. Na ja, auf jeden Fall sehen Sie, daß Vater in der Situation nicht einfach plötzlich sagen konnte: ‹Nein, Stephan muß seine eigene Entscheidung treffen.› Vater hat abgewartet und versucht, eine geeignete Möglichkeit zu finden, seine Reaktion zu übermitteln. Und natürlich konnte er nicht wissen, daß ich ausgerechnet La Roches *Dahlia* einstudierte. Gott, was bin ich doch für ein Dummkopf gewesen! Ich hatte ja keine Ahnung, daß Mutter das Stück so absolut nicht leiden kann! Nun ja, er sagte mir, wie die Dinge ständen, und als ich ihn fragte, was er für die beste Vorgehensweise hielt, hat er darüber nachgedacht und gesagt, ich solle bei dem bleiben, was ich einstudiert hätte, es sei zu spät, jetzt noch etwas zu ändern. ‹Dir würde Mutter keine Vorwürfe machen›, sagte er immer wieder. ‹Dir würde sie auf keinen Fall Vorwürfe machen. Mir wird sie Vorwürfe machen, und das ganz zu Recht.› Armer Vater, er hat sich solche Mühe gegeben, mich zu trösten, aber ich habe natürlich gesehen, wie unglücklich ihn das alles machte. Schließlich schaute er auf einen bestimmten Fleck auf dem Teppich – er war immer noch auf dem Boden, doch inzwischen fast ganz ausgestreckt, als wolle er einen Liegestütz machen –, er schaute auf den Teppich, und ich hörte, wie er vor sich hin murmelte. ‹Ich schaffe es schon. Ich schaffe es schon. Ich habe schon Schlimmeres überstanden. Ich schaffe es schon.› Er schien vergessen zu haben, daß ich da war, also bin ich schließlich einfach gegangen und habe ganz leise die Tür hinter mir zugemacht. Und seitdem – tja, Mr. Ryder, ich habe den ganzen Abend kaum an etwas anderes denken können. Ich will ganz offen sein, ich komme mir ein bißchen hilflos vor. Es ist nur noch so wenig Zeit. Und *Glass Passions* ist ein so schwieriges Stück, das kann ich doch unmöglich parat haben, oder? Und um ehrlich zu sein, das Stück wäre noch jenseits meiner Fähigkeiten, auch wenn ich das ganze Jahr Zeit hätte, es einzustudieren.»

Mit einem sorgenvollen Seufzer kam der junge Mann zum Ende. Als nach einer kleinen Weile weder er noch Miss Collins etwas gesagt hatten, kam ich zu dem Schluß, daß ich nun meine Meinung äußern sollte. Also sagte ich:

«Das alles geht mich natürlich nichts an. Das müssen Sie schon selbst entscheiden. Aber ich persönlich meine, daß Sie in diesem späten Stadium einfach bei dem bleiben sollten, was Sie einstudiert haben...»

«Ja, das habe ich mir gedacht, daß Sie das sagen würden, Mr. Ryder.»

Miss Collins war es, die mir auf diese Weise ins Wort fiel. Es lag ein unvermuteter Zynismus in ihrem Tonfall, der mich veranlaßte, innezuhalten und mich ihr zuzuwenden. Die alte Dame sah mich auf eine wissende, leicht überlegene Art an. «Zweifellos», fuhr sie fort, «werden Sie das – tja, wie? – ach ja, ‹künstlerische Integrität› nennen.»

«Das ist es gar nicht einmal, Miss Collins», erwiderte ich. «Nur von einem ganz praktischen Standpunkt aus gesehen meine ich, es ist in diesem Stadium schon ein wenig zu spät...»

«Aber woher wollen Sie wissen, daß es zu spät ist, Mr. Ryder?» unterbrach sie mich wieder. «Sie wissen doch sehr wenig von Stephans Fähigkeiten, ganz zu schweigen von den tieferen Hintergründen der mißlichen Lage, in der er sich gegenwärtig befindet. Wie kommen Sie dazu, ein solches Urteil abzugeben, so als seien Sie gesegnet mit einem zusätzlichen Sinn, der uns anderen fehlt?»

Schon seit Miss Collins mich das erste Mal unterbrochen hatte, war mir immer unbehaglicher zumute geworden, und während ihrer letzten Bemerkung hatte ich mich weggedreht, um ihrem Blick zu entgehen. Mir wollte keine schlagfertige Antwort auf ihre Fragen einfallen, und nach einer Weile entschied ich, es sei das Beste, die Begegnung zu einem Ende zu bringen, daher lachte ich einmal kurz auf und verschwand dann in der Menge.

Während der nächsten Minuten wanderte ich ziellos in dem Raum umher. Wie auch vorher schon drehten sich die Leute manchmal nach mir um, wenn ich vorüberging, doch niemand schien mich zu erkennen. Einmal sah ich Pedersen, den Mann, den ich im Kino getroffen hatte, mit anderen Gästen lachen, und ich überlegte, ob ich zu ihm hinübergehen sollte. Doch noch bevor ich das tun konnte, spürte ich, wie mich etwas am Ellenbogen berührte, und als ich mich umdrehte, sah ich Hoffman neben mir.

«Tut mir leid, daß ich Sie einen Augenblick allein lassen mußte. Ich hoffe, man hat sich um Sie gekümmert. Was für eine Situation!»

Der Hoteldirektor atmete schwer, sein Gesicht war schweißüberströmt.

«O ja, ich habe mich gut unterhalten.»

«Tut mir leid, ich mußte aus dem Raum, um einen Anruf entgegenzunehmen. Aber jetzt sind sie auf dem Weg, ganz bestimmt, sie sind auf dem Weg. Mr. Brodsky wird jeden Moment hier sein. Mein Gott!» Er schaute sich um, dann beugte er sich etwas vor zu mir und senkte die Stimme. «Diese Gästeliste war ein Fehler. Ich habe sie alle gewarnt. Ein paar von den Leuten hier!» Er schüttelte den Kopf. «Was für eine Situation!»

«Aber immerhin ist Mr. Brodsky auf dem Weg...»

«O ja, ja. Ich muß sagen, Mr. Ryder, ich bin so erleichtert, daß Sie heute abend bei uns sind. Gerade jetzt, wo wir Sie brauchen. Im großen und ganzen sehe ich keine Veranlassung für Sie, Ihre Rede allzusehr umzustellen wegen der, äh, wegen der Umstände. Vielleicht wären ein oder zwei Hinweise auf die Tragödie ganz angebracht, aber wir werden jemand anderen auftreiben, der ein paar Worte über den Hund sagen wird, also wirklich, ich sehe keine Veranlassung für Sie, von dem abzuweichen, was Sie vorbereitet haben. Das einzige – haha! –, Ihre Rede sollte nicht allzulang sein. Aber Sie sind ganz bestimmt kein Mann, der...» Mit einem kurzen Auflachen brach er ab. Dann schaute er sich wieder im Raum um. «Ein paar von den

Leuten hier», sagte er noch einmal. «Wirklich ein Fehler. Ich habe sie alle gewarnt.»

Hoffman ließ seinen Blick weiter durch den Raum schweifen, und so konnte ich mich in Gedanken einen Augenblick lang der Sache mit der Rede zuwenden, die der Hoteldirektor erwähnt hatte. Nach einer Weile sagte ich:

«Mr. Hoffman, in Anbetracht der Umstände, denen wir uns hier gegenübersehen, bin ich mir nicht ganz sicher, wann ich aufstehen sollte und...»

«Ach ja, ja natürlich. Wie feinfühlig von Ihnen. Sie haben ganz recht, wenn Sie einfach an der üblichen Stelle aufstehen, kann man nie wissen, was passieren wird... ja, ja, sehr vorausschauend von Ihnen. Ich werde neben Mr. Brodsky sitzen, und deshalb sollten Sie die Entscheidung über den geeignetsten Zeitpunkt vielleicht mir überlassen. Vielleicht sind Sie so freundlich und warten so lange, bis ich Ihnen ein Zeichen gebe. Meine Güte, Mr. Ryder, es ist so beruhigend, in einer Zeit wie dieser jemanden wie Sie bei uns zu haben.»

«Aber ich helfe Ihnen doch gern.»

Ein Geräusch am anderen Ende des Raumes veranlaßte Hoffman, sich abrupt umzudrehen. Er verrenkte sich den Hals, um durch den ganzen Raum schauen zu können, obwohl offensichtlich schien, daß nichts von Bedeutung geschehen war. Ich hüstelte, um seine Aufmerksamkeit wieder auf mich zu lenken.

«Da ist nur noch eine Kleinigkeit, Mr. Hoffman. Ich frage mich gerade» – ich deutete auf meinen Bademantel – «ich dachte, ich könnte vielleicht etwas anziehen, was ein wenig formeller ist. Ich frage mich, ob es eventuell möglich ist, ein paar andere Kleidungsstücke auszuleihen. Muß ja nichts Besonderes sein.»

Zerstreut blickte Hoffman auf meinen Aufzug, dann schaute er fast sofort wieder weg und sagte geistesabwesend: «Ach, machen Sie sich keine Sorgen, Mr. Ryder. In solchen Dingen sind wir hier nicht sehr pedantisch.»

Wieder verrenkte er sich den Hals, um an das andere Ende des Raumes zu schauen. Es schien mir offensichtlich, daß er mein Problem ganz und gar nicht registriert hatte, und ich wollte gerade die Angelegenheit noch einmal zur Sprache bringen, als es in der Nähe des Eingangs plötzlich zu hektischer Aktivität kam. Hoffman schreckte hoch, dann drehte er sich mit verzerrtem Lächeln zu mir um. «Er ist da!» flüsterte er, berührte mich an der Schulter und eilte davon.

Stille senkte sich über den Raum, und ein paar Sekunden lang schaute jeder zur Tür hin. Auch ich wollte sehen, was da vor sich ging, doch die Aussicht war mir hoffnungslos versperrt. Dann nahmen die Leute um mich herum, so als hätten sie sich auf einmal wieder an den Entschluß erinnert, den sie vorhin gefaßt hatten, ihr Gespräch im Tonfall beherrschter Fröhlichkeit wieder auf.

Ich bahnte mir einen Weg durch die Menge, bis ich schließlich Brodsky sah, der durch den Raum geführt wurde. Die Gräfin stützte ihn an dem einen Arm, Hoffman am anderen, und vier der fünf weiteren Leute flatterten aufgeregt um sie herum. Brodsky, der seine Helfer offensichtlich gar nicht wahrnahm, schaute mit finsterem Blick hoch zu der verzierten Decke des Raumes. Er war größer, aufrechter, als ich erwartet hatte, obwohl er sich gerade in diesem Moment derart steif bewegte – und in einem merkwürdig geneigten Winkel –, daß es von weitem schien, als bewegten sie ihn auf Laufrollen vorwärts. Er war nicht rasiert, aber es sah nicht allzu scheußlich aus, und seine Smokingjacke saß etwas schief, so als habe sie ihm jemand anderer angezogen. Seinen Gesichtszügen haftete, obwohl sie nun grob und gealtert waren, durchaus noch etwas Elegantes an.

Einen Augenblick lang dachte ich, sie würden ihn zu mir führen, doch dann merkte ich, daß sie auf dem Weg in den Speisesaal nebenan waren. Ein Kellner, der an der Türschwelle stand, geleitete Brodsky und seine Begleiter hinein, und als sie im Speisesaal verschwunden waren, senkte sich ein zweites Mal Stille über den Raum. Bald darauf nahmen die Gäste ihre Gespräche wieder auf, aber ich spürte eine erneute Spannung in der Luft.

In dem Augenblick bemerkte ich einen geraden einzelnen Stuhl, den man an einer Wand stehengelassen hatte, und es schien mir, daß ein neuer Beobachtungsposten mich besser in die Lage versetzen würde, die herrschende Stimmung einzuschätzen und mich für die Art Rede entscheiden zu können, die ich beim Abendessen halten sollte. Also ging ich hinüber, setzte mich und saß einige Minuten lang da und beobachtete den Raum.

Noch immer lachten die Gäste und unterhielten sich, aber es konnte kein Zweifel daran bestehen, daß die unterschwellige Anspannung sich verstärkt hatte. In Anbetracht dessen und in Anbetracht der Tatsache, daß ein anderer ausdrücklich über den Hund sprechen würde, hielt ich es für klug, meine Rede so heiter zu gestalten, wie es gerade eben noch tragbar war. Zu dem Zweck, so meinte ich, sei es wohl am besten, einige amüsante Anekdoten zu erzählen, die sich hinter den Kulissen zugetragen hatten und die eine Reihe von Mißgeschicken betrafen, die sich während meiner letzten Italien-Tournee ereignet hatten. Ich hatte diese Geschichten in der Öffentlichkeit oft genug erzählt, um mir ihrer Fähigkeit, Spannungen zu lösen, ganz sicher zu sein, und war überzeugt, man würde sie unter den gegebenen Umständen sehr zu schätzen wissen.

Ich probierte still für mich gerade einige mögliche Anfangszeilen aus, als ich merkte, daß sich die Menge beträchtlich gelichtet hatte. Erst da wurde mir bewußt, daß die Leute auf dem Weg in den Speisesaal waren, und so stand ich auf.

Einige lächelten mir vage zu, als ich mich der Prozession zum Diner anschloß, aber niemand sprach mit mir. Das machte mir nicht wirklich etwas aus, denn im Geiste versuchte ich immer noch, einen wirklich fesselnden Eröffnungssatz zu finden. Während ich mich der Tür zum Speisesaal näherte, schwankte ich zwischen zwei Möglichkeiten. Die erste lautete: «Im

Laufe der Jahre hat es sich ergeben, daß mein Name immer wieder im Zusammenhang mit gewissen guten Eigenschaften genannt wird. Peinlich genaue Liebe zum Detail. Äußerste Präzision beim Auftritt. Strenge Kontrolle über alle Vorgänge.» Dieser gespielt hochtrabende Auftakt könnte dann unterlaufen werden durch die vergnüglichen Schilderungen dessen, was sich in Rom zugetragen hatte. Die Alternative bestand darin, von Anfang an einen bedeutend possenhafteren Ton anzuschlagen: «Herunterfallende Vorhangschienen. Vergiftete Nagetiere. Partituren voller Druckfehler. Kaum einer unter Ihnen wird meinen Namen wohl mühelos mit derartigen Vorkommnissen in Verbindung bringen.» Beide Eröffnungen hatten ihre Vor- und Nachteile, und schließlich entschied ich mich dafür, eine endgültige Wahl erst dann zu treffen, wenn ich ein besseres Gefühl für die Stimmung beim Diner hatte.

Ich betrat den Speisesaal, und überall um mich herum unterhielt man sich aufgeregt. Sofort überwältigte mich die Weitläufigkeit des Saals. Selbst bei der Zahl der heute Anwesenden – weit über einhundert – verstand ich, wieso es nötig gewesen war, nur einen Teil des Saals zu erleuchten. Eine großzügige Anzahl runder Tische war mit weißen Tüchern und mit Tafelsilber gedeckt, aber es schien mindestens noch einmal so viel Tische zu geben, die nicht eingedeckt waren und an denen keine Stühle standen und die sich in langen Reihen in dem Dunkel weit hinten im Saal verloren. Viele Gäste hatten bereits ihre Plätze eingenommen, und das allgemeine Bild – die glitzernden Juwelen der Damen, die steifen, weißen Jacken der Kellner, als Hintergrund die schwarzen Smokings und alles umrahmt von der Dunkelheit – war recht beeindruckend. Ich beobachtete die Szenerie von der Türschwelle her und nutzte die Gelegenheit, meinen Bademantel glattzuziehen, als die Gräfin an meiner Seite erschien. Sie nahm mich beim Arm und führte mich, wie sie das auch vorher schon getan hatte, während sie zu mir sagte:

«Wir haben an diesem Tisch dort drüben einen Platz für Sie

vorgesehen, Mr. Ryder, dort fallen Sie nicht so sehr auf. Wir wollen doch nicht, daß die Leute Sie entdecken, dann wäre ja die Überraschung verdorben! Aber nur keine Sorge, sobald wir verkündet haben, daß Sie anwesend sind, und sobald Sie aufstehen, werden alle Sie ganz deutlich hören und sehen.»

Obwohl der Tisch, zu dem sie mich führte, in einer Ecke stand, sah ich nicht, weshalb dieser Tisch unauffälliger sein sollte als einer der anderen. Sie zeigte mir meinen Platz, und dann, nachdem sie lachend etwas gesagt hatte – was ich wegen des allgemeinen Trubels nicht verstehen konnte –, eilte sie davon.

Ich stellte fest, daß ich mit vier anderen Gästen zusammensaß – einem Paar mittleren Alters und einem etwas jüngeren Paar –, die mich alle pflichtschuldig anlächelten, bevor sie ihre Unterhaltung wieder aufgriffen. Der Ehemann des älteren Paares erklärte gerade, weshalb ihr Sohn weiterhin in den USA leben wollte, und dann ging das Gespräch zu den diversen anderen Kindern des Paares über. Gelegentlich dachte der eine oder andere daran, mich der Form halber miteinzubeziehen – indem sie in meine Richtung blickten oder mir zulächelten, wenn ein Witz gemacht wurde. Doch niemand sprach mich direkt an, und bald gab ich den Versuch auf, ihnen zu folgen.

Doch dann, als die Kellner begannen, die Suppe zu servieren, fiel mir auf, daß die Unterhaltung stockend und zerstreut geworden war. Während des Hauptganges schienen meine Tischnachbarn dann endlich alle Verstellung aufzugeben und fingen an, sich über das Thema zu unterhalten, das sie in Wirklichkeit beschäftigte. Sie warfen fast unverhohlene Blicke dorthin, wo Brodsky saß, und äußerten mit gesenkter Stimme Spekulationen, die die gegenwärtige Situation des alten Mannes betrafen. Einmal sagte die jüngere der beiden Frauen:

«Es sollte *unbedingt* einer hingehen und ihm sagen, wie leid uns allen das tut. Wir sollten alle hingehen. Bis jetzt scheint noch niemand ein Wort mit ihm gesprochen zu haben. Seht doch nur, die Leute da an seinem Tisch reden kaum mit ihm.

Vielleicht sollten wir hingehen, vielleicht sollten wir den Anfang machen. Dann können die anderen ja auch kommen. Vielleicht warten ja alle nur, genau wie wir.»

Die anderen beeilten sich, ihr zu versichern, daß unsere Gastgeber alles unter Kontrolle hätten, daß Brodsky jedenfalls sehr gut aussehe, doch nur eine Minute später schauten auch sie sich nervös im Raum um.

Natürlich hatte auch ich die Gelegenheit ergriffen, Brodsky ganz vorsichtig zu betrachten. Man hatte ihm einen Platz an einem Tisch gegeben, der ein wenig größer als die anderen war. Er saß zwischen Hoffman auf der einen und der Gräfin auf der anderen Seite. Die übrigen Tischnachbarn waren eine Reihe ernsthafter, grauhaariger Männer. Durch die Art und Weise, wie diese Männer ständig leise miteinander beratschlagten, bekam der Tisch etwas Verschwörerisches, was der allgemeinen Stimmung keinesfalls förderlich war. Was nun Brodsky selbst betraf, so ließ er keine sichtbaren Zeichen von Trunkenheit erkennen und aß mit gleichbleibendem Appetit, wenn auch ohne Begeisterung. Dennoch schien er sich in seine eigene Welt zurückgezogen zu haben. Fast den ganzen Hauptgang hindurch hatte Hoffman den einen Arm hinter Brodskys Rücken und schien ihm ständig etwas ins Ohr zu flüstern, doch der alte Mann starrte mit finsterem Blick immer weiter ins Leere, ohne zu antworten. Als die Gräfin ihn einmal am Arm berührte und etwas sagte, reagierte er wieder nicht.

Gegen Ende des Desserts – das Essen war zwar nicht sensationell, aber recht zufriedenstellend gewesen – sah ich dann, daß sich Hoffman zwischen hin und her eilenden Kellnern seinen Weg durch den Saal bahnte, und ich merkte, daß er auf mich zukam. An unserem Tisch beugte er sich dann zu mir herunter und sagte mir ins Ohr:

«Mr. Brodsky scheint ein paar Worte sagen zu wollen, aber um ganz ehrlich zu sein – haha! –, wir haben versucht, ihn davon abzubringen. Wir meinen, er sollte sich heute abend nicht noch einer zusätzlichen Belastung aussetzen. Also, Mr. Ryder,

Sie sind dann vielleicht so freundlich, besonders gut auf mein Zeichen zu achten und sofort aufzustehen, wenn ich es Ihnen signalisiere. Sobald Sie dann mit Ihrer Rede durch sind, wird die Gräfin den offiziellen Teil der Veranstaltung für beendet erklären. Ja, wirklich, ich glaube, es wird das Beste für Mr. Brodsky sein, wenn er diese zusätzliche Belastung nicht auf sich nimmt. Armer Mann, haha! Diese Gästeliste, also wirklich» – er schüttelte den Kopf und seufzte – «Gott sei Dank sind Sie hier, Mr. Ryder.»

Bevor ich noch etwas erwidern konnte, eilte er, wiederum den Kellnern ausweichend, an seinen Tisch zurück.

Die nächsten Minuten brachte ich damit zu, in den Raum zu schauen und die beiden möglichen Eröffnungssätze, die ich für meine Rede vorbereitet hatte, abzuwägen. Ich schwankte immer noch zwischen den beiden Alternativen, als der Lärm im Raum plötzlich erstarb. Da wurde mir bewußt, daß ein Mann mit ernstem Gesicht, der neben der Gräfin gesessen hatte, aufgestanden war.

Der Mann war recht fortgeschrittenen Alters und hatte silbergraues Haar. Er strahlte Autorität aus, und fast sofort senkte sich vollständige Stille über den Raum. Einige Augenblicke lang schaute der Mann mit dem ernsten Gesicht die versammelten Gäste einfach nur mit tadelndem Blick an. Mit gleichzeitig gedämpfter und volltönender Stimme sagte er dann:

«Wenn ein solch wunderbarer, edler Gefährte von einem geht, gibt es wenig, so wenig, das andere sagen könnten und das nicht leer oder seicht klingt. Und dennoch können wir diesen Abend unmöglich vorübergehen lassen ohne einige offizielle Worte im Namen aller hier Versammelten, um Ihnen, Mr. Brodsky, unser tief empfundenes Mitgefühl zu übermitteln.» Er hielt einen Moment lang inne, während zustimmendes Gemurmel durch den Raum ging. Dann fuhr er fort: «Ihr Bruno ist nicht nur innig geliebt worden von denen unter uns, die ihn in der Stadt seinen Geschäften haben nachgehen sehen. Er hat einen Grad der Wertschätzung erreicht, der nur höchst selten erreicht wird von Menschen, geschweige denn von Vierbeinern. Das heißt, er wurde zu einem Sinnbild. Ja, er verkörperte für uns schließlich gewisse Schlüsseltugenden. Leidenschaftliche Treue. Furchtlose Liebe zum Leben. Ablehnung jeglicher herablassender Behandlung. Sehnsucht danach, alles auf die eigene besondere Art zu erledigen, wie seltsam es in den Augen größerer Beobachter auch erscheinen mochte. Das heißt, er verkörperte gerade die Tugenden, die im Laufe der Jahre unsere einzigartige und stolze Gemeinde aufgebaut haben. Tugenden, die wir, wenn ich so sagen darf» – sein Redefluß verlangsamte sich vor lauter Bedeutungsschwere – «hier hoffentlich sehr bald schon wieder in allen Bereichen des Lebens werden florieren sehen.»

Er hielt inne und schaute noch einmal in die Runde. Noch einen Augenblick lang hielt er die Zuhörer in seinem frostigen Blick gefangen, dann sagte er zum Abschluß:

«Lassen Sie uns jetzt gemeinsam eine Schweigeminute zum Gedenken an unseren von uns gegangenen Freund einlegen.»

Als er die Augen niederschlug, senkten die Leute überall im Raum den Kopf, und wiederum herrschte tiefes Schweigen. Einmal sah ich auf und bemerkte, daß einige Stadtobere an Brodskys Tisch – vielleicht in dem eifrigen Bemühen, ein gutes Beispiel zu geben – eine lächerlich übertriebene Trauerhaltung eingenommen hatten. So hatte etwa einer von ihnen krampfhaft beide Hände an die Stirn gelegt. Brodsky selbst – der während der Rede völlig reglos geblieben war und weder zu dem Sprecher noch in die Runde geschaut hatte – saß weiterhin vollkommen still da, und wieder war da etwas merkwürdig Verwinkeltes an seiner ganzen Haltung. Es war sogar möglich, daß er auf seinem Stuhl fest eingeschlafen war und daß Hoffmans Arm in seinem Rücken in erster Linie praktische Funktion hatte.

Nach Ablauf der Minute setzte sich der Mann mit dem ernsten Gesicht, ohne noch etwas zu sagen, und sorgte so für einen peinlichen Bruch im Ablauf. Einige begannen vorsichtig, wieder miteinander zu reden, doch dann regte sich etwas an einem anderen Tisch, und ich sah, daß ein großer Mann mit beginnender Glatze und unreiner Haut aufgestanden war.

«Meine Damen und Herren», sagte er mit kraftvoller Stimme. Dann drehte er sich zu Brodsky, verneigte sich leicht und sagte leise: «Mr. Brodsky.» Einige Augenblicke lang sah er auf seine Hände hinunter, dann schaute er sich im Raum um. «Wie etliche von Ihnen ja bereits wissen, war ich derjenige, der den Leichnam unseres lieben Freundes heute am frühen Abend gefunden hat. Ich hoffe, daß Sie mir daher gestatten, kurz einige Worte zu sagen – das betreffend... das betreffend, was sich zugetragen hatte. Denn sehen Sie, Mr. Brodsky» – wieder sah er Brodsky an – «Tatsache ist, daß ich Sie um Vergebung bitten muß. Lassen Sie mich bitte erklären, was ich meine.» Der große Mann hielt inne und schluckte. «Heute abend habe ich wie üblich meine Lieferungen erledigt. Um die bewußte Zeit war ich schon fast fertig, ich hatte nur noch zwei oder drei Kunden aufzusuchen, und ich nahm eine Abkürzung durch die Gasse, die zwischen Eisenbahnstrecke und Schildstraße hinunterführt. Normalerweise würde ich eine solche Abkürzung nicht nehmen, schon gar nicht nach Einbruch der Dunkelheit, aber heute war ich früher als gewöhnlich fertig, und wie Sie wissen, hatten wir heute einen überaus prächtigen Sonnenuntergang. Also habe ich die Abkürzung genommen. Und da, genau auf halber Höhe der Gasse, habe ich ihn gesehen. Unseren lieben Freund. Er hatte sich an eine sehr abgeschiedene Stelle gelegt, ja fast versteckt, zwischen Laternenpfahl und Holzzaun. Ich habe mich neben ihn gekniet, um mich zu vergewissern, ob er tatsächlich von uns gegangen war. Währenddessen gingen mir mancherlei Gedanken durch den Kopf. Natürlich habe ich an Sie gedacht, Mr. Brodsky. Und daran, was für ein großartiger Freund er Ihnen immer gewesen ist und was für ein tragischer Verlust dies sein würde. Ich habe auch daran gedacht, wie sehr die ganze Stadt Bruno vermissen, wie sie Ihnen in der Stunde Ihrer

Trauer beistehen würde. Und lassen Sie es mich ausdrücklich sagen, Mr. Brodsky, ich habe bei all dem Kummer des Augenblicks gespürt, daß das Schicksal mir ein Privileg vergönnt hatte. Ja, Mr. Brodsky, ein Privileg. Es war mir zugefallen, den Leichnam unseres Freundes in die Tierklinik zu transportieren. Für das, was dann geschah, habe ich... habe ich keine Entschuldigung. Gerade eben, während Herr von Winterstein sprach, habe ich dagesessen und war vor lauter Unschlüssigkeit hin und her gerissen. Sollte ich auch aufstehen und sprechen? Schließlich, wie Sie ja sehen, habe ich beschlossen, daß ich genau das tun müßte. Besser, Mr. Brodsky hört es aus meinem eigenen Mund als morgen in Form von Gerüchten. Mr. Brodsky, ich schäme mich zutiefst für das, was dann geschah. Ich kann nur sagen, daß ich nicht einmal in hundert Jahren im Sinn gehabt hätte... Ich kann Sie nur um Verzeihung bitten. Ich habe während der vergangenen Stunden immer wieder darüber gegrübelt, und jetzt weiß ich, was ich hätte tun sollen. Ich hätte meine Pakete absetzen müssen. Wissen Sie, ich habe ja immer noch zwei Pakete getragen, die beiden letzten meiner Auslieferungen. Ich hätte sie absetzen müssen. Sie wären ganz sicher gewesen, da in der Gasse verstaut in der Nähe des Zauns. Und selbst wenn sich jemand damit auf und davon gemacht hätte, was wäre schon dabei gewesen? Aber aus irgendeinem unsinnigen Grund, vielleicht aus einem idiotischen beruflichen Instinkt heraus, habe ich es nicht getan. Ich habe einfach nicht nachgedacht. Das heißt, als ich Brunos Leichnam hochhob, trug ich immer noch die Pakete. Ich weiß nicht, was ich erwartet habe. Aber Tatsache ist – das werden Sie morgen ohnehin erfahren, also erzähle ich es Ihnen jetzt lieber selbst –, Tatsache ist, daß Ihr Bruno schon eine ganze Weile dagelegen haben muß, denn sein Körper, wenn er auch im Tod immer noch ganz prächtig wirkte, war kalt und, nun ja, steif geworden. Ja, Mr. Brodsky, steif. Verzeihen Sie, was ich Ihnen jetzt zu sagen habe, wird Ihnen womöglich Kummer bereiten, aber... aber lassen Sie mich fortfahren. Um meine Pakete tragen zu können – wie sehr bereue ich das, tausendmal schon habe ich es bereut –, um meine Pakete weiterhin tragen zu können, hievte ich mir Bruno auf die Schulter, ohne dabei seinen steifen Zustand zu bedenken. Erst, als ich auf diese Weise fast schon die ganze Gasse wieder hochgegangen war, hörte ich von irgendwoher den Schrei eines Kindes und blieb stehen. Dann dämmerte mir natürlich die Ungeheuerlichkeit meines Fehlers. Meine Damen und Herren, Mr. Brodsky, muß ich es wirklich aussprechen? Ich sehe schon, das muß ich wohl. Tatsache war dies. Wegen der Steifheit unseres Freundes, wegen meiner idiotischen Art, ihn so auf der Schulter zu transportieren, also praktisch in aufrechter Position... Na ja, Mr. Brodsky, der springende Punkt ist der: Von allen Häusern in der Schildstraße konnte man den oberen Teil des Leichnams über dem Zaun sehen. Tatsächlich war es, o Grausamkeit über Grausamkeit, gerade die Tageszeit, als sich die meisten Familien in ihren Hinterzimmern zum Abendessen versammelt hatten. Sie schauten dann wohl während des Essens in ihren Garten hinaus, und da konnten sie unseren edlen Freund mit von sich gestreckten Pfoten entlanggleiten sehen – ach, was für eine Schmach! Familie um Familie! Das verfolgt mich schon richtig, Mr. Brodsky, ich sehe es vor mir, ich weiß, wie es ausgesehen haben muß. Verzeihen Sie, Mr. Brodsky, verzeihen Sie, ich hätte keine Minute länger hier sitzen können, ohne mir diesen Beweis... diesen Beweis meines Pfuscher-Naturells von der Seele zu reden. Was für ein Pech, daß dieses traurige Privileg ausgerechnet einem Tölpel wie mir zufallen mußte. Bitte, Mr. Brodsky, ich flehe Sie an, diese hoffnungslos unzulänglichen Entschuldigungen für die Demütigung anzunehmen, die ich Ihrem edlen Gefährten so bald nach seinem Hinscheiden bereitet habe. Und die braven Leute aus der Schildstraße, vielleicht sind ja heute abend einige hier anwesend, sie alle werden, wie auch sonst jedermann, Bruno von Herzen gemocht haben. Ihn zum letztenmal auf diese Weise gesehen zu haben... ich bitte Sie,

Mr. Brodsky, ich bitte Sie alle, ich bitte Sie, verzeihen Sie mir.»

Der große Mann setzte sich und schüttelte voller Trauer den Kopf. An einem Tisch ganz in der Nähe stand dann eine Frau auf und führte ein Taschentuch an die Augen.

«Ganz sicher zweifelt niemand daran», sagte sie. «Er war der wunderbarste Hund seiner Generation. Ganz sicher zweifelt niemand daran.»

Zustimmendes Gemurmel ging durch den Raum. Die Stadtoberen um Brodsky herum nickten ernst, doch Brodsky selbst hatte immer noch nicht aufgeschaut.

Wir warteten darauf, daß die Frau noch etwas sagte, doch obwohl sie stehenblieb, sagte sie nichts, sondern fuhr einfach nur fort, zu schluchzen und sich die Augen abzutupfen. Nach einer Weile erhob sich neben ihr ein Mann in einem Samtjakkett und half ihr sanft dabei, sich wieder zu setzen. Er selbst blieb jedoch stehen und schaute sich anklagend im Raum um. Dann sagte er:

«Eine Statue. Eine Bronzestatue. Ich schlage vor, wir errichten Bruno eine Bronzestatue, so daß wir seiner immer gedenken können. Irgend etwas Großes und Würdevolles. Vielleicht auf der Walserstraße. Herr von Winterstein» – er wandte sich an den Mann mit dem ernsten Gesicht – «lassen Sie uns gleich hier und heute beschließen, Bruno eine Statue zu errichten!»

Jemand rief «hört, hört», und es erhob sich zustimmendes Gemurmel. Nicht nur der Mann mit dem ernsten Gesicht, sondern auch alle übrigen Stadtoberen an Brodskys Tisch sahen auf einmal recht verwirrt aus. Etliche Blicke voller Panik wurden gewechselt, bevor der Mann mit dem ernsten Gesicht aufstand und sagte:

«Natürlich ist das etwas, Herr Haller, das wir sehr sorgfältig überlegen sollten. Wie natürlich auch einige andere Vorschläge hinsichtlich der Art und Weise, wie wir am besten seiner gedenken ...»

«Das geht nun aber wirklich zu weit», ließ sich plötzlich eine

Männerstimme vom anderen Ende des Raumes vernehmen. «Was für eine alberne Idee. Eine Statue für einen Hund? Wenn das Vieh eine Bronzestatue verdient, dann verdient auch unsere Schildkröte Petra eine, die fünfmal so groß ist. Und sie ist auf so grausige Weise umgekommen. Das ist einfach albern. Und erst Anfang des Jahres hat dieser Hund noch Frau Rahn angegriffen…»

Der Rest seiner Erklärung wurde von dem Aufruhr überall im Raum erstickt. Einen Augenblick lang schienen alle durcheinanderzuschreien. Der Mann, der gesprochen hatte und der immer noch stand, wandte sich zu jemandem an seinem Tisch und fing einen fürchterlichen Streit an. In dem zunehmenden Chaos merkte ich auf einmal, daß Hoffman mir zuwinkte. Das heißt, er beschrieb mit der Hand eine merkwürdige kreisende Bewegung – so als würde er ein unsichtbares Fenster putzen –, und da erinnerte ich mich vage daran, daß es die Art Zeichen war, die er bevorzugte. Ich stand auf und räusperte mich mit großen Nachdruck.

Fast sofort senkte sich Stille über den Raum, und alle Augen schauten auf mich. Der Mann, der sich gegen die Statue ausgesprochen hatte, brach seinen Streit ab und setzte sich schnell wieder. Ich räusperte mich noch einmal und wollte gerade mit meiner Rede beginnen, als ich plötzlich merkte, daß mein Bademantel offenstand und die ganze nackte Vorderseite meines Körpers zu sehen war. Höchst verwirrt zögerte ich einen Moment, dann setzte ich mich wieder. Gleich darauf stand eine Frau am anderen Ende des Raumes auf und sagte mit schriller Stimme:

«Wenn das mit der Statue nicht geht, warum benennen wir dann nicht eine Straße nach ihm? Wir haben schon oft genug Straßennamen geändert, um der Toten zu gedenken. Das ist doch sicherlich nicht zu viel verlangt, Herr von Winterstein. Vielleicht die Meinhardstraße. Oder eventuell sogar die Jahnstraße.»

Zustimmendes Gemurmel erhob sich, und bald schon riefen

die Leute alle auf einmal die Namen anderer möglicher Straßen in den Raum. Wieder sahen die Stadtoberen so aus, als sei es ihnen zutiefst unbehaglich zumute.

Ein großer bärtiger Mann an einem Tisch ganz in meiner Nähe stand auf und sagte mit dröhnender Stimme: «Ich bin derselben Meinung wie Herr Holländer. Das geht wirklich zu weit. Natürlich fühlen wir alle mit Mr. Brodsky. Aber seien wir doch ehrlich, dieser Hund ist eine Gefahr gewesen, für andere Hunde, aber auch für Menschen. Und wenn Mr. Brodsky dem Tier wenigstens von Zeit zu Zeit das Fell gebürstet hätte und mit ihm wegen der Hautentzündung, die er offensichtlich schon seit Jahren hatte, zum Arzt gegangen wäre ...»

Der Mann wurde von einem Sturm ärgerlichen Protestes zum Schweigen gebracht. Überall erhoben sich Rufe wie «Das ist ja schimpflich!» und «Was für eine Schande!», und mehrere Gäste verließen ihre Tische, um dem Missetäter eine Standpauke zu halten. Hoffman gab mir wieder Zeichen und wischte ärgerlich die Luft, mit einem entsetzlichen Grinsen im Gesicht. Ich hörte die Stimme des Bärtigen über dem Durcheinander dröhnen: «Stimmt doch. Der Hund ist ein gräßliches Vieh gewesen!»

Ich vergewisserte mich, daß mein Bademantel fest zugebunden war, und wollte gerade wieder aufstehen, als ich sah, daß Brodsky sich plötzlich rührte und aufstand.

Der Tisch machte ein Geräusch, als er aufstand, und alle Köpfe wandten sich ihm zu. Im Nu waren diejenigen, die ihre Plätze verlassen hatten, zu ihren Tischen zurückgekehrt, und es herrschte wieder Stille im Raum.

Einen Augenblick lang dachte ich, Brodsky würde über den Tisch fallen. Doch er bewahrte sein Gleichgewicht, und für einen Moment musterte er den Raum. Er sprach mit leicht heiserer Stimme.

«Also, was soll das hier eigentlich alles?» fragte er. «Glauben Sie wirklich, dieser Hund hat mir so viel bedeutet? Er ist tot, und damit hat es sich. Ich brauche eine Frau. Manchmal ist es ganz schön einsam. Ich brauche eine Frau.» Er hielt inne, und für eine Weile schien er ganz in Gedanken verloren zu sein. Dann sagte er verträumt: «Unsere Matrosen. Unsere betrunkenen Matrosen. Was wohl aus denen geworden ist? Sie war ja noch so jung damals. Jung und wunderschön.» Er überließ sich wieder seinen Gedanken, schaute zu den Lichtern hoch, die von der hohen Decke strahlten, und wieder dachte ich, er würde vorwärts auf den Tisch fallen. Hoffman muß etwas Ähnliches befürchtet haben, denn er stand auf, und indem er die Hand sacht hinter Brodskys Rücken führte, flüsterte er ihm etwas ins Ohr. Brodsky antwortete nicht gleich. Dann murmelte er: «Sie hat mich einmal geliebt. Mehr geliebt als sonst jemanden. Unsere betrunkenen Matrosen. Wo mögen sie jetzt wohl sein?»

Hoffman lachte herzhaft, so als hätte Brodsky einen Witz gemacht. Mit breitem Lächeln schaute er in den Raum, dann flüsterte er Brodsky wieder etwas ins Ohr. Schließlich schien sich Brodsky daran zu erinnern, wo er war, und indem er sich geistesabwesend zum Hoteldirektor umdrehte, ließ er sich überreden, sich zu setzen.

Es folgte ein Moment der Stille, in der niemand sich regte. Dann erhob sich die Gräfin mit munterem Lächeln.

«Meine Damen und Herren, wir haben jetzt eine wundervolle Überraschung für Sie! Er ist erst heute nachmittag eingetroffen, und er muß wirklich sehr müde sein, aber dennoch hat er sich bereit erklärt, unser Überraschungsgast zu sein. Ja, tatsächlich! Mr. Ryder ist heute abend bei uns!»

Die Gräfin machte eine schwungvolle Geste in meine Richtung, und aufgeregte Rufe ertönten im ganzen Raum. Bevor ich auch nur irgend etwas tun konnte, hatten sich die Leute an meinem Tisch schnell auf mich gestürzt und wollten mir die Hand schütteln. Im nächsten Moment wurde mir klar, daß überall um mich her Menschen waren, die vor Entzücken ganz hingerissen waren, mich begrüßten und mir die Hände entgegenstreckten. Auf diese Annäherungsversuche reagierte ich so höflich ich konnte, aber als ich über die Schulter zurückschaute

– ich hatte noch nicht die Gelegenheit gehabt aufzustehen –, sah ich, daß sich hinter mir eine Menschenmenge versammelt hatte, es gab ein großes Gedränge, und viele standen auf Zehenspitzen. Ich begriff, daß ich die Situation unter Kontrolle bringen mußte, bevor sie ins Chaos abglitt. Da so viele bereits standen, entschied ich, es sei das Beste, sie zu überragen, mich auf eine Art Podest zu stellen. Ich überzeugte mich schnell davon, daß mein Bademantel fest zugebunden war, und kletterte auf meinen Stuhl.

Sofort legte sich das Geschrei, die Leute verharrten reglos, wo sie gerade standen, um zu mir hochzuschauen. Von meinem neuen Aussichtspunkt aus sah ich, daß über die Hälfte der Gäste ihre Tische verlassen hatte, und ich entschloß mich, sofort zu beginnen.

«Herunterfallende Vorhangschienen! Vergiftete Nagetiere! Partituren voller Druckfehler!»

Da nahm ich eine einzelne Gestalt wahr, die durch die in Gruppen zusammenstehenden Menschen auf mich zukam. Als sie angekommen war, zog Miss Collins vom Nachbartisch einen Stuhl zu sich heran, setzte sich und schaute unverwandt zu mir hinauf. Etwas an der Art, wie sie das tat, lenkte mich so sehr ab, daß ich mich für den Augenblick nicht mehr an meinen nächsten Satz erinnern konnte. Als sie mich zögern sah, schlug sie die Beine übereinander und sagte besorgt:

«Fühlen Sie sich nicht wohl, Mr. Ryder?»

«Mir geht es ausgezeichnet, danke, Miss Collins.»

«Ich hoffe sehr», fuhr sie fort, «daß Sie sich das, was ich vorhin gesagt habe, nicht allzusehr zu Herzen genommen haben. Ich wollte schon zu Ihnen kommen und mich entschuldigen, aber ich konnte Sie nirgendwo finden. Ich habe mich womöglich schärfer ausgedrückt als unbedingt nötig. Ich hoffe sehr, daß Sie mir verzeihen. Es ist nur so: Selbst heute noch kommen mir, wenn ich jemandem aus Ihrem Berufsstand begegne, ganz plötzlich die Dinge wieder ins Gedächtnis, und auf einmal habe ich diese Art Tonfall angenommen.»

«Das ist schon in Ordnung, Miss Collins», sagte ich leise und lächelte zu ihr hinunter. «Machen Sie sich bitte keine Sorgen. Ich war wirklich nicht verärgert. Wenn ich etwas abrupt weggegangen bin, dann nur, weil ich dachte, Sie wollten die Gelegenheit nutzen, um sich ungehindert mit Stephan zu unterhalten.»

«Wie schön, daß Sie so viel Verständnis haben», erwiderte Miss Collins. «Es tut mir wirklich leid, daß ich etwas ärgerlich geworden bin. Aber Sie müssen mir glauben, Mr. Ryder, es war nicht einfach nur Ärger. Es ist mir ein aufrichtiges Bedürfnis, Ihnen irgendwie behilflich zu sein. Ich wäre sehr betrübt, wenn ich sehen müßte, daß Sie wieder und wieder dieselben Fehler machen. Ich wollte Ihnen sagen, daß Sie, nun da wir uns kennengelernt haben, herzlich eingeladen sind, einmal nachmittags zum Tee zu mir zu kommen. Ich würde wirklich gerne mit Ihnen über alles reden, was Sie so bedrückt. Bitte glauben Sie mir, ich kann wirklich sehr verständnisvoll sein.»

«Das ist sehr freundlich von Ihnen, Miss Collins. Und ich weiß, das ist sehr nett gemeint. Aber Ihre Erfahrungen in der Vergangenheit scheinen, wenn ich das so sagen darf, dazu geführt zu haben, daß Sie – wie Sie sich ausdrücken – Leuten meines Berufsstandes gegenüber nicht sehr wohlwollend eingestellt sind. Ich bin ganz und gar nicht sicher, ob Sie mich wirklich gern zu Besuch bei sich hätten.»

Miss Collins schien darüber nachzudenken. Dann erwiderte sie: «Ich verstehe Ihre Bedenken. Aber ich glaube, es wäre sehr wohl möglich, daß wir beide zivilisiert miteinander umgehen. Wenn Sie möchten, kann es ja auch nur ein kurzer Besuch sein. Und wenn es Ihnen gefallen hat, können Sie jederzeit wiederkommen. Vielleicht könnten wir sogar einen kleinen Spaziergang machen. Der Sternberg-Park ist ganz bei mir in der Nähe. Ich hatte viele Jahre Zeit, über die Vergangenheit nachzudenken, Mr. Ryder, und ich bin wirklich bereit, alles hinter mir zu lassen. Ich würde mich sehr gerne noch einmal jemandem wie Ihnen gegenüber hilfreich zeigen. Natürlich kann ich nicht versprechen, daß ich auf alle Fragen eine Antwort habe. Aber ich werde Ihnen verständnisvoll zuhören. Und Sie dürfen mir glauben, ich werde Sie weder allzu idealisiert noch allzu sentimental sehen, wie ein Mensch mit weniger Erfahrung das vielleicht tun würde.»

«Ich werde intensiv über Ihre Einladung nachdenken, Miss Collins», antwortete ich. «Aber ich kann mir nicht helfen, ich glaube, Sie halten mich für jemanden, der ich wirklich nicht bin. Ich sage das, weil die Welt voller Leute ist, die auf die ein oder andere Art behaupten, sie seien Genies, und die in Wirklichkeit nur bemerkenswert sind wegen der gigantischen Unfähigkeit, ihr Leben in den Griff zu bekommen. Aber aus irgendeinem Grund gibt es da immer eine ganze Reihe von Leuten wie Sie, Miss Collins – sehr wohlmeinende Leute –, die bestrebt sind, diesen Typen zu Hilfe zu eilen. Es mag nach Eigenlob klingen, aber ich darf wohl sagen, daß ich nicht zu diesen Typen gehöre. Tatsächlich darf ich mit Bestimmtheit behaupten, daß ich zum gegenwärtigen Zeitpunkt keinerlei Hilfe nötig habe.»

Miss Collins hatte schon eine ganze Weile den Kopf geschüttelt. Jetzt sagte sie: «Ich wäre wirklich sehr betrübt, Mr. Ryder, wenn Sie Ihre alten Fehler wieder und immer wieder machten. Und wenn ich dann denken muß, daß ich die ganze Zeit hier war, Ihnen einfach zugesehen und nichts getan habe. Ich bin wirklich überzeugt davon, daß ich Ihnen in Ihrer gegenwärtigen Misere helfen könnte. Natürlich – als ich noch mit Leo zusammen war» – sie deutete mit der Hand vage auf Brodsky – «war ich noch zu jung, ich wußte einfach noch nicht genug, ich begriff nicht, was da vor sich ging. Aber inzwischen habe ich viele Jahre lang Zeit gehabt, über alles nachzudenken. Und als ich hörte, daß Sie in unsere Stadt kommen, sagte ich mir, daß es jetzt wirklich an der Zeit sei, meine Verbitterung zu zügeln. Ich bin alt geworden, aber ich bin längst noch nicht erledigt. Es gibt gewisse Dinge im Leben, die ich inzwischen gut, wirklich sehr gut, verstehe, und es ist noch nicht zu spät, ich sollte versuchen, all das nutzbringend einzusetzen. In diesem Sinne möchte ich Sie einladen, mich einmal besuchen zu kommen, Mr. Ryder. Ich möchte mich noch einmal dafür entschuldigen, daß ich vorhin, als wir uns kennenlernten, ein wenig kurz angebunden war. Es wird nicht wieder vorkommen, das verspreche ich Ihnen. Bitte sagen Sie, daß Sie kommen werden.»

Während sie sprach, glitt vor meinem inneren Auge das Bild ihres Salons vorüber – das gedämpfte, behagliche Licht, die ausgefransten Samtvorhänge, die abgewetzten Möbel –, und einen kurzen Moment lang schien der Gedanke, mich auf einem ihrer Sofas zurückzulehnen, weitab von den Zwängen des Lebens, etwas merkwürdig Verlockendes zu haben. Ich holte tief Luft und seufzte.

«Ich werde Ihre freundliche Einladung in Erwägung ziehen, Miss Collins», sagte ich. «Aber jetzt muß ich zu Bett gehen und etwas zur Ruhe kommen. Sie müssen bedenken, daß ich monatelang herumgereist bin und seit meiner Ankunft hier kaum einen Moment habe verschnaufen können. Ich bin außerordentlich erschöpft.»

Während ich das sagte, überkam mich wieder meine ganze Müdigkeit. Die Haut unter den Augen juckte, und mit der Handfläche rieb ich mir das Gesicht. Ich rieb mir immer noch im Gesicht herum, als ich eine Berührung am Ellenbogen spürte und eine Stimme sanft sagte:

«Ich gehe mit Ihnen zurück, Mr. Ryder.»

Stephan streckte die Hand hoch, um mir von dem Stuhl herunterzuhelfen. Ich stützte mich auf seine Schulter und kletterte hinunter.

«Ich bin jetzt auch sehr müde», sagte Stephan. «Ich gehe mit Ihnen zurück.»

«Wir wollen zurück*gehen*?»

«Ja, ich werde in einem der Zimmer hier übernachten. Das mache ich oft, wenn ich früh am nächsten Morgen Dienst habe.»

Einen Augenblick lang verwirrten mich seine Worte nur. Als ich dann an den in Gruppen zusammenstehenden und zusammensitzenden Gästen, an den Kellnern und den Tischen vorbeischaute, dorthin, wo der riesige Raum sich in der Dunkelheit verlor, dämmerte mir auf einmal, daß wir uns im Atrium des Hotels befanden. Ich hatte den Raum nicht wiedererkannt, weil ich ihn Stunden zuvor vom entgegengesetzten Ende her betreten – und betrachtet – hatte. Irgendwo in der Dunkelheit am anderen Ende des Raumes mußte die Bar sein, an der ich meinen Kaffee getrunken und den weiteren Verlauf des Tages geplant hatte.

Ich hatte jedoch keine Gelegenheit, länger bei dieser Erkenntnis zu verweilen, denn mit überraschender Beharrlichkeit führte mich Stephan fort.

«Wir wollen jetzt zurückgehen, Mr. Ryder. Übrigens, da ist noch etwas, über das ich gern mit Ihnen sprechen würde.»

«Gute Nacht, Mr. Ryder», rief mir Miss Collins zu, als wir vorbeigingen.

Ich schaute zu ihr zurück, um ihr gute Nacht zu wünschen, und hätte das auch weniger flüchtig getan, hätte mich Stephan nicht immer weiter weggeführt. Auch hörte ich, während wir uns unseren Weg durch den Saal bahnten, daß mir von allen Seiten Leute gute Nacht wünschten, und obwohl ich lächelte und winkte, so gut ich konnte, war ich mir doch bewußt, daß mein Abgang längst nicht so elegant war, wie es möglich gewesen wäre. Doch offensichtlich gab es etwas, das Stephan auf der Seele lag, denn sogar während ich mich über die Schulter zurück von den Leuten verabschiedete, zog er mich am Arm und sagte:

«Ich habe nachgedacht, Mr. Ryder. Vielleicht will ich jetzt zu hoch hinaus, aber ich finde, ich sollte den Kazan versuchen. Ich weiß ja, daß Sie mir vorhin geraten haben, einfach bei dem zu bleiben, was ich vorbereitet habe. Aber ich habe wirklich nachgedacht und meine, ich könnte die *Glass Passions* womöglich bewältigen. Das eigentliche Problem ist die Zeit. Aber wenn ich mich richtig hineinknie, richtig hart arbeite, nachts und so, glaube ich, ich könnte es schaffen.»

Wir waren in den abgedunkelten Bereich des Atriums gelangt. Stephans Absätze hallten in der Leere wider, und kontrapunktisch dazu klapperten meine Pantoffeln. In dem Dunkel irgendwo zu unserer Rechten erkannte ich den bleichen Marmor des großen Brunnens, der jetzt ruhig und unbewegt dastand.

«Ich weiß, es geht mich ja nichts an», erwiderte ich. «Aber an Ihrer Stelle würde ich einfach weitermachen mit dem, was Sie ursprünglich spielen wollten. Sie haben sich das ausgesucht, und das sollte gut genug sein. Überhaupt ist es meiner Meinung nach immer ein Fehler, ein Programm noch im allerletzten Moment umzustellen...»

«Aber, Mr. Ryder, Sie verstehen das nicht. Es ist wegen Mutter. Sie...»

«Ich erinnere mich durchaus an all das, was Sie mir vorhin erzählt haben. Und, wie gesagt, ich will mich ja nicht einmischen. Aber bei allem Respekt, ich glaube, es kommt ein Moment im Leben, wenn man zu seinen Entschlüssen stehen muß. Es kommt die Zeit zu sagen: ‹Das bin ich, und das habe ich beschlossen zu tun.›»

«Ich weiß ja zu schätzen, was Sie da sagen, Mr. Ryder. Aber ich glaube, Sie sagen das vielleicht nur – ich weiß, Sie verfolgen nur die besten Absichten mit ihren Ratschlägen –, aber ich glaube, Sie sagen das alles nur, weil Sie sich nicht vorstellen können, daß ein Amateur wie ich den Kazan halbwegs anständig zuwege bringt, noch dazu in der kurzen Zeit, die ich zur Verfügung habe. Aber sehen Sie, ich habe während des Abendessens ständig und intensiv darüber nachgedacht, und ich bin wirklich überzeugt...»

«Nein, wirklich, Sie haben mich mißverstanden», sagte ich und verlor nun doch langsam die Geduld mit ihm. «Sie haben mich wirklich mißverstanden. Ich habe gemeint, Sie müssen sich durchsetzen.»

Doch der junge Mann schien gar nicht zuzuhören. «Mir ist ja klar», fuhr er fort, «daß es schon schrecklich spät ist und daß Sie doch etwas müde sind, Mr. Ryder. Aber ich überlege gerade. Wenn Sie nur ein paar Minuten für mich hätten, vielleicht nur so etwa eine Viertelstunde. Wir könnten jetzt in den Salon gehen, und ich spiele Ihnen ein kleines Stückchen von dem Kazan vor, nicht alles, nur ein kleines Stückchen. Dann könnten Sie mich wissen lassen, ob ich überhaupt eine Chance habe, das Ganze am Donnerstag abend so rüberzubringen, wie es sein sollte. Ach, Entschuldigung.»

Wir waren ans hintere Ende des Atriums gelangt, und wir blieben im Dunkeln stehen, während Stephan die Tür aufschloß, die auf den Korridor hinausführte. Ich schaute zurück, und der ganze Bereich, in dem wir zu Abend gegessen hatten, war kaum mehr als ein erleuchteter Fleck in der Dunkelheit. Die Gäste schienen ihre Plätze wieder eingenommen zu haben, und ich sah die Gestalten der Kellner mit ihren Tabletts umherlaufen.

Der Korridor war spärlich erleuchtet. Stephan schloß die Tür zum Atrium hinter uns wieder ab, und wir gingen Seite an Seite weiter, ohne miteinander zu sprechen. Nach einer Weile, als der junge Mann ein paarmal in meine Richtung geschaut hatte, sagte ich mir, daß er wohl auf meine Entscheidung wartete. Ich seufzte und sagte:

«Ich würde Ihnen wirklich gern helfen. Ich habe viel Verständnis für Sie und Ihre augenblickliche Situation. Es ist nur so, daß es doch schon arg spät ist und ...»

«Ich weiß ja, Mr. Ryder, Sie sind jetzt doch ein wenig müde. Darf ich einen Vorschlag machen? Wie wäre es, wenn ich allein in den Salon ginge, und Sie könnten draußen an der Tür stehenbleiben und zuhören. Sobald Sie dann genug gehört haben, um sich eine Meinung zu bilden, könnten Sie ja ganz leise zu Ihrem Zimmer und dann zu Bett gehen. Ich wüßte dann natürlich nicht, ob Sie immer noch draußen stehen oder nicht, aber das wäre dann ein Riesenansporn für mich, bis ganz zum Ende mein Bestes zu geben – und das ist genau das, was ich brauche. Sie könnten mir dann morgen früh sagen, ob Sie für Donnerstag abend überhaupt eine Chance für mich sehen.»

Ich dachte darüber nach. «Na schön», sagte ich schließlich. «Ihr Vorschlag scheint mir sehr vernünftig zu sein. Das kommt uns beiden sehr entgegen. Na schön, wir machen es so, wie Sie vorgeschlagen haben.»

«Ach, Mr. Ryder, das ist wirklich ganz reizend von Ihnen. Sie ahnen gar nicht, was für eine große Hilfe mir das ist. Ich bin nämlich in einer ganz schön verzwickten Situation.»

Vor lauter Aufregung war der junge Mann immer schneller geworden. Der Korridor machte eine Biegung und wurde sehr dunkel, so dunkel, daß ich, während wir weiterliefen, mehr als einmal die Hand ausstrecken mußte, weil ich fürchtete, vor die eine oder andere Wand zu laufen. Abgesehen vom hinteren Teil des Korridors, in den durch die zur Halle führenden Glastüren etwas Licht fiel, schien es keinerlei Beleuchtung zu geben. Ich nahm mir fest vor, das Thema Hoffman gegenüber zu erwähnen, wenn ich ihn das nächste Mal sah, als Stephan sagte: «Ach, da sind wir ja», und dann stehenblieb. Da merkte ich, daß wir vor der Tür zum Salon standen.

Stephan klirrte mit weiteren Schlüsseln, und als sich die Tür endlich öffnete, sah ich dahinter weiter nichts als Schwärze. Doch der junge Mann ging zielstrebig in den Raum hinein, dann streckte er den Kopf wieder hinaus auf den Korridor.

«Geben Sie mir bitte einen kleinen Moment, um die Partitur zu finden», sagte er. «Sie ist irgendwo in der Klavierbank, aber da herrscht eine solche Unordnung.»

«Nur keine Sorge, ich gehe erst weg, wenn ich mir meine Meinung gebildet habe.»

«Das ist wirklich sehr freundlich von Ihnen, Mr. Ryder. Also, ich brauche nur einen kleinen Moment.»

Mit einem Krachen fiel die Tür zu, und ein paar Minuten

lang herrschte Stille. Ich blieb in der Dunkelheit stehen und schaute von Zeit zu Zeit ans Ende des Korridors und auf das Licht aus der Halle.

Dann endlich begann Stephan mit dem Anfangssatz der *Glass Passions*. Nach den ersten paar Takten wurde mir bewußt, daß ich mit ständig anwachsender Aufmerksamkeit zuhörte. Es wurde sofort deutlich, daß der junge Mann alles andere als vertraut mit dem Stück war, und doch konnte ich da, unter all der Unsicherheit und Steifheit, eine Ahnung von Originalität und subtilem Gespür wahrnehmen, die mich ganz und gar überraschte. Selbst in seiner jetzigen Form schienen sich in dem Kazan-Stück durch den jungen Mann gewisse Dimensionen zu eröffnen, die man in der Mehrzahl der Interpretationen bisher nicht gekannt hatte.

Ich beugte mich näher zur Tür vor und bemühte mich, auch noch die verhaltenste Nuance seines Spiels einzufangen. Doch dann überwältigte mich gegen Ende des Satzes wieder die Müdigkeit, und mir fiel ein, wie spät es schon war. Ich dachte, daß es keinen Grund mehr gab, noch weiter zuzuhören – wenn der junge Mann nur genügend Zeit hatte, reichte sein Talent für den Kazan eindeutig aus –, und so machte ich mich langsam auf den Weg Richtung Halle.

2

ELF

Ich wurde vom Klingeln des Telefons auf dem Nachttischchen geweckt. Mein erster Gedanke war, daß man mich schon wieder nach nur ein paar Minuten störte, aber dann erkannte ich am Licht, daß es längst schon Morgen war. Ich nahm den Hörer ab, und ganz plötzlich war ich besorgt, ich könnte verschlafen haben.

«Ach, Mr. Ryder», drang Hoffmans Stimme zu mir. «Ich hoffe, Sie haben gut geschlafen.»

«Danke, Mr. Hoffman, ich habe ausgezeichnet geschlafen. Aber natürlich war ich gerade dabei aufzustehen. Da ein so geschäftiger Tag vor mir liegt» – ich lachte auf – «ist es höchste Zeit, einen Anfang zu finden.»

«Ganz genau, Mr. Ryder, und was für ein Tag da vor Ihnen liegt! Ich habe vollstes Verständnis dafür, daß Sie um diese Tageszeit Ihre Kräfte so weit wie möglich schonen wollen. Sehr klug von Ihnen, wenn ich das sagen darf. Und besonders, nachdem Sie uns gestern abend so viel von sich gegeben haben. Ach, das war eine herrlich komische Ansprache! Die ganze Stadt spricht heute vormittag von nichts anderem! Na jedenfalls, da ich wußte, daß Sie um diese Zeit aufstehen wollten, Mr. Ryder, dachte ich, daß ich Sie anrufe und über die Lage informiere. Ich freue mich, Ihnen mitteilen zu können, daß die 343 jetzt ganz fertig ist. Darf ich vorschlagen, daß Sie das Zimmer sofort belegen? Ihr Gepäck wird, wenn Sie nichts dagegen haben, hinübergebracht werden, während Sie beim Frühstück sind. Die 343 wird, da bin ich ganz sicher, weit zufriedenstellender sein als Ihr jetziges Zimmer. Ich möchte mich noch einmal für diesen Fehler entschuldigen. Ich bin ganz betrübt, daß das passieren konnte. Aber wie ich ja wohl gestern abend erklärt habe, ist es zuweilen recht schwierig, diese Dinge richtig einzuschätzen.»

«Ja, ja, ich verstehe vollkommen.» Ich schaute mich im Zimmer um und spürte, wie mich allmählich heftigste Traurigkeit überwältigte. «Aber Mr. Hoffman» – mit Mühe brachte ich meine Stimme wieder unter Kontrolle – «da gibt es ein kleines Problem. Mein Junge, Boris, er ist jetzt hier bei mir im Hotel, und...»

«Ach ja, und der junge Mann ist uns auch höchst willkommen. Ich habe mich um die Angelegenheit gekümmert, und er ist jetzt in die 342, direkt neben Ihnen, verlegt worden. Tatsächlich hat sich Gustav heute morgen schon um den Umzug des jungen Mannes gekümmert. Also gibt es nichts, worum Sie sich Sorgen machen müßten. Gehen Sie dann bitte nach dem Frühstück in die 343. Sie werden dann Ihr ganzes Gepäck dort finden. Es ist nur eine Etage höher, und ich bin überzeugt, das Zimmer wird weit mehr nach Ihrem Geschmack sein. Aber wenn Sie nicht damit zufrieden sind, lassen Sie es mich bitte umgehend wissen.»

Ich dankte ihm und legte den Hörer wieder auf. Dann stieg ich aus dem Bett, schaute mich noch einmal um und holte tief Luft. Im Morgenlicht sah mein Zimmer gar nicht nach etwas Besonderem aus – einfach nur ein typisches Hotelzimmer –, und mir kam der Gedanke, daß ich mich dem Zimmer tatsächlich in unziemlicher Weise verbunden fühlte. Doch während ich duschte und mich dann anzog, mußte ich feststellen, daß ich inzwischen doch wieder recht sentimental geworden war. Dann plötzlich schoß mir der Gedanke durch den Kopf, daß ich, noch bevor ich zum Frühstück ging, noch bevor ich sonst irgend etwas tat, mich überzeugen sollte, ob mit Boris alles in Ordnung war. Soweit ich wußte, saß er in diesem Augenblick allein in seinem neuen Zimmer, und das in einem Zustand gehöriger Orientierungslosigkeit. Ich zog mich schnell fertig an, und nachdem ich mich noch ein letztes Mal umgeschaut hatte, verließ ich das Zimmer.

Ich ging den Korridor auf der dritten Etage entlang und suchte noch nach der 342, als ich ein Geräusch hörte, und da sah ich, daß Boris mir vom hintersten Ende des Korridors entgegenrannte. Irgendwie rannte er merkwürdig, und ich blieb wie angewurzelt stehen. Dann sah ich, daß er mit den Händen Bewegungen wie am Lenkrad eines Wagens machte, und ich nahm an, er spielte Rennfahrer. Wütend tuschelte er einem imaginären Beifahrer zu seiner Rechten etwas zu und schien mich nicht zu bemerken, als er an mir vorbeiwirbelte. Eine Tür weiter unten auf dem Korridor stand weit offen, und als sich Boris ihr näherte, schrie er: «Aufgepaßt!» und bog scharf ab in das Zimmer hinein. Dort ahmte er dann das Geräusch von zusammenstoßenden Gegenständen nach. Ich ging zur Tür, und nachdem ich mich überzeugt hatte, daß es tatsächlich die 342 war, trat ich hinein.

Ich sah Boris auf dem Bett, er lag auf dem Rücken und hatte beide Füße hoch in die Luft gereckt.

«Also Boris», sagte ich, «du solltest hier nicht so herumlaufen und schreien. Das ist hier schließlich ein Hotel. Es könnte ja sein, daß die Leute noch schlafen.»

«Schlafen! Um diese Zeit!»

Ich schloß die Tür hinter mir. «Du solltest nicht solchen Krach machen. Die Leute werden sich beschweren.»

«Dann habe ich eben Pech gehabt. Ich gehe dann zu Großvater, der wird sich schon darum kümmern.»

Er hatte die Füße immer noch in die Luft gereckt, und jetzt begann er, lustlos die Schuhe aneinanderzuschlagen. Ich nahm mir einen Stuhl und sah ihm eine Weile zu.

«Ich muß mit dir reden, Boris. Ich meine, *wir* müssen miteinander reden, wir beide. Das wäre gut für uns. Du mußt doch so viele Fragen haben. Über all das hier. Und wieso wir hier in diesem Hotel sind.»

Ich schwieg und wartete ab, ob er irgend etwas sagen würde. Boris schlug weiter die Schuhe in der Luft zusammen.

«Du hast bis jetzt sehr viel Geduld gehabt, Boris», fuhr ich fort. «Aber ich weiß, daß es da alles mögliche gibt, was du mich fragen möchtest. Tut mir leid, wenn ich immer zu beschäftigt war, mich mit dir hinzusetzen und darüber zu reden. Und das mit gestern abend tut mir auch leid. Das war ziemlich enttäuschend, für uns beide. Du mußt doch so viele Fragen haben, Boris. Manche werden sich nicht so einfach beantworten lassen, aber ich will es versuchen, so gut ich eben kann.»

Während ich das sagte – vielleicht hatte das mit meinem alten Zimmer zu tun und mit der Vorstellung, daß ich es jetzt womöglich für immer hinter mir gelassen hatte –, kam ein intensives Gefühl des Verlustes in mir hoch, und ich mußte einen Moment lang innehalten. Boris schlug noch eine Weile die Füße gegeneinander. Dann schienen seine Beine müde zu werden, und er ließ sie auf das Bett fallen. Ich räusperte mich und sagte dann:

«Also, Boris. Wo sollen wir anfangen?»

«Solar Man!» kreischte Boris plötzlich und sang laut die ersten paar Takte irgendeiner Titelmelodie. Damit ließ er sich krachend fallen und verschwand in dem Spalt zwischen Bett und Wand.

«Ich will ernsthaft mit dir reden, Boris. Um Himmels willen. Wir müssen über diese Dinge reden. Bitte komm da raus, Boris.»

Es kam keine Antwort. Ich seufzte und stand auf.

«Also Boris, du sollst wissen, daß du einfach fragen kannst, wann immer du etwas fragen willst. Ich lasse alles stehen und liegen, ganz egal, was ich gerade tue, und werde über alles mit dir sprechen. Selbst wenn ich mit Leuten zusammen bin, die sehr wichtig zu sein scheinen, sollst du wissen, daß sie mir nicht wichtiger sind als du. Hörst du mich, Boris? Boris, komm da raus.»

«Ich kann nicht. Ich kann mich nicht bewegen.»

«Bitte. Boris.»

«Ich kann mich nicht bewegen. Ich habe mir drei Wirbel gebrochen.»

«Na schön, Boris. Vielleicht reden wir, wenn es dir bessergeht. Ich gehe jetzt nach unten und werde frühstücken. Hör zu, Boris. Wenn du willst, könnten wir doch nach dem Frühstück in die alte Wohnung gehen. Wenn du willst, können wir das machen. Wir gehen hin und holen dann die Schachtel. Die mit der Nummer Neun.»

Es kam immer noch keine Antwort. Ich wartete noch eine Weile und sagte dann: «Also, denk darüber nach, Boris. Ich gehe jetzt nach unten und frühstücke.»

Damit verließ ich das Zimmer und schloß leise hinter mir die Tür.

Man wies mir den Weg in einen länglichen, sonnendurchfluteten Raum, der sich an das vordere Ende der Halle anschloß. Die großen Fenster schienen in Höhe des Bürgersteigs auf die Straße zu gehen, doch in den unteren Teil der Fenster hatte man Milchglasscheiben eingesetzt, um eine gewisse Privatsphäre zu gewährleisten, und das Geräusch des draußen vorbeifließenden Verkehrs war nur gedämpft zu hören. Große Palmen und Deckenventilatoren gaben dem Raum ein leicht exotisches Flair. Die Tische waren in zwei langen Reihen aufgestellt worden, und als der Kellner mich den Gang zwischen den Tischreihen entlangführte, fiel mir auf, daß die meisten Tische schon abgedeckt waren.

Der Kellner wies mir einen Platz ganz hinten zu und schenkte mir etwas Kaffee ein. Als er wegging, sah ich, daß die einzigen anderen Gäste ein spanischsprechendes Paar nahe bei der Tür und ein alter zeitungslesender Mann waren, der einige Tische von mir entfernt saß. Ich nahm an, ich sei womöglich der letzte Frühstücksgast, doch ich hatte ja schließlich auch einen ungewöhnlich anstrengenden Abend hinter mir und sah keinen Grund, mich deshalb irgendwie schuldig zu fühlen.

Im Gegenteil, während ich dasaß und die Palmen anschaute, die sich unter den rotierenden Ventilatoren sachte wiegten, überkam mich allmählich ein Gefühl der Zufriedenheit.

Schließlich und endlich hatte ich Grund genug, mich darüber zu freuen, was ich in der kurzen Zeit seit meiner Ankunft erreicht hatte. Natürlich gab es immer noch etliche Aspekte der Krise hier im Ort, die unklar, ja sogar mysteriös waren. Doch seit meiner Ankunft waren ja noch nicht einmal vierundzwanzig Stunden vergangen, und Antworten auf Fragen würden sich über kurz oder lang einstellen. So würde ich etwa ein wenig später der Gräfin einen Besuch abstatten, wo ich nicht nur Gelegenheit haben würde, durch die alten Grammophonplatten meine Erinnerungen an Brodskys Arbeit aufzufrischen, sondern auch mit der Gräfin wie dem Bürgermeister die ganze Krise in allen Einzelheiten zu besprechen. Dann war da noch das Treffen mit den Bürgern, die von den gegenwärtigen Problemen ganz unmittelbar betroffen waren – ein Treffen, dessen Bedeutung ich Miss Stratmann gegenüber am Vortag betont hatte –, und die Begegnung mit Christoff selbst. Mit anderen Worten, einige meiner wichtigsten Termine lagen noch vor mir, und es war zwecklos, in diesem Stadium schon Schlußfolgerungen ziehen und auch nur daran denken zu wollen, meiner Rede die endgültige Form zu geben. Vorläufig konnte ich völlig zu Recht zufrieden sein mit der Menge an Informationen, die ich bereits aufgenommen hatte, und konnte mir gewiß einige Minuten gelockerter Entspannung gönnen, während ich frühstückte.

Der Kellner kam zurück und brachte Aufschnitt, verschiedene Käsesorten und einen Korb mit frischen Brötchen, und ich begann in aller Ruhe mit dem Frühstück und goß mir von Zeit zu Zeit etwas von dem starken Kaffee in meine Tasse. Als dann Stephan Hoffman in dem Raum erschien, befand ich mich in einem Zustand, der einer Stimmung ruhiger Gelassenheit sehr nahekam.

«Guten Morgen, Mr. Ryder», sagte der junge Mann und kam lächelnd auf mich zu. «Ich habe gehört, daß Sie gerade heruntergekommen sind. Ich will Sie nicht beim Frühstück stören, also bleibe ich nicht lange.»

Er blieb in zögernder Haltung neben meinem Tisch stehen, das Lächeln immer noch auf dem Gesicht, und wartete offensichtlich darauf, daß ich zu sprechen anfing. Erst da fiel mir unsere Abmachung vom Vorabend wieder ein.

«Ach ja», sagte ich. «Der Kazan. Ach ja.» Ich legte mein Buttermesser weg und sah ihn an. «Es ist natürlich eines der schwierigsten Stücke, die je für Klavier komponiert wurden. In Anbetracht der Tatsache, daß Sie gerade erst begonnen haben, es einzustudieren, war es kaum eine Überraschung für mich, noch gewisse rauhe Ecken und Kanten gehört zu haben. Aber das war auch schon alles, einfach nur ein paar rauhe Ecken und Kanten. Bei dem Stück bleibt einem kaum etwas anderes übrig, als Zeit zu investieren. *Viel* Zeit.»

Ich schwieg wieder. Das Lächeln war aus Stephans Gesicht gewichen.

«Aber im großen und ganzen», fuhr ich fort, «und so etwas sage ich nicht leichtfertig, hatte ich den Eindruck, daß Ihr Vortrag gestern abend außerordentlich vielversprechend war. Vorausgesetzt, Sie haben genügend Zeit, bin ich sicher, daß Ihnen selbst von diesem schwierigen Stück eine wirklich angemessene Interpretation gelingen wird. Die Frage ist natürlich...»

Doch der junge Mann hörte gar nicht mehr zu. Er kam noch einen Schritt näher und sagte:

«Ich muß das noch einmal ganz genau hören, Mr. Ryder. Sie sagen, Übung ist alles, was fehlt? Es ist im Rahmen meiner Möglichkeiten?» Plötzlich verzerrte sich Stephans Gesicht, sein Körper sackte nach vorn, und er hämmerte mit der Faust auf sein hochgerecktes Knie. Dann richtete er sich auf, holte tief Luft und strahlte vor Freude. «Sie haben ja keine Ahnung, Mr. Ryder, überhaupt keine Ahnung, was mir das bedeutet. Was für eine wunderbare Ermutigung, Sie haben ja keine Ahnung! Ich weiß, das klingt jetzt nicht sehr bescheiden, aber ich habe es immer gespürt, tief innen habe ich es immer gespürt, daß es in mir steckte. Aber Sie das sagen zu hören, ausgerechnet Sie, mein Gott, das bedeutet mir so unsagbar viel! Gestern abend, Mr. Ryder, habe ich weiter und immer weiter gespielt. Jedesmal, wenn ich spürte, daß Müdigkeit mich überwältigte, immer wenn ich in Versuchung war aufzuhören, sagte eine kleine Stimme in mir: ‹Nur mit der Ruhe. Vielleicht ist ja Mr. Ryder noch draußen. Vielleicht braucht er noch ein kleines bißchen länger, um sich ein Urteil zu bilden.› Und ich habe immer noch mehr gegeben, habe alles gegeben, ich habe weiter und immer weiter gespielt. Als ich geendet hatte, etwa vor zwei Stunden, bin ich, ich muß es gestehen, zur Tür gegangen und habe hinausgeschaut. Und natürlich mußte ich feststellen, daß Sie zu Bett gegangen waren – wirklich sehr vernünftig. Aber es war sehr freundlich von Ihnen, tatsächlich so lange zu bleiben. Ich hoffe bloß, Sie haben meinetwegen nicht zu viel von Ihrem Schlaf geopfert.»

«Oh, nein, nein. Ich habe... eine gewisse Zeit an der Tür gestanden. Lange genug, um mir ein Urteil zu bilden.»

«Das war so nett von Ihnen, Mr. Ryder. Ich fühle mich wie ein vollkommen anderer Mensch heute morgen. Die Wolken über meinem Leben haben sich aufgelöst!»

«Aber bitte, Sie sollten jetzt keinen falschen Eindruck bekommen. Ich meine einfach, daß Ihr Talent für das Stück ausreicht. Aber ob Ihnen genug Zeit bleibt bis...»

«Ich werde es schon einzurichten wissen, genug Zeit zu haben. Ich werde jede nur mögliche Gelegenheit nutzen, um mich an das Klavier zu setzen und zu üben. Schlafen wird dann Nebensache sein. Machen Sie sich keine Sorgen, Mr. Ryder. Ich werde meinen Eltern Ehre machen morgen abend.»

«Morgen abend. Ach ja...»

«Ach je, da rede ich ganz egoistisch nur von mir, und habe noch nicht einmal erwähnt, wie sensationell Sie gestern abend angekommen sind. Beim Abendessen, meine ich. Alle reden darüber, überall in der ganzen Stadt. Es war wirklich eine ganz reizende Ansprache.»

«Danke. Freut mich, daß sie gut aufgenommen wurde.»

«Und ich bin sicher, sie hat ganz enorm dazu beigetragen,

die Stimmung für das zu schaffen, was dann nachher kam. Ja, offensichtlich – und das ist die wirklich gute Neuigkeit, die ich Ihnen sofort hätte mitteilen sollen –, wie Sie ja gesehen haben, war Miss Collins gestern abend auch da. Na ja, einmal, als sie gerade gehen wollte, haben sie und Mr. Brodsky sich offensichtlich angelächelt. Ja, wirklich! Viele haben es gesehen. Auch Vater hat es mit eigenen Augen gesehen. Er hatte keinerlei Versuch unternommen, eine direkte Begegnung zwischen den beiden herbeizuführen, er hat sehr darauf geachtet, daß die Dinge nicht zu schnell vorangetrieben wurden, vor allem weil Miss Collins ja noch über die Sache mit dem Zoo und so weiter nachdachte. Aber es passierte gerade, als sie gehen wollte. Offensichtlich hat Mr. Brodsky gemerkt, daß sie gehen wollte, und ist aufgestanden. Er hatte den ganzen Abend nur an seinem Tisch gesessen, obwohl zu dem Zeitpunkt die Leute zwanglos herumgingen, so wie sie das immer tun. Jetzt also Mr. Brodsky, er ist aufgestanden und schaute durch den ganzen Raum zu der Tür, wo Miss Collins einigen Leuten gute Nacht sagte. Einer der Herren, ich glaube, es war Herr Weber, wollte sie gerade hinausbegleiten, aber irgendein Instinkt muß es ihr gesagt haben. Jedenfalls, sie drehte sich zum Raum zurück, und natürlich sah sie, daß Mr. Brodsky dastand und sie anschaute. Vater hat es bemerkt, einige andere auch, und im Raum wurde es merklich ruhiger, und Vater sagt, einen schrecklichen Augenblick lang habe er geglaubt, sie würde ihm einen kalten, verbitterten Blick zuwerfen, ihr Gesicht sah schon so aus, als wollte sie es gerade tun. Aber dann – im letzten Moment – lächelte sie. Ja, sie hat Mr. Brodsky angelächelt! Dann ging sie hinaus. Mr. Brodsky, na ja, Sie können sich denken, was ihm das bedeutet haben wird. Stellen Sie sich das doch nur vor, nach all den Jahren! Von Vater habe ich gehört, ich komme übrigens gerade von ihm, daß Mr. Brodsky heute vormittag mit ganz frischer Energie an die Arbeit gegangen ist. Seit einer Stunde sitzt er jetzt schon am Flügel! Nur gut, daß ich vor ungefähr zwei Stunden aufgehört habe. Vater sagt, heute vormittag ist er irgendwie vollkommen verändert, und natürlich kein Gedanke mehr daran, daß er etwas Alkoholisches braucht. Das Ganze war für Vater, wie auch für alle anderen, ein solcher Triumph, aber ich bin sicher, Ihre Rede hat enorm viel dazu beigetragen. Wir warten noch auf Nachricht von Miss Collins, ich meine, ob sie in den Zoo mitgeht, aber nach dem, was letzte Nacht passiert ist, können wir gar nicht anders, als das optimistisch zu sehen. Was für ein Morgen es noch geworden ist! Tja, also dann, Mr. Ryder, ich will Sie nicht länger aufhalten, Sie werden sicher zu Ende frühstücken wollen. Ich möchte mich nur noch einmal bei Ihnen für alles bedanken. Bestimmt sehen wir uns noch im Laufe des Tages, und dann berichte ich Ihnen, wie es mit dem Kazan vorangeht.»

Ich wünschte ihm viel Glück und sah ihm nach, wie er zielstrebig hinausging.

Die Begegnung mit dem jungen Mann hatte dazu geführt, daß ich noch zufriedener war als vorher. Während der nächsten Minuten frühstückte ich in dem gleichen geruhsamen Tempo weiter und genoß ganz besonders den frischen Geschmack der hiesigen Butter. Einmal kam der Kellner, um noch ein Kännchen Kaffee zu bringen, und ging dann wieder. Nach einer Weile mußte ich dann feststellen, daß ich aus irgendeinem Grund versuchte, mich an die Antwort auf eine Frage zu erinnern, die mir einmal im Flugzeug ein Mann neben mir gestellt hatte. Insgesamt dreimal habe es bei den Endspielen der Weltmeisterschaft gemeinsam spielende Brüder gegeben, hatte er gesagt. Ob ich die wohl kennen würde? Ich hatte mich irgendwie herausgeredet und mich wieder auf mein Buch konzentriert, weil ich mich nicht in ein Gespräch verwickeln lassen wollte. Aber seitdem ergab es sich bei Gelegenheiten wie dieser, wenn ich einmal ein paar seltene Minuten ganz für mich hatte, immer wieder, daß ich an die Frage dieses Mannes dachte. Das Ärgerliche daran war, daß es mir im Laufe der Jahre wiederholt gelungen war, mich an alle drei Brüderpaare zu erinnern, doch dann wieder hatte ich feststellen müssen, daß mir der Name des einen oder anderen Paares einfach nicht einfallen wollte. Genauso erging es mir an diesem Morgen. Ich wußte noch, daß die Charlton-Brüder im Endspiel von 1966 für England gespielt hatten und die Brüder van der Kerkhof 1978 für Holland. Doch sosehr ich mich auch bemühte, auf den Namen des dritten Brüderpaares konnte ich einfach nicht kommen. Nach einer Weile ärgerte ich mich doch sehr über mich, und dann faßte ich sogar den Entschluß, nicht eher vom Frühstückstisch aufzustehen oder mich an das zu begeben, was ich an diesem Tag zu erledigen hatte, bis mir die drei Brüderpaare eingefallen wären.

Boris, der nun den Raum betreten hatte und auf mich zukam, riß mich aus meinen Tagträumen. Er lief langsam, schlenderte lässig von einem abgedeckten Tisch zum anderen, als sei es reiner Zufall, daß er dabei immer näher zu mir kam. Er schaute absichtlich nicht zu mir hin, und selbst als er am Nebentisch angekommen war, hielt er sich dort auf und fingerte mit dem Rücken zu mir an der Tischdecke herum.

«Hast du heute morgen schon etwas gegessen, Boris», fragte ich.

Er machte sich weiterhin an der Tischdecke zu schaffen. Dann fragte er in einem Tonfall, der nahelegen sollte, daß ihm die Antwort eigentlich recht egal war: «Gehen wir in die alte Wohnung?»

«Wenn du willst. Ich habe dir ja versprochen, wir gehen hin, wenn du willst. Willst du denn, Boris?»

«Muß du denn nicht arbeiten?»

«Doch, aber das kann ich später immer noch. Wir können zu der alten Wohnung gehen, wenn du willst. Aber wenn wir gehen, dann sollten wir uns gleich auf den Weg machen. Du sagst es ja selbst, ich habe noch einen arbeitsreichen Tag vor mir.»

Boris schien nachzudenken. Er stand immer noch mit dem Rücken zu mir und spielte weiter an der Tischdecke herum.

«Also, Boris? Gehen wir?»

«Wird Nummer Neun dasein?»

«Ich denke schon.» Ich kam zu dem Schluß, ich müsse die Initiative ergreifen, also stand ich auf und warf meine Serviette auf den Tisch neben den Teller. «Komm, wir wollen gleich los, Boris. Es sieht so aus, als würde es ein sonniger Tag heute. Wir brauchen nicht einmal nach oben zu gehen und unsere Jakken zu holen. Komm, wir wollen gleich los.»

Boris schaute immer noch recht zögerlich drein, doch ich legte ihm den Arm um die Schultern und führte ihn aus dem Frühstücksraum hinaus.

Als Boris und ich durch die Halle gingen, sah ich, daß der Mann am Empfang mir zuwinkte.

«Ach, Mr. Ryder», sagte er. «Diese Reporter sind vorhin wieder hier gewesen. Ich habe es für das Beste gehalten, sie vorläufig erst einmal wegzuschicken, und habe ihnen vorgeschlagen, sie sollten es in einer Stunde noch mal versuchen. Kein Grund zur Sorge, sie waren voll und ganz einverstanden damit.»

Ich überlegte einen Moment und sagte dann: «Leider bin ich gerade dabei, etwas sehr Wichtiges zu erledigen. Vielleicht könnten Sie die Herren bitten, ganz offiziell über Miss Stratmann einen Termin zu vereinbaren. Also wenn Sie uns entschuldigen wollen, wir müssen uns jetzt auf den Weg machen.»

Erst als wir das Hotel verlassen hatten und auf dem sonnenbeschienenen Bürgersteig standen, wurde mir klar, daß ich nicht mehr wußte, wie man zu der alten Wohnung kam. Einen Augenblick lang sah ich auf den Verkehr, der sich langsam an uns vorbeibewegte. Dann sagte Boris, der womöglich spürte, in welch schwieriger Lage ich mich befand: «Wir können mit der Straßenbahn fahren. Von der Haltestelle bei der Feuerwache.»

«Ja, das ist eine gute Idee. Also los, Boris, du gehst voraus.»

Der Verkehrslärm war so laut, daß wir uns während der nächsten Minuten kaum unterhalten konnten. Wir drängten uns schmale, von Menschen wimmelnde Bürgersteige entlang, überquerten zwei geschäftige kleine Straßen, gelangten dann zu einer breiten Allee mit Straßenbahnschienen und mehreren Spuren langsam fließenden Verkehrs. Der Bürgersteig war hier viel breiter, und wir bewegten uns nun ungehindert an den Fußgängern vorbei, an Banken, Bürogebäuden und Restaurants entlang. Dann hörte ich hinter mir schnell auf mich zulaufende Schritte und spürte dann, wie mich eine Hand an der Schulter berührte.

«Mr. Ryder! Ach, da sind Sie ja endlich!»

Der Mann, zu dem ich mich umdrehte, sah wie ein alternder Rockmusiker aus. Er hatte ein wettergegerbtes Gesicht und langes unordentliches, in der Mitte gescheiteltes Haar. Hemd und Hose saßen locker und waren cremefarben.

«Guten Tag», sagte ich vorsichtig, ich hatte bemerkt, daß Boris den Mann mißtrauisch ansah.

«Was für eine Reihe höchst unglücklicher Mißverständnisse!» sagte der Mann lachend. «Man hat uns so viele verschiedene Termine genannt. Und vergangene Nacht haben wir recht lange gewartet, über zwei Stunden, aber macht nichts! So was kann ja vorkommen. Ich nehme an, das ist alles nicht Ihre Schuld. Ja, davon bin ich sogar überzeugt.»

«Ach ja. Und heute morgen haben Sie schon wieder gewartet. Ja, ja, der Mann am Empfang hat es erwähnt.»

«Heute morgen hat es wieder so ein Mißverständnis gegeben.» Der langhaarige Mann zuckte mit den Schultern. «Man hat uns gesagt, wir sollen in einer Stunde wiederkommen. Also haben wir, der Fotograf und ich, da drüben in dem Café die Zeit totgeschlagen. Aber wo Sie nun gerade vorbeikommen, überlege ich, ob wir das Interview nicht sofort machen sollen. Dann müssen wir Sie hinterher nicht mehr belästigen. Natürlich ist uns klar, daß jemand wie Sie einem Gespräch mit so einem kleinen Provinzblatt nicht gerade große Bedeutung beimißt...»

«Im Gegenteil», sagte ich schnell. «Zeitungen wie die Ihre

habe ich immer als besonders bedeutend angesehen. Sie haben Einblick in das, was man hier am Ort denkt und fühlt. Leute wie Sie betrachte ich als meine wichtigsten Kontaktpersonen in einer Stadt.»

«Wie freundlich von Ihnen, das zu sagen, Mr. Ryder. Und das ist auch sehr weitsichtig, wenn ich das sagen darf.»

«Aber ich wollte auch noch sagen, daß ich gerade im Moment leider dabei bin, etwas zu erledigen.»

«Ja, sicher, sicher. Und genau aus dem Grund wollte ich ja vorschlagen, daß wir das Ganze jetzt sofort hinter uns bringen, denn dann müssen wir Sie heute überhaupt nicht mehr belästigen. Unser Fotograf Pedro sitzt im Moment da drüben in dem Café. Er kann schnell ein paar Aufnahmen machen, während ich Ihnen zwei oder drei Fragen stelle. Dann können Sie mit dem jungen Mann hier schnell wieder weg, egal wohin Sie gerade wollten. Das Ganze würde nur etwa vier oder fünf Minuten dauern. Es scheint die einfachste Lösung zu sein.»

«Hhm. Nur ein paar Minuten, sagen Sie.»

«Oh, wir wären vollauf zufrieden mit ein paar Minuten. Wir wissen durchaus, wie stark Sie eingespannt sind. Wie gesagt, wir sitzen da drüben. Da in dem Café.»

Er deutete auf eine Stelle ein wenig weiter unten auf der Straße, wo Tische und Stühle sich auf dem Bürgersteig drängten. Es schien mir nicht der ideale Platz für ein Interview zu sein, aber dann dachte ich mir, es könne die einfachste Möglichkeit sein, die Sache mit den Reportern zum Abschluß zu bringen.

«Na schön», sagte ich. «Aber lassen Sie mich noch einmal betonen, daß ich heute vormittag einen besonders vollen Terminplan habe.»

«Wirklich sehr freundlich von Ihnen, Mr. Ryder. Und das alles für ein so bescheidenes Blatt! Also gut, wir wollen es so schnell wie möglich machen. Hier entlang, bitte.»

Der langhaarige Reporter wollte uns ein Stück zurück in die Richtung führen, aus der wir gekommen waren, und in seinem eifrigen Bemühen, wieder in sein Café zurückzugelangen, stieß er beinahe mit einem Fußgänger zusammen. Bald war er uns ein paar Schritte voraus, und ich nutzte die Gelegenheit, zu Boris zu sagen:

«Keine Bange, das wird gar nicht lange dauern. Dafür werde ich schon sorgen.»

Boris behielt seinen verärgerten Blick bei, und so fügte ich hinzu:

«Sieh mal, du kannst dich setzen und etwas Schönes essen, während du wartest. Ein Eis vielleicht, oder Käsekuchen. Und dann machen wir uns gleich wieder auf den Weg.»

Wir blieben bei einem schmalen Innenhof stehen, auf dem es vor Sonnenschirmen nur so wimmelte.

«Da wären wir», sagte der Reporter und deutete auf einen der Tische. «Wir sitzen gleich hier.»

«Wenn Sie nichts dagegen haben», sagte ich zu ihm, «möchte ich zuallererst Boris nach drinnen bringen. Ich bin dann gleich wieder bei Ihnen.»

«Ausgezeichnete Idee.»

Obwohl viele Tische in dem Innenhof besetzt waren, saß niemand in dem Café selbst. Das Dekor war hell und modern und der Raum von Sonnenschein erfüllt. Eine mollige junge Kellnerin nordischen Typs stand hinter einer Theke mit Glasscheibe, in der eine ganze Reihe von Kuchen und Torten ausgestellt war. Als Boris sich an einen Tisch in der Ecke gesetzt hatte, kam die junge Frau lächelnd auf uns zu.

«Na, was hättest du denn gern?» fragte sie Boris. «Wir haben heute morgen die frischesten Kuchen der ganzen Stadt. Sie sind vor zehn Minuten erst angekommen. Alles ist ganz frisch.»

Boris befragte die Kellnerin sehr gründlich nach ihren Kuchen, bevor er sich für Käsekuchen mit Mandeln und Schokolade entschied.

«Also schön, es wird nicht lange dauern», sagte ich zu ihm. «Ich setze mich nur kurz zu diesen Leuten und bin dann sofort wieder da. Wenn du irgend etwas willst, ich bin gleich hier draußen.»

Boris zuckte mit den Schultern, seine Aufmerksamkeit galt jetzt der Kellnerin, die dabei war, eine kunstvoll gearbeitete Süßigkeit aus der Vitrine zu heben.

ZWÖLF

Als ich wieder in den Innenhof hinaustrat, konnte ich den langhaarigen Reporter nirgendwo mehr sehen. Ich ging eine Weile zwischen den Sonnenschirmen herum und schaute in die Gesichter der Leute, die an den Tischen saßen. Als ich einmal um den ganzen Innenhof herumgegangen war, blieb ich stehen und zog die Möglichkeit in Erwägung, daß der Reporter seine Meinung geändert hatte und weggegangen war. Aber das wäre wirklich sehr merkwürdig gewesen, und so sah ich mich noch einmal um. Da saßen mehrere Leute und lasen über ihrem Kaffee die Zeitung. Ein alter Mann sprach mit den Tauben zu seinen Füßen. Dann hörte ich jemanden meinen Namen sagen, und als ich mich umdrehte, sah ich den Reporter an einem Tisch direkt hinter mir sitzen. Er sprach mit einem untersetzten, dunkelhäutigen Mann, von dem ich annahm, es sei der Fotograf. Ich gab einen erstaunten Ausruf von mir und ging zu ihnen, doch merkwürdigerweise setzten die beiden Männer ihr Gespräch fort, ohne zu mir aufzusehen. Sogar als ich mir den dritten Stuhl nahm und mich setzte, sah mich der Reporter – der gerade mitten in einem Satz war – nur sehr flüchtig an. Dann drehte er sich wieder zu dem dunkelhäutigen Fotografen um und fuhr fort:

«Also laß dir bloß nichts anmerken wegen der Bedeutung von dem Gebäude. Du brauchst dir einfach nur irgendeine trickreiche Begründung auszudenken, irgendeinen Grund dafür, daß er ständig davor stehen soll.»

«Kein Problem», sagte der Fotograf und nickte. «Kein Problem.»

«Aber dränge ihn nicht zu sehr. Das scheint der Fehler gewesen zu sein, den Schulz vorigen Monat in Wien gemacht hat.

Und denk dran, wie all diese Typen ist er ungeheuer eitel. Also tu so, als seist du ein großer Fan von ihm. Sag ihm, daß die Zeitung keine Ahnung davon hatte, als sie dich geschickt haben, aber zufällig bist du ein richtig großer Fan. So kriegst du ihn zu fassen. Aber erwähne bloß nicht das Sattler-Haus, bevor ihr nicht einen guten Kontakt zueinander habt.»

«Okay, okay.» Der Fotograf nickte immer noch. «Aber ich habe irgendwie gedacht, das wäre längst alles geregelt. Ich habe gedacht, du hättest ihn schon so weit, daß er zugestimmt hat.»

«Ich wollte es ja telefonisch versuchen zu klären, aber dann hat mich Schulz gewarnt und mir gesagt, was für ein schwieriger Scheißtyp das ist.» Als der Reporter das sagte, drehte er sich zu mir um und lächelte mich höflich an. Der Fotograf, der dem Blick seines Begleiters folgte, nickte mir zerstreut zu, dann vertieften die beiden sich wieder in ihr Gespräch.

«Das Problem mit Schulz», sagte der Reporter, «ist, daß er den Leuten nie genug schmeichelt. Und dann hat er auch noch diese Art, als wenn er ganz ungeduldig ist, auch wenn das gar nicht stimmt. Bei den Typen bleibt einem nichts als Schmeichelei. Also jedesmal, wenn du auf den Auslöser drückst, sag einfach immer ‹wunderbar›. Mach das die ganze Zeit. Du darfst nie aufhören, sein Ego zu bedienen.»

«Okay, okay. Kein Problem.»

«Also ich fange dann an mit...» Der Reporter seufzte gelangweilt. «Ich fange an mit seinem Auftritt in Wien oder so etwas. Ich habe hier ein paar Notizen darüber, damit werde ich schon Eindruck schinden. Aber wir wollen nicht zuviel Zeit verschwenden. Nach ein paar Minuten tust du dann so, als hättest du diesen Einfall, zum Sattler-Haus zu gehen. Ich tue dann zuerst so, als sei ich etwas ärgerlich deswegen, aber dann gebe ich zu, daß es eine glänzende Idee ist.»

«Okay, okay.»

«Also du weißt jetzt Bescheid. Laß uns bloß nichts falsch

machen. Denk immer dran, er ist einer von den Kerlen, die leicht einschnappen.»

«Ja, klar.»

«Wenn irgendwas schiefgeht, sag einfach was Schmeichelhaftes.»

«Gut, gut.»

Die beiden Männer nickten sich zu. Dann holte der Reporter tief Luft, klatschte in die Hände und drehte sich zu mir um, wobei sich sein Gesicht plötzlich aufhellte.

«Ach, Mr. Ryder, da sind Sie ja! Wirklich sehr nett von Ihnen, daß Sie uns etwas von Ihrer kostbaren Zeit schenken. Und der junge Mann, ich nehme an, er amüsiert sich da drinnen?»

«Ja, ja. Er hat sich ein besonders großes Stück Käsekuchen bestellt.»

Beide Männer lachten vergnügt. Der dunkelhäutige Fotograf grinste und sagte:

«Käsekuchen. O ja, den mag ich am liebsten. Das war schon so, als ich noch ein kleines Kind war.»

«Ach, Mr. Ryder, das ist Pedro.»

Der Fotograf lächelte und streckte mir beflissen die Hand hin. «Freut mich sehr, Sie kennenzulernen. Ich kann Ihnen sagen, das ist ein richtiger Glücksfall für mich. Den Auftrag habe ich erst heute morgen bekommen. Als ich heute aufgestanden bin, gab es nichts, worauf ich mich freuen konnte, außer auf diesen Fototermin beim Stadtrat. Dann kommt dieser Anruf, als ich unter der Dusche bin. Wollen Sie das machen, fragen die mich. Ob ich das machen will? Der Mann ist schon mein Idol gewesen, als ich noch ein kleines Kind war, sage ich denen. Ob ich das machen will? Mein Gott, das mache ich umsonst. Dafür würde ich *Sie* bezahlen, sage ich denen. Sagen Sie mir nur, wo ich hin soll. Ich schwöre Ihnen, so aufgeregt bin ich noch bei keinem Auftrag gewesen.»

«Um ganz ehrlich zu sein, Mr. Ryder», sagte der Reporter, «der Fotograf, der gestern abend mit mir im Hotel war – na ja, nachdem wir ein paar Stunden gewartet hatten, wurde er allmählich ein bißchen ungeduldig. Natürlich habe ich mich sehr über ihn geärgert. ‹Du scheinst nicht zu begreifen›, habe ich zu ihm gesagt. ‹Wenn Mr. Ryder aufgehalten wurde, dann ganz bestimmt nur durch eine höchst dringende Verpflichtung. Wenn er schon so freundlich ist, uns etwas von seiner Zeit zu opfern, und wenn wir ein wenig warten müssen, dann werden wir eben warten.› Ich kann Ihnen sagen, ich habe mich ganz schön über ihn geärgert. Und als ich zurückgekommen bin, habe ich zum Redakteur gesagt, daß es so einfach nicht geht. ‹Suchen Sie mir für morgen einen anderen Fotografen›, habe ich verlangt. ‹Ich will jemanden, der sich über Mr. Ryders Rang im klaren ist und ihm gegenüber die angemessene Dankbarkeit an den Tag legt.› Ja, ich glaube, ich habe mich ganz schön aufgeregt. Na jedenfalls, jetzt haben wir Pedro, und der scheint ja nun fast so ein großer Fan von Ihnen zu sein wie ich.»

«Größer, größer», widersprach Pedro. «Als ich heute morgen diesen Anruf bekam, konnte ich es einfach nicht glauben. Mein Idol ist in der Stadt, und ich darf die Fotos machen. Gott, ich werde so gut sein wie noch nie, das habe ich mir geschworen, als ich unter der Dusche stand. Bei einem Mann wie ihm muß ich einfach so gut sein wie noch nie. Ich werde ihn vor dem Sattler-Haus aufnehmen. Das habe ich schon vor mir gesehen. Ich habe die ganze Anordnung schon vor meinem inneren Auge gesehen, als ich unter der Dusche stand.»

«Also, Pedro», sagte der Reporter und schaute ihn streng an, «ich bezweifle sehr, daß Mr. Ryder zum Sattler-Haus will, nur damit wir unsere Aufnahmen bekommen. Na schön, es sind höchstens ein paar Minuten zu fahren, aber ein paar Minuten ist immer noch viel Zeit für einen Mann mit einem straffen Terminplan. Nein, Pedro, du wirst schon hier bleiben und das Beste daraus machen müssen, mach ein paar Aufnahmen von Mr. Ryder, während wir uns hier am Tisch unterhalten. Ein Straßencafé – okay, das ist ziemlich abgedroschen, so wird das unverwechselbare Charisma, das Mr. Ryder um sich verbreitet, kaum wirkungsvoll zur Geltung kommen. Aber das muß nun mal genügen. Zugegeben, Mr. Ryder vor dem Sattler-Haus, das ist wirklich eine glänzende Idee von dir. Aber so viel Zeit hat er einfach nicht. Wir müssen uns eben mit einem wesentlich alltäglicheren Bild von ihm zufriedengeben.»

Pedro boxte sich mit der Faust in die Handfläche und schüttelte den Kopf. «Du hast wohl recht. Aber mein Gott, das ist ziemlich hart. Eine Chance, den großen Mr. Ryder zu fotografieren, eine Chance, wie sie nur einmal im Leben kommt, und ich muß mich mit einer von diesen Café-Szenen abfinden. Solche Karten spielt einem das Leben zu.» Wieder schüttelte er traurig den Kopf. Dann saßen die beiden einen Augenblick lang nur da und schauten mich an.

«Also», sagte ich, «dieses Haus, von dem Sie da sprechen. Sind es wirklich nur ein paar Minuten zu fahren?»

Pedro richtete sich plötzlich gerade auf, sein Gesicht strahlte vor Begeisterung.

«Ist das Ihr Ernst? Sie posieren für uns vor dem Sattler-Haus? Mein Gott, was für ein Glück! Ich wußte doch, daß Sie ein prima Kerl sind!»

«Also Moment mal...»

«Sind Sie sicher, Mr. Ryder?» fragte der Reporter und packte mich am Arm. «Sind Sie auch wirklich sicher? Ich weiß ja, Sie haben einen harten Terminplan. Mensch, das ist wirklich großartig von Ihnen! Und Hand aufs Herz, mit dem Taxi sind es nicht mehr als drei Minuten zu fahren. Also, wenn Sie hier eben warten, gehe ich jetzt ein Taxi heranwinken. Pedro, wieso machst du hier jetzt nicht ein paar Aufnahmen von Mr. Ryder, während er wartet.»

Der Reporter ging schnell weg. Einen Augenblick später sah ich ihn am Straßenrand, er lehnte sich ein Stückchen über die Fahrbahn hinaus, einen Arm hatte er in die Luft gereckt.

«Also Mr. Ryder. Bitte.»

Pedro kauerte auf dem einen Knie und schaute durch eine Kamera zu mir hoch. Ich setzte mich auf dem Stuhl in Pose –

ich nahm eine entspannte, aber nicht allzu lässige Haltung ein – und zeigte ein höfliches Lächeln.

Pedro drückte ein paarmal auf den Auslöser. Dann ging er ein Stück zurück und hockte sich wieder hin, diesmal neben einem nicht besetzten Tisch, wobei er eine Schar Tauben aufstörte, die nach ein paar Krümeln pickten. Ich wollte gerade meine Pose ändern, als der Reporter hastig zurückkam.

«Ich kann im Moment kein Taxi bekommen, Mr. Ryder, aber gerade eben hält hier eine Straßenbahn. Bitte beeilen Sie sich, wir kriegen sie noch. Schnell, Pedro, die Bahn.»

«Aber wird die Bahn auch genauso schnell sein wie das Taxi?» fragte ich.

«Ja, ja. Bei dem Verkehr wird es mit der Straßenbahn sogar schneller gehen. Sie müssen sich wirklich keine Sorgen machen, Mr. Ryder. Das Sattler-Haus ist ganz in der Nähe. Ja, fast könnte man es sogar» – er hob die Hand, um die Augen vor der Sonne zu schützen und schaute in die Ferne – «fast könnte man es sogar von hier sehen. Wenn dieser graue Turm da nicht wäre, könnten wir das Sattler-Haus jetzt von hier sehen. So nahe sind wir dran. Ja, wenn jemand von durchschnittlicher Größe – nicht größer als Sie oder ich –, wenn so jemand an einem Morgen wie diesem auf das Dach des Sattler-Hauses klettern, sich aufrichten und einen stangenartigen Gegenstand – etwa einen ganz gewöhnlichen Mop – hochhalten würde, dann könnten wir das über dem grauen Turm sehen, ohne uns anstrengen zu müssen. Sie sehen also, wir sind in Null Komma nichts da. Aber bitte, die Straßenbahn, wir müssen uns beeilen.»

Pedro stand schon am Bordstein. Ich sah, wie er, die schwere Tasche mit seiner ganzen Ausrüstung hatte er geschultert, sich Mühe gab, den Straßenbahnfahrer zu überreden, auf uns zu warten. Ich folgte dem Reporter aus dem Innenhof hinaus und stieg in die Bahn.

Die Straßenbahn fuhr an, als wir drei uns auf den Weg durch den Mittelgang machten. Die Bahn war sehr voll, und so konnten wir nicht nahe beieinander sitzen. Ich zwängte mich auf einen Sitz weit hinten, zwischen einen kleinen älteren Mann und eine matronenhafte Mutter mit einem Kleinkind auf dem Schoß. Man saß überraschend bequem, und nach einer Weile fing ich an, die Fahrt zu genießen. Mir gegenüber saßen drei alte Männer, die zusammen eine Zeitung lasen, die von dem Mann in der Mitte gehalten wurde. Das Gerumpel der Bahn schien ihnen Probleme zu bereiten, und von Zeit zu Zeit kämpften sie um die Verfügungsgewalt über eine bestimmte Seite.

Wir waren eine Weile gefahren, als mir auffiel, daß um mich herum eine gewisse Betriebsamkeit herrschte, und ich sah, daß eine Fahrscheinkontrolleurin auf dem Weg zu uns hinunter war. Da dachte ich, daß meine Begleiter einen Fahrschein für mich gekauft haben mußten – ich hatte das beim Einsteigen ganz gewiß nicht getan. Als ich das nächste Mal über die Schulter zurückschaute, sah ich, daß die Kontrolleurin, eine zierliche Frau, deren häßliche schwarze Uniform ihre attraktive Figur nicht gänzlich verbergen konnte, unseren Teil der Bahn fast erreicht hatte. Überall um mich herum holten die Leute ihre Fahrscheine und Monatskarten hervor. Ich unterdrückte die aufsteigende Panik und machte mich daran, mir in Gedanken etwas zurechtzulegen, was ich sagen könnte, etwas, das gleichzeitig würdevoll und überzeugend klingen würde.

Dann stand auf einmal die Kontrolleurin bei uns und schaute auf uns herab, und meine Nachbarn streckten ihr die Fahrscheine hin. Während sie noch dabei war, die Fahrscheine zu lochen, erklärte ich entschlossen:

«Ich habe keinen Fahrschein, aber in meinem Fall gibt es besondere Umstände, die ich Ihnen gern erklären würde.»

Die Kontrolleurin sah mich an. Dann sagte sie: «Keinen Fahrschein zu haben ist eine Sache. Aber weißt du, du hast mich gestern abend schwer enttäuscht.»

Kaum hatte sie das gesagt, da erkannte ich Fiona Roberts,

ein Mädchen, mit dem ich in dem Dorf in Worcestershire in die Grundschule gegangen war und zu dem sich eine ganz besondere Freundschaft ergeben hatte, als ich etwa neun Jahre alt gewesen war. Sie hatte ganz bei uns in der Nähe gewohnt, ein kleines Stück die Straße hoch, in einem Haus, das unserem recht ähnlich war, und ich war nachmittags oft hingegangen, um mit ihr zu spielen, besonders während der schwierigen Zeit vor unserem Umzug nach Manchester. Ich hatte sie seit damals nie mehr wiedergesehen, und deshalb war ich höchst verblüfft angesichts ihres anklagenden Verhaltens.

«Ach ja», sagte ich. «Gestern abend. Ja.»

Fiona Roberts schaute mich unverwandt an. Vielleicht hing es mit dem vorwurfsvollen Blick zusammen, den sie zur Schau trug, auf jeden Fall erinnerte ich mich ganz plötzlich an einen Nachmittag aus unserer Kinderzeit, als wir beide unter dem Eßtisch ihrer Eltern gesessen hatten. Wir hatten uns wie üblich unseren «Schlupfwinkel» geschaffen, indem wir allerlei Dekken und Vorhänge seitlich an dem Tisch herunterhängen ließen. An jenem besonderen Nachmittag war es sonnig und warm gewesen, doch wir hatten darauf bestanden, in unserem Schlupfwinkel, in der stickigen Hitze und dem Halbdunkel sitzen zu bleiben. Ich hatte gerade etwas zu Fiona gesagt, ich hatte wohl lange und recht aufgeregt gesprochen. Mehrfach hatte sie versucht, mich zu unterbrechen, doch ich hatte immer weiter geredet. Als ich dann schließlich zum Ende gekommen war, hatte sie gesagt:

«Das ist dumm. Das heißt ja, daß du ganz allein sein wirst. Du wirst einsam sein.»

«Das macht mir nichts aus», hatte ich geantwortet. «Ich bin gern einsam.»

«Du bist einfach dumm. Keiner ist gern einsam. Also ich habe später mal eine große Familie. Mit mindestens fünf Kindern. Und ich koche ihnen jeden Abend ein tolles Abendessen.» Als ich darauf nichts erwiderte, sagte sie noch einmal: «Du bist einfach dumm. Keiner ist gern allein.»

«Ich wohl. Ich mag das.»

«Wie kannst du das *mögen*, wie kannst du gern allein sein?»

«Das ist nun mal so. Ich mag das eben.»

Ich hatte diese Behauptung tatsächlich mit einiger Überzeugung vorgebracht. Denn an dem Nachmittag war es schon mehrere Monate her, daß ich meine «Übungsstunden» begonnen hatte; ja, diese besondere fixe Idee mußte um die Zeit herum wohl gerade ihren Höhepunkt erreicht haben.

Meine «Übungsstunden» hatten sich ergeben, ohne daß ich sie eigens geplant hätte. Eines grauen Nachmittags hatte ich allein auf der Straße gespielt – ganz versunken in meine Phantasiewelt war ich in einen ausgetrockneten Graben zwischen einer Pappelreihe und einem Acker gesprungen und immer wieder herausgeklettert –, als mich plötzlich eine Art Panik erfaßte und ich das Bedürfnis nach der Gesellschaft meiner Eltern verspürt hatte. Unser Haus war ganz in der Nähe – ich konnte die Rückseite des Hauses am anderen Ende des Ackers sehen –, doch das Gefühl der Panik war schnell angewachsen, bis ich beinahe überwältigt wurde von dem Drang, durch das hohe Gras schnell nach Hause zu laufen. Doch aus irgendeinem Grund – vielleicht hatte ich das Gefühl sofort mit mangelnder Reife in Verbindung gebracht – hatte ich mich gezwungen, mein Weglaufen noch hinauszuzögern. Tief in meinem Innern hatte es jedoch keinen Zweifel daran gegeben, daß ich sehr bald schon über den Acker rennen würde. Es war einfach nur darum gegangen, diesen Moment mit reiner Willensanstrengung noch einige Sekunden aufzuschieben. Diese merkwürdige Mischung aus Angst und Heiterkeit, die ich verspürte, als ich wie gelähmt in dem ausgetrockneten Graben stand, sollte ich in den darauffolgenden Wochen noch sehr gut kennenlernen. Denn nur einige Tage später waren meine «Übungsstunden» schon regelmäßiger und wichtiger Bestandteil meines Lebens geworden. Im Lauf der Zeit waren sie zu einer Art Ritual geworden, so daß ich, kaum daß sich die ersten Anzeichen meines Dranges, nach Hause zu laufen, bemerkbar machten, zu einer bestimmten Stelle der Straße unter eine mächtige Eiche ging, wo ich dann einige Minuten stehenblieb und meine Gefühle niederkämpfte. Oft entschied ich, daß ich lange genug durchgehalten hätte und jetzt loslaufen könnte, nur um dann wieder einen Rückzieher zu machen und mich dazu zu zwingen, noch ein paar Sekunden länger unter dem Baum auszuharren. Ganz zweifellos war da ein merkwürdiger Kitzel, der bei diesen Gelegenheiten mit der ansteigenden Angst und Panik einherging, ein Gefühl, das wohl für die fast schon unwiderstehliche Macht verantwortlich war, die meine «Übungsstunden» bald auf mich ausüben sollten.

«Aber du weißt doch», hatte Fiona an dem Nachmittag zu mir gesagt, und ihr Gesicht in der Dunkelheit war ganz nah bei meinem gewesen, «wenn *du* heiratest, muß es nicht so sein wie bei deiner Mutter und deinem Vater. So wird es ganz bestimmt nicht sein. Mann und Frau streiten sich nämlich nicht andauernd. So streiten sie sich nur, wenn... wenn bestimmte Sachen passieren.»

«Was für bestimmte Sachen?»

Fiona hatte einen Augenblick lang geschwiegen. Ich hatte meine Frage schon wiederholen wollen, nur diesmal etwas aggressiver, als sie geantwortet und dabei ihre Worte mit Bedacht gewählt hatte:

«Deine Eltern. Sie streiten sich doch nicht so, weil sie nicht mehr miteinander auskommen. Weißt du das denn nicht? Weißt du denn nicht, weshalb sie sich die ganze Zeit streiten?»

Dann war plötzlich das Rufen einer ärgerlichen Stimme von außerhalb unseres Schlupfwinkels zu hören gewesen, und Fiona war verschwunden. Und während ich da allein in der Dunkelheit unter dem Tisch weiter sitzen blieb, drangen Geräusche aus der Küche zu mir, wo sich Fiona und ihre Mutter leise stritten. Einmal hörte ich Fiona in beleidigtem Tonfall fragen: «Aber wieso denn nicht? Wieso darf ich es ihm denn nicht sagen? Es wissen doch sowieso schon alle.» Und ihre

Mutter antwortete immer noch leise: «Er ist jünger als du. Er ist noch zu jung. Du wirst es ihm nicht sagen.»

Diesen Erinnerungen wurde Einhalt geboten, als Fiona Roberts noch näher an mich herankam und zu mir sagte:

«Ich habe bis halb elf gewartet. Dann habe ich allen gesagt, sie könnten ruhig essen. Da waren die Leute nämlich schon kurz vor dem Verhungern.»

«Ja sicher. Natürlich.» Ich lachte matt und schaute mich in der Bahn um. «Halb elf. Um die Zeit, tja, verständlich, daß die Leute da Hunger hatten...»

«Und um die Zeit war es offensichtlich, daß du nicht kommen würdest. Keiner hat mir mehr geglaubt.»

«Tja. Um die Zeit wird es wohl kaum zu vermeiden gewesen sein...»

«Anfangs lief alles ganz großartig», sagte Fiona Roberts. «Ich habe so was vorher noch nie gemacht, aber es lief wirklich großartig. Alle waren sie gekommen, Inge, Trude, alle waren bei mir in der Wohnung. Ich war ein bißchen nervös, aber es lief alles großartig, und ich war auch ganz aufgeregt vor lauter Vorfreude. Ein paar Frauen hatten so viel für den Abend vorbereitet, sie sind mit Mappen voller Informationen und Fotos gekommen. Erst gegen neun Uhr kam so eine Unruhe auf, und da habe ich dann das erste Mal gedacht, du kommst nicht mehr. Ich bin immer rein- und rausgegangen, habe frischen Kaffee gebracht, die Schälchen mit dem Knabberzeug wieder aufgefüllt und habe mir Mühe gegeben, daß alles ganz normal weiterläuft. Ich habe gemerkt, daß sie alle angefangen haben zu flüstern, aber ich habe immer noch gedacht, du kommst bestimmt noch, du steckst wahrscheinlich nur irgendwo im Stau. Dann wurde es später und immer später, und schließlich haben sie ganz offen miteinander geredet und geflüstert. Sogar während ich im Zimmer war, weißt du. In meiner eigenen Wohnung! Da habe ich ihnen dann gesagt, sie könnten ruhig essen. Ich wollte nur noch, daß alles vorbei ist. Da saßen sie dann alle und haben gegessen, ich hatte all diese kleinen Omeletts gemacht, und sogar beim Essen haben einige von ihnen, wie diese Ulrike, immer weiter geflüstert und gekichert. Aber weißt du, die gekichert haben, die waren mir irgendwie noch lieber. Sie waren mir lieber als Leute wie diese Trude, die so getan hat, als würde ich ihr leid tun, und die ganz bis zum Ende besonders nett zu mir gewesen ist, o Gott, wie ich diese Frau verabscheue! Als sie gegangen ist, konnte ich förmlich sehen, wie sie gedacht hat: ‹Armes Ding. Sie lebt in einer Phantasiewelt. Wir hätten es uns eigentlich denken können.› O Gott, wie ich sie alle hasse, ich bin richtig wütend auf mich, daß ich mich überhaupt mit denen eingelassen habe. Aber weißt du, ich wohne schon seit vier Jahren in der Siedlung, und ich habe noch mit keinem richtige Freundschaft geschlossen, ich war sehr einsam. Die ganze Zeit über wollten die Frauen, diese Leute, die gestern abend bei mir in der Wohnung waren, mit mir nichts zu tun haben. Sie halten sich für die Elite der Siedlung, mußt du wissen. Sie nennen sich Frauenstiftung für Kunst und Kultur. Das ist Unsinn, es ist gar keine Stiftung im eigentlichen Sinne, aber sie finden, es klingt eindrucksvoll. Sie übernehmen gern irgendwelche Sachen, wenn etwas in der Stadt organisiert wird. Als zum Beispiel das Pekinger Ballett hier war, haben sie die ganzen Flaggen für den Willkommensempfang gemacht. Na jedenfalls, sie halten sich für sehr vornehm, und bis vor kurzem haben sie mit jemandem wie mir nichts zu tun haben wollen. Die Inge hat mich nicht einmal gegrüßt, wenn ich sie in der Siedlung getroffen habe. Aber das hat sich natürlich alles geändert, als es dann bekannt wurde. Daß ich dich kenne, meine ich. Ich weiß nicht genau, wie es bekannt wurde, ich bin nicht herumgegangen und habe damit angegeben. Ich nehme an, ich muß es wohl jemandem gegenüber erwähnt haben. Na jedenfalls, du kannst dir ja denken, daß sich daraufhin alles geändert hat. Vor einiger Zeit ist Inge selbst einmal stehengeblieben, als wir auf der Treppe aneinander vorbeigingen, und hat mich zu einem ihrer Treffen eingeladen. Ich hatte nicht unbedingt Lust, mich mit ihnen einzulassen, aber ich bin dann doch hingegangen, ich nehme an, ich habe gedacht, ich könnte endlich ein paar Freunde finden, ich weiß auch nicht. Na ja, von Anfang an waren sich einige, darunter auch Inge und Trude, nicht ganz sicher, ob sie es glauben sollten oder nicht, weißt du, diese Sache, daß wir beide alte Freunde sind. Aber schließlich haben sie es dann doch geschluckt, ich nehme an, es hat ihnen ganz schön Auftrieb gegeben. Diese ganze Idee, daß wir uns um deine Eltern kümmern sollten, die stammt nicht von mir, aber die Tatsache, daß ich dich kenne, hatte sicher viel damit zu tun. Als das erste Mal die Rede davon war, daß du kommen wirst, ist Inge hingegangen und hat Herrn von Braun die Sache vorgeschlagen und hat erklärt, daß die Stiftung jetzt, nach dem Besuch des Pekinger Balletts, bereit wäre, eine wirklich bedeutende Aufgabe zu übernehmen, und überhaupt, eine aus der Gruppe sei eine alte Freundin von dir. So ungefähr. Und so erhielt die Stiftung die Aufgabe, deine Eltern während ihres Aufenthaltes hier zu betreuen, und alle waren natürlich begeistert, obwohl einige Frauen wegen der Verantwortung ganz schön nervös wurden. Aber Inge hat ihnen immer wieder Mut gemacht und ihnen gesagt, daß wir uns diese Aufgabe verdient hätten, nicht mehr und nicht weniger. Wir haben ständig diese Treffen abgehalten, wo wir dann Ideen austauschten, wie wir deine Eltern unterhalten könnten. Inge hat uns erzählt – es hat mir wirklich leid getan, das zu hören –, daß es deinen Eltern inzwischen gar nicht so gut geht, also kam eine ganze Reihe der offensichtlichen Sachen, Stadtrundfahrten und so, nicht in Frage. Aber es kamen viele Ideen, und bald waren alle ganz aufgeregt. Beim letzten Treffen fragte dann jemand, ob wir, na ja, ob wir *dich* nicht bitten sollten, uns zu besuchen, damit du uns alle kennenlernst. Um zu besprechen, was deinen Eltern gefallen könnte. Einen Augenblick lang herrschte Totenstille. Dann sagte Inge: ‹Warum eigentlich nicht? Wir sind in geradezu einzigartiger Weise befähigt, ihn einzuladen.› Dann haben sie mich alle angestarrt. Also habe ich schließlich gesagt: ‹Na ja, ich nehme an, er wird ziemlich beschäftigt sein, aber wenn ihr wollt, kann ich ihn ja fragen.› Und ich habe gesehen, wie begeistert sie alle waren, als ich das sagte. Als dann deine Antwort kam, tja, da war ich auf einmal eine Prinzessin, sie haben mich mit solcher Hochachtung behandelt, haben mich angelächelt und mich geherzt, wann immer sie mir über den Weg liefen, haben Geschenke für die Kinder gebracht und mir angeboten, dieses oder jenes für mich zu erledigen. Also kannst du dir ja wohl vorstellen, wie das gestern abend gewirkt hat, als du nicht aufgetaucht bist.»

Sie seufzte tief und schwieg einen Moment, und mit leerem Blick starrte sie durch das Fenster auf die vorüberziehenden Gebäude draußen. Schließlich fuhr sie fort:

«Ich sollte dir das wohl nicht zum Vorwurf machen. Schließlich haben wir uns jetzt schon so lange nicht mehr gesehen. Aber ich habe gedacht, du würdest wegen deiner Eltern gern kommen. Alle haben sich so viel überlegt, was man hier für deine Eltern tun könnte. Heute vormittag werden sie alle über mich reden. Kaum eine von denen geht arbeiten, die haben Männer, die das Geld ranschaffen, sie werden sich jetzt gegenseitig anrufen oder sich besuchen, und sie werden alle sagen: ‹Die arme Frau, die lebt in ihrer eigenen Welt. Das hätten wir eigentlich früher schon sehen müssen. Ich würde ihr ja gern irgendwie helfen, bloß, sie ist so schrecklich *langweilig*.› Ich höre sie schon, sie werden sich köstlich amüsieren. Und Inge, tja, irgendwie wird sie sehr wütend sein. ‹Dieses kleine Luder hat uns reingelegt›, wird sie denken. Aber sie wird sich auch freuen, sie wird erleichtert sein. Denn weißt du, sosehr Inge auch der Gedanke gefallen hat, daß ich dich kenne, hat sie das doch auch als Bedrohung empfunden. Das habe ich deutlich gespürt. Und die Art, wie die anderen mich in den letzten Wochen, seit du geantwortet hast, behandelt haben, wird ihr wohl irgendwie zu denken gegeben haben. Sie wird wohl irgendwie hin und her gerissen sein, wie die anderen auch. Na, jedenfalls werden sie sich heute vormittag köstlich amüsieren, das weiß ich sicher.»

Während ich Fiona zuhörte, spürte ich, daß ich wegen des vergangenen Abends immense Gewissensbisse hätte haben müssen. Doch trotz ihrer lebhaften Schilderung der Ereignisse in ihrer Wohnung und obwohl sie mir wirklich leid tat, mußte ich feststellen, daß ich mich nur sehr vage daran erinnerte, ein solches Ereignis auf meinem Terminplan gehabt zu haben. Ganz abgesehen davon hatte ich bei ihren Worten geradezu schockiert erkennen müssen, wie wenig ich bisher daran gedacht hatte, daß die Ankunft meiner Eltern in dieser Stadt unmittelbar bevorstand. Wie Fiona bereits erwähnt hatte, ging es beiden Eltern inzwischen gar nicht so gut, und man konnte sie wohl kaum sich selbst überlassen. Und als ich dann auch noch hinausschaute und den dichten Verkehr und die gläsernen Bauten vorüberziehen sah, überkam mich das Gefühl eines intensiven Beschützerinstinktes meinen alten Eltern gegenüber. Es wäre wirklich die ideale Lösung, wenn eine Gruppe einheimischer Frauen sich um ihr Wohlergehen kümmerte, und es war außerordentlich dumm von mir gewesen, daß ich die Gelegenheit nicht ergriffen hatte, diese Frauen kennenzulernen und mit ihnen zu reden. Allmählich stieg Panik in mir hoch, wenn ich an das Problem mit der Betreuung meiner Eltern dachte – ich mochte kaum glauben, wie wenig Beachtung ich diesem Aspekt meines Besuches gewidmet hatte –, und einen Augenblick lang überschlugen sich meine Gedanken. Plötzlich sah ich meinen Vater und meine Mutter vor mir, beide klein, weißhaarig und vom Alter gebeugt, ich sah sie vor dem Bahnhof stehen, von Gepäck umgeben, das sie alleine unmöglich fortbewegen konnten. Ich sah sie die fremde Stadt anschauen und sah dann, wie mein Vater, dessen Stolz schließlich die Oberhand über die Vernunft gewinnt, erst zwei, dann drei Koffer hochhebt, während meine Mutter vergeblich versucht, ihn davon abzuhalten, indem sie mit ihrer schmalen Hand seinen Arm hält und sagt: ‹Nein, nein, die kannst du nicht tragen. Das ist viel zu schwer.› Und mein Vater, sein Gesicht vor Entschlossenheit ganz verhärtet, schüttelt meine Mutter ab und antwortet: ‹Aber wer soll sie denn sonst tragen? Wie sollen wir denn sonst in unser Hotel kommen? Wer sonst soll uns denn hier helfen, wenn wir uns nicht selber helfen?› Und das alles, während Autos und Lastwagen an ihnen vorüberdonnern und Pendler an ihnen vorbeieilen. Ich sehe meine Mutter, die traurig und resigniert meinen Vater dabei beobachtet, wie er unter seiner schweren Last schwankt, vier Schritte, fünf, und wie er dann schließlich aufgibt, die Koffer abstellt, er läßt die Schultern hängen, er atmet schwer. Dann sehe ich, wie meine Mutter nach einer Weile zu ihm geht und ihm sanft die Hand auf den Arm legt. ‹Ist schon gut. Wir werden schon jemanden finden, der uns hilft.› Und mein Vater hat jetzt auch resigniert, ist vielleicht zufrieden, weil er wenigstens Unternehmungsgeist demonstriert hat, schaut ruhig auf das Getriebe vor sich und sucht nach jemandem, der womöglich gekommen ist, um ihnen zu helfen, der sich um ihr Gepäck kümmern würde, sie willkommen heißt und sie in einem komfortablen Auto in ein Hotel fährt.

All diese Bilder sammelten sich in meinem Kopf, während Fiona sprach, so daß ich eine ganze Weile kaum in der Lage war, ihre eigene unglückliche Lage zu bedenken. Doch dann hörte ich sie sagen:

«Sie werden darüber sprechen, daß sie in Zukunft vorsichtiger sein müssen. Ich höre sie schon. ‹Wir haben jetzt so viel mehr Ansehen, da passiert es ganz zwangsläufig, daß alle möglichen Leute versuchen, sich bei uns einzuschleichen. Wir müssen vorsichtig sein, besonders jetzt, wo wir so viel Verantwortung tragen. Das kleine Luder sollte uns eine Lehre sein.› Ungefähr so. Wer weiß, was ich jetzt für ein Leben hier in der Siedlung haben werde. Und meine Kinder, die müssen hier schließlich aufwachsen...»

«Hör zu», unterbrach ich sie, «ich kann gar nicht sagen, wie leid mir das alles tut. Aber Tatsache ist, daß gestern abend etwas Unvorhergesehenes dazwischengekommen ist. Ich will dich damit jetzt hier nicht langweilen. Es hat mich natürlich furchtbar geärgert, daß ich dich so hängenlassen mußte, aber es war mir nicht einmal möglich, an ein Telefon heranzukommen. Ich hoffe, du hast dir nicht allzu viel Mühe gemacht.»

«Ich habe mir *sehr viel* Mühe gemacht. Das ist gar nicht so einfach für mich, weißt du, als alleinstehende Mutter mit zwei halbwüchsigen Kindern...»

«Hör mal, das tut mir wirklich alles sehr leid. Laß mich dir einen Vorschlag machen. Gerade im Moment muß ich etwas mit diesen zwei Presseleuten da hinten erledigen, aber das wird nicht lange dauern. Ich bringe das so schnell wie möglich hinter mich, springe dann in ein Taxi und komme zu dir. Ich bin in, sagen wir, einer halben Stunde da – spätestens in fünfundvierzig Minuten. Dann können wir folgendes machen. Wir gehen in der ganzen Siedlung herum, damit all diese Leute, deine Nachbarn, diese Inge und diese Trude, mit eigenen Augen sehen, daß wir wirklich alte Freunde sind. Dann besuchen wir die wichtigeren, wie diese Inge, du könntest mich vorstellen, ich entschuldige mich für gestern abend und erkläre, wie ich im letzten Moment durch etwas Unaufschiebbares aufgehalten wurde. So werden wir eine nach der anderen auf unsere Seite ziehen und den Schaden wiedergutmachen, den ich gestern abend angerichtet habe. Wenn wir das alles ganz richtig machen, könntest du vor deinen Freundinnen womöglich sogar besser dastehen als vorher. Was sagst du dazu?»

Eine Weile starrte Fiona immer weiter nur auf die vorbeiziehende Aussicht. Dann sagte sie schließlich: «Meiner ersten Eingebung folgend würde ich sagen: ‹Vergiß das Ganze.› Diese Behauptung, daß wir beide alte Freunde sind, hat mir nichts gebracht. Und überhaupt, vielleicht muß ich ja auch gar nicht zu Inges Club gehören. Ich war nur vorher in der Siedlung so einsam, aber nachdem ich jetzt einen Vorgeschmack von ihrem Benehmen bekommen habe, bin ich nicht sicher, daß ich nicht allein in Gesellschaft meiner Kinder glücklicher wäre. Ich könnte abends ein gutes Buch lesen oder fernsehen. Aber schließlich darf ich nicht nur an mich denken, da sind ja noch meine Kinder. Sie müssen in der Siedlung aufwachsen, sie müssen dort akzeptiert werden. Ihretwegen sollte ich deinen Vorschlag vielleicht annehmen. Wie du ja selbst gesagt hast, wenn wir tun, was du vorgeschlagen hast, stehe ich womöglich sogar noch besser da, als wenn die Party ein durchschlagender Erfolg gewesen wäre. Aber du mußt mir versprechen, du mußt mir schwören bei allem, was dir heilig ist, daß du mich nicht noch einmal enttäuschst. Denn siehst du, wenn wir deinen Plan ausführen, muß ich, sobald meine Schicht um ist, anfangen zu telefonieren, um unseren Besuch anzukündigen. Auf keinen Fall können wir einfach uneingeladen kommen und an die Tür klopfen, so eine Gegend ist das nun wirklich nicht. Du siehst also, was passieren würde, wenn ich all diese Verabredungen treffe und du dann nicht kommst. Mir würde nichts anderes übrigbleiben, als allein die Runde zu machen und wieder einmal zu erklären, welche Gründe deine Abwesenheit hat. Also mußt du mir versprechen, daß du mich nicht noch einmal enttäuschst.»

«Das verspreche ich dir», erwiderte ich. «Wie gesagt, ich muß nur noch diese kleine Sache hier erledigen, dann springe ich in ein Taxi und bin bei dir. Keine Sorge, Fiona, das wird schon alles werden.»

Kaum hatte ich das gesagt, spürte ich, daß mich jemand am Arm berührte. Ich drehte mich um und sah Pedro, der aufgestanden war, seine große Tasche hatte er wieder geschultert.

«Bitte, Mr. Ryder», sagte er und deutete den Gang hinunter zum Ausstieg.

Der Reporter stand ganz vorn, ebenfalls bereit auszusteigen.

«Das ist jetzt unsere Haltestelle, Mr. Ryder», rief er und winkte zu mir herüber. «Wenn Sie so freundlich wären.»

Ich merkte, daß die Straßenbahn langsamer wurde und dann hielt. Ich stand auf, zwängte mich auf den Gang hinaus und machte mich auf den Weg.

DREIZEHN

Die Straßenbahn ratterte davon und ließ uns drei in der freien Landschaft zurück, umgeben von windgepeitschten Feldern. Ich empfand die Brise als erfrischend und stand eine ganze Weile nur da und schaute zu, wie die Bahn zwischen den Feldern in den Horizont hinein entschwand.

«Hier entlang bitte, Mr. Ryder.»

Der Reporter und Pedro standen ein paar Schritte weiter weg. Ich ging zu ihnen, und wir machten uns auf den Weg durch die grasbedeckten Felder. Dann und wann zerrten kräftige Windstöße an unseren Kleidern und schickten Wellen durch das Gras. Schließlich erreichten wir den Fuß eines Hügels, wo wir stehenblieben, um wieder zu Atem zu kommen.

«Es ist nur ein kleines Stückchen dort hinauf», sagte der Reporter und deutete zum Hügel hoch.

Nach der Anstrengung des Marsches durch das hohe Gras war ich froh, als ich einen Trampelpfad sah, der den Hügel hinaufführte.

«Tja», sagte ich, «da ich nicht viel Zeit habe, sollten wir uns vielleicht besser auf den Weg machen.»

«Natürlich, Mr. Ryder.»

Der Reporter ging voraus auf dem Pfad, der sich in steilen Serpentinen emporschlängelte. Es gelang mir, mit seinem Tempo mitzuhalten, und ich war nur ein oder zwei Schritte hinter ihm. Pedro, den vielleicht seine schweren Taschen behinderten, fiel bald ganz zurück. Beim Aufstieg mußte ich an Fiona denken und daran, wie ich sie am Abend zuvor enttäuscht hatte, und es fiel mir auf, daß bei aller Selbstsicherheit, mit der ich bei meinem Aufenthalt bis jetzt agiert hatte, bei allem, was mir bis jetzt gelungen war, meine Handhabung gewisser Angelegenheiten – jedenfalls nach meinen Ansprüchen – noch einiges zu wünschen übrigließ. Einmal ganz abgesehen von den Unannehmlichkeiten, die ich Fiona bereitet hatte, war es, da die Ankunft meiner Eltern in dieser Stadt unmittelbar bevorstand, in höchstem Maße ärgerlich, daß ich eine solche Gelegenheit hatte vorübergehen lassen, die komplexen Bedürfnisse meiner Eltern mit denjenigen zu besprechen, deren Obhut sie anvertraut werden sollten. Als mir das Atmen immer schwerer fiel, spürte ich, daß sich allmählich wieder ein intensives Gefühl der Wut einstellte, Wut auf Sophie wegen der Verwirrung, die sie in meine Angelegenheiten gebracht hatte. Es war doch wohl nicht zuviel verlangt, daß sie in solch entscheidend wichtigen Augenblicken meines Lebens wie diesem ihr Durcheinander irgendwie für sich behielt. Alle möglichen Worte, die ich ihr auf einmal nur zu gerne gesagt hätte, erfüllten meinen Kopf, und wäre ich nicht so außer Atem gewesen, hätte ich sie wohl auch laut und deutlich ausgesprochen.

Nachdem der Pfad zwei oder drei Biegungen gemacht hatte, blieben wir stehen, um auszuruhen. Ich hob den Kopf und sah, daß wir jetzt einen ausgedehnten Blick über die umliegende Landschaft hatten. Bis weit nach hinten erstreckte sich Feld um Feld. Nur ganz fern am Horizont war etwas auszumachen, das nach einem Gewirr von Gehöften aussah.

«Herrlicher Ausblick», sagte der Reporter keuchend und zerrte sich das Haar aus dem Gesicht. «Es ist so belebend, hier hinaufzukommen. Die frische Luft wird uns für den Rest des Tages aufrichten. Tja, am besten verlieren wir keine Zeit, so angenehm es hier auch ist.» Er lachte fröhlich, dann marschierte er weiter.

Wie auch vorher schon hielt ich mich dicht hinter ihm, während Pedro zurückblieb. Dann, als wir uns ein besonders steiles Stück hinaufkämpften, rief Pedro plötzlich etwas von unten. Ich dachte, er wollte uns bitten, langsamer zu gehen, doch der Reporter blieb nicht stehen, sondern rief einfach nur einem kräftigen Windstoß entgegen über die Schulter zurück: «Was hast du gesagt?»

Ich hörte, daß Pedro sich anstrengte, ein paar Schritte aufzuholen. Dann hörte ich ihn rufen:

«Ich habe gesagt, wir scheinen den Scheißer überzeugt zu haben. Ich glaube, er wird mitspielen.»

«Na ja», rief der Reporter zurück, «bis jetzt hat er mitgemacht, aber bei diesen Typen kann man nie wissen. Also immer nur weiter schmeicheln. Bis hierher ist er mitgekommen, und er scheint ganz glücklich dabei zu sein. Aber ich glaube, der Idiot weiß nicht einmal, welche Bedeutung das Gebäude hat.»

«Was sagen wir ihm, wenn er fragt?» rief Pedro. «Fragen wird er doch bestimmt.»

«Wechsle einfach das Thema. Bitte ihn, eine andere Pose einzunehmen. Jede Bemerkung über sein Aussehen wird ihn ganz bestimmt ablenken. Aber wenn er immer weiter fragt, na ja, dann müssen wir es ihm wohl schließlich erzählen, aber bis dahin haben wir jede Menge Fotos, und dann kann der Scheißer nichts mehr machen.»

«Ich wäre froh, wenn das alles nur schon vorbei wäre», sagte Pedro, dem das Atmen immer schwerer fiel. «Mein Gott, wenn ich nur schon sehe, wie er die Hände aneinander reibt, kriege ich eine Gänsehaut.»

«Wir sind jetzt bald da. Bis jetzt ist alles gut gelaufen, wollen wir es nicht noch im letzten Moment verderben.»

«Entschuldigung», unterbrach ich die beiden, «aber ich muß mich kurz ausruhen.»

«Natürlich, Mr. Ryder, wie rücksichtslos von mir», sagte der Reporter, und wir blieben stehen. «Ich selbst bin ja Marathonläufer», fuhr er fort, «und deshalb habe ich natürlich einen beträchtlichen Vorteil. Aber ich muß sagen, Sie scheinen ja auch in außerordentlich guter Form zu sein. Und das bei einem Mann Ihres Alters – Ihr Alter kenne ich übrigens nur aus meinen Notizen hier, von allein wäre ich nie darauf gekommen –, ja wirklich, Sie sind unserem armen Pedro ganz schön davongelaufen.» Und als Pedro uns allmählich einholte, rief der Reporter ihm zu: «Na komm schon, du Schlafmütze. Mr. Ryder lacht dich ja aus.»

«Das ist ungerecht», sagte Pedro lächelnd. «Mr. Ryder hat so viel Talent, und zu allem Überfluß ist er auch noch eine Sportskanone. Das Glück hat nicht jeder.»

Wir standen da, schauten auf die Aussicht und versuchten, wieder zu Atem zu kommen. Dann sagte der Reporter:

«Wir sind jetzt gleich da. Gehen wir weiter. Schließlich hat Mr. Ryder einen anstrengenden Tag vor sich.»

Der letzte Teil des Aufstiegs war der beschwerlichste. Der Pfad wurde immer steiler, und oft löste er sich in schlammigen Pfützen auf. Der Reporter vor mir schritt beständig aus, obwohl ich sah, daß er jetzt vor Anstrengung weit nach vorn gebeugt ging. Während ich hinter ihm herstolperte, gingen mir wieder lauter Dinge durch den Kopf, die ich Sophie gern gesagt hätte. «Na, siehst du es jetzt?» murmelte ich doch tatsächlich mit zusammengebissenen Zähnen im Rhythmus meiner Schritte. «Na, siehst du es jetzt?» Irgendwie schien es mit dem Satz nicht so recht weiterzugehen, doch mit jedem Schritt wiederholte ich diese Zeile entweder still für mich oder murmelte sie leise, wieder und immer wieder, bis allein schon die Worte meiner Wut neue Nahrung gaben.

Endlich wurde der Pfad allmählich ebener, und auf der Hügelspitze sah ich ein weißes Gebäude. Der Reporter und ich stolperten darauf zu, und einen Moment später schon lehnten wir uns an die Mauer des Gebäudes und keuchten nur noch. Nach einer Weile gesellte sich Pedro dazu, der heftig schnaufte. Er ließ sich gegen die Mauer fallen und sackte in den Knien zusammen, und einen Augenblick lang fürchtete ich, er könnte jeden Moment einen Herzanfall erleiden. Aber während er noch schnaufte und keuchte, fing er schon an, den Reißverschluß seiner Tasche zu öffnen. Er zog eine Kamera heraus, dann ein Objektiv. Dann plötzlich schien die Anstrengung zuviel für ihn zu werden, und er stützte einen Arm gegen die Mauer, vergrub den Kopf in dem abgewinkelten Arm und schnappte weiter nach Luft.

Als ich endlich meinte, mich einigermaßen erholt zu haben, trat ich ein paar Schritte zurück, um einen genaueren Blick auf das Gebäude zu werfen. Ein Windstoß preßte mich fast wieder an die Mauer, doch schließlich gelangte ich an einen Punkt, von dem aus ich einen hochaufragenden Zylinder aus weißem Mauerwerk sah, in dem es mit Ausnahme eines einzigen vertikalen Schlitzes weit oben keine Fenster gab. Es war, als habe man einen einzelnen Turm aus einer mittelalterlichen Burganlage entfernt und hierher auf die Hügelspitze gesetzt.

«Bitte, Mr. Ryder, wenn Sie dann soweit wären.»

Der Reporter und Pedro hatten sich etwa zehn Meter von dem Bauwerk entfernt aufgestellt. Pedro hatte sich inzwischen offensichtlich erholt, er hatte sein Stativ plaziert und schaute durch den Sucher.

«Genau vor der Mauer, wenn Sie so freundlich sein wollen, Mr. Ryder», rief der Reporter.

Ich ging zurück zu dem Bauwerk. «Meine Herren», sagte ich und hob die Stimme, um den Wind zu übertönen, «bevor wir anfangen, möchte ich Sie doch bitten, mir genau zu erklären, was es mit dem von Ihnen gewählten Schauplatz auf sich hat.»

«Bitte, Mr. Ryder», rief Pedro und schwenkte die Hand in der Luft. «Treten Sie bitte genau vor die Mauer. Vielleicht den einen Arm dagegen. So etwa.» Er reckte seinen Ellenbogen gegen den Wind.

Ich trat näher an die Mauer heran und nahm die gewünschte Pose ein. Pedro machte sich daran, eine Reihe von Fotos zu schießen, wobei er gelegentlich das Stativ an eine andere Stelle rückte oder das Objektiv wechselte. Die ganze Zeit über blieb der Reporter in unmittelbarer Nähe, schaute Pedro über die Schulter und beriet sich mit ihm.

«Meine Herren», sagte ich nach einer Weile, «es ist doch wohl nur recht und billig, wenn ich wissen möchte...»

«Bitte, Mr. Ryder», sagte Pedro und sprang hinter der Kamera hervor. «Ihre Krawatte!»

Die Krawatte war mir über die Schulter geweht. Ich richtete sie und benutzte die Gelegenheit, mir die Haare glattzustreichen.

«Mr. Ryder», rief Pedro, «könnten wir bitte ein paar Aufnahmen machen, während Sie die Hand so hochhalten. Ja, ja! Als ob Sie jemanden zu dem Haus führen wollten. Ja, das ist es, genau das ist es. Aber bitte, Sie müssen voller Stolz lächeln. Ganz voller Stolz, als wäre das Haus Ihr Baby. Ja, genau das ist es. Ja, Sie sehen großartig aus.»

Ich befolgte die Anweisungen, so gut ich konnte, obwohl die kräftigen Windstöße es erschwerten, einen angemessen höflichen Gesichtsausdruck zu wahren.

Dann bemerkte ich eine Gestalt zu meiner Linken. Ich hatte den Eindruck, daß es sich um einen dicht an der Mauer stehenden Mann in einem dunklen Mantel handelte, doch in dem Augenblick mußte ich gerade eine Pose halten und sah ihn nur aus den Augenwinkeln heraus. Pedro rief mir durch den Wind immer weitere Anweisungen zu – ich sollte mein Kinn eine Idee zur Seite drehen, breiter lächeln –, und es schien eine ganze Weile zu vergehen, ehe ich Gelegenheit hatte, mich umzudrehen und die Gestalt zu betrachten. Als ich das dann tat, setzte sich der Mann – er war groß und stocksteif, hatte eine Glatze und knochige Züge – sofort in Bewegung und kam auf mich zu. Er hielt seinen Regenmantel fest um sich gewickelt, doch als er näher kam, streckte er die Hand aus.

«Mr. Ryder, guten Tag. Es ist mir eine Ehre, Sie kennenzulernen.»

«Ach ja», sagte ich und musterte ihn eingehend. «Freut mich, Sie kennenzulernen, Mr.... äh...?»

Der stocksteife Mann sah verblüfft aus. Dann sagte er: «Christoff. Ich bin Christoff.»

«Ach, Mr. Christoff.» Ein besonders kräftiger Windstoß machte es erforderlich, daß wir uns ein paar Sekunden lang mit aller Kraft festhielten, und das ermöglichte es mir, mich wieder zu besinnen. «Ach ja, Mr. Christoff. Natürlich. Ich habe schon so viel von Ihnen gehört.»

«Darf ich sagen, Mr. Ryder», sagte Christoff und beugte sich zu mir, «wie dankbar ich Ihnen bin, daß Sie sich bereit erklärt haben, an diesem Mittagessen teilzunehmen. Ich weiß ja, wie entgegenkommend Sie sind, und war deshalb absolut nicht überrascht, als Sie zugesagt hatten. Sehen Sie, ich wußte ja, daß Sie ein Mensch sind, der uns fairerweise wenigstens anhören würde. Ein Mensch, der sogar sehr interessiert daran sein würde, unsere Sicht der Dinge kennenzulernen. Nein, ich war absolut nicht überrascht, aber ich bin trotzdem unendlich dankbar. Also dann» – er schaute auf die Uhr – «wir sind ein bißchen spät dran, aber das ist nicht weiter schlimm. Der Verkehr dürfte jetzt nicht mehr so stark sein. Hier entlang, bitte.»

Ich folgte Christoff hinten um das weiße Gebäude herum. Hier war der Wind nicht so heftig, und aus einem komplizierten Rohrleitungssystem, das sich aus dem Mauerwerk ergoß, war ein leises, brummendes Geräusch zu vernehmen. Christoff ging mir weiter voran auf einen Punkt am Rand des Hügels zu, den zwei hölzerne Pfosten markierten. Ich stellte mir vor, daß es jenseits dieser beiden Pfosten steil abwärts gehen würde, doch als wir an der Stelle waren, schaute ich hinunter und sah einen langen Treppenlauf mit wackeligen Steinstufen, die schwindelerregend den Hügel hinunterführten. Tief unten trafen die Stufen auf eine gepflasterte Straße, und dort erkannte ich die Umrisse eines schwarzen Autos, das höchstwahrscheinlich auf uns wartete.

«Nach Ihnen, Mr. Ryder», sagte Christoff. «Bitte gehen Sie in dem Tempo hinunter, das Ihnen beliebt. Es gibt keinen Grund zur Eile.»

Dennoch bemerkte ich, daß er wieder nervös auf die Uhr schaute.

«Tut mir sehr leid, daß wir so spät dran sind», sagte ich. «Das mit den Fotos hat etwas länger gedauert, als ich gedacht hatte.»

«Machen Sie sich darüber bitte keine Gedanken, Mr. Ryder. Wir werden ganz bestimmt rechtzeitig ankommen. Bitte, nach Ihnen.»

Mir wurde ein wenig schwindlig, als ich die ersten Stufen hinunterstieg. Weder rechts noch links gab es ein Geländer, und ich mußte mich sehr konzentrieren, weil ich fürchtete, ich könnte eine Stufe verfehlen und den ganzen Weg den Hügel hinunterfallen. Doch Gott sei Dank war der Wind nicht mehr so unangenehm, und nach einer Weile wurde ich sicherer – es war kein so großer Unterschied zu anderen Treppen –, so sicher, daß ich gelegentlich den Blick hob, um das Panorama vor uns zu betrachten.

Der Himmel war noch bedeckt, aber die Sonne schickte sich gerade an, durch die Wolken zu brechen. Die Straße, auf der das Auto wartete, war, wie ich jetzt sehen konnte, in ein Plateau gebaut worden. Jenseits der Straße fiel der Hügel unter einer großen Anzahl Baumkronen weiter ab. Ein Stück weiter unten sah ich, daß sich Felder in alle Richtungen bis in die weite Ferne erstreckten. Nur undeutlich waren die Umrisse der Stadt am Horizont zu erkennen.

Christoff blieb unmittelbar hinter mir. Während der ersten paar Minuten, vielleicht weil er meine Nervosität beim Abstieg bemerkt hatte, sagte er kein Wort. Doch sobald ich meinen Rhythmus gefunden hatte, seufzte er und sagte:

«Dieser Wald, Mr. Ryder. Da unten zu Ihrer Rechten. Das ist der Werdenberger Forst. Viele wohlhabende Leute in der Stadt haben sich dort ein Chalet zugelegt. Der Werdenberger Forst ist wirklich sehr reizvoll. Nur eine kurze Fahrt von der Stadt aus, und doch fühlt man sich so weit weg von allem. Wenn wir erst im Wagen sitzen und den Hang hinunterfahren, werden Sie die Chalets sehen. Einige drängen sich unmittelbar am Rand steiler Abhänge. Die Aussicht muß atemberaubend sein. Rosa hätte gern eines von diesen Chalets gehabt. Wir hatten sogar schon ein ganz bestimmtes im Sinn, ich zeige es Ihnen, wenn wir hinunterfahren. Eines der eher bescheideneren, aber trotzdem sehr reizvoll. Der jetzige Besitzer macht kaum Gebrauch davon, hält sich dort höchstens zwei oder drei Wochen im Jahr auf. Hätte ich ein gutes Angebot gemacht, dann hätte er es sich bestimmt genau überlegt. Aber es hat gar keinen Zweck mehr, jetzt an so etwas zu denken. Das ist jetzt alles vorbei.»

Er schwieg einen Augenblick. Dann hörte ich wieder seine Stimme hinter mir:

«Es ist gar nicht mal so prachtvoll. Rosa und ich sind nicht einmal drin gewesen. Aber wir sind so oft vorbeigefahren, daß wir uns denken können, wie es drinnen aussieht. Es steht direkt am Rand dieses kleinen Felsvorsprungs, ein richtig steiler Abhang, meine Güte, man könnte meinen, man hängt hoch in der Luft. Von jedem Fenster aus könnte man Wolken sehen, wenn man von einem Zimmer ins andere geht. Das hätte Rosa so gefallen. Wir sind immer im Wagen daran vorbeigefahren, ganz langsam, manchmal haben wir sogar gehalten, haben dagesessen und uns vorgestellt, wie es drinnen wohl aussieht, indem wir es uns Zimmer für Zimmer ausgemalt haben. Na ja, wie gesagt, das ist jetzt alles Vergangenheit. Es hat keinen Zweck mehr, überhaupt noch daran zu denken. Aber wie dem auch sei, Mr. Ryder, Sie hatten uns Ihre wertvolle Zeit ja nicht opfern wollen, um sich das alles anzuhören. Verzeihen Sie. Kommen wir zu wichtigeren Dingen zurück. Wissen Sie, wir waren alle *unendlich* dankbar, als Sie sich bereit erklärt hatten, zu kommen und mit uns zu reden. Was für ein bezeichnender Unterschied zu all diesen Leuten, diesen Männern, die behaupten, an der Spitze unserer Gemeinde zu stehen! Bei drei verschiedenen Gelegenheiten haben wir sie eingeladen, an einem unserer Mittagessen teilzunehmen, dazuzukommen und mit uns über die strittigen Punkte zu reden, so wie Sie das jetzt tun wollen. Aber darauf wollten sie sich nicht einlassen. In keinster Weise! Dazu waren sie zu stolz, alle miteinander. Von Winterstein, die Gräfin, von Braun, sie alle. Weil sie nämlich unsicher sind, verstehen Sie. Tief in ihrem Innern wissen sie, daß sie keine Ahnung haben, also weigern sie sich, zu kommen und sich mit uns auseinanderzusetzen. Dreimal haben wir sie eingeladen, und jedesmal nur eine barsche Weigerung. Aber es hätte ohnehin keinen Sinn gehabt. Sie hätten nicht einmal die Hälfte von dem verstanden, was wir zu sagen haben.»

Ich schwieg immer noch. Ich hatte das Gefühl, ich müßte irgendeine Bemerkung machen, doch mir wurde klar, daß ich mich nur verständlich machen konnte, wenn ich über die Schulter zurückrief, und ich wollte das Risiko nicht eingehen, den Blick von den Stufen abzuwenden. Während der nächsten paar Minuten setzten wir unseren Abstieg also schweigend fort, und Christoffs Atem hinter mir ging immer schwerer. Dann hörte ich ihn sagen:

«Ich will nicht ungerecht sein, es ist wirklich nicht ihre Schuld. Die modernen Formen sind heutzutage so komplex. Kazan, Mullery, Yoshimoto. Selbst für einen geübten Musiker wie mich ist es heutzutage schwer, sehr schwer. Leute wie von Winterstein und die Gräfin haben da doch wohl kaum eine Chance, oder? Sie sind vollkommen verunsichert. Für sie ist das nur entsetzlicher Lärm, ein Durcheinander bizarrer Rhythmen. Vielleicht haben sie sich im Lauf der Jahre eingeredet, daß sie da doch etwas hören, gewisse Regungen, Bedeutungen. Aber in Wahrheit haben sie überhaupt nichts gefunden. Sie sind vollkommen verunsichert, sie werden nie begreifen, wie moderne Musik funktioniert. Früher gab es eben nur Mozart, Bach, Tschaikowski. Sogar der einfache Mann auf der Straße konnte über diese Art Musik eine ganz vernünftige Meinung äußern. Aber die modernen Formen! Wie können solche Leute, ungeübte, provinzlerische Leute, wie können sie so etwas je verstehen, selbst wenn ihr Pflichtgefühl gegenüber der Gemeinde noch so groß ist? Es ist hoffnungslos, Mr. Ryder. Sie können eine gequetschte Kadenz nicht von einem angeschlagenen Motiv unterscheiden. Genauso wenig ein gebrochenes Taktvorzeichen von einer Sequenz auseinandergezogener Pausen. Und jetzt mißverstehen sie die ganze Situation! Sie wollen, daß sich die Dinge in die entgegengesetzte Richtung entwickeln! Wenn Sie müde werden, Mr. Ryder, wollen wir dann nicht ein wenig ausruhen?»

Tatsächlich war ich einen Moment lang stehengeblieben, weil ein Vogel, der bedenklich nah an meinem Gesicht vorbeigeflogen war, mich beinahe mein Gleichgewicht hatte verlieren lassen.

«Nein, nein, mir geht es gut», rief ich zurück und machte mich wieder an den Abstieg.

«Die Stufen sind ein bißchen zu schmutzig zum Daraufsitzen. Aber wenn Sie wollen, können wir einfach eine Weile hier so stehenbleiben.»

«Nein, danke, wirklich nicht. Mir geht es gut.»

Während der nächsten Minuten gingen wir schweigend weiter. Dann sagte Christoff:

«In meinen unvoreingenommensten Momenten tun sie mir tatsächlich leid. Ich werfe ihnen nichts vor. Auch nach allem, was sie getan haben, nach allem, was sie über mich gesagt haben, sehe ich die Situation manchmal immer noch ganz objektiv. Und ich sage mir, nein, es ist einfach nicht ihre Schuld. Es ist doch nicht ihre Schuld, daß die Musik so schwierig und kompliziert geworden ist. Es ist unvernünftig, an einem Ort wie diesem von jemandem zu erwarten, die moderne Musik zu verstehen. Und doch müssen sich diese Leute, diese Stadtoberen, den Anschein geben, als wüßten sie, was sie tun. Also wiederholen sie voreinander gewisse Dinge immer wieder, und nach einer Weile fangen sie an, sich für Autoritäten zu halten. An einem Ort wie diesem, verstehen Sie, gibt es doch niemanden, der ihnen widersprechen würde. Bitte seien Sie sehr vorsichtig jetzt auf diesen Stufen, Mr. Ryder. Sie sind an den Rändern ein wenig eingefallen.»

Die nächsten Stufen nahm ich sehr langsam. Als ich dann

wieder aufschaute, sah ich, daß wir nicht mehr weit zu gehen hatten.

«Es wäre zwecklos gewesen», hörte ich Christoffs Stimme hinter mir. «Selbst wenn sie unsere Einladung angenommen hätten, wäre es zwecklos gewesen. Von dem, worum es ging, hätten sie kaum die Hälfte verstanden. Sie, Mr. Ryder, Sie werden wenigstens unsere Argumente verstehen. Selbst wenn wir Sie nicht überzeugen können, werden Sie gewiß voller Respekt für unsere Situation wieder fortgehen. Aber natürlich hoffen wir, daß wir Sie auf unsere Seite bekommen. Sie davon überzeugen werden, daß die momentane Richtung, ungeachtet meines persönlichen Schicksals, um jeden Preis beibehalten werden muß. Ja natürlich, Sie sind ein hervorragender Musiker, einer der talentiertesten, die es zur Zeit in der Welt gibt. Und doch muß selbst ein Könner Ihres Kalibers sein Wissen einem bestimmten Muster örtlicher Gegebenheiten anpassen. Jede Gemeinde hat ihre eigene Geschichte, ihre ureigenen Bedürfnisse. Die Leute, denen ich Sie gleich vorstellen werde, Mr. Ryder, gehören zu den wenigen in dieser Stadt, die man mit Fug und Recht als Intellektuelle bezeichnen könnte. Sie haben sich der Mühe unterzogen, die besonderen hier herrschenden Gegebenheiten zu analysieren, ja mehr noch – im Gegensatz zu von Winterstein und seinesgleichen verstehen sie etwas von der Wirkungsweise moderner musikalischer Formen. Mit ihrer Hilfe, natürlich in der denkbar höflichsten und respektvollsten Weise, hoffe ich, daß ich Sie, Mr. Ryder, überreden kann, von Ihrem gegenwärtigen Standpunkt abzurükken. Selbstverständlich haben alle diejenigen, die Sie gleich kennenlernen werden, den allergrößten Respekt vor Ihnen und vor dem, was Sie darstellen. Aber wir glauben, daß es selbst bei Ihrem tiefen Verständnis gewisse Aspekte unserer Situation hier geben könnte, die Sie möglicherweise noch nicht voll und ganz erfaßt haben. So, da wären wir.»

Tatsächlich hatten wir nur noch etwa zwanzig Stufen zu bewältigen, bevor wir die Straße erreichten. Während dieses letzten Stückes unseres Abstiegs schwieg Christoff. Darüber war ich erleichtert, denn seine letzten Bemerkungen hatten mich etwas geärgert. Seine Andeutungen dahingehend, daß ich die hiesigen Gegebenheiten mehr oder weniger verkannte, daß ich jemand sei, der Schlußfolgerungen zog, ohne gewisse Aspekte zu bedenken, waren fast schon eine Beleidigung. Ich dachte daran, wie ich mich seit meiner Ankunft in der Stadt – trotz meines knapp bemessenen Terminplans, trotz meiner Erschöpfung – doch gerade der Aufgabe gewidmet hatte, mich mit der hiesigen Situation vertraut zu machen. Ich erinnerte mich beispielsweise daran, wie ich mich am vergangenen Nachmittag, als ich im komfortablen Atrium des Hotels durchaus eine wohlverdiente Ruhepause hätte einlegen können, statt dessen auf den Weg in die Stadt gemacht hatte, um Eindrücke zu sammeln. Ja, je mehr ich über Christoffs Worte nachdachte, desto verärgerter wurde ich, so daß ich, als wir schließlich zum Wagen kamen und Christoff mir die Tür an der Beifahrerseite offenhielt, einstieg und dabei kaum etwas sagte.

«Wir sind noch nicht allzu spät dran», sagte er und setzte sich hinter das Lenkrad. «Wenn der Verkehr nicht so stark ist, sind wir ganz schnell da.»

Als er das sagte, fielen mir auf einmal all die anderen Verpflichtungen für diesen Tag ein. Da war zum Beispiel Fiona – die mich höchstwahrscheinlich jeden Moment in ihrer Wohnung erwartete. Die Situation verlangte, das sah ich nun, eine gewisse Entschlossenheit von mir.

Er ließ den Wagen an, und bald fuhren wir eine steile, kurvenreiche Straße hinunter. Christoff, der mit der Straße sehr vertraut zu sein schien, nahm die scharfen Biegungen sehr sicher. Je weiter wir nach unten kamen, um so weniger schwindelerregend wurden die Kurven, und die Chalets, die er erwähnt hatte, zeigten sich allmählich zu beiden Seiten der Straße, oft bedenklich dicht am Abhang. Schließlich drehte ich mich zu ihm um und sagte:

«Mr. Christoff, ich habe mich wirklich sehr auf dieses Mittagessen mit Ihnen und Ihren Freunden gefreut. Und auch darauf, Ihren Standpunkt kennenzulernen. Aber heute morgen sind unerwartet einige Dinge dazwischengekommen, und deshalb habe ich einen sehr anstrengenden Tag vor mir. Also eigentlich ist es sogar jetzt, wo wir hier miteinander reden...»

«Bitte, Mr. Ryder, Sie müssen mir das gar nicht erst erklären. Wir wußten von Anfang an, wie beschäftigt Sie höchstwahrscheinlich sein würden, und alle Anwesenden werden, das dürfen Sie mir glauben, dafür Verständnis haben. Wenn Sie uns nach anderthalb Stunden, oder auch schon nach einer Stunde, verlassen, wird niemand, bitte glauben Sie mir, deswegen gekränkt sein. Das ist wirklich ein toller Haufen, die einzigen Leute in der Stadt, deren Denk- und Empfindungsvermögen bis zu einem gewissen Niveau reicht. Was auch immer sich im Anschluß an dieses Mittagessen ergeben wird, Mr. Ryder, ich bin sicher, es wird ein Vergnügen für Sie sein, die Leute kennengelernt zu haben. Viele kenne ich noch aus der Zeit, als sie jung und voller Eifer waren. Ein toller Haufen, ich kann für jeden einzelnen garantieren. Ich nehme an, sie haben sich früher als meine Schützlinge gesehen. Noch heute schauen sie zu mir auf. Aber inzwischen sind wir Kollegen, *Freunde*, vielleicht sogar noch mehr. Die vergangenen Jahre haben uns einander nur noch näher gebracht. Natürlich haben mich ein paar im Stich gelassen, das ist wohl unvermeidlich. Aber alle, die geblieben sind, haben standhaft zu mir gehalten. Ich bin stolz auf sie, ich liebe sie von ganzem Herzen. Sie sind die große Hoffnung dieser Stadt, wenn ich auch weiß, daß es noch eine ganze Weile dauern wird, ehe man ihnen einen gewissen Einfluß zugesteht. Ach, Mr. Ryder, gleich kommen wir an dem Chalet vorbei, von dem ich Ihnen erzählt habe. Es ist hinter dieser Biegung. Sie sehen es dann auf Ihrer Seite.»

Er schwieg, und als ich zu ihm hinschaute, merkte ich, daß er den Tränen nahe war. Ich spürte eine Woge des Mitgefühls für ihn und sagte sanft:

«Man kann nie wissen, was die Zukunft noch bringt, Mr.

Christoff. Vielleicht finden Sie und Ihre Frau eines Tages ja ein solches Chalet. Und wenn nicht hier, dann in einer anderen Stadt.»

Christoff schüttelte den Kopf. «Ich weiß, Sie wollen nur nett sein, Mr. Ryder. Aber das hat alles keinen Zweck mehr, wirklich. Zwischen Rosa und mir ist es aus. Sie wird mich verlassen. Ich weiß das schon eine ganze Weile. Die ganze Stadt weiß das sogar schon. Sicherlich haben Sie den Klatsch schon gehört.»

«Na ja, ich glaube, ein oder zwei Dinge habe ich schon mitbekommen...»

«Ich bin sicher, es wird sehr viel darüber geklatscht. Das ist mir inzwischen ziemlich egal. Wirklich entscheidend ist doch nur, daß Rosa mich bald verläßt. Sie wird es nicht mehr ertragen, noch weiter mit mir verheiratet zu sein, nicht nach dem, was geschehen ist. Sie dürfen das nicht mißverstehen. Unsere Liebe ist im Lauf der Jahre gewachsen, unsere Liebe ist sehr gewachsen. Aber wissen Sie, zwischen uns hat es, gleich von Anfang an, diese Übereinkunft gegeben. Ach, da ist es ja, Mr. Ryder. Da rechts von Ihnen. Rosa hat oft da gesessen, wo Sie jetzt sitzen, und wir sind dann langsam daran vorbeigefahren. Einmal sind wir so langsam vorbeigefahren und sind so vertieft gewesen, daß wir beinahe mit einem Wagen zusammengestoßen wären, der den Hügel hinaufkam. Ach ja, es hat diese Übereinkunft gegeben. Solange ich die herausragende Stellung in der Gemeinde genoß, die ich bald einnahm, würde sie mich lieben können. O ja, sie hat mich geliebt, sie hat mich aufrichtig geliebt. Das kann ich mit absoluter Überzeugung sagen, Mr. Ryder. Denn sehen Sie, für Rosa ist nichts im Leben so wichtig, wie mit einem Mann verheiratet zu sein, der eine Position einnimmt, wie ich sie hatte. Vielleicht läßt sie das ein wenig oberflächlich erscheinen. Aber Sie dürfen sie nicht falsch verstehen. Auf ihre Art, auf die Art, die sie kannte, hat sie mich tief und innig geliebt. Jedenfalls ist es Blödsinn zu glauben, daß die Leute sich immer weiter lieben, ganz egal, was passiert. Es ist nur so: In Rosas Fall, na ja, so wie sie nun einmal ist, kann sie mich nur unter bestimmten Umständen lieben. Das macht ihre Liebe zu mir nicht weniger wahr.»

Einen kurzen Moment lang schwieg Christoff wieder, tief in Gedanken versunken. Die Straße machte eine sanfte Biegung und bot auf meiner Seite eine Aussicht steil nach unten. Ich schaute auf das Tal unter uns und sah etwas wie einen wohlhabenden Vorort mit großen Häusern, jedes davon auf einem eigenen Grundstück von etwa einem Morgen Land.

«Gerade muß ich daran denken», sagte Christoff, «wie ich das erste Mal in diese Stadt kam. Wie aufgeregt sie alle waren. Und Rosa, wie sie damals im Kulturhaus auf mich zukam.» Wieder schwieg er einen Augenblick. Dann sagte er: «Wissen Sie, damals hatte ich keine hochtrabenden Vorstellungen mehr, was mich betraf. Ich hatte an diesem Punkt meines Lebens schon akzeptiert, daß ich kein Genie war. Nicht einmal annähernd ein Genie. Ich hatte eine Art Karriere gemacht, aber es waren einige Dinge passiert, die mich gezwungen hatten, meine Grenzen zu erkennen. Als ich in diese Stadt kam, hatte ich vorgehabt, in aller Ruhe zu leben – ich habe ein kleines privates Einkommen –, vielleicht hätte ich ein wenig unterrichten können oder so etwas. Aber dann waren die Leute hier so empfänglich für mein bescheidenes Talent. So froh, daß ich hierhergekommen war! Und nach einer Weile fing ich an nachzudenken. Schließlich hatte ich hart, sehr hart, gearbeitet und hatte versucht, mich mit den Methoden der modernen Musik anzufreunden. Ich wußte einiges darüber. Ich schaute mich um und dachte, na ja, hier könnte ich ja einen Beitrag leisten. In einer Stadt wie dieser und so, wie die Dinge damals lagen, sah ich, wie ich es anfangen konnte. Ich sah, wie ich wirklich etwas Gutes leisten konnte. Tja, Mr. Ryder, nach all diesen Jahren bin ich überzeugt davon, daß ich etwas geleistet habe, was der Mühe wert war. Ich bin fest davon überzeugt. Es ist ja nicht nur so, daß meine Schützlinge – meine Kollegen, sollte ich sagen, meine *Freunde*, die Sie bald kennenlernen werden –, es ist ja nicht nur so, daß sie mich das haben denken lassen.

Nein, ich bin davon überzeugt, ich bin fest davon überzeugt. Ich habe hier etwas geleistet, was der Mühe wert war. Aber Sie wissen doch, wie es geht. In einer Stadt wie dieser. Früher oder später geht im Leben der Leute etwas schief. Die Unzufriedenheit wächst. Und die Einsamkeit. Und Leute wie diese, die fast nichts von Musik verstehen, die sagen sich dann, oh, wir haben alles sicher vollkommen falsch angepackt. Laßt uns das genaue Gegenteil versuchen. Diese Anschuldigungen, die sie gegen mich vorbringen! Sie sagen, meine Methode würde das rein Mechanische zelebrieren, ich würde jede natürliche Regung ersticken. Wie wenig Ahnung sie doch haben! Wie wir Ihnen sehr bald schon demonstrieren werden, Mr. Ryder, habe ich lediglich eine Methode, ein System eingeführt, die Leuten wie diesen hier einen Zugang zu Musik wie der von Kazan und Mullery gestattet. Eine Möglichkeit, Bedeutung und Wert dieser Werke zu entdecken. Ich kann Ihnen sagen, als ich damals hierherkam, war es genau das, was sie unbedingt wollten. Eine Ordnung, ein System, das sie begreifen konnten. Die Leute hier waren völlig verunsichert, alles um sie herum brach zusammen. Die Leute hatten Angst, sie spürten, daß sie die Kontrolle über die Dinge verloren. Ich habe Papiere bei mir, Sie werden das ja gleich alles sehen. Und dann werden Sie ganz sicher auch sehen, wie fehlgeleitet die im Augenblick herrschende Meinung ist. Na schön, ich bin nur ein mittelmäßiger Mensch, das leugne ich ja gar nicht. Aber Sie werden sehen, daß ich immer auf dem richtigen Weg gewesen bin. Daß das Wenige, das ich erreicht habe, wenigstens ein Anfang war, ein sinnvoller Beitrag. Was man jetzt hier braucht – ich hoffe, Sie verstehen das, Mr. Ryder, wenn Sie das nur verstehen würden, dann ist noch nicht alles verloren in dieser Stadt –, was man jetzt hier braucht, ist jemand, jemand mit mehr Talent, als ich es habe, schön, aber jemand, der fortsetzt, auf dem *aufbaut*, was ich getan habe. Ich habe einen Beitrag geleistet, Mr. Ryder. Und ich habe den Beweis dafür, das werden Sie sehen, wenn wir ankommen.»

Wir waren auf eine Hauptverkehrsstraße gestoßen. Die Straße war breit und gerade und enthüllte ein weitläufiges Stück Himmel vor uns. Ganz in der Ferne sah ich zwei schwere Lastwagen, die auf der inneren Spur fuhren, doch ansonsten war die Straße vor uns praktisch leer.

«Ich hoffe, Mr. Ryder, Sie denken nicht», sagte Christoff nach einer Weile, «daß diese Mittagessenseinladung an Sie nur eine verzweifelte List meinerseits ist, meine herausragende Stellung hier wieder zurückzugewinnen. Ich sehe ganz deutlich, daß meine persönliche Situation unmöglich geworden ist. Außerdem habe ich nichts mehr zu geben. Ich habe alles gegeben, alles, was ich hatte, alles habe ich dieser Stadt gegeben. Ich will jetzt weggehen, weit weg, irgendwohin, wo es ruhig ist, wo ich allein bin, und nichts mehr mit Musik zu tun haben. Meine Schützlinge werden natürlich niedergeschmettert sein, wenn ich fortgehe. Sie haben sich noch nicht damit abgefunden. Sie wollen, daß ich dagegen ankämpfe. Ein Wort von mir, und sie machen sich an die Arbeit, sie tun ihr Äußerstes, sie gehen sogar von Haus zu Haus. Ich habe ihnen gesagt, wie die Dinge stehen, ich habe es offen und ehrlich dargelegt, aber sie können sich immer noch nicht damit abfinden. Es ist so schwer für sie. Sie haben so lange zu mir aufgeschaut, allen Sinn immer durch mich gefunden. Sie werden niedergeschmettert sein. Aber das macht jetzt auch keinen Unterschied mehr, es muß jetzt zu Ende gehen. Ich will, daß es zu Ende geht. Rosa auch. Jede Minute unserer Ehe ist ein kostbares Geschenk für mich gewesen, Mr. Ryder. Aber zu wissen, daß es zu Ende geht, nur nicht genau zu wissen, wann – das ist schrecklich. Ich will, daß es jetzt zu Ende geht. Ich wünsche Rosa alles Gute. Ich hoffe, sie findet jemand anderen, jemand von richtigem Format. Ich hoffe nur, sie ist klug genug, außerhalb dieser Stadt zu suchen. Diese Stadt kann ihr die Art Mensch nicht bieten, die sie als Ehemann braucht. Keiner hier hat wirklich eine Ahnung von Musik. Ach, wenn ich doch nur Ihr Talent hätte, Mr. Ryder! Rosa und ich, na ja, wir könnten dann zusammen alt werden.»

Der Himmel hatte sich bewölkt. Der Verkehr war immer noch nicht stärker geworden, und in regelmäßigen Abständen überholten wir Lastwagen, bevor wir in hoher Geschwindigkeit weiterfuhren. Dichte Wälder tauchten zu beiden Seiten auf, dann machten sie schließlich weitausgedehnten Flächen mit Ackerland Platz. Die Müdigkeit der vergangenen Tage holte mich langsam wieder ein, und während ich weiter auf die Straße schaute, die sich vor uns auftat, hatte ich Mühe, nicht einzunicken. Dann hörte ich Christoffs Stimme sagen: «Ah ja, da wären wir», und ich öffnete die Augen wieder.

VIERZEHN

Wir hatten das Tempo inzwischen verlangsamt und näherten uns einem kleinen Café – einem weißen, ebenerdigen Gebäude –, das frei am Straßenrand stand. Es war die Art Einrichtung, von der man annimmt, daß Lastwagenfahrer dort ein Sandwich essen, doch als Christoff den Wagen über den kiesbedeckten Vorhof steuerte und dann parkte, war weit und breit kein anderes Fahrzeug zu sehen.

«Hier essen wir zu Mittag?» fragte ich.

«Ja. Unser kleiner Kreis kommt jetzt schon seit Jahren hier zusammen. Es geht alles ganz zwanglos zu.»

Wir stiegen aus und gingen zum Café hinüber. Als wir näher kamen, sah ich, daß von der Markise glänzende Pappstücke herabhingen, die verschiedene Sonderangebote ankündigten.

«Es geht alles ganz zwanglos zu», sagte Christoff wieder und hielt mir die Tür auf. «Bitte fühlen Sie sich wie zu Hause.»

Die Inneneinrichtung war recht schlicht. Es gab große Aussichtsfenster, die um den ganzen Raum herumführten. Hier und da waren mit Hilfe von Tesafilm Plakate aufgehängt worden, die für Erfrischungsgetränke oder Erdnüsse warben. Einige waren vom Sonnenlicht ganz ausgebleicht, und eines hatte sich einfach in ein blaßblaues Rechteck verwandelt. Selbst jetzt bei dem bewölkten Himmel war das Tageslicht, das in den Raum fiel, recht grell.

Acht oder neun Leute waren bereits da, sie saßen alle an Tischen im hinteren Teil des Raumes. Jeder hatte vor sich eine dampfende Schüssel mit etwas, das wie Kartoffelpüree aussah. Hungrig hatten sie mit langen Holzlöffeln gegessen, doch jetzt hielten sie alle inne und starrten mich an. Ein oder zwei machten Anstalten aufzustehen, doch Christoff begrüßte sie fröhlich und bedeutete ihnen mit einem Winken, daß sie sitzenbleiben sollten. Dann wandte er sich zu mir um und sagte:

«Wie Sie sehen, hat man mit dem Essen schon ohne uns begonnen. Doch in Anbetracht unseres späten Erscheinens werden Sie das sicher verzeihen. Was die übrigen angeht, na ja, ich bin sicher, sie werden nicht mehr lange auf sich warten lassen. Jedenfalls sollten wir keine Zeit mehr verschwenden. Wenn Sie bitte hier hinüberkommen wollen, Mr. Ryder, werde ich Sie meinen guten Freunden hier vorstellen.»

Ich wollte ihm gerade folgen, als wir einen kräftigen Mann mit Bart und in gestreifter Schürze bemerkten, der ganz in der Nähe hinter der Theke stand und uns verschwörerisch zuwinkte.

«Na schön, Gerhard», sagte Christoff und drehte sich achselzuckend zu dem Mann um. «Dann fang ich eben mit dir an. Das ist Mr. Ryder.»

Der Mann mit dem Bart schüttelte mir die Hand und sagte: «Ihr Essen wird im Handumdrehen fertig sein. Sie müssen Hunger haben.» Dann flüsterte er Christoff schnell etwas zu und schaute dabei in den hinteren Teil des Cafés.

Christoff und ich folgten dem Blick des bärtigen Mannes. Als hätte er darauf gewartet, daß unsere Aufmerksamkeit auf ihm ruhte, erhob sich jetzt ein Mann, der ganz allein in der hintersten Ecke gesessen hatte. Er war stattlich und hatte graues Haar, war wohl etwa Mitte Fünfzig und trug eine leuchtendweiße Jacke und ein ebensolches Hemd. Er wollte gerade auf uns zugehen, da blieb er mitten im Raum stehen und lächelte Christoff an.

«Henri», sagte er und hob die Arme zu einer Geste des Grußes.

Christoff warf dem Mann einen kühlen Blick zu und drehte sich dann weg. «Hier gibt es nichts für dich zu holen», sagte er.

Der Mann in der weißen Jacke schien das nicht zu hören. «Ich habe dich gerade beobachtet, Henri», fuhr er jovial fort und deutete aus dem Fenster hinaus. «Wie du vom Wagen hierhergekommen bist. Du läßt die Schultern immer noch hängen. Früher war es einmal so etwas wie Affektiertheit, aber jetzt scheint es zur dauerhaften Gewohnheit geworden zu sein. Dafür gibt es doch gar keinen Grund, Henri. Es läuft im Moment vielleicht nicht alles so, wie du es gern hättest, aber das ist noch kein Grund, sich so hängenzulassen.»

Christoff stand immer noch mit dem Rücken zu dem Mann da.

«Komm schon, Henri. Das ist doch kindisch.»

«Willst du es noch einmal von mir hören», fragte Christoff. «Wir haben uns nichts mehr zu sagen.»

Der Mann in der weißen Jacke zuckte mit den Schultern und machte noch ein paar Schritte auf uns zu.

«Mr. Ryder», sagte er, «da Henri fest entschlossen ist, uns einander nicht vorzustellen, stelle ich mich selber vor. Ich bin Dr. Lubanski. Wie Sie ja wissen, standen Henri und ich uns einmal sehr nahe. Aber Sie sehen ja, jetzt spricht er nicht einmal mehr mit mir.»

«Du bist hier nicht erwünscht.» Christoff schaute den Mann immer noch nicht an. «Hier will dich keiner haben.»

«Sehen Sie, Mr. Ryder? Henri hatte immer schon diese kindische Seite. Wie dumm. Ich selbst habe mich schon vor langer Zeit damit abgefunden, daß unsere Wege sich getrennt hatten. Früher haben wir zusammengesessen und uns stundenlang unterhalten. Nicht, Henri? Wir haben dieses oder jenes Werk genauestens auseinandergenommen, haben es über unserem Bier im Schoppenhaus in allen Nuancen analysiert. Ich denke immer noch gern an jene Tage im Schoppenhaus zurück. Manchmal wünschte ich sogar, daß ich diese gute Idee, dir zu widersprechen, nie gehabt hätte. Daß wir uns heute abend wieder zusammen hinsetzen und stundenlang miteinander reden und über Musik diskutieren könnten und darüber, wie du dieses oder jenes Stück anlegst. Ich lebe allein, Mr. Ryder. Wie Sie sich wohl denken können» – er machte eine kurze Pause – «wird es manchmal doch ein wenig einsam. Und dann fange ich immer an, daran zu denken, wie es damals war. Ich sage mir, wie schön es doch wäre, einfach wieder mit Henri zusammenzusitzen und über eine Partitur zu sprechen, an der er gerade arbeitet. Es gab eine Zeit, da hat er nichts entschieden, ohne sich vorher mit mir zu beraten. Stimmt es, Henri? Komm schon, wir wollen nicht kindisch sein. Laß uns doch wenigstens höflich miteinander umgehen.»

«Warum ausgerechnet heute?» rief Christoff plötzlich. «Kein Mensch will dich hier haben! Die sind immer noch alle wütend auf dich! Schau nur! Schau dich doch nur um!»

Dr. Lubanski, der diesen Ausbruch nicht beachtete, ließ sich von einer weiteren Erinnerung mitreißen, die ihn selbst und Christoff betraf. Bald schon bekam ich gar nicht mehr mit, worum es in der Geschichte eigentlich ging, und ich mußte feststellen, daß mein Blick zu den Leuten hinter ihm wanderte, die nervös von den Tischen ganz hinten zuschauten.

Von diesen Leuten schien keiner über Vierzig zu sein. Es waren auch drei Frauen da, und mir fiel auf, daß besonders eine von ihnen mich mit einer merkwürdigen Intensität ansah. Sie war Anfang Dreißig, trug ein langes schwarzes Gewand und eine Brille mit kleinen dicken Gläsern. Ich hätte mir auch die anderen genauer angesehen, doch gerade in dem Moment dachte ich wieder daran, was für ein geschäftiger Tag noch vor mir lag und wie dringend nötig es war, daß ich gegenüber meinen Gastgebern hier entschlossen auftrat, wenn ich nicht über die zugebilligte Zeit hinaus aufgehalten werden wollte.

Als Dr. Lubanski kurz innehielt, berührte ich Christoff am Arm und sagte leise: «Ob wohl die anderen noch sehr viel länger auf sich warten lassen?»

«Tja...» Christoff schaute sich in dem Raum um. Dann erwiderte er: «Es scheint so, als wären das alle für heute.»

Ich hatte den Eindruck, daß er auf Widerspruch hoffte. Als niemand etwas sagte, drehte er sich mit einem kurzen Auflachen wieder zu mir um.

«Eine kleine Runde», sagte er, «aber nichtsdestotrotz haben wir... haben wir die besten Köpfe der Stadt hier unter uns, das dürfen Sie mir glauben. Also bitte, Mr. Ryder.»

Er fing an, mir seine Freunde vorzustellen. Sie alle lächelten nervös und sagten ein paar Worte zur Begrüßung, wenn ihr Name fiel. Ich merkte, daß Dr. Lubanski langsam in den hinteren Teil des Raumes zurückging und dabei nicht einmal den Blick abwendete von dem, was hier vorging. Als dann Christoff mit seinen Vorstellungen zum Ende gekommen war, lachte Dr. Lubanski laut auf, womit er ersteren veranlaßte, ihm einen Blick voll kalter Wut zuzuwerfen. Dr. Lubanski, der sich inzwischen wieder an seinen Tisch in der Ecke gesetzt hatte, lachte noch einmal auf und sagte:

«Na, Henri, was auch immer du im Lauf der Jahre verloren hast, deinen Mut hast du jedenfalls nicht verloren. Du willst wirklich vor Mr. Ryder diese ganze Offenbach-Geschichte ausbreiten? Vor Mr. *Ryder*?» Er schüttelte den Kopf.

Christoff starrte seinen früheren Freund immer weiter an. Irgendeine vernichtende Erwiderung schien seinen Lippen entweichen zu wollen, doch dann drehte er sich im letzten Moment weg, ohne etwas zu sagen.

«Wirf mich doch hinaus, wenn du willst», sagte Dr. Lubanski und wandte sich wieder seinem Kartoffelpüree zu. «Aber es sieht allmählich so aus, als ob» – er schwenkte seinen Löffel im Kreis herum – «als ob nicht alle hier meine Gegenwart so sehr verärgert. Wir könnten ja vielleicht darüber abstimmen. Ich will gerne gehen, wenn ich hier wirklich nicht erwünscht bin. Wie wäre es, wenn sich die Leute durch Handzeichen dazu äußern würden?»

«Wenn du unbedingt bleiben willst, mir macht das absolut nichts aus», sagte Christoff. «Das macht keinen Unterschied. Ich habe hier meine Fakten. Ich habe sie alle hier.» Er hob einen blauen Schnellhefter hoch, den er von irgendwoher hervorgeholt hatte, und klopfte mit den Fingern darauf. «Ich bin mir meiner Sache ganz sicher. Du kannst tun und lassen, was du willst.»

Dr. Lubanski drehte sich zu den anderen um und zuckte mit den Schultern, womit er zu sagen schien: «Was kann man mit so jemandem schon machen?» Die junge Frau mit den dicken Brillengläsern schaute sofort weg, doch ihre Begleiter schienen höchst verwirrt zu sein, ein oder zwei lächelten sogar scheu zurück.

«Bitte, Mr. Ryder», sagte Christoff, «setzen Sie sich und machen Sie es sich gemütlich. Sobald Gerhard zurückkommt, wird er Ihnen Ihr Essen servieren. Also» – er klatschte in die Hände, und er nahm den Ton eines Menschen an, der eine Rede vor einem großen Saal hält – «meine Damen und Herren, zuerst möchte ich mich im Namen aller heute Anwesenden bei Mr. Ryder dafür bedanken, daß er sich bereit erklärt hat, zu uns zu kommen und mit uns zu reden, und das an diesen sicherlich doch sehr geschäftigen Tagen...»

«Du bist ja wirklich sehr mutig», rief Dr. Lubanski von hinten. «Kein bißchen eingeschüchtert durch mich, nicht einmal durch Mr. Ryder. Ganz schön mutig, Henri.»

«Ich bin nicht eingeschüchtert», gab Christoff zurück, «weil ich hier alle Fakten habe! Fakten sind Fakten! Ich habe alles hier! Die ganzen Beweise! Ja, sogar Mr. Ryder. Jawohl» – er wandte sich an mich – «sogar ein Mann Ihrer Reputation. Sogar jemand wie Sie muß sich den *Fakten* beugen!»

«Tja, das kann ja noch richtig interessant werden», sagte Dr. Lubanski zu den anderen. «Ein Provinz-Cellist, der vor einem Mr. Ryder Vorträge hält. Na schön, dann laß mal hören. Laß einfach mal hören.»

Ein oder zwei Sekunden lang zögerte Christoff. Dann schlug er mit einiger Entschlossenheit seinen Hefter auf und sagte: «Wenn ich mit einem einzelnen Fall beginnen dürfte, von dem ich meine, daß er uns mitten in die Kontroverse um die Ringharmonien hineinführt.»

Während der nächsten Minuten skizzierte Christoff den Hintergrund des Falles eines hiesigen Geschäftsmannes und seiner Familie, er blätterte seinen Hefter durch und verlas einige Zitate und statistische Informationen. Er schien seine Sache recht kompetent vorzubringen, doch da war etwas an seinem Redestil – die unnötige Langsamkeit seines Vortrags, die Art und Weise, in der er manches zwei- oder dreimal erklärte –, das mir bald auf die Nerven fiel. Tatsächlich schien es mir, als habe Dr. Lubanski gar nicht so unrecht. Es hatte tatsächlich etwas Groteskes, wie dieser gescheiterte Provinzmusiker sich anmaßte, mir Vorträge zu halten.

«*Das* nennst du also Fakten?» unterbrach Dr. Lubanski plötzlich, als Christoff aus dem Protokoll einer Bürgerkomitee-Sitzung vorlas. «Ha! Henris ‹Fakten› sind immer sehr interessant, nicht?»

«Lassen Sie ihn doch ausreden! Lassen Sie ihm doch die Möglichkeit, Mr. Ryder seinen Standpunkt darzulegen!»

Dies hatte ein junger Mann mit rundlichem Gesicht gesagt, der eine kurze Lederjacke trug. Christoff lächelte ihn beifällig an. Dr. Lubanski hob die Hände und sagte: «Na schön, na schön.»

«Lassen Sie ihn doch ausreden!» wiederholte der junge Mann mit dem rundlichen Gesicht. «Dann werden wir ja sehen. Wir werden sehen, was Mr. Ryder von dem allen hält. Dann werden wir endgültig Bescheid wissen.»

Christoff schien etliche Sekunden zu brauchen, den tieferen Sinn dieser Worte in sich aufzunehmen. Zunächst blieb er wie angewurzelt stehen, den Hefter hielt er immer noch in den hocherhobenen Händen. Dann schaute er in die Gesichter um ihn herum, als sehe er sie zum erstenmal. Von überall her aus dem Raum wurden ihm fragende Blicke zugeworfen. Einen Moment lang machte Christoff einen stark angeschlagenen Eindruck. Indem er sich wegdrehte, sagte er flüsternd fast nur zu sich selbst:

«Das sind tatsächlich alles Fakten. Ich habe lauter Beweise gesammelt. Sie alle können sich das ansehen, können hier Einsicht nehmen.» Er schaute in seinen Hefter. «Ich wollte die Beweise für Sie nur kurz zusammenfassen. Das ist alles.» Mit einiger Mühe schien er dann seine sichere Haltung wiederzugewinnen. «Mr. Ryder», sagte er, «wenn Sie nur noch einen kleinen Augenblick Geduld mit mir haben. Ich glaube, alles wird sehr bald schon viel klarer sein.»

Christoff setzte seine Beweisführung fort, in seiner Stimme schwang eine leichte Anspannung mit, doch ansonsten sprach er so wie vorher. Während er weiterredete, fiel mir ein, wie ich in der vergangenen Nacht auf Stunden kostbaren Schlafes verzichtet hatte, um meine Untersuchungen die hiesigen Gegebenheiten betreffend fortzusetzen. Wie ich trotz meiner großen Müdigkeit in dem Kino gesessen und mit den führenden Bürgern der Stadt die Probleme durchgesprochen hatte. Christoffs wiederholte Anspielungen auf meine Unwissenheit – in diesem Augenblick setzte er an zu einer längeren Abschweifung, um einen Sachverhalt zu erklären, der mir vollkommen klar war – brachten mich langsam, aber sicher immer mehr in Wut.

Mit meiner Ungeduld stand ich, wie es schien, allerdings nicht allein da. Etliche andere in dem Raum bewegten sich unbehaglich hin und her. Ich merkte, daß die junge Frau mit den dicken Brillengläsern von Christoffs Gesicht auf meines schaute, und mehrmals sah es so aus, als wollte sie ihn unterbrechen. Doch schließlich fiel ihm ein Mann mit kurzgeschnittenem Haar ins Wort, der irgendwo hinter mir saß.

«Einen Moment, bitte. Nur einen Moment. Bevor wir fortfahren, lassen Sie uns eine Sache klarstellen. Ein für allemal.»

Aus dem hinteren Teil des Cafés war wieder Dr. Lubanskis Auflachen zu hören. «Claude und seine gefärbten Dreiklänge! Das Problem ist immer noch nicht gelöst?»

«Claude», sagte Christoff, «das ist jetzt wohl kaum die Zeit...»

«Doch! Jetzt, wo Mr. Ryder hier ist, will ich das geklärt haben.»

«Claude, das ist jetzt wohl kaum die Zeit, dieses Problem wieder anzusprechen. Ich bringe hier Ausführungen vor, um zu beweisen...»

«Vielleicht ist es ja ganz unbedeutend. Aber lassen Sie uns das doch klären. Mr. Ryder, Mr. Ryder, ist es wirklich wahr, daß gefärbte Dreiklänge ungeachtet des Kontextes einen Gefühlswert haben? Glauben Sie das?»

Ich spürte, daß die Aufmerksamkeit aller im Raum sich auf mich konzentrierte. Christoff warf mir schnell einen Blick zu, so etwas wie eine mit Furcht gemischte Bitte. Doch in Anbetracht der Ernsthaftigkeit der Frage – ganz zu schweigen von Christoffs anmaßendem Verhalten bis zu diesem Moment – sah ich keinen Grund, nicht frank und frei zu antworten. Also sagte ich:

«Ein gefärbter Dreiklang an sich hat keinerlei gefühlsmäßige Eigenschaften. Tatsächlich kann seine gefühlsmäßige Färbung nicht nur je nach Kontext, sondern auch je nach Volumen beträchtlich variieren. Das ist meine persönliche Meinung.»

Keiner sagte ein Wort, doch die heftige Wirkung meiner Erklärung war deutlich zu spüren. Einer nach dem anderen richteten die Anwesenden strenge Blicke auf Christoff – der währenddessen so tat, als sei er in seinen Hefter vertieft. Leise sagte dann der Mann, der Claude hieß:

«Ich habe es gewußt. Ich habe es immer gewußt.»

«Aber er hat Sie davon überzeugt, daß Sie unrecht hatten», sagte Dr. Lubanski. «Er hat sie so lange eingeschüchtert, bis Sie glaubten, daß Sie unrecht hatten.»

«Was hat das denn überhaupt damit zu tun?» schrie Christoff. «Schauen Sie, Claude, Sie haben uns vollkommen vom Thema abgebracht. Und Mr. Ryder hat doch so wenig Zeit. Wir müssen zum Fall Offenbach zurück.»

Doch Claude schien ganz in Gedanken versunken. Schließlich sah er sich um und schaute zu Dr. Lubanski hinüber, der nickte und voller Ernst zurücklächelte.

«Mr. Ryder hat doch so wenig Zeit», sagte Christoff wieder. «Also wenn Sie alle jetzt nichts dagegen haben, möchte ich gern versuchen, meine Beweisführung zusammenzufassen.»

Christoff begann, das aufzulisten, was er für die entscheidenden Punkte in der Tragödie der Familie Offenbach hielt. Er gab sich den Anschein von Unbekümmertheit, doch inzwischen hatten alle deutlich gemerkt, daß er völlig aus der Bahn geraten war. Wie dem auch sei, etwa von dem Moment an beachtete ich ihn gar nicht weiter, denn seine Bemerkung über meine knappe Zeit ließ mich plötzlich an Boris denken, der in diesem kleinen Café auf mich wartete.

Eine beträchtliche Zeitspanne war, wie ich bemerkte, seit dem Augenblick vergangen, als ich ihn dort zurückgelassen hatte. Vor meinem inneren Auge erschien das Bild des kleinen Jungen, der kurz nach meinem Fortgehen in seiner Ecke vor einem Glas und dem Käsekuchen saß und immer noch voller Vorfreude an den vor ihm liegenden Ausflug dachte. Ich sah, wie er fröhlich zu den anderen Gästen des Cafés in dem sonnigen Innenhof hinausschaute und wie er dabei dachte, daß auch er bald dort draußen sein und sich auf den Weg machen würde. Er würde sich wieder einmal an die alte Wohnung erinnern, an den kleinen Schrank in der Ecke des Wohnzimmers, wo er, wie er mit wachsender Zuversicht annahm, die Schachtel mit der Nummer Neun gelassen hatte. Wenn dann die Minuten vergingen, würden sich die Zweifel, die immer schon irgendwo gelauert hatten, Zweifel, die er bisher so gründlich vergraben hatte, wieder an die Oberfläche schleichen. Aber noch eine ganze Weile würde es Boris gelingen, frohen Mutes zu sein. Irgend etwas hätte mich einfach nur unerwarteterweise aufgehalten. Oder vielleicht war ich irgendwohin gegangen, um etwas für ein Picknick zu besorgen, das wir auf den Ausflug mitnehmen würden. Auf jeden Fall war noch reichlich vom Tag übriggeblieben. Dann würde die Kellnerin, die mollige junge Frau skandinavischen Typs, ihn fragen, ob er sonst noch etwas wünsche, und dabei eine Spur Besorgnis zeigen, die Boris nicht entgehen würde. Und er würde noch einmal so tun, als machte er sich überhaupt keine Sorgen, und würde vielleicht in gespielter Tapferkeit noch ein Glas Milchshake bestellen.

Doch die Minuten würden verrinnen. Boris würde bemerken, daß Gäste draußen im Innenhof, die lange nach ihm gekommen waren, ihre Zeitung zusammenfalteten, aufstanden und gingen. Er würde den Himmel sich bewölken und den Mittag in den Nachmittag übergehen sehen. Er würde wieder an die alte Wohnung denken, die er so gemocht hatte, an den kleinen Schrank im Wohnzimmer, an die Nummer Neun, und allmählich würde er sich, während er in den Resten des Käsekuchens herumstocherte, mit dem Gedanken abfinden, daß er wieder einmal enttäuscht würde, daß wir den Ausflug doch nicht machen würden.

Verschiedene Stimmen erhoben sich laut rufend um mich herum. Ein junger Mann in grünem Anzug war aufgestanden und versuchte, Christoff gegenüber ein Argument anzubringen, während mindestens drei weitere mit den Fingern gestikulierten, um etwas besonders zu betonen.

«Aber das ist doch völlig belanglos», rief Christoff, die Unruhe übertönend. «Und wie auch immer, es ist doch nur Mr. Ryders persönliche Meinung...»

Das ließ einen Ansturm gegen ihn aufbranden, denn fast alle Anwesenden versuchten gleichzeitig, etwas darauf zu erwidern. Doch schließlich gelang es Christoff, sie alle niederzuschreien.

«Ja! Ja! Ich weiß *ganz genau*, wer Mr. Ryder ist! Aber die hiesigen Gegebenheiten, die hiesigen Gegebenheiten, das ist etwas vollkommen anderes! Er weiß doch noch gar nichts von unseren besonderen Gegebenheiten! Ich dagegen... ich habe hier...»

Der Rest seiner Erklärung ging in dem Tumult unter, doch Christoff hob den blauen Hefter hoch über den Kopf und schwenkte ihn.

«Ganz schön mutig! Ganz schön mutig!» rief Dr. Lubanski lachend von hinten.

«Bei allem Respekt, Mr. Ryder» – Christoff sprach mich jetzt direkt an – «bei allem Respekt, es wundert mich, daß Sie nicht mehr Interesse daran haben, etwas über die Gegebenheiten hier zu erfahren. Tatsächlich *wundert* es mich, Ihre Könnerschaft will ich einmal ganz beiseite lassen, es *wundert* mich, daß Sie so voreilige Schlüsse ziehen...»

Wieder erhob sich Protestgeschrei, diesmal noch wütender als vorher.

«Zum Beispiel...», rief Christoff, den Lärm übertönend. «Zum Beispiel hat es mich doch sehr gewundert, daß Sie der Presse gestattet haben, Sie vor dem Sattler-Monument aufzunehmen!»

Zu meiner Bestürzung herrschte plötzlich völliges Schweigen.

«Jawohl!» Christoff war offenbar entzückt angesichts der Wirkung, die er hervorgerufen hatte. «Jawohl! Ich habe ihn gesehen! Als ich ihn vorhin abgeholt habe. Er stand mitten vor dem Sattler-Monument. Hat gelächelt und darauf gezeigt!»

Das erschütterte Schweigen dauerte an. Einige Anwesende schienen verlegen zu werden, während mich andere – einschließlich der jungen Frau mit den dicken Brillengläsern – fragend ansahen. Ich lächelte und wollte gerade eine Bemerkung machen, als Dr. Lubanskis Stimme, die jetzt beherrscht und gebieterisch klang, von hinten zu hören war:

«Wenn Mr. Ryder sich entschließt, eine solche Geste zu machen, kann das nur eines bedeuten. Daß das Ausmaß unserer Verirrung sogar noch größer ist, als wir vermutet hatten.»

Alle Augen wandten sich ihm zu, als er aufstand und ein paar Schritte näher zu der Versammlung trat. Dr. Lubanski blieb stehen und neigte den Kopf zur Seite, als lausche er auf entfernte Geräusche auf der Straße. Dann fuhr er fort:

«Seine Botschaft muß jeder von uns sorgfältig prüfen und sich zu Herzen nehmen. Das Sattler-Monument! Natürlich, er hat ja recht! Damit geht er nicht zu weit, keineswegs! Seht euch doch nur an, wie ihr immer noch versucht, euch an Henris närrische Ideen zu klammern! Sogar diejenigen unter uns, die sie als das erkannt haben, was sie sind, sogar wir, tja, die Wahrheit ist, wir haben uns davon nicht aus unserer Selbstzufriedenheit reißen lassen. Das Sattler-Monument! Ja, das ist es. Diese Stadt befindet sich mitten in der Krise. Mitten in der Krise!»

Es war erfreulich, daß Dr. Lubanski das anmaßende Element in Christoffs Erklärung sofort deutlich herausgestellt und dabei die entschiedene Botschaft betont hatte, die ich der Stadt hatte übermitteln wollen. Dennoch war meine Empörung Christoff gegenüber inzwischen beträchtlich, und ich fand, es sei höchste Zeit, ihm einen Dämpfer aufzusetzen. Doch die Anwesenden hatten wieder angefangen, alle auf einmal zu schreien. Der Mann, der Claude hieß, schlug mehrfach mit der Faust auf den Tisch, um einem grauhaarigen Mann mit Hosenträgern und schmuddeligen Stiefeln etwas klarzumachen. Mindestens vier Leute schrien aus verschiedenen Ecken des Raumes auf Christoff ein. Chaos drohte auszubrechen, und ich hielt diesen Zeitpunkt für durchaus geeignet, mich zu verabschieden. Doch als ich aufstand, erschien plötzlich die junge Frau mit den dicken Brillengläsern vor mir.

«Bitte helfen Sie uns, Mr. Ryder», sagte sie. «Lassen Sie uns der Sache auf den Grund gehen. Hat Henri recht, wenn er glaubt, daß wir die Kreisdynamik bei Kazan um keinen Preis aufgeben dürfen?»

Sie hatte nicht laut gesprochen, doch ihre Stimme hatte einen durchdringenden Klang. Alle im Raum hatten ihre Frage gehört und wurden sofort ruhig. Einige ihrer Begleiter warfen ihr prüfende Blicke zu, doch sie schaute herausfordernd in die Runde.

«Nein, wirklich, ich will das jetzt wissen», sagte sie. «Das hier ist eine einmalige Gelegenheit. Die dürfen wir nicht vorübergehen lassen. Ich will das jetzt wissen. Bitte, Mr. Ryder. Helfen Sie uns.»

«Aber ich habe doch die Fakten», murmelte Christoff kläglich. «Hier. Ich habe doch alles.»

Niemand beachtete ihn mehr, alle Blicke waren wieder auf mich gerichtet. Ich begriff, daß ich meine nächsten Worte mit

Bedacht wählen mußte und schwieg einen Augenblick. Dann sagte ich:

«Meine Meinung ist, daß formalisierte Beschränkungen jemandem wie Kazan nie guttun. Weder in Gestalt der Kreisdynamik noch in Gestalt einer Doppelstrich-Struktur. Da gibt es einfach zu viele Schichten, zu viele Gefühlslagen, vor allem in den späteren Werken.»

Fast körperlich spürte ich die Welle von Respekt auf mich zurollen. Der Mann mit dem rundlichen Gesicht sah mich mit einem der Ehrfurcht nahekommenden Ausdruck an. Eine Frau in scharlachrotem Anorak murmelte: «Das ist es, das ist es», als hätte ich gerade etwas ausgesprochen, das sie schon seit Jahren verzweifelt zu formulieren versucht hatte. Der Mann, der Claude hieß, war aufgestanden und machte jetzt ein paar Schritte auf mich zu und nickte heftig. Auch Dr. Lubanski nickte, aber langsam und mit geschlossenen Augen, als wollte er sagen: «Ja, ja, endlich ist jemand gekommen, der sich wirklich auskennt.» Doch die junge Frau mit den dicken Brillengläsern war ganz ruhig geblieben und schaute mich weiterhin aufmerksam an.

«Ich habe Verständnis», so fuhr ich fort, «für die Versuchung, Zuflucht zu solchen Mitteln zu nehmen. Da gibt es diese urtümliche Angst vor einer Musik, die die Fähigkeiten des Musikers übersteigt. Doch die Antwort besteht sicherlich darin, sich der Herausforderung zu stellen, und nicht darin, Zuflucht zu Beschränkungen zu nehmen. Gewiß, die Herausforderung könnte zu gewaltig sein, und in dem Fall besteht die Antwort darin, den Kazan ganz und gar sein zu lassen. Allerdings sollte man in keinem Fall aus seinen Grenzen eine Tugend machen.»

Bei dieser letzten Bemerkung schienen viele Anwesende ihre Gefühle nicht mehr zurückhalten zu können. Der grauhaarige Mann mit den schmuddeligen Stiefeln brach in heftigen Beifall aus und warf dabei wütende Blicke in Christoffs Richtung. Etliche andere hatten wieder begonnen, Christoff anzuschreien, und die Frau in dem scharlachroten Anorak wiederholte wieder und wieder, nur diesmal lauter: «Das ist es, das ist es, das ist es.» Ich verspürte eine merkwürdige Heiterkeit, und indem ich meine Stimme über der anwachsenden Aufregung erhob, fuhr ich fort:

«Dieser mangelnde Mut geht meiner Meinung nach häufig einher mit gewissen anderen unliebsamen Eigenschaften. Da ist etwa eine Feindseligkeit dem introspektiven Ton gegenüber, was meist in einem übertriebenen Gebrauch der gequetschten Kadenzen zum Ausdruck kommt. Eine Vorliebe dafür, fragmentarische Passagen sinnlos miteinander zu verbinden. Und auf eher persönlicher Ebene ein gewisser Größenwahn, der sich als bescheidenes, freundliches Gebaren geriert...»

Ich war gezwungen abzubrechen, weil alle Anwesenden jetzt auf Christoff einschrien. Christoff seinerseits hielt seinen blauen Hefter hoch, blätterte in der Luft die Seiten auf und rief: «Die Fakten sind doch hier! Hier!»

«Natürlich gibt es da», rief ich den Lärm übertönend, «noch einen weitverbreiteten Mangel. Nämlich die Überzeugung, daß etwas allein schon dadurch zu einem Faktum wird, daß man es in einem Ordner abheftet!»

Diese Bemerkung löste schallendes Gelächter aus, in dessen Zentrum sich eine aufkeimende Wut befand. Dann stand die junge Frau mit den dicken Brillengläsern auf und ging auf Christoff zu. Das tat sie ganz langsam und betrat jetzt das kleine Stückchen Raum, das bis dahin um den Cellisten herum frei gelieben war.

«Sie alter Narr», sagte sie, und wieder drang ihre Stimme deutlich vernehmbar durch den Tumult. «Sie haben uns alle mit hinuntergezogen.» Dann schlug sie Christoff durchaus mit Bedacht mit dem Handrücken ins Gesicht.

Die Leute schwiegen bestürzt. Dann plötzlich standen sie von ihren Stühlen auf und drängten einander beiseite in dem Versuch, zu Christoff zu gelangen, der Wunsch, dem Beispiel der jungen Frau zu folgen, hatte offensichtlich mit einiger Dringlichkeit von ihnen Besitz ergriffen. Ich merkte, daß eine Hand mich bei der Schulter schüttelte, aber für den Augenblick war ich zu sehr in Anspruch genommen von dem, was sich da vor mir tat, als daß ich hätte reagieren können.

«Nein, nein, das reicht jetzt aber!» Dr. Lubanski hatte Christoff irgendwie als erster erreicht und hob die Hände. «Nein, laßt Henri doch in Ruhe! Was bildet ihr euch denn ein? Das reicht jetzt aber!»

Möglicherweise bewahrte nur Dr. Lubanskis Einschreiten Christoff vor einem größeren Angriff. Ich konnte einen flüchtigen Blick auf Christoffs verblüfftes, verängstigtes Gesicht werfen, und dann schloß sich ein wütender Kreis um ihn, und ich konnte ihn nicht länger sehen. Die Hand schüttelte mich wieder bei der Schulter, und als ich mich umdrehte, sah ich den Mann mit dem Bart und in der Schürze – mir fiel wieder ein, daß er Gerhard hieß –, der eine dampfende Schüssel mit Kartoffelpüree trug.

«Hätten Sie jetzt gern etwas zu essen, Mr. Ryder?» fragte er. «Tut mir leid, daß ich so spät damit komme. Aber sehen Sie, wir mußten erst einen neuen Topf aufsetzen.»

«Das ist sehr freundlich von Ihnen», antwortete ich, «aber eigentlich muß ich jetzt doch endlich gehen. Mein Junge wartet nämlich auf mich.» Dann führte ich ihn ein wenig weg von dem Tumult und sagte zu ihm: «Seien Sie doch so nett und zeigen Sie mir, wo der Vordereingang ist.» Denn gerade in dem Augenblick erinnerte ich mich tatsächlich daran, daß dieses Café und das, in dem ich Boris gelassen hatte, in Wirklichkeit Teile ein und desselben Gebäudes waren, da dies eines jener Lokale war, die verschiedene Räume anboten – die auf verschiedene Straßen gingen – und sich an eine jeweils unterschiedliche Klientel wandten.

Der Mann mit dem Bart war sichtlich enttäuscht, daß ich nichts essen wollte, doch er faßte sich schnell wieder und sagte: «Natürlich, Mr. Ryder. Hier entlang.»

Ich folgte ihm zum vorderen Teil des Raumes und um die Theke herum. Er klinkte eine kleine Tür auf und bedeutete mir, daß ich hindurchgehen sollte. Während ich das tat, schaute ich noch ein letztes Mal zurück und sah den Mann mit dem rundlichen Gesicht auf einem Tisch stehen und Christoffs blauen Hefter in der Luft schwenken. Wieder brach inmitten wütender Rufe johlendes Gelächter aus, während man Dr. Lubanskis Stimme hörte, der recht gemütsbewegt appellierte: «Nein, Henri hat jetzt genug! Bitte, bitte! Das reicht jetzt wirklich!»

Ich gelangte in eine geräumige Küche, die ganz in Weiß gekachelt war. Da war ein starker Essiggeruch, und ich konnte einen flüchtigen Blick auf eine korpulente Frau werfen, die sich über einen glühendheißen Ofen beugte, doch der Mann mit dem Bart hatte den Raum bereits durchschritten und öffnete eine weitere Tür in der entgegengesetzten Ecke der Küche.

«Hier entlang, bitte», sagte er und deutete nach draußen.

Die Tür war merkwürdig hoch und schmal. Tatsächlich war sie so schmal, daß ich sah, ich würde nur hindurchkommen, wenn ich seitwärts ging. Außerdem sah ich, als ich hindurchspähte, nichts als Dunkelheit; da gab es kein Anzeichen dafür, daß ich in irgend etwas anderes als eine Besenkammer schaute. Doch der Mann mit dem Bart machte wieder seine nach draußen deutende Geste und sagte:

«Achten Sie bitte auf die Stufen, Mr. Ryder.»

Da sah ich, daß drei Stufen – sie schienen aus hölzernen Kisten gemacht zu sein, die eine über die andere genagelt waren – unmittelbar von der Türschwelle aus in die Höhe führten. Ich zwängte mich durch die Tür und erkletterte vorsichtig die Stufen. Als ich die oberste Stufe erreichte, sah ich vor mir ein kleines helles Rechteck. Zwei Schritte nach vorn brachten mich genau vor dieses Rechteck, und da konnte ich nun durch eine gläserne Trennwand in einen von Sonnenlicht durchfluteten

Raum schauen. Ich sah Tische und Stühle, und dann erkannte ich den Raum, in dem ich Boris zuvor gelassen hatte. Da war die mollige junge Kellnerin – ich sah von der Wand hinter der Kuchentheke in den Raum – und hinten in einer Ecke Boris, der mit verärgertem Gesichtsausdruck vor sich hin starrte. Er hatte seinen Käsekuchen aufgegessen und fuhr geistesabwesend mit der Gabel auf dem Tischtuch auf und ab. Abgesehen von einem jungen Paar, das nahe bei den Fenstern saß, waren keine weiteren Gäste im Inneren des Cafés.

Ich spürte, wie sich mir etwas in die Seite drückte, und merkte, daß sich der Mann mit dem Bart von hinten neben mich gezwängt hatte und jetzt im Dunkeln niederkauerte und rasselnd mit einem Schlüsselbund hantierte. Einen Augenblick später öffnete sich die ganze Trennwand vor mir, und ich trat in das Café.

Die Kellnerin drehte sich zu mir um und lächelte. Dann rief sie zu Boris hinüber: «Schau mal, wer hier ist!»

Boris drehte sich zu mir um und verzog das Gesicht. «Wo warst du denn?» fragte er gequält. «Du bist ja Ewigkeiten weggewesen.»

«Tut mir sehr leid, Boris», sagte ich. Dann fragte ich die Kellnerin: «Ist er denn auch brav gewesen?»

«Ach, er ist ein richtiger kleiner Charmeur. Er hat mir alles über die Wohnung erzählt, in der Sie früher gewohnt haben. Auf diesem Gelände an dem künstlichen See.»

«Ach ja», erwiderte ich. «Der künstliche See. Ja, dahin wollten wir jetzt gerade gehen.»

«Aber du bist wirklich Ewigkeiten weggewesen!» sagte Boris. «Jetzt sind wir spät dran!»

«Tut mir sehr leid, Boris. Aber mach dir keine Sorgen, wir haben immer noch reichlich Zeit. Und die alte Wohnung wird uns ja wohl nicht davonlaufen, oder? Aber du hast natürlich ganz recht, wir sollten uns wirklich jetzt gleich auf den Weg machen. Wollen mal sehen.» Ich drehte mich wieder zu der Kellnerin um, die gerade etwas zu dem Mann mit dem Bart sagte. «Entschuldigung, aber könnten Sie uns vielleicht sagen, wie wir am besten zu diesem künstlichen See kommen?»

«Der künstliche See?» Die Kellnerin deutete aus dem Fenster hinaus. «Der Bus, der da draußen hält. Der bringt Sie direkt hin.»

Ich schaute in die angegebene Richtung und sah, daß jenseits der Sonnenschirme des Innenhofes mehr oder weniger direkt vor uns in der geschäftigen Straße ein Bus parkte.

«Der steht da schon eine ganze Weile», sagte da die Kellnerin. «Also laufen Sie man lieber los. Ich glaube, der fährt jeden Moment ab.»

Ich bedankte mich bei ihr, winkte Boris zu mir und trat aus dem Gebäude in das Sonnenlicht hinaus.

FÜNFZEHN

Wir kletterten in den Bus, als der Fahrer gerade den Motor starten wollte. Als ich die Fahrkarten bei ihm kaufte, sah ich, daß der Bus sehr voll war, und sagte besorgt:

«Ich hoffe, wir können zusammensitzen, mein Junge und ich.»

«Oh, machen Sie sich darüber keine Sorgen», sagte der Fahrer. «Das sind alles ganz prima Leute. Überlassen Sie das nur mir.»

Damit drehte er sich um und brüllte etwas über die Schulter. Es hatte ein ungewöhnlich ausgelassener Trubel geherrscht, doch auf einmal wurde es im ganzen Bus vollkommen ruhig. Einen Moment später schon standen dann überall Fahrgäste von ihren Sitzen auf, gestikulierten, winkten und berieten sich darüber, wie wir wohl am besten unterzubringen seien. Eine korpulente Frau lehnte sich in den Mittelgang hinaus und rief: «Hierher! Sie können hier sitzen!» Doch eine andere Stimme aus einem anderen Teil des Busses rief: «Wenn Sie einen kleinen Jungen bei sich haben, ist es hier besser, da wird ihm nicht schlecht. Ich setze mich zu Herrn Hartmann hinüber.» Dann schien eine weitere Beratung hinsichtlich unserer Sitzmöglichkeiten einzusetzen.

«Sehen Sie, das sind alles ganz prima Leute», sagte der Busfahrer fröhlich. «Neuankömmlingen wird immer ein besonderer Empfang bereitet. Tja dann, wenn Sie sich jetzt gemütlich hinsetzen, sorge ich mal dafür, daß wir von hier wegkommen.»

Boris und ich beeilten uns, nach hinten zu kommen, wo zwei Fahrgäste im Gang standen und auf unsere Plätze zeigten. Ich ließ Boris an das Fenster und setzte mich genau in dem Moment, als der Bus losfuhr.

Gleich darauf spürte ich einen Klaps auf der Schulter, und jemand aus der Reihe hinter uns reckte sich herüber, um eine Tüte Bonbons anzubieten.

«Der Junge hätte vielleicht gern was davon», ließ sich die Stimme des Mannes vernehmen.

«Danke», erwiderte ich. Dann sagte ich lauter in den ganzen Bus hinein: «Danke. Danke, Ihnen allen. Sie sind alle sehr freundlich gewesen.»

«Guck mal!» Boris klammerte sich aufgeregt an meinen Arm. «Wir fahren auf den Nördlichen Zubringer.»

Bevor ich noch antworten konnte, erschien eine Frau mittleren Alters neben mir auf dem Gang. Sie klammerte sich an die Kopfstütze meines Sitzes, um ihr Gleichgewicht zu wahren, und hielt uns auf einer Papierserviette ein Stück Kuchen hin.

«Ein Herr ganz hinten hatte das übrig», sagte sie. «Er meint, der junge Mann würde das vielleicht mögen.»

Ich nahm den Kuchen dankend an und bedankte mich auch noch einmal bei den anderen Fahrgästen. Als dann die Frau wieder fortgegangen war, hörte ich eine Stimme einige Sitze weiter weg sagen: «Schön zu sehen, daß ein Vater sich so gut mit seinem Sohn versteht. Da sitzen sie und machen zusammen einen kleinen Ausflug. So etwas sieht man heutzutage bei weitem nicht oft genug.»

Bei diesen Worten spürte ich eine mächtige Woge des Stolzes und schaute zu Boris. Vielleicht hatte auch er die Worte gehört, denn das Lächeln, das er mir schenkte, war mehr als nur leicht verschwörerisch.

«Also, Boris», fragte ich und gab ihm den Kuchen. «Ist das nicht ein herrlicher Bus? Das Warten hat sich doch gelohnt, findest du nicht?»

Boris lächelte wieder, aber inzwischen musterte er aufmerksam seinen Kuchen und sagte kein Wort.

«Also, Boris», fuhr ich fort, «ich wollte dir das eigentlich schon lange mal sagen. Weil du dich das vielleicht manchmal fragst. Siehst du, Boris, ich könnte mir wirklich nichts Besseres wünschen...», ich lachte plötzlich auf. «Das hört sich bestimmt blöd an, was ich da zusammenrede. Ich wollte sagen, ich bin sehr glücklich. Wegen dir. Sehr glücklich, daß wir zusammen sind.» Ich lachte noch einmal auf. «Macht dir diese Busfahrt nicht auch Spaß?»

Boris nickte, den Mund hatte er voller Kuchen. «Das ist in Ordnung», sagte er.

«Mir gefällt es jedenfalls. Und was für nette Leute.»

Hinten im Bus hatten ein paar Fahrgäste angefangen zu singen. Ich fühlte mich völlig entspannt und sank noch tiefer in meinen Sitz. Draußen hatte sich der Himmel wieder bewölkt. Wir befanden uns immer noch in geschlossener Ortschaft, doch während ich hinausschaute, sah ich zwei Straßenschilder vorübergleiten, eines nach dem anderen, und darauf war zu lesen: «Nördlicher Zubringer».

«Entschuldigung», hörte ich die Stimme eines Mannes irgendwo hinter uns. «Aber ich habe Sie vorhin zu dem Fahrer sagen hören, daß Sie zu dem künstlichen See wollen. Ich hoffe, da draußen ist es für Sie beide jetzt nicht zu kühl. Wenn Sie einfach nur zu einem netten Platz wollen, um da den Nachmittag zu verbringen, rate ich Ihnen, ein paar Stationen früher beim Maria-Christina-Park auszusteigen. Da gibt es einen Teich zum Kanufahren, das könnte dem jungen Mann vielleicht gefallen.»

Der Mann, der da gesprochen hatte, saß direkt hinter uns. Die Rückenlehnen der Sitze waren so hoch, daß ich ihn nicht deutlich sehen konnte, obwohl ich mir in dem Versuch, nach hinten zu schauen, den Hals verrenkte. Jedenfalls bedankte ich mich bei ihm für seinen Vorschlag – er meinte es offensichtlich gut – und fing an zu erklären, welche besondere Bewandnis es mit unserem Besuch beim künstlichen See hatte. Ich hatte nicht vorgehabt, zu sehr ins Detail zu gehen, aber als ich erst einmal angefangen hatte, merkte ich, daß etwas an der gastlichen Atmosphäre um uns herum mich nötigte fortzufahren. Tatsächlich war ich recht zufrieden mit dem Ton, den ich zufällig angeschlagen hatte und der sich zwischen Ernst und Scherzhaftigkeit bewegte. Darüber hinaus entnahm ich dem von hinten kommenden mitfühlenden Gemurmel, daß der Mann aufmerksam und teilnahmsvoll zuhörte. Jedenfalls ergab es sich, daß ich bald schon die Sache mit der Nummer Neun und auch den Grund dafür erklärte, daß diese Nummer Neun etwas so Besonderes war. Ich erzählte gerade, wie es gekommen war, daß Boris ihn in der Schachtel zurückgelassen hatte, als der Mann mich mit einem höflichen Räuspern unterbrach.

«Entschuldigen Sie», sagte er, «aber ein Ausflug dieser Art ist beinahe unweigerlich ein wenig problematisch. Das ist vollkommen normal. Aber wenn ich so sagen darf, ich glaube wirklich, daß Sie allen Grund haben, optimistisch zu sein.» Höchstwahrscheinlich hatte er sich aus seinem Sitz nach vorn gelehnt, denn seine Stimme, die ruhig und besänftigend war, kam von einer Stelle genau dort, wo die Schulter von Boris die meine berührte. «Ich bin sicher, Sie werden diese Nummer Neun finden. Natürlich machen Sie sich jetzt Sorgen. So vieles hätte schiefgehen können, denken Sie. Das ist nur normal. Aber nach allem, was Sie mir gerade erzählt haben, bin ich sicher, es wird alles gutgehen. Natürlich, wenn Sie an die Tür klopfen, werden die neuen Bewohner zunächst wohl gar nicht wissen, wer Sie sind, und werden etwas mißtrauisch sein. Aber wenn Sie erst einmal alles erklärt haben, werden die Leute Sie ganz bestimmt hineinbitten. Wenn es die Frau ist, die Ihnen die Tür öffnet, wird sie sagen: ‹Ach, endlich! Wir haben uns schon gefragt, wann Sie einmal kommen würden.› Ja, das sagt sie ganz bestimmt. Und sie wird sich umdrehen und ihrem Mann zurufen: ‹Da ist der kleine Junge, der früher hier gewohnt hat!› Und dann wird der Ehemann herauskommen, er ist bestimmt ein sehr freundlicher Mann, vielleicht ist er gerade dabei, die Wohnung zu renovieren. Und er wird sagen: ‹Na also, endlich. Kommen Sie herein und trinken Sie Tee mit uns.› Und er wird Sie ins Wohnzimmer führen, während seine Frau sich schnell in die Küche begibt, um sich um die Erfrischungen zu kümmern. Und Ihnen wird sofort auffallen, was sich alles in der Wohnung verändert hat, seit Sie dort gewohnt haben, und der Ehemann wird das merken, und zuerst wird er das Bedürfnis haben, sich dafür zu entschuldigen. Aber wenn Sie erst einmal klargemacht haben, daß Sie über die Art der Veränderungen keineswegs verärgert sind, wird er sicher anfangen, Sie überall herumzuführen, auf diese und jene Veränderung hinweisen, die er zum größten Teil mit eigenen Händen ausgeführt hat und auf die er sehr stolz ist. Und dann wird die Frau mit dem Tee und ein paar kleinen Kuchen, die sie vorbereitet hat, ins Wohnzimmer kommen, und Sie werden sich alle setzen und es sich gutgehen lassen, Sie werden essen und trinken und zuhören, wenn dieses Ehepaar erzählt, wie sehr ihnen beiden Wohnung und Wohnanlage gefallen. Natürlich werden Sie beide die ganze Zeit hauptsächlich an die Nummer Neun denken und auf den richtigen Augenblick warten, den Zweck Ihres Besuches zur Sprache zu bringen. Aber ich nehme an, die beiden werden das Thema als erste ansprechen. Ich nehme an, nachdem sie eine ganze Weile geredet und Tee getrunken haben, wird die Frau dann schließlich sagen: ‹Und gibt es da nicht etwas, das Sie jetzt holen möchten? Etwas, das Sie damals hier zurückgelassen haben?› Und das ist dann der richtige Zeitpunkt für Sie, diese Nummer Neun und die Schachtel zu erwähnen. Und dann sagt sie ganz bestimmt: ‹O ja, die Schachtel haben wir an einem ganz speziellen Platz aufbewahrt. Wir haben uns schon gedacht, daß etwas besonders Wichtiges darin ist.› Und noch während sie das sagt, gibt sie ihrem Mann ein kleines Zeichen. Vielleicht nicht einmal ein Zeichen. Eheleute verständigen sich ja fast telepathisch, wenn sie so viele Jahre so glücklich zusammengelebt haben wie dieses Paar. Natürlich heißt das nicht, daß sie sich nie streiten. O nein, sie haben sich womöglich sogar recht oft gestritten, hatten vielleicht sogar im Lauf der Jahre Phasen, in denen sie sich völlig entzweit hatten. Aber wenn Sie sie kennenlernen, wenn Sie einem Paar wie diesem begegnen, dann werden Sie sehen, daß all diese Dinge sich am Ende irgendwie klären und daß sie im Grunde sehr glücklich miteinander sind. Also, der Ehemann wird aufstehen und die Schachtel von einem Platz holen, an dem sie die wichtigen Dinge aufheben, er wird sie hereinbringen, vielleicht ist sie in Seidenpapier eingewickelt. Und natürlich werden Sie sie sofort öffnen, und diese Nummer Neun wird drinnen sein, genau so, wie Sie ihn zurückgelassen haben, er wird immer noch darauf warten, wieder an seinem kleinen Sockel festgeklebt zu werden. Dann können Sie die Schachtel wieder zumachen, und die netten Leute werden Ihnen noch etwas Tee anbieten. Nach einer Weile sagen Sie dann, daß Sie jetzt gehen müßten, daß Sie sich nicht allzu sehr aufdrängen wollten. Doch die Frau wird darauf bestehen, daß Sie noch etwas von dem Kuchen nehmen. Und der Mann wird Sie noch ein letztes Mal durch die Wohnung führen wollen, damit Sie seine Renovierungsarbeiten bewundern können. Dann werden sie Ihnen schließlich von der Türschwelle aus hinterherwinken und Ihnen sagen, daß Sie die beiden auf jeden Fall besuchen sollen, wenn Sie wieder einmal in der Gegend sind. Es wird sich wohl nicht haargenau so abspielen, aber bei allem, was Sie mir erzählt haben, bin ich sicher, daß es sich im großen und ganzen so zutragen wird. Sie müssen sich also gar keine Sorgen machen, ganz bestimmt nicht...»

Die Stimme des Mannes an meinem Ohr, dazu das sachte Schaukeln des Busses, hatte eine ungeheuer entspannende Wirkung. Ich hatte die Augen bereits geschlossen, kurz nachdem der Mann angefangen hatte zu reden, und etwa in diesem Moment nickte ich, während ich tiefer in meinen Sitz sank, zufrieden ein.

Mir wurde bewußt, daß Boris mich an der Schulter schüttelte. «Wir müssen jetzt aussteigen», sagte er.

Als ich vollends wach wurde, merkte ich, daß der Bus stehengeblieben war und daß wir inzwischen die einzigen Fahrgäste waren. Der Fahrer war von seinem Platz aufgestanden und wartete geduldig darauf, daß wir ausstiegen. Während wir uns durch den Gang auf den Weg nach vorn machten, sagte der Fahrer:

«Passen Sie auf. Da draußen ist es ziemlich kalt. Meiner Meinung nach sollte man diesen See zuschütten. Der ist doch nur ein Ärgernis, und es vergeht kein Jahr, in dem nicht jemand darin ertrinkt. Gut, meistens sind es Selbstmörder, und ich nehme an, wenn es den See hier nicht gäbe, würden sie eine andere, scheußlichere Methode finden. Aber meiner Meinung nach sollte man den See zuschütten.»

«Tja», erwiderte ich. «Offensichtlich löst dieser See heftige Debatten aus. Ich selbst bin ja nur ein Außenstehender, also halte ich mich aus solchen Streitigkeiten lieber heraus.»

«Das ist wirklich nicht das dümmste. Tja dann, schönen Tag noch.» Dann verabschiedete er sich noch von Boris und sagte: «Viel Spaß, junger Mann.»

Boris und ich stiegen aus dem Bus, und während er wegfuhr, besahen wir uns die Gegend. Wir standen am äußeren Rand eines riesigen Betonbeckens. Etwas weiter weg, im Zentrum dieses Beckens, befand sich der künstliche See, und seine Nierenform ließ an eine gigantische Variante jener vulgären Swimmingpools denken, die früher die Hollywoodstars besessen haben sollen. Ich mußte einfach bewundern, wie der See seine Künstlichkeit voller Stolz offen darlegte – was übrigens für die ganze Anlage galt. Nirgendwo eine Spur von Gras. Selbst die spärlichen Bäume, die wie kleine Sprengsel entlang der Betonhänge verteilt waren, hatte man in Stahlfassungen gezwängt und so präzise in Form geschnitten, daß sie sich der Pflasterung anpaßten. Auf diese Szenerie gingen die unzähligen identischen Fenster der Hochhausblocks, die uns von allen Seiten umringten. Mir fiel auf, daß eine sanfte Kurve zum Vordereingang jedes einzelnen Blocks führte, was zu jener nahtlosen, kreisförmigen Anmutung führte, die an ein Sportstadion erinnerte. Doch trotz all der Wohnungen, die uns umgaben – ich schätzte sie auf mindestens vierhundert –, waren kaum Menschen zu sehen. Ich konnte einige Gestalten ausmachen, die energisch an der anderen Seite des Sees entlanggingen – ein Mann mit Hund, eine Frau mit Kinderwagen –, doch offensichtlich hielt irgend etwas an der Atmosphäre die Leute in den Wohnungen. Ganz sicher war das Wetter, darauf hatte uns schon der Busfahrer warnend hingewiesen, dem Aufenthalt im Freien nicht gerade förderlich. Sogar während Boris und ich einfach nur hier standen, fegte ein bitterkalter Wind vom Wasser her auf uns zu.

«Tja, Boris», sagte ich, «wir machen uns wohl besser auf den Weg.»

Der kleine Junge schien seine ganze Begeisterung verloren zu haben. Mit leerem Blick starrte er auf den See und rührte sich nicht. Ich drehte mich zu dem Wohnblock hinter uns um, und ich versuchte, einen gewissen Schwung in meinen Schritt zu legen, aber dann fiel mir ein, daß ich ja gar nicht wußte, wo genau in dieser ungeheuren Weite unsere Wohnung lag.

«Wieso gehst du nicht einfach voran, Boris? Na komm schon, was ist denn los?»

Boris seufzte, dann setzte er sich in Bewegung. Ich folgte ihm mehrere Treppenläufe aus Beton hinauf. Einmal, als wir gerade um die Ecke bogen, um die nächste Treppe zu erklimmen, stieß er plötzlich einen Schrei aus und erstarrte in kriegerischer Pose. Ich erschrak, sah aber gleich, daß es da außer in der Phantasie des Jungen keinen Angreifer gab. Ich sagte einfach nur:

«Fein, Boris.»

Von da an wiederholte er Schrei und Pose jedesmal, bevor wir einen weiteren Treppenlauf in Angriff nahmen. Zu meiner Erleichterung – ich geriet allmählich außer Atem – führte uns Boris von den Treppen weg auf einen Gehweg. Von diesem höhergelegenen Aussichtspunkt war die Nierenform des Sees noch weit augenfälliger. Der Himmel war von einem stumpfen Weiß, und obwohl der Gehweg überdacht war – es mußte zwei oder drei weitere geben, die direkt über uns verliefen –, bot er kaum Schutz, die Windstöße fegten mit brutaler Gewalt über uns hinweg. Zu unserer Linken lagen die Wohnungen, eine Reihe von kurzen Betontreppen verband den Gehweg mit dem Hauptgebäude wie kleine Brücken über einem Burggraben. Einige Treppen führten zu Wohnungstüren hinauf, während andere hinunterführten. Während wir weitergingen, schaute ich prüfend auf jede dieser Türen, aber als nach einigen Minuten keine von ihnen auch nur die entfernteste Erinnerung in mir wachgerufen hatte, gab ich auf und schaute auf den See hinaus.

Inzwischen war Boris entschlossen einige Schritte vorausgelaufen, seine Vorfreude auf unsere Unternehmung war offenbar zurückgekehrt. Er murmelte vor sich hin, und je weiter wir gingen, desto mehr schien sein Gemurmel an Intensität zu gewinnen. Dann fing er an, beim Gehen zu springen, und machte Karateschläge in die Luft, und das Geräusch, das entstand, wenn seine Füße wieder aufkamen, geriet zu einem Echo um uns herum. Doch er schrie nicht mehr, wie er das noch auf den Treppen getan hatte, und da wir bis jetzt auf dem Gehweg noch keinem einzigen Menschen begegnet waren, fand ich, es gebe keinen Grund, ihn davon abzuhalten.

Nach einer Weile sah ich zufällig auf den See hinunter und war erstaunt über die völlig neue Perspektive. Erst da wurde mir klar, daß der Gehweg die ganze Strecke um das Anwesen herum eine sachte Kreisbewegung beschrieb. Es war sehr wohl möglich, daß wir endlos im Kreis herumgingen. Ich beobachtete Boris, der vor mit weiterlief und dabei unermüdlich seine Possen vollführte, und ich fragte mich, ob er den Weg zu der Wohnung tatsächlich besser kannte als ich. Nun wurde mir klar, daß ich die Dinge keineswegs gut durchdacht hatte. Ich hätte mir vorher wenigstens die Mühe machen sollen, mit den neuen Mietern der Wohnung in Kontakt zu treten. Wenn man so darüber nachdachte, gab es schließlich keinen Grund, weshalb sie besonders daran interessiert sein sollten, uns gastlich aufzunehmen. Was diese ganze Expedition betraf, befiel mich allmählich Pessimismus.

«Boris», rief ich zu ihm hinüber, «ich hoffe, du paßt auch auf. Wir wollen doch nicht vorbeilaufen.»

Er schaute sich zu mir um, ohne von seinem wütenden Gemurmel abzulassen, dann lief er noch ein Stück weiter vor und begann wieder mit seinen Karatesprüngen.

Schließlich kam es mir so vor, als seien wir schon übermäßig weit gelaufen, und als ich wieder zu dem See hinunterschaute, sah ich, daß wir mindestens einen vollen Kreis beschrieben hatten. Boris murmelte immer noch eifrig vor sich hin.

«Also Moment mal», rief ich ihm zu. «Warte doch, Boris.»

Er blieb stehen und warf mir einen trotzigen Blick zu, als ich zu ihm hinüberging.

«Also Boris», sagte ich sanft, «bist du sicher, daß du den Weg zu der alten Wohnung weißt?»

Er zuckte mit den Schultern und schaute weg. Dann sagte er müde: «Natürlich weiß ich das.»

«Aber wir scheinen nur einmal im Kreis herumgegangen zu sein.»

Wieder zuckte Boris mit den Schultern. Er hatte sich in die Betrachtung seines Schuhs vertieft, den er erst zur einen, dann zur anderen Seite drehte. Schließlich sagte er: «Die haben die Nummer Neun doch wohl sorgfältig verwahrt, oder?»

«Ich denke schon, Boris. Er lag doch in einer Schachtel, einer Schachtel, die ganz wichtig aussah. Die haben sie sicher gut weggelegt. Ganz oben auf ein Regal oder so.»

Einen Moment noch betrachtete Boris weiter seinen Schuh. Dann sagte er: «Wir sind vorbeigegangen. Wir sind schon zweimal vorbeigegangen.»

«Was? Willst du damit sagen, wir sind hier in diesem eisigen Wind ganz umsonst immer und immer wieder im Kreis herumgelaufen? Wieso hast du denn nichts gesagt, Boris? Ich verstehe dich wirklich nicht.»

Er schwieg und drehte seinen Fuß hin und her.

«Tja, und nun? Denkst du, wir sollten zurückgehen?» fragte ich. «Oder müssen wir noch einmal um den See herum?»

Boris seufzte und schien einen Moment lang tief in Gedanken versunken. Dann schaute er hoch und sagte: «Na gut. Es ist da hinten. Gleich da hinten.»

Wir gingen ein kurzes Stück auf dem Weg zurück. Bald blieb Boris vor einer der Treppen stehen und schaute zu der Wohnungstür hinauf. Dann drehte er der Tür fast sofort den Rükken zu und fing wieder an, seinen Schuh zu betrachten.

«Ach ja», sagte ich und schaute prüfend zu der Tür. In Wirklichkeit erweckte die Tür – blau gestrichen und praktisch ohne etwas, das sie von den anderen Türen unterschieden hätte – keinerlei Erinnerungen in mir.

Boris schaute über die Schulter zu der Wohnung zurück, dann guckte er wieder weg und stocherte mit der Schuhspitze auf dem Boden herum. Einen Augenblick lang blieb ich am Fuß der Treppe stehen, ich war mir nicht ganz sicher, was ich als nächstes tun sollte. Schließlich sagte ich:

«Warum wartest du hier nicht einfach einen Moment, Boris? Ich gehe hoch und sehe nach, ob jemand zu Hause ist.»

Der Junge stieß weiter mit der Fußspitze in den Boden. Ich ging die Treppe hoch und klopfte an die Tür. Es regte sich nichts. Als ich ein zweites Mal geklopft hatte, ohne daß eine Reaktion gekommen wäre, preßte ich das Gesicht an die kleine Glasscheibe in der Tür. Das Glas war mit Eis überzogen, und ich konnte nichts sehen.

«Das Fenster», rief Boris hinter mir. «Guck doch durch das Fenster.»

Zu meiner Linken sah ich eine Art Balkon – kaum mehr als ein Sims, das an der Vorderfront des Gebäudes entlanglief, nicht einmal breit genug, um einen Stuhl dort aufzustellen. Ich faßte mit der Hand nach dem Eisengitter dieses Balkons, und indem ich mich über die Mauer bei der Treppe hochzog, konnte ich gerade eben durch das am nächsten gelegene Fenster spähen. Ich schaute in ein kombiniertes Wohn- und Eßzimmer mit einem Eßtisch vor einer Wand an dem einen Ende und mit reichlich aus der Mode gekommenen Möbeln.

«Siehst du sie?» rief Boris. «Siehst du die Schachtel?»

«Moment noch.»

Ich versuchte, mich noch weiter über die Mauer zu lehnen, wenn ich mir auch des gähnenden Abgrunds unter mir bewußt war.

«Siehst du sie?»

«Moment noch, Boris.»

Der Raum wurde mir inzwischen immer vertrauter. Die dreieckige Uhr an der Wand, das cremefarbene Schaumstoffsofa, der Hifi-Schrank mit den drei Ebenen; ich stellte fest, daß Gegenstand um Gegenstand, wenn mein Auge darauf fiel, einen eindringlichen Erinnerungsschub auslöste. Je tiefer ich jedoch in den Raum spähte, desto stärker wurde mein Eindruck, daß der ganze hintere Bereich, der sich L-förmig an das Wohnzimmer anschloß, vorher überhaupt nicht dagewesen war, daß man ihn erst vor kurzem hinzugefügt hatte. Doch während ich diesen Bereich immer intensiver musterte, schien mich gerade dieser hintere Bereich sehr an etwas zu erinnern, und nach einer Weile wurde mir klar, daß das daher rührte, daß dieser Bereich genauso aussah wie die Rückfront des Wohnzimmers in dem Haus in Manchester, in dem meine Eltern und ich einige Monate gelebt hatten. Das Gebäude, ein schmales Reihenhaus in der Stadt, war feucht und renovierungsbedürftig gewesen, doch wir hatten das hingenommen, da wir nur so lange bleiben wollten, bis die Anstellung meines Vaters es uns ermöglichte, in eine bessere Gegend zu ziehen. Für mich als Neunjährigen hatte das Haus bald schon nicht nur eine aufregende Veränderung, sondern auch eine Hoffnung verkörpert, die Hoffnung darauf, daß sich ein neues, glückliches Kapitel unseres Lebens entfalten würde.

«Da werden Sie keinen mehr antreffen», hörte ich die Stimme eines Mannes hinter mir. Ich richtete mich auf und sah, daß der Mann, der da gesprochen hatte, aus der Nachbarwohnung getreten war. Er stand vor seiner Wohnungstür oben an einer Treppe ähnlich der, auf der ich stand. Der Mann war etwa fünfzig und glich mit seinen groben Gesichtszügen einer Bulldogge. Er war ungepflegt, und auf seinem T-Shirt zeichnete sich über der Brust ein feuchter Fleck ab.

«Ach», sagte ich, «die Wohnung steht also leer?»

Der Mann zuckte mit den Schultern. «Vielleicht kommen sie ja auch zurück. Meine Frau und ich, wir haben das gar nicht gern, eine leerstehende Wohnung neben uns, aber nach all dem Ärger sind wir richtig erleichtert, das kann ich Ihnen sagen. Wir sind ja wirklich verträgliche Leute. Aber nach all dem, na ja, da ist es uns schon viel lieber so, wie es jetzt ist. Mit der leeren Wohnung.»

«Aha. Sie steht also schon eine ganze Weile leer. Ein paar Wochen? Ein paar Monate?»

«Ach, mindestens schon einen Monat. Sie kommen ja womöglich zurück, aber wenn nicht, wäre es uns auch egal. Verstehen Sie mich nicht falsch, manchmal haben sie mir ja direkt leid getan. Wir sind ja wirklich verträgliche Leute. Und wir haben selbst auch so unsere Probleme gehabt. Aber wenn es andauernd so geht, tja, dann will man sie eben einfach loswerden. Leer ist uns die Wohnung dann schon lieber.»

«Aha. Es hat also viel Ärger gegeben.»

«O ja, allerdings. Ich will nicht ungerecht sein, Gewalttätigkeiten hat es wohl keine gegeben. Aber trotzdem, wenn man dauernd hören mußte, wie sie sich bis spät in die Nacht angeschrien haben, das ist wirklich sehr ärgerlich gewesen.»

«Entschuldigung, aber sehen Sie...» Ich ging einen Schritt näher auf ihn zu und machte ihm Zeichen mit den Augen, daß Boris in Hörweite war.

«Nein, meine Frau mochte das ganz und gar nicht», fuhr der Mann fort, ohne mich zu beachten. «Wenn es losging, hat sie immer den Kopf im Kissen vergraben. Einmal sogar in der Küche. Ich komme rein, und da steht sie und kocht mit einem Kissen um den Kopf. Das war wirklich nicht angenehm. Immer, wenn wir ihn gesehen haben, war er ja nüchtern, immer sehr korrekt. Er hat uns flüchtig gegrüßt und sich dann auf den

Weg gemacht. Aber meine Frau war überzeugt, daß Alkohol dahintersteckte. Sie wissen schon...»

«Hören Sie», zischelte ich wütend und lehnte mich über die Betonmauer, die uns trennte, «sehen Sie denn nicht, daß ich meinen Jungen bei mir habe? Sind das die Art Reden, die man vor ihm führen sollte?»

Der Mann schaute mit überraschtem Gesichtsausdruck zu Boris hinunter. Dann sagte er: «Aber so jung ist er doch nun auch wieder nicht, oder? Sie können ihn nicht vor allem abschirmen. Aber wenn Sie darüber nicht reden wollen, gut, reden wir eben über etwas anderes. Suchen Sie ruhig ein besseres Gesprächsthema, wenn Sie können. Ich wollte Ihnen ja nur erzählen, wie es gewesen ist. Aber wenn Sie darüber nicht reden wollen...»

«Nein, das will ich ganz gewiß nicht! Ich will ganz gewiß nichts darüber hören...»

«Tja, ist ja auch nicht so wichtig. Es ist nur so, daß ich ganz spontan eher seine und nicht ihre Partei ergriffen habe. Wenn er wirklich gewalttätig geworden wäre, tja, das wäre dann was anderes gewesen, aber dafür hat es nie irgendwelche Anzeichen gegeben. Also habe ich eher *ihr* die Schuld gegeben. Na schön, er ist viel weg gewesen, aber so, wie wir das verstanden haben, gehörte das zu seinem Beruf. Das war jedenfalls kein Grund, und das habe ich immer gesagt, kein Grund für sie, sich so zu benehmen...»

«Also, wollen Sie jetzt aufhören damit? Sie sind wohl nicht recht bei Trost? Der Junge! Der kann doch alles hören...»

«Na schön, dann hört er eben alles. Na und? Solche Sachen hören Kinder früher oder später doch. Ich wollte ja nur erklären, wieso ich eher für ihn Partei ergriffen habe, und deshalb ist meine Frau auch mit der Trinkerei gekommen. Das viele Weggehen sei eine Sache, hat meine Frau immer gesagt, aber das mit dem Trinken sei schon was anderes...»

«Also, wenn Sie so weitermachen, bin ich gezwungen, das Gespräch sofort zu beenden. Ich warne Sie.»

«Sie können doch nicht darauf hoffen, Ihren Jungen ewig von allem abzuschirmen, verstehen Sie doch. Wie alt ist er denn? So jung sieht er gar nicht mehr aus. Es ist gar nicht gut, sie allzusehr zu behüten. Er muß doch mit der Welt klarkommen, mit all ihren Fehlern und Mängeln...»

«Das muß er doch jetzt noch nicht! Jetzt doch noch nicht! Außerdem ist es mir ganz egal, was Sie denken! Was geht Sie das überhaupt an? Das ist mein Junge, ich trage für ihn die Verantwortung, ich dulde dieses Gerede nicht...»

«Ich verstehe gar nicht, wieso Sie sich so aufregen. Ich unterhalte mich doch nur mit Ihnen. Ich habe Ihnen doch nur erzählt, was wir von der ganzen Sache gehalten haben. Das waren keine schlechten Menschen, und es ist auch nicht so, daß wir sie nicht mochten, aber manchmal ist es einfach zuviel geworden. Verstehen Sie mich nicht falsch, ich nehme an, es klingt immer schlimmer, wenn es so durch die Wand kommt. Schauen Sie mal, es hat doch keinen Sinn, so etwas vor einem Jungen in dem Alter zu verbergen. Sie kämpfen auf verlorenem Posten. Und was für einen Sinn...»

«Es ist mir egal, was Sie denken! Das hat alles noch ein paar Jahre Zeit! Er wird, er wird von solchen Sachen nichts hören...»

«Das ist dumm von Ihnen. Diese Sachen, von denen ich da rede, so geht es eben zu im Leben. Selbst meine Frau und ich, na ja, wir hatten auch unsere Höhen und Tiefen. Deshalb habe ich so mit ihm gefühlt. Ich weiß genau, wie es ist, dieses erste Mal, wenn man plötzlich merkt...»

«Ich warne Sie! Ich werde dieses Gespräch beenden! Ich warne Sie!»

«Aber ich habe ja auch nie getrunken. Das ändert wirklich alles. Viel wegzugehen ist ja eine Sache, aber so zu trinken...»

«Ich warne Sie jetzt zum letztenmal! Wenn Sie so weitermachen, gehe ich!»

«Er konnte grausam sein, wenn er was getrunken hatte. Nicht körperlich gewalttätig, das nicht, aber wir haben eine ganze Menge gehört, er konnte ganz schön grausam sein. Wir konnten nicht immer alles verstehen, aber wir haben dann oft im Dunkeln gesessen und zugehört...»

«Jetzt reicht es! Jetzt reicht es aber wirklich! Ich habe Sie gewarnt! Jetzt gehe ich! Ich gehe!»

Ich drehte dem Mann den Rücken zu und lief die Treppe hinunter, dorthin, wo Boris stand. Ich nahm seinen Arm und fing an zu laufen, aber noch im Laufen hörte ich, daß der Mann begonnen hatte, uns hinterherzubrüllen:

«Sie stehen auf verlorenem Posten! Einmal wird er eh herausfinden, wie das alles so läuft! So ist eben das Leben! Da ist doch nichts Schlimmes dabei! Das ist eben einfach das richtige Leben!»

Boris schaute neugierig zurück, und ich mußte ihn fest am Arm ziehen. Eine Weile liefen wir so weiter. Mehr als einmal spürte ich, daß Boris versuchte, langsamer zu werden, aber ich lief immer weiter, ich wollte ganz sicher gehen und die Gefahr abwenden, daß der Mann uns folgte. Als wir dann endlich stehenblieben, mußte ich feststellen, daß ich vollkommen außer Atem war. Ich stolperte zu der Mauer hinüber – sie war beunruhigend niedrig, sie reichte mir bis gerade oberhalb der Taille –, ich stützte meine Ellenbogen auf die Mauer und beugte mich vor. Ich schaute zu dem See hinüber, zu den Hochhausblocks dahinter, zu dem fahlen, weitreichenden Himmel und wartete darauf, daß meine Brust aufhörte, sich heftig zu heben und zu senken.

Nach einer Weile wurde mir bewußt, daß Boris neben mir stand. Er hatte mir den Rücken zugewandt und fummelte an einem losen Mauerstück am oberen Rand der Mauer herum. Allmählich war mir das, was sich da gerade zugetragen hatte, ein wenig peinlich, und mir wurde klar, daß ich ihm irgendeine Erklärung bieten mußte. Ich suchte immer noch nach etwas, das ich sagen könnte, als Boris immer noch mit dem Rücken zu mir murmelte:

«Der war wohl ziemlich verrückt, was?»

«Ja, Boris, total verrückt. Fast schon geistesgestört.»

Boris fummelte immer noch an der Mauer herum. Dann sagte er: «Das macht jetzt auch nichts mehr. Wir brauchen die Nummer Neun nicht zu holen.»

«Wenn dieser Mann nicht gewesen wäre, Boris...»

«Das macht nichts. Das macht jetzt nichts mehr.» Dann drehte sich Boris zu mir um und lächelte: «Bis jetzt ist das jedenfalls ein prima Tag gewesen», sagte er fröhlich.

«Es hat dir gefallen?»

«Es war prima. Die Busfahrt, alles. Es war wirklich prima.»

Ganz plötzlich hatte ich das Bedürfnis, ihn in die Arme zu nehmen, aber dann dachte ich, eine solche Geste würde ihn verwirren, vielleicht sogar beunruhigen. Schließlich fuhr ich ihm sacht durchs Haar und betrachtete dann wieder das Panorama.

Der Wind war nicht mehr so unangenehm, und einen Augenblick lang standen wir schweigend Seite an Seite und schauten auf die Anlage hinaus. Dann sagte ich:

«Ich weiß, Boris, du wunderst dich sicher über vieles. Ich meine, wieso können wir uns nicht einfach irgendwo niederlassen und ganz in Ruhe leben, wir drei. Du fragst dich doch, das weiß ich bestimmt, du fragst dich doch sicher, wieso ich andauernd weg muß, obwohl sich deine Mutter darüber so aufregt. Also, du solltest wissen, warum ich ständig diese Tourneen mache, es hat nichts damit zu tun, daß ich dich vielleicht nicht lieb habe oder nicht mit dir zusammen sein möchte. In gewisser Weise wünsche ich mir nichts sehnlicher, als zu Hause bei dir und Mutter zu leben, in einer Wohnung wie der da drüben zu leben, oder auch woanders. Aber siehst du, so einfach ist das nicht. Ich muß diese Tourneen machen, weil – tja, siehst du, man kann nie wissen, wann genau es passiert. Ich meine, diese spezielle, diese ganz besonders wichtige Tournee, die Tournee, die ganz, ganz wichtig ist, nicht nur für mich, sondern für alle, für alle Menschen auf der ganzen Welt. Wie soll ich dir das erklären, Boris, du bist ja noch so klein. Siehst du, es wäre so einfach, sie zu verpassen. Nur einmal zu sagen, nein, ich gehe nicht, ich bleibe einfach hier. Und erst später würde ich dann erfahren, daß es diese Tournee gewesen ist, diese ganz, ganz wichtige Tournee. Und weißt du, wenn man die einmal verpaßt hat, dann gibt es kein Zurück mehr, es wäre einfach zu spät. Ich könnte hinterher noch so viele Tourneen machen, das hätte keinen Zweck mehr, es wäre zu spät, und all diese Jahre, die ich damit zugebracht habe, wären umsonst gewesen. Ich habe das bei anderen Leuten mitbekommen, Boris. Jahr für Jahr sind sie auf Tournee gegangen, und dann werden sie allmählich müde, vielleicht auch ein wenig träge. Aber gerade in solchen Augenblicken kommt die eine Chance. Und die verpassen sie. Sie sind dann ganz verbittert und unglücklich. Und wenn sie dann sterben, sind sie seit langem schon gebrochen. Siehst du, Boris, daran liegt es. Deshalb muß ich noch eine Weile so weitermachen, muß ständig auf Tournee gehen. Ich sehe ja ein, das macht es für uns alle ziemlich schwierig. Aber wir müssen tapfer sein und Geduld haben, wir drei. Es wird nicht mehr lange dauern, da bin ich ganz sicher. Sie wird bald kommen, diese eine, diese ganz wichtige Tournee, dann wird das alles vorbei sein, dann werde ich mich entspannen und ausruhen können. Ich könnte so lange zu Hause bleiben, wie ich wollte, das wäre dann egal, wir könnten viel Spaß haben, nur wir drei. Wir könnten all das machen, was bisher nicht möglich war. Es wird jetzt nicht mehr lange dauern, das weiß ich bestimmt, aber wir müssen einfach noch eine Weile Geduld haben. Ich hoffe, Boris, du verstehst, was ich dir sage.»

Boris schwieg eine ganze Weile. Dann richtete er sich plötzlich auf und sagte mit strenger Stimme: «Geht ganz ruhig weg. Ihr alle.» Dann lief er ein paar Schritte weg und fing wieder mit seinen Karatesprüngen an.

Die nächsten paar Minuten blieb ich gegen die Mauer gelehnt stehen, schaute ins Weite und hörte darauf, wie Boris wütend vor sich hin zischelte. Als ich dann wieder zu ihm schaute, sah ich, daß er die Phantasievorstellung in Szene setzte, die er während der vergangenen Wochen wieder und immer wieder durchgespielt hatte. Die Tatsache, daß wir dem ursprünglichen Schauplatz seiner Phantasie so nahe waren, hatte die Aussicht, das Ganze noch einmal durchzuspielen, höchstwahrscheinlich unwiderstehlich gemacht. Denn das Szenario sah vor, daß Boris und sein Großvater sich gegen eine Straßengang wehrten, und zwar genau auf diesem Gehweg, direkt vor der alten Wohnung.

Ich sah zu, wie er sich, inzwischen mehrere Meter entfernt, angestrengt bewegte, und ich nahm an, daß er zu dem Teil kam, wo er und sein Großvater, Schulter an Schulter stehend, sich auf einen weiteren Angriff vorbereiteten. Der Boden würde schon von Bewußtlosen übersät sein, doch einige der ausdauerndsten Bandenmitglieder würden sich jetzt zu einem erneuten Angriff bereitmachen. Boris und sein Großvater würden ruhig Seite an Seite warten, während sich die Bandenmitglieder in der Dunkelheit des Gehweges Kampfstrategien zuflüsterten. In diesem Szenario, wie auch in allen anderen, war Boris auf unbestimmte Weise älter. Nicht ganz erwachsen – das würde alles in so weite Ferne rücken und außerdem Probleme mit sich bringen, was das Alter seines Großvaters betraf –, doch irgendwie alt genug, um das notwendige Maß physischer Kraft glaubwürdig zu machen.

Boris und Gustav würden den Bandenmitgliedern genug Zeit zugestehen, um sich zu formieren. Wenn dann die Welle kam, würden Großvater und Enkel, ein perfekt eingespieltes Team, mit den von allen Seiten auf sie einstürmenden Angreifern gründlich aufräumen. Schließlich wäre die Attacke vorbei – doch nein, ein letztes Bandenmitglied könnte eine furchtbare Klinge schwingend aus dem Dunkel hervorspringen. Gustav, der ihm am nächsten steht, würde ihm einen schnellen Schlag gegen den Hals versetzen, und der Kampf würde endlich vorbei sein.

Einen stillen Moment lang würden Boris und sein Großvater die überall um sie herum verstreut Liegenden betrachten.

Dann würde Gustav seinen erfahrenen Blick ein letztes Mal über den Schauplatz schweifen lassen und nicken, woraufhin die beiden sich mit dem Gesichtsausdruck von Männern umdrehen würden, die eine Arbeit erledigt haben, die sie tun mußten, die ihnen aber keinen Spaß gemacht hat. Sie würden die kleine Treppe zur Tür der alten Wohnung hinaufgehen, noch einen letzten Blick auf die besiegten Männer werfen – von denen einige mittlerweile angefangen hätten zu stöhnen oder wegzukriechen –, bevor sie die Wohnung betreten.

«Alles in Ordnung jetzt», würde Gustav an der Tür verkünden. «Sie sind weg.»

Sophie und ich würden dann nervös in den Flur hinauskommen. Boris, der hinter seinem Großvater die Wohnung beträte, würde hinzufügen: «Aber es ist noch nicht ganz vorbei. Sie werden noch einmal angreifen. Vielleicht vor Tagesanbruch.»

Diese Einschätzung der Situation, die für Großvater und Enkel so offensichtlich wäre, daß sie sich nicht einmal hätten abstimmen müssen, würde von Sophie und mir voller Angst aufgenommen werden.

«Nein, ich ertrage das nicht mehr!» würde Sophie jammern und dann zu schluchzen anfangen. Ich würde sie in den Armen halten und versuchen, sie zu trösten, doch auch meine Züge wären verzerrt. Angesichts dieses kläglichen Anblicks würden Boris und Gustav nicht die geringste Spur von Geringschätzung zeigen. Gustav würde mir beruhigend eine Hand auf die Schulter legen und sagen: «Mach dir keine Sorgen. Boris und ich sind ja hier. Und nach diesem letzten Angriff wird dann endgültig Schluß sein.»

«Das stimmt», würde Boris bestätigen. «Noch diesen einen Kampf, mehr stehen sie nicht durch.» Dann würde er sich zu Gustav umdrehen und sagen: «Vielleicht, Großvater, versuche ich beim nächstenmal wieder, sie zur Vernunft zu bringen. Ihnen noch eine letzte Chance zu geben, sich zurückzuziehen.»

«Darauf werden sie nicht hören», würde Gustav erwidern

und bedächtig den Kopf schütteln. «Aber du hast recht. Wir sollten ihnen noch eine letzte Chance geben.»

Von Furcht überwältigt würden Sophie und ich uns noch tiefer in die Wohnung zurückziehen, und wir würden einer im Arm des anderen weinen. Boris und Gustav würden sich anschauen, erschöpft seufzen, dann den Riegel der Vordertür aufsperren und hinausgehen.

Sie würden den Gehweg dunkel, ruhig und leer vorfinden.

«Dann können wir genausogut ein bißchen schlafen», würde Gustav sagen. «Du legst dich zuerst hin, Boris. Ich wecke dich, wenn ich sie kommen höre.»

Boris würde nicken und sich auf die oberste Stufe der Treppe setzen, er würde den Rücken gegen die Vordertür lehnen und sofort einschlafen.

Ein wenig später eine Berührung an seinem Arm, und er würde im Handumdrehen hellwach sein und aufspringen. Sein Großvater würde bereits auf die Bandenmitglieder starren, die sich vor ihnen auf dem Gehweg gesammelt hätten. Sie würden zahlreicher sein als je zuvor, denn die letzte Auseinandersetzung hätte sie gezwungen, aus den finstersten Ecken der Stadt sämtliche Kräfte zu mobilisieren. Jetzt würden sie alle da sein, sie würden zerrissene Lederhosen, Armeejacken, mörderische Gürtel tragen und hätten Eisenstangen und Fahrradketten bei sich – doch ihr eigener Ehrenkodex hätte es ihnen nicht gestattet, Gewehre mitzubringen. Boris und Gustav würden langsam die Treppe hinuntergehen und sich auf sie zubewegen, auf der zweiten oder dritten Stufe würden sie vielleicht stehenbleiben. Dann würde Boris auf ein Zeichen seines Großvaters hin zu sprechen anfangen, und er würde seine Stimme erheben, so daß sie sich um die Betonpfeiler herum ausbreiten würde:

«Wir haben euch viele Male besiegt. Diesmal seid ihr noch mehr, das sehe ich sehr wohl. Aber jeder von euch muß doch in seinem Innern wissen, daß ihr nicht gewinnen könnt. Und diesmal können mein Großvater und ich nicht dafür garantieren, daß nicht ein paar von euch ernsthaft verletzt werden. Es ist doch vollkommen sinnlos, hier so zu kämpfen. Ihr müßt doch alle mal ein Zuhause gehabt haben. Vater und Mutter. Vielleicht auch Geschwister. Ich möchte gern, daß ihr versteht, was hier vor sich geht. Eure Angriffe, die Tatsache, daß ihr ständig unsere Wohnung terrorisiert, das alles hat dazu geführt, daß meine Mutter nur noch weint. Sie ist dauernd angespannt und reizbar, und das führt dazu, daß sie oft völlig grundlos mit mir schimpft. Es hat auch dazu geführt, daß Papa ständig für lange Zeit fort muß, manchmal ins Ausland, was Mutter gar nicht gefällt. Und all das nur, weil ihr unsere Wohnung terrorisiert. Vielleicht macht ihr das ja bloß, weil ihr so viel Schneid habt, vielleicht kommt ihr ja auch aus zerrütteten Familien, und ihr wißt es einfach nicht besser. Deshalb versuche ich ja, euch klarzumachen, was hier wirklich vor sich geht, ich versuche, euch zu zeigen, was für Auswirkungen euer rücksichtsloses Verhalten hat. Früher oder später könnte es durchaus passieren, daß Papa gar nicht mehr nach Hause kommt. Vielleicht müssen wir sogar ganz aus der Wohnung wegziehen. Deshalb mußte ich Großvater herbringen, ihn wegholen von seiner wichtigen Arbeit als Verantwortlicher eines großen Hotels. Wir können es nicht zulassen, daß ihr mit dem weitermacht, was ihr da tut. Und deshalb kämpfen wir gegen euch. Jetzt, wo ich euch alles erklärt habe, könnt ihr noch einmal darüber nachdenken und dann gehen. Wenn nicht, wird Großvater und mir nichts anderes übrigbleiben, als wieder gegen euch zu kämpfen. Wir werden unser Möglichstes tun, euch k. o. zu schlagen, ohne euch dauerhaften Schaden zuzufügen, aber in solch einem großen Kampf können selbst wir bei all unserem Geschick nicht dafür garantieren, daß nicht einige von euch am Ende ein paar böse Prellungen oder sogar Knochenbrüche davontragen werden. Also ergreift eure Chance und geht weg.»

Gustav würde diese Rede mit einem leisen, zustimmenden Lächeln bedenken, dann würden die beiden noch einmal prüfend in die rohen Gesichter um sich herum schauen. Eine beträchtliche Anzahl der Bandenmitglieder würde sich unsicher umgucken, eher Furcht als Vernunft würde sie veranlassen, noch einmal über alles nachzudenken. Aber dann würden die Anführer – schreckliche, finster dreinschauende Kerle – eine Art Kriegsgeschrei anstimmen, das sich beständig durch ihre Reihen fortpflanzen würde. Dann würden sie vorwärtsstürmen. Schnell würden Boris und sein Großvater auf Position gehen, sich Rücken an Rücken aufstellen, in sauberer Formation ihre ureigene, sorgfältig entwickelte Mischung aus Karate und anderen Kampfsportarten einsetzen. Die Bandenmitglieder würden von allen Seiten her auf sie zukommen, nur um dann wirbelnd, taumelnd, kreiselnd durch die Luft geschickt zu werden und dabei vor Verblüffung und Entsetzen zu grunzen, bis der Boden ein weiteres Mal mit Bewußtlosen übersät sein würde. Während der nächsten paar Minuten würden Boris und Gustav abwartend dastehen und alles genau beobachten, bis die Männer sich wieder rühren würden, manche würden stöhnen, andere würden den Kopf schütteln und festzustellen versuchen, wo sie sind. Zu diesem Zeitpunkt würde Gustav einen Schritt nach vorne machen und sagen:

«Geht jetzt, laßt es jetzt gut sein. Laßt diese Wohnung in Frieden. Dies war ein glückliches Heim, bevor ihr angefangen habt, es zu terrorisieren. Wenn ihr noch einmal zurückkommt, werden mein Enkel und ich wohl oder übel damit anfangen müssen, euch die Knochen zu brechen.»

Diese Rede würde kaum noch nötig sein. Die Bandenmitglieder würden wissen, daß sie diesmal gründlich besiegt worden seien, daß sie Glück gehabt hätten, nicht noch schlimmer verletzt worden zu sein. Langsam würden sie sich wieder aufrappeln und davonhumpeln, und dabei würden sie sich jeweils zu zweit oder zu dritt stützen, und viele würden vor Schmerzen stöhnen.

Wenn erst einmal das letzte Mitglied der Gang sich hinkend davongemacht hätte, würden Boris und Gustav einen Blick stiller Zufriedenheit wechseln, sich umdrehen und dann zur Wohnung zurückgehen. Wenn sie hereinkommen, würden Sophie und ich – wir hätten die ganze Szene vom Fenster aus mitangesehen – sie jubelnd begrüßen. «Gott sei Dank ist es vorbei», würde ich aufgeregt sagen. «Gott sei Dank.»

«Ich habe schon angefangen, ein Festmahl zuzubereiten», würde Sophie verkünden und dabei strahlen vor Glück, all die Anspannung wäre jetzt aus ihrem Gesicht gewichen. «Wir sind Großvater und dir so dankbar, Boris. Warum spielen wir heute abend nicht alle zusammen ein Brettspiel?»

«Ich muß jetzt los», würde Gustav sagen. «Ich habe im Hotel noch viel zu erledigen. Wenn es wieder Ärger gibt, sagt mir Bescheid. Aber ich bin sicher, es ist jetzt vorbei.»

Wir würden Gustav hinterherwinken, während er die Treppe hinunterginge. Wenn wir die Tür geschlossen hätten, würden Boris, Sophie und ich uns für den Abend bereitmachen. Sophie würde ständig zwischen Küche und Wohnzimmer hin- und hergehen, das Abendessen kochen und unbeschwert vor sich hinsingen, während Boris und ich auf dem Boden hocken und ganz in unser Brettspiel vertieft wären. Wenn wir dann etwa eine Stunde gespielt hätten, würde ich in einem Moment, in dem Sophie gerade nicht im Zimmer ist, plötzlich ganz ernst zu Boris aufschauen und ruhig sagen:

«Danke für alles, was du getan hast, Boris. Jetzt kann alles wieder so werden wie früher. So wie alles früher war.»

«Guck mal!» rief Boris, und ich merkte, daß er wieder neben mir stand und über die Mauer hinweg zeigte. «Guck mal! Da ist Tante Kim!»

Tatsächlich war da eine Frau recht weit unter uns und winkte hektisch zu uns herauf, um unsere Aufmerksamkeit zu erregen. Sie trug eine grüne Strickjacke, die sie eng um den Körper gezogen hatte, und ihr Haar wehte unordentlich hin und her. Als sie merkte, daß wir sie endlich entdeckt hatten, rief sie etwas, doch es drang nicht durch den Wind.

«Tante Kim!» rief Boris hinunter.

Die Frau gestikulierte und rief dann wieder etwas.

«Komm, wir gehen runter», sagte Boris und fing an vorauszulaufen, plötzlich war er wieder ganz aufgeregt.

Ich folgte Boris mehrere Treppenläufe aus Beton hinunter. Als wir auf der untersten Ebene angekommen waren, traf uns der Wind sofort mit voller Wucht, doch Boris gelang es noch, der Frau eine taumelnde Bewegung vorzuführen, als ob er nach einem Fallschirmsprung gelandet wäre.

«Tante Kim» war eine untersetzte Frau um die Vierzig, deren leicht strenges Gesicht mir irgendwie vertraut war.

«Ihr müßt taub sein, ihr beide», sagte sie, als wir zu ihr kamen. «Wir haben euch aus dem Bus aussteigen sehen, und wir haben gerufen und gerufen, aber habt ihr uns etwa gehört? Und dann bin ich heruntergekommen, und ihr wart verschwunden.»

«Ach herrje», erwiderte ich. «Wir haben nichts gehört, oder, Boris? Das muß an dem Wind liegen. Also» – ich schaute mich um – «ihr habt uns von eurer Wohnung aus beobachtet.»

Die untersetzte Frau deutete vage auf eines der unzähligen Fenster, die auf uns herabsahen. «Wir haben gerufen und gerufen.» Dann drehte sie sich zu Boris und sagte: «Deine Mutter ist da oben, junger Mann. Sie kann es gar nicht *abwarten*, dich zu sehen.»

«Mutter?»

«Du kommst am besten gleich mit rauf, sie kann es gar nicht *abwarten*, dich zu sehen. Und weißt du was? Den ganzen Nachmittag kocht sie schon und bereitet das herrlichste Festmahl vor für heute abend, wenn du wieder nach Hause kommst. Du wirst es kaum glauben, sie sagt, sie hat alles vorbereitet, all deine Lieblingsgerichte, alles, was du dir nur denken kannst. Gerade noch hat sie mir davon erzählt, und dann haben wir aus dem Fenster geschaut, und da warst du und bist aus dem Bus gestiegen. Hört mal, ich warte schon seit einer halben Stunde auf euch Jungs, ich bin ganz durchgefroren. Müssen wir noch länger hier draußen stehen?»

Sie hatte die Hand ausgestreckt. Boris ergriff sie, und wir

gingen alle auf den Gebäudeteil zu, auf den sie gedeutet hatte. Als wir näherkamen, lief Boris voraus, stieß eine Brandschutztür auf und verschwand im Inneren. Die Tür schlug zu, als die untersetzte Frau und ich herankamen. Sie hielt sie mir auf, und dabei sagte sie: «Solltest du im Moment nicht irgendwo anders sein, Ryder? Sophie hat mir gerade erzählt, daß den ganzen Nachmittag bei ihr das Telefon gegangen ist. Man hat dich gesucht.»

«Tatsächlich? Aha. Na, wie du siehst, bin ich hier.» Ich lachte. «Ich habe Boris hergebracht.»

Die Frau zuckte mit den Schultern. «Du mußt ja wissen, was du tust.»

Wir standen in einem schwach erleuchteten Hausflur am Fuß einer Treppe. An der Wand ganz in meiner Nähe befanden sich eine Reihe mit Briefkästen und eine Feuerlöschvorrichtung. Als wir uns auf den Weg die erste Treppe hinauf machten – über uns waren mindestens noch fünf weitere Etagen –, kam von irgendwo oberhalb das Geräusch hinauflaufender Füße, und dann hörte ich Boris rufen: «Mutter!» Es waren freudige Ausrufe zu hören, noch einmal das Geräusch laufender Füße, und dann kam Sophies Stimme: «Ach, mein Schätzchen, mein Schätzchen!» Der irgendwie gedämpfte Ton ihrer Stimme ließ darauf schließen, daß sie sich umarmten, und bis die untersetzte Frau und ich auf dem Treppenabsatz angelangt waren, hatten die beiden sich schon in die Wohnung zurückgezogen.

«Fürchterliche Unordnung hier, tut mir leid», sagte die Frau, während sie mich hineinführte.

Ich ging durch einen winzigen Flur in ein kombiniertes Wohn- und Eßzimmer, das mit schlichten modernen Möbeln eingerichtet war. Ein großes Aussichtsfenster beherrschte das Zimmer, und als ich hereinkam, sah ich Sophie und Boris zusammen vor dem Fenster stehen, ihre Gestalten beinahe Silhouetten vor grauem Himmel. Sophie lächelte mir kurz zu, dann nahm sie ihre Unterhaltung mit Boris wieder auf. Sie schienen wegen irgend etwas ganz aufgeregt zu sein, und Sophie faßte Boris immer wieder bei den Schultern. An der Art, wie sie aus dem Fenster zeigten, meinte ich zu erkennen, daß Sophie womöglich erzählte, wie sie und die untersetzte Frau uns vorhin entdeckt hatten. Doch als ich näherkam, hörte ich Sophie sagen:

«Ja, wirklich. Es ist praktisch alles fertig. Wir müssen nur noch ein paar Sachen aufwärmen, die Fleischpastetchen zum Beispiel.»

Boris sagte etwas, das ich nicht verstand, worauf Sophie erwiderte:

«Natürlich machen wir das. Wir spielen, was du möchtest. Du kannst dir ja überlegen, für welches Spiel du dich entscheidest, wenn wir mit dem Essen fertig sind.»

Boris schaute seine Mutter fragend an, und mir fiel auf, daß sich jetzt eine gewisse Vorsicht in seinem Verhalten bemerkbar machte, die ihn davon abhielt, so aufgeregt zu sein, wie Sophie sich das vielleicht gewünscht hätte. Als er dann in einen anderen Teil des Zimmers ging, trat Sophie näher zu mir heran und schüttelte traurig den Kopf.

«Tut mir leid», sagte sie leise. «Das war leider nichts. Es war sogar noch schlimmer als das im vorigen Monat. Die Aussicht ist überwältigend, es ist direkt an den Rand einer Klippe gebaut, aber es ist einfach nicht stabil genug. Herr Mayer war schließlich meiner Meinung. Er ist überzeugt, in einem heftigen Sturm könnte das Dach herunterkommen, und das sogar noch innerhalb der nächsten paar Jahre. Ich bin gleich zurückgefahren, ich war um elf Uhr schon wieder zu Hause. Tut mir leid. Du bist enttäuscht, das spüre ich.» Sie schaute zu Boris hinüber, der einen auf einem Regal liegengelassenen tragbaren Kassettenrekorder inspizierte.

«Davon muß man sich doch nicht unterkriegen lassen», sagte ich seufzend. «Wir finden ganz bestimmt bald etwas.»

«Aber ich habe mir was überlegt», sagte Sophie. «In dem Bus auf der Rückfahrt. Ich habe mir überlegt, daß es keinen

Grund gibt, weshalb wir nicht auch jetzt schon allerhand zusammen unternehmen könnten, ob mit Haus oder ohne. Also habe ich sofort mit dem Kochen angefangen. Ich habe gedacht, wir könnten heute abend ein richtiges Fest feiern, nur wir drei. Ich weiß noch, wie Mutter das immer gemacht hat, als ich noch klein war, vor ihrer Krankheit war das. Sie hat ganz, ganz viele Kleinigkeiten vorbereitet und uns vorgesetzt, damit wir dann aussuchen konnten. Das waren ganz wunderbare Abende, und ich habe gedacht, na ja, es gibt doch keinen Grund, weshalb wir heute abend nicht dasselbe tun könnten, nur wir drei. Vorher habe ich nie wirklich daran gedacht, so wie die Küche hier ist, aber ich habe mich einmal gründlich umgeschaut und festgestellt, daß ich doch ziemlich dumm gewesen bin. Na schön, sie ist alles andere als ideal, aber etliches funktioniert doch. Also habe ich mit dem Kochen angefangen. Ich habe die ganze Zeit bis in den Nachmittag hinein gekocht. Und ich habe es geschafft, so ziemlich alles zu machen. Die ganzen Lieblingsgerichte von Boris. Es steht alles da und wartet auf uns, es muß nur noch aufgewärmt werden. Wir werden ein herrliches Fest feiern heute abend.»

«Das ist schön. Ich freue mich schon sehr darauf.»

«Es gibt keinen Grund, weshalb wir so etwas nicht auch in dieser Wohnung haben sollten. Und du warst so verständnisvoll wegen... wegen allem. Ich habe über alles nachgedacht. In dem Bus auf der Rückfahrt. Wir müssen das, was gewesen ist, jetzt hinter uns lassen. Wir müssen wieder anfangen, gemeinsam etwas zu unternehmen. Etwas Schönes miteinander zu unternehmen.»

«Ja. Du hast vollkommen recht.»

Sophie starrte eine Weile aus dem Fenster. Dann sagte sie: «Ach, das hätte ich ja beinahe vergessen. Diese Frau hat andauernd angerufen. Die ganze Zeit, als ich beim Kochen war. Miss Stratmann. Sie hat mich gefragt, ob ich wüßte, wo du wärst. Hat sie dich erreicht?»

«Miss Stratmann? Nein. Was wollte sie denn?»

«Es hat da wohl ein paar Mißverständnisse bei einigen deiner Termine heute gegeben. Sie war sehr höflich, hat sich andauernd für die Störungen entschuldigt. Sie meinte, sie sei sich sicher, daß du alles im Griff hättest, sie habe nur angerufen, um sich zu vergewissern, das sei alles, sie würde sich keinerlei Sorgen machen. Aber eine Viertelstunde später ging erneut das Telefon, und das war sie dann schon wieder.»

«Tja, darüber müssen wir uns wohl keine Gedanken machen. Äh... meinte sie denn, ich müßte jetzt irgendwo anders sein, oder was?»

«Ich weiß nicht genau, was sie gesagt hat. Sie war ja sehr nett, aber sie hat andauernd angerufen. Deswegen habe ich auch ein Blech mit Hähnchen-Torteletts zu lange im Ofen gelassen. Als sie dann das letzte Mal angerufen hat, wollte sie wissen, ob ich mich auch darauf freue. Auf diesen Empfang heute abend in der Galerie Karwinsky. Davon hast du mir gar nichts erzählt, aber sie hat es so gesagt, als ob ich auch dort erwartet werde. Also habe ich gesagt, ja, ich freue mich sehr darauf. Dann hat sie gefragt, ob sich Boris auch freut, und ich habe gesagt, ja, er freut sich auch, und dasselbe gilt für dich, wir freuen uns wirklich alle sehr darauf. Das schien sie zu beruhigen. Sie hat gesagt, sie mache sich gar keine Sorgen, sie wolle es einfach nur erwähnen, das sei alles. Ich habe den Hörer aufgelegt, und zuerst war ich ein wenig enttäuscht. Ich habe gedacht, dieser Empfang wird unserem kleinen Fest in die Quere kommen. Aber dann habe ich eingesehen, daß noch Zeit genug war, alles vorzubereiten, und daß wir dann alle hingehen und wieder zurückkommen können, wenn wir nur nicht allzulange bleiben müssen, können wir immer noch einen schönen Abend zusammen haben. Und dann habe ich gedacht, daß es auch sein Gutes hat. Es ist gut für mich und für Boris, einmal zu so einem Empfang zu gehen.» Plötzlich streckte sie die Hand nach Boris aus, der nach seinem Rundgang wieder zu uns gekommen war, und umarmte ihn stürmisch. «Du wirst schwer Eindruck machen, nicht, Boris? Die Leute werden dich gar nicht weiter stören. Du bist einfach du selbst und amüsierst dich. Du wirst schwer Eindruck machen. Und noch bevor du es dich versiehst, wird es Zeit sein, nach Hause zu gehen, und dann machen wir uns einen richtig tollen Abend, nur wir drei. Ich habe schon alles fertig, all deine Lieblingsgerichte.»

Gelangweilt wehrte Boris die Umarmung seiner Mutter ab und ging wieder weg. Sophie beobachtete ihn lächelnd, dann drehte sie sich zu mir um und sagte:

«Sollten wir uns nicht lieber bald auf den Weg machen? Zur Galerie Karwinsky brauchen wir von hier aus sicher eine ganze Weile.»

«Ja», erwiderte ich und schaute auf die Uhr. «Ja, da hast du wohl recht.» Ich wandte mich an die untersetzte Frau, die gerade wieder ins Zimmer gekommen war. «Vielleicht könntest du uns einen Rat geben», sagte ich zu ihr. «Ich bin mir nicht sicher, mit welchem Bus wir zu dieser Galerie fahren können. Weißt du, ob bald einer fährt?»

«Zur Galerie Karwinsky?» Die untersetzte Frau warf mir einen verächtlichen Blick zu, und nur die Anwesenheit von Boris schien sie daran zu hindern, auch noch einen sarkastischen Kommentar hinzuzufügen. Dann sagte sie: «Von hier fährt kein Bus zur Galerie Karwinsky. Ihr müßtet einen Bus zurück ins Stadtzentrum nehmen. Dann müßtet ihr vor der Bücherei auf eine Straßenbahn warten. Aber ihr kommt auf keinen Fall mehr pünktlich hin.»

«Ach. Wie schade. Ich hatte damit gerechnet, daß man mit dem Bus hinfahren könnte.»

Die untersetzte Frau warf mir einen weiteren abschätzigen Blick zu, dann sagte sie: «Nehmt meinen Wagen. Ich brauche ihn heute abend nicht.»

«Das ist furchtbar nett von dir», sagte ich. «Aber bist du auch sicher, daß wir dir nicht...»

«Ach, laß doch den Quatsch, Ryder. Ihr braucht den Wagen. Ihr habt keine andere Möglichkeit, rechtzeitig zur Galerie Karwinsky zu kommen. Selbst mit Auto müßtet ihr euch jetzt gleich auf den Weg machen.»

«Ja», entgegnete ich, «genau das habe ich auch gerade gedacht. Aber hör mal, wir wollen dir wirklich keine Unannehmlichkeiten machen.»

«Ihr könnt dafür ein paar Bücherkisten mitnehmen. Ich werde sie nicht tragen können, wenn ich morgen mit dem Bus in die Stadt muß.»

«Ja, natürlich. Das machen wir doch gern.»

«Bringt sie einfach morgen früh, irgendwann bis zehn Uhr, zum Laden von Hermann Roth.»

«Mach dir keine Sorgen, Kim», sagte Sophie, bevor ich antworten konnte. «Ich werde mich um alles kümmern. Du bist so gut zu uns.»

«Na schön, dann macht ihr euch jetzt wohl besser auf den Weg. He, junger Mann» – die untersetzte Frau zeigte auf Boris – «hilfst du mir mal, diese Bücher einzupacken?»

Während der nächsten paar Minuten stand ich allein beim Fenster und schaute hinaus. Die anderen waren in ein Schlafzimmer verschwunden, und ich hörte sie hinter mir reden und lachen. Ich dachte, ich sollte hineingehen und ihnen helfen, aber dann überlegte ich mir, daß es wichtiger wäre, die Gelegenheit zu ergreifen und meine Gedanken für den vor mir liegenden Abend zu sammeln, und so starrte ich weiter auf den künstlichen See hinaus. Ein paar Kinder hatten angefangen, am anderen Ufer einen Ball gegen einen Zaun zu schießen, doch ansonsten war um den See herum kein Mensch zu sehen.

Schließlich hörte ich, wie mich die untersetzte Frau rief, und mir wurde bewußt, daß sie darauf warteten, daß wir gehen könnten. Ich ging in den Flur und fand Sophie und Boris vor, beide trugen einen Pappkarton und waren schon dabei, in den Hausflur hinauszugehen. Sie fingen an, über etwas zu streiten, während sie sich auf den Weg die Treppen hinunter machten.

Die untersetzte Frau hielt mir die Wohnungstür auf. «Sophie ist fest davon überzeugt, daß alles gut laufen wird heute abend», sagte sie mit gesenkter Stimme. «Also enttäusche sie nicht wieder, Ryder.»

«Keine Sorge», sagte ich. «Ich kümmere mich schon darum, daß alles glatt geht.»

Sie sah mich streng an, drehte sich um und ging dann mit den Schlüsseln rasselnd die Treppe hinunter. Ich ging hinterher. Wir waren zwei Etagen hinuntergegangen, als ich sah, daß eine Frau mit müdem Schritt die Treppe hinaufkam. Die Gestalt murmelte «Entschuldigung» und drängelte sich an der untersetzten Frau vorbei, und wir waren auch schon aneinander vorübergegangen, bevor ich merkte, daß es Fiona Roberts war, die immer noch ihre Fahrkartenkontrolleurs-Uniform trug. Auch sie schien mich erst im allerletzten Moment zu erkennen – im Treppenhaus war sehr schlechtes Licht –, doch sie drehte sich müde weg, die Hand hatte sie auf dem Metallgeländer liegen, und sagte:

«Ach, da bist du ja. Wie lieb von dir, daß du so pünktlich bist. Tut mir leid, ich komme ein bißchen später als verabredet. Es gab eine Umleitung, bei einer Bahn im östlichen Bezirk, also hat meine Schicht viel länger gedauert. Ich hoffe, du hast nicht allzulange hier gewartet.»

«Nein, nein.» Ich ging ein oder zwei Schritte zurück. «Überhaupt nicht. Aber leider ist mein Terminplan jetzt gerade sehr eng...»

«Das ist schon in Ordnung, ich werde deine Zeit nich länger als unbedingt notwendig in Anspruch nehmen. Eigentlich muß ich dir was sagen, ich habe bei den Mädels herumtelefoniert, wie wir das vereinbart hatten, ich habe während der Pause von der Kantine im Depot aus angerufen. Ich habe ihnen gesagt, sie möchten sich darauf einstellen, daß ich einen Freund mitbringe, aber ich habe ihnen eben nicht gesagt, daß *du* der Freund bist. Das wollte ich zuerst eigentlich, genau wie wir das abgemacht hatten, aber als erste habe ich Trude angerufen, und kaum habe ich diese Stimme gehört, die Art, wie sie sagte: ‹Ach ja, Sie sind es, meine Liebe›, da habe ich so viel in dieser

Stimme gehört, so viel Herablassung, so viel Gift und Galle. Ich habe förmlich gespürt, wie sie den ganzen Tag über mich geredet hat, mit Inge und den anderen, wie sie einen Anruf nach dem anderen gemacht hat, wie sie über den vergangenen Abend debattiert und wie dann alle so getan haben, als hätten sie Mitleid mit mir, wie sie gesagt haben, daß sie mich voller Mitgefühl behandeln müßten, schließlich wäre ich wie eine Kranke, es wäre ihre Pflicht, freundlich zu sein. Aber natürlich könnten sie mich nicht behalten, wie könnte jemand wie ich schließlich zur Stiftung gehören? Ach, sie werden sich prächtig amüsiert haben heute, ich höre es förmlich, genauso wie sie das gesagt hat, als ich angerufen habe. ‹Ach ja, *Sie* sind es, meine Liebe.› Und da habe ich gedacht, na schön, dann werde ich euch eben nicht vorwarnen. Wollen doch mal sehen, wohin es führt, wenn man mir nicht glaubt. Das habe ich so bei mir gedacht. Ich habe gedacht, wollen hoffen, daß es dich völlig umwirft, wenn du die Tür aufmachst und siehst, wer da neben mir steht. Wollen hoffen, daß du deine schäbigsten Kleider anhast, vielleicht deinen Jogginganzug, und daß du überhaupt kein Make-up trägst, so daß diese Erhebung da an deiner Nase deutlich zu sehen ist, und daß du dein Haar straff zurückgekämmt hast, so wie du es manchmal tust und dann mindestens fünfzehn Jahre älter aussiehst. Und wollen hoffen, daß deine Wohnung ganz unaufgeräumt ist, daß all diese dämlichen Zeitschriften, diese Skandalblättchen und Liebesschnulzen, die du immer liest, überall herumliegen, und daß es dich so umwirft, daß du nicht weißt, was du sagen sollst, und daß dir alles so furchtbar peinlich ist und daß du alles nur noch schlimmer machst, wenn du eine alberne Sache nach der anderen sagst. Und daß du Erfrischungen anbietest und dann feststellen mußt, daß es dir an allem fehlt, und daß du dir so dumm vorkommst, weil du mir nicht geglaubt hast. Wollen doch mal sehen, dachte ich so bei mir. Also habe ich es ihr nicht erzählt, keiner habe ich etwas erzählt. Ich habe einfach nur gesagt, ich komme in Begleitung eines Freundes.» Sie schwieg und beruhigte sich ein wenig. Dann sagte sie: «Tut mir leid. Ich hoffe, ich höre mich nicht rachsüchtig an. Aber danach habe ich mich schon den ganzen Tag gesehnt. Es hat mich aufrecht gehalten, als ich all diese Fahrkarten kontrolliert habe, es hat mich aufrecht gehalten. Die Fahrgäste müssen sich gewundert haben, wieso ich mit so einem, du weißt schon, mit so einem Leuchten in den Augen herumgelaufen bin. Tja, wenn du einen engen Terminplan hast, denke ich, wir sollten uns wohl besser gleich auf den Weg machen. Wir können bei Trude anfangen. Inge ist sicher bei ihr, um diese Zeit ist sie meistens da, so daß wir die beiden gleich als erste abhaken können. Die anderen sind mir ziemlich egal. Ich will bloß die Blicke dieser beiden sehen. Tja, dann wollen wir mal gehen.»

Sie machte sich auf den Weg nach oben, ihre Müdigkeit von vorhin war verflogen. Die Treppen schienen sich endlos hinzuziehen, Etage um Etage, bis ich allmählich um Atem kämpfte. Doch Fiona schien sich überhaupt nicht anstrengen zu müssen. Während wir hochgingen, redete sie immer weiter, ihre Stimme hatte sie gesenkt, als ob überall um uns herum Leute zuhören könnten.

«Du mußt nicht unbedingt viel mit ihnen reden», hörte ich sie irgendwann sagen. «Laß sie einfach nur ein paar Minuten um dich herumscharwenzeln. Aber natürlich könntest du mit ihnen über die Sache mit deinen Eltern sprechen.»

Als wir endlich oben angekommen waren, war ich so außer Atem – mein Brustkorb hob und senkte sich deutlich, während ich schnaufte –, daß ich nicht in der Lage war, meine Umgebung allzu aufmerksam zu betrachten. Mir wurde bewußt, daß ich an einer Reihe von Türen einen schwach erleuchteten Korridor entlanggeführt wurde und daß Fiona, die meine Probleme nicht bemerkte, mir voranmarschierte. Dann plötzlich blieb sie stehen und klopfte an eine Tür. Als ich sie eingeholt hatte, mußte ich mich mit der Hand am Türrahmen abstützen, ich hatte den Kopf gesenkt und bemühte mich, wieder zu Atem zu kommen. Als die Tür aufging, muß ich neben der trimphierenden Fiona eine recht zusammengefallene Figur abgegeben haben.

«Trude», sagte Fiona. «Ich habe einen Freund mitgebracht.»

Mit einiger Mühe richtete ich mich auf und lächelte freundlich.

SECHZEHN

Die Frau, die die Tür geöffnet hatte, war um die Fünfzig, rundlich und hatte kurzes weißes Haar. Sie trug einen weiten rosafarbenen Pullover und ausgebeulte gestreifte Hosen. Trude warf mir einen kurzen Blick zu, und dann, als sie nichts irgendwie Ungewöhnliches sehen konnte, wandte sie sich an Fiona und sagte: «Ach so. Tja, ich nehme an, Sie sollten hereinkommen.»

Die Herablassung war offensichtlich, schien aber Fionas Vorfreude nur noch zu erhöhen, und sie schenkte mir ein verschwörerisches Lächeln, während wir Trude in die Wohnung folgten.

«Ist Inge bei Ihnen?» fragte Fiona, als wir in einen winzigen Flur traten.

«Ja, wir sind gerade erst zurückgekommen», antwortete Trude. «Tatsächlich haben wir eine Menge zu berichten. Und da Sie nun zufällig gerade vorbeikommen, sollen Sie auch als erste unsere Neuigkeiten erfahren. Was haben Sie doch für ein Glück.»

Diese letzte Bemerkung schien ohne jede Ironie zu sein. Dann entschwand Trude durch eine Tür und ließ uns in dem winzigen Flur stehen, und wir hörten ihre Stimme aus dem Zimmer: «Inge, Fiona ist da. Und sie hat irgendeinen Freund mitgebracht. Ich denke, wir sollten ihr erzählen, was wir heute nachmittag erlebt haben.»

«Fiona?» Inges Stimme klang leicht empört. Dann sagte sie mit einiger Anstrengung: «Tja, ich nehme an, dann sollte sie hereinkommen.»

Fiona, die dieses Gespräch mitangehört hatte, lächelte mir wieder aufgeregt zu. Dann erschien Trudes Kopf in der Tür, und wir wurden in das Wohnzimmer geführt.

In Größe und Form war der Raum dem Wohnzimmer der untersetzten Frau nicht unähnlich, wenn auch die Einrichtung etwas schnörkelig und von Blumenmustern beherrscht war. Vielleicht lag es einfach nur daran, daß diese Wohnung in eine andere Himmelsrichtung ging, oder vielleicht hatte sich der Himmel draußen ein wenig aufgeklärt. Jedenfalls wanderte die Nachmittagssonne durch das große Fenster herein, und als ich in das Licht trat, rechnete ich fest damit, daß die beiden Frauen aufschrecken und mich erkennen würden. Fiona dachte offensichtlich dasselbe, denn ich merkte, daß sie vorsichtig zur Seite trat, für den Fall, daß ihre Anwesenheit die Wirkung beeinträchtigen könnte. Doch weder Trude noch Inge schien etwas zu bemerken. Beide warfen mir einen gleichgültigen Blick zu, und dann forderte Trude uns recht kühl auf, uns zu setzen. Wir setzten uns nebeneinander auf eine schmale Couch. Obwohl Fiona anfangs etwas verwirrt war, schien sie zu dem Schluß zu kommen, daß die unerwartete Wendung der Ereignisse nur noch dazu dienen könnte, den Augenblick der Erkenntnis zu intensivieren, wenn er denn kam, und schenkte mir ein weiteres fröhliches kleines Grinsen.

«Soll ich es ihr sagen, oder will du?» fragte Inge.

Trude, die sich der jüngeren Frau eindeutig unterordnete, antwortete: «Nein, tu du es, Inge. Du hast es verdient. Aber, Fiona», – sie wandte sich an uns – «Sie dürfen es noch nicht weitererzählen. Wir wollen es uns als Überraschung für das Treffen heute abend aufheben, das ist sicher nur recht und billig. Ach, haben wir Ihnen noch gar nichts von dem Treffen heute abend gesagt? Na ja, das haben wir ja nun hiermit erledigt. Kommen Sie doch, wenn Sie können. Aber da Sie ja einen Freund zu Besuch bei sich haben» – sie nickte in meiner Richtung – «hätten wir vollstes Verstädnis dafür, wenn Sie es nicht einrichten können. Aber Inge, fang doch einfach an zu erzählen, das hast du dir wirklich verdient.»

«Also, Fiona, ich bin sicher, das wird Sie sehr interessieren, wir haben einen außerordentlich aufregenden Tag hinter uns.

Wie Sie ja wissen, hat Herr von Braun uns für heute in sein Büro eingeladen, damit wir mit ihm persönlich unsere Pläne bezüglich der Betreuung von Mr. Ryders Eltern besprechen könnten. Ach, davon wußten Sie gar nichts? Und ich dachte, *alle* wüßten davon. Na ja, heute abend werden wir in allen Einzelheiten darüber berichten, wie das Treffen gelaufen ist, für den Augenblick will ich nur sagen, daß alles wirklich gut gelaufen ist, obwohl das Treffen ein wenig abgekürzt werden mußte. Oh, Herr von Braun war wirklich sehr zerknirscht deswegen, zerknirschter hätte er gar nicht sein können, nicht wahr, Trude? Er war deshalb so zerknirscht, weil er ganz früh schon wieder fort mußte, aber als wir den Grund erfuhren, tja, da hatten wir natürlich vollstes Verständnis. Wissen Sie, man hatte doch diesen höchst wichtigen Ausflug in den Zoo arrangiert. Ach, da mögen Sie vielleicht lachen, meine liebe Fiona, aber es handelte sich natürlich nicht um einen gewöhnlichen Ausflug in den Zoo. Eine offizielle Gesellschaft, selbstverständlich einschließlich Herrn von Braun selbst, sollte Mr. Brodsky dorthin begleiten. Wußten Sie, daß Mr. Brodsky noch nie in unserem Zoo gewesen ist? Aber das wirklich Entscheidende war, daß man auch Miss Collins überredet hatte hinzukommen. Jawohl, in den Zoo! Können Sie sich das vorstellen? Nach all den Jahren! Und das hat Mr. Brodsky auch wirklich verdient, das haben wir beide sofort gesagt. Jawohl, Miss Collins sollte bei ihrer Ankunft dort sein, sie sollte an einem vereinbarten Platz auf sie warten, und die offizielle Gesellschaft würde ihr wie zufällig begegnen, und sie würde mit Mr. Brodsky ins Gespräch kommen. Es ist alles arrangiert worden. Können Sie sich das vorstellen? Sie würden sich nach all dieser Zeit begegnen und miteinander reden! Wir haben gesagt, wir hätten *vollstes* Verständnis dafür, wenn unser Treffen ein wenig abgekürzt würde, aber Herr von Braun war so nett zu uns, ganz offensichtlich hatte er Gewissensbisse deswegen, und er hat zu uns gesagt: ‹Wieso kommen die Damen eigentlich nicht mit in den Zoo? Ich kann Sie nicht gut bitten, sich der

der offiziellen Gesellschaft anzuschließen, aber Sie könnten vielleicht aus einiger Entfernung zuschauen.› Wir antworteten, daß wir außerordentlich entzückt wären. Und da hat er dann zu uns gesagt: ‹Natürlich, wenn Sie meinem Vorschlag folgen, werden Sie nicht nur einen flüchtigen Eindruck von Mr. Brodskys Treffen mit seiner Frau nach all diesen Jahren bekommen, Sie werden› – und an dieser Stelle machte er eine Pause, stimmt es nicht, Trude, er machte eine Pause, und dann sagte er so ruhig und beherrscht, wie Sie sich das nur vorstellen können – ‹Sie werden auch Mr. Ryder ganz aus der Nähe sehen können, der sich freundlicherweise bereit erklärt hat, sich der offiziellen Gesellschaft anzuschließen. Und wenn sich eine günstige Gelgenheit ergibt, aber dafür kann ich natürlich nicht garantieren, werde ich den Damen ein Zeichen geben und Sie dann beide mit ihm bekanntmachen.› Wir waren völlig verblüfft! Aber natürlich, als wir hinterher auf dem Nachhauseweg darüber nachdachten, gerade eben noch haben wir wieder darüber gesprochen, wenn man es richtig bedenkt, ist es gar nicht so erstaunlich. Schließlich haben wir es in den vergangenen Jahren weit gebracht, da waren die Flaggen für die Leute aus Peking, und all die Mühe, die wir uns mit den Sandwiches für das Henri-Ledoux-Essen gemacht haben...»

«Das Pekinger Ballett, ja, das war wirklich der Wendepunkt», warf Trude ein.

«Ja, das war der Wendepunkt. Aber ich glaube, wir haben uns nie richtig Zeit genommen, darüber nachzudenken, wir haben einfach mit allem so weitergemacht, haben hart gearbeitet, wir haben wahrscheinlich nie begriffen, wie sehr wir in der Achtung der Leute gestiegen sind. Die Wahrheit ist, um ganz ehrlich zu sein, daß wir inzwischen ein wirklich bedeutender Teil des Lebens dieser Stadt geworden sind. Es ist höchste Zeit, daß wir das begreifen. Sehen wir es doch so, wie es ist, deshalb hat Herr von Braun auch uns *persönlich* in sein Büro eingeladen, deshalb hat er das alles vorgeschlagen, was er heute vorgeschlagen hat. ‹Und wenn sich eine günstige Gelegenheit ergibt, stelle ich Sie beide ihm vor.› Das hat er doch gesagt, oder, Trude? ‹Ich weiß, Mr. Ryder wird entzückt sein, Sie beide kennenzulernen, zumal Sie ja seine Eltern betreuen werden, eine Sache, die ihm wirklich sehr am Herzen liegt.› Natürlich haben wir immer schon gesagt, stimmt es nicht, daß wir, wenn man uns erst einmal diese Aufgabe anvertraut, auch die Chance haben werden, Mr. Ryder vorgestellt zu werden. Aber wir hatten nicht damit gerechnet, daß es schon so bald passiert, und deshalb sind wir so aufgeregt gewesen. Fiona, was ist denn los, Liebes?»

Neben mir war Fiona unruhig hin und her gerückt und hatte versucht, Inges Wortstrom zu unterbrechen. Als Inge nun schwieg, kniff mich Fiona in den Arm und warf mir einen Blick zu, als wollte sie sagen: «Jetzt! Das ist der richtige Moment!» Leider war ich von dem Treppensteigen immer noch etwas außer Atem, und womöglich ließ mich das zögern. Jedenfalls kam es zu einem peinlichen Moment, während alle drei Frauen mich anstarrten. Als ich immer noch nichts sagte, fuhr Inge dann fort:

«Also, wenn Sie nichts dagegen haben, Fiona, möchte ich das, was ich zu sagen habe, noch zu Ende bringen. Ich bin überzeugt, Sie haben uns viele interessante Dinge zu erzählen, meine Liebe, und wir sind sehr begierig, sie zu hören. Zweifellos hatten Sie wieder einen hochinteressanten Tag in Ihren Straßenbahnen, während wir im Stadtzentrum unterwegs waren in all den Angelegenheiten, über die ich gerade berichten will, also wenn Sie sich noch eine Minute gedulden wollen, dann hören Sie womöglich etwas, das für Sie wenigstens von beiläufigem Interesse ist. Schließlich» – und hier schien mir der Sarkasmus in ihrer Stimme die Grenzen höflichen Benehmens zu überschreiten – «betrifft dies Ihren *alten Freund*, Ihren *Alten Freund* Mr. Ryder…»

«Also wirklich, Inge!» warf Trude ein, doch ein Lächeln umspielte ihre Lippen, und die beiden grinsten sich schnell an.

Fiona kniff mich wieder. Ich schaute zu ihr hin und sah, daß sie mit ihrer Geduld am Ende war und daß sie sich wünschte, ihre Peinigerinnen würden unverzüglich ihre wohlverdiente Strafe erhalten. Ich beugte mich vor und räusperte mich, doch bevor ich dann tatsächlich etwas sagen konnte, hatte Inge wieder das Wort ergriffen.

«Also, ich will damit nur folgendes sagen, wenn man es genau nimmt, haben wir diese Zuvorkommenheit wahrlich verdient. Und offensichtlich ist Herr von Braun ebenfalls überzeugt davon. Die ganze Zeit ist er sehr höflich und freundlich gewesen, stimmt es nicht? Er ist so zerknirscht gewesen, als er zur Stadthalle mußte, um sich der offiziellen Gesellschaft anzuschließen. ‹Wir werden in etwa dreißig Minuten beim Zoo ankommen›, sagte er immer wieder. ‹Ich hoffe doch sehr, daß die Damen auch da sein werden.› Es wäre durchaus nichts dagegen einzuwenden, so sagte er uns, wenn wir an die offizielle Gesellschaft bis auf etwa fünf oder sechs Meter herankämen. Schließlich seien wir nicht einfach nur Mitglieder der breiten Öffentlichkeit! Ach, tut mir leid, Fiona, wir hatten es nicht vergessen, wir wollten *wirklich* Herrn von Braun gegenüber erwähnen, daß eine aus unserer Gruppe, also Sie, meine Liebe, eine gute alte Freundin von Mr. Ryder ist, eine gute alte Freundin schon so viele Jahre lang. Wir hatten wirklich vor, es zu erwähnen, aber irgendwie sind wir einfach nicht dazu gekommen, nicht wahr, Trude?»

Wieder grinsten sich die beiden Frauen zu. Fiona starrte sie voll eisiger Wut an. Ich sah, daß das Ganze jetzt zu weit gegangen war, und beschloß einzugreifen. Doch sofort boten sich mir zwei verschiedene Möglichkeiten des Eingreifens. Die eine Alternative bestand darin, die Aufmerksamkeit auf meine Identität auf eine Weise zu lenken, die sich elegant dem Fluß dessen anpaßte, was Inge zufällig gerade gesagt hatte. So hätte ich beispielsweise ruhig einwerfen können: «Nun, wir hatten zwar nicht das Vergnügen, uns im Zoo zu treffen, aber was macht das schon, wenn wir uns auch hier ganz gemütlich bei Ihnen zu Hause treffen können?» Oder so etwas Ähnliches.

Die andere Alternative bestand ganz einfach darin, unvermittelt aufzustehen, dabei vielleicht die Arme vorzuwerfen und dann schonungslos offen zu verkünden: «Ich bin Ryder!» Natürlich wollte ich die Methode wählen, die den stärksten Eindruck hinterließ, doch das daraus folgende Zögern ließ mich meine Gelegenheit erneut verpassen, denn Inge hatte schon wieder das Wort ergriffen.

«Wir kamen zum Zoo, und wir warteten, ach, es werden wohl etwa zwanzig Minuten gewesen sein, nicht wahr, Trude? Wir haben bei dem kleinen Stand gewartet, wo man Kaffee trinken kann, und nach etwa zwanzig Minuten haben wir all diese Autos bis genau vor das Tor vorfahren sehen, und diese sehr distunguierte Gesellschaft ist ausgestiegen. Sie waren ungefähr zu zehnt oder elft, alles Herren, Herr von Winterstein war da, und da waren auch Herr Fischer und Herr Hoffman. Und Herr von Braun natürlich. Und mittendrin Mr. Brodsky, er hat wirklich sehr distinguiert ausgesehen, nicht wahr, Trude? Ganz und gar nicht so wie früher. Natürlich haben wir sofort nach Mr. Ryder Ausschau gehalten, aber er war nicht da. Trude und ich haben in ein Gesicht nach dem anderen geschaut, aber es waren nur die üblichen Gesichter, die ganzen Stadträte, wissen Sie. Einen Augenblick lang dachten wir schon, Herr Reitmayer wäre Mr. Ryder, in dem Moment, als er aus dem Auto stieg. Na jedenfalls, er war nicht mit dabei, und wir haben uns gesagt, er wird vielleicht einfach ein bißchen später kommen, bei seinem engen Terminplan. Und da waren sie nun, all diese Herren, die den Weg heraufkamen, alle im dunklen Mantel, außer Mr. Brodsky, der einen grauen, sehr eleganten Mantel trug und einen dazu passenden Hut. Sie sind ganz gemächlichen Schrittes an den Ahornbäumen vorbeigekommen bis hin zu dem ersten Käfig. Herr von Winterstein schien der Gastgeber zu sein, denn er hat Mr. Brodsky Verschiedenes gezeigt, hat ihm etwas zu den Tieren in den einzelnen Käfigen erzählt. Aber es war deutlich zu sehen, daß keiner von ihnen wirklich auf die Tiere achtete, alle waren sie so gespannt auf Mr. Brodskys Begegnung mit Miss Collins. Und wir konnten nicht widerstehen, nicht wahr, Trude? Wir sind einfach schon vorausgegangen, wir sind um die Ecke auf die große Promenade gebogen, und da war dann tatsächlich auch Miss Collins, ganz allein stand sie da vor den Giraffen, die sie sich anschaute. Es schlenderten auch noch einige andere Leute umher, aber natürlich hatten sie keine Ahnung, erst als die offizielle Gesellschaft um die Ecke bog, merkten die Leute, daß sich irgend etwas tat, und traten respektvoll zur Seite, und da stand Miss Collins immer noch vor den Giraffen, sie sah noch einsamer aus als je zuvor, und sie schaute zu der offiziellen Gesellschaft hin, die sich ihr näherte. Sie schien so ruhig, es war ihr nicht anzumerken, was in ihr vorging. Und Mr. Brodsky, wir sahen seinen Gesichtsausdruck, er war ganz verkrampft, schaute verstohlen zu Miss Collins hinüber, obwohl sie noch ein ganzes Stück voneinander entfernt waren, da waren all die Affen- und Waschbärkäfige, die sie sich noch ansehen mußten. Herr von Winterstein schien Mr. Brodsky all die Tiere vorzustellen, es war, als ob die Tiere offizielle Gäste bei einem Bankett wären, nicht wahr, Trude? Wir verstanden nicht, wieso die Herren nicht einfach direkt zu den Giraffen und zu Miss Collins gingen, aber offensichtlich war es so beschlossen worden. Und es war so aufregend, so *bewegend*, einen Augenblick lang haben wir sogar vergessen, daß möglicherweise ja noch Mr. Ryder dazukommt. Man konnte ganz vage Mr. Brodskys Atem in der Luft sehen und den Atem all der anderen Herren auch, und dann, als da nur noch ein paar Käfige anzuschauen waren, schien Mr. Brodsky jegliches Interesse an den Tieren zu verlieren, und er nahm den Hut ab. Es war eine sehr altmodische, ehrerbietige Geste, Fiona. Es war uns eine große Ehre, dort zu sein und das mitanzusehen.»

«Man konnte daraus so viel ersehen», fiel Trude ein. «So viel ersehen an der Art, wie er es tat und wie er dann einfach den Hut vor die Brust hielt. Es war wie eine Liebeserklärung, gleichzeitig aber auch wie eine Entschuldigung. Es war sehr bewegend.»

«Aber ich erzähle die Geschichte, vielen Dank, Trude. Miss Collins war so elegant, aus der Entfernung hätte man unmöglich erraten, wie alt sie ist. So eine jugendliche Figur. Sie drehte sich lässig zu ihm um, es trennte sie nur noch ein Käfig voneinander. Was an Mitgliedern der breiten Öffentlichkeit noch da war, hatte sich inzwischen zurückgezogen, und Trude und ich haben an das gedacht, was Herr von Braun gesagt hatte, das mit den fünf Metern, und wir haben uns so weit herangeschlichen, wie wir uns trauten, aber es schien ein solch intimer Moment zu sein, daß wir uns nicht getraut haben, zu nahe heranzugehen. Zuerst haben sie sich zugenickt und sich mit ganz normalen Gesten begrüßt. Dann hat Mr. Brodsky plötzlich ein paar Schritte nach vorn gemacht und hat ganz schnell die Hand ausgestreckt, es war, als hätte er es im voraus geplant, dachte Trude jedenfalls...»

«Ja, als ob er es ganz allein für sich schon tagelang geübt hätte...»

«Ja, so sah das aus. Da stimme ich dir zu. Genau so hat das ausgesehen. Er hat die Hand ausgestreckt, hat ihre Hand genommen und hat sie ganz zart und höflich geküßt, dann hat er sie losgelassen. Und Miss Collins hat sich einfach nur anmutig verneigt, dann hat sie ihre Aufmerksamkeit sofort den anderen Herren zugewandt, hat sie begrüßt und angelächelt, wir waren zu weit weg, um mitzuhören, was sie gesagt haben. Da waren sie nun alle, und einen Moment lang schien niemand zu wissen, was als nächstes getan werden mußte. Dann ergriff Herr von Winterstein die Initiative und fing an, Mr. Brodsky und Miss Collins einige Erklärungen zu den Giraffen zu geben, er hat sie angeredet, als wären sie ein Paar, nicht wahr, Trude? Als ob sie ein nettes altes Paar wären, das gemeinsam gekommen war. Da waren sie nun, Mr. Brodsky und Miss Collins, nach all diesen Jahren, da standen sie nun Seite an Seite, ohne sich zu berühren, standen einfach Seite an Seite, beide schauten sie zu den Giraffen hin und hörten Herrn von Winterstein zu. Das ging eine ganze Weile so, und man sah, wie die anderen Herren miteinander flüsterten und sich darüber berieten, was als nächstes getan werden sollte. Und allmählich waren alle Herren, kaum daß man es sich versah, in den Hintergrund getreten, das war wirklich sehr schön, so *zivilisiert*, sie haben so getan, als seien sie alle ins Gespräch vertieft, und sind dabei immer ein Stückchen weiter weggegangen, so daß schließlich nur noch Mr. Brodsky und Miss Collins vor den Giraffen standen. Natürlich haben wir das inzwischen alles ganz aus der Nähe gesehen, wie die anderen wohl auch, aber natürlich haben alle so getan, als würden sie gar nicht hingucken. Und wir haben gesehen, daß Mr. Brodsky sich anmutig zu Miss Collins umdrehte, eine Hand in Richtung Giraffenkäfig hob und etwas sagte. Es schien etwas sehr tief Empfundenes zu sein, und Miss Collins neigte nur ein wenig den Kopf, auch sie ließ das nicht ungerührt, und dann sprach Mr. Brodsky weiter, von Zeit zu Zeit sah man ihn wieder die Hand heben, genau so, ganz sanft, zum Käfig hin. Miss Collins schien ganz überwältigt zu sein, aber sie ist eine so elegante Dame, sie hat sich aufgerichtet und gelächelt, und dann sind die beiden dorthin geschlendert, wo die anderen Herren sich unterhielten. Man sah, wie sie ein paar Worte mit den Herren wechselte, dann schien sie ganz höflich und freundlich ein recht langes Gespräch mit Herrn Fischer zu führen, und dann verabschiedete sie sich der Reihe nach von allen. Sie verneigte sich leicht zu Mr. Brodsky hin, und man konnte deutlich sehen, wie sehr Mr. Brodsky das alles gefiel. Er stand da wie in einer Art Traum und hielt den Hut vor die Brust. Dann ging sie den Weg entlang zurück, die ganze Strecke bis zu dem Erfrischungsstand, an dem Brunnen vorbei, und dann geriet sie beim Eisbärgehege aus dem Blickfeld. Und als sie fort war, schienen die Herren ihre ganze Verstellung fallenzulassen und versammelten sich um Mr. Brodsky, und es war deutlich zu sehen, daß sie alle höchst zufrieden und sehr aufgeregt waren, und sie schienen ihm zu gratulieren. Ach, wir hätten doch zu gerne gewußt, was Mr. Brodsky zu Miss Collins gesagt hat! Vielleicht hätten wir kühner sein und ein paar Schritte näher herangehen sollen, dann hätten wir wenigstens hier und da ein Wort aufgeschnappt. Aber da wir nun einmal die sind, die wir sind, müssen wir vorsichtiger sein. Aber auf jeden Fall war alles ganz wunderbar. Und die Bäume im Zoo, die sind so herrlich in dieser Jahreszeit. Ich würde wirklich gern wissen, was die beiden miteinander geredet haben. Trude meint, daß sie jetzt tatsächlich wieder zusammenziehen werden. Wußten Sie auch, daß sie sich nie haben scheiden lassen? Ist das nicht interessant? So viele Jahre sind vergangen, und ständig hat Miss Collins darauf bestanden, Miss Collins genannt zu werden, und doch haben sie sich nie scheiden lassen. Mr. Brodsky hat es wirklich verdient, sie wieder zurückzuerobern. Ach herrje, das tut mir jetzt aber leid, wegen all dieser Aufregung haben wir noch nicht einmal angefangen, Ihnen die Hauptsache zu erzählen! Die Sache mit Mr. Ryder! Sehen Sie, da Mr. Ryder nicht bei der offiziellen Gesellschaft war, haben wir nicht wirklich gedacht, daß wir hinzukommen könnten, nicht einmal, nachdem Miss Collins gegangen war. Schließlich hatte Herr von Braun vorgeschlagen, daß wir hinzukommen sollten, um Mr. Ryder kennenzulernen. Na jedenfalls, obwohl wir Herrn von Braun aufmerksam beobachteten und wir zuweilen recht nahe bei der Gruppe standen, schaute er nie zu uns herüber, wahrscheinlich war er so intensiv mit Mr. Brodsky beschäftigt. Also sind wir nicht hinzugekommen. Aber als sie sich dann auf den Weg machten, haben wir sie beobachtet, wie sie gerade durch das Tor gehen wollten und wie sie stehenblieben und wie sich jemand zu ihnen gesellte, ein Mann, aber inzwischen waren sie so weit weg, daß wir niemanden mehr deutlich erkennen konnten. Aber Trude ist sich sicher, daß es Mr. Ryder gewesen ist, der sich da zu ihnen gesellt hatte – ihre Fernsicht ist besser als meine, und ich habe meine Kontaktlinsen nicht getragen. Sie war sich sicher, stimmt es nicht, Trude? Sie war überzeugt, daß er es gewesen ist, daß er sich taktvoll ferngehalten hatte, um das Ganze für Mr. Brodsky und Miss Collins nicht noch komplizierter zu machen, als es ohnehin schon war, und jetzt trat er beim Tor wieder zu der offiziellen Gesellschaft. Ich habe zuerst gedacht, es wäre bloß Herr Braunthal, aber ich trug ja meine Kontaktlinsen nicht, und Trude ist sich ganz sicher gewesen, daß es Mr. Ryder war. Und als ich hinterher darüber nachdachte, habe auch ich gemeint, es ist vielleicht *tatsächlich* Mr. Ryder gewesen. Wir haben also die Gelegenheit verpaßt, ihm vorgestellt zu werden! Wissen Sie, zu dem Zeitpunkt waren sie so weit weg, sie waren schon beim Tor, und die Chauffeure hielten schon die Autotüren auf. Selbst wenn wir versucht hätten hinzulaufen, wären wir nicht rechtzeitig gekommen. Also haben wir, ganz strenggenommen, Mr. Ryder nicht kennengelernt. Aber Trude und ich haben das gerade besprochen, und wir haben uns gesagt, daß es in fast jeder anderen Hinsicht, ich meine, in jeder wirklich wichtigen Hinsicht, nur recht und billig wäre zu sagen, daß wir ihn heute kennengelernt haben. Wenn er schließlich bei der offiziellen Gesellschaft gewesen wäre, dann hätte Herr von Braun uns ganz sicher bei dem Giraffenkäfig, kurz nach dem Fortgehen von Miss Collins, vorgestellt. Es ist wohl kaum unsere Schuld, daß uns nicht bewußt war, wie taktvoll sich Mr. Ryder verhalten würde und daß er beim Tor warten würde. Na jedenfalls, der springende Punkt ist der: Es steht außer Frage, daß es *ganz und gar angemessen* gewesen wäre, wenn man uns ihm vorgestellt hätte. Das ist doch der springende Punkt. Herr von Braun jedenfalls hat offensichtlich geglaubt, daß es bei der Stellung, die wir augenblicklich einnehmen, ganz eindeutig angemessen gewesen wäre. Und weißt du was, Trude» – sie wandte sich an ihre Freundin – «jetzt, wo ich die Sache weiter durchdenke, stimme ich dir zu. Wir können auf der Versammlung heute abend genausogut berichten, daß wir ihn tatsächlich kennengelernt haben. Wie du schon sagst, das ist der Wahrheit näher, als wenn wir das Gegenteil behaupten würden. Und wir müssen heute abend so viel besprechen, wir haben einfach nicht die Zeit, alles noch einmal von vorn zu erklären. Schließlich ist es nur eine Laune des Schicksals gewesen, die uns darum gebracht hat, ihm ganz formell vorgestellt zu werden, das ist alles. Im Grunde *haben* wir ihn getroffen. Ganz bestimmt wird man ihm alles über uns erzählen, wenn das nicht schon geschehen ist, er wird doch sicher eingehende Erkundigungen darüber einziehen, wie seine Eltern betreut werden sollen. Wir haben ihn also so gut wie getroffen, und wie du schon sagst, wäre es nicht richtig, wenn die Leute etwas anderes denken würden. Ach herrje, entschuldigen Sie bitte» – Inge wandte sich plötzlich an Fiona – «ich habe ja ganz vergessen, daß ich mit einer *alten Freundin* von Mr. Ryder spreche. Für Sie muß das ja so aussehen, als würden wir eine Riesenaufregung um nichts machen, für Sie als *alte Freundin* ...»

«Aber Inge», sagte Trude, «die arme Fiona ist sehr verwirrt. Du darfst sie nicht auch noch hänseln.» Dann lächelte sie Fiona an und sagte: «Ist schon gut, meine Liebe, machen Sie sich keine Sorgen.»

Während Trude das sagte, stellten sich bei mir Erinnerungen an die warmherzige Freundschaft ein, die Fiona und ich als Kinder füreinander empfunden hatten. Ich sah das kleine weiße Häuschen wieder vor mir, in dem sie gewohnt hatte, nur ein paar Schritte diese schmutzige Straße in Worcesterhire hinunter, und dort hatten wir beide stundenlang unter dem Eßzimmertisch ihrer Eltern gespielt. Ich dachte an die Zeit, in der ich aufgeregt und verwirrt zu ihrem Haus gegangen war, und daran, wie geschickt sie mich getröstet und mir ermöglicht hatte, ganz schnell die Szene zu vergessen, die ich gerade hinter mir gelassen hatte. Die Erkenntnis, daß diese wertvolle Freundschaft hier vor meinen Augen ins Lächerliche gezogen wurde, ließ heftige Wut in mir aufsteigen, und obwohl Inge schon wieder das Wort ergriffen hatte, kam ich zu dem Schluß, ich könne das alles keine Sekunde länger so weitergehen lassen, ohne einzugreifen. Fest entschlossen, meinen früheren Fehler nicht zu wiederholen und keine Ausflüchte mehr machen zu wollen, lehnte ich mich entschieden vor, ich wollte Inge das Wort abschneiden, indem ich fest und mutig meine Identität preisgab, und mich dann zurücklehnen, während sich die Auswirkung des Gesagten über den Raum senkte. Doch obwohl ich viel Kraft auf mein Eingreifen verwandte, kam leider nichts weiter als ein leicht ersticktes Grunzen heraus, das aber trotzdem laut genug war, Inges Redestrom zu unterbrechen und alle drei Frauen dazu zu bringen, sich umzudrehen und mich anzustarren. Es kam zu einem peinlichen Moment, bevor Fiona, zweifellos in dem Wunsch, mir über meine Verlegenheit hinwegzuhelfen – vielleicht war etwas von ihrem alten Beschützerinstinkt mir gegenüber kurzfristig wiedererwacht –, explodierte und zu schreien anfing:

«Ihr zwei habt ja gar keine Ahnung, wie albern ihr seid! Und wißt ihr auch, warum? Nein, ihr könnt euch das gar nicht vorstellen, ihr zwei, ihr könnt euch das gar nicht vorstellen, wie dumm und wie unbeschreiblich lächerlich ihr gerade in diesem Moment seid. Das könntet ihr gar nicht, das ist doch typisch, das ist doch einfach typisch für euch zwei! Oh, das wollte ich euch schon lange sagen, schon als wir uns kennengelernt haben, tja, jetzt könnt ihr es ja selber sehen, jetzt könnt ihr euch ja selbst ein Urteil bilden und sehen, ob ihr albern und dumm seid oder was. Seht her!»

Fiona drehte den Kopf schnell in meine Richtung. Inge und Trude, die beide recht verwirrt waren, starrten mich wieder an. Ich nahm all meine Kräfte zusammen, um endlich zu sprechen, aber zu meiner Bestürzung wollte mir nichts gelingen als ein weiteres Grunzen, noch lauter als beim vorigen Mal, aber keineswegs verständlicher. Ich holte tief Luft, allmählich erfaßte mich Panik, ich versuchte es noch einmal, doch es ertönte nur ein noch anhaltenderes, angestrengteres Grunzen.

«Was um alles in der Welt sagt sie da, Trude?» fragte Inge. «Wieso spricht dieses kleine Miststück so mit uns? Wie kann sie nur? Was ist denn nur über sie gekommen?»

«Das ist meine Schuld», sagte Trude. «Mein Fehler. Es war

mein Vorschlag, sie in unsere Gruppe einzuladen. Nur gut, daß sie ihr wahres Gesicht noch vor der Ankunft von Mr. Ryders Eltern zeigt. Sie ist neidisch, das ist alles. Sie ist neidisch, weil wir heute Mr. Ryder getroffen haben. Während sie nur all diese erbärmlichen kleinen Geschichten zu bieten hat...»

«Was soll das heißen, ihr habt ihn heute getroffen?» Fiona explodierte. «Sie haben doch gerade eben selber gesagt, daß Sie ihn nicht...»

«Sie wissen sehr wohl, daß es genauso war, als hätten wir ihn getroffen. Nicht wahr, Trude? Wir haben alles Recht der Welt zu sagen, daß wir ihn heute getroffen haben. Und damit müssen Sie sich eben einfach abfinden, Fiona...»

«Tja, in dem Fall» – Fiona kreischte jetzt fast – «wollen doch mal sehen, wie ihr euch *damit* abfindet!» Sie schleuderte mir den Arm entgegen, als ob sie den dramatischsten aller Bühnenauftritte anzukündigen hätte. Wieder einmal gab ich mein Bestes, um ihr den Gefallen zu tun. Angefacht von meiner steigenden Wut und Verzweiflung war diesmal das angestrengte Grunzen noch lauter als zuvor, und ich spürte, daß das Sofa unter meiner Mühe regelrecht schwankte.

«Was ist denn nur mit Ihrem Freund los?» fragte Inge, die mich plötzlich zur Kenntnis nahm. Trude dagegen beachtete mich überhaupt nicht.

«Ich hätte erst gar nicht auf Sie hören sollen», sagte sie voller Bitterkeit zu Fiona. «Ich hätte von Anfang an merken müssen, was für eine Lügnerin Sie sind. Und wir haben unsere Kinder mit Ihren Bälgern spielen lassen! Das sind wahrscheinlich auch alles kleine Lügner, und inzwischen haben sie unseren Kindern wohl auch das Lügen beigebracht. Was für eine lächerliche Party das doch gestern abend bei Ihnen gewesen ist. Und wie Sie Ihre Wohnung geschmückt hatten! Wie albern! Heute morgen haben wir alle darüber gelacht...»

«Wieso hilfst du mir denn nicht!» Plötzlich sprach mich Fiona zum erstenmal direkt an. «Was ist denn los, wieso tust du denn nichts?»

Tatsächlich hatte ich mich die ganze Zeit über weiter angestrengt. Gerade in dem Moment, als sich Fiona mir zuwandte, konnte ich einen flüchtigen Blick auf mich in einem Spiegel werfen, der an der gegenüberliegenden Wand hing. Ich sah, daß mein Gesicht hellrot geworden und so eingefallen war, daß ich schweineähnliche Züge angenommen hatte, während meine in Brusthöhe geballten Fäuste genau wie mein Oberkörper zitterten. Mich in diesem Zustand zu sehen, nahm mir sofort den Wind aus den Segeln, ich verlor allen Mut und sank heftig keuchend in die Ecke des Sofas zurück.

«Fiona, meine Liebe, ich glaube», sagte Inge gerade, «es ist an der Zeit, daß Sie und Ihr... Ihr Freund sich jetzt auf den Weg machen. Ich denke nicht, daß Ihre Anwesenheit heute abend erforderlich ist.»

«Daran kann es gar keinen Zweifel geben», rief Trude. «Wir haben jetzt eine gewisse Verantwortung. Wir können es uns nicht leisten, gegenüber kleinen Vögeln mit gebrochenen Flügeln, wie sie einer ist, nachsichtig zu sein. Wir sind jetzt nicht mehr einfach nur eine Gruppe von Freiwilligen. Wir haben wichtige Aufgaben zu erledigen, und wer den Erwartungen nicht entspricht, den müssen wir eben gehen lassen.»

Ich sah Tränen in Fionas Augen aufsteigen. Sie schaute mich wieder an, inzwischen mit wachsender Verbitterung, und ich dachte, ich sollte wenigstens noch einmal den Versuch machen, meine Identität zu offenbaren, doch der Gedanke an die Gestalt, die ich flüchtig in dem Spiegel erblickt hatte, brachte mich dazu, es mir anders zu überlegen. Statt dessen erhob ich mich schwankend und machte mich auf die Suche nach dem Ausgang. Ich war immer noch außer Atem von all den Anstrengungen, und als ich die Wohnzimmertür erreichte, mußte ich mich einen Augenblick am Türrahmen abstützen. Hinter mir hörte ich, daß die beiden Frauen immer noch hitzig debattierten. Ich hörte Inge sagen: «Und was hat sie da nur für einen entsetzlichen Menschen mit in deine Wohnung gebracht.» Unter Aufbietung beträchtlicher Kraft lief ich in den kleinen Flur hinaus, und nachdem ich eine Weile hektisch an den Schlössern der Wohnungstür herumgefummelt hatte, gelang es mir, in den Hausflur zu kommen. Fast sofort ging es mir etwas besser, und mit etwas gefaßterer Haltung machte ich mich auf den Weg die Treppe hinunter.

SIEBZEHN

Auf den ersten der vielen Stufen schaute ich auf die Uhr und sah, daß es höchste Zeit war, zur Galerie Karwinsky zu fahren. Natürlich bedauerte ich außerordentlich, was ich da für eine Situation hinterlassen mußte, aber mein Hauptanliegen war unser pünktliches Erscheinen bei dem bedeutenden Ereignis des Abends sicherzustellen. Dennoch beschloß ich, mich der Probleme Fionas in absehbarer Zeit anzunehmen.

Als ich schließlich im Erdgeschoß anlangte, erblickte ich an der Wand ein Schild mit der Aufschrift «Parkplatz» und einem Pfeil, der die Richtung wies. Ich ging an verschiedenen Speicherschränken vorbei und dann durch einen Ausgang hinaus.

Ich trat an der Rückseite des Wohnblocks aus dem Gebäude, an der gegenüberliegenden Seite des künstlichen Sees. Die Abendsonne stand jetzt tief am Himmel. Eine weitläufige Grünfläche erstreckte sich vor mir und verlor sich sanft abfallend in der Ferne. Der Parkplatz, der direkt vor mir lag, war einfach ein rechteckiges Stück Grasland, das man mit einem Zaun abgeteilt hatte, wie eine Pferdekoppel auf einer amerikanischen Ranch. Der Boden war nicht betoniert worden, obwohl das Hin und Her der Autos das Gras inzwischen so weit abgetragen hatte, daß nur noch der nackte Erdboden zu sehen war. Es gab Platz für vielleicht fünfzehn Wagen, doch im Augenblick standen nur sieben oder acht Fahrzeuge da, jedes mit einigem Abstand zum nächsten, die Sonne spiegelte sich leuchtend in den Karosserien. Im hinteren Bereich des Parkplatzes sah ich die untersetzte Frau und Boris den Kofferraum eines Kombis beladen. Als ich auf sie zuging, bemerkte ich Sophie, die auf dem Beifahrersitz saß und mit leerem Blick durch die Windschutzscheibe auf den Sonnenuntergang schaute.

Die untersetzte Frau schloß gerade den Kofferraum, als ich zu ihnen trat.

«Tut mir leid», sagte ich zu ihr. «Ich wußte ja gar nicht, daß ihr so viel einzuladen hattet. Ich hätte euch ja gern geholfen, nur...»

«Ist schon gut. Dieser kleine Kerl hier hat schon getan, was nötig war.» Die untersetzte Frau fuhr Boris durch das Haar, dann sagte sie zu ihm: «Also du machst dir keine Sorgen, abgemacht? Ihr werdet alle einen herrlichen Abend haben. Ganz bestimmt. Sie hat deine ganzen Lieblingsgerichte gekocht.»

Sie beugte sich hinunter und umarmte Boris beruhigend, doch der kleine Junge schien zu träumen und starrte ins Leere. Die untersetzte Frau hielt mir den Autoschlüssel hin.

«Der Tank müßte voll genug sein. Fahr vorsichtig.»

Ich bedankte mich bei ihr und sah ihr nach, wie sie in Richtung Wohnblock ging. Als ich mich zu Boris umdrehte, stand er da und schaute in den Sonnenuntergang. Ich berührte ihn an der Schulter und führte ihn um den Wagen herum. Er kletterte auf den Rücksitz, ohne ein Wort zu sagen.

Von dem Sonnenuntergang ging offensichtlich eine hypnotische Wirkung aus, denn als ich mich hinter das Lenkrad setzte, hatte auch Sophie den Blick in die Ferne gerichtet. Sie schien mich kaum zu bemerken, aber als ich mich dann mit den Bedienungselementen vertraut machte, sagte sie leise:

«Wir dürfen nicht zulassen, daß diese Sache mit dem Haus uns so deprimiert. Das können wir uns nicht leisten. Wir wissen doch gar nicht, wann du das nächste Mal wieder bei uns sein wirst. Ob mit oder ohne Haus. Wir müssen endlich Dinge, *schöne* Dinge miteinander unternehmen. Das habe ich heute vormittag eingesehen, als ich mit dem Bus zurückgefahren bin. Auch wenn wir nur eine Wohnung haben. Und so eine Küche.»

«Ja, ja», sagte ich und steckte den Zündschlüssel ins Schloß. «Also. Weißt du, wie wir zu dieser Galerie kommen?»

Die Frage riß Sophie aus ihrem Trancezustand. «Ach», sagte sie und legte die Hände an den Mund, als ob ihr gerade etwas eingefallen wäre. Dann sagte sie: «Vom Stadtzentrum aus würde ich den Weg wahrscheinlich finden. Aber von hier aus wohl nicht.»

Ich seufzte schwer. Ich spürte, daß die Dinge in Gefahr waren, wieder außer Kontrolle zu geraten, und ich fühlte etwas von der heftigen Wut zurückkehren, die ich heute schon einmal auf Sophie empfunden hatte, und zwar weil sie ein solches Chaos in mein Leben gebracht hatte. Doch dann hörte ich ihre Stimme neben mir fröhlich sagen:

«Wieso fragst du denn nicht den Parkplatzwächter? Der weiß das doch vielleicht.»

Sie deutete auf die Einfahrt zum Parkplatz, wo tatsächlich ein kleines Häuschen aus Holz stand, das eine uniformierte, nur von der Taille an aufwärts zu sehende Gestalt beherbergte.

«Na schön», erwiderte ich. «Ich gehe ihn fragen.»

Ich stieg aus und ging auf das Holzhäuschen zu. Ein Wagen, der im Begriff war, die Einfriedung zu verlassen, hatte neben dem Häuschen gehalten, und als ich näher herankam, sah ich den Parkplatzwächter – einen kahlköpfigen, dicken Mann –, der sich durch die Luke hinauslehnte, jovial lächelte und zum Fahrer hin gestikulierte. Ihre Unterhaltung zog sich eine Weile hin, und ich wollte schon dazwischengehen, als das Auto endlich davonfuhr. Selbst dann noch folgte der Parkplatzwächter dem Wagen mit den Augen und sah zu, wie er über die lange kurvenreiche Straße entschwand, die um die Wohnanlage herumführte. Tatsächlich schien auch er wie erstarrt durch den Sonnenuntergang, und obwohl ich mich direkt unter seiner Luke räusperte, schaute er weiterhin verträumt dem Wagen nach. Schließlich stieß ich einfach barsch hervor: «Guten Abend.»

Der rundliche Mann schrak zusammen, dann schaute er zu mir herunter und antwortete: «Ach, guten Abend.»

«Tut mir leid, wenn ich Sie störe», sagte ich. «Aber wir sind etwas in Eile. Wir müssen zur Galerie Karwinsky, aber sehen Sie, da ich nur zu Besuch hier in der Stadt bin, weiß ich natürlich nicht, wie wir von hier aus am schnellsten dahin kommen.»

«Zur Galerie Karwinsky.» Der Mann dachte einen Augenblick nach und sagte dann: «Also, um ehrlich zu sein, das ist nicht ganz unkompliziert. Meiner Meinung nach wäre es für Sie am einfachsten, wenn Sie dem Herrn folgen, der gerade eben weggefahren ist. In dem roten Wagen.» Er deutete in die Ferne. «Wie der Zufall es will, wohnt der Herr ganz in der Nähe der Galerie Karwinsky. Ich könnte natürlich versuchen, Ihnen den Weg zu erklären, aber dann müßte ich mich erst einmal hinsetzen und mir das ganz genau zurechtlegen, all diese verschiedenen Abzweigungen, besonders gegen Ende der Fahrt. Ich meine, wenn Sie von der Landstraße abfahren und sich in all diesen kleinen Straßen um die Bauernhöfe herum zurechtfinden müssen. Da ist es ganz bestimmt das beste, Sie folgen einfach dem Herrn in dem roten Wagen. Wenn ich mich nicht irre, wohnt er nur ein oder zwei Straßen von der Galerie Karwinsky entfernt. Das ist eine sehr schöne Gegend, und diesem Herrn dort und seiner Frau gefällt es da sehr. Es ist die Lage. Er hat mir erzählt, er hat ein nettes Häuschen mit Hühnern im Hinterhof und einem Apfelbaum. Eine wirklich nette Gegend für eine Kunstgalerie, wenn auch ein bißchen abgelegen. Ein Besuch dort lohnt sich wirklich. Der Herr in dem roten Wagen sagt, es würde ihm nicht im Traum einfallen, von dort wegzuziehen, auch wenn er einen ziemlich langen Weg zur Arbeit hat, hierher auf das Gelände. O ja, er arbeitet hier, er arbeitet in dem Verwaltungsgebäude» – der Mann lehnte sich plötzlich weit aus seiner Luke heraus und zeigte auf irgendwelche Fenster hinter sich – «in dem Gebäude da drüben. O nein, das sind hier nicht nur alles Wohnhäuser. Eine Anlage dieser Größe zu leiten, erfordert eine ganze Menge Papierkram. Der Herr in dem roten Auto hat hier vom ersten Tag an gearbeitet, als die Leute von den Wasserwerken hier angefangen haben. Und jetzt beaufsichtigt er die ganzen Instandhaltungsarbeiten auf dem Gelände. Das ist ein ganz schönes Stück Arbeit, und er hat jeden Tag einen ziemlich weiten Weg zurückzulegen, aber er sagt, er denkt nicht einmal im Traum daran, hierher in die Nähe umzuziehen. Und das kann ich ihm auch gar nicht verdenken, es ist so schön da draußen. Aber da plaudere ich einfach drauflos, und Sie sind doch so in Eile. Tut mir wirklich leid. Wie gesagt, wenn Sie einfach dem roten Wagen folgen, ist das auf jeden Fall am einfachsten. Ich bin sicher, die Galerie Karwinsky wird Ihnen gefallen. So eine schöne Gegend, und die Galerie selbst, na ja, ich habe gehört, es soll ein paar herrliche Stücke dort geben.»

Ich bedankte mich knapp und ging zum Auto zurück. Als ich mich erneut hinter das Lenkrad setzte, waren Sophie und Boris wieder in den Anblick des Sonnenuntergangs vertieft. Ohne ein Wort zu sagen, ließ ich den Motor an. Erst als wir an dem Holzhäuschen vorbeirumpelten – ich warf dem Parkplatzwächter noch schnell einen Blick zu –, fragte Sophie: «Also weißt du jetzt, wie du fahren mußt?»

«Ja, ja. Wir folgen einfach dem roten Wagen, der vorhin gerade weggefahren ist.»

Als ich das sagte, wurde mir bewußt, wie wütend ich immer noch auf sie war. Doch ich sagte weiter nichts und lenkte den Wagen auf die Straße, die um den äußeren Rand des Geländes herumführte.

Wir ließen Wohnblock um Wohnblock hinter uns, der Sonnenuntergang spiegelte sich in den zahllosen Fensterscheiben. Dann verschwand die Wohnanlage, und die kleine Straße ging in eine breite Landstraße über, die auf beiden Seiten von Kiefernwäldern gesäumt wurde. Die Straße war praktisch leer und bot ungehinderte Sicht, und bald schon konnte ich den roten Wagen vor uns sehen, als kleinen Punkt in der Ferne, der sich gemächlich voranbewegte. Bei dem wenigen Verkehr sah ich keinen Grund, allzu dicht aufzufahren, und so verringerte auch ich die Geschwindkeit und ließ eine respektvolle Distanz zwischen uns. Während der ganzen Zeit hatten sowohl Sophie als auch Boris still und verträumt dagesessen, und auch ich geriet allmählich in eine ruhige, eingelullte Stimmung und schaute zu, wie die Sonne über der menschenleeren Landstraße unterging.

Nach einer Weile wurde mir bewußt, daß ich in Gedanken noch einmal das zweite Tor durchspielte, das die holländische Mannschaft vor einigen Jahren im Halbfinale der Fußballweltmeisterschaft erzielt hatte. Es war ein beeindruckender Schuß aus großer Entfernung gewesen, und es war schon seit langem eine meiner liebsten Erinnerungen an ein Sportereignis, doch jetzt mußte ich zu meinem großen Ärger feststellen, daß ich vergessen hatte, wer der Torschütze gewesen war. Der Name Rensenbrink schoß mir durch den Kopf, und ganz bestimmt war er in dem Spiel dabeigewesen, doch am Ende war ich sicher, daß er nicht der Torschütze gewesen war. Ich sah den Ball wieder durch das Sonnenlicht schießen, vorbei an den merkwürdig erstarrten Verteidigern, sah ihn weiter und immer weiter fliegen, an der ausgestreckten Hand des Torhüters vorbei. Es war deprimierend, eine solche Einzelheit vergessen zu haben, und systematisch ging ich die Namen aller holländischen Fußballspieler durch, die mir aus der Zeit einfielen, als Boris plötzlich hinter mir sagte:

«Wir sind zu dicht an der Straßenmitte. Wir werden noch mit jemandem zusammenstoßen.»

«Ach, Unsinn», sagte ich. «Wir fahren genau richtig.»

«Nein, tun wir nicht!» Ich spürte, wie er von hinten gegen meinen Sitz schlug. «Wir sind zu dicht an der Straßenmitte. Wenn auf der Gegenspur einer kommt, werden wir mit ihm zusammenstoßen!»

Ich sagte nichts, sondern lenkte den Wagen ein wenig mehr in Richtung Straßenrand. Das schien Boris zu beruhigen, und er schwieg wieder. Dann sagte Sophie:

«Weißt du, um ganz ehrlich zu sein, ich war gar nicht sehr glücklich, als ich das gehört habe. Das mit dem Empfang, meine ich. Ich habe gedacht, das würde uns um unseren gemeinsamen Abend bringen. Aber als ich dann noch etwas darüber nachgedacht habe, vor allem als ich dann einsah, daß wir unser Abendessen heute ja trotzdem haben können, tja, da habe ich gedacht, es ist schon gut so. In gewisser Weise ist es genau das, was wir brauchen. Ich bin sicher, ich schaffe das heute abend, und Boris auch. Wir werden es beide schaffen, und dann haben wir etwas, das wir feiern können, wenn wir zurückkommen. Dieser ganze Abend könnte für uns alles besiegeln.»

Noch bevor ich darauf etwas erwidern konnte, schrie Boris wieder:

«Wir sind viel zu dicht an der Straßenmitte!»

«Noch weiter rüber an den Rand fahre ich nicht», sagte ich. «Wir fahren jetzt genau richtig.»

«Vielleicht hat er Angst», sagte Sophie leise zu mir.

«Er hat doch keine Angst!»

«Ich habe Angst! Wir werden noch einen ganz schlimmen Unfall haben!»

«Sei bitte ruhig, Boris. Ich fahre ganz sicher.»

Ich hatte das sehr streng gesagt, und Boris schwieg wieder. Doch als ich dann weiterfuhr, wurde mir bewußt, daß Sophie mich besorgt ansah. Gelegentlich schaute sie sich zu Boris um, dann kehrte ihr Blick wieder zurück zu mir. Schließlich fragte sie leise:

«Wieso halten wir nicht irgendwo an?»

«Anhalten? Wieso das denn?»

«Wir kommen immer noch rechtzeitig zur Galerie. Wegen ein paar Minuten werden wir schon nicht zu spät kommen.»

«Ich glaube, wir versuchen einfach erst, diese Galerie zu finden.»

Während der nächsten Minuten schwieg Sophie. Dann drehte sie sich wieder zu mir um und sagte: «Ich finde, wir sollten anhalten. Wir könnten etwas trinken und eine Kleinigkeit essen. Das hilft dir bestimmt, dich wieder abzuregen.»

«Was soll das heißen, mich abregen?»

«Ich will anhalten!» rief Boris von hinten.

«Was soll das heißen, mich abregen?»

«Es ist so wichtig, daß ihr zwei heute abend nicht wieder zu streiten anfangt», sagte Sophie. «Ich sehe, es geht schon wieder los. Aber nicht heute abend. Das lasse ich nicht zu. Wir sollten uns alle ein bißchen entspannen. Damit wir in die richtige Stimmung kommen.»

«Was soll das heißen, die richtige Stimmung? Mit uns ist doch alles in Ordnung.»

«Ich will anhalten! Ich habe Angst! Mir ist schlecht!»

«Guck mal» – Sophie zeigte auf ein vorüberziehendes Schild – «da kommt gleich eine Raststätte. Bitte laß uns da anhalten.»

«Das ist vollkommen unnötig...»

«Du wirst richtig wütend. Und der Abend heute ist so wichtig. Heute abend darf es nicht schiefgehen.»

«Ich will anhalten! Ich muß aufs Klo!»

«Gleich. Bitte laß uns anhalten. Laß uns die Sache in Ordnung bringen, bevor es noch schlimmer wird.»

«Was sollen wir in Ordnung bringen?»

Sophie antwortete nicht, sondern schaute weiter ängstlich durch die Windschutzscheibe. Wir fuhren jetzt durch eine gebirgige Landschaft. Die Kiefernwälder hatten wir hinter uns gelassen, und an ihrer Stelle ragten zu beiden Seiten felsige Böschungen auf. Die Raststätte war jetzt am Horizont zu sehen, eine Konstruktion, die an ein hoch in Felsen gehauenes Raumschiff erinnerte. All meine Wut auf Sophie war in diesem Augenblick mit neuer Intensität zurückgekehrt, doch trotz allem – beinahe gegen meinen Willen – fuhr ich langsamer und wechselte die Spur.

«Ist ja gut, wir halten an», sagte Sophie zu Boris. «Du brauchst jetzt keine Angst mehr zu haben.»

«Er hat auch vorhin keine Angst gehabt», sagte ich kühl, doch Sophie schien das nicht gehört zu haben.

«Wir essen schnell etwas», sagte sie zu dem Jungen. «Dann geht es uns allen gleich viel besser.»

Einem Schild folgend, bog ich von der Landstraße ab auf einen steilen, engen Weg. Wir fuhren über eine Reihe von

Haarnadelkurven immer höher, dann wurde die Straße eben, und wir gelangten zu einem Parkplatz. Mehrere Lastwagen sowie etwa ein Dutzend Autos standen dort Seite an Seite.

Ich stieg aus und streckte mich. Als ich zurückschaute, sah ich, daß Sophie Boris aus dem Wagen half. Ich sah zu, wie er ein paar Schritte auf dem geteerten Platz machte und dabei reichlich schläfrig aussah. Dann drehte er, als wolle er sich wachmachen, das Gesicht dem Himmel entgegen und stieß einen Tarzanschrei aus, wobei er sich tatsächlich auf die Brust schlug.

«Laß das, Boris!» rief ich.

«Aber hier stört er doch keinen», sagte Sophie. «Hier hört ihn doch niemand.»

Tatsächlich befanden wir uns hoch oben auf einer Felsspitze und standen ein ganzes Stück weit weg von der gläsernen Konstruktion der Raststätte. Der Sonnenuntergang färbte den Himmel jetzt tiefrot und spiegelte sich in allen Oberflächen des Gebäudes. Ohne ein Wort zu sagen, schlenderte ich an den beiden vorbei und auf den Eingang zu.

«Hier störe ich doch keinen!» rief Boris mir hinterher. Es kam ein zweiter Tarzanschrei, der diesmal in einen Jodler auslief. Ich ging weiter, ohne mich umzudrehen. Erst als ich beim Eingang war, blieb ich stehen und wartete, um ihnen die schwere Glastür aufzuhalten.

Wir gingen durch eine Art Vorraum mit einer Reihe von öffentlichen Fernsprechern und dann durch eine zweite Glastür in das Restaurant. Ein Duft nach gegrilltem Fleisch empfing uns. Der Raum war riesig, und es gab lange Reihen mit ovalen Tischen. An allen Seiten waren großformatige Glasscheiben, durch die wir den weithin sich erstreckenden Himmel sehen konnten. Von irgendwo aus weiter Ferne hörte man die Geräusche der Landstraße unter uns.

Boris lief zur Selbstbedienungstheke und nahm sich ein Tablett. Ich bat Sophie, mir ein Mineralwasser mitzubringen, und ging voran, um einen Tisch auszusuchen. Es waren nicht viele Gäste im Restaurant – nur etwa vier oder fünf Tische waren besetzt –, doch ich ging ganz bis ans Ende einer der langen Reihen durch und setzte mich mit dem Rücken zu den Wolken.

Nach einigen Minuten kamen Boris und Sophie mit ihren Tabletts den Gang zwischen den Tischen entlang. Sie setzten sich vor mich und fingen in merkwürdiger Stille an auszubreiten, was sie gekauft hatten. Da bemerkte ich, daß Sophie dem Jungen Blicke zuwarf, und ich nahm an, daß sie Boris, während sie an der Theke gewesen waren, gedrängt hatte, mir etwas zu sagen – etwas, das den während unseres jüngsten Wortwechsels angerichteten Schaden wiedergutmachen würde. Bis zu diesem Augenblick war es mir nicht in den Sinn gekommen, daß zwischen mir und Boris irgendeine Art Versöhnung nötig wäre, und es ärgerte mich, mit ansehen zu müssen, wie ungeschickt sich Sophie in die Situation einmischte. In dem Versuch, die Stimmung aufzuheitern, machte ich eine witzige Bemerkung über das futuristische Dekor um uns herum, doch Sophie gab zerstreut nur eine knappe Antwort und warf Boris einen weiteren Blick zu. Sie stellte sich so plump an, daß sie ihn genausogut mit dem Ellenbogen hätte anstoßen können. Boris schien sich verständlicherweise zu sträuben, sich dem Wunsch seiner Mutter zu fügen, und mürrisch fuhr er fort, ein Päckchen Nüsse, das er gekauft hatte, zwischen den Fingern herumzudrehen. Ohne aufzuschauen brummelte er endlich:

«Ich habe ein Buch auf französisch gelesen.»

Ich zuckte mit den Schultern und schaute auf den Sonnenuntergang. Ich merkte, daß Sophie Boris drängte, noch mehr zu erzählen. Schließlich sagte er schmollend:

«Ich habe ein ganzes Buch auf französisch gelesen.»

Ich drehte mich zu Sophie um und sagte: «Also ich bin nie so recht mit Französisch klargekommen. Mit dem Französischen habe ich immer noch mehr Probleme als mit dem Japanischen. Ja, wirklich. In Tokio komme ich besser zurecht als in Paris.»

Sophie, die mit meiner Antwort vermutlich nicht zufrieden

war, schaute mich streng an. Ihre drängende Art ärgerte mich, also drehte ich mich weg und schaute über die Schulter wieder in den Sonnenuntergang. Nach einer Weile hörte ich Sophie sagen:

«Boris ist jetzt so viel besser in den Fremdsprachen geworden.»

Als weder Boris noch ich antwortete, beugte sie sich zu dem Jungen und sagte:

«Du mußt dich jetzt ein bißchen mehr anstrengen, Boris. Bald sind wir in der Galerie. Da werden viele Leute sein. Ein paar von denen sehen womöglich wichtig aus, aber du wirst doch keine Angst haben, nicht? Deine Mutter wird keine Angst vor ihnen haben, und du auch nicht. Wir werden allen zeigen, wie gut wir mit der Situation zurechtkommen. Wir werden richtig Eindruck machen, nicht?»

Einen Augenblick lang drehte Boris sein kleines Päckchen mit den Nüssen wieder und immer wieder zwischen den Fingern herum. Dann schaute er auf und seufzte.

«Keine Sorge», sagte er. «Ich weiß schon, was man tun muß.» Dann setzte er sich gerade hin und fuhr fort: «Man steckt die eine Hand in die Hosentasche. So. Und dann hält man seinen Drink in der anderen, so.»

Er hielt die Pose eine Weile, und dabei nahm er einen höchst arroganten Gesichtsausdruck an. Sophie brach in schallendes Gelächter aus. Auch ich konnte mir nicht helfen und mußte ein wenig lächeln.

«Und wenn Leute auf einen zukommen», fuhr Boris fort, «muß man nur andauernd sagen: ‹Wirklich bemerkenswert! Wirklich bemerkenswert!› Oder wenn man will, kann man auch sagen: ‹Ist ja köstlich! Ist ja köstlich!› Und wenn der Kellner mit lauter Sachen auf einem Tablett vorbeikommt, macht man das.» Boris zog ein säuerliches Gesicht und bewegte den Finger hin und her.

Sophie lachte immer noch. «Ach, Boris, du wirst wirklich Eindruck machen heute abend.»

Boris strahlte, er war sichtlich zufrieden mit sich. Dann plötzlich stand er auf und sagte: «Ich gehe jetzt auf die Toilette. Ich habe ganz vergessen, daß ich gehen wollte. Ich bin in einer Minute wieder da.»

Er führte uns noch ein letztes Mal die verächtliche Geste mit dem Finger vor, dann ging er schnell davon.

«Manchmal kann er richtig amüsant sein», sagte ich.

Sophie sah über die Schulter zu, wie Boris den Gang zwischen den Tischen hochging. «Er wächst so schnell», sagte sie. Dann seufzte sie, und ihr Gesichtsausdruck wurde noch nachdenklicher. «Bald wird er erwachsen sein. Wir haben nicht mehr viel Zeit.»

Ich erwiderte nichts und wartete darauf, daß sie fortfuhr. Eine Weile schaute sie noch über die Schulter zurück. Dann drehte sie sich zu mir um und sagte leise: «So vergeht jetzt seine Kindheit. Bald wird er erwachsen sein, und er wird nie etwas Besseres gekannt haben.»

«Du tust ja gerade so, als würde er eine schreckliche Zeit durchmachen. Sein Leben ist vollkommen in Ordnung.»

«Na schön, ich weiß, so schlimm ist sein Leben gar nicht. Aber das ist jetzt seine Kindheit. Ich weiß, wie sie sein sollte. Denn weißt du, ich erinnere mich daran, wie es war. Als ich noch sehr klein war, bevor Mutter so krank wurde. Alles war so schön damals.» Sie drehte sich wieder zu mir um, doch ihre Augen schienen sich auf die Wolken hinter mir zu richten. «So etwas will ich für ihn.»

«Ach, mach dir keine Sorgen. Wir werden das schon sehr bald alles in Ordnung bringen. Und in der Zwischenzeit geht es Boris doch gut. Kein Grund, sich Sorgen zu machen.»

«Du bist wie alle anderen.» In ihrer Stimme schwang jetzt leichter Ärger mit. «Du tust gerade so, als hätten wir alle Zeit der Welt. Papa mag wohl noch ein paar gute Jahre vor sich haben, aber jünger wird er auch nicht. Eines Tages wird er nicht mehr da sein, und dann gibt es nur noch uns. Dich und mich und Boris. Deshalb müssen wir uns ranhalten. Wir müssen bald etwas für uns aufbauen.» Sie holte tief Luft und schüttelte den Kopf, ihr Blick fiel auf die Tasse Kaffee, die sie vor sich stehen hatte. «Du begreifst das einfach nicht. Du begreifst einfach nicht, wie einsam es auf der Welt sein kann, wenn man mit den Dingen nicht klarkommt.»

Ich sah keinen Sinn darin, mich auf eine Auseinandersetzung einzulassen. «Tja, dann werden wir das eben tun», sagte ich. «Dann finden wir eben bald etwas.»

«Du begreifst einfach nicht, wie wenig Zeit wir noch haben. Sieh uns doch an. Wir haben kaum einen Anfang gemacht.»

Der anklagende Ton in ihrer Stimme verstärkte sich. Mittlerweile schien sie vollkommen die nicht unbedeutende Rolle vergessen zu haben, die ihr eigenes Verhalten bei dem gespielt hatte, was uns daran gehindert hatte, «mit den Dingen klarzukommen». Ganz plötzlich verspürte ich die Versuchung, sie auf einiges hinzuweisen, aber ich beschloß zu schweigen. Nach einer ziemlich langen Pause stand ich auf und sagte:

«Entschuldige. Ich glaube, ich hole mir doch noch etwas zu essen.»

Sophie schaute wieder in den Himmel und schien mein Fortgehen kaum zu bemerken. Ich ging nach vorn zu der Selbstbedienungstheke und nahm mir ein Tablett. Doch während ich dann die Auswahl an Gebäck betrachtete, fiel mir ein, daß ich den Weg zur Galerie Karwinsky nicht kannte und daß wir vorläufig ganz und gar von dem roten Wagen abhängig waren. Ich dachte an den roten Wagen, der jetzt in diesem Augenblick da draußen auf der Landstraße davonfuhr, weiter und immer weiter weg von uns, und mir wurde klar, daß wir es uns nicht leisten konnten, noch mehr Zeit in dieser Raststätte zu verlieren. Ich dachte im Gegenteil, daß wir unverzüglich aufbrechen sollten. Und ich wollte gerade schon das Tablett wieder wegstellen und an unseren Tisch zurückeilen, als mir bewußt wurde, daß sich zwei Leute, die ganz in der Nähe saßen, über mich unterhielten.

Ich schaute mich um und sah, daß es sich um zwei elegant

gekleidete Frauen mittleren Alters handelte. Sie beugten sich über den Tisch einander entgegen, sprachen leise miteinander und hatten, soweit ich das feststellen konnte, keine Ahnung, daß ich in diesem Augenblick so nahe bei ihnen stand. Sie erwähnten kaum je meinen Namen, und deshalb war ich mir zuerst auch nicht sicher, ob ich tatsächlich der Gegenstand ihres Gespräches war, doch bald schon mußte ich einsehen, daß von keinem anderen als mir die Rede war.

«O doch», sagte die eine Frau gerade. «Sie haben sich mehrfach mit dieser Stratmann in Verbindung gesetzt. Sie versichert ihnen immer wieder, daß er erscheinen wird, um alles zu inspizieren, aber bis jetzt hat er sich nicht blicken lassen. Dieter meint, daß sie das auch gar nicht so schlimm finden, es ist ja nicht so, daß sie im Moment nichts zu tun hätten, aber inzwischen sind sie alle derart nervös, weil sie denken, daß er wohl jeden Augenblick auftauchen könnte. Und natürlich kommt Herr Schmidt andauernd vorbei und schreit sie an, sie sollten endlich saubermachen, was wäre, wenn er jetzt käme und den Städtischen Konzertsaal so vorfinden würde? Dieter sagt, sie sind alle ganz angespannt, selbst dieser Edmundo. Und mit diesen Genies kann man ja nie wissen, was sie sich herauspicken werden, um daran herumzukritteln. Sie können sich alle noch an die Zeit erinnern, als Igor Kobyliansky kam, um alles zu inspizieren, jede Kleinigkeit hat er pingeligst überprüft. Wie er auf alle viere hinunterging, während die anderen alle auf der Bühne in einem großen Kreis um ihn herumstanden, wie sie ihm alle zusahen, während er herumkroch, die Dielenbretter abklopfte und sogar das Ohr an den Fußboden legte. Während der vergangenen zwei Tage ist Dieter einfach nicht er selbst gewesen, dauernd ist er so gereizt, wenn er sich auf den Weg zur Arbeit macht. Es ist für sie alle ganz furchtbar. Immer, wenn er nicht zur verabredeten Zeit erscheint, warten sie eine Stunde oder so und rufen dann wieder bei dieser Stratmann an. Sie ist immer ganz zerknirscht, hat immer jede Menge Entschuldigungen parat und macht dann eine andere Zeit mit ihnen aus.»

Als ich das hörte, kam mir wieder ein Gedanke, der mir während der vergangenen Stunden wiederholt durch den Kopf gegangen war: daß es nämlich durchaus vernünftig wäre, wenn ich mich öfter mit Miss Stratmann in Verbindung setzte, als ich das bisher getan hatte. Tatsächlich erschien es mir gar nicht so abwegig, sie von einem der öffentlichen Fernsprecher anzurufen, die ich in dem Eingangsbereich gesehen hatte. Doch bevor ich diesem Gedanken noch weiter nachgehen konnte, fuhr die Frau fort:

«Und das alles, nachdem diese Stratmann wochenlang immer wieder betont hat, daß er unbedingt alles inspizieren wolle, daß er sich nicht nur um die Akustik und all die üblichen Dinge kümmern müsse, sondern auch um seine Eltern und darum, wie sie an dem Abend in dem Saal untergebracht werden. Offensichtlich geht es ihnen beiden nicht mehr so gut, sie brauchen also besondere Sitze, besondere Annehmlichkeiten, sie brauchen ausgebildete Leute in der Nähe, falls einer der beiden einen Herzanfall hat oder so etwas. Die nötigen Vorkehrungen sind recht kompliziert, und nach dem, was diese Stratmann sagt, wollte er mit dem Personal unbedingt jedes einzelne Detail durchsprechen. Tja, das war ja ganz rührend, wie er sich angeblich so um seine alten Eltern sorgt. Aber dann, nicht wahr, läßt er sich einfach nicht blicken! Natürlich könnte es auch eher an dieser Stratmann liegen, und nicht an ihm. Dieter denkt das jedenfalls. Nach allem, was man so hört, hat *er* ja einen ausgezeichneten Ruf, er scheint einfach nicht der Typ zu sein, der den Leuten solche Unannehmlichkeiten bereitet.»

Ich hatte mich zunehmend über die Frauen geärgert und war deshalb natürlich erleichtert, diese letzten Bemerkungen zu hören. Aber was sie über meine Eltern gesagt hatten – daß man ihretwegen verschiedene besondere Vorkehrungen treffen mußte –, überzeugte mich davon, daß ich das Telefonat mit Miss Stratmann keine Sekunde länger aufschieben durfte. Ich stellte mein Tablett auf der Theke ab und ging schnell in den Eingangsbereich.

Ich trat in eine Telefonzelle und suchte in meinen Taschen nach Miss Stratmanns Visitenkarte. Nach einer Weile fand ich sie und wählte die Nummer. Sofort nahm Miss Stratmann selbst den Hörer ab.

«Ach, Mr. Ryder, wie schön, daß Sie anrufen. Ich freue mich ja so, daß alles so gut läuft.»

«Aha. Sie meinen also, es läuft alles gut.»

«O ja, phantastisch! Sie sind überall ein voller Erfolg. Die Leute sind derart begeistert. Und Ihre Rede nach dem Diner gestern abend, ach, *alle Welt* spricht davon, wie witzig und amüsant die Rede war. Es ist so angenehm, wenn ich das einfach so sagen darf, mit jemandem wie Ihnen zu arbeiten.»

«Tja, danke, Miss Stratmann. Sehr freundlich von Ihnen. Und für mich ist es sehr angenehm, daß man sich so gut um mich kümmert. Ich habe Sie angerufen, weil ich, äh, einige Punkte meines Terminplans noch einmal mit Ihnen durchgehen wollte. Natürlich gab es heute einige unvermeidliche Verzögerungen, die zu mißlichen Konsequenzen geführt haben.»

Ich schwieg, weil ich hoffte, Miss Stratmann würde dazu etwas sagen, doch am anderen Ende der Leitung herrschte Schweigen. Ich lachte kurz auf und fuhr fort: «Aber natürlich sind wir jetzt gerade auf dem Weg zur Galerie Karwinsky. Ich meine, wir sind in diesem Augenblick tatsächlich mitten auf der Fahrt dorthin. Selbstverständlich wollten wir früh genug dort ankommen, und ich muß sagen, wir freuen uns schon alle sehr darauf. Die Gegend um die Galerie Karwinsky herum ist, so hat man mir gesagt, wirklich wunderschön. Ja, wir sind sehr froh, auf dem Weg dorthin zu sein.»

«Das freut mich aber sehr, Mr. Ryder», Miss Stratmanns Stimme klang etwas verunsichert. «Ich hoffe wirklich, Sie genießen den Abend.» Dann sagte sie plötzlich: «Also, Mr. Ryder, ich hoffe, wir haben Sie nicht gekränkt.»

«Mich gekränkt?»

«Wir haben damit bestimmt nichts andeuten wollen. Ich meine, mit dem Vorschlag, daß Sie heute vormittag der Gräfin einen Besuch abstatten sollen. Wir wußten ja alle, daß Sie durch und durch vertraut mit Mr. Brodskys Werk sind, niemand würde je etwas anderes annehmen. Es ist nur so, daß einige dieser Aufnahmen wirkliche Raritäten sind, und die Gräfin wie auch Herr von Winterstein haben gedacht... O je, ich hoffe wirklich, Sie sind nicht gekränkt, Mr. Ryder! Wir haben damit ganz bestimmt nichts andeuten wollen.»

«Ich bin keineswegs gekränkt, Miss Stratmann. Im Gegenteil, meine Sorge war, die Gräfin und Herr von Winterstein könnten gekränkt sein, weil ich nicht kommen konnte...»

«Ach, darüber brauchen Sie sich wirklich keine Gedanken zu machen, Mr. Ryder.»

«Ich hätte sie so gern kennenlernen und mit ihnen reden wollen, aber als es mir die Umstände unmöglich machten, alles zu erledigen, was wir ursprünglich gehofft hatten, dachte ich mir, sie würden Verständnis dafür haben, zumal es ja, wie Sie sagen, für mich keine wirkliche Veranlassung gab, mir Mr. Brodskys Aufnahmen anzuhören...»

«Oh, Mr. Ryder, ich bin sicher, die Gräfin wie auch Herr von Winterstein haben vollstes Verständnis für die Situation. Auf jeden Fall war es, und das sehe ich jetzt, wirklich vermessen von uns, so etwas zu organisieren, besonders da Ihre Zeit so begrenzt ist. Ich hoffe wirklich, Sie sind nicht gekränkt.»

«Ich versichere Ihnen, ich bin keineswegs gekränkt. Aber eigentlich, wenn Sie erlauben, Miss Stratmann, habe ich angerufen, um noch einige Punkte, ich meine, einige *andere* Punkte meines Terminplans mit Ihnen zu besprechen.»

«Ja, Mr. Ryder?»

«Zum Beispiel mein Besuch im Konzertsaal, um dort alles zu inspizieren.»

«Ah ja.»

Ich wartete ab, um zu sehen, ob sie nicht noch etwas sagen würde, aber als sie nichts sagte, fuhr ich fort: «Ja, ich wollte mich einfach nur noch einmal davon überzeugen, ob für meine Ankunft auch alles vorbereitet ist.»

Endlich reagierte Miss Stratmann auf den besorgten Unterton in meiner Stimme. «Ach, natürlich», sagte sie. «Jetzt verstehe ich, was Sie meinen. Ich habe nicht gerade viel Zeit für Ihren Besuch dort eingeplant. Aber wie Sie sehen» – sie schwieg, und ich hörte das Rascheln von Papier – «wie Sie sehen, haben Sie jeweils vor und nach Ihrem Besuch im Konzertsaal diese zwei äußerst wichtigen Termine. Deshalb habe ich gedacht, wenn wir Sie irgendwo ein wenig hetzen und drängen können, dann dort im Konzertsaal. Sie könnten später immer noch einmal dorthin, wenn das wirklich nötig sein sollte. Dagegen können wir es uns einfach nicht leisten, verstehen Sie, einem der beiden anderen Termine weniger Zeit einzuräumen. Da ist zum Beispiel das Treffen mit der Bürger-Selbsthilfe, ich weiß, wieviel Wert Sie darauf legen, den einfachen Menschen, den Betroffenen selbst zu begegnen …»

«Ja, natürlich, da haben Sie ganz recht. Ich stimme vollkommen überein mit dem, was Sie da sagen. Wie Sie ganz richtig bemerkt haben, kann ich zu einem späteren Zeitpunkt immer noch einmal Zeit für einen Besuch im Konzertsaal abzweigen. Ja, ja. Es ist ja bloß, daß ich mir ein wenig Gedanken gemacht habe wegen der, äh, wegen der Vorkehrungen. Für meine Eltern, meine ich.»

Wieder herrschte Schweigen am anderen Ende der Leitung. Ich räusperte mich und fuhr fort:

«Ich meine, wie Sie ja wissen, befinden sich meine Mutter und mein Vater in bereits vorgerücktem Alter. Im Konzertsaal werden besondere Annehmlichkeiten für sie nötig sein.»

«Ja, ja, natürlich.» Miss Stratmann klang leicht verwirrt. «Und medizinische Betreuung in der Nähe, für den Fall unglücklicher Vorkommnisse. Ja, es ist für alles gesorgt, wie Sie sehen werden, wenn Sie alles dort inspizieren.»

Ich dachte einen Augenblick lang darüber nach. Dann sagte ich: «Meine Eltern. Über die sprechen wir hier doch. Ich hoffe, das ist jetzt kein Mißverständnis.»

«Nein, Mr. Ryder. Bitte machen Sie sich keine Sorgen.»

Ich bedankte mich bei ihr und kehrte den öffentlichen Fernsprechern den Rücken zu. Als ich wieder zum Restaurant kam, blieb ich einen Moment auf der Türschwelle stehen. Der Sonnenuntergang warf jetzt lange Schatten durch den Raum. Die beiden Frauen mittleren Alters unterhielten sich immer noch ernst, obwohl ich unmöglich sagen konnte, ob sie weiterhin über mich redeten. Weiter hinten im Raum sah ich, wie Boris Sophie etwas erklärte und beide dann fröhlich lachten. Ich blieb noch einen Augenblick lang stehen und ging in Gedanken noch einmal das Gespräch durch, das ich gerade mit Miss Stratmann geführt hatte. Je mehr ich darüber nachdachte, um so deutlicher begriff ich, daß tatsächlich etwas Vermessenes an der Vorstellung war, ich könnte irgendeinen Nutzen davon gehabt haben, wenn die Gräfin mir Brodskys alte Aufnahmen vorgespielt hätte. Zweifellos hatten sie und von Winterstein sich schon darauf gefreut, mich Takt für Takt durch die Musik zu leiten. Der Gedanke daran verärgerte mich, und ich war dankbar, daß ich den Termin hatte ausfallen lassen müssen.

Dann schaute ich auf die Uhr und sah, daß wir trotz all meiner beruhigenden Worte Miss Stratmann gegenüber Gefahr liefen, zu spät zur Galerie Karwinsky zu kommen. Ich ging zu unserem Tisch hinüber, und ohne mich zu setzen sagte ich:

«Wir müssen jetzt los. Wir sind schon ziemlich lange hier gewesen.»

Ich hatte mit einiger Dringlichkeit gesprochen, doch Sophie schaute einfach auf und sagte:

«Boris findet, diese Doughnuts sind die besten, die er je gegessen hat. Das hast du doch gesagt, nicht, Boris?»

Ich schaute zu Boris hin und sah, daß er mich überhaupt nicht beachtete. Da fiel mir unser kleiner Wortwechsel wieder ein – für den Moment hatte ich gar nicht mehr daran gedacht –, und es schien mir das beste zu sein, etwas Versöhnliches zu sagen.

«Die Doughnuts sind also gut, meinst du», sagte ich zu ihm. «Läßt du mich ein Stückchen probieren?»

Doch Boris schaute immer noch in die andere Richtung. Ich wartete einen Moment, dann zuckte ich mit den Schultern.

«Na schön», sagte ich. «Wenn du nicht mit mir reden willst, ist es auch gut.»

Sophie berührte Boris an der Schulter und wollte sich gerade bittend an ihn wenden, aber da drehte ich mich schon um und sagte: «Also kommt, wir müssen uns auf den Weg machen.»

Sophie stieß Boris noch einmal an. Dann sagte sie zu mir, und in ihrer Stimme schwang Verzweiflung mit: «Laß uns doch noch ein bißchen bleiben. Du hast doch kaum hier mit uns am Tisch gesessen. Und Boris gefällt es hier doch so. Nicht wahr, Boris?»

Wieder gab Boris durch nichts zu erkennen, ob er zugehört hatte.

«Also hört mal, wir müssen uns jetzt aber wirklich beeilen», sagte ich. «Wir werden noch zu spät kommen.»

Wieder schaute Sophie auf Boris, dann auf mich, in ihrem Gesichtsausdruck spiegelte sich Verärgerung. Dann schließlich stand sie langsam auf. Ich drehte mich um und ging den ganzen Weg durch das Restaurant zum Ausgang, ohne zu ihnen zurückzuschauen.

ACHTZEHN

Bis ich den Wagen die steile, kurvenreiche Straße hinunter und dann zurück auf die Landstraße gelenkt hatte, stand die Sonne schon sehr tief am Himmel. Es waren ebenso wenige Autos unterwegs wie vorher, und ich fuhr eine ganze Weile mit recht hoher Geschwindigkeit und hielt am Horizont Ausschau nach dem roten Wagen. Ein paar Minuten später hatten wir die gebirgige Gegend hinter uns gelassen und durchquerten ausgedehnte Flächen Ackerlandes. Zu beiden Seiten der Landstraße erstreckten sich die Felder bis weit in die Ferne. Und dann, als die Straße in einer langen, sanften Kurve um ein Areal flachen Landes herumführte, entdeckte ich den roten Wagen wieder. Er war noch ein ganzes Stück weit weg, doch ich sah, daß der Fahrer noch immer in gemächlichem Tempo fuhr. So verringerte auch ich die Geschwindigkeit und genoß schon bald den Anblick der sich vor mir entfaltenden Landschaft: die abendlichen Felder, die tiefstehende Sonne, die hinter weit entfernten Bäumen aufflackerte, die gelegentlichen Gebäudegrüppchen eines Gehöfts – und die ganze Zeit war der rote Wagen vor uns, mal sichtbar und dann, bei jeder Straßenbiegung, wieder weg. Dann hörte ich Sophie neben mir sagen:

«Was glaubst du, wieviel Leute werden da sein?»

«Bei dem Empfang?» Ich zuckte mit den Schultern. «Woher soll ich das wissen? Also, ich muß schon sagen, du regst dich ja mächtig auf wegen dieser Sache. Es ist doch nur ein Empfang, weiter nichts.»

Sophie schaute weiter aus dem Fenster. Dann sagte sie: «Von den Leuten heute abend. Viele werden dieselben sein wie seinerzeit bei dem Rusconi-Bankett. Deshalb bin ich so nervös. Ich dachte, das wäre dir klar.»

Ich versuchte, mich an das Bankett zu erinnern, das sie gerade erwähnt hatte, doch der Name sagte mir nichts.

«Damals war ich in diesen Dingen schon so viel besser geworden», fuhr Sophie fort. «Bis dann diese Leute so schrecklich zu mir waren. Davon habe ich mich immer noch nicht richtig erholt. Und ganz bestimmt sind viele von den Leuten heute abend wieder da.»

Ich versuchte immer noch erfolglos, mich an dieses Bankett zu erinnern. «Willst du damit sagen, daß man sich dir gegenüber tatsächlich unhöflich benommen hat?»

«Unhöflich? Tja, ich nehme an, so könnte man es nennen. Auf jeden Fall haben sie es geschafft, daß ich mir klein und erbärmlich vorgekommen bin. Ich hoffe inständig, es sind heute abend nicht wieder dieselben Leute.»

«Wenn heute abend jemand unhöflich dir gegenüber ist, dann kommst du und sagst es mir. Und was mich betrifft, kannst du dann zu ihnen so unhöflich sein, wie du willst.»

Sophie drehte sich um und schaute nach Boris auf dem Rücksitz. Nach einer Weile merkte ich, daß der Junge eingeschlafen war. Sophie beobachtete ihn noch einen Augenblick, dann drehte sie sich wieder zu mir um.

«Wieso fängst du jetzt damit wieder an?» fragte sie mit völlig veränderter Stimme. «Du weißt doch, wie sehr ihn das aufregt. Aber du fängst wieder damit an. Wie lange willst du diesmal damit weitermachen?»

«Womit denn weitermachen?» fragte ich müde. «Wovon sprichst du denn jetzt wieder?»

Sophie starrte mich einen Moment lang an, dann drehte sie sich weg. «Du begreifst das einfach nicht», sagte sie wie zu sich selbst. «Für so was haben wir eben keine Zeit. Du begreifst das einfach nicht, stimmt es?»

Ich spürte, daß meine Geduld am Ende war. All das Durcheinander, dem ich den ganzen Tag über ausgesetzt gewesen war, fiel mir wieder ein, und so sagte ich laut:

«Also hör mal, woher nimmst du dir eigentlich das Recht, die ganze Zeit so an mir herumzunörgeln? Vielleicht ist es dir ja noch nicht aufgefallen, aber ich stehe zur Zeit zufällig unter sehr großem Druck. Aber statt mir zu helfen, kannst du nur nörgeln, nörgeln und nochmals nörgeln. Und jetzt scheinst du darauf hinzuarbeiten, mich bei diesem Empfang im Stich zu lassen. Wenigstens sieht es so aus, als wolltest du schon den Grundstein dafür legen...»

«Na schön! Dann kommen wir eben nicht mit hinein! Boris und ich werden im Wagen warten. Du kannst ganz allein hingehen!»

«Das ist doch nun wirklich nicht nötig. Ich habe doch nur gesagt...»

«Nein, ich meine das ganz im Ernst. Du kannst allein hingehen. So werden wir dich wenigstens nicht im Stich lassen können.»

Danach fuhren wir ein paar Minuten lang weiter, ohne ein Wort miteinander zu reden. Schließlich sagte ich:

«Also, komm schon, es tut mir leid. Es wird wahrscheinlich alles gutgehen beim Empfang. Ja, eigentlich bin ich mir sogar sicher, daß es gutgehen wird.»

Sie antwortete nicht. Schweigend fuhren wir weiter, und immer, wenn ich sie anschaute, sah ich sie mit leerem Blick auf den roten Wagen in der Ferne starren. Ein merkwürdiges Gefühl der Panik stieg allmählich in mir hoch, bis ich schließlich sagte:

«Ach, komm schon. Selbst wenn es heute abend nicht so gut läuft, na ja, das... das macht doch nichts. Ich meine, das spielt doch im Grunde gar keine Rolle. Es gibt doch keinen Grund, daß wir uns so albern benehmen.»

Sophie starrte weiterhin auf den roten Wagen. Dann sagte sie: «Sehe ich so aus, als hätte ich zugenommen? Sag mal ganz ehrlich.»

«Nein, überhaupt nicht. Du siehst phantastisch aus.»

«Aber es stimmt. Ich habe ein bißchen zugenommen.»

«Das macht nichts. Was auch immer heute abend geschieht,

es spielt keine Rolle. Schau, wir haben keinen Grund, uns Sorgen zu machen. Bald werden wir alles haben. Ein Haus, einfach alles. Also wir haben keinen Grund, uns Sorgen zu machen.»

Während ich das sagte, erinnerte ich mich allmählich vage an das Bankett, das sie vorhin erwähnt hatte. Besonders ein Bild kam mir in den Sinn, nämlich Sophie in einem dunkelkarmesinroten Kleid, die verlegen mitten in einem Raum steht, um sie herum kleine Gruppen von Menschen, die miteinander lachen und sich unterhalten. Da dachte ich an die Demütigung, die sie hatte erdulden müssen, und schließlich berührte ich sie sacht am Arm. Zu meiner großen Erleichterung reagierte sie, indem sie mir den Kopf auf die Schulter legte.

«Du wirst schon sehen», sagte sie beinahe im Flüsterton. «Ich werde es dir zeigen. Und Boris auch. Wer auch immer heute abend da sein wird, wir werden dir zeigen, wie gut wir sind.»

«Ja, ja. Das werdet ihr ganz bestimmt. Ihr werdet beide phantastisch sein.»

Einige Minuten später bemerkte ich dann, daß der rote Wagen den Blinker gesetzt hatte, um die Landstraße zu verlassen. Ich verkürzte den Abstand zwischen uns, und bald folgten wir unserem Lotsen zwischen Wiesen eine ruhige kleine Straße hinauf. Der Lärm der Landstraße blieb mehr und mehr zurück, je weiter wir hinauffuhren, und bald befanden wir uns auf unbefestigten Wegen, die für den Verkehr der heutigen Zeit kaum angemessen waren. Einmal schrammte eine dichte Hecke die eine ganze Seite unseres Wagens entlang, und kurz darauf rumpelten wir über einen schmuddeligen Hof voller kaputter landwirtschaftlicher Fahrzeuge. Dann gelangten wir auf einige bessere Straßen, die sich sanft durch die Felder schlängelten, und wir konnten wieder etwas schneller fahren. Schließlich hörte ich Sophie rufen: «Oh, da ist es ja!» und an einem Baum sah ich ein Schild aus Holz, das zur Galerie Karwinsky wies.

Ich fuhr langsamer, als wir uns der Einfahrt näherten. Zwei rostige Torpfosten standen noch, aber das Tor selbst war verschwunden. Während der rote Wagen weiter die Straße hinauffuhr und dann schließlich aus unserem Blickfeld geriet, lenkte ich das Auto zwischen den Pfosten hindurch auf ein weitläufiges überwuchertes Feld.

Es gab einen unbefestigten Pfad, der mitten durch das Feld führte, und eine ganze Weile fuhren wir langsam bergauf. Als wir oben auf dem Hügel ankamen, bot sich uns eine herrliche Aussicht. Das Feld fiel in ein seichtes Tal ab, an dessen tiefster Stelle sich ein eindrucksvolles Gebäude befand, das im Stil eines französischen Chateaus gebaut war. In dem Wäldchen dahinter ging die Sonne unter, und selbst aus dieser Entfernung sah ich, daß das Gebäude über einen gewissen morbiden Charme verfügte, was die Vorstellung des langsamen Verfalls einer in einer Traumwelt lebenden Gutsbesitzersfamilie heraufbeschwor.

Ich schaltete in einen niedrigeren Gang und lenkte den Wagen vorsichtig den Hügel hinunter. Im Rückspiegel sah ich, daß Boris, der jetzt hellwach war, nach links und rechts schaute, aber das Gras stand so hoch, daß aus den Seitenfenstern heraus nichts zu sehen war.

Als wir näher kamen, sah ich, daß ein großes Stück des Feldes neben dem Haus von geparkten Autos in Beschlag genommen war. Ich steuerte darauf zu, als wir unsere Fahrt den Hügel hinunter bewältigt hatten, und sah, daß dort insgesamt an die einhundert Fahrzeuge standen, von denen viele dem Anlaß entsprechend auf Hochglanz poliert waren. Ich fuhr auf der Suche nach einem geeigneten Parkplatz eine Weile herum und blieb unweit der zerbröckelnden Hofmauer stehen.

Ich stieg aus dem Wagen und streckte mich. Als ich zurückschaute, sah ich, daß auch Sophie und Boris ausgestiegen waren und daß Sophie an den Kleidern des Jungen herumnestelte.

«Und denk daran», hörte ich sie zu ihm sagen. «Niemand in

dem Raum ist wichtiger als du. Das mußt du dir einfach immer wieder sagen. Und außerdem bleiben wir ja nicht lange.»

Ich wollte gerade zum Gebäude gehen, als ich von etwas abgelenkt wurde, das ich aus den Augenwinkeln heraus erblickte. Ich drehte mich um und stellte fest, daß ganz in meiner Nähe jemand ein kaputtes Auto auf dem Gras abgestellt hatte. Die anderen Gäste hatten einen gewissen Abstand zu dem Auto eingehalten, als ob der Rost und der Verfall auf ihre Wagen überspringen könnten.

Ich ging ein paar Schritte auf das Autowrack zu. Es war tief in die Erde eingesunken und völlig von Gras umwuchert, ich hätte es vielleicht gar nicht bemerkt, hätte sich nicht der Sonnenuntergang auf der Haube gespiegelt. Es hatte keine Reifen, und die Tür auf der Fahrerseite war an den Scharnieren herausgerissen worden. Es war verschiedentlich gestrichen worden, und beim letzten Anstrich schien der Lackierer Gebäudefarbe benutzt zu haben, bevor er mittendrin die Arbeit abgebrochen hatte. Die beiden hinteren Kotflügel waren durch zusammengestückelte Ersatzteile von anderen Fahrzeugen erneuert worden. Trotz alledem und noch bevor ich das Auto aus der Nähe begutachtet hatte, wußte ich, daß ich den alten Familienwagen betrachtete, den mein Vater viele Jahre lang gefahren hatte.

Es war natürlich sehr lange her, seit ich das letzte Mal einen Blick darauf hatte werfen können. Ihn in diesem traurigen Zustand wiederzusehen erinnerte mich an seine letzten Tage mit uns, als er schon so alt war, daß es mir in höchstem Maße peinlich gewesen wäre, hätten meine Eltern ihn noch länger gefahren. Am Ende hatte ich damit angefangen, so fiel mir jetzt wieder ein, wohldurchdachte Tricks zu ersinnen, um Fahrten in dem Wagen zu vermeiden, so sehr fürchtete ich mich davor, von einem Schulfreund oder einem Lehrer gesehen zu werden. Aber das war wirklich nur am Ende gewesen. Viele Jahre lang hatte ich an der Überzeugung festgehalten, daß unser Wagen – obwohl alles andere als luxuriös – fast allen übrigen Wagen auf der Straße überlegen war und daß dies wohl der Grund sein mochte, weshalb mein Vater es vorzog, ihn nicht durch einen neuen zu ersetzen. Ich sah das Auto wieder vor mir, wie es in der Auffahrt zu unserem kleinen Häuschen in Worcestershire geparkt war, wie sein Lack und seine Metallteile geglänzt hatten und wie ich ihn minutenlang anschauen konnte und dabei ungeheuer stolz war. Und so manchen Nachmittag – besonders an Sonntagen – hatte ich damit zugebracht, im Wagen und in der Nähe des Wagens zu spielen. Zuweilen hatte ich Spielsachen mit hinausgebracht – vielleicht sogar meine Kunststoffsoldaten –, um sie auf dem Rücksitz auszubreiten. Aber öfter noch hatte ich einfach phantasievolle Szenarien rund um das Auto herum erdacht, hatte Pistolen durch die Wagenfenster abgeschossen oder war hinter dem Lenkrad imaginäre Rennen gefahren. Immer wieder kam es dann vor, daß meine Mutter aus dem Haus trat und mir verbot, die Wagentüren zuzuschlagen, der Lärm bringe sie um den Verstand, und wenn ich es noch einmal machte, würde sie mir «bei lebendigem Leib das Fell über die Ohren ziehen». Ich sah sie ganz deutlich vor mir, wie sie da an der Hintertür des Hauses stand und zum Wagen herüberrief. Das Haus war sehr klein gewesen, und da wir mitten auf dem Land wohnten, stand es auf einem halben Morgen Grasland. Ein Weg führte an unserem Tor vorüber auf den Bauernhof des Ortes, und zweimal am Tag kamen Kühe vorbei, die von Bauernjungen mit schmutzigen Stöcken angetrieben wurden. Mein Vater parkte den Wagen immer mit dem hinteren Ende zu diesem Weg hin, und oft lief ich weg von dem, was ich gerade tat, um mir durch die Heckscheibe die Prozession der Kühe anzusehen.

Was wir unsere «Auffahrt» nannten, war einfach nur ein Stück Grasweg neben dem Haus. Der Weg war nie betoniert worden, und bei heftigem Regen stand das Auto immer tief im Wasser – eine Tatsache, die nicht gerade eine große Hilfe bei den Rostproblemen gewesen sein konnte und möglicherweise den Verfall des Wagens bis zu seinem jetzigen Zustand beschleunigt hatte. Doch als ich noch klein war, empfand ich die Regentage stets als ein ganz spezielles Fest. Der Regen schuf nicht nur eine besonders behagliche Atmosphäre, sondern er stellte auch eine Herausforderung für mich dar, denn jedesmal, wenn ich ein- oder ausstieg, mußte ich über schlammige Kanäle springen. Zuerst hatte meinen Eltern diese Angewohnheit sehr mißfallen, und sie behaupteten, ich würde überall auf der Polsterung Schmutzabdrücke hinterlassen, aber als der Wagen erst einmal ein paar Jahre alt war, machten sie sich darüber keine Gedanken mehr. Doch das Türenschlagen störte meine Mutter während der ganzen Zeit, in der wir den Wagen besaßen. Das war wirklich schade, denn das Türenschlagen war ein wesentliches Element der Aufführung meiner Szenarien, denn unweigerlich betonte es Schlüsselmomente der dramatischen Spannung. Noch komplizierter wurden die Dinge durch die Tatsache, daß sich meine Mutter manchmal wochen-, ja monatelang nicht wegen der Türen beschwerte, bis ich fast vergessen hatte, daß sie Anlaß für einen Konflikt sein konnten. Dann eines Tages, wenn ich völlig vertieft in irgendein Schauspiel war, erschien sie ganz plötzlich höchst verärgert und verbot es mir noch dieses eine Mal, sonst würde sie mir «bei lebendigem Leib das Fell über die Ohren ziehen». Zuweilen wurde diese Drohung zu einem Zeitpunkt geäußert, an dem die Tür tatsächlich weit offenstand, was mich in die verzwickte Lage brachte, sie am Ende meines Spiels entweder offenzulassen – obwohl sie dann möglicherweise die ganze Nacht offenstehen würde – oder aber das Risiko einzugehen, sie so leise wie möglich zu schließen. Dieses Dilemma quälte mich dann die ganze verbleibende Zeit meines Spiels, was mir den Spaß gründlich verdarb.

«Was machst du denn da?» hörte ich Sophies Stimme hinter mir. «Wir sollten jetzt wohl hineingehen.»

Mir wurde bewußt, daß sie mit mir sprach, doch meine Gedanken waren durch die Entdeckung unseres alten Wagens so abgelenkt worden, daß ich leise flüsternd irgend etwas zur Antwort gab, ohne überhaupt nachzudenken. Dann hörte ich sie sagen:

«Was ist denn nur in dich gefahren? Du scheinst dich in das Ding ja richtiggehend verliebt zu haben.»

Erst da wurde mir klar, daß ich den Wagen regelrecht umarmt hielt; ich hatte die Wange auf das Autodach gelegt, während meine Hände in sanften kreisenden Bewegungen über seine schäbige Oberfläche fuhren. Mit einem kurzen Auflachen richtete ich mich auf, drehte mich um und sah, daß Sophie und Boris mich anstarrten.

«Verliebt in das Ding? Das soll doch wohl ein Witz sein.» Ich lachte noch einmal auf. «Es ist schändlich, wie die Leute solche Autowracks einfach in der Gegend herumstehen lassen.»

Sie starrten mich immer noch an, also rief ich: «Was für ein widerlicher Dreckhaufen!» und gab dem Wagen einige tüchtige Tritte. Das schien sie zufriedenzustellen, und beide drehten sie sich weg. Dann sah ich, daß Sophie, obwohl sie mich eben noch so betont zur Eile gedrängt hatte, immer noch an der Kleidung von Boris herumnestelte und inzwischen wieder angefangen hatte, ihm das Haar zu kämmen.

Ich wandte mich wieder dem Wagen zu, denn ich war voller Sorge, ich könnte ihm mit meinen Tritten irgendeinen Schaden zugefügt haben. Bei näherer Betrachtung konnte ich aber feststellen, daß sich nur einige rostige Stückchen der obersten dünnen Schicht gelöst hatten, aber dennoch war ich voller Gewissensbisse, weil ich mich so gefühllos gezeigt hatte. Ich ging durch das Gras auf die andere Seite des Wagens und schaute durch das Rückfenster ins Innere. Herumfliegende Teilchen waren gegen das Fenster geschlagen, aber die Scheibe war ganz geblieben, und ich schaute durch die Spinnennetzrisse auf den Rücksitz, auf dem ich einst so viele zufriedene Stunden verbracht hatte. Ein Großteil des Sitzes, das konnte ich nun sehen, war von Schimmelpilz überzogen. Regenwasser hatte sich in der Ecke, in der das Sitzkissen mit der Armlehne zusammentraf, zu einer Pfütze gesammelt. Als ich an der Tür zog, bot sie kaum Widerstand, ließ sich dann aber wegen des dichten Grases nur halb öffnen. Der Spalt war gerade groß genug, daß ich mich hineinzwängen konnte, und nach kurzem Kampf gelang es mir, auf den Sitz zu klettern.

Als ich schließlich drinnen war, merkte ich, daß ein Ende des Sitzes durch den Wagenboden gefallen war, so daß ich unnatürlich tief zu sitzen kam. Durch das Fenster, das meinem Kopf am nächsten war, sah ich Grashalme und einen rosaroten Abendhimmel. Ich setzte mich zurecht und zerrte an der Tür, bis sie wieder fast ganz geschlossen war – da war etwas im Weg, so daß sie sich nicht vollständig schließen ließ –, und nach einer Weile hatte ich in eine recht bequeme Stellung gefunden.

Bald darauf senkte sich eine tiefe Ruhe über mich, und ich ließ zu, daß sich meine Augen einen Moment lang schlossen. Währenddessen kam mir eine Erinnerung an einen der glücklicheren Familienausflüge zurück, die wir in dem Wagen unternommen hatten, wir waren damals auf der Suche nach einem gebrauchten Fahrrad für mich durch die ganze Gegend gefahren. Es war ein sonniger Sonntagnachmittag gewesen, und wir waren von Dorf zu Dorf gefahren, hatten Fahrrad um Fahrrad begutachtet, und meine Eltern hatten sich vorne im Wagen ernsthaft beraten, während ich hinter ihnen auf genau diesem Sitz gesessen und die Worcestershire-Landschaft betrachtet hatte, die an uns vorüberzog. Es war die Zeit gewesen, als noch nicht jeder in England ein Telefon besaß, und meine Mutter hatte auf dem Schoß eine Ausgabe der Regionalzeitung, in der die Leute, die Gegenstände zum Verkauf anboten, noch ihre vollständigen Anschriften abdrucken ließen. Terminvereinbarungen waren nicht nötig gewesen; eine Familie wie wir konnte einfach an einer Tür erscheinen und sagen: «Wir sind wegen des Fahrrads für den Jungen gekommen», und dann wurden wir zum Schuppen hinter dem Haus geführt, damit wir uns das Rad anschauen konnten. Die netteren Leute boten bei der Gelegenheit Tee an, was mein Vater jedesmal mit derselben scherzhaften Bemerkung ablehnte. Aber eine alte Frau – die in Wirklichkeit gar kein Fahrrad «für einen Jungen» verkaufen wollte, sondern nach dem Tod ihres Mannes dessen altes Rad – hatte darauf bestanden, daß wir zu ihr ins Haus kamen. «Das ist doch wirklich immer schön», hatte sie zu uns gesagt, «Menschen wie Sie bei sich zu haben.» Als wir dann mit unseren Teetassen in ihrem sonnendurchfluteten Wohnzimmer gesessen hatten, bezeichnete sie uns noch einmal als «Menschen wie Sie», und ganz plötzlich, während ich noch meinem Vater zuhörte, der über die Art Fahrrad sprach, das für einen Jungen meines Alters am besten geeignet wäre, dämmerte es mir, daß meine Eltern und ich für diese alte Frau das Ideal familiären Glücks verkörperten. Eine immense Anspannung folgte dieser Erkenntnis, eine Anspannung, die während der halben Stunde, die wir in dem Haus blieben, beständig wuchs. Natürlich befürchtete ich nicht etwa, meine Eltern könnten womöglich aus ihrer üblichen Rolle fallen – selbst eine ganz und gar bereinigte Variante eines ihrer Streitgespräche würden sie dort nicht beginnen, das war einfach undenkbar. Doch ich war fest davon überzeugt, daß jeden Moment ein kleines Anzeichen, vielleicht sogar ein Geruch, die alte Frau dazu bringen würde, die Ungeheuerlichkeit ihres Irrtums einzusehen, und voller Furcht wartete ich auf den Augenblick, in dem sie ganz plötzlich vor Schreck erstarren würde.

Ich saß auf dem Rücksitz des alten Wagens und versuchte, mich daran zu erinnern, wie genau jener Nachmittag geendet hatte, doch ich stellte fest, daß meine Gedanken statt dessen zu einem ganz anderen Nachmittag abschweiften, einem Nachmittag, an dem es heftig geregnet hatte und ich zu dem Wagen hinausgegangen war, zu meiner Zuflucht auf diesem Rücksitz, während sich die Probleme im Haus weiter zuspitzten. An jenem Nachmittag lag ich quer über dem hinteren Sitz auf dem Rücken, den Kopf hatte ich ein Stück weit unter die Armlehne gezwängt. Von diesem Beobachtungsposten war der Regen, der die Scheiben herunterrann, das einzige, was ich durch die Fenster sehen konnte. In diesem Augenblick war es mein innigster Wunsch gewesen, hier Stunde um Stunde einfach nur ungestört liegen zu dürfen. Doch aus Erfahrung wußte ich, daß mein Vater irgendwann aus dem Haus treten, daß er am Wagen vorbei zur Einfahrt und dann hinaus auf die Straße gehen würde, und so hatte ich eine ganze Weile dort gelegen und durch den Regen intensiv auf das Klappern des Schlosses von der Hintertür gehorcht. Als das Geräusch endlich kam, war ich aufgesprungen und hatte angefangen zu spielen. Ich hatte ein erbittertes Ringen um eine fallen gelassene Pistole nachgeahmt, und zwar auf eine Weise, die deutlich machen sollte, daß ich zu beschäftigt war, um irgend etwas wahrzunehmen. Erst als ich auf dem feuchten Boden seine Schritte die Auffahrt hinuntergehen hörte, wagte ich, mein Spiel zu beenden. Dann kniete ich mich schnell auf den Sitz und lugte vorsichtig durch die Heckscheibe hinaus, gerade noch rechtzeitig, um die Gestalt meines Vaters im Regenmantel bei der Einfahrt stehenbleiben und sich leicht vorneigen zu sehen, während er seinen Regenschirm öffnete. Im nächsten Augenblick trat er entschlossen auf die Straße hinaus und entschwand meinem Blick.

Ich mußte wohl eingedöst sein, denn ich wurde ruckartig wach und sah, daß ich in völliger Dunkelheit auf dem Rücksitz des kaputten Wagens saß. In leichter Panik stieß ich gegen die Tür, die mir am nächsten war. Zuerst ließ sie sich nicht bewegen, dann gab sie bei jedem Stoß ein wenig nach, bis ich mich endlich hinauszwängen konnte.

Ich klopfte mir die Kleider ab und schaute mich um. Das Haus war hell erleuchtet – ich sah funkelnde Kandelaber, eingerahmt von hohen Fenstern –, und neben unserem Wagen nestelte Sophie immer noch am Haar des Jungen herum. Ich stand außerhalb eines Lichtkegels, der von dem Haus herübergeworfen wurde, doch Sophie und Boris waren praktisch in Flutlicht getaucht. Während ich noch schaute, beugte sich Sophie zum Außenspiegel am Auto hinunter, um letzte Hand an ihr Make-up zu legen.

Boris drehte sich zu mir um, als ich in das Licht trat. «Du bist ja Ewigkeiten da drin gewesen», sagte er.

«Ja, tut mir leid. Wir sollten jetzt wohl hineingehen.»

«Einen Moment noch», murmelte Sophie zerstreut und blieb über den Spiegel gebeugt stehen.

«Ich kriege allmählich Hunger», sagte Boris zu mir. «Wann fahren wir denn wieder heim?»

«Keine Sorge, wir werden nicht lange bleiben. All diese Leute warten da drinnen auf uns, also gehen wir jetzt einfach hinein und sagen guten Abend. Aber wir werden bald wieder gehen. Dann fahren wir nach Hause und machen uns einen schönen Abend. Nur wir drei.»

«Können wir Warlord spielen?»

«Natürlich», erwiderte ich und freute mich, daß der Junge unseren Wortwechsel von vorhin vergessen zu haben schien. «Oder was immer du magst. Selbst wenn wir mit einem Spiel anfangen und du mittendrin aufhören und etwas anderes spielen willst, weil es dir langweilig ist oder du dabei bist zu verlieren, mir soll das recht sein, Boris. Heute abend spielen wir einfach das, was dir am liebsten ist. Und wenn du gar nicht mehr spielen und nur eine Weile reden willst, über Fußball zum Beispiel, dann machen wir das. Es wird ein toller Abend, nur wir drei ganz allein. Aber erst wollen wir da hineingehen und das hinter uns bringen. Es wird schon nicht so schlimm werden.»

«Also schön, ich bin soweit», kündigte Sophie an, doch dann beugte sie sich noch ein letztes Mal zu dem Spiegel hinunter.

Durch einen Steinbogen gelangten wir in einen Innenhof. Als wir auf die Vordertür zugingen, sagte Sophie: «Inzwischen freue ich mich richtig darauf. Ich bin sicher, es wird alles gutgehen.»

«Schön», antwortete ich. «Entspann dich einfach und sei du selbst. Das wird schon alles werden.»

NEUNZEHN

Die Tür wurde von einem stämmigen Dienstmädchen geöffnet. Als wir in den weitläufigen Flur traten, murmelte sie:

«Schön, Sie wiederzusehen.»

Erst als ich sie das sagen hörte, wurde mir bewußt, daß ich schon einmal in dem Haus gewesen war – ja, daß es dasselbe Haus war, in das Hoffman mich am Abend zuvor gebracht hatte.

«Ach ja», erwiderte ich und schaute auf die Wände mit der Eichenholztäfelung, «es ist schön, wieder einmal hier zu sein. Diesmal habe ich, wie Sie sehen, meine Familie mitgebracht.»

Die Frau sagte darauf nichts. Das mochte an einer gewissen Ehrfurcht mir gegenüber liegen, aber als ich einen kurzen Blick auf sie warf, wie sie da mürrisch bei der Tür stand, konnte ich nicht umhin, eine gewisse Feindseligkeit zu spüren. Und da sah ich dann, daß mir von einer Reihe von Zeitschriften und Zeitungen auf einem runden Holztisch neben dem Schirmständer mein Gesicht entgegenstarrte. Ich ging zu dem Tisch und zog hervor, was ich als die Abendausgabe der Regionalzeitung erkannte, deren ganze Titelseite ein Foto von mir einnahm – das offensichtlich auf einem windgepeitschten Feld aufgenommen worden war. Dann entdeckte ich das weiße Gebäude im Hintergrund und erinnerte mich an den Fototermin vom Vormittag auf diesem Hügel. Ich nahm die Zeitung mit zu einer Lampe hinüber und hielt das Foto unter das gelbliche Licht.

Der starke Wind hatte mir das Haar nach hinten geweht. Meine Krawatte flatterte steif hinter dem einen Ohr. Auch meine Jacke bauschte sich hinter mir, so daß es aussah, als trüge ich ein Cape. Noch erstaunlicher aber war die Tatsache, daß meine Gesichtszüge einen Ausdruck ungezügelter Wildheit erkennen ließen. Meine Faust war in den Wind gereckt, und ich schien dabei, eine Art Kriegsgeschrei von mir zu geben. Ich konnte beim besten Willen nicht begreifen, wie eine solche Pose hatte zustande kommen können. Die Überschrift – sonst gab es keinerlei Text auf der ganzen Titelseite – verkündete: «RYDERS RUF NACH UNTERSTÜTZUNG».

Leicht nervös öffnete ich die Zeitung und fand eine Auswahl von sechs oder sieben kleineren Fotos vor, alles Varianten des Fotos auf der Titelseite. Meine kriegerische Haltung war überall offensichtlich, nur auf zwei Bildern nicht. Auf diesen beiden Fotos schien ich voller Stolz das Gebäude hinter mir zu präsentieren, und dabei trug ich ein merkwürdiges Lächeln zur Schau, bei dem die Zähne im Unterkiefer, jedoch kein einziger Zahn im Oberkiefer sichtbar waren. Ich überflog die Spalten unter den Fotos und entdeckte wiederholte Anspielungen auf einen Mann namens Max Sattler.

Ich hätte die Zeitung noch länger studiert, doch da ich den Verdacht hatte, die Feindseligkeit des Dienstmädchens stehe mit ebendiesen Fotos in Zusammenhang, fühlte ich mich allmählich entschieden unbehaglich. Ich legte die Zeitung fort, ging weg von dem Tisch und beschloß, den Artikel bei späterer Gelegenheit eingehend zu studieren.

«Höchste Zeit, daß wir hineingehen», sagte ich zu Sophie und Boris, die zögernd mitten in dem riesigen Flur stehengeblieben waren. Ich hatte so laut gesprochen, daß die Bedienstete mich hören konnte, und erwartete selbstverständlich, daß sie uns zu dem Empfang geleiten würde. Doch sie rührte sich nicht, und nach einigen peinlichen Sekunden lächelte ich sie an und sagte: «Natürlich, ich weiß den Weg ja noch von gestern abend.» Damit ging ich voran in Richtung Saal.

Es stellte sich heraus, daß das Gebäude keineswegs so war, wie ich es in Erinnerung hatte, und bald schon befanden wir uns in einem langen holzgetäfelten Korridor, der mir gänzlich fremd war. Doch das sollte sich als belanglos erweisen, denn sobald wir den Korridor ein wenig weiter entlanggegangen waren, hörten wir ein Stimmengewirr, und kurz darauf standen wir am Eingang eines schmalen Raumes, der vollgestopft war mit Leuten in Abendkleidung, die Cocktailgläser in der Hand hielten.

Schon auf den ersten Blick war zu erkennen, daß der Raum bedeutend kleiner war als der prächtige Ballsaal, in dem sich die Gäste am Abend zuvor versammelt hatten. Tatsächlich sah ich bei näherer Betrachtung, daß es sich eigentlich gar nicht um einen Raum, sondern um einen Korridor oder bestenfalls ein langes, gebogenes Vestibül handelte. Der Bogen war derart, daß man den Eindruck gewann, er würde schließlich einen Halbkreis beschreiben, obwohl man das vom Eingang aus unmöglich erkennen konnte. Am hinteren Ende sah ich die riesigen, jetzt zugezogenen Fenster, die um den ganzen Bogen liefen, während sich an der Wand gegenüber eine Tür an die andere zu reihen schien. Der Boden war aus Marmor, Kandelaber hingen von der Decke herab, und hier und da, im ganzen Raum verteilt, waren auf kleinen Sockeln oder in eleganten Glasvitrinen Kunstgegenstände ausgestellt.

Wir blieben auf der Türschwelle stehen und betrachteten die Szenerie. Ich schaute mich um und wartete darauf, daß jemand kommen und uns hineinführen, ja vielleicht sogar unsere Ankunft ankündigen würde, doch obwohl wir eine ganze Weile dastanden und warteten, kam niemand zu uns. Zuweilen lief jemand in unsere Richtung, doch dann stellte es sich im letzten Moment heraus, daß er zu irgendeinem anderen Gast wollte.

Ich sah Sophie an. Sie hatte einen Arm um Boris gelegt, und beide schauten ängstlich auf die Menge.

«Na kommt, laßt uns hineingehen», sagte ich lässig. Wir machten ein paar Schritte in den Raum hinein, blieben dann aber gleich wieder stehen.

Ich sah mich nach Hoffman oder Miss Stratmann oder sonst

jemand Bekanntem um, konnte aber niemanden entdecken. Während ich dann noch länger dastand und ein Gesicht nach dem anderen musterte, kam mir der Gedanke, daß etliche dieser Leute hier an jener Veranstaltung teilgenommen haben könnten, bei der man Sophie so verabscheuungswürdig behandelt hatte. Plötzlich erkannte ich um so deutlicher, was Sophie durchgemacht hatte, und spürte, daß eine gefährliche Wut in mir aufstieg. Tatsächlich entdeckte ich, während ich mich weiterhin im Raum umschaute, mindestens eine Gruppe von Gästen – sie standen ungefähr an der Stelle, an der der Raum durch den Bogen, den er beschrieb, für uns unsichtbar wurde –, die mit ziemlicher Gewißheit zu den Hauptschuldigen gehörten. Ich beobachtete sie durch die Menge hindurch: die Männer mit ihrem selbstgefälligen Lächeln, der arroganten Art, in der sie die Hände in die Hosentaschen steckten und wieder herausnahmen, um zu demonstrieren, wie wohl sie sich auf derartigen Versammlungen fühlten; und die Frauen in ihrer lächerlichen Kleidung und mit der Art, hilflos den Kopf zu schütteln, wenn sie lachten. Es war unglaublich – im höchsten Maße grotesk –, daß solche Leute sich anmaßten, überhaupt über jemanden zu lachen oder gar auf jemanden herabzusehen, erst recht auf jemanden wie Sophie. Tatsächlich sah ich keinen Grund, nicht sofort zu diesen Leuten hinzugehen und ihnen vor den Augen von ihresgleichen eine tüchtige Standpauke zu halten. Ich flüsterte Sophie schnell ein paar beruhigende Worte ins Ohr und machte mich auf den Weg durch den Raum.

Während ich mir meinen Weg durch die Menge bahnte, sah ich, daß der Raum tatsächlich einen sanften Halbkreis beschrieb. Und jetzt sah ich auch die Kellner, die wie Wachen an der Wand gegenüber den Fenstern standen und Tabletts mit Getränken und Canapés hielten. Gelegentlich rempelte mich jemand an und entschuldigte sich dann freundlich, oder ich wechselte ein Lächeln mit jemandem, der sich einen Weg in die entgegengesetzte Richtung bahnte, doch merkwürdigerweise schien mich tatsächlich niemand zu erkennen. Einmal mußte ich mich an drei Männern mittleren Alters vorbeizwängen, die voller Niedergeschlagenheit ihren Kopf über etwas schüttelten, und mir fiel auf, daß einer von ihnen eine Ausgabe der Abendzeitung unter dem Arm hielt. Ich sah mein windgepeitschtes Gesicht von unter seinem Ellenbogen hervorlugen, und kurz überlegte ich, ob das Erscheinen der Fotos wohl mit der seltsamen Art in Zusammenhang stehen könnte, in der unsere Ankunft bisher ignoriert worden war. Aber inzwischen stand ich praktisch neben den Leuten, zu denen ich hatte vordringen wollen, und deshalb ging ich diesem Gedanken nicht weiter nach.

Zwei in der Gruppe, die meine Ankunft bemerkt hatten, traten beiseite, als ob sie mich in ihrer Runde willkommen heißen wollten. Sie sprachen gerade, wie ich hören konnte, über die Kunstgegenstände um uns herum, und als ich in ihren Kreis trat, nickten sie alle über etwas, das einer von ihnen gerade gesagt hatte. Dann sagte eine der Frauen:

«Ja, das ist so eindeutig, man könnte einen Strich durch den Raum ziehen, genau da hinter dem Van Thillo.» Sie deutete auf eine weiße Statuette auf einem Gestell ganz in unserer Nähe. «Der junge Oskar hat nie ein Auge für so etwas gehabt. Und gerechterweise muß man sagen, er hat das auch gewußt, aber er hatte dieses Pflichtgefühl, dieses Pflichtgefühl seiner Familie gegenüber.»

«Entschuldigung, aber ich muß Andreas zustimmen», sagte einer der Männer. «Oskar hat sich ein wenig übernommen. Er hätte mehr Aufgaben delegieren müssen. An Leute, die es besser gewußt hätten.»

Dann fragte mich freundlich lächelnd einer der Männer: «Und wie denken Sie darüber? Über Oskars Beitrag zu dieser Sammlung?»

Im ersten Moment war ich von dieser Frage etwas verblüfft, aber ich war nicht in der Stimmung, mich ablenken zu lassen.

«Das ist ja alles gut und schön, daß Sie, meine Damen und Herren, hier stehen und sich über Oskars Unzulänglichkeit unterhalten», fing ich an. «Aber weit wichtiger und relevanter...»

«Das geht wohl ein wenig zu weit», unterbrach eine Frau, «den jungen Oskar als unzulänglich zu bezeichnen. Sein Geschmack ist grundverschieden von dem seines Bruders, und ja, zugegeben, er hat diesen merkwürdigen Fehler gemacht, aber alles in allem finde ich, daß er dieser Sammlung eine willkommene neue Dimension hinzugefügt hat. Dadurch wird die Strenge aufgebrochen. Ohne das wäre die Sammlung, tja, sie wäre wie ein gutes Essen ohne Dessert. Diese Raupenvase dort drüben» – sie deutete über die Menge hinweg – «ist ja wirklich entzückend.»

«Das ist ja alles gut und schön», fing ich erregt noch einmal an, doch bevor ich weitersprechen konnte, sagte ein Mann mit Bestimmtheit:

«Die Raupenvase ist das einzige Stück, das einzige von seinen Neuerwerbungen, das hier einen Platz verdient. Sein Problem war, daß ihm der Sinn für die Sammlung als Einheit, für das Gleichgewicht des Ganzen fehlte.»

Ich fühlte, daß ich mit meiner Geduld am Ende war.

«Bitte», rief ich, «hören Sie doch jetzt auf damit! Hören Sie doch für einen Augenblick auf mit diesem, diesem albernen Geschwätz! Hören Sie doch wenigstens für einen Augenblick damit auf und lassen Sie einmal jemand anderen zu Wort kommen, einen Außenstehenden, jemanden, der außerhalb dieser engen kleinen Welt steht, in der Sie so gern zu leben scheinen!»

Ich schwieg und starrte sie an. Mein selbstbewußtes Vorgehen hatte sich ausgezahlt, denn sie alle – vier Männer und drei Frauen – sahen mich verblüfft an. Nun, da ich endlich ihre Aufmerksamkeit erregt hatte, spürte ich, daß ich meinen Ärger wunderbar unter Kontrolle hatte, wie eine Waffe, die ich gezielt handhaben konnte. Ich senkte die Stimme – ich hatte etwas lauter gesprochen, als es meine Absicht gewesen war – und fuhr fort:

«Ist es denn ein Wunder, ist es denn tatsächlich ein Wunder, daß Sie hier in dieser kleinen Stadt all diese Probleme haben, diese *Krise*, wie einige von Ihnen es zu nennen belieben? Daß so viele von Ihnen sich elend und enttäuscht fühlen? Empfindet es auch nur ein einziger, ein einziger Außenstehender als rätselhaft? Ist es eine Überraschung? Und wir, wir Beobachter aus einer größeren, großzügigeren Welt, kratzen wir uns vor Verwirrung etwa am Kopf? Fragen wir uns etwa, wie es möglich ist, daß eine Stadt wie diese hier» – ich fühlte, wie mich jemand am Ärmel zupfte, aber ich wollte jetzt unbedingt loswerden, was ich zu sagen hatte – «daß eine Stadt, eine Gemeinde wie *diese* hier mit solch einer Krise konfrontiert ist? Sind wir erstaunt und verblüfft? Nein! Nicht einen Moment lang! Man kommt an, und was sieht man sofort überall um einen herum? Veranschaulicht, meine Damen und Herren, von Leuten wie Ihnen, ja, von Leuten wie Ihnen hier! Sie verkörpern – tut mir leid, wenn ich jetzt etwas ungerecht bin, wenn es noch ungeheuerlichere und gräßlichere Exemplare unter dem Gemäuer und Pflaster dieser Stadt geben sollte –, aber in meinen Augen sind Sie, mein Herr, und Sie, meine Dame, ja, sosehr ich es auch bedaure, Ihnen das sagen zu müssen, sind Sie typische Beispiele für alles, was hier so falsch läuft!» Die Hand, die mich am Ärmel zupfte, so wurde mir bewußt, gehörte einer der Frauen, zu denen ich gerade sprach und die aus irgendeinem Grund ihre Hand hinter dem Mann neben mir ausgestreckt hatte. Einen Moment lang sah ich in ihre Richtung, dann fuhr ich fort: «Zum einen fehlen Ihnen selbst die grundlegendsten Manieren. Sehen Sie sich doch nur an, wie Sie sich gegenseitig behandeln. Sehen Sie sich doch nur an, wie Sie meine Familie behandeln. Oder mich, eine berühmte Persönlichkeit, Ihren Gast, sehen Sie sich doch nur an, wie wichtig Sie Oskars Kunstsammlung nehmen. Mit anderen Worten, Sie sind besessen, ja regelrecht besessen von den kleinen internen Störungen in diesem Gebilde, das Sie Ihre Gemeinde nennen, viel zu besessen, um uns gegenüber auch nur das Mindestmaß an guten Manieren an den Tag zu legen.»

Die Frau, die mich am Ärmel zupfte, kam jetzt herum, so daß sie genau hinter mir stand, und ich nahm wahr, daß sie in ihrem Bemühen, mich fortzuziehen, irgend etwas zu mir sagte. Ich ignorierte sie und fuhrt fort:

«Und hierher, ausgerechnet hierher, was für eine grausame Ironie! Ja, ausgerechnet *hierher* müssen meine Eltern kommen. Ausgerechnet hierher, um mit Ihrer sogenannten Gastfreundschaft Bekanntschaft zu machen. Welch Ironie, welch Grausamkeit, ausgerechnet hierher müssen sie kommen, nach all diesen Jahren, an einen Ort wie diesen, zu Leuten wie Ihnen! Und meine armen Eltern, die von so weither kommen, um mich zum allererstenmal bei einem Auftritt zu erleben! Glauben Sie etwa, es macht meine Aufgabe leichter, wenn ich gezwungen bin, sie in der Obhut von Leuten wie Ihnen und Ihnen und Ihnen zu lassen?»

«Mr. Ryder, Mr. Ryder...» Die Frau an meinem Ellenbogen hatte inzwischen eine ganze Weile beharrlich an mir herumgezogen, und jetzt auf einmal sah ich, daß es sich um keine andere als Miss Collins handelte. Diese Erkenntnis nahm mir all meinen Schwung, und bevor ich noch wußte, wie mir geschah, war es ihr auch schon gelungen, mich von der Gruppe fortzuziehen.

«Ach, Miss Collins», sagte ich leicht verwirrt zu ihr. «Guten Abend.»

«Wissen Sie, Mr. Ryder», sagte Miss Collins und führte mich immer weiter weg, «ich muß schon sagen, ich bin wirklich überrascht. Ich meine, von der großen Faszination, die das alles auf die Leute ausgeübt hat. Eine Freundin hat mir eben erzählt, daß in der ganzen Stadt darüber geklatscht wird. Allerdings, so versichert sie mir, auf die denkbar freundlichste Weise. Aber ich weiß wirklich nicht, was die ganze Aufregung soll. Bloß, weil ich heute in den Zoo gegangen bin! Ich verstehe das einfach nicht. Ich habe mich nur deshalb dazu bereit erklärt, weil sie mich davon überzeugt haben, es wäre im Interesse aller, wissen Sie, wenn Leo morgen abend Erfolg haben wird. Also habe ich mich bereit erklärt, dort zu sein, das ist auch schon alles. Und um ehrlich zu sein – ich nehme an, ich wollte Leo auch ein paar ermutigende Worte sagen, jetzt, wo er es so lange ohne Alkohol geschafft hat. Es schien mir nur gerecht, das in irgendeiner Weise anzuerkennen. Ich versichere Ihnen, Mr. Ryder, wenn er es zu irgendeinem anderen Zeitpunkt innerhalb der vergangenen zwanzig Jahre so lange ausgehalten hätte, ohne zu trinken, hätte ich genau dasselbe getan. Nur bis jetzt ist es eben nicht passiert. An meiner Anwesenheit im Zoo heute ist wirklich nichts Aufregendes gewesen.»

Sie hatte aufgehört, an mir herumzuziehen, hatte den Arm aber immer noch auf meinem liegen, und jetzt fingen wir an, langsam durch die Menge zu schlendern.

«Da haben Sie sicher recht, Miss Collins», erwiderte ich. «Und lassen Sie mich Ihnen versichern, als ich vorhin zu Ihnen herübergekommen bin, hatte ich nicht im mindesten die Absicht, die Sache mit Ihnen und Mr. Brodsky zur Sprache zu bringen. Im Gegensatz zu den meisten Menschen in dieser Stadt bin ich willens und bereit, mich aus Ihren Privatangelegenheiten herauszuhalten.»

«Das ist hochanständig von Ihnen, Mr. Ryder. Aber auf jeden Fall, wie ich schon sagte, hat sich bei unserer Begegnung heute nachmittag nichts Aufregendes ergeben. Die Leute wären so enttäuscht, wenn sie das wüßten. Leo ist wirklich nur zu mir gekommen und hat gesagt: ‹Du siehst bezaubernd aus heute.› Na, eben das, was man von Leo nach zwanzig Jahren Betrunkensein erwarten würde. Und das ist auch schon so ziemlich alles gewesen. Natürlich habe ich mich bei ihm bedankt und habe ihm gesagt, er habe seit langem schon nicht mehr so gut ausgesehen wie jetzt. Da hat er auf seine Schuhe geschaut, etwas, das er, soweit ich mich erinnern kann, nie gemacht hat, als er noch jünger war. Etwas derart Schüchternes hat er damals nie gemacht. Ja, seine Glut ist erloschen, das war deutlich zu sehen. Aber etwas ist an ihre Stelle getreten, etwas von beträchtlicher Ernsthaftigkeit. Tja, da war er nun und schaute auf seine Schuhe, und Herr von Winterstein und die anderen Herren hielten sich etwas im Hintergrund, sahen in die andere Richtung und taten so, als hätten sie uns vergessen. Ich sagte zu Leo irgend etwas über das Wetter, und er schaute hoch und meinte, ja, die Bäume sähen prachtvoll aus. Dann fing er an, mir zu erzählen, welche Tiere von den eben besichtigten ihm am besten gefallen hätten. Es war offensichtlich, daß er überhaupt nicht aufgepaßt hatte, denn er sagte: ‹Ich mag diese Tiere alle. Die Elefanten, die Krokodile, die Schimpansen.› Nun ja, die Affenkäfige waren ganz in der Nähe, und aus der Richtung sind sie auch ganz bestimmt gekommen, aber ganz bestimmt sind sie nicht an den Elefanten und Krokodilen vorbeigegangen, und das habe ich Leo dann auch gesagt. Aber Leo tat das mit einer Handbewegung ab, als hätte ich etwas völlig Unwichtiges gesagt. Dann schien er ein wenig in Panik zu geraten. Vielleicht lag es daran, daß Herr von Winterstein gerade in dem Augenblick etwas näher zu uns trat. Sie müssen wissen, meine ursprüngliche Vereinbarung sah vor, daß ich ein paar Worte mit Leo wechseln würde, wirklich nur ein paar wenige Worte. Herr von Winterstein hatte mir versichert, er würde nach ungefähr einer Minute einschreiten. Nun ja, das war meine Bedingung gewesen, aber dann kam mir, als wir erst einmal angefangen hatten zu reden, die Zeit doch wahnsinnig knapp vor. So fürchtete auch ich allmählich den Anblick Herrn von Wintersteins, der da herumstand. Na jedenfalls, Leo wußte, daß wir sehr wenig Zeit hatten, denn er stürzte sich einfach mitten hinein. Er sagte: ‹Vielleicht sollten wir es noch einmal miteinander versuchen. Und wieder zusammenziehen. Es ist noch nicht zu spät.› Sie verstehen doch sicher, Mr. Ryder, daß das ein wenig direkt war nach all diesen Jahren, selbst wenn man bedenkt, wie begrenzt unsere Zeit an dem Nachmittag war. Ich antwortete einfach: ‹Aber was sollten wir denn miteinander anfangen? Wir haben doch inzwischen kaum noch etwas gemeinsam.› Und einen Augenblick lang sah er regelrecht bestürzt aus, als hätte ich einen Punkt zur Sprache gebracht, über den er noch nie zuvor nachgedacht hatte. Dann deutete er auf den Käfig vor uns und sagte: ‹Wir könnten uns ein Haustier halten. Wir könnten es lieben und uns gemeinsam darum kümmern. Vielleicht hat uns das ja früher gefehlt.› Und mir fiel nichts ein, was ich darauf hätte erwidern können, also haben wir einfach so dagestanden, und ich sah, daß Herr von Winterstein sich auf den Weg zu uns herüber gemacht hatte, aber dann muß er etwas gespürt haben, etwas an der Art, wie Leo und ich dastanden, denn er überlegte es sich anders, ging wieder weg und begann ein Gespräch mit Herrn von Braun. Dann streckte Leo einen Finger in die Luft, eine Geste, die früher schon typisch für ihn gewesen war, er streckte den Finger in die Luft und sagte: ‹Ich hatte einen Hund, wie du ja weißt, aber er ist gestern gestorben. Ein Hund taugt nichts. Wir suchen uns ein Tier aus, das lange lebt. Zwanzig, fünfundzwanzig Jahre. Auf die Weise werden wir, wenn wir uns gut um das Tier kümmern, zuerst sterben, wir müßten nicht um das Tier trauern. Wir haben keine Kinder gehabt, also laß uns doch statt dessen das tun.› Darauf antwortete ich: ‹Du hast das nicht gründlich durchdacht. Unser geliebtes Haustier könnte uns beide durchaus überleben, aber es ist doch sehr unwahrscheinlich, daß wir beide gleichzeitig sterben. Möglicherweise mußt du nicht um das Tier trauern, aber wenn ich, sagen wir mal, vor dir sterbe, dann müßtest du um *mich* trauern.› Darauf erwiderte er schnell: ‹Das ist immer noch besser, als niemanden zu haben, der um einen trauert, wenn man mal nicht mehr ist.› – ‹Aber davor habe ich keine Angst›, sagte ich zu ihm. Ich erklärte ihm, daß ich im Laufe der Jahre vielen Leuten in der Stadt geholfen hätte, und daß es mir, wenn ich sterben würde, kaum an Menschen fehlen könnte, die um mich trauerten. Darauf er wieder: ‹Das kann man nie wissen. Möglicherweise läuft es für mich ganz gut von jetzt an. Auch ich habe vielleicht viele, die um mich trauern, wenn ich sterbe. Hunderte vielleicht.› Dann sagte er weiter: ‹Aber was würde das schon bedeuten, wenn sich keiner von denen wirklich etwas aus mir gemacht hat? Ich würde sie alle eintauschen. Für einen Menschen, den ich lieben könnte und der mich lieben würde.› Ich muß gestehen, Mr. Ryder, diese Unterhaltung machte mich doch etwas traurig, und es wollte mir einfach nichts einfallen, was ich ihm hätte antworten können. Dann sagte Leo: ‹Wenn wir damals Kinder gehabt hätten, wie alt wären die dann? Die wären jetzt wirklich prächtig.› Als ob sie mit der Zeit automatisch prächtig würden! Dann sagte er wieder: ‹Wir haben keine Kinder gehabt. Also laß uns doch statt dessen das tun.› Als er das nun wiederholte, tja, da war ich doch wohl etwas verwirrt und schaute über seine Schulter hinweg zu Herrn von Winterstein hinüber, und sofort trat Herr von Winterstein zu uns, machte irgendeine witzige Bemerkung, und das war es dann. Das war unsere ganze Unterhaltung gewesen.»

Immer noch schlenderten wir langsam durch den Raum, ihr Arm lag noch auf meinem. Ich nahm mir einen Augenblick Zeit, um zu verdauen, was sie mir da erzählt hatte. Dann sagte ich:

«Da fällt mir gerade etwas ein, Miss Collins. Das letzte Mal, als wir uns gesehen haben, waren Sie so freundlich, mich in Ihre Wohnung einzuladen, um über meine Probleme zu sprechen. Ironischerweise hätten wir jetzt wohl weit mehr über die Entscheidungen zu sprechen, die *Sie* für Ihr Leben werden treffen müssen. Ich frage mich wirklich, wie Sie sich wohl entscheiden werden. Sie stehen, wenn ich das einfach so sagen darf, an einer Art Scheideweg.»

Miss Collins lachte. «Ach du liebe Güte, Mr. Ryder, ich bin viel zu alt, um an einem Scheideweg zu stehen. Und daß Leo jetzt so redet, dafür ist es nun wirklich zu spät. Wenn das alles vor sieben oder acht Jahren passiert wäre...» Sie seufzte, und einen flüchtigen Moment lang zog eine tiefe Traurigkeit über ihr Gesicht. Dann setzte sie wieder ihr sanftes Lächeln auf. «Das ist wohl kaum die Zeit, mit lauter neuen Hoffnungen und Ängsten und Träumen zu beginnen. Ja, ja, Sie werden sich beeilen, mir zu versichern, daß ich längst noch nicht so alt bin, daß mein Leben noch keineswegs vorbei ist, und das weiß ich wirklich zu schätzen. Aber es ist doch wirklich schon recht spät geworden, und es wäre wohl... na ja, sagen wir, es würde tatsächlich reichlich *Unordnung* in mein Leben bringen, wenn ich die Dinge jetzt noch komplizieren wollte. Ach, der Mazursky! Von dem bin ich doch immer wieder gefesselt!» Sie deutete auf eine Katze aus rotem Ton, die auf einem Podest stand, an dem wir gerade vorübergingen. «Nein, Leo hat wirklich schon genug Unordnung in mein Leben gebracht. Ich habe mir vor langem schon ein ganz anderes Leben aufgebaut, und wenn Sie die Leute in dieser Stadt fragen, werden Ihnen die meisten, so hoffe ich doch, bestätigen, daß ich meine Sache recht gut gemacht habe. Daß ich in einer Zeit wachsender Bedrängnis vielen wirklich gute Dienste geleistet habe. Natürlich habe ich nichts geleistet, womit ich mich auch nur annähernd mit Ihrer Klasse vergleichen könnte, Mr. Ryder. Aber das heißt noch nicht, daß ich nicht auch eine gewisse Befriedigung empfinde, wenn ich auf das zurückschaue, was ich habe erreichen können. Ja, im großen und ganzen bin ich recht zufrieden mit dem Leben, das ich mir nach Leo eingerichtet habe, und ich bin willens und bereit, es dabei zu belassen.»

«Aber Miss Collins, ganz bestimmt sollten Sie die gegenwärtige Lage doch wenigstens sorgfältig bedenken. Ich sehe nicht ein, wieso Sie es nach all Ihren guten Taten nicht als großartige Belohnung betrachten, Ihren Lebensabend mit dem Mann verbringen zu können, der – verzeihen Sie –, mit dem Mann, für den Sie ja doch wohl noch in gewisser Weise Liebe empfinden. Ich sage das, weil, nun ja, warum sonst sind Sie wohl all die Jahre in dieser Stadt geblieben? Warum sonst haben Sie nie eine neue Ehe in Erwägung gezogen?»

«Oh, ich *habe* neue Eheschließungen in Erwägung gezogen, Mr. Ryder. Im Laufe der Jahre hat es wenigstens drei Männer gegeben, für die ich mich hätte entscheiden können. Aber sie... sie waren nicht die richtigen. Vielleicht ist tatsächlich etwas Wahres an dem, was Sie sagen. Leo war immer in der

Nähe, und das hat es mir unmöglich gemacht, genug für diese anderen zu empfinden. Na, jedenfalls rede ich über längst vergangene Zeiten. Sie wollen wissen, und das ist wohl auch verständlich, wieso ich meinen Lebensabend nicht mit Leo verbringen sollte. Tja, überlegen wir doch mal einen Augenblick. Gerade im Moment ist Leo nüchtern und ruhig. Aber wird das lange so bleiben? Vielleicht. Die Chance besteht immerhin, das muß ich ihm schon zugestehen. Besonders, wenn er jetzt hier Anerkennung findet und wieder eine berühmte Persönlichkeit wird und große Verantwortung tragen darf. Aber wenn ich mich bereit erkläre, zu ihm zurückzukehren, na ja, dann wäre alles wieder ganz anders. Bald schon würde er sich entschließen, wieder zu zerstören, was er sich aufgebaut hat, genau wie vorher schon einmal. Und was würde das für alle hier bedeuten? Was würde das für die Stadt bedeuten? Tatsächlich glaube ich, Mr. Ryder, daß ich der Öffentlichkeit gegenüber verpflichtet bin, seinen Vorschlag nicht anzunehmen.»

«Verzeihung, Miss Collins, aber ich habe einfach das Gefühl, daß Sie von Ihren eigenen Argumenten nicht so sehr überzeugt sind, wie Sie das gerne wären. Daß Sie irgendwo tief in Ihrem Innern die ganze Zeit darauf gewartet und immer weiter gewartet haben, Ihr Leben mit Mr. Brodsky wiederaufnehmen zu können. Daß Sie all Ihre guten Taten, für die Ihnen die Leute hier in der Stadt zweifellos ewig dankbar sein werden, trotzdem im wesentlichen nur als etwas gesehen haben, mit dem Sie sich beschäftigen konnten, während Sie gewartet haben.»

Miss Collins neigte den Kopf und dachte mit amüsiertem Lächeln über meine Worte nach.

«Vielleicht ist etwas Wahres an dem, was Sie da sagen, Mr. Ryder», erwiderte sie schließlich. «Vielleicht ist es mir gar nicht so bewußt geworden, wie schnell die Zeit verging. Erst kürzlich, eigentlich erst im vergangenen Jahr, ist mir klargeworden, daß die Zeit immer weiter davonläuft. Daß wir beide alt werden und daß es wahrscheinlich zu spät ist, das wiederfinden zu wollen, was wir einmal hatten. Ja, möglicherweise haben Sie recht. Als ich ihn das erste Mal verließ, habe ich das nicht als so endgültig angesehen. Aber habe ich tatsächlich *gewartet*, wie Sie behaupten? Das weiß ich wirklich nicht. Ich habe nur von einem Tag zum nächsten gelebt. Und jetzt muß ich feststellen, daß die Zeit uns davongelaufen ist. Aber wenn ich mir jetzt alles so betrachte, mein Leben und was ich daraus gemacht habe, scheint es mir gar nicht so schlecht zu sein. Ich möchte so weitermachen, so wie die Dinge jetzt im Moment sind. Warum soll ich mich an Leo und sein Haustier binden? Das würde wirklich viel zuviel Unordnung in mein Leben bringen.»

Ich wollte gerade noch einmal auf die denkbar sanfteste Weise meinen Zweifel zum Ausdruck bringen, daß sie wirklich alles glaubte, was sie da sagte, als mir klarwurde, daß Boris nah bei meinem Ellenbogen stand.

«Wir müssen jetzt bald nach Hause», sagte er. «Mutter wird langsam ziemlich unruhig.»

Ich schaute zu der Stelle, auf die er deutete. Sophie stand nur wenige Schritte weit weg von dem Fleck, an dem ich sie vorhin zurückgelassen hatte, ganz allein stand sie da und sprach mit niemandem. Sie lächelte gequält, obwohl keiner da war, der ihr Lächeln sehen konnte. Sie hatte die Schultern nach vorn gezogen, und ihr Blick schien auf die Schuhe der Gruppe von Gästen in ihrer Nähe geheftet zu sein.

Die Lage war eindeutig hoffnungslos. Ich zügelte meine Wut, die ich auf alle hier empfand, und sagte zu Boris: «Ja, du hast recht. Wir gehen jetzt besser. Bring deine Mutter hierher. Wir wollen versuchen, uns fortzuschleichen, ohne daß die Leute etwas merken. Schließlich sind wir hiergewesen, also kann sich keiner beschweren.»

Vom gestrigen Abend her wußte ich noch, daß das Haus an das Hotel grenzte. Während Boris in der Menge verschwand, drehte ich mich zu der Wand um, an der sich eine Tür an die andere reihte, und versuchte, mich daran zu erinnern, welche dieser Türen Stephan Hoffman und mich zum Hotelkorridor geführt hatte. Doch gerade in dem Augenblick fing Miss Collins, die mich immer noch am Arm hielt, wieder an zu reden und sagte:

«Wenn ich ehrlich, wenn ich absolut ehrlich sein müßte, dann könnte ich nicht umhin, es zuzugeben. Ja, in meinen weniger vernünftigen Momenten habe ich davon geträumt.»

«Aha, und wovon, Miss Collins?»

«Na ja, von allem eben. Von allem, was jetzt hier passiert. Davon, daß sich Leo zusammenreißt, daß er hier in der Stadt die Stellung einnimmt, die er auch verdient hat. Davon, daß alles wieder in Ordnung kommt, daß die schrecklichen Jahre für immer hinter uns liegen. Ja, ich muß es zugeben, Mr. Ryder. Tagsüber klug und vernünftig zu sein ist eine Sache. Aber in der Nacht, da sieht es ganz anders aus. In all diesen Jahren ist es oft genug vorgekommen, daß ich in der Dunkelheit, in den frühen Morgenstunden, aufgewacht bin und dann wachgelegen und mir das vorgestellt habe, mir vorgestellt habe, daß genau so etwas passieren würde. Und jetzt passiert es tatsächlich, und das ist ziemlich verwirrend. Aber andererseits, sehen Sie, passiert es nicht *wirklich*. Oh, Leo mag durchaus in der Lage sein, hier etwas zu erreichen, er ist einmal sehr talentiert gewesen, und das kann ja nicht alles so einfach verfliegen. Und es stimmt schon, daß er früher dort, wo wir gewesen sind, keine Chance, keine wirkliche Chance gehabt hat. Aber was uns beide angeht, ist es einfach zu spät. Was auch immer er sagt, es ist definitiv zu spät.»

«Ach, Miss Collins, ich würde wirklich gerne noch weiter mit Ihnen darüber reden. Aber leider muß ich jetzt unbedingt gehen.»

Tatsächlich sah ich, noch während ich das sagte, Sophie und Boris durch den Raum auf mich zukommen. Ich machte mich von Miss Collins los und betrachtete noch einmal die Auswahl an Türen, dabei trat ich ein wenig zurück, um auch die zu sehen, die hinter der Biegung des Raumes verdeckt lagen. Als ich sie alle der Reihe nach begutachtete, kamen sie mir alle irgendwie bekannt vor, doch ich mußte feststellen, daß ich mir bei keiner von ihnen sicher war. Mir kam der Gedanke, ich könne jemanden um Rat bitten, doch aus Angst, zuviel Aufmerksamkeit auf unser frühes Fortgehen zu lenken, entschied ich mich dagegen.

Ich führte Sophie und Boris zu den Türen, doch nach wie vor war die Lage verzwickt. Aus irgendeinem Grund kamen mir zahlreiche Szenen aus Filmen in den Sinn, in denen eine Figur, die auf eindrucksvolle Weise einen Raum verlassen wollte, schwungvoll die falsche Tür öffnet und in einen Wandschrank geht. Obwohl ich genau den entgegengesetzten Wunsch hatte – ich wollte, daß wir so unauffällig wie nur möglich gingen, daß niemand, wenn man hinterher darüber redete, mit Bestimmtheit sagen könnte, wann genau wir uns verabschiedet hatten –, war es für mich von genauso entscheidender Bedeutung, solch eine Katastrophe zu vermeiden.

Schließlich entschied ich mich für die Tür, die sich genau in der Mitte der Wand befand, und zwar einfach deshalb, weil sie am eindrucksvollsten aussah. Die tiefen Türfüllungen waren mit Perlmuttintarsien geschmückt, und steinerne Säulen standen zu beiden Seiten. Und gerade in diesem Augenblick befanden sich vor den Säulen Kellner in Livree, so steif und starr wie sonst nur Wachen. Ein Durchgang von solchem Prestige führte sicher, so überlegte ich, wenn schon nicht direkt in das Hotel, so doch wenigstens zu einem irgendwie bedeutungsvollen Ort, von dem aus wir uns abseits der Augen der Öffentlichkeit unseren Weg bahnen könnten.

Ich bedeutete Sophie und Boris mit einem Zeichen, mir zu folgen, und schlenderte Richtung Tür, und indem ich einem der Männer in Livree kurz zunickte, als wollte ich sagen: «Kein Grund, sich zu regen, ich weiß schon, was ich tue», öffnete ich die Tür. Daraufhin trat zu meinem Entsetzen genau das ein, was ich am meisten befürchtet hatte: Ich hatte die Tür zu einer Besenkammer geöffnet, noch dazu die Tür einer Besenkammer, die über ihr Fassungsvermögen hinaus vollgestopft war. Etliche Mops fielen heraus und schlugen mit lautem Geklapper auf dem Marmorboden auf, wobei sich eine dunkle, flusige Substanz in alle Richtungen ausbreitete. Ich schaute in den Wandschrank und sah eine unordentliche Anhäufung von Eimern, öligen Lappen und Spraydosen.

«Verzeihung», flüsterte ich dem Mann in Livree zu, der mir am nächsten stand, als er sich beeilte, alles wieder aufzusammeln, und während man anklagende Blicke in unsere Richtung warf, lief ich zur Tür daneben.

Fest entschlossen, denselben Fehler nicht zweimal zu machen, ging ich daran, diese zweite Tür mit äußerster Vorsicht zu öffnen. Dabei ging ich sehr langsam vor, und obwohl ich viele Blicke in meinem Rücken spürte, obwohl ich ein anschwellendes Stimmengewirr hörte und eine Stimme, die ganz in meiner Nähe sagte: «Mein Gott, das ist doch Mr. Ryder, oder?», widerstand ich der Versuchung, in Panik zu geraten, und zog die Tür Stück für Stück in meine Richtung auf, und dabei blinzelte ich immer wieder durch den Spalt, um sicherzugehen, daß es dort nichts gab, was herausfallen könnte. Als ich zu meiner großen Erleichterung sah, daß die Tür auf einen Korridor führte, trat ich schnell hindurch und gab Sophie und Boris Zeichen, mir unverzüglich zu folgen.

ZWANZIG

Ich schloß die Tür hinter ihnen, und alle drei schauten wir uns um. Triumphierend nahm ich zur Kenntnis, daß ich mich beim zweiten Versuch genau für die richtige Tür entschieden hatte, und so standen wir jetzt in dem langen dunklen Korridor, der am Salon des Hotels vorbei in die Hotelhalle führte. Im ersten Moment blieben wir reglos stehen, ein wenig benommen von der Stille nach dem Lärm in der Galerie. Dann gähnte Boris und sagte: «Das war aber eine langweilige Party.»

«Entsetzlich», erwiderte ich und spürte wieder diese Wut auf die Leute bei dem Empfang in mir aufsteigen. «Was für ein armseliger Haufen. Die haben nicht das geringste Gespür für anständiges Benehmen.» Dann fügte ich hinzu: «Mutter war entschieden die schönste Frau dort. Nicht wahr, Boris?»

Sophie kicherte in der Dunkelheit.

«Ja, das war sie», sagte ich. «Entschieden die schönste Frau dort.»

Boris schien etwas sagen zu wollen, aber genau in dem Moment nahmen wir ein schleifendes Geräusch wahr, das von irgendwo aus der uns umgebenden Dunkelheit kam. Als sich meine Augen an das Dunkel gewöhnt hatten, gelang es mir, weiter hinten auf dem Korridor die Umrisse eines riesigen Monstrums auszumachen, das langsam auf uns zukam und mit jeder Bewegung dieses Geräusch von sich gab. Zur selben Zeit hatten auch Sophie und Boris die Gegenwart dieses Monstrums bemerkt, und einen Augenblick lang schienen wir alle wie erstarrt. Dann stieß Boris flüsternd hervor:

«Das ist Großvater!»

Da sah ich, daß das Monstrum tatsächlich Gustav war. Er lief weit nach vorn gebeugt und trug einen Koffer unter dem Arm und einen zweiten am Griff, einen dritten zog er hinter sich her – daher das schleifende Geräusch. Einen Moment lang schien er kaum von der Stelle zu kommen, sondern sich einfach nur in einem langsamen Rhythmus hin- und herzuwiegen.

Boris lief freudig auf ihn zu, während Sophie und ich etwas zögerlicher hinterhergingen. Als wir näher kamen, blieb Gustav, der unsere Anwesenheit endlich bemerkt hatte, stehen und richtete sich wieder halb auf. Ich konnte im Dunkeln seinen Gesichtsausdruck nicht erkennen, aber seine Stimme klang fröhlich, als er sagte:

«Boris. Was für eine schöne Überraschung.»

«Das ist Großvater!» rief Boris noch einmal. Dann fragte er: «Hast du viel zu tun?»

«Ja, im Augenblick haben wir viel Arbeit.»

«Du mußt wirklich sehr viel zu tun haben.» In der Stimme des Jungen schwang eine merkwürdige Anspannung mit. «Sehr, *sehr* viel zu tun.»

«Ja», sagte Gustav, der allmählich wieder zu Atem kam. «Es gibt viel zu tun.»

Ich trat auf Gustav zu und sagte: «Tut uns leid, daß wir Sie bei der Arbeit stören. Wir waren gerade bei einem Empfang, aber jetzt sind wir auf dem Weg nach Hause. Zu einem großartigen Abendessen.»

«Ach», sagte der Hoteldiener und schaute uns an. «Ach ja. Das ist wirklich nett. Ich freue mich sehr, euch alle so beisammen zu sehen.» Dann fragte er Boris: «Wie geht es dir, Boris? Und wie geht es deiner Mutter?»

«Mutter ist ein bißchen müde», antwortete Boris. «Wir freuen uns alle schon so auf das Abendessen. Hinterher werden wir Warlord spielen.»

«Das hört sich ja fabelhaft an. Ihr werdet euch bestimmt gut amüsieren. Tja dann...» Gustav schwieg einen Moment. Dann sagte er: «Ich mache jetzt wohl besser mit meiner Arbeit weiter. Wir haben im Augenblick ganz schön viel zu tun.»

«Ja», sagte Boris leise.

Gustav fuhr Boris durchs Haar. Dann beugte er sich erneut weit nach vorn und fing wieder an, das Gepäck hinter sich herzuziehen. Ich streckte eine Hand in die Richtung des Jungen aus und zog ihn beiseite, Gustav aus dem Weg. Ob aufgrund der Tatsache, daß wir zusahen oder weil die kurze Pause einen Teil seiner Kräfte wiederhergestellt hatte, jedenfalls schien der Hoteldiener diesmal besser voranzukommen, als er hinter uns in der Dunkelheit verschwand. Ich machte mich daran, wieder Richtung Hotelhalle vorauszugehen, aber Boris wollte nicht mitkommen, sondern starrte den Korridor hinunter, dorthin, wo die weit vornübergebeugte Gestalt seines Großvaters noch zu sehen war.

«Na komm, wir wollen uns beeilen», sagte ich und legte ihm einen Arm um die Schulter. «Wir bekommen allmählich großen Hunger.»

Ich wollte gerade weitergehen, als ich Sophie hinter mir sagen hörte: «Nein, hier geht es lang.» Ich drehte mich um und sah, daß sie sich zu einer kleinen Tür hinunterbeugte, die ich vorher nicht bemerkt hatte. Und hätte ich sie überhaupt bemerkt, hätte ich sicher nicht angenommen, daß sie irgend etwas anderes als die Tür zu einem Wandschrank sei, denn sie reichte mir kaum bis zu den Schultern. Dennoch hielt Sophie die Tür jetzt auf, und mit dem Gesichtsausdruck von jemandem, der das schon viele Male getan hatte, ging Boris hindurch. Sophie hielt die Tür noch auf, und nach kurzem Zögern bückte auch ich mich und kletterte Boris hinterher.

Ich hatte schon halbwegs damit gerechnet, mich in einem Tunnel wiederzufinden, durch den ich auf Händen und Knien kriechen müßte, doch tatsächlich stand ich in einem weiteren Korridor. Und der war sogar noch geräumiger als der, den wir gerade verlassen hatten, wenn er auch ganz offensichtlich nur dem Personal vorbehalten war. Es gab keinen Teppichboden, und unverkleidete Rohre liefen die Wände entlang. Wir befanden uns wieder in einer Art Halbdunkel, nur etwas weiter hinten fiel ein Lichtstreifen auf den Boden. Wir gingen ein Stück weit auf das Licht zu, dann blieb Sophie stehen und stieß eine Brandschutztür auf. Im nächsten Moment standen wir draußen, in einer ruhigen kleinen Seitenstraße.

Es war eine herrliche Nacht mit vielen Sternen am Himmel. Ich schaute die Straße hinunter und sah, daß sie menschenleer war und daß alle Geschäfte geschlossen hatten. Als wir losgingen, sagte Sophie leichthin:

«Das war aber eine Überraschung, was, daß wir Großvater eben getroffen haben, nicht wahr, Boris?»

Boris antwortete nicht. Mit großen Schritten ging er uns voran und murmelte vor sich hin.

«Du mußt großen Hunger haben», sagte Sophie zu mir. «Ich hoffe bloß, es ist genug da. Ich habe mich vorhin so richtig hinreißen lassen, als ich all diese Sachen vorbereitet habe, und deshalb habe ich ganz vergessen, ein richtiges Hauptgericht zu machen. Heute nachmittag habe ich noch gedacht, es wird genug sein, aber wenn ich jetzt so darüber nachdenke...»

«Sei nicht albern, das wird alles ganz wunderbar sein», erwiderte ich. «Genau danach steht mir heute sowieso der Sinn. Lauter Kleinigkeiten, eine nach der anderen. Ich kann gut verstehen, warum Boris das gerne ißt.»

«Mutter hat es immer so für uns gemacht, als ich noch klein war. Zu unseren besonderen Abenden. Nicht zum Geburtstag oder zu Weihnachten, da haben wir immer dasselbe gemacht wie die anderen Leute auch. Sondern an den Abenden, die etwas ganz Besonderes für uns sein sollten, nur für uns drei hat Mutter das dann immer gemacht. Lauter köstliche Kleinigkeiten, eine nach der anderen. Aber dann sind wir umgezogen, und Mutter ging es dann nicht mehr so gut, und danach haben wir es dann nicht mehr so oft gemacht. Ich hoffe, ich habe genug für dich. Ihr beide müßt einen solchen Hunger haben.» Dann fügte sie unvermittelt hinzu: «Es tut mir leid. Ich habe keinen großen Eindruck gemacht heute abend, oder?»

Ich sah sie wieder vor mir, wie sie hilflos ganz allein mitten in der Menge stand, und ich streckte die Hand aus und legte einen Arm um sie. Sie preßte sich eng an mich, und während der nächsten Minuten gingen wir schweigend so weiter, durch eine Reihe von menschenleeren kleinen Seitenstraßen. Einmal kam Boris an unsere Seite und fragte:

«Kann ich heute abend auf dem Sofa essen?»

Sophie überlegte kurz und sagte dann: «Na ja, schön, bei diesem Essen, na ja, da geht das.»

Boris ging noch eine Weile neben uns her und fragte dann: «Kann ich auf dem Fußboden essen?»

Sophie lachte. «Aber nur heute abend, Boris. Morgen beim Frühstück mußt du wieder am Tisch sitzen.»

Darüber schien sich Boris zu freuen, und begeistert lief er uns voraus.

Schließlich blieben wir vor einer Tür stehen, die zwischen einem Friseurgeschäft und einer Bäckerei eingezwängt war. Die Straße war sehr schmal und wirkte durch die vielen Autos, die auf dem Bürgersteig parkten, noch schmaler. Während Sophie den passenden Schlüssel suchte, schaute ich hoch und sah, daß es über den Läden vier weitere Stockwerke gab. Hinter einigen Fenstern brannte Licht, und undeutlich war ein laufender Fernseher zu hören.

Ich folgte den beiden zwei Etagen hinauf. Als Sophie die Wohnungstür aufschloß, kam mir der Gedanke, daß man vielleicht von mir erwartete, mich so zu benehmen, als sei ich mit der Wohnung vertraut. Andererseits war es genausogut möglich, daß man von mir erwartete, mich wie ein Gast zu verhalten. Als wir hineingingen, beschloß ich, Sophies Verhalten sorgfältig zu beobachten und mich danach zu richten. Es kam dann so, daß Sophie, kaum daß sie die Tür hinter uns geschlossen hatte, ankündigte, sie müsse den Ofen anmachen, und irgendwo in der Wohnung verschwand. Boris seinerseits warf seine Jacke weg, rannte davon und ahmte dabei das Geräusch einer Polizeisirene nach.

Allein im Flur zurückgelassen, nahm ich die Gelegenheit wahr, mir meine Umgebung genau anzuschauen. Es konnte wohl keinen Zweifel daran geben, daß Sophie und Boris von mir erwarteten, daß ich mich hier auskannte, und tatsächlich, je länger ich dastand und die verschiedenen halboffenen Türen vor mir, die schäbige gelbe Tapete mit dem verblaßten Blumenmuster und die nackten Rohre anschaute, die hinter der Garderobe vom Boden bis zur Decke liefen, desto mehr spürte ich, daß mir allmählich wieder eine Erinnerung an diesen Flur kam.

Nach ein paar Minuten ging ich in das Wohnzimmer durch. Obwohl es dort etliches gab, was ich nicht wiedererkannte – die zwei alten, eingesunkenen Sessel zu beiden Seiten des nicht mehr benutzten Kamins waren zweifellos Erwerbungen aus jüngerer Zeit –, hatte ich den Eindruck, daß ich mich an diesen Raum deutlicher als an den Flur erinnern konnte. Der große, ovale Eßzimmertisch, der an die Wand gerückt worden war, die zweite Tür, die in die Küche führte, das dunkle, unförmige Sofa, der abgenutzte orangefarbene Teppich, all das war mir durchaus vertraut. Die Deckenleuchte – eine einzelne Glühbirne mit einem Lampenschirm aus Chintz – überzog alles mit einem schattigen Muster, so daß ich nicht sicher war, ob sich auf der Tapete nicht hier und da feuchte Flecken zeigten. Boris lag mitten im Zimmer auf dem Fußboden und rollte sich auf den Rücken, als ich weiter hereinkam.

«Ich habe beschlossen, ein Experiment zu versuchen», verkündete er, in Richtung Decke ebenso wie in meine Richtung. «Ich werde meinen Kopf jetzt so halten.»

Ich schaute hinunter und sah, daß er den Kopf eingezogen hatte, so daß sein Kinn auf dem Schlüsselbein lag.

«Aha. Und wie lange willst du das machen?»

«Mindestens vierundzwanzig Stunden.»

«Sehr schön, Boris.»

Ich kletterte über ihn hinweg und ging in die Küche. Es war ein langer schmaler Raum, der mir ebenfalls eindeutig vertraut vorkam. Die rußigen Wände, die Spinnwebreste an den Dekkenleisten, die schäbige Waschmaschine, all das nagte bohrend an meinem Gedächtnis. Sophie hatte sich eine Schürze umgebunden und kniete auf dem Boden, um etwas in dem Ofen zurechtzuschieben. Sie schaute hoch, als ich hereinkam, machte eine Bemerkung über das Essen, deutete in den Ofen und lachte fröhlich. Auch ich lachte, dann schaute ich mich noch einmal in der Küche um und ging wieder in das Wohnzimmer zurück.

Boris lag immer noch auf dem Boden, und als ich hereinkam, zog er sofort den Kopf wieder ein. Ich beachtete ihn gar nicht und setzte mich auf das Sofa. Ganz in der Nähe lag eine Zeitung auf dem Teppich, und ich hob sie auf, weil ich dachte, es könnte die Zeitung mit den Fotos von mir sein. Zwar war sie schon mehrere Tage alt, doch ich wollte sie trotzdem durchblättern. Während ich den Artikel auf der Titelseite las – dieser von Winterstein wurde über seine Pläne zur Erhaltung der Altstadt befragt –, blieb Boris auf dem Teppich liegen, ohne ein Wort zu sagen, nur gelegentlich gab er ein roboterähnliches Geräusch von sich. Immer wenn ich ihm einen verstohlenen Blick zuwarf, sah ich, daß er den Kopf noch eingezogen hatte, und ich beschloß, nichts zu ihm zu sagen, bevor er nicht mit diesem albernen Spiel aufgehört hatte. Ob er nun den Kopf jedesmal einzog, wenn er dachte, ich würde ihn gleich ansehen, oder ob er ihn die ganze Zeit in diesem zusammengezogenen Zustand hielt, konnte ich nicht sagen, aber das war mir auch schnell egal. Dann soll er eben da liegenbleiben, dachte ich bei mir und las weiter.

Nach etwa zwanzig Minuten kam Sophie herein, in der Hand eine Platte, auf der sich das Essen türmte. Da waren Blätterteigpastetchen, appetitliche Häppchen, pikante Kuchen, alles in handliche Stücke geschnitten und höchst kunstvoll garniert. Sophie stellte die Platte auf den Eßzimmertisch.

«Ihr seid ja so ruhig», sagte sie und schaute sich im Zimmer um. «Na kommt schon, jetzt wollen wir uns amüsieren. Schau nur, Boris! Und es kommt sogar noch eine zweite Platte. Alle deine Lieblingsgerichte! Also warum suchst du nicht ein Brettspiel aus, das wir nachher spielen können, während ich in die Küche gehe und den Rest hole.»

Sobald Sophie wieder in der Küche verschwunden war, sprang Boris auf, ging zum Tisch hinüber und stopfte sich eine Pastete in den Mund. Ich war schon in Versuchung, ihn darauf hinzuweisen, daß sein Kopf jetzt wieder in der normalen Stellung war, doch schließlich las ich einfach still in meiner Zeitung weiter. Boris gab noch einmal ein Sirenengeräusch von sich, und dann lief er schnell durch das Zimmer und blieb vor einem großen Schrank in der hintersten Ecke des Zimmers stehen. Mir fiel ein, daß in diesem Schrank die Brettspiele aufbewahrt wurden, große, flache Kartons, die sich bedenklich auf dem anderen Spielzeug und auf Haushaltsgegenständen stapelten. Boris schaute noch eine Weile zum Schrank hin, dann riß er plötzlich die Tür auf.

«Welches spielen wir denn?» fragte er.

Ich tat so, als hätte ich nichts gehört, und las einfach weiter. Ich beobachtete ihn aus den Augenwinkeln heraus, zuerst drehte er sich zu mir um, aber als es ihm dann dämmerte, daß ich nicht antworten würde, wandte er sich wieder dem Schrank zu. Eine Zeitlang stand er da und betrachtete seinen Stapel mit den Brettspielen, dann und wann streckte er die Hand aus, um den Rand des einen oder anderen Kartons zu befingern.

Sophie kam mit noch mehr Essen zurück. Als sie sich daranmachte, alles auf dem Tisch zu arrangieren, ging Boris zu ihr hin, und ich hörte, wie die beiden sich leise unterhielten.

«Du hast gesagt, ich kann auf dem Boden essen», beharrte Boris.

Nach einer Weile ließ er sich dann wieder vor mir auf den Teppich fallen und stellte einen vollgehäuften Teller neben sich.

Ich stand auf und ging zum Tisch. Eifrig bemüht hielt sich Sophie in meiner Nähe, als ich einen Teller nahm und die Auswahl betrachtete.

«Das sieht ja prachtvoll aus», sagte ich, während ich mich bediente.

Ich ging zum Sofa zurück. Wenn ich meinen Teller auf ein Kissen neben mich stellte, würde ich gleichzeitig essen und meine Zeitung lesen können. Ich hatte vorhin beschlossen, die Zeitung sehr gründlich zu studieren, ja selbst die Annoncen hiesiger Geschäftsleute eingehend zu prüfen, und das begann ich jetzt, wobei ich gelegentlich zu meinem Teller griff, ohne den Blick von der Zeitung abzuwenden.

Inzwischen hatte sich Sophie neben Boris auf den Teppich gesetzt, und von Zeit zu Zeit stellte sie ihm eine Frage – wie ihm ein bestimmtes Fleischpastetchen schmeckte oder etwas über einen Schulfreund. Doch immer, wenn sie auf diese Weise versuchte, eine Unterhaltung in Gang zu bringen, hatte Boris den Mund zu voll, um mit mehr als nur einem Grunzen zu antworten. Dann fragte Sophie: «Na, Boris, hast du dich entschieden, welches Spiel du willst?»

Ich spürte, daß der Blick des Jungen jetzt auf mir ruhte. Dann sagte er ruhig:

«Ist mir egal, welches wir spielen.»

«Das ist dir egal?» Sophies Stimme klang, als könnte sie das kaum glauben. Es entstand eine längere Pause, dann sagte sie: «Na schön. Wenn es dir egal ist, suche ich eben eines aus.» Ich hörte, daß sie aufstand. «Dann gehe ich es jetzt aussuchen.»

Mit dieser Taktik schien sie für einen Moment das Interesse des Jungen zu wecken. Ziemlich aufgeregt stand er auf und folgte seiner Mutter zum Schrank, und ich hörte, daß sich die zwei vor den Regalen mit den Kartons berieten. Sie sprachen leise, als ob sie darauf Rücksicht nehmen wollten, daß ich am Lesen war. Schließlich kamen sie zurück und setzten sich wieder auf den Fußboden.

«Na komm, laß uns dieses aufbauen», sagte Sophie. «Wir können ja schon anfangen zu spielen, während wir noch essen.»

Als ich das nächste Mal zu ihnen hinunterschaute, war das

Brett schon aufgeklappt, und mit einiger Begeisterung plazierte Boris die Karten und Plastikspielsteine. Deshalb war ich überrascht, als ich Sophie nach ein paar Minuten sagen hörte:

«Was ist denn los? Du hast doch gesagt, daß du das hier willst.»

«Ja, wollte ich auch.»

«Also was ist denn los, Boris?»

Es entstand eine Pause, bevor Boris antwortete: «Ich bin auch müde. Genau wie Papa.»

Sophie seufzte. Dann sagte sie unvermittelt mit etwas fröhlicherer Stimme:

«Ach, Boris, Papa hat ja etwas für dich gekauft.»

Ich konnte der Versuchung nicht widerstehen, ich mußte einfach um die Zeitung herumlugen, und da sah ich, daß mir Sophie ein verschwörerisches Lächeln schenkte.

«Kann ich es ihm jetzt geben?» fragte sie mich.

Ich hatte keine Ahnung, wovon sie redete, und warf ihr einen fragenden Blick zu, aber sie stand auf und verließ das Zimmer. Fast sofort kam sie wieder zurück und hielt das zerschlissene Heimwerkerhandbuch hoch, das ich am Abend zuvor in dem Kino gekauft hatte. Boris, der seine vermeintliche Müdigkeit vergaß, sprang auf, doch Sophie neckte ihn ein wenig und hielt das Buch außer Reichweite des Jungen.

«Papa und ich sind gestern abend ausgegangen», sagte sie. «Es war ein wunderbarer Abend, und mittendrin hat er an dich gedacht und das hier für dich gekauft. So etwas hast du noch nie gehabt, oder, Boris?»

«Nun sag ihm bloß nicht, daß es so etwas Besonderes ist», sagte ich von hinter der Zeitung hervor. «Es ist doch nur ein altes Handbuch.»

«Das war sehr lieb von Papa, nicht?»

Ich warf noch einen verstohlenen Blick zu ihnen hinüber. Sophie hatte Boris jetzt erlaubt, das Buch zu nehmen, und er hatte sich auf die Knie fallen lassen, um es anzuschauen.

«Das ist toll», murmelte er und blätterte das Buch durch. «Das ist wirklich toll.» Er hielt bei einer Seite an und starrte darauf. «Man kriegt einfach alles gezeigt.»

Er blätterte noch ein paar Seiten um, und während er das tat, gab das Buch ein heftiges Knacken von sich und zerfiel in zwei Hälften. Boris blätterte weiter die Seiten um, als sei nichts geschehen. Sophie, die schon nach dem Buch greifen wollte, hielt inne, als sie die Reaktion des Jungen sah, und richtete sich wieder auf.

«Man kriegt einfach alles gezeigt», sagte Boris. «Das ist phantastisch.»

Ich hatte das vage Gefühl, daß er mir etwas Bestimmtes sagen wollte. Ich las weiter, und einen Augenblick später hörte ich Sophie leise sagen: «Ich gehe Tesafilm holen. Damit kriegen wir das schon wieder hin.»

Ich hörte, daß Sophie den Raum verließ, und las weiter. Aus den Augenwinkeln heraus sah ich, daß Boris immer noch die Seiten umblätterte. Nach einer Weile schaute er zu mir und sagte:

«Es gibt eine spezielle Bürste zum Tapezieren!»

Ich las weiter. Schließlich kam Sophie wieder herein.

«Komisch, ich kann den Tesafilm nirgends finden», murmelte sie vor sich hin.

«Das Buch ist einfach toll», sagte Boris zu ihr. «Man kriegt wirklich alles gezeigt.»

«Komisch. Na, vielleicht haben wir ihn aufgebraucht.» Sophie ging wieder zurück in die Küche.

Ich erinnerte mich vage daran, daß mehrere Rollen Klebeband in demselben Schrank aufbewahrt wurden, in dem auch die Brettspiele lagen, in einer der Schubladen auf der rechten Seite, ziemlich weit unten. Ich zog in Erwägung, meine Zeitung wegzulegen und hinüberzugehen, um eine Suchaktion zu starten, aber da kam Sophie wieder in das Wohnzimmer.

«Na, macht nichts», sagte sie. «Dann kaufe ich morgen welches, und dann reparieren wir das Buch. Also komm jetzt, Boris, wir wollen mit dem Spiel anfangen, sonst werden wir vor dem Schlafengehen überhaupt nicht mehr fertig.»

Boris antwortete nicht. Ich hörte, daß er immer noch auf dem Teppich saß und die Seiten umblätterte.

«Na, wenn du nicht spielen willst», sagte Sophie, «fange ich eben allein an.»

Ich hörte, wie sie den Würfel im Becher schüttelte. Während ich weiter in meiner Zeitung las, verspürte ich unwillkürlich ein wenig Mitleid mit Sophie, weil der Abend eine solche Wendung genommen hatte. Aber sie konnte ja wohl auch kaum erwarten, ein solches Chaos stiften zu können, ohne einen Preis dafür zahlen zu müssen. Außerdem hatte sie sich auch mit dem Kochen kaum selber übertroffen. So hatte sie zum Beispiel nicht daran gedacht, Sardinen auf kleinen dreieckigen Toastscheiben oder Spießchen mit Käse und Wurst bereitzustellen. Zudem hatte sie kein Omelette gemacht und auch keine mit Käse gefüllten Kartoffeln oder Fischpastetchen. Außerdem gab es keine gefüllten Paprikaschoten. Oder diese kleinen, mit Anchovispaste bestrichenen Brotwürfel oder der Länge nach aufgeschnittene Gurkenstückchen, nicht einmal halbierte hartgekochte Eier mit diesen Zickzackrändern. Und für hinterher hatte sie keine Pflaumenschnitten, keine Buttercremetörtchen, nicht einmal eine Erdbeerbiskuitrolle gemacht.

Allmählich wurde mir bewußt, daß Sophie eine unangemessen lange Zeit den Würfel geschüttelt hatte. Tatsächlich hatte das Schütteln, seit sie mit dem Spiel begonnen hatte, eine ganz andere Qualität angenommen. Sie schien den Würfel jetzt langsam und kraftlos hin- und herzubewegen, als geschehe es im Takt einer Melodie, die ihr gerade durch den Kopf ging. Recht besorgt ließ ich die Zeitung sinken.

Sophie saß auf dem Boden und stützte sich auf einen steif durchgedrückten Arm, so daß ihr das lange Haar über die Schulter nach vorn fiel und das ganze Gesicht verdeckte. Sie schien mittlerweile vollkommen in das Spiel vertieft zu sein, und sie hatte ihr Gewicht auf merkwürdige Weise nach vorn verlagert, so daß sie sich genau über dem Brett befand. Ihr ganzer Körper wiegte sich sanft hin und her. Boris beobachtete sie schmollend und fuhr mit den Händen über den Riß in seinem Buch.

Sophie schüttelte den Würfel wieder und immer wieder, dreißig, vierzig Sekunden lang, bevor sie ihn endlich vor sich ausrollen ließ. Verträumt schaute sie ihn an, bewegte einige Spielsteine auf dem Brett und begann dann erneut den Würfel zu schütteln. Ich spürte, daß Gefahr in der Luft lag, und entschied, es sei an der Zeit, die Sache selber in die Hand zu nehmen. Ich warf die Zeitung zur Seite, schlug in die Hände und stand auf.

«Ich muß jetzt ins Hotel zurück», kündigte ich an. «Und ich würde euch beiden wirklich sehr raten, ins Bett zu gehen. Wir haben alle einen langen Tag gehabt.»

Ich sah ganz kurz Sophies überraschten Gesichtsausdruck, als ich in den Flur ging. Im nächsten Moment war sie schon hinter mir.

«Du gehst schon? Aber hast du denn auch genug gegessen?»

«Tut mir leid, ich weiß, du hast dir so viel Mühe mit dem Essen gemacht. Aber es ist jetzt doch schon arg spät. Ich habe morgen einen sehr anstrengenden Vormittag.»

Sophie seufzte und sah sehr niedergeschlagen aus. «Tut mir leid», sagte sie schließlich. «Der Abend war kein großer Erfolg. Tut mir leid.»

«Mach dir darüber keine Gedanken. Das ist doch nicht deine Schuld. Wir waren einfach alle ziemlich müde. So, jetzt muß ich aber wirklich gehen.»

Widerstrebend ließ Sophie mich hinaus und sagte, sie werde mich am nächsten Morgen anrufen.

Mehrere Minuten lang schlenderte ich durch die menschenleeren Straßen und versuchte, mich an den Weg ins Hotel zurück zu erinnern. Schließlich gelangte ich auf eine Straße, die ich wiedererkannte, und ich begann, die Stille der Nacht zu genießen und auch die Gelegenheit, nur mit meinen Gedanken und dem Geräusch meiner Schritte allein zu sein. Doch bald schon empfand ich ein gewisses Bedauern darüber, wie der Abend geendet hatte. Aber Tatsache war, daß es Sophie unter anderem geschafft hatte, meinen sorgfältig durchdachten Zeitplan in ein einziges Chaos zu verwandeln. Und hier war ich nun, am Ende meines zweiten Tages in der Stadt, und hatte nur die oberflächlichsten Einblicke in die Krise gewinnen können, die zu begutachten ich hergekommen war. Mir fiel ein, daß man mich sogar daran gehindert hatte, meine Verabredung für den heutigen Vormittag mit der Gräfin und dem Bürgermeister einzuhalten, wo ich die Gelegenheit gehabt hätte, endlich selbst etwas von Brodskys Musik zu hören. Natürlich hatte ich immer noch ausreichend Zeit, das alles wiedergutzumachen; eine ganze Reihe von Treffen, die noch vor mir lagen – so etwa mit der Bürger-Selbsthilfe –, würden mir ganz gewiß ein weit umfassenderes Bild der Lage hier verschaffen. Dennoch ließ es sich kaum leugnen, daß ich reichlich unter Druck geraten war, und Sophie konnte sich wohl nicht gut darüber beklagen, daß ich nicht in der Lage gewesen war, den Tag in der denkbar entspanntesten Stimmung zu beschließen.

Ich schlenderte gerade über eine Steinbrücke, als ich über all das nachdachte. Als ich stehenblieb, um in das Wasser und auf eine Reihe von Lampen entlang des Kanals hinunterzuschauen, kam mir der Gedanke, daß ich ja immer noch die Einladung von Miss Collins annehmen und sie besuchen konnte. Sie hatte mir recht deutlich zu verstehen gegeben, daß sie auf einzigartige Weise in die Lage versetzt sei, Beistand zu leisten, und nun, da meine Zeit hier immer knapper wurde, sah ich ein, daß ein gutes Gespräch mit ihr die Dinge wunderbar voranbringen und mir praktisch all die Informationen liefern würde, die ich inzwischen selbst gesammelt hätte, wäre es Sophie nicht gelungen, ihren Willen durchzusetzen. Ich dachte wieder an den Salon im Haus von Miss Collins, an die Samtvorhänge und die zerschlissenen Möbel, und plötzlich verspürte ich den heftigen Wunsch, genau in diesem Augenblick dort zu sein. Dann ging ich weiter, über die Brücke und in die dunkle Straße hinein, und beschloß, sie am nächsten Vormittag bei der erstbesten Gelegenheit anzurufen.

3

EINUNDZWANZIG

Ich erwachte und sah helles Sonnenlicht durch die Lamellen der vertikalen Jalousie dringen, und schon ergriff mich das panikartige Gefühl, ich hätte zuviel vom Morgen verstreichen lassen. Doch dann fiel mir wieder ein, daß ich am Abend zuvor beschlossen hatte, Miss Collins anzurufen, und so fühlte ich mich schon bedeutend ruhiger, als ich aufstand.

Das Zimmer war kleiner und merklich stickiger als mein voriges, und wieder ärgerte ich mich über Hoffman und darüber, daß er mich zu dem Umzug genötigt hatte. Aber diese ganze Angelegenheit mit den Zimmern schien nicht mehr so wichtig zu sein wie noch am vergangenen Vormittag, und während ich mich wusch und mich anzog, fiel es mir nicht schwer, mich auf das wichtige Treffen mit Miss Collins zu konzentrieren, von dem jetzt so viel abhing. Als ich dann mein Zimmer verließ, machte ich mir überhaupt keine Sorgen mehr darüber, daß ich verschlafen hatte – das lange Schlafen würde sich, so wußte ich, langfristig gesehen als von unschätzbarem Wert erweisen –, und ich freute mich schon auf ein gutes Frühstück, bei dem ich meine Gedanken ordnen und die Punkte festlegen würde, die ich Miss Collins gegenüber ansprechen wollte.

Deshalb war ich überrascht, als ich unten beim Frühstücksraum ankam und mich das Geräusch eines Staubsaugers empfing. Die Tür zu dem Raum war geschlossen, und als ich sie einen Spaltbreit öffnete, sah ich zwei Frauen in Overalls, die den Teppichboden saugten, Tische und Stühle waren an die Wand gerückt. Die Aussicht, ein wichtiges Treffen ohne Frühstück durchstehen zu müssen, war nicht gerade angenehm, und ich ging mehr als nur leicht verärgert in die Hotelhalle zurück. Ich ging an einer Gruppe amerikanischer Touristen vorbei zur Rezeption. Dort saß ein Angestellter und las in einer Zeitschrift, aber als er mich sah, stand er auf.

«Guten Morgen, Mr. Ryder.»

«Guten Morgen. Es enttäuscht mich doch etwas, daß kein Frühstück serviert wird.»

Einen Augenblick lang wirkte der Mann am Empfang etwas verwirrt. Dann sagte er: «Normalerweise könnte Ihnen natürlich selbst um diese Zeit jemand ein Frühstück servieren. Aber da wir nun einmal heute diesen besonderen Tag haben, ist verständlicherweise ein Großteil unseres Personals im Konzertsaal, um dort bei den Vorbereitungen zu helfen. Herr Hoffman selbst ist schon ganz früh dorthin aufgebrochen. Es tut mir wirklich leid, aber hier läuft heute alles nur mit halber Kraft. Leider mußte auch das Atrium bis Mittag geschlossen werden. Natürlich, wenn es sich nur um Kaffee und ein paar Brötchen handelt...»

«Ist schon gut», sagte ich kühl. «Ich habe einfach keine Zeit, hier zu warten, bis das in die Wege geleitet wird. Dann muß ich heute morgen eben ohne Frühstück auskommen.»

Der Mann am Empfang fing schon wieder an, sich zu entschuldigen, doch mit einer Handbewegung schnitt ich ihm das Wort ab und ging hinaus.

Ich trat aus dem Hotel ins Sonnenlicht. Erst als ich schon ein ganzes Stück Weges auf der verkehrsreichen Straße gegangen war, wurde mir klar, daß ich nicht genau wußte, wo die Wohnung von Miss Collins lag. Ich hatte nicht richtig achtgegeben an dem Abend, als Stephan uns dorthin gefahren hatte, und ganz abgesehen davon waren jetzt so viele Fußgänger und Autos unterwegs, daß ich nichts wiedererkannte. Ich blieb einen Moment lang auf dem Bürgersteig stehen und überlegte, ob ich einen Passanten nach dem Weg fragen sollte. Es war ja immerhin denkbar, daß Miss Collins in der Stadt hinreichend bekannt war, so daß ich damit Erfolg haben könnte. Und tatsächlich wollte ich gerade einen Mann im Straßenanzug ansprechen, der mir entgegenkam, als ich fühlte, wie mich jemand von hinten an der Schulter berührte.

«Guten Morgen, Mr. Ryder.»

Ich drehte mich um und sah Gustav, der einen riesigen Pappkarton trug, dessen Ausmaße seine obere Körperhälfte praktisch verdeckten. Er keuchte heftig, aber ob das allein durch seine schwere Last kam oder durch die Tatsache, daß er mir hinterhergelaufen war, konnte ich nicht sagen. Als ich ihn begrüßt und gefragt hatte, wohin er denn wolle, dauerte es jedenfalls eine Weile, bevor er antworten konnte.

«Ach, ich wollte das hier gerade zum Konzertsaal bringen», erwiderte er schließlich. «Die größeren Teile sind alle schon gestern abend im Lastwagen hingebracht worden, aber immer noch sind da so viele Dinge, die sie brauchen. Schon seit dem frühen Morgen gehe ich andauernd zwischen Hotel und Konzertsaal hin und her. Die sind da alle ganz schön aufgeregt, das kann ich Ihnen sagen. Da ist schon richtig Stimmung aufgekommen.»

«Das freut mich zu hören», sagte ich. «Auch ich freue mich schon sehr auf den Abend. Aber ich frage mich, ob Sie mir nicht vielleicht behilflich sein können. Sehen Sie, ich bin heute vormittag mit Miss Collins in ihrer Wohnung verabredet, aber ich bin wohl ein wenig vom Weg abgekommen.»

«Miss Collins? Na, da haben Sie es gar nicht mehr weit. Hier geht es lang, Mr. Ryder. Ich begleite Sie, wenn Sie erlauben. O nein, kein Grund zur Sorge, es liegt direkt auf meinem Weg.»

Sein Karton war vielleicht doch nicht so schwer, wie er aussah, denn als wir erst einmal in Gang gekommen waren, hielt Gustav neben mir beständig Schritt.

«Ich bin sehr froh, daß wir uns hier so ganz zufällig über den Weg gelaufen sind, Mr. Ryder», fuhr er fort, «denn um ganz ehrlich zu sein, da gibt es etwas, über das ich mit Ihnen hatte sprechen wollen. Tatsächlich hatte ich mit Ihnen darüber schon bei Ihrer Ankunft sprechen wollen, aber irgendwie kam eines zum anderen, und ich habe es einfach nicht geschafft.

Und jetzt ist dieser besondere Abend schon so nah, und ich habe Sie immer noch nicht gefragt. Es ist bloß etwas, das vor ein paar Wochen im Ungarischen Café bei einer unserer sonntäglichen Versammlungen aufkam. Das war kurz nachdem wir gehört hatten, daß Sie zu uns in die Stadt kommen, und wie alle anderen haben natürlich auch wir darüber gesprochen. Und einer, ich glaube, es war Gianni, erzählte, er habe gelesen, daß Sie ein höchst patenter Kerl seien, das glatte Gegenteil von diesen Primadonna-Typen, und daß Sie in dem Ruf stünden, sich sehr für die Belange der einfachen Leute zu interessieren, das hat er alles erzählt. Und da saßen wir nun an unserem Tisch, wir waren zu acht oder neunt, Josef war an dem Abend nicht da, wir haben die Sonne über dem Platz untergehen sehen, und ich glaube, wir haben alle zur selben Zeit denselben Gedanken gehabt. Zuerst haben wir alle nur schweigend dagesessen, keiner hat sich getraut, es laut auszusprechen. Schließlich war es Karl, typisch, Karl war es mal wieder, der gesagt hat, was wir alle dachten. ‹Warum fragen wir ihn denn nicht einfach?› hat er gesagt. ‹Was haben wir denn zu verlieren? Fragen sollten wir ihn wenigstens. Er scheint das glatte Gegenteil von diesem anderen zu sein. Womöglich ist er sogar einverstanden, das kann man nie wissen. Warum fragen wir ihn denn nicht einfach, es könnte unsere letzte Chance sein.› Und dann haben wir alle immer wieder nur darüber geredet, also, Mr. Ryder, um Ihnen die Wahrheit zu sagen, haben wir nie lange zusammensitzen können, ohne daß wir das Thema zur Sprache gebracht hätten. So reden wir vielleicht über irgend etwas ganz anderes und lachen zusammen, und dann senkt sich auf einmal dieses Schweigen über uns, und uns wird klar, daß wir alle wieder daran gedacht haben. Deshalb hatte ich schon allmählich ziemliches Mitleid mit mir. Ich dachte, ich habe Sie jetzt ein paarmal gesehen, ich hatte die Ehre, mit Ihnen sprechen zu dürfen, und doch habe ich mir nie ein Herz fassen und Sie fragen können. Und da sind wir nun, bis zu dem großen Ereignis sind es nur noch ein paar Stunden, und ich habe immer noch nicht gefragt. Wie sollte ich den Jungs das jemals am Sonntag erklären? Also als ich heute morgen aufgestanden bin, Mr. Ryder, da habe ich mir gesagt, ich muß ihn finden, ich muß Mr. Ryder wenigstens darauf ansprechen, die Jungs verlassen sich darauf. Aber dann gab es so viel zu tun, und auch Sie würden ja wohl einen sehr vollen Terminplan haben, und da dachte ich mir eben, na ja, daß ich meine Chance vertan hätte. Und deshalb, sehen Sie, bin ich so froh, daß wir uns hier zufällig über den Weg gelaufen sind, ich hoffe, Sie haben nichts dagegen, daß ich Sie darauf anspreche, und wenn Sie natürlich meinen, wir würden Unmögliches verlangen, dann würden wir Sie selbstverständlich nicht mehr damit behelligen, die Jungs würden das akzeptieren, o ja, ganz bestimmt.»

Wir waren um eine Ecke gegangen und befanden uns jetzt auf einer breiten, betriebsamen Straße. Gustav schwieg, während wir bei einer Ampel über eine Kreuzung gingen, und erst als wir auf der anderen Seite waren und an einer Reihe italienischer Cafés vorbeikamen, sagte er:

«Ich bin sicher, Sie haben schon erraten, um was ich Sie bitten wollte. Alles, was wir uns wünschen, ist ja nur eine kurze Erwähnung. Das ist schon alles, Mr. Ryder.»

«Eine kurze Erwähnung?»

«Bloß eine kurze Erwähnung. Wie Sie ja wissen, haben viele von uns im Laufe der Jahre immer und immer wieder daran gearbeitet, die in dieser Stadt herrschende Einstellung unserem Beruf gegenüber ändern zu wollen. Wir haben vielleicht auch ein wenig Erfolg gehabt, aber im großen und ganzen ist es uns nicht gelungen, einen umfassenden Durchbruch zu erzielen, und so, na ja, so ist es doch nur allzu verständlich, daß wir alle ziemlich niedergeschlagen sind. Schließlich werden wir alle nicht jünger, und dann denken wir auch, daß sich die Dinge wohl nie ändern werden. Aber ein Wort von Ihnen heute abend, Mr. Ryder, könnte womöglich den Lauf der Ereignisse ändern. Es könnte ein denkwürdiger Wendepunkt für unseren Berufsstand sein. So sehen es die Jungs. Tatsächlich sind manche überzeugt, daß dies unsere letzte Chance ist, jedenfalls für unsere Generation. Wann werden wir jemals wieder eine solche Chance bekommen? Das fragen sie ständig. Also deshalb spreche ich Sie jetzt darauf an, Mr. Ryder. Natürlich, wenn Sie glauben, es ist nicht so ganz das Wahre, und dafür hätte ich dann auch wirklich Verständnis, schließlich sind Sie hergekommen, um einige höchst bedeutungsvolle Probleme zur Sprache zu bringen, und unsere Angelegenheit ist ja nur eine Kleinigkeit. Wichtig für uns, aber global gesehen sicher nur eine Kleinigkeit. Also, Mr. Ryder, wenn Sie meinen, es ist unmöglich, dann sagen Sie das bitte, und dann werden wir Sie selbstverständlich nicht mehr damit behelligen.»

Ich überlegte einen Moment, und die ganze Zeit war ich mir bewußt, daß er mich von hinter seinem Karton intensiv musterte.

«Also Sie schlagen vor», sagte ich nach einer Weile, «daß ich während... während meiner Rede an die Bürger dieser Stadt eine kurze Erwähnung Sie betreffend hinzufüge.»

«Allerhöchstens ein paar Worte, Mr. Ryder.»

Die Vorstellung, dem ältlichen Hoteldiener und seinen Kollegen auf diese Weise behilflich zu sein, hatte natürlich etwas durchaus Reizvolles. Ich überlegte einen Moment und sagte dann: «Na schön. Ich werde gerne ein paar Worte in Ihrer Sache sagen.»

Ich hörte Gustav tief Luft holen, als die Bedeutung meiner Antwort zu ihm durchdrang. Dann sagte er ganz leise:

«Wir werden ewig in Ihrer Schuld stehen, Mr. Ryder.»

Er wollte noch etwas sagen, aber irgendwie war ich ganz begeistert von der Idee, wenigstens noch für eine Weile seine Versuche, mir seine Dankbarkeit auszudrücken, zu vereiteln.

«Ja, denken wir doch mal darüber nach, wie können wir das anfangen?» sagte ich schnell und nahm einen gedankenverlorenen Gesichtsausdruck an. «Ja, ich könnte, wenn ich das Podium betrete, etwa folgendes sagen: ‹Bevor ich beginne, möchte ich kurz auf eine kleine, aber interessante Angelegenheit eingehen.› So etwas in der Art. Ja, das ließe sich problemlos machen.»

Plötzlich sah ich die Versammlung entschlossener alter Männer an einem Kaffeehaus-Tisch lebhaft vor mir, und ich sah auch den Ausdruck auf ihren Gesichtern – Ungläubigkeit, unfaßbare Freude –, wenn Gustav ihnen die Neuigkeit verkündete. Ich sah mich in ihrer Mitte stehen, ruhig und bescheiden, und ihre Gesichter würden mir zugewandt sein. Währenddessen war ich mir die ganze Zeit bewußt, daß Gustav neben mir herging und wahrscheinlich regelrecht darauf brannte, mit seinen Dankesbezeugungen an mich zum Ende zu kommen, doch ich machte trotzdem mit meiner kleinen Ansprache weiter.

«Ja, ja. ‹Eine kleine, aber interessante Angelegenheit›, könnte ich zu ihnen sagen. ‹Da gibt es etwas, das ich, nachdem ich viele andere Städte in der Welt besucht habe, hier doch ein wenig eigentümlich finde...› ‹Eigentümlich› geht vielleicht etwas zu weit. Vielleicht könnte ich ‹exzentrisch› sagen.»

«Ach ja, Mr. Ryder», fiel Gustav ein. «‹Exzentrisch› ist wirklich ein schönes Wort. Keiner von uns will, daß irgendwelche Feindseligkeit aufkommt. Aber genau deshalb sind Sie für uns eine einzigartige Chance. Sehen Sie, selbst wenn in ein paar Jahren noch einmal eine andere Berühmtheit bereit ist, zu uns in die Stadt zu kommen, und selbst wenn es uns gelingt, denjenigen welchen zu überreden, ein paar Worte in unserer Sache zu sagen, wie stehen dann unsere Chancen, daß er Ihre Art Taktgefühl hat, Mr. Ryder? ‹Exzentrisch› ist der ideale Ausdruck dafür, Mr. Ryder.»

«Ja, ja», fuhr ich fort, «und dann halte ich vielleicht einen Augenblick inne und schaue sie mit einer Miene milden Vorwurfs an, so daß alle, sie alle dort im Saal, ganz still werden und warten. Dann könnte ich schließlich etwa folgendes sagen, tja, lassen Sie mich mal sehen, ich könnte sagen: ‹Meine Damen und Herren, Ihnen allen, die Sie hier schon so lange leben, erscheinen gewisse Dinge inzwischen wohl normal, gewisse Dinge, die ein Außenstehender sicher sofort als *auffällig* wahrnehmen würde...»

Plötzlich blieb Gustav stehen. Zuerst dachte ich, sein Drang, mir seine Dankbarkeit zu bekunden, habe ihn überwältigt. Doch dann sah ich zu ihm hin und merkte, daß dies nicht der Fall war. Er stand wie erstarrt auf dem Bürgersteig, der Kopf war ihm zur Seite auf den Karton gerutscht, so daß sich seine Wange gegen die eine Kante des Kartons preßte. Seine Augen waren fest geschlossen, und er runzelte leicht die Stirn, als habe er eine komplizierte Rechenaufgabe zu bewältigen. Dann sah ich, daß sich sein Adamsapfel langsam die Kehle auf und ab bewegte – einmal, zweimal, dreimal.

«Geht es Ihnen gut?» fragte ich und legte einen Arm um ihn. «Du meine Güte, Sie sollten sich lieber irgendwo hinsetzen.»

Ich war im Begriff, ihm den Karton abzunehmen, aber Gustavs Hände lockerten ihren Griff nicht.

«Nein, nein, Mr. Ryder», sagte er, die Augen hatte er immer noch geschlossen. «Mir geht es gut.»

«Sind Sie sicher?»

«Ja, ja. Mir geht es wirklich gut.»

Einen Moment lang blieb er noch ganz still stehen. Dann öffnete er die Augen und schaute sich um, lachte leise auf und setzte sich wieder in Bewegung.

«Sie können sich gar nicht vorstellen, was uns das bedeutet, Mr. Ryder», sagte er, nachdem wir noch ein paar Schritte gegangen waren. «Und das nach all diesen Jahren.» Lächelnd schüttelte er den Kopf. «So bald wie nur irgend möglich werde ich den Jungs die Neuigkeit mitteilen. Heute vormittag ist wirklich viel zu tun, aber ein Anruf bei Josef wird genügen. Er wird den anderen Bescheid geben. Haben Sie eine Ahnung, was ihnen das bedeutet? Ach, hier müssen Sie jetzt abbiegen. Ich muß noch ein Stück weiter hier entlang. Oh, machen Sie sich keine Sorgen, Mr. Ryder, mir geht es wirklich gut. Sie wissen ja, die Wohnung von Miss Collins ist gleich da auf der rechten Seite. Also, Mr. Ryder, ich kann Ihnen gar nicht sagen, wie dankbar ich Ihnen bin. Die Jungs werden dem heutigen Abend entgegenfiebern, wie sie sonst kaum etwas in ihrem Leben entgegengefiebert haben. Da bin ich mir sicher.»

Ich wünschte ihm einen guten Tag und bog in die Straße ab, die er mir gezeigt hatte. Als ich nach ein paar Schritten über die Schulter zurücksah, stand Gustav immer noch an der Ecke und beobachtete mich von hinter seinem Karton. Als er sah, daß ich mich umdrehen wollte, nickte er heftig – der Karton hinderte ihn daran zu winken –, dann ging er weiter seines Weges.

In der Straße, in der ich mich befand, standen hauptsächlich Wohnhäuser. Nach ein paar Blocks wurde es ruhiger, und über mir erhoben sich Mehrfamilienhäuser mit Balkonen im spanischen Stil, die ich von dem Abend neulich erkannte, als ich in Stephans Wagen durch die Straße gefahren war. Die Häuser zogen sich Block für Block hin, und als ich weiterging, fürchtete ich allmählich, ich könne das Haus nicht mehr erkennen, vor dem Boris und ich an jenem Abend gewartet hatten. Doch dann stellte ich fest, daß ich vor einem deutlich vertrauten Eingang stehengeblieben war, und nach einer Weile ging ich darauf zu und schaute durch die Glasscheiben zu beiden Seiten der Tür.

Der Flur war auf eine ordentliche, irgendwie unauffällige Art möbliert, und fast nichts davon kam mir bekannt vor. Dann fiel mir ein, wie ich an dem Abend neulich beobachtet hatte, daß sich Stephan und Miss Collins erst eine Weile in dem Salon nach vorne heraus unterhalten hatten, bevor sie weiter nach hinten gegangen waren, und auf die Gefahr hin, für einen Eindringling gehalten zu werden, schwang ich ein Bein über die niedrige Mauer und beugte mich vor, um durch das mir am nächsten gelegene Fenster zu schauen. Das helle Sonnenlicht machte es mir schwer hineinzusehen, doch ich konnte einen kleinen, stämmigen Mann in weißem Hemd und mit Krawatte erkennen, der allein in einem Sessel saß, das Gesicht mehr oder weniger direkt zum Fenster gewandt. Seine Augen schienen auf mich gerichtet zu sein, doch sein Blick war leer, und es ließ sich keineswegs sagen, ob er mich überhaupt wahrgenommen hatte oder einfach nur gedankenverloren aus dem Fenster starrte. Das alles sagte mir wenig, aber als ich das Bein wieder über die Mauer zurückschwang und noch einmal zu der Tür hinschaute, war ich überzeugt davon, daß es die richtige war, und klingelte an der Tür zur Erdgeschoßwohnung.

Voller Genugtuung sah ich einen Moment später durch die Glasscheiben, daß sich die Gestalt von Miss Collins auf mich zubewegte.

«Ach, Mr. Ryder», sagte sie, als sie die Tür öffnete. «Ich habe mich schon gefragt, ob Sie heute vormittag tatsächlich kommen würden.»

«Guten Tag, Miss Collins. Nach einiger Überlegung habe ich beschlossen, Ihr freundliches Angebot anzunehmen und Sie zu besuchen. Aber wie ich sehe, haben Sie heute vormittag bereits einen Gast.» Ich deutete zu dem nach vorn hinausgehenden Salon. «Vielleicht wäre es Ihnen lieber, ich komme später noch einmal vorbei.»

«Das kommt gar nicht in Frage, daß Sie wieder weggehen, Mr. Ryder. Wenn Sie auch andeuten, ich hätte sehr viel zu tun, ist es doch verglichen mit anderen Vormittagen heute recht ruhig hier. Wie Sie sehen, wartet da nur einer. Im Moment ist ein junges Paar bei mir. Ich spreche schon seit einer Stunde mit den beiden, aber sie haben so gravierende Probleme, sie müssen über so vieles reden, und bis heute konnten sie das nicht, deshalb habe ich nicht das Herz, sie zur Eile zu drängen. Aber wenn Sie so freundlich wären, hier vorne ein wenig zu warten, es dauert jetzt bestimmt nicht mehr lange.» Dann senkte sie plötzlich die Stimme und sagte: «Der Herr, der da jetzt wartet, ist ein armer Mann, er ist einsam und unglücklich und braucht einfach nur jemanden, der ihm ein paar Minuten zuhört und das bestätigt, das ist schon alles. Er wird nicht lange bleiben, ich werde ihn schnell wieder wegschicken. Er kommt praktisch jeden Vormittag, es macht ihm nichts aus, dann und wann hastig abgefertigt zu werden, ich widme ihm ja sonst genug Zeit.» Dann fuhr sie wieder ganz normal fort: «Bitte kommen Sie doch herein, Mr. Ryder, Sie brauchen doch nicht da draußen stehenzubleiben, auch wenn es heute, wie ich sehe, ein sehr schöner Tag ist. Wenn Sie möchten und wenn dann niemand mehr wartet, können wir ja etwas im Sternberg-Park spazierengehen. Das ist ganz in der Nähe, und ich bin sicher, wir haben viel zu besprechen. Tatsächlich habe ich über Ihre Situation schon recht viel nachgedacht.»

«Wie freundlich von Ihnen, Miss Collins. Ich habe mir übrigens gedacht, daß Sie heute vormittag sehr beschäftigt sein würden, und ich wäre hier bei Ihnen auch gar nicht so hereingeplatzt, wenn die Angelegenheit nicht von einiger Dringlichkeit wäre. Sehen Sie, Tatsache ist» – ich seufzte schwer und schüttelte den Kopf – «Tatsache ist, daß ich aus dem einen oder anderen Grund nicht in der Lage gewesen bin, die Dinge auf die ursprünglich beabsichtigte Art und Weise zu erledigen, und, tja, da wären wir nun, die Zeit vergeht und... Na ja, zunächst einmal muß ich, wie Sie ja wissen, heute abend vor den Leuten hier eine Rede halten, und um Ihnen gegenüber ganz ehrlich zu sein, Miss Collins...» Beinahe wäre ich ganz stekkengeblieben, aber dann sah ich, daß sie mich mit freundlichem Blick anschaute, und ich riß mich zusammen und fuhr fort. «Um ganz ehrlich zu sein, da gibt es eine Reihe von Problemen, hiesigen Problemen, zu denen ich Sie um Ihren Rat bitten wollte, bevor... bevor ich die endgültige Fassung» – ich schwieg und versuchte, meine schwankende Stimme unter Kontrolle zu bekommen – «bevor ich die endgültige Fassung meiner Rede zu Papier bringe. Schließlich verlassen sich all diese Leute so sehr auf mich...»

«Mr. Ryder, Mr. Ryder» – Miss Collins hatte mir die Hand auf die Schulter gelegt – «bitte beruhigen Sie sich. Und kommen Sie doch bitte herein. So ist es gut, kommen Sie nur herein. Und jetzt hören Sie bitte auf, sich Sorgen zu machen. Es ist vollkommen verständlich, daß Sie in dieser Phase etwas aufgeregt sind, das ist völlig normal. Tatsächlich ist es sogar höchst lobenswert, daß Sie sich solche Gedanken machen. Über all diese Angelegenheiten, diese hiesigen Probleme, können wir gleich reden, immer mit der Ruhe, das tun wir sofort. Aber lassen Sie mich jetzt nur soviel sagen, Mr. Ryder. Ich glaube, Sie machen sich unnötig Sorgen. Es stimmt schon, auf Ihren Schultern ruht heute abend eine große Verantwortung, aber in einer ähnlichen Situation sind Sie doch schon viele, viele Male zuvor gewesen, und nach allem, was man so hört, haben Sie sich doch jedesmal höchst achtbar geschlagen. Warum sollte es diesmal denn anders sein?»

«Aber Miss Collins, was ich Ihnen damit sagen will, ist», sagte ich, indem ich sie unterbrach, «daß es diesmal wirklich vollkommen anders ist. Diesmal habe ich mich um *all diese Dinge* nicht so...» Ich seufzte wieder schwer. «Tatsache ist, ich hatte keine Gelegenheit, mich auf die übliche Weise vorzubereiten.»

«Darüber reden wir gleich. Aber ich bin sicher, Mr. Ryder, daß Sie einfach nur das rechte Augenmaß verloren haben. Worum könnten Sie sich denn schon solche Sorgen machen? Sie verfügen über ein unvergleichliches Wissen, Sie sind ein Mann mit international anerkanntem Talent, also mal ehrlich, was hätten Sie schon zu befürchten? Die Wahrheit ist doch» – wieder senkte sie die Stimme –, «daß die Leute in einer Stadt wie dieser wirklich für *alles* dankbar sein würden, was von Ihnen kommt. Erzählen Sie ihnen einfach etwas über Ihre allgemeinen Eindrücke, sie werden sich schon nicht beklagen. Sie brauchen sich wirklich vor nichts zu fürchten.»

Ich nickte und sah ein, daß sie da wirklich ein gutes Argument vorgebracht hatte, und fast sofort spürte ich, wie eine Anspannung von mir genommen wurde.

«Aber darüber werden wir gleich in aller Ausführlichkeit reden.» Miss Collins, die ihre Hand immer noch auf meiner Schulter hatte, führte mich in den Salon, der nach vorn herausging. «Es wird bestimmt nicht mehr lange dauern. Bitte setzen Sie sich doch und machen Sie es sich bequem.»

Ich betrat ein sonnendurchflutetes rechteckiges Zimmerchen voller Blumen. Die Ansammlung von nicht zusammenpassenden Stühlen ließ, wie auch die Zeitschriften auf dem Couchtisch, auf das Wartezimmer eines Arztes schließen. Beim Anblick von Miss Collins erhob sich der stämmige Mann sofort, sei es aus Höflichkeit, sei es, weil er hoffte, sie würde ihn jetzt in den Salon bitten. Ich rechnete damit, vorgestellt zu werden, doch die herrschenden Umgangsformen waren tatsächlich die eines Wartezimmers, denn Miss Collins schenkte dem Mann lediglich ein Lächeln, bevor sie durch eine zweite Tür verschwand und dabei eine offensichtlich an uns beide gerichtete Entschuldigung murmelte: «Es wird bestimmt nicht lange dauern.»

Der stämmige Mann setzte sich wieder und starrte auf den Boden. Einen Moment lang glaubte ich, er wolle etwas sagen, doch als er weiterhin schwieg, drehte ich um und setzte mich auf ein Korbsofa, das den sonnendurchfluteten Erker einnahm, durch dessen Fenster ich vorhin hineingeschaut hatte. Das Korbgeflecht knackte beruhigend, als ich mich zurechtsetzte. Ein breiter Streifen Sonnenlicht fiel mir über den Schoß, und nahe bei meinem Gesicht befand sich eine große Vase mit Tulpen. Sofort fühlte ich mich sehr behaglich, und im Gegensatz zu dem Zeitpunkt vor ein paar Minuten, als ich an der Haustür geklingelt hatte, dachte ich jetzt auch ganz anders über das, was noch vor mir lag. Natürlich hatte Miss Collins völlig recht. Eine Stadt wie diese wäre dankbar für praktisch alles, was ich zu bieten hätte. Es war kaum denkbar, daß diese Leute meine Argumente allzu intensiv prüfen oder aber allzu anspruchsvoll sein würden. Und wie Miss Collins ja auch schon so richtig bemerkt hatte, war ich bereits unzählige Male in solchen Situationen gewesen. Auch wenn ich nicht so gut vorbereitet war, wie ich das gern gehabt hätte, würde ich höchstwahrscheinlich immer noch eine Rede von beträchtlicher Überzeugungskraft halten können. Während ich weiter so im Sonnenlicht dasaß, stellte ich fest, daß ich immer ruhiger wurde und mich auch mehr und mehr darüber wunderte, daß ich mich in einen solchen Zustand der Nervosität hineinmanövriert hatte.

«Also, ich frage mich gerade», sagte da plötzlich der stämmige Mann zu mir, «ob du immer noch Kontakt zu der alten Clique hast. Zu Tom Edwards vielleicht? Oder zu Chris Farleigh? Oder zu den beiden Mädchen, die im Flooded Farmhouse gewohnt haben?»

Da sah ich, daß der stämmige Mann Jonathan Parkhurst war, den ich während meiner Studentenzeit in England recht gut gekannt hatte.

«Nein», antwortete ich, «leider ist der Kontakt zu den Leuten von damals abgerissen. Wenn man wie ich ständig im Ausland unterwegs ist, dann ist es einfach unmöglich, in Verbindung zu bleiben.»

Er nickte, lächelte aber nicht. «Ja, ich kann mir denken, daß das ganz schön schwierig ist», sagte er. «Na ja, jedenfalls erinnern sie sich noch alle an dich. Ja, wirklich. Als ich letztes Jahr in England war, habe ich ein paar von ihnen getroffen. Offensichtlich treffen sie sich einmal im Jahr oder so. Manchmal beneide ich sie richtig, aber meistens bin ich doch froh, daß ich nicht in so einer Umgebung steckengeblieben bin. Deshalb lebe ich ja so gerne hier, weil ich hier sein kann, wer ich sein will, die Leute erwarten hier nicht von mir, daß ich die ganze Zeit den Clown spiele. Aber weißt du, als ich zurückgefahren bin, als ich die anderen in diesem Pub getroffen habe, da haben sie sofort alle wieder damit angefangen. ‹He, da ist ja der alte Parkers!› haben sie alle gerufen. So nennen sie mich immer noch, als wäre seit damals überhaupt keine Zeit vergangen. ‹Parkers! Da ist ja der alte Parkers!› Und dann haben sie doch tatsächlich wieder mit diesem gellenden Eselsgeschrei angefangen, um mich zu begrüßen, als ich hereinkam, du meine Güte, ich kann dir gar nicht sagen, wie entsetzlich das war. Und ich spürte, daß ich mich wieder in den erbärmlichen kleinen Clown verwandelte, von dem ich hatte wegkommen wollen, als ich hierhergezogen bin, ja, in dem Moment haben sie tatsächlich mit diesem Eselsgeschrei angefangen. Das war wirklich ein nettes Pub, da kann man nichts sagen, ein typisches altes englisches Pub auf dem Land, mit richtigem Kaminfeuer, mit all diesen kleinen Messingsachen überall an den Wänden, mit einem jovialen Wirt, der witzige Sachen sagte, das erinnerte einen alles an die gute alte Zeit, jetzt, wo ich hier lebe, vermisse ich das alles wirklich. Aber sonst, mein Gott, ich fange schon an zu zittern, wenn ich nur daran denke. Sie haben dieses Eselsgeschrei angefangen und doch tatsächlich von mir erwartet, daß ich an den Tisch gehüpft komme und ihnen den Clown mache. Und den ganzen Abend über haben sie einen Namen nach dem anderen erwähnt, es war nicht einmal so, daß sie über die Leute gesprochen hätten, sie haben einfach nur mit ihrem Geschrei weitergemacht oder sonstwie sofort gelacht, wenn sie noch einen Namen erwähnt hatten. Weißt du, sie haben zum Beispiel Samantha gesagt, und schon haben sie alle gelacht und gejubelt und gebrüllt. Dann haben sie einen anderen Namen herausgeschrien, Roger Peacock etwa, und sind dann alle auf so eine Art Fußballsingsang verfallen. Es war wirklich entsetzlich. Aber am schlimmsten war, sie haben alle von mir erwartet, daß ich wieder der Clown bin, und ich konnte einfach nichts dagegen machen. Es war, als wäre es völlig undenkbar, daß ich ein anderer hätte werden können, also habe ich wieder damit angefangen, die komischen Stimmen, die Gesichter, o ja, ich merkte, daß ich das alles noch ganz gut konnte. Ich nehme an, sie hatten keine Veranlassung zu glauben, daß ich hier unten nicht genauso weitergemacht hatte. Genau das hat dann doch tatsächlich einer von ihnen gesagt. Ich glaube, es war Tom Edwards, irgendwann im Lauf des Abends, sie waren schon alle sehr betrunken, hat er mir kräftig auf den Rücken geschlagen und gesagt: ‹Parkers! Die müssen dich da unten wirklich lieben! Parkers!› Ich glaube, daß war gerade, nachdem ich so eine kleine Vorstellung für sie gegeben hatte, vielleicht hatte ich ihnen gerade etwas über mein Leben hier erzählt und das Ganze mit meinen Clownerien ein bißchen ausgeschmückt, wer weiß, jedenfalls hat er dann das gesagt, und die anderen haben gelacht und immer mehr gelacht. Ja wirklich, ich war ein voller Erfolg. Immer wieder haben sie mir gesagt, wie sehr sie mich vermissen würden, ich wäre solch ein Spaßvogel, ach, das ist schon so lange her, daß jemand so etwas zu mir gesagt hat, daß ich so herzlich aufgenommen worden bin, es war so warmherzig und nett. Aber trotzdem, wieso habe ich das wieder gemacht? Ich hatte mir geschworen, nie wieder so zu sein, deshalb bin ich ja hierhergekommen. Schon als ich zu dem Pub gegangen bin, habe ich mir den ganzen Weg die Straße runter gesagt, es war übrigens sehr kühl an dem Abend, neblig und sehr kühl, den ganzen Weg die Straße runter habe ich mir gesagt, das ist jetzt alles Jahre her, ich bin jetzt nicht mehr so, ich werde ihnen zeigen, wie ich jetzt bin, und das habe ich mir wieder und immer wieder gesagt und habe so versucht, mir Mut zu machen, aber kaum bin ich hineingegangen und habe das warme Feuer gesehen, da haben sie mich auch schon mit diesem Eselsgeschrei begrüßt, ach, es ist so einsam hier. Schön, hier muß ich keine Fratzen schneiden und komische Stimmen nachmachen, aber das hat wenigstens funktioniert. Es mag unerträglich gewesen sein, aber es hat funktioniert, sie haben mich alle geliebt, meine alten Kumpel von der Universität, die armen Idioten, die müssen gedacht haben, daß ich immer noch so bin. Die würden nie drauf kommen, daß meine Nachbarn hier glauben, ich wäre dieser ernste, ziemlich langweilige Engländer. Höflich, denken sie, aber sehr langweilig. Sehr einsam und sehr langweilig. Na, das ist immer noch besser, als wieder Parkers zu sein. Dieses Eselsgeschrei, ach je, wie erbärmlich, eine Gruppe von Männern mittleren Alters, die solch ein Geschrei machen, und ich, ich ziehe Fratzen und mache diese albernen Stimmen nach, meine Güte, das war wirklich ekelerregend. Aber ich konnte nichts dagegen machen, es ist schon so lange hergewesen, daß ich so unter Freunden gewesen bin. Und was ist mit dir, Ryder, sehnst du dich nicht manchmal auch nach den alten Zeiten? Trotz all deiner Erfolge? Ach ja, das wollte ich dir ja noch erzählen. Du denkst jetzt vielleicht nicht mehr viel an die anderen, aber glaube mir, sie denken ganz bestimmt noch viel an dich. Immer wenn sie eines von diesen kleinen Treffen haben, dann gibt es da, so scheint es, einen kleinen Teil des Abends, der ganz allein dir vorbehalten ist. O ja, ich habe das miterlebt. Sie gehen erst viele andere Namen durch, sie kommen nicht gern schon am Anfang zu dir, weißt du, sie laufen sich gern erst ein bißchen warm. Sie machen sogar kleine Pausen und tun dann alle so, als könnten sie sich an mehr Leute von damals nicht erinnern. Dann sagt schließlich einer: ‹Was ist mit Ryder? Hat einer in letzter Zeit was von dem gehört?› Dann platzen sie alle heraus und machen das widerlichste Geräusch, das man sich denken kann, so ein Mittelding zwischen Hohngelächter und Würgelaut. Das machen sie dann alle zusammen, immer wieder, ja wirklich, und das ist dann alles während der ersten Minute nach der Erwähnung deines Namens. Dann fangen sie alle an zu lachen, und dann fangen sie an, so zu tun, als würden sie Klavier spielen, du weißt schon, so» – Parkhurst nahm einen arroganten Gesichtsausdruck an und spielte in höchst affektierter Weise auf einer unsichtbaren Tastatur – «das machen sie alle, dann geben sie noch mehr Würgelaute von sich. Dann fangen sie mit den Geschichten an, lauter kleine Sachen über dich, an die sie sich noch erinnern, und es ist ganz offensichtlich, daß sie sich diese Geschichten schon viele Male erzählt haben, denn sie wissen alle ganz genau, sie wissen ganz genau, an welchen Stellen sie wieder diese Laute von sich geben sollen, an welchen Stellen sie sagen müssen: ‹Was? Das soll doch wohl ein Scherz sein!› und so weiter. Ach, sie haben wirklich ihren Spaß dabei. Als ich da war, hat sich gerade jemand an den Abend erinnert, an dem endlich die Prüfungen hinter uns lagen und als sie sich alle auf den Weg machten, um sich ordentlich zu besaufen, und da haben sie dich dann mit ganz ernstem Gesichtsausdruck die Straße heraufkommen sehen. Und sie haben zu dir gesagt: ‹Na komm schon, Ryder, komm und besauf dich mit uns, bis du nicht mehr geradeaus gucken kannst!› Und du mußt wohl geantwortet haben, und an dieser Stelle macht dann der, der die Geschichte gerade erzählt, so ein Gesicht, du mußt wohl gesagt haben» – noch einmal verwandelte sich Parkhurst in dieses überhebliche Wesen, und seine Stimme nahm einen unnatürlich hochtrabenden Ton an – «‹Ich habe viel zuviel zu tun. Ich kann es mir nicht leisten, heute abend wieder nicht zu üben. Ich habe schon zwei Tage mit dem Üben aussetzen müssen wegen dieser schrecklichen Prüfungen!› Dann haben sie alle zusammen wieder diese Würgelaute von sich gegeben und haben so getan, als würden sie in der Luft Klavier spielen, und danach fangen sie dann immer an ... Na, also, von diesen anderen Sachen werde ich dir nichts erzählen, sie sind wirklich widerlich, sie sind alle abscheulich und so unglücklich, die meisten jedenfalls, so enttäuscht und zornig.»

Während Parkhurst noch geredet hatte, war mir das Bruchstück einer Erinnerung an meine Studententage durch den Kopf gegangen, eine Erinnerung, die mich für den Augenblick ganz ruhig werden ließ, und zwar so ruhig, daß es mich eine Weile lang gar nicht kümmerte, was Parkhurst da erzählte. Ich dachte an einen Morgen ähnlich dem heutigen, als ich mich auch auf einem Sofa neben einem sonnigen Fenster ausgeruht hatte. Ich befand mich in meinem kleinen Zimmer in dem alten Bauernhaus, das ich mir mit vier weiteren Studenten teilte. Auf meinem Schoß lag die Partitur eines Konzerts, die ich während der vergangenen Stunde eher gleichgültig studiert hatte und die ich in dem Moment, so überlegte ich, zugunsten eines der Romane aus dem neunzehnten Jahrhundert weglegen wollte, die sich nahe bei meinen Füßen auf dem Parkettboden stapelten. Das Fenster stand offen und ließ so einen milden Lufthauch herein, und von draußen drangen die Stimmen mehrerer Studenten, die auf dem ungemähten Gras saßen und über Philosophie oder Lyrik oder sonst etwas diskutierten. In meinem kleinen Zimmer hatte es außer dem Sofa kaum etwas gegeben – nur eine Matratze auf dem Fußboden und in einer Ecke einen kleinen Schreibtisch und einen geraden Stuhl –, aber ich hatte es sehr gemocht. Oftmals war der Boden völlig übersät mit den Büchern und Zeitschriften, die ich an diesen langen Nachmittagen durchblätterte, und ich hatte mir angewöhnt, meine Tür offenstehen zu lassen, so daß alle, die zufällig vorbeikamen, immer hereinkommen und sich ein wenig mit mir unterhalten konnten. Ich schloß die Augen und war einen Moment lang überwältigt von einer starken Sehnsucht, wieder in diesem kleinen Bauernhaus zu sein, umgeben von weitläufigen Feldern und von Gefährten, die in dem hohen Gras faulenzten, und erst eine ganze Weile später drang zu mir durch, was Parkhurst da eigentlich erzählte. Erst da wurde mir bewußt, daß es ja teilweise diese Leute gewesen waren, deren Gesichter jetzt in der Erinnerung zu einem einzigen verschmolzen waren und die ich damals träge willkommen geheißen hatte, wenn sie in mein Zimmer geschaut hatten, und mit denen ich lässig ein oder zwei Stunden verbracht hatte, um über einen Romanautor oder einen spanischen Gitarristen zu diskutieren, ja, daß es dieselben Leute gewesen waren, von denen Parkhurst da gerade erzählte. Doch selbst jetzt – ein dermaßen sinnliches Vergnügen empfand ich, während ich mich so in dem sonnendurchfluteten Erker in dem Korbsofa von Miss Collins zurücklehnte – selbst jetzt verspürte ich nicht mehr als ein undeutliches und schwaches Mißbehagen bei Parkhursts Worten.

Er redete immer weiter, und ich beachtete ihn schon längst nicht mehr, als ich von einem Geräusch aufgeschreckt wurde, das jemand verursachte, der von draußen gegen die Fensterscheibe hinter mir klopfte. Parkhurst schien das nicht wahrnehmen zu wollen und redete einfach weiter, und auch ich versuchte, das Geräusch nicht zu beachten, so wie man einen Wecker ignoriert, wenn man aus wohligem Schlaf gerissen wird. Doch das Klopfen hielt an, und schließlich unterbrach Parkhurst seine Erzählung und sagte: «Ach du meine Güte, das ist ja dieser Brodsky.»

Ich öffnete die Augen und sah über die Schulter zurück. Tatsächlich gab sich Brodsky alle Mühe, in das Zimmer zu schauen. Die Helligkeit draußen, vielleicht aber auch eine Art Sehschwäche von Brodsky, schien es ihm schwer zu machen, hineinsehen zu können. Das Gesicht hatte er gegen die Scheibe gepreßt, und die Augen beschattete er mit beiden Händen, aber er schien uns immer noch nicht zu sehen, und ich dachte, er klopfe an die Scheibe in der Überzeugung, Miss Collins selbst befinde sich in dem Zimmer.

Schließlich stand Parkhurst auf und sagte: «Ich glaube, ich sehe besser mal nach, was er will.»

ZWEIUNDZWANZIG

Ich hörte, wie Parkhurst die Tür öffnete, und dann hörte ich draußen im Flur einen Streit. Schließlich kam Parkhurst zurück in das Zimmer, verdrehte die Augen und seufzte.

Hinter ihm kam Brodsky herein. Er sah größer aus als beim letztenmal, als ich ihn am anderen Ende eines Raumes voller Menschen gesehen hatte, und wieder fiel mir seine merkwürdige Haltung auf – er bewegte sich in leicht geneigtem Winkel, als würde er jeden Moment vornüberkippen –, doch ich sah auch, daß er vollkommen nüchtern war. Er trug eine scharlachrote Fliege und einen reichlich stutzerhaft wirkenden schwarzen Anzug, der brandneu zu sein schien. Die Ecken seines weißen Hemdes bogen sich nach außen – ob mit Absicht oder nach übertriebenem Stärken, konnte ich nicht sagen. Er hielt einen Blumenstrauß in der Hand, und seine Augen sahen müde und traurig aus. Brodsky blieb an der Türschwelle stehen und schaute zögernd um die Ecke, vielleicht in der Hoffnung, Miss Collins in dem Zimmer zu entdecken.

«Sie hat zu tun, das habe ich Ihnen doch erklärt», sagte Parkhurst. «Ich bin ein Vertrauter von Miss Collins, und ich kann Ihnen mit Bestimmtheit sagen, daß sie nicht den Wunsch hat, Sie zu sehen.» Parkhurst schaute zu mir und erwartete wohl, ich würde das bestätigen, doch ich beschloß, mich nicht hineinziehen zu lassen, und lächelte Brodsky nur vage zu. Erst da erkannte mich Brodsky.

«Mr. Ryder», sagte er und senkte feierlich den Kopf. Dann drehte er sich wieder zu Parkhurst um. «Wenn sie da drin ist, gehen Sie doch bitte und holen sie.» Er deutete auf seinen Blumenstrauß, als sei das schon Erklärung genug dafür, daß er sie so unbedingt sehen mußte. «Bitte.»

«Ich habe Ihnen doch gesagt, ich kann Ihnen nicht helfen. Sie will Sie nicht sehen. Und überhaupt, sie ist gerade mit einigen Leuten im Gespräch.»

«Na schön», murmelte Brodsky. «Na schön. Sie wollen mir nicht helfen. Na schön.»

Damit fing er an, sich auf die zweite Tür zuzubewegen, durch die Miss Collins vorher verschwunden war. Parkhurst verstellte ihm schnell den Weg, und einen Moment lang standen sich Brodskys hohe, schlaksige und Parkhursts kleine, stämmige Gestalt streitbar gegenüber. Parkhursts Methode, Brodsky aufzuhalten, bestand einfach darin, ihn mit beiden Händen vor die Brust zu stoßen. Brodsky hatte mittlerweile eine Hand auf Parkhursts Schulter gelegt und sah darüber hinweg auf die zweite Tür, als befände er sich in einer Menschenmenge und schaue höflich über die Person vor sich. Während der ganzen Zeit scharrte er beständig weiter mit dem Fuß und murmelte in gewissen Abständen immer wieder «bitte».

«Na gut!» rief Parkhurst schließlich. «Na gut, ich gehe hinein und spreche mit ihr. Ich weiß, was sie sagen wird, aber na gut, na gut!»

Sie gingen auseinander. Dann sagte Parkhurst, wobei er den Finger hob:

«Aber Sie warten hier! Das eine sage ich Ihnen, Sie warten hier!»

Parkhurst warf noch einen letzten Blick auf Brodsky, drehte sich dann um und ging durch die Tür, die er fest hinter sich schloß.

Zuerst stand Brodsky da und starrte auf die Tür, und ich dachte schon, er wolle Parkhurst folgen. Doch schließlich drehte er sich um und setzte sich.

Eine ganze Weile schien Brodsky in Gedanken etwas zu proben, wobei die Lippen ab und zu ein Wort formten, und es kam mir unpassend vor, ihn anzusprechen. Von Zeit zu Zeit warf er einen prüfenden Blick auf den Blumenstrauß, als hinge alles nur davon ab und als bedeute der kleinste Makel daran einen entscheidenden Rückschlag. Nachdem wir dann eine Weile schweigend dagesessen hatten, sah er mich schließlich an und sagte:

«Mr. Ryder. Es freut mich sehr, endlich Ihre Bekanntschaft zu machen.»

«Guten Tag, Mr. Brodsky», erwiderte ich. «Ich hoffe, es geht Ihnen gut.»

«Ach...» Er machte eine vage Geste mit der Hand. «Ich kann nicht gerade sagen, daß ich mich wohl fühle. Denn wissen Sie, da ist dieser Schmerz.»

«Ach? Ein Schmerz?» Als er nichts darauf sagte, fragte ich: «Sie meinen, ein seelischer Schmerz?»

«Nein, nein. Es ist eine Verwundung. Ich habe sie seit vielen Jahren, und ständig macht sie mir Kummer. Ein übler Schmerz. Vielleicht habe ich deshalb auch so viel getrunken. Wenn ich trinke, spüre ich den Schmerz nicht.»

Ich wartete darauf, daß er fortfahren würde, doch er schwieg. Nach einer Weile fragte ich:

«Sie sprechen von einem Herzensschmerz, Mr. Brodsky?»

«Herz? Mein Herz ist eigentlich ganz in Ordnung. Nein, nein, es hängt zusammen mit...» Plötzlich lachte er laut auf. «Ich verstehe, Mr. Ryder. Sie glauben, ich meine das poetisch. Nein, nein, ich wollte einfach sagen, daß ich eine Verwundung habe. Vor vielen Jahren wurde ich sehr schwer verwundet. In Rußland. Die Ärzte waren nicht besonders gut, sie haben schlechte Arbeit geleistet. Und die Schmerzen sind sehr schlimm. Es ist nie richtig verheilt. Ich habe das jetzt schon so lange, und immer noch tut es so weh.»

«Tut mir leid, das zu hören. Das muß sehr lästig sein.»

«Lästig?» Er dachte darüber nach und lachte dann wieder. «Das könnte man sagen, Mr. Ryder, mein lieber Freund. Lästig. Es ist höllisch lästig für mich.» Plötzlich schien er sich daran zu erinnern, daß er den Blumenstrauß in der Hand hielt. Er roch daran und atmete tief ein. «Aber wir wollen doch lieber von etwas anderem reden. Sie haben mich gefragt, wie es mir geht, und ich habe es Ihnen gesagt, aber ich wollte eigentlich nicht darüber reden. Ich versuche immer, tapfer zu sein, was diese Verwundung betrifft. Seit Jahren habe ich sie schon nicht mehr erwähnt, aber jetzt, da ich alt bin und nicht mehr trinke, sind die Schmerzen wirklich schlimm geworden. Die Wunde ist nie richtig verheilt.»

«Aber dagegen können Sie doch sicher etwas tun. Haben Sie einen Arzt aufgesucht? Vielleicht einen Spezialisten der einen oder anderen Fachrichtung?»

Brodsky schaute wieder auf seine Blumen hinunter und lächelte. «Ich will wieder mit ihr schlafen», sagte er beinahe zu sich selbst. «Bevor diese Verwundung schlimmer wird. Ich will wieder mit ihr schlafen.»

Es entstand ein verlegenes Schweigen. Dann sagte ich:

«Wenn Ihre Verwundung schon so alt ist, Mr. Brodsky, ist es doch höchst verwunderlich, daß sie noch schlimmer werden kann.»

«Diese alten Verwundungen.» Er zuckte mit den Schultern. «Jahrelang bleiben sie unverändert. Man denkt, man hat sie im Griff. Dann wird man alt, und sie rühren sich wieder. Aber im Moment ist es nicht so schlimm. Vielleicht kann ich ja doch mit ihr schlafen. Ich bin jetzt alt, aber manchmal...» Vertrauensvoll lehnte er sich vor. «Ich habe es versucht. Sie wissen schon, allein. Es funktioniert immer noch. Ich kann den Schmerz ignorieren. Als ich noch getrunken habe, da war mein Schwanz, Sie wissen schon, er war nichts, einfach nichts. Ich habe ihn nie zur Kenntnis genommen. Nur auf der Toilette. Das war alles. Aber jetzt funktioniert es, sogar mit den Schmerzen. Ich habe es versucht, vorgestern nacht. Ich kann nicht unbedingt bis zum Ende, Sie wissen schon, nicht alles. Mein Schwanz ist so alt, und all die Jahre war er eben nur, na ja, eben nur für die Toilette zu gebrauchen. Ach.» Er lehnte sich in seinem Stuhl zurück und schaute voller Wehmut über meine Schulter hinweg in das Sonnenlicht. «Ich möchte so gerne wieder mit ihr schlafen. Aber wohnen bleiben würden wir hier nicht. Hier ganz bestimmt nicht. Ich habe diese Wohnung nie leiden können. Ich bin oft hier vorbeigekommen, ja, ich gebe es zu, ich bin oft spätabends hier vorbeigekommen, wenn mich keiner sehen konnte. Sie hat nie davon erfahren, aber ich bin oft vorbeigekommen und habe da draußen gestanden und auf das Haus geschaut. Ich habe diese Straße, diese Wohnung nie gemocht. Hier würden wir nicht wohnen bleiben. Wissen Sie, ich bin heute zum erstenmal, tatsächlich zum erstenmal in dieser schrecklichen Wohnung. Wieso hat sie sich nur so eine Wohnung ausgesucht? So etwas gefällt ihr doch eigentlich gar nicht. Wir werden außerhalb wohnen. Wenn sie nicht mit zurück in das Bauernhaus kommen will, dann ist das auch in Ordnung. Wir finden schon etwas anderes, vielleicht ein anderes kleines Haus. Vielleicht etwas inmitten von Gras und Bäumen, wo sich auch unser Haustier wohl fühlt. Unserem Haustier wird es hier nicht gefallen.» Prüfend schaute er sich Wände und Decke an und bemühte sich wohl einen Moment lang, die Vorzüge der Wohnung abzuschätzen. Dann sagte er abschließend: «Nein, wie könnte es unserem Haustier hier gefallen? Wir werden woanders wohnen, umgeben von Gras, Bäumen, Feldern. Wissen Sie, wenn in einem Jahr, in sechs Monaten, die Schmerzen zu schlimm werden, wenn mein Schwanz es nicht mehr tut, wenn wir nicht mehr miteinander schlafen können, das ist mir dann auch egal. Solange ich wenigstens noch einmal mit ihr schlafen kann. Nein, einmal wäre nicht genug, wissen Sie, es muß wieder so werden wie früher. Sechsmal, das ist es, sechsmal, und dann werden wir uns wieder an alles erinnern, das ist alles, was ich will. Und danach – na schön dann, na schön. Wenn jemand, wenn ein Arzt, mein Gott, mir sagen würde, Sie können nur noch sechsmal mit ihr schlafen, und das ist es dann, Sie sind zu alt, Ihre Verwundung wird Ihnen zu große Schmerzen bereiten, danach ist dann Schluß, dann funktioniert es nur noch auf der Toilette, das würde mir dann nichts ausmachen. Dann sage ich, na schön, mir soll es recht sein. Solange ich sie nur wieder in die Arme nehmen kann, reichen sechsmal, dann wird es nämlich wieder so sein wie früher, wir werden wieder da sein, wo wir früher waren, und dann macht mir das nichts aus, danach macht mir das dann nichts mehr aus. Überhaupt werden wir dann ja unser Haustier haben. Wir müssen nicht mehr miteinander schlafen. Das ist nur etwas für junge Liebende, die sich noch nicht gut genug kennen, die sich nie gehaßt und dann wieder geliebt haben. Wissen Sie, ich kann es immer noch. Ich habe es versucht, ganz allein, vorgestern nacht. Nicht bis zum Ende, aber ich habe ihn hochgekriegt.»

Er schwieg und nickte mir mit ernstem Gesichtsausdruck zu.

«Tatsächlich», sagte ich lächelnd. «Das ist ja wunderbar.»

Brodsky lehnte sich in seinem Stuhl zurück und schaute wieder aus dem Fenster. Dann sagte er: «Es war anders, nicht mehr wie in jungen Jahren. Wenn man jung ist, denkt man an Huren, wissen Sie, Huren, die schmutzige Sachen, lauter so Zeug machen. So etwas ist mir jetzt ziemlich egal, es gibt nur noch eines, was mein Schwanz tun soll, ich will mit ihr schlafen genau wie früher, da weitermachen, wo wir damals aufgehört haben, das ist alles. Wenn er dann seine Ruhe will, ist es mir auch recht, mehr verlange ich ja gar nicht. Aber ich will es wieder machen, sechsmal, das reicht dann, so wie wir es früher gemacht haben. Als wir jung waren, sind wir kein so tolles Liebespaar gewesen. Wir haben es nicht überall getrieben, wie die jungen Leute das vielleicht heute tun, ich weiß ja nicht. Aber es herrschte, na ja, ein gutes Einvernehmen zwischen uns. Na ja, manchmal, es stimmt schon, als ich noch jung war, bin ich es manchmal leid gewesen, immer auf dieselbe Art. Aber so ist sie eben gewesen, sie war... sie wollte es nie anders, ich war deswegen oft ärgerlich auf sie, und sie wußte nicht, wieso. Aber jetzt will ich es genau auf diese alte Art, alles ganz genauso, in allen Einzelheiten, so wie wir es früher gemacht haben. Vorgestern nacht, als ich, Sie wissen schon, als ich es versucht habe, da habe ich an Huren gedacht, ich habe mir Huren vorgestellt, phantastische Huren, die phantastische Sachen gemacht haben, und nichts, nichts, rein gar nichts. Und na ja, da habe ich gedacht, das ist nur verständlich. Mein alter Schwanz hat nur noch eine letzte Aufgabe, warum ihn mit all diesen Huren verspotten, was hat das jetzt mit meinem alten Schwanz zu tun? Er hat jetzt nur noch eine letzte Aufgabe, und an die sollte ich jetzt denken. Also habe ich daran gedacht. Ich habe da im Dunkeln gelegen und mich erinnert, mich erinnert und immer weiter erinnert. Ich habe mich daran erinnert, wie wir es früher gemacht haben, an alle Einzelheiten. Und so werden wir es jetzt wieder machen. Natürlich sind unsere Körper jetzt alt, aber ich habe mir das alles überlegt. Wir werden es genauso machen wie früher. Und sie wird sich auch erinnern, sie wird es nicht vergessen haben, kein einziges Detail. Wenn wir erst einmal im Dunkeln sind, unter der Bettdecke, wir sind nie so kühn gewesen, wissen Sie, sie ist es gewesen, sie ist immer so verschämt gewesen, sie wollte es so. Damals hat mir das viel ausgemacht, ich wollte immer zu ihr sagen: ‹Wieso kannst du nicht so sein wie eine Hure? Und dich bei Licht zeigen?› Aber jetzt macht es mir nichts mehr aus, ich will es genauso machen, wie wir es früher gemacht haben, wir werden so tun, als wollten wir schlafengehen, und ganz ruhig sein, zehn, fünfzehn Minuten. Dann werde ich unvermittelt etwas sagen, etwas Kühnes und Schmutziges im Dunkeln. ‹Ich will, daß sie dich nackt sehen›, werde ich sagen. ‹Betrunkene Matrosen in einer Bar. Eine Hafenkneipe, betrunkene, widerliche Kerle, ich will, daß sie dich nackt auf dem Fußboden sehen.› Ja, Mr. Ryder, solche Sachen habe ich gesagt, ganz unvermittelt, nachdem wir dagelegen und so getan hatten, als wollten wir schlafen, ja, die Stille unvermittelt durchbrechen, das ist wichtig, ganz unvermittelt. Natürlich, sie war jung damals, sie war schön, jetzt hört sich das merkwürdig an, eine alte Frau nackt auf dem Fußboden in einer Kneipe, aber ich werde es trotzdem sagen, weil wir so immer angefangen haben. Sie wird nichts sagen, und deshalb werde ich noch mehr sagen. ‹Ich will, daß sie dich alle anstarren. Du auf allen vieren, auf dem Boden.› Aber können Sie sich das vorstellen? Eine schwache alte Frau, die so etwas macht? Was würden unsere betrunkenen Matrosen dazu sagen? Aber die sind vielleicht mit uns alt geworden, unsere Matrosen in der Hafenkneipe, vielleicht wird sie in deren Vorstellung noch genauso sein wie damals, und es wird ihnen nichts ausmachen. ‹Ja, sie werden dich anstarren! Sie alle!› Und dann berühre ich sie, nur außen an der Hüfte, das weiß ich noch, sie mochte es, wenn ich sie an den Hüften berührte, ich berühre sie genauso wie früher, dann komme ich ganz nah zu ihr und flüstere: ‹Ich lasse dich in einem Bordell arbeiten. Nacht für Nacht.› Können Sie sich das vorstellen? Aber ich sage es trotzdem, denn so ist es immer gewesen. Und ich werde die Bettdecke wegziehen und mich über sie beugen, ich bringe sie dazu, ihre Schenkel zu öffnen, vielleicht gibt es so ein Knacken, das Gelenk zwischen Hüfte und Schenkel gibt womöglich dieses Knacken von sich, es hat einmal jemand erzählt, daß sie sich die Hüfte verletzt hat, vielleicht kann sie ihre Schenkel jetzt nicht mehr so weit öffnen. Na ja, wir machen es eben, so gut es geht, denn das ist immer als nächstes gekommen. Dann beuge ich mich noch weiter hinunter, um sie zwischen den Beinen zu küssen, ich erwarte nicht, daß sie genauso riecht wie damals, nein, das habe ich mir alles überlegt, sie riecht womöglich schlecht, nach verdorbenem Fisch, ihr ganzer Körper riecht vielleicht schlecht, ich habe lange darüber nachgedacht. Und ich, und mein Körper, sehen Sie mich doch jetzt an, so einwandfrei ist das alles auch nicht mehr. Meine Haut zum Beispiel, da sind diese Schuppen, dauernd lösen sich diese Flocken, ich weiß nicht, was das ist. Als das letztes Jahr angefangen hat, war es nur die Kopfhaut. Wenn ich die Haare gekämmt habe, kamen diese riesigen Flocken herunter, wie Fischschuppen, man konnte hindurchgucken. Anfangs war es nur die Kopfhaut, aber jetzt ist es überall, an den Ellenbogen, den Knien, auf der Brust. Sie riechen auch nach Fisch, diese Flocken. Na ja, sie bilden sich ständig, ich werde das nicht aufhalten können, sie wird sich damit abfinden müssen, deswegen werde ich mich auch nicht über den Geruch zwischen ihren Beinen beschweren oder darüber, daß sie die Schenkel nicht mehr ohne Knakken auseinanderbekommt, ich werde nicht wütend werden, Sie werden nicht erleben, daß ich sie mit Gewalt öffne wie irgendeinen defekten Gegenstand, nein, nein. Wir werden es genauso machen wie früher. Und mein alter Schwanz, vielleicht nur halbsteif – wenn die Zeit kommt, wird sie nach unten fassen, und sie wird flüstern: ‹Ja, ich lasse sie! Ich lasse all die Matrosen mich anschauen! Ich reize sie, bis sie es nicht länger aushalten!› Können Sie sich das vorstellen? So wie sie jetzt ist? Aber das wird uns egal sein. Und überhaupt, wie ich ja schon sagte, vielleicht sind ja die Matrosen mit uns alt geworden. Sie wird nach unten fassen, nach meinem alten Schwanz, früher wäre er sehr steif gewesen, nichts in der Welt hätte ihn schlaff werden lassen, außer... na ja, aber jetzt wird er vielleicht nur halbsteif sein, besser habe ich es neulich nachts auch nicht hingekriegt, wer weiß, vielleicht wird er ja auch ganz stehen, und dann versuchen wir, ihn reinzustecken, aber sie ist dann vielleicht wie eine Muschel, aber versuchen werden wir es. Und genau im richtigen Moment, wir werden dann schon wissen, wann, selbst wenn sich da unten nichts tut, werden wir wissen, welches die letzten Schritte sind, denn zu dem Zeitpunkt werden wir uns so gut erinnert haben, daß nichts uns mehr aufhalten kann, selbst wenn sich da unten nichts tut, selbst wenn wir uns nur dicht aneinandergepreßt festhalten, das macht dann auch nichts, wir werden es trotzdem genau im richtigen Moment sagen. ‹Sie nehmen dich! Sie nehmen dich, du hast sie zu lange gereizt!› Und sie wird sagen: ‹Ja, sie sollen mich haben, all die Matrosen, sie sollen mich haben!› Und selbst wenn sich da unten nichts tut, können wir uns ja immer noch festhalten, wir halten uns fest und sagen, was wir früher gesagt haben, das ist dann auch egal. Vielleicht werden die Schmerzen für meinen alten Schwanz auch zu schlimm sein, wegen meiner Verwundung, wissen Sie, aber das macht nichts, sie wird sich daran erinnern, wie wir es getan haben. Nach all diesen Jahren, aber sie wird sich erinnern, an jedes Detail. Sie haben keine Verwundung, Mr. Ryder?»

Plötzlich sah er mich an.

«Eine Verwundung?»

«Ich habe diese alte Verwundung. Vielleicht ist das der Grund dafür, daß ich trinke. Sie verursacht mir solche Schmerzen.»

«Wie bedauerlich.» Dann fügte ich nach einer kleinen Weile hinzu: «Ich habe mir tatsächlich einmal bei einem Fußballspiel einen Zeh verletzt. Da war ich neunzehn. Es war aber nicht allzu schlimm.»

«Selbst in Polen, Mr. Ryder, als ich schon Dirigent war, habe ich zu keinem Zeitpunkt geglaubt, daß die Verwundung heilen würde. Wenn ich mein Orchester dirigierte, habe ich immer die Wunde berührt, sie gestreichelt. An manchen Tagen habe ich an ihren Rändern gezupft, sie sogar heftig mit den Fingern gekniffen. Man merkt schon recht früh, wenn eine Wunde nicht heilen will. Selbst als ich schon Dirigent war, wußte ich genau, daß das alles war, was die Musik vermochte: zu trösten. Es half eine Weile. Ich mochte das Gefühl, in die Wunde zu kneifen, das hat mich fasziniert. Eine gute Wunde ist dazu in der Lage, sie kann einen faszinieren. Jeden Tag sieht sie ein bißchen anders aus. Hat sie sich verändert? fragt man sich. Vielleicht heilt sie jetzt endlich. Du siehst sie dir im Spiegel an, sie sieht anders aus. Aber dann berührst du sie, und du weißt, es ist noch dieselbe, dein alter Freund. Das machst du Jahr um Jahr, und dann weißt du, sie wird nicht mehr heilen, und schließlich wird man es leid, und man wird müde. Man wird so müde.» Er schwieg und schaute wieder auf seinen Blumenstrauß hinunter. Dann sagte er wieder: «Man wird so müde. Sind Sie noch nicht müde, Mr. Ryder? Man wird so müde.»

«Vielleicht steht es ja in der Macht von Miss Collins, Ihre Wunde zu heilen», sagte ich vorsichtig.

«Miss Collins?» Er lachte plötzlich auf und schwieg dann

wieder. Nach einer Weile sagte er leise: «Sie wird wie die Musik sein. Ein Trost. Ein wundervoller Trost. Mehr verlange ich jetzt ja gar nicht. Ein Trost. Aber die Wunde heilen?» Er schüttelte den Kopf. «Wenn ich sie Ihnen jetzt zeigen würde, mein Freund, würden Sie sehen, daß das absolut unmöglich ist. Medizinisch unmöglich. Alles, was ich will, alles, was ich jetzt noch verlange, ist ein Trost. Selbst wenn es so kommt, wie ich sage, und er wird nur halbsteif, und es wird nicht mehr als ein kleines Tänzchen – sechsmal ist dann wirklich genug. Danach kann die Verwundung dann tun und lassen, was sie will. Dann werden wir ja auch schon unser Haustier haben, das Gras, die Felder. Wieso hat sie sich nur so eine Wohnung ausgesucht?»

Wieder schaute er sich um und schüttelte den Kopf. Diesmal schwieg er eine lange Zeit, vielleicht an die zwei oder drei Minuten. Ich wollte schon etwas sagen, als er sich plötzlich in seinem Stuhl vorbeugte.

«Ich hatte einen Hund, Mr. Ryder, Bruno, er ist gestorben. Ich habe... ich habe ihn noch nicht beerdigt. Er liegt in einem Karton, einer Art Sarg. Er war ein guter Freund. Bloß ein Hund, aber ein guter Freund. Ich habe eine kleine Zeremonie im Sinn gehabt, bloß um Abschied zu nehmen. Nichts Besonderes. Bruno ist jetzt Vergangenheit, aber eine kleine Zeremonie, bloß um Abschied zu nehmen, was ist denn schon dabei? Ich wollte Sie um etwas bitten, Mr. Ryder. Einen kleinen Gefallen, für mich und für Bruno.»

Plötzlich ging die Tür auf, und Miss Collins trat ins Zimmer. Als Brodsky und ich aufstanden, kam Parkhurst hinter ihr herein und schloß die Tür.

«Es tut mir sehr leid, Miss Collins», sagte er und warf Brodsky einen ärgerlichen Blick zu. «Er wollte sich einfach nicht sagen lassen, daß Sie nicht gestört werden dürfen.»

Brodsky stand verlegen mitten im Zimmer. Als Miss Collins näher kam, verbeugte er sich, und ich bekam eine Ahnung davon, wie galant er einst gewesen sein mußte. Er hielt ihr den

Blumenstrauß hin und sagte: «Nur ein kleines Präsent. Ich habe sie selbst gepflückt.»

Miss Collins nahm mechanisch die Blumen entgegen. «Ich hätte mir ja denken können, daß Sie so hierherkommen würden, Mr. Brodsky», sagte sie. «Ich bin gestern in den Zoo gekommen, und jetzt glauben Sie, daß Sie sich alle nur möglichen Freiheiten herausnehmen dürfen.»

Brodsky senkte den Blick. «Aber wir haben so wenig Zeit», entgegnete er. «Wir können es uns nicht leisten, jetzt Zeit zu verschwenden.»

«Was meinen Sie damit, Mr. Brodsky? Es ist ziemlich lächerlich, daß Sie einfach so hier auftauchen. Sie müssen doch wissen, daß ich vormittags immer sehr beschäftigt bin.»

«Bitte.» Er hob defensiv die Hand. «Bitte. Wir sind jetzt alt. Wir müssen uns nicht mehr so streiten wie früher. Ich bin nur vorbeigekommen, um dir die Blumen zu bringen. Und um einen einfachen Vorschlag zu machen. Das ist alles.»

«Einen Vorschlag? Was denn für einen Vorschlag, Mr. Brodsky?»

«Einfach nur, daß du dich heute nachmittag mit mir auf dem Sankt-Peter-Friedhof triffst. Für eine halbe Stunde, nicht länger. Damit wir einmal unter uns sind und über einige Dinge reden können.»

«Aber da gibt es nichts zu reden. Es war eindeutig ein Fehler, daß ich gestern in den Zoo gekommen bin. Und haben Sie *Friedhof* gesagt? Ist das etwa der geeignete Treffpunkt für ein Rendezvous? Sind Sie vollkommen übergeschnappt? Ein Restaurant, ein Café, vielleicht irgendein Park oder ein See. Aber Sie schlagen einen Friedhof vor!»

«Tut mir leid.» Brodsky schien aufrichtig bestürzt. «Ich habe nicht nachgedacht. Ich hatte es vergessen. Das ist es, ich hatte vergessen, daß der Sankt-Peter-Friedhof ein Friedhof ist.»

«Seien Sie nicht albern.»

«Ich meine, ich bin so oft dort gewesen, wir haben es da

immer als so friedlich empfunden, Bruno und ich. Selbst wenn alles zum Schlimmsten stand, habe ich mich dort gar nicht so schlecht gefühlt, es war friedlich, es war wunderschön, uns hat es da immer gut gefallen. Deshalb habe ich gefragt. Wirklich, ich hatte es vergessen. Daß da all die Toten sind.»

«Und was sollen wir da Ihrer Meinung nach tun? Auf einer Grabplatte sitzen und alten Zeiten nachhängen? Sie sollten wirklich sorgfältiger über Ihre Vorschläge nachdenken, Mr. Brodsky.»

«Aber uns hat es da immer so gut gefallen, Bruno und mir. Ich dachte, dir würde es auch gefallen.»

«Ach, ich verstehe. Jetzt, wo Ihr Hund gestorben ist, wollen Sie, daß ich seine Stelle einnehme.»

«So habe ich das nicht gemeint.» Plötzlich verschwand die Schüchternheit aus Brodskys Augen, und ein Anflug von Ungeduld zeigte sich in seiner Miene. «So habe ich das überhaupt nicht gemeint, und das weißt du auch. Das ist wieder mal typisch. Ich habe viel Zeit darauf verwendet, mir etwas zu überlegen, habe versucht, etwas Schönes für uns zu planen, und du, du verschmähst es, du lachst darüber, du machst es lächerlich. Bei jedem anderen hättest du gesagt, was für eine zauberhafte Idee. Typisch. Es ist wie damals, als ich für uns Plätze in der ersten Reihe bei dem Kobyliansky-Konzert bekommen hatte...»

«Das ist jetzt über dreißig Jahre her. Wie kannst du immer noch über so etwas reden?»

«Aber es ist genau dasselbe, genau dasselbe. Ich denke mir etwas aus, etwas Schönes für uns, weil ich tief in meinem Innern weiß, daß du es magst, wenn etwas ein wenig ungewöhnlich ist. Und dann lachst du einfach nur darüber. Vielleicht liegt das daran, daß meine Einfälle, wie die Sache mit dem Friedhof, dich in Wirklichkeit, tief in deinem Innern, sehr ansprechen und du erkennst, daß ich deine Gefühle verstehe. Also tust du so, als...»

«Das ist doch Unsinn. Es gibt für uns doch absolut keine

Veranlassung, über solche Dinge zu reden. Dazu ist es viel zu spät, da gibt es nichts mehr zu reden, Mr. Brodsky. Ich kann mich deshalb nicht mit Ihnen auf einem Friedhof treffen, ob mich das jetzt anspricht oder nicht, weil ich nichts mit Ihnen zu bereden habe...»

«Ich wollte doch nur alles erklären. Wieso es passiert ist, alles erklären, weshalb ich so gewesen bin, wie ich war...»

«Dazu ist es wirklich viel zu spät, Mr. Brodsky. Mindestens zwanzig Jahre zu spät. Übrigens könnte ich es gar nicht ertragen zu hören, wie Sie wieder anfangen wollen, sich zu entschuldigen. Ich bin davon überzeugt, daß ich selbst heute keine Entschuldigung von Ihren Lippen hören könnte, ohne zu erschauern. Viele, viele Jahre lang bedeuteten Entschuldigungen von Ihnen nicht das Ende, sondern erst den Anfang. Den Anfang einer weiteren Folge von Schmerz und Demütigung. Ach, weshalb lassen Sie mich nicht endlich einfach in Ruhe? Es ist eben zu spät. Übrigens haben Sie sich angewöhnt, sich wirklich absurd zu kleiden, seit Sie trocken sind. Was ist das für eine Kleidung, die Sie da plötzlich tragen?»

Brodsky zögerte, dann sagte er: «Man hat mir geraten, so etwas zu tragen. Das haben mir die Leute geraten, die mir helfen wollen. Ich soll wieder Dirigent sein. Ich muß mich so kleiden, daß die Leute mich wieder als Dirigenten sehen.»

«Das hätte ich Ihnen beinahe schon gestern im Zoo gesagt. Dieser lächerliche graue Mantel! Wer hat Ihnen nur gesagt, daß Sie so etwas anziehen sollen? Herr Hoffman? Also wirklich, Sie sollten ein bißchen mehr Sinn für Ihre äußere Erscheinung an den Tag legen. Diese Leute staffieren Sie aus wie irgendeine Puppe, und Sie lassen das einfach zu. Und sehen Sie sich jetzt nur an! Dieser lächerliche Anzug. Glauben Sie etwa, darin sehen Sie aus wie ein Künstler?»

Brodsky sah an sich herunter, sein Blick verriet, wie verletzt er war. Dann schaute er hoch und sagte: «Du bist eine alte Frau. Du hast keine Ahnung von der heutigen Mode.»

«Es ist das Vorrecht der Alten, die Kleidung der Jungen zu

mißbilligen. Aber wie lächerlich, daß ausgerechnet *Sie* sich jetzt so kleiden. Wirklich, das ist völlig absurd, das ist doch einfach nicht Ihr Stil. Offen gesagt, ich glaube, die Stadt würde Sie lieber in dem sehen, was Sie noch vor ein paar Monaten getragen haben. Mit anderen Worten, in sehr eleganten Lumpen.»

«Mach dich nicht lustig über mich. So bin ich doch jetzt nicht mehr. Bald bin ich womöglich wieder Dirigent. Das ist jetzt mein Stil. Als ich mich angeschaut habe, dachte ich, jetzt sehe ich richtig aus. Du vergißt wohl, in Warschau habe ich auch solche Kleidung getragen. Und so eine Fliege. Das hast du wohl vergessen.»

Für einen Augenblick trat ein trauriger Ausdruck in die Augen von Miss Collins. Dann sagte sie:

«Natürlich habe ich das vergessen. Wieso sollte ich mich an so etwas erinnern? In den Jahren seit damals hat es viele weitaus lebendigere Dinge gegeben, an die ich mich lieber erinnern möchte.»

«Dein Kleid», sagte er plötzlich. «Das ist sehr schön. Sehr elegant. Aber deine Schuhe sind wie immer eine Katastrophe. Du hast nie einsehen wollen, daß du zwar dünn bist, aber überaus dicke Knöchel hast. Guck doch, sogar jetzt.» Er deutete auf die Füße von Miss Collins.

«Seien Sie nicht so kindisch. Glauben Sie etwa, es ist immer noch so wie in Warschau, als Sie mich schon mit so einer Bemerkung dazu bringen konnten, mich nur Minuten vor dem Ausgehen komplett umzuziehen! Wie sehr Sie doch noch in der Vergangenheit leben, Mr. Brodsky! Glauben Sie denn wirklich, daß es mich auch nur im mindesten interessiert, was Sie von meinen Schuhen halten? Und glauben Sie wirklich, daß ich nicht längst begriffen habe, daß das damals alles nur ein Trick gewesen ist, wenn Sie bis zum allerletzten Moment gewartet haben, um Ihre Kritik anzubringen? Natürlich, damals habe ich mich dann umgezogen und bin in Kleidern ausgegangen, die ich mir in fürchterlicher Eile übergeworfen hatte. Und erst wenn wir schon im Auto saßen oder vielleicht sogar schon im Konzertsaal waren, erst da ist mir dann eingefallen, daß die Farbe meines Lidschattens nicht zu dem Kleid paßte oder die Halskette entsetzlich zu den Schuhen aussah. Und damals war das alles für mich so wichtig. Die Frau des Dirigenten! Es war so wichtig für mich, und Sie wußten das. Ja glauben Sie denn, ich hätte mittlerweile nicht begriffen, was Sie damals getan haben? Wie Sie dann immer sagten: ‹Gut, gut, sehr hübsch›, bis wir nur noch ein paar Minuten hatten, bevor wir aus dem Haus mußten. Dann, ja, dann kam immer ungefähr so etwas. ‹Deine Schuhe sind eine Katastrophe!› Als wenn Sie eine Ahnung von diesen Dingen hätten! Was wissen Sie denn schon über die Mode von heute, Sie sind doch während der vergangenen zwanzig Jahre ständig betrunken gewesen.»

«Und trotzdem», sagte Brodsky jetzt mit herrischer Miene, «und trotzdem habe ich recht. Mit diesen Schuhen wirkt die untere Hälfte deines Körpers einfach grotesk. Ganz im Ernst.»

«Sehen Sie sich doch nur diesen lächerlichen Anzug an! Ein italienisches Modell, nehme ich an. Die Art Kreation, die ein junger Ballettänzer tragen würde. Und Sie glauben, das wird Ihnen in den Augen der Leute hier wieder zu Glaubwürdigkeit verhelfen?»

«Alberne Schuhe. Du siehst aus wie einer von diesen Spielzeugsoldaten, die auf diesen kleinen Sockeln stehen, damit sie nicht umfallen.»

«Es ist höchste Zeit, daß Sie gehen! Wie können Sie es wagen, so hierherzukommen und meinen Vormittag durcheinanderzubringen! Das Paar da drinnen ist ganz verwirrt, die beiden jungen Leute brauchen meinen Rat heute vormittag dringender denn je, und Sie bringen hier alles durcheinander. Das ist unsere letzte Unterhaltung. Es war ein Fehler, daß ich Sie gestern im Zoo getroffen habe.»

«Der Friedhof.» Plötzlich lag ein verzweifelter Klang in seiner Stimme. «Du mußt dich heute nachmittag mit mir treffen. Na schön, ich habe nicht nachgedacht, all die toten Leute, ich habe nicht nachgedacht. Aber ich habe das doch erklärt. Wir müssen unbedingt miteinander reden, noch vor... noch vor heute abend. Wie sonst könnte ich? Wie könnte ich es sonst schaffen? Siehst du denn nicht, wie wichtig dieser Abend für mich ist? Wir müssen reden, du mußt dich unbedingt mit mir treffen...»

«Also hören Sie mal.» Parkhurst trat vor und starrte Brodsky an. «Sie haben doch gehört, was Miss Collins gesagt hat. Sie hat Sie gebeten, ihre Wohnung zu verlassen. Sie sollen ihr aus den Augen gehen, aus ihrem Leben verschwinden. Sie ist zu höflich, das zu sagen, also sage ich es in ihrem Namen. Nach allem, was Sie sich geleistet haben, steht es Ihnen nicht zu, steht es Ihnen einfach nicht zu, solch eine Bitte vorzubringen. Wie können Sie dastehen und um ein Treffen bitten, als wären all diese Dinge nie vorgefallen? Jetzt werden Sie vielleicht vorgeben, zu betrunken gewesen zu sein, um sich zu erinnern. Na, dann werde ich Ihr Gedächtnis eben auffrischen. Vor nicht allzu langer Zeit haben Sie da draußen auf der Straße gestanden und gegen die Wand dieses Hauses uriniert und dabei genau vor diesem Fenster obszöne Sachen geschrien. Die Polizei hat Sie schließlich abgeführt, hat Sie weggezerrt, während Sie die größten Gemeinheiten über Miss Collins herausgeschrien haben. Das ist jetzt noch nicht einmal ein Jahr her. Wahrscheinlich rechnen Sie damit, daß Miss Collins das inzwischen vergessen hat. Aber glauben Sie mir, das war nur einer von vielen ähnlichen Zwischenfällen. Und was nun Ihre Äußerungen über Kleidungsfragen angeht – waren Sie es nicht, den man vor knapp drei Jahren bewußtlos im Volksgarten gefunden hat, in Kleidung, auf die Sie sich mehrfach übergeben hatten? Und waren Sie es nicht, den man dann in die Dreifaltigkeitskirche brachte, wo man feststellte, daß Ihr ganzer Körper von Läusen übersät war? Erwarten Sie ernsthaft, Miss Collins könne es interessieren, was so jemand über ihren Geschmack in Kleidungsfragen zu sagen hat? Sehen wir den Tatsachen doch ins Auge, Mr. Brodsky, wenn ein Mann erst einmal so tief gefallen ist wie Sie, dann ist seine Lage hoffnungslos. Niemals, nie im Leben werden Sie die Liebe einer Frau zurückgewinnen, das kann ich Ihnen mit einigem Nachdruck versichern. Nicht einmal ihren Respekt werden Sie sich zurückerobern. Ihr Mitleid vielleicht, aber mehr auch nicht. Dirigent! Denken Sie denn wirklich, diese Stadt wird in Ihnen je etwas anderes sehen als einen verabscheuungswürdigen, völlig heruntergekommenen Mann? Lassen Sie mich Ihr Gedächtnis weiter auffrischen, Mr. Brodsky, vor vier, vielleicht auch vor fünf Jahren haben Sie Miss Collins in der Nähe vom Bahnhofsplatz tätlich angegriffen, und wenn die zwei Studenten nicht gewesen wären, die gerade vorbeigingen, hätten Sie sie ganz bestimmt ernstlich verletzt. Und die ganze Zeit, während Sie versucht haben, nach ihr zu schlagen, haben Sie ständig gebrüllt und nur die gemeinsten...»

«Nein, nein, nein!» schrie Brodsky plötzlich, schüttelte den Kopf und hielt sich die Ohren zu.

«Sie haben die gemeinsten Obszönitäten herausgebrüllt. Sexueller und anderer Art. Es sind Stimmen laut geworden, die forderten, daß Sie dafür eingesperrt werden sollten. Dann war da natürlich noch der Vorfall bei dem Telefonhäuschen in der Tillgasse...»

«Nein, nein!»

Brodsky packte Parkhurst am Revers, was letzteren veranlaßte, ängstlich zurückzuweichen. Doch Brodsky ließ keinen weiteren Angriff folgen, sondern hielt einfach nur Parkhursts Revers umklammert, als wäre es eine Rettungsleine. Während der nächsten paar Sekunden versuchte Parkhurst, Brodskys Finger abzuschütteln. Als ihm das schließlich gelang, schien Brodsky völlig in sich zusammenzusinken. Der alte Mann schloß die Augen und seufzte, dann drehte er sich um und verließ den Raum, ohne noch ein einziges Wort zu sagen.

Zunächst standen wir drei still da und wußten nicht genau, was wir als nächstes sagen oder tun sollten. Dann hörten wir, wie

Brodsky die Vordertür zuschlug, was uns aus unserer Reglosigkeit riß, und sowohl Parkhurst als auch ich bewegten uns zum Fenster.

«Da geht er», sagte Parkhurst, die Stirn gegen die Scheibe gepreßt. «Machen Sie sich keine Sorgen, Miss Collins, der kommt bestimmt nicht wieder.»

Miss Collins schien nicht zugehört zu haben. Sie ging auf die Tür zu, dann drehte sie sich wieder um.

«Bitte entschuldigen Sie mich, ich muß... ich muß...» Wie im Traum ging sie zum Fenster und sah hinaus. «Bitte, ich muß... Sehen Sie, ich hoffe, Sie verstehen...»

Sie sprach keinen von uns direkt an. Dann schien sich ihre Verwirrung aufzuklären, und sie sagte: «Mr. Parkhurst, Sie hatten nicht das Recht, so mit Leo zu sprechen. Er hat während des vergangenen Jahres enormen Mut bewiesen.» Sie warf Parkhurst einen durchdringenden Blick zu, dann lief sie aus dem Zimmer. Einen Moment später hörten wir, wie die Tür erneut zugeschlagen wurde.

Ich stand immer noch am Fenster und sah die Gestalt von Miss Collins die Straße hinuntereilen. Sie hatte Brodsky entdeckt, der schon ein gutes Stück voraus war, und im nächsten Moment fiel sie in eine Art Trab, weil sie sich vielleicht die Demütigung ersparen wollte, ihn rufen zu müssen, damit er auf sie warten würde. Doch mit seinem merkwürdigen, vornübergeneigten Gang behielt Brodsky eine überraschend flotte Geschwindigkeit bei. Offensichtlich war er sehr erregt, und es schien ihm tatsächlich nicht in den Sinn gekommen zu sein, daß sie ihm folgen könne.

Miss Collins, deren Atem jetzt mühsamer ging, lief ihm an den Wohnblocks entlang hinterher, dann an den Geschäften am oberen Ende der Straße vorbei, ohne die Entfernung nennenswert verringern zu können. Brodsky lief immer weiter und bog dann um die Ecke, an der ich mich kurz vorher von Gustav getrennt hatte, und schließlich ging er an den italienischen Cafés auf der breiten Hauptstraße vorbei. Auf der Straße drängten sich noch mehr Passanten als zu dem Zeitpunkt, als ich mit Gustav dort entlanggegangen war, doch Brodsky schritt aus, ohne aufzuschauen, so daß er mehr als einmal beinahe mit Leuten zusammenstieß, die ihm entgegenkamen.

Als sich Brodsky dann dem Fußgängerüberweg näherte, sah Miss Collins offenbar ein, daß sie keine Chance hatte, ihn einzuholen. Sie blieb stehen und legte die Hände vor den Mund, schien sich dann aber in einem letzten Dilemma gefangen zu sehen, vielleicht überlegte sie, ob sie ihn nun «Leo» nennen sollte oder weiterhin «Mr. Brodsky». Zweifellos führte ihr eine Art Instinkt die Dringlichkeit der Situation vor Augen, in der sie sich inzwischen befanden, denn sie rief: «Leo! Leo! Leo! Warte bitte!»

Mit einem erstaunten Gesichtsausdruck drehte sich Brodsky um, während Miss Collins schnell auf ihn zukam. Sie hielt immer noch den Blumenstrauß in der Hand, und in seiner Verwirrung streckte Brodsky beide Hände aus, als biete er ihr an, sie von dem Strauß zu befreien. Doch Miss Collins gab die Blumen nicht her, und obwohl sie ganz außer Atem war, klang sie sehr ruhig, als sie sagte: «Bitte, Mr. Brodsky. Bitte warten Sie.»

Verlegen standen sie eine Weile da, und beide wurden sich plötzlich all der Passanten um sie herum bewußt, von denen viele angefangen hatten, zu ihnen herüberzuschauen, wobei einige ihre Neugier kaum verbargen. Dann deutete Miss Collins zurück in die Richtung ihrer Wohnung und sagte: «Um diese Jahreszeit ist der Sternberg-Park besonders schön. Wieso gehen wir nicht einfach hin und unterhalten uns dort?»

Sie gingen los, und immer mehr Leute schauten jetzt in ihre Richtung, Miss Collins ging Brodsky ein oder zwei Schritte voraus, und beide waren dankbar für diesen guten Grund, ihre Unterhaltung aufzuschieben, bis sie ihr Ziel errreicht hatten. Sie bogen erneut um die Ecke und gelangten wieder auf ihre Straße, und bald schon passierten sie wiederum die Wohnblocks. Nur etwa einen Block von ihrer Wohnung entfernt blieb Miss Collins vor einem kleinen, diskret ein Stück weit vom Bürgersteig versteckten Eisentor stehen.

Sie griff nach der Klinke, hielt jedoch einen Moment lang inne, ehe sie das Tor öffnete. Da wurde mir bewußt, daß das kleine Stück Weges, das sie gerade gemeinsam zurückgelegt hatten, die schlichte Tatsache, daß sie jetzt Seite an Seite vor dem Eingang zum Sternberg-Park standen, für sie eine Bedeutung haben mußte, die weit hinausging über alles, was Brodsky in diesem Augenblick vermuten mochte. Denn diesen Fußweg, vom Gedränge der Hauptstraße bis zu dem kleinen Eisentor, hatte sie in ihrer Phantasie im Laufe der Jahre schon unzählige Male mit ihm zurückgelegt – immer wieder seit jenem Sommernachmittag, als sie sich vor dem Juweliergeschäft auf der Hauptstraße zufällig begegnet waren. Und in all den Jahren hatte sie den Blick vorgetäuschter Gleichgültigkeit nicht vergessen, mit dem er sich an jenem Tag von ihr abgewendet hatte, als sei er in den Anblick eines Gegenstandes in der Auslage des Geschäftes vertieft.

Zu dem Zeitpunkt – es war etwa ein Jahr, bevor er mit dem Trinken und mit den Beschimpfungen anfing – war diese gespielte Gleichgültigkeit typisch für jedweden Kontakt zwischen ihnen gewesen. Und obwohl sie bis zu diesem Nachmittag bereits mehrmals beschlossen hatte, eine Art Versöhnung herbeizuführen, hatte auch sie weggeschaut und war weitergegangen. Erst nachdem sie die Hauptstraße etwas weiter entlanggegangen war, vorbei an den italienischen Cafés, hatte sie ihrer Neugier nachgegeben und sich umgesehen. Da hatte sie gemerkt, daß er ihr gefolgt war. Wieder hatte er in ein Schaufenster gestarrt, aber immerhin war er dagewesen, nur ein kleines Stück von ihr entfernt.

Sie war langsamer gegangen, denn sie hatte angenommen, er würde sie früher oder später einholen. Als sie ihre Ecke erreicht und er immer noch nicht zu ihr aufgeschlossen hatte, hatte sie sich noch einmal umgeschaut. An jenem Tag hatten sich, genau wie jetzt auch, zahlreiche Fußgänger auf dem Bürgersteig gedrängt, doch ihr war die Genugtuung zuteil geworden, deutlich zu beobachten, wie er mitten im Gehen stehengeblieben war und zu dem Blumenstand geschaut hatte, an dem er gerade vorbeigekommen war. Ein Lächeln hatte ihre Lippen umspielt, und als sie um ihre Ecke gebogen war, hatte ihre eigene Heiterkeit sie angenehm überrascht. Inzwischen schlenderte sie nur noch langsam vor sich hin, und auch sie hatte angefangen, sich die Auslagen von Geschäften anzusehen. Sie hatte in die Konditorei, den Spielzeugladen, das Textilgeschäft geschaut – damals hatte es die Buchhandlung noch nicht gegeben –, und die ganze Zeit hatte sie versucht, in Gedanken ihren ersten Satz zu formulieren, den sie an ihn richten wollte, wenn er sie endlich eingeholt hätte. «Ach Leo, was sind wir doch für Kindsköpfe», hatte sie in Erwägung gezogen. Doch das war ihr viel zu vernünftig vorgekommen, und sie hatte überlegt, ob sie nicht etwas ironischer sein sollte: «Ich stelle fest, wir scheinen denselben Weg zu haben», oder etwas in der Art. Doch dann hatte sie seine Gestalt um die Ecke biegen sehen, und sie hatte bemerkt, daß er einen Blumenstrauß in hellen Farben in der Hand hielt. Sie hatte sich schnell weggedreht und war wieder weitergegangen, diesmal in normaler Geschwindigkeit. Während sie sich dann ihrer Wohnung genähert hatte, war sie zum erstenmal an jenem Tag richtiggehend wütend auf ihn geworden. Ihren Nachmittag hatte sie so sorgfältig geplant. Wieso hatte er sich ausgerechnet diesen Augenblick ausgesucht, um ein Gespräch mit ihr anzubahnen? Als sie vor ihrer Tür angekommen war, hatte sie sich ein weiteres Mal verstohlen umgesehen, nur um festzustellen, daß er immer noch an die zwanzig Meter weit weg war.

Sie hatte die Tür hinter sich geschlossen, und dem Drang widerstehend, aus dem Fenster zu schauen, war sie schnell in ihr Schlafzimmer an der Rückseite des Gebäudes gegangen. Dort hatte sie im Spiegel ihr Aussehen überprüft und ihre Gefühle unter Kontrolle gebracht. Als sie dann aus dem Schlafzimmer in den Flur getreten war, war sie wie angewurzelt stehengeblieben. Die Tür ganz hinten hatte weit offen gestanden, und sie hatte bis ans andere Ende der Wohnung sehen können, durch den sonnendurchfluteten Salon nach vorn heraus und durch die Erkerfenster, bis auf die Straße draußen, wo er mit dem Rükken zum Haus immer noch zu sehen war und auf und ab schlenderte, als wäre er genau an dieser Stelle mit jemandem verabredet. Einen Moment lang hatte sie sich nicht gerührt, sie hatte plötzlich Angst gehabt, er könne sich umdrehen, durch die Fensterscheibe hereinschauen und sie sehen. Dann war seine Gestalt aus ihrem Blickfeld verschwunden, und sie hatte auf die Fassaden der Häuser gegenüber gestarrt und intensiv auf das Klingeln an der Tür gehorcht.

Als er nach einer Minute immer noch nicht geklingelt hatte, war ganz plötzlich diese Wut auf ihn wieder hochgekommen. Ihr war klargeworden, daß er darauf wartete, sie möge herauskommen und ihn ins Haus bitten. Wieder hatte sie sich beruhigt und die Situation sorgfältig durchdacht und hatte beschlossen, nichts zu unternehmen, bis er geklingelt hätte.

Während der nächsten Minuten hatte sie immer weiter gewartet. Einmal war sie ohne besonderen Grund erneut in ihr Schlafzimmer gegangen und dann gleich wieder auf den Flur hinausgetreten. Als es ihr dann schließlich in den Sinn gekommen war, er könne gegangen sein, hatte sie sich langsam Richtung Wohnungstür bewegt.

Miss Collins hatte die Tür geöffnet, nach rechts und nach links geschaut und war überrascht gewesen, nirgendwo eine Spur von ihm entdecken zu können. Sie hatte damit gerechnet, ihn ein paar Häuser weiter weg auf der Lauer liegen zu sehen – zumindest aber hatte sie erwartet, die Blumen auf der Türschwelle zu finden. Trotz allem hatte sie in dem Augenblick kein Bedauern empfunden. Da war ganz gewiß eine Art Erleichterung gewesen und ein nicht unangenehmes Gefühl der Aufregung darüber, daß der Prozeß der Wiederannäherung endlich in die Wege geleitet war, aber Bedauern hatte sie keineswegs empfunden. Im vorderen Salon sitzend hatte sie im

Gegenteil einen Anflug von Triumph verspürt, weil sie standgehalten hatte. Solch kleine Siege, so hatte sie sich gesagt, seien äußerst wichtig und würden ihnen dabei helfen, die Irrtümer der Vergangenheit zu vermeiden.

Erst Monate später hatte sie erkannt, daß sie an jenem Tag einen Fehler gemacht hatte. Und selbst dann war dieser Gedanke nur sehr verschwommen gewesen, und sie war ihm nicht weiter nachgegangen. Doch als dann die Monate vergingen, hatte jener Sommernachmittag allmählich immer größeren Raum in ihren Gedanken eingenommen. Sie war zu dem Schluß gekommen, daß es ihr großer Fehler gewesen war, die Wohnung zu betreten. Damit hatte sie etwas zuviel von ihm verlangt. Nachdem sie ihn so weit geführt hatte, um die Ecke herum und an den Geschäften vorbei, hätte sie bei dem kleinen Eisentor stehenbleiben und dann, wenn sie sich vergewissert hätte, daß er sie gut sehen konnte, in den Sternberg-Park gehen sollen. Dann wäre er ihr zweifellos gefolgt. Und selbst wenn sie eine Weile schweigend an den Sträuchern vorübergegangen wären, hätten sie doch früher oder später ein Gespräch angefangen. Und früher oder später hätte er ihr auch die Blumen überreicht. Während der etwa zwanzig Jahre, die seitdem vergangen waren, hatte Miss Collins nur selten auf jenes Eisentor schauen können, ohne irgendwo tief innen einen kleinen Ruck zu verspüren. Und das war dann auch der Grund dafür, daß sie Brodsky an diesem Vormittag auf geradezu zeremonielle Weise in den Park führte.

Trotz der großen Bedeutung, die der Sternberg-Park in Miss Collins' Phantasie inzwischen angenommen hatte, war es kein sehr reizvoller Ort. Im wesentlichen handelte es sich um einen betonierten Platz, der nicht größer war als der Parkplatz eines Supermarktes, und er schien in erster Linie der Pflanzen wegen geschaffen worden zu sein und nicht so sehr, um den Leuten in der Nachbarschaft Schönheit oder Annehmlichkeit zu bieten. Es gab weder Gras noch Bäume, lediglich mehrere Reihen mit Blumenbeeten, und um diese Tageszeit war der Platz eine einzige Sonnenfalle ohne das geringste Fleckchen Schatten. Doch Miss Collins schlug vor Entzücken die Hände zusammen, als sie die Blumen und Farne sah. Brodsky, der das Eisentor sorgfältig hinter sich schloß, schaute ohne große Begeisterung auf den Park, schien aber doch zufrieden angesichts der Tatsache, daß sie hier, abgesehen von den Fenstern der Wohnhäuser, die auf den Park gingen, völlig ungestört waren.

«Manchmal führe ich die Leute, die mich besuchen, hierher», sagte Miss Collins. «Es ist einfach faszinierend hier. Man sieht Pflanzenarten, die man sonst nirgendwo in Europa findet.»

Gemächlich schlenderte sie weiter und schaute sich voller Bewunderung um, während Brodsky in respektvollem Abstand ein paar Schritte hinterherging. Die Verlegenheit, die sie nur ein paar Minuten vorher noch in der Gegenwart des anderen zur Schau getragen hatten, war jetzt völlig verschwunden, so daß jemand, der sie flüchtig vom Tor aus gesehen hätte, sie gut und gern für ein älteres, seit langem zusammenlebendes Paar hätte halten können, das wie gewohnt gemeinsam im hellen Sonnenschein spazierenging.

«Aber natürlich», sagte Miss Collins und blieb bei einem Strauch stehen, «Sie haben Parks wie diese ja nie gemocht, nicht wahr, Mr. Brodsky? Sie verabscheuen jedwede Nutzbarmachung der Natur.»

«Willst du nicht wieder du zu mir sagen?»

«Na schön, Leo. Nein, du magst es wilder. Aber siehst du, nur durch sorgfältige Kontrolle und Planung können einige Pflanzenarten überhaupt überleben.»

Ernst betrachtete Brodsky das Blatt, das Miss Collins berührte. Dann sagte er: «Weißt du noch? Sonntags vormittags, wenn wir zusammen im Praga unseren Kaffee getrunken hatten, sind wir doch immer in diese Buchhandlung gegangen. Weißt du noch? All diese alten Bücher, und alles so vollgepackt und verstaubt, wohin man sich auch drehte. Weißt du noch? Du bist immer so ungeduldig geworden. Aber wir sind trotzdem hingegangen, immer am Sonntagvormittag, wenn wir im Praga unseren Kaffee getrunken hatten.»

Miss Collins schwieg einen Augenblick. Dann lachte sie fröhlich und schlenderte weiter. «Der Kaulquappen-Mensch», sagte sie.

Brodsky lächelte. «Der Kaulquappen-Mensch», wiederholte er und nickte. «Ja, stimmt. Wenn wir jetzt zurückgingen, wäre er vielleicht immer noch da, hinter seinem Tisch. Der Kaulquappen-Mensch. Haben wir ihn je nach seinem Namen gefragt? Er ist immer so höflich zu uns gewesen. Obwohl wir nie etwas bei ihm gekauft haben.»

«Außer an dem Vormittag, als er uns so angeschrien hat.»

«Er hat uns angeschrien? Das weiß ich gar nicht mehr. Der Kaulquappen-Mensch ist doch immer so höflich gewesen. Und wir haben nie etwas bei ihm gekauft.»

«O doch. Einmal sind wir reingegangen, es hatte geregnet, und wir haben uns große Mühe gegeben, kein Wasser auf seine Bücher zu spritzen, wir haben im Eingang unsere Mäntel ausgeschüttelt, und trotzdem hatte er so schlechte Laune an dem Vormittag und hat uns angeschrien. Weißt du nicht mehr? Er hat irgend etwas geschrien, weil ich Engländerin bin. O doch, er war sehr grob, aber nur an dem Vormittag. Am nächsten Sonntag schien er sich nicht mehr daran erinnern zu können.»

«Merkwürdig», sagte Brodsky. «Ich kann mich gar nicht daran erinnern. Der Kaulquappen-Mensch. Ich habe ihn als so scheu und höflich in Erinnerung. Ich kann mich gar nicht an das erinnern, was du da erzählst.»

«Vielleicht habe ich das ja auch nicht richtig in Erinnerung», sagte Miss Collins. «Vielleicht habe ich ihn mit jemandem verwechselt.»

«Ja, das glaube ich auch. Der Kaulquappen-Mensch war doch immer so höflich. So etwas hätte er nicht getan. Weil du Engländerin bist?» Brodsky schüttelte den Kopf. «Nein, dazu war er viel zu höflich.»

Wieder blieb Miss Collins kurz stehen, um einen Farn zu mustern.

«Viele Leute», sagte sie schließlich, «waren damals so. Erst waren sie immer höflich und so geduldig. Sie haben wer weiß was getan, um freundlich zu einem zu sein, haben alle möglichen Opfer gebracht, und dann eines Tages sind sie ohne jeden erkennbaren Grund, vielleicht war es das Wetter oder sonst etwas, einfach explodiert. Und waren dann schnell wieder so, als wäre nichts gewesen. Viele sind damals so gewesen. Andrzej zum Beispiel. Er ist auch so gewesen.»

«Andrzej ist verrückt gewesen. Ach übrigens, ich habe irgendwo gelesen, daß er bei einem Autounfall ums Leben gekommen ist. Ja, das habe ich gelesen, in einer polnischen Zeitung, vor fünf oder sechs Jahren.»

«Wie traurig. Ich nehme an, viele von damals sind inzwischen nicht mehr.»

«Ich mochte Andrzej», sagte Brodsky. «Ich habe es in einer polnischen Zeitung gelesen, eine ganz kleine Meldung, in der es hieß, er sei ums Leben gekommen. Bei einem Verkehrsunfall. Traurig ist das. Ich habe mich wieder an diese Abende erinnert, als wir in der alten Wohnung saßen. Wie wir in Dekken eingewickelt den Kaffee miteinander geteilt haben. Ich habe an diese Bücher und Zeitungen überall gedacht und an unsere Gespräche. Über Musik, über Literatur, Stunden über Stunden. Wir haben an die Decke geschaut und geredet und immer weiter geredet.»

«Ich wäre oft gern ins Bett gegangen, aber Andrzej wollte nie nach Hause gehen. Manchmal ist er bis zum Morgengrauen geblieben.»

«Ja, stimmt. Wenn er bei einem Streit den kürzeren zog, wollte er nicht gehen. Er ist immer erst gegangen, wenn er überzeugt war, er würde recht behalten. Deshalb ist er manchmal bis zum Morgengrauen geblieben.»

Miss Collins lächelte und seufzte dann. «Wie traurig, daß er ums Leben gekommen ist», sagte sie.

«Es war nicht der Kaulquappen-Mensch», sagte Brodsky. «Es war der Mann in der Gemäldegalerie. Der hat uns so angeschrien. Ein merkwürdiger Kerl, immer hat er so getan, als würde er uns nicht kennen. Weißt du noch? Selbst kurz nach der Aufführung von *Lafcadio*. Kellner und Taxifahrer, alle wollten sie mir die Hand schütteln, aber wenn wir in die Galerie gegangen sind – nichts. Er hat uns mit völlig versteinertem Gesicht angesehen, genau wie sonst auch. Dann schließlich, als die Dinge schon ziemlich schlecht standen, sind wir einmal hineingegangen, es hatte geregnet an dem Tag, und er hat uns angeschrien. Wir würden seinen Fußboden naßmachen, hat er gesagt. Und das hätten wir immer schon getan, immer wenn es geregnet hätte, seit Jahren hätten wir das schon getan, hätten seinen Fußboden naßgemacht, all diese Jahre, und jetzt wäre er es leid. Er hat uns damals so angeschrien, und das mit dir und England gesagt, er ist das gewesen, nicht die Kaulquappe. Die Kaulquappe ist immer höflich gewesen, bis ganz zum Schluß. Die Kaulquappe hat mir die Hand geschüttelt, das weiß ich noch, bevor wir damals weggegangen sind. Weißt du nicht mehr? Wir sind in die Buchhandlung gegangen, und er wußte, es ist das letzte Mal, er ist von seinem Tisch aufgestanden und hat mir die Hand geschüttelt. Die Kaulquappe ist immer höflich gewesen, wirklich.»

Miss Collins, eine Hand als Sonnenschutz gegen die Stirn gelegt, schaute zum anderen Ende des Parks. Dann fing sie wieder an, gemächlich umherzuschlendern, und sagte: «Es ist schön, sich daran zu erinnern. Aber wir können nicht in der Vergangenheit leben.»

«Aber du erinnerst dich», sagte Brodsky. «Du erinnerst dich an die Kaulquappe, an die Buchhandlung. Erinnerst du dich auch an den Schrank, an die Tür, die herausgefallen ist? Du erinnerst dich an alles, genau wie ich.»

«An manches erinnere ich mich. Anderes habe ich zwangsläufig vergessen.» Ihre Stimme klang jetzt vorsichtig. «Manches, auch manches von damals, sollte man auch besser vergessen.»

Brodsky schien darüber nachzudenken. Schließlich sagte er: «Vielleicht hast du recht. Da sind zu viele Dinge in der Vergangenheit. Ich schäme mich, weißt du, ich schäme mich, also laß uns Schluß machen. Laß uns Schluß machen mit der Vergangenheit. Laß uns ein Haustier anschaffen.»

Miss Collins ging weiter, jetzt mehrere Schritte vor Brodsky. Dann blieb sie wieder stehen und drehte sich zu ihm um. «Ich werde mich heute nachmittag mit dir auf dem Friedhof treffen, wenn du willst. Aber du darfst nicht glauben, daß das irgendeine Bedeutung hat. Es bedeutet nicht, daß ich mit deinem Haustier oder mit sonst etwas einverstanden bin. Aber ich verstehe natürlich, daß du dir wegen heute abend Sorgen machst, daß du mit jemandem über deine Ängste sprechen willst.»

«Die letzten Monate. Ich habe die Raupen gesehen, aber ich habe weitergemacht, ich habe weitergemacht, ich habe mich vorbereitet. Das wird alles umsonst gewesen sein, wenn du nicht zurückkommst.»

«Ich werde dich nur heute nachmittag treffen, und das auch nur kurz. Eine halbe Stunde vielleicht.»

«Aber du denkst darüber nach. Du denkst darüber nach, bevor wir uns treffen. Du denkst darüber nach. Über das Haustier, über alles.»

Miss Collins drehte sich um, stand eine ganze Weile da und begutachtete einen weiteren Strauch. Schließlich sagte sie: «Na schön, ich denke darüber nach.»

«Du weißt doch, wie es für mich gewesen ist. Wie schwer. Manchmal war es so schrecklich, daß ich am liebsten gestorben wäre, nur damit es aufhört, aber ich habe weitergemacht, weil ich diesmal eine Möglichkeit gesehen habe. Wieder Dirigent sein. Du würdest zurückkommen. Es wird so wie früher werden, vielleicht sogar besser. Manchmal war es so schrecklich mit den Raupen, es gibt sonst nichts mehr, wie ich es beweisen könnte. Wir haben nie Kinder gehabt. Also laß uns doch ein Haustier anschaffen.»

Miss Collins verfiel wieder ins Schlendern, und diesmal hielt

Brodsky neben ihr Schritt und sah ihr mit ernstem Blick ins Gesicht. Miss Collins schien wieder etwas sagen zu wollen, aber genau in dem Moment sagte Parkhurst hinter mir plötzlich:

«Ich halte mich immer raus, weißt du. Ich meine, wenn sie anfangen, über dich zu reden, wie sie das immer tun. Ich lache auch nicht, lächle nicht einmal, ich halte mich ganz raus. Du denkst wahrscheinlich, ich sage das jetzt einfach nur so, aber es ist wahr. Sie widern mich an mit ihrem Benehmen. Und dieses Eselsgeschrei! Sobald ich durch die Tür gekommen bin, wieder dieses Eselsgeschrei! Nicht einmal eine Minute, nicht einmal das geben sie mir, sie geben mir nicht einmal sechzig Sekunden, damit ich ihnen zeigen kann, daß ich mich geändert habe. ‹Parkers! Parkers!› Ach, sie widern mich an...»

«Sieh mal», sagte ich und hatte plötzlich überhaupt keine Geduld mehr mit ihm, «wenn sie dich so sehr aufregen, warum sagst du ihnen dann nicht einfach die Meinung? Warum trittst du ihnen beim nächstenmal nicht entgegen? Sag ihnen doch, daß sie mit diesem Eselsgeschrei aufhören sollen. Und frag sie, wieso, wieso um alles in der Welt sie mich so sehr hassen. Wieso sie mein Erfolg so sehr kränkt. Ja, frag sie das! Ja, wieso bemühst du dich nicht um den größtmöglichen Effekt und sagst ihnen das alles mitten in deiner Clown-Nummer? Ja, genau, mitten in einer von deinen Anekdoten, wenn du all diese komischen Stimmen nachmachst und Fratzen schneidest. Wenn sie alle lachen und dir auf den Rücken schlagen und so entzückt sind, weil du dich überhaupt nicht verändert hast, mach es genau in dem Moment. Frag sie ganz unvermittelt: ‹Wieso? Wieso reizt euch Ryders Erfolg so sehr?› Das solltest du tun. Damit würdest du nicht nur mir einen Gefallen tun, das würde vor allem diesen Idioten in einem einzigen eleganten Schachzug zeigen, was für ein unvermutet tiefgründiger Charakter hinter deiner Clowns-Fassade steckt und immer schon gesteckt hat. Ein Mensch, den man nicht so leicht manipulieren oder bloßstellen kann. Das würde ich dir raten.»

«Das ist ja alles gut und schön!» rief Parkhurst ärgerlich. «Für dich ist es kein Problem, so etwas zu sagen! Du hast ja nichts zu verlieren, dich hassen sie ja sowieso schon alle! Aber das sind meine ältesten Freunde. Wenn ich hier bin, umgeben von all diesen Kontinentaleuropäern, geht es mir die meiste Zeit über ganz gut. Doch dann und wann passiert etwas, etwas Unangenehmes, und dann sage ich mir: ‹Na schön, was soll's? Das sind eben Ausländer. In meinem eigenen Land habe ich gute Freunde, ich brauche bloß zurückzugehen, dort warten sie alle auf mich.› Das ist ja alles gut und schön, du mit deinen klugen Ratschlägen. Andererseits, wenn ich so darüber nachdenke, ist es für dich vielleicht gar nicht gut und schön. Wie kann man nur so selbstgefällig sein! Du kannst es dir genausowenig leisten wie ich, deine alten Freunde zu vergessen. Sie haben schon irgendwie recht mit manchem, was sie da sagen. Du bist selbstgefällig, und eines Tages wirst du dafür bezahlen müssen. Bloß, weil du jetzt berühmt bist. Sie haben irgendwie recht, weißt du. ‹Warum trittst du ihnen nicht entgegen?› Was für eine arrogante Haltung!»

In diesem Stil fuhr Parkhurst noch eine ganze Weile fort, aber ich hörte nicht mehr zu. Denn durch seinen Hinweis auf meine «Selbstgefälligkeit» fiel mir plötzlich wieder ein, daß meine Eltern in Kürze hier in der Stadt ankommen würden. Und da überkam es mich, dort im Salon von Miss Collins, mit eiseskalter Panik wurde mir plötzlich klar, daß ich das Stück, das ich heute abend vor ihnen zur Aufführung bringen wollte, überhaupt nicht vorbereitet hatte. Tatsächlich war es mehrere Tage, vielleicht sogar schon Wochen, her, daß ich das Klavier überhaupt angerührt hatte. Und da stand ich nun, nur wenige Stunden vor dieser wichtigsten aller Vorstellungen, und hatte nicht einmal eingeplant zu üben. Je mehr ich über meine Situation nachdachte, desto besorgniserregender erschien sie mir. Ich begriff, daß ich mich gezwungenermaßen viel zu sehr mit der Rede beschäftigt hatte, die ich halten sollte, und daß ich darüber unerklärlicherweise das viel wichtigere Problem des Konzertes völlig vernachlässigt hatte. Tatsächlich konnte ich mich im Augenblick nicht einmal mehr daran erinnern, welches Stück ich ausgesucht hatte. War es Yamanakas *Globestructures: Option II*? Oder war es Mullerys *Asbestos and Fibre*? An beide Stücke konnte ich mich, als ich versuchte, sie mir ins Gedächtnis zu rufen, beunruhigenderweise nur noch sehr vage erinnern. In beiden Stücken, so wußte ich noch, gab es Passagen von großer Komplexität, als ich jedoch versuchte, weiter über diese Teile nachzudenken, mußte ich feststellen, daß ich mich an fast gar nichts erinnern konnte. Und in der Zwischenzeit waren, soweit ich wußte, meine Eltern bereits hier in der Stadt eingetroffen. Ich begriff, daß ich keine Minute mehr verlieren durfte, daß ich, was auch immer man für Anforderungen an meine Zeit stellen mochte, jetzt sofort für mindestens zwei Stunden Ruhe und Abgeschiedenheit mit einem guten Klavier sorgen mußte.

Parkhurst redete immer noch voller Ernsthaftigkeit.

«Also hör mal, es tut mir leid», sagte ich und ging Richtung Tür. «Ich muß jetzt sofort gehen.»

Parkhurst sprang auf, und seine Stimme nahm auf einmal einen bittenden Klang an.

«Ich halte mich immer raus, weißt du. Wirklich, ich mache nie mit dabei.» Er kam mir hinterher, als wolle er mich am Arm packen. «Ich lächle nicht einmal. Das ist widerlich, wie sie so über dich herziehen...»

«Ja, sehr schön, und ich bin dir auch dankbar», sagte ich und wich ihm aus. «Aber ich muß jetzt wirklich gehen.»

Ich verließ die Wohnung von Miss Collins und eilte auf die Straße hinaus, inzwischen konnte ich an nichts anderes mehr denken als ins Hotel und zu dem Klavier im Salon zurückzukommen. Tatsächlich war ich so in Gedanken, daß ich es im Vorbeigehen nicht nur versäumte, einen Blick auf das kleine Eisentor zu werfen, sondern daß ich auch Brodsky, der vor mir auf dem Bürgersteig stand, erst sah, als ich schon praktisch über ihn gestolpert war. Brodsky verbeugte sich und begrüßte mich ganz ruhig, als hätte er mein Näherkommen schon seit einer ganzen Weile beobachtet.

«Mr. Ryder. So trifft man sich wieder.»

«Ach, Mr. Brodsky», erwiderte ich, verlangsamte meine Schritte aber nicht. «Bitte entschuldigen Sie mich, aber ich habe es schrecklich eilig.»

Brodsky hielt neben mir Schritt, und eine Zeitlang gingen wir nebeneinander her, ohne ein Wort zu sagen. Wenn es mir auch durch den Kopf ging, daß daran wohl etwas Merkwürdiges sein mochte, war ich doch zu sehr in Gedanken, um eine Unterhaltung in Gang bringen zu wollen.

Gemeinsam bogen wir um die Ecke und gelangten auf die Hauptstraße. Hier drängten sich auf dem Bürgersteig noch mehr Menschen als zuvor – die Büroangestellten waren zur Mittagspause herausgekommen –, und wir mußten langsamer gehen. Da sagte dann Brodsky neben mir:

«All das Gerede gestern abend. Eine große Feier. Eine Statue. Nein, nein, so etwas wollen wir nicht. Bruno konnte diese Leute nicht ausstehen. Ich werde ihn in aller Stille beerdigen, nur ich allein, das kann doch nichts Schlimmes sein, oder? Heute morgen habe ich einen Platz gefunden, ein kleines Fleckchen, an dem ich ihn begraben kann, nur ich allein, andere Leute würde er gar nicht dabeihaben wollen, er konnte sie nicht ausstehen. Ich wollte Musik für ihn, Mr. Ryder, die beste Musik. Ein ruhiges, kleines Fleckchen, ich habe es heute morgen gefunden, ich weiß, Bruno würde es dort gefallen. Ich werde ein Loch graben. Es ist gar nicht nötig, sehr tief zu graben. Dann werde ich an seinem Grab sitzen, an ihn denken, an all die Dinge, die wir zusammen getan haben, werde Lebewohl sagen, mehr nicht. Ich wollte Musik, während ich an ihn denke, die beste Musik. Würden Sie das für mich tun, Mr. Ryder? Für mich und für Bruno? Einen Gefallen, Mr. Ryder. Ich bitte Sie darum.»

«Also, Mr. Brodsky», sagte ich und ging schnell weiter, «ich weiß nicht, was genau Sie da von mir wollen. Aber ich muß

Ihnen sagen, daß ich wirklich nicht in der Lage bin, weitere Anforderungen an meine Zeit zu berücksichtigen.»

«Mr. Ryder...»

«Wirklich, Mr. Brodsky, das mit Ihrem Hund tut mir sehr leid. Aber Tatsache ist, daß ich mich zu vieler Wünsche habe annehmen müssen, und die Folge davon ist, daß ich jetzt kaum Zeit genug habe, mich um die wichtigsten Dinge zu kümmern, deretwegen ich hergekommen bin...» Plötzlich spürte ich, wie mich ein Gefühl der Ungeduld durchzuckte, und ich blieb unvermittelt stehen. «Also, ehrlich gesagt, Mr. Brodsky», sagte ich und schrie fast dabei, «ich muß Sie und alle anderen dringend ersuchen, mich nicht um weitere Gefallen zu bitten. Die Zeit ist gekommen, damit aufzuhören! Es muß endlich aufhören!»

Einen Moment lang schaute mich Brodsky leicht verwirrt an. Dann blickte er niedergeschlagen weg. Sofort bereute ich meinen Ausbruch und sah auch ein, wie unvernünftig es gewesen war, Brodsky für die zahlreichen Ablenkungen verantwortlich zu machen, mit denen ich seit meiner Ankunft in dieser Stadt konfrontiert worden war. Ich seufzte und sagte etwas sanfter:

«Schauen Sie, lassen Sie mich einen Vorschlag machen. Im Moment bin ich auf dem Weg zurück ins Hotel, um zu üben. Ich brauche mindestens zwei Stunden, in denen ich völlig ungestört bin. Aber danach könnte ich, je nachdem, wie alles gelaufen ist, durchaus in der Lage sein, diese Angelegenheit Ihren Hund betreffend weiter mit Ihnen zu erörtern. Ich muß Sie darauf aufmerksam machen, daß ich nichts versprechen kann, aber...»

«Er war nur ein Hund», sagte Brodsky unvermittelt. «Aber ich wollte Lebewohl sagen. Ich wollte die beste Musik.»

«Sehr schön, Mr. Brodsky, aber ich muß mich jetzt beeilen. Meine Zeit wird allmählich wirklich etwas knapp.»

Ich ging wieder weiter. Ich hatte schon damit gerechnet, daß Brodsky weiter neben mir herlaufen würde, aber er rührte sich nicht. Ich zögerte einen Moment lang, irgendwie wollte ich ihn einfach nicht dort auf dem Bürgersteig stehenlassen, aber da fiel mir wieder ein, daß ich es mir wirklich nicht leisten konnte, mich wieder ablenken zu lassen. Ich eilte an den italienischen Cafés vorüber und schaute mich erst wieder um, als ich an der Kreuzung stand und darauf wartete, daß die Ampel grün wurde. Einen Augenblick lang konnte ich nicht durch die Menge der Passanten hindurchsehen, aber dann tauchte Brodskys Gestalt wieder auf, er stand genau an der Stelle, an der ich ihn hatte stehenlassen, und beugte sich ein wenig vor, um den Verkehr zu beobachten. Mir fiel ein, daß sich an dem Fleck, an dem ich vorhin stehengeblieben war, tatsächlich eine Straßenbahnhaltestelle befand und daß Brodsky aus dem einfachen Grund immer noch dort stand, weil er auf eine Bahn wartete. Aber dann schaltete die Ampel auf Grün, und als ich die Straße überquerte, stellte ich fest, daß meine Gedanken wieder einmal zu der weit wichtigeren Angelegenheit meines Konzertes am Abend zurückgingen.

DREIUNDZWANZIG

Als ich in das Hotel kam, hatte ich den Eindruck, daß es in der Halle von Menschen wimmelte, aber inzwischen war ich so sehr in Gedanken wegen der Vorkehrungen, die ich zum Üben treffen mußte, daß ich mich überhaupt nicht umsah. Möglicherweise hatte ich mich sogar an einigen Gästen vorbeigedrängt, als ich mich an der Rezeption vorbeugte, um mit dem Angestellten zu sprechen.

«Entschuldigung, aber ist im Moment jemand im Salon?»

«Im Salon? Tja, nun, Mr. Ryder. Unsere Gäste gehen nach dem Mittagessen immer gern in den Salon, denke ich...»

«Ich muß sofort mit Mr. Hoffman sprechen. In einer außerordentlich dringenden Angelegenheit.»

«Ja, natürlich, Mr. Ryder.»

Der Angestellte an der Rezeption nahm einen Telefonhörer ab und wechselte ein paar Worte mit jemandem. Dann legte er den Hörer wieder auf und sagte: «Herr Hoffman wird jeden Moment hier sein, Mr. Ryder.»

«Schön. Aber dies ist wirklich eine außerordentlich dringende Angelegenheit.»

Während ich das sagte, spürte ich, wie mich jemand an der Schulter berührte, ich drehte mich um und sah Sophie neben mir stehen.

«Ach, hallo», sagte ich zu ihr. «Was machst du denn hier?»

«Ich habe versucht, etwas abzugeben. Du weißt schon, für Papa.» Sophie lachte verlegen. «Aber er hat zu tun, er ist drüben im Konzertsaal.»

«Ach, der Mantel», sagte ich, als ich das Paket bemerkte, das sie über dem Arm trug.

«Es wird jetzt doch kühler, also habe ich ihn hergebracht,

aber Papa ist nach drüben in den Konzertsaal gegangen und ist noch nicht zurück. Wir warten jetzt schon fast eine halbe Stunde. Wenn er nicht in ein paar Minuten hier ist, müssen wir das für heute wohl bleibenlassen.»

Am anderen Ende der Hotelhalle sah ich Boris auf einem Sofa sitzen. Ich konnte ihn nicht deutlich erkennen, weil mir eine Gruppe von Touristen, die mitten in der Halle stand, die Sicht nahm, aber ich sah, daß er in das zerschlissene Heimwerkerhandbuch vertieft war, das ich in dem Kino gekauft hatte. Sophie folgte meinem Blick und lachte wieder.

«Er kann sich gar nicht losreißen von dem Buch», sagte sie. «Als du gestern abend gegangen warst, hat er sich nur mit dem Buch beschäftigt, bis es Zeit war, ins Bett zu gehen. Und dann wieder heute morgen, seit er aufgestanden ist.» Sie lachte noch einmal auf und schaute wieder zu ihm hin. «Es war so eine gute Idee, ihm das Buch zu kaufen.»

«Freut mich, daß es ihm gefällt», sagte ich und drehte mich wieder zur Rezeption um. Ich hob die Hand, weil ich den Mann am Empfang fragen wollte, was denn mit Hoffman los sei, aber gerade in dem Moment kam Sophie noch einen Schritt näher heran und sagte mit etwas veränderter Stimme:

«Wie lange willst du damit noch weitermachen? Das bringt ihn wirklich ganz durcheinander, weißt du.»

Ich warf ihr einen fragenden Blick zu, doch sie starrte mich nur weiter unverwandt an.

«Ich verstehe ja, daß im Moment für dich alles etwas schwierig ist», fuhr sie fort. «Und ich bin auch keine große Hilfe gewesen, ich weiß. Aber Tatsache ist nun mal, daß ihn das alles sehr durcheinandergebracht und verwirrt hat. Wie lange soll das denn noch so weitergehen?»

«Ich glaube, ich weiß gar nicht, wovon du redest.»

«Sieh mal, ich habe doch gesagt, ich sehe ein, daß es auch meine Schuld ist. Wozu soll es denn gut sein, wenn wir so tun, als würde es nicht passieren?»

«Passieren? Was meinst du damit? Ich nehme an, diese Kim

hat das vorgeschlagen, oder? Daß du mit all diesen Anschuldigungen zu mir kommst?»

«Also tatsächlich sagt Kim immer wieder, es wäre besser, ich würde offener mit dir reden. Aber diesmal hat es nichts mit ihr zu tun. Ich habe davon angefangen, weil... weil ich es nicht länger ertragen kann, Boris so besorgt zu sehen.»

Ein wenig verwirrt wollte ich mich wieder zu dem Mann am Empfang umdrehen, aber bevor ich seine Aufmerksamkeit auf mich lenken konnte, sagte Sophie:

«Sieh mal, ich will dich doch nicht beschuldigen. Du bist in jeder Hinsicht äußerst verständnisvoll gewesen. Vernünftiger hättest du gar nicht reagieren können, auch wenn ich dich darum gebeten hätte. Du hast mich nicht einmal angeschrien. Aber ich habe immer gewußt, da muß es irgendeine Wut in dir geben, und die kommt nun so heraus.»

Ich lachte auf. «Ich nehme an, das ist die Art Populärpsychologie, die du mit Kim betreibst, was?»

«Ich habe es immer gewußt», fuhr Sophie fort und ignorierte meine Bemerkung. «Du bist sehr verständnisvoll gewesen, verständnisvoller als man je hätte erwarten können, selbst Kim gibt das zu. Aber das ist der Realität nicht so ganz gerecht geworden. Wir haben einfach nicht so weitermachen können, als wäre nichts geschehen. Du bist wütend. Und wer wollte dir das zum Vorwurf machen? Ich habe immer gewußt, es würde irgendwie herauskommen. Ich habe nur nicht gedacht, daß es so laufen würde. Armer Boris. Er hat keine Ahnung, was er angestellt hat.»

Wieder schaute ich zu Boris hinüber. Er schien immer noch völlig vertieft in sein Handbuch zu sein.

«Sieh mal», sagte ich, «ich weiß immer noch nicht genau, worauf du eigentlich hinaus willst. Vielleicht meinst du einfach nur die Tatsache, daß Boris und ich unsere Beziehung zueinander ein wenig in eine andere Richtung bringen. Aber das ist ja wohl nur angemessen in Anbetracht der Umstände. Wenn ich mich in letzter Zeit ein bißchen von ihm distanziert habe, dann nur, weil ich ihn nicht im unklaren lassen will, was die wahre Natur unseres Zusammenlebens jetzt betrifft. Wir müssen alle etwas behutsamer sein. Nach dem, was geschehen ist, wer weiß da schon, was die Zukunft da für uns drei bringen wird? Boris muß lernen, härter im Nehmen und unabhängiger zu sein. Ich bin sicher, auf seine Art versteht er das genauso wie ich.»

Sophie schaute weg und schien einen Moment lang über etwas nachzudenken. Ich wollte gerade wieder versuchen, die Aufmerksamkeit des Mannes am Empfang auf mich zu lenken, als sie plötzlich sagte:

«Bitte. Komm jetzt mit hinüber. Sag etwas zu ihm.»

«Hinüberkommen? Tja, das Problem ist, ich habe mich da um eine außerordentlich dringende Angelegenheit zu kümmern, und sobald Hoffman auftaucht...»

«Bitte, nur ein paar Worte. Es würde ihm so viel bedeuten. Bitte.»

Eindringlich schaute sie mich an. Als ich mit den Schultern zuckte, drehte sie sich um und ging mir voraus durch die Hotelhalle.

Boris schaute kurz hoch, als wir näher kamen, vertiefte sich dann aber wieder mit ernsthaftem Gesichtsausdruck in sein Buch. Ich hatte angenommen, Sophie würde etwas sagen, aber zu meiner Verärgerung warf sie mir einfach nur einen bedeutungsschweren Blick zu und ging dann an dem Sofa, auf dem Boris saß, vorbei zu einem Zeitschriftenständer bei den Fenstern. So stand ich also allein bei Boris, während der Junge weiter in seinem Buch las. Schließlich zog ich einen Sessel heran und setzte mich ihm gegenüber.

Boris las weiter und gab durch nichts zu erkennen, daß er meine Anwesenheit bemerkt hatte. Dann brummelte er, ohne aufzuschauen, vor sich hin:

«Das Buch ist wirklich toll. Man kriegt alles gezeigt.»

Ich wußte nicht recht, was ich darauf antworten sollte, sah dann aber Sophie, die mit dem Rücken zu uns dastand und so tat, als studiere sie eine Zeitschrift, die sie gerade aus dem Ständer genommen hatte. Plötzlich verspürte ich eine Woge von Wut und bereute bitterlich, daß ich ihr durch die Hotelhalle gefolgt war. Es war ihr gelungen, so fiel mir auf, die Dinge so geschickt zu lenken, daß sie, was auch immer ich jetzt zu Boris sagte, als Triumph und Ehrenrettung werten konnte. Ich warf noch einen weiteren Blick auf ihren Rücken, auf ihre Schultern, die sie leicht nach vorn gezogen hatte, um ihr großes Interesse an der Zeitschrift vorzutäuschen, und spürte, daß ich immer wütender wurde.

Boris blätterte eine Seite um und las dann weiter. Nach einer Weile murmelte er noch einmal, ohne aufzuschauen: «Fliesenlegen im Badezimmer. Das werde ich jetzt ganz problemlos machen können.»

Auf einem Couchtisch in der Nähe lag eine Auswahl an Zeitungen, und ich sah keinen Grund, weshalb nicht auch ich lesen sollte. Ich nahm eine Zeitung und hielt sie aufgeschlagen vor mich hin. Eine Weile verging, ohne daß einer von uns etwas sagte. Dann, als ich gerade einen Artikel über die deutsche Automobilindustrie überflog, hörte ich Boris plötzlich sagen:

«Tut mir leid.»

Das hatte er irgendwie aggressiv hervorgestoßen, und zuerst überlegte ich, ob es Sophie nicht vielleicht gelungen war, ihn anzustacheln oder ihm ein Zeichen zu geben, während ich gelesen hatte. Aber als ich Sophie einen verstohlenen Blick zuwarf, stand sie immer noch mit dem Rücken zu uns da und schien sich überhaupt nicht bewegt zu haben. Dann sagte Boris:

«Tut mir leid, daß ich so egoistisch gewesen bin. Das wird jetzt nicht mehr vorkommen. Ich werde nie wieder von der Nummer Neun anfangen. Für so etwas bin ich jetzt viel zu alt. Mit diesem Buch wird es ganz einfach sein. Bald werde ich das alles machen können. Dann werde ich das Badezimmer noch einmal neu machen. Ich habe das vorher nicht gewußt. Aber hier kriegt man das gezeigt, hier kriegt man alles gezeigt. Ich werde nie wieder von der Nummer Neun anfangen.»

Es war, als habe er Verse aufgesagt, die er auswendig gelernt und eingeübt hatte. Und dennoch war da etwas sehr Gefühlsbewegtes in seiner Stimme, und ich verspürte das dringende Bedürfnis, zu ihm zu gehen und ihn in die Arme zu nehmen. Aber dann sah ich, wie sich Sophies Schultern hoben und senkten, und mir fiel wieder ein, wie wütend ich auf sie war. Außerdem begriff ich, daß es langfristig gesehen keinem von uns nützen würde, wenn ich Sophie gestattete, alles nach ihren Vorstellungen zu lenken.

Ich faltete die Zeitung zusammen, stand auf und schaute mich um, weil ich sehen wollte, ob Hoffman schon aufgetaucht war. Boris ergriff wieder das Wort, und jetzt schwang deutlich spürbar Panik in seiner Stimme:

«Ich verspreche es. Ich verspreche, ich werde lernen, wie man das alles macht. Das wird jetzt ganz problemlos gehen.»

Seine Stimme zitterte ein wenig, aber als ich wieder zu ihm hinschaute, hatte er die Augen immer noch fest auf das Buch gerichtet. Sein Gesicht, so fiel mir auf, war merkwürdig gerötet. Dann nahm ich am anderen Ende der Hotelhalle eine Bewegung wahr und sah, daß Hoffman bei der Rezeption stand und mir zuwinkte.

«Ich muß jetzt gehen», rief ich Sophie zu. «Ich muß etwas sehr Wichtiges erledigen. Ich sehe euch beide dann später irgendwann.»

Boris blätterte eine Seite um, schaute aber nicht hoch.

«Bald schon», sagte ich zu Sophie, die sich inzwischen umgedreht hatte. «Bald schon sprechen wir über alles. Aber jetzt muß ich gehen.»

Hoffman kam bis zur Mitte der Halle, wo er eifrig gespannt auf mich wartete.

«Tut mir leid, daß ich Sie habe warten lassen, Mr. Ryder», sagte er. «Ich hätte wissen müssen, daß Sie vor einer so wichtigen Begegnung sehr zeitig eintreffen. Ich komme gerade aus dem Sitzungssaal, und glauben Sie mir, diese Leute, diese einfachen Damen und Herren sind so unendlich dankbar, so dankbar, daß Sie sich bereit erklärt haben, persönlich mit ihnen zu sprechen. Daß Sie, Mr. Ryder, erkannt haben, wie wichtig es ist, aus ihrem eigenen Mund zu hören, was sie alles durchgemacht haben.»

Ich schaute ihn streng an. «Da scheint ein Mißverständnis vorzuliegen, Mr. Hoffman. Jetzt möchte ich wirklich nichts anderes als zwei Stunden Zeit zum Üben. Zwei Stunden in völliger Abgeschiedenheit. Ich muß Sie bitten, den Salon so schnell wie möglich räumen zu lassen.»

«Ach ja, der Salon.» Dann lachte er auf. «Tut mir leid, Mr. Ryder, ich verstehe nicht ganz. Wie Sie wissen, warten genau in diesem Augenblick die Mitglieder des Komitees der Bürger-Selbsthilfe im Sitzungssaal...»

«Mr. Hoffman, Sie scheinen die Dringlichkeit der Situation nicht zu begreifen. Aufgrund einer ganzen Reihe unvorhergesehener Ereignisse habe ich jetzt schon etliche Tage keine Gelegenheit mehr gehabt, ein Klavier anzurühren. Ich muß darauf bestehen, daß man mir so schnell wie irgend möglich Zugang zu einem Klavier gewährt.»

«Ach ja, Mr. Ryder. Natürlich, das ist vollkommen verständlich. Ich werde alles tun, um behilflich zu sein. Aber was den Salon betrifft, tja, das wäre gerade im Moment nicht sehr praktisch. Sehen Sie, da sind so viele Gäste...»

«Für Mr. Brodsky scheinen Sie den Salon immer gern zu räumen.»

«Ach ja, richtig. Tja, Mr. Ryder, wenn Sie unbedingt darauf bestehen, daß Sie das Klavier im Salon lieber als alle anderen Klaviere im Hotel möchten, dann natürlich, ja, dann würde ich Ihrem Wunsch nur zu gern entsprechen. Ich würde jetzt gleich persönlich hineingehen und alle Gäste bitten, den Raum zu verlassen, egal, ob sie nun gerade mitten beim Kaffeetrinken sind oder sonst etwas tun. Ja, das würde ich im äußersten Fall machen. Aber bevor ich zu solch extremen Maßnahmen greife, seien Sie doch bitte so freundlich und ziehen Sie gewisse andere Möglichkeiten in Erwägung. Sehen Sie, Mr. Ryder, es ist keineswegs so, daß das Instrument im Salon das beste des Hotels ist. Die tiefen Töne sind in der Tat etwas problematisch.»

«Wenn es denn nun nicht der Salon sein soll, Mr. Hoffman, dann sagen Sie mir bitte um Himmels willen, was Sie sonst zur Verfügung haben. Auf den Salon lege ich keinen übermäßigen Wert. Was ich brauche, ist einfach ein gutes Klavier und ein bißchen Abgeschiedenheit.»

«Der Probenraum. Der würde Ihren Bedürfnissen weit mehr entsprechen.

«Also schön. Dann eben der Probenraum.»

«Ausgezeichnet.»

Er ging voraus, um mir den Weg zu zeigen. Doch schon nach ein paar Schritten blieb er wieder stehen und beugte sich vertrauensvoll zu mir herüber.

«Ich gehe also davon aus, Mr. Ryder, daß Sie den Probenraum sofort brauchen, wenn Sie von dem Treffen kommen?»

«Mr. Hoffman, ich möchte Ihnen nicht noch einmal die Dringlichkeit der gegenwärtigen Lage vor Augen führen müssen...»

«Ach ja, ja, Mr. Ryder. Natürlich, natürlich. Ich verstehe vollkommen. Also... also Sie wollen *vor* dem Treffen proben. Ja, ja, ich verstehe voll und ganz. Das wird überhaupt kein Problem sein, diese Leute werden sich mehr als glücklich schätzen, ein Weilchen zu warten. Na ja, macht nichts, hier entlang bitte.»

Wir verließen die Hotelhalle durch eine Tür, die ich bis dahin nicht bemerkt hatte und die sich links von den Aufzügen befand, und bald schon gingen wir einen Korridor entlang, der offensichtlich nur vom Personal benutzt wurde. Die Wände waren schmucklos, und die Neonröhren über uns warfen auf alles ein hartes, grelles Licht. Wir kamen an einer Reihe breiter Schiebetüren vorbei, hinter denen Küchengeräusche zu hören waren. Eine Tür stand offen, und ich konnte einen flüchtigen Blick auf einen grell erleuchteten Raum werfen, in dem sich auf einer Holzbank ganze Türme von Metallkanistern stapelten.

«Wir müssen die meisten Vorbereitungen für den heutigen Abend hier im Haus treffen», sagte Hoffman. «Wie Sie sich denken können, gibt es im Konzertsaal nur sehr begrenzte Möglichkeiten, ein Essen zuzubereiten.»

Der Korridor machte eine Biegung, und wir passierten Räume, die Waschküchen zu sein schienen. Wir kamen an einer Tür vorbei, hinter der zwei Frauen zu hören waren, die sich mit besorgniserregender Bosheit anschrien. Doch Hoffman schien davon nichts zu merken und ging weiter, ohne ein Wort zu sagen. Dann hörte ich ihn brummeln:

«Nein, nein, diese Leute von der Bürger-Selbsthilfe. Die werden trotz allem sehr dankbar sein. Eine kleine Verzögerung wird ihnen nichts ausmachen.»

Schließlich blieb er vor einer nicht näher gekennzeichneten Tür stehen. Ich rechnete damit, daß er mir die Tür aufhalten würde, doch statt dessen senkte er den Blick und drehte den ganzen Körper weg.

«Da drin, Mr. Ryder», murmelte er und deutete mit einer flüchtigen Geste über die Schulter hinweg zur Tür.

«Danke, Mr. Hoffman.» Ich stieß die Tür auf.

Hoffman blieb starr stehen, den Blick hatte er immer noch abgewendet. «Ich werde hier auf Sie warten», murmelte er.

«Das ist wirklich nicht nötig, Mr. Hoffman. Ich finde schon allein zurück.»

«Ich werde hier sein, Mr. Ryder. Keine Sorge.»

Ich konnte es mir nicht leisten, mit einer Auseinandersetzung Zeit zu verschwenden, und eilte durch die Tür.

Ich betrat einen langen, schmalen Raum mit grauem Steinfußboden. Die Wände waren bis zur Decke mit weißen Fliesen gekachelt. Ich hatte den Eindruck, als wäre da zu meiner Linken eine Reihe mit Waschbecken, aber ich war inzwischen so begierig, ans Klavier zu kommen, daß ich auf solche Einzelheiten kaum achtete. Mein Blick wurde ohnehin sofort auf die hölzernen Kabinen zu meiner Rechten gelenkt. Es gab drei davon, sie waren in aufdringlichem Froschgrün gestrichen. Die Türen der zwei äußeren Kabinen waren abgeschlossen, aber bei der mittleren Kabine – die ein wenig größer zu sein schien als die beiden anderen – stand die Tür offen, und drinnen entdeckte ich ein Klavier, dessen Deckel aufgeklappt war, so daß man die Tasten sehen konnte. Ohne weiter zu zögern, versuchte ich hineinzukommen, nur um festzustellen, daß dies eine deprimierend schwierige Aufgabe war. Der Tür, die sich nach innen öffnete, stand das Klavier im Weg, und um hineinzukommen und die Tür wieder schließen zu können, mußte ich mich dicht in eine Ecke zwängen und die Tür langsam an meiner Brust vorbei zuziehen. Schließlich gelang es mir, die Tür zuzumachen und abzuschließen, und dann schaffte ich es – auch das angesichts der Enge nur mit Mühe –, den Hocker unter dem Klavier hervorzuholen. Doch als ich mich erst einmal gesetzt hatte, fand ich es bequem genug, und als ich die Finger die Tastatur auf und ab laufen ließ, konnte ich feststellen, daß das Klavier trotz der abgeblätterten Tasten und des verschrammten Äußeren über einen sanften, empfindsamen Klang verfügte und einwandfrei gestimmt war. Darüber hinaus war die Akustik in der Kabine nicht annähernd so klaustrophobisch, wie man das hätte erwarten können.

Ein Gefühl beträchtlicher Erleichterung überkam mich bei dieser Entdeckung, und plötzlich wurde mir bewußt, wie angespannt ich während der vergangenen Stunde gewesen war. Ich holte mehrmals tief Luft und machte mich daran, mich innerlich auf diese wichtigste aller Übungsstunden einzustellen. In dem Moment fiel mir ein, daß ich mich immer noch nicht entschieden hatte, welches Stück ich am Abend spielen wollte. Meine Mutter, so wußte ich, würde den Mittelsatz aus Yamanakas *Globestructures: Option II* besonders bewegend finden. Doch mein Vater würde ganz bestimmt Mullerys *Asbestos and Fibre* vorziehen. Es wäre sogar gut möglich, daß ihm der Yamanaka überhaupt nicht gefallen würde. Ich starrte eine Weile auf die Tasten, bevor ich mich mit großer Bestimmtheit für den Mullery entschied.

Nach diesem Entschluß fühlte ich mich bedeutend besser, und gerade als ich mich daranmachen wollte, die aufbrausenden Eröffnungsakkorde anzuschlagen, fühlte ich, wie etwas Hartes von hinten gegen meine Schulter stieß. Ich drehte mich um und sah verärgert, daß sich das Türschloß irgendwie gelokkert hatte und die Kabine offenstand.

Ich kletterte umständlich von meinem Hocker und schlug die Tür zu. Da bemerkte ich, daß das ganze Türschloß verkehrt herum am Türrahmen hing. Nach eingehender Betrachtung und mit ein wenig Geschick gelang es mir, das Schloß wieder an seinen Platz zu bringen, doch schon als ich die Tür dann noch einmal schloß, war mir klar, daß ich bestenfalls eine vorübergehende Lösung gefunden hatte. Das Schloß würde sicher jeden Moment wieder herausfallen. Ich könnte mitten in *Asbestos and Fibre* sein – etwa mitten in einer der höchst eindringlichen Passagen im dritten Satz –, und die Tür könnte mühelos wieder aufschwingen, und ich wäre den Blicken aller ausgesetzt, die gerade zufällig an meiner Kabine vorbeigingen. Und natürlich, wenn irgendein begriffsstutziger Mensch, dem nicht klar wäre, daß ich mich hier drinnen befinde, versuchen wollte hereinzukommen, würde das Schloß ihm nicht einmal den geringsten Widerstand entgegensetzen.

All diese Gedanken gingen mir durch den Kopf, als ich mich wieder auf den Hocker setzte. Doch nur kurze Zeit später kam ich zu dem Schluß, daß dies womöglich die letzte Gelegenheit zum Üben war, die ich voll und ganz ausnutzen mußte. Und wenn die Bedingungen auch alles andere als ideal waren, so war doch das Klavier selbst vollkommen ausreichend. Mit einiger Bestimmtheit zwang ich mich dazu aufzuhören, mir über die kaputte Tür Sorgen zu machen, und mich noch einmal auf die Eröffnungstakte des Mullery zu konzentrieren.

Dann, als meine Finger schon über den Tasten schwebten, hörte ich ein Geräusch – ein leises Knirschen, wie es von einem Schuh oder einem Kleidungsstück verursacht wird – beunruhigend nahe bei mir. Ich wirbelte auf meinem Hocker herum. Erst da bemerkte ich, daß die ganze obere Hälfte der Tür fehlte, obwohl die Tür selbst immer noch geschlossen war, so daß das Ganze mehr oder weniger wie eine Stalltür aussah. Das kaputte Schloß hatte mich so sehr in Anspruch genommen, daß mir diese offenkundige Tatsache völlig entgangen war. Ich sah jetzt, daß die Tür mit einer rauhen Kante etwa in Taillenhöhe abschloß. Ob die obere Hälfte mutwillig herausgerissen worden war oder ob eine Art Renovierung vorgenommen wurde, vermochte ich nicht mit Bestimmtheit zu sagen. Wie dem auch sei, jedenfalls konnte ich, wenn ich den Hals ein wenig reckte, von meinem Hocker aus die weißen Kacheln und die Waschbecken draußen deutlich sehen.

Ich konnte kaum glauben, daß Hoffman die Unverschämtheit besessen hatte, mir solche Bedingungen zuzumuten. Zwar stimmte es, daß bisher kein anderer den Raum betreten hatte, doch es war durchaus denkbar, daß eine Gruppe von sechs oder sieben Hotelangestellten jeden Moment hereinkommen und anfangen könnte, die Waschbecken zu benutzen. Die Situation erschien mir untragbar, und ich wollte gerade wutentbrannt die Kabine verlassen, als mein Blick auf einen Lumpen fiel, der dicht beim oberen Scharnier an einem Nagel im Türpfosten hing.

Einen Moment lang starrte ich darauf, und dann entdeckte ich einen weiteren Nagel am anderen Türpfosten in genau derselben Höhe. Sofort erriet ich, welchem Zweck der Lumpen und die Nägel dienten und stand auf, um sie mir näher anzusehen. Der Lumpen erwies sich als ein altes Badetuch. Als ich es auseinanderfaltete und an den beiden Nägeln befestigte, stellte sich heraus, daß es einen ausgezeichneten Vorhang über der fehlenden Hälfte der Tür abgab.

Als ich mich wieder setzte, fühlte ich mich bedeutend besser und wollte mich neuerlich auf die Eröffnungstakte konzentrieren. Doch dann, als ich gerade mit dem Spielen beginnen wollte, ließ mich das leise Knirschen noch einmal innehalten. Dann hörte ich es noch einmal, und mir wurde klar, daß es aus der Kabine zu meiner Linken kam. Jetzt dämmerte mir nicht nur, daß die ganze Zeit jemand in der Nachbarkabine gewesen war, sondern auch, daß es keine Schallisolierung zwischen den Kabinen gab und daß ich die Anwesenheit der Person dort bisher nur deshalb nicht bemerkt hatte, weil sich diese Person – aus welchem Grund auch immer – völlig ruhig verhalten hatte.

Wütend stand ich noch einmal auf und zog an der Tür, wobei sich das Schloß wieder löste und das Badetuch auf den Boden fiel. Als ich mich hinauszwängte, räusperte sich geräuschvoll der Mann in der Kabine nebenan, vielleicht weil er jetzt keinen Grund mehr sah, sich zurückzuhalten. Gründlich angewidert verließ ich schnell den Raum.

Ich war ein wenig überrascht, Hoffman zu sehen, der im Korridor auf mich wartete, doch dann fiel mir wieder ein, daß er das ja tatsächlich versprochen hatte. Er lehnte mit dem Rücken an der Wand, doch sobald ich herauskam, richtete er sich auf und stand aufmerksam und erwartungsvoll da.

«Nun, Mr. Ryder», sagte er lächelnd, «wenn Sie mir bitte folgen würden. Die Damen und Herren sind schon sehr begierig darauf, Sie kennenzulernen.»

Ich schaute ihn kühl an. «Was für Damen und Herren, Mr. Hoffman?»

«Na ja, die Mitglieder des Komitees, Mr. Ryder. Die Leute von der Bürger-Selbsthilfe...»

«Schauen Sie, Mr. Hoffman...» Ich war sehr wütend, doch der heikle Charakter meines Anliegens ließ mich innehalten. Hoffman, der endlich merkte, daß mich etwas beunruhigte, blieb mitten auf dem Korridor stehen und sah mich besorgt an.

«Schauen Sie, Mr. Hoffman. Es tut mir wirklich sehr leid

mit diesem Treffen. Aber es ist unbedingt erforderlich, daß ich zum Üben komme. Ich kann nichts tun, bis ich nicht habe üben können.»

Hoffman schien ehrlich verwirrt zu sein. «Entschuldigung, Mr. Ryder», sagte er, wobei er die Stimme diskret gesenkt hatte. «Aber haben Sie nicht gerade eben geübt?»

«Nein, habe ich nicht. Ich, äh... ich konnte nicht.»

«Sie konnten nicht? Ist irgend etwas nicht in Ordnung, Mr. Ryder? Ich meine, fühlen Sie sich vielleicht nicht wohl?»

«Mir geht es ausgezeichnet. Schauen Sie» – ich seufzte – «also wenn es Sie denn interessiert, ich konnte dort drinnen nicht üben, weil... Nun ja, um ehrlich zu sein, Mr. Hoffman, die Bedingungen dort bieten nicht das notwendige Maß an Abgeschiedenheit. Nein, bitte, lassen Sie mich aussprechen. Das Maß an Abgeschiedenheit ist unzureichend. Manche Leute mögen es als ausreichend empfinden, aber ich nicht... Nun ja, ich will es Ihnen ganz offen sagen, Mr. Hoffman. So ist es seit meiner Kindheit gewesen. Ich habe nie üben können, wenn ich nicht vollständige, unbedingte Abgeschiedenheit hatte.»

«Ach, tatsächlich, Mr. Ryder?» Hoffman nickte ernst. «Ich verstehe, ich verstehe.»

«Also, das hoffe ich. Die Bedingungen dort drinnen» – ich schüttelte den Kopf – «sind in keinster Weise ausreichend. Es ist nun einmal so – ich muß, ich muß einfach zufriedenstellende Übungsmöglichkeiten haben...»

«Ja, ja, natürlich.» Er nickte verständnisvoll. «Ich glaube, Mr. Ryder, es gibt da eine Lösung. Der Übungsraum in der Dependance bietet Ihnen unbedingte Abgeschiedenheit. Das Klavier ist ausgezeichnet. Und was die Abgeschiedenheit angeht, nun, für die kann ich garantieren, Mr. Ryder. Es ist dort sehr, sehr abgeschieden.»

«Sehr schön. Hört sich an, als sei es genau das, was ich brauche. Die Dependance, sagen Sie.»

«Ja, Mr. Ryder. Ich werde Sie persönlich dorthin begleiten,

sobald Sie Ihr Treffen mit der Bürger-Selbsthilfe hinter sich haben...»

«Also wirklich, Mr. Hoffman!» Ich schrie plötzlich und widerstand nur knapp dem Drang, ihn beim Revers zu packen. «Hören Sie mir doch zu! Diese Bürgergruppe ist mir vollkommen egal! Es ist mir egal, wie lange die Leute schon warten! Tatsache ist, wenn ich jetzt nicht üben kann, gehe ich packen und verlasse sofort die Stadt, noch in dieser Stunde! Ganz recht, Mr. Hoffman. Dann gibt es keine Rede, kein Konzert, nichts! Verstehen Sie, Mr. Hoffman? Verstehen Sie?»

Hoffman starrte mich an, die Farbe wich aus seinem Gesicht. «Ja, ja», murmelte er. «Ja, natürlich, Mr. Ryder.»

«Also dann ersuche ich Sie» – es gelang mir, meine Stimme ein wenig unter Kontrolle zu bringen – «ich bitte Sie. Seien Sie jetzt bitte so freundlich und bringen Sie mich unverzüglich in diese Dependance.»

«Schön, Mr. Ryder.» Er lachte merkwürdig. «Ich verstehe vollkommen. Schließlich sind das ja nur ganz einfache Menschen. Warum sollte sich schon jemand wie Sie...» Dann faßte er sich wieder und sagte bestimmt: «Hier entlang, Mr. Ryder, wenn Sie mir bitte folgen wollen.»

▲

VIERUNDZWANZIG

Wir gingen noch ein Stück durch den Korridor, dann durchquerten wir eine riesige Waschküche, in der mehrere Maschinen vor sich hin brummten. Dann führte mich Hoffman durch einen schmalen Ausgang, und ich trat hinaus und befand mich vor den Doppeltüren des Salons.

«Wir nehmen eine Abkürzung durch den Salon», sagte Hoffman.

Kaum hatten wir den Raum betreten, da verstand ich schon viel besser, weshalb Hoffman sich so gesträubt hatte, den Salon für mich räumen zu lassen. Der Raum war zum Bersten voll mit Menschen, die lachten und sich unterhielten, einige waren sehr auffallend gekleidet, und mein erster Gedanke war, daß wir in eine private Gesellschaft hineingeplatzt waren. Doch während wir uns langsam unseren Weg durch die Menge bahnten, sah ich, daß es sich um mehrere deutlich voneinander getrennte Gruppen handelte. Einige ausgelassene Einheimische nahmen einen Bereich des Raumes ein. Eine andere Gruppe schien aus wohlhabenden jungen Amerikanern zu bestehen – die meisten von ihnen waren gerade dabei, unisono eine Art College-Hymne zu singen. In einem anderen Bereich des Raumes hatten ein paar Japaner Tische zusammengerückt, auch sie vergnügten sich lautstark. Obwohl diese Gruppen deutlich voneinander getrennt waren, schien es merkwürdigerweise regen Austausch zwischen ihnen zu geben. Überall um mich herum wanderten Leute von Tisch zu Tisch, schlugen einander auf den Rücken, machten Fotos voneinander und reichten Platten mit Sandwiches hin und her. Ein gequält aussehender Kellner in weißer Livree ging mit zwei Kaffeekannen zwischen ihnen herum. Ich wollte nach dem Klavier Ausschau halten, war aber zu sehr damit beschäftigt, mich an den Leuten vorbeizudrängen und mit Hoffman Schritt zu halten. Schließlich erreichte ich die andere Seite des Salons, wo Hoffman mir wiederum eine Tür aufhielt.

Ich trat auf einen Gang hinaus, dessen anderes Ende nach außen offen war. Im nächsten Moment betrat ich einen kleinen, sonnenbeschienenen Parkplatz, den ich sofort als den Platz wiedererkannte, auf den Hoffman mich an dem Abend gebracht hatte, als wir zu Brodskys Bankett gefahren waren. Hoffman führte mich zu einem großen schwarzen Wagen, und wenige Augenblicke später bewegten wir uns langsam durch den mittäglichen Stau.

«Ach, der Verkehr in dieser Stadt», seufzte Hoffman. «Soll ich die Klimaanlage einschalten, Mr. Ryder? Sind Sie sicher? Du meine Güte, schauen Sie sich den Verkehr an. Gott sei Dank müssen wir das nicht allzulange ertragen. Wir fahren Richtung Süden.»

Und tatsächlich bog Hoffman an der nächsten Ampel auf eine Straße, auf der die Autos sehr viel zügiger vorankamen, und kurz darauf fuhren wir mit hoher Geschwindigkeit durch offenes Gelände.

«Ach ja, das ist das Herrliche an unserer Stadt», sagte Hoffman. «Man braucht nie weit zu fahren, um eine wirklich schöne Umgebung zu erreichen. Sehen Sie, die Luft ist schon viel besser geworden.»

Ich machte irgendeine Bemerkung, um das zu bestätigen, und schwieg dann, denn ich wollte mich jetzt keinesfalls in eine Unterhaltung verwickeln lassen. Zum einen hatte ich allmählich Zweifel hinsichtlich meiner Entscheidung von vorhin, beim Konzert *Asbestos and Fibre* zu spielen. Je mehr ich darüber nachdachte, um so deutlicher schien ich mich daran zu erinnern, daß meine Mutter einmal ihr Befremden über diese Komposition zum Ausdruck gebracht hatte. Einen Augenblick lang zog ich die Möglichkeit in Erwägung, mich für etwas vollkommen anderes zu entscheiden, etwa für Kazans *Wind Tun-*

nels, doch dann fiel mir ein, daß die Aufführungsdauer des Stückes zweieinviertel Stunden betrug. Es konnte keinen Zweifel geben, daß das kurze, intensive *Asbestos and Fibre* die naheliegende Wahl war. Kein anderes Stück würde es ermöglichen, in so kurzer Zeit eine derart breite Palette an Stimmungen zu demonstrieren. Und es handelte sich zumindest auf den ersten Blick um ein Stück, daß meine Mutter zweifelsohne durchaus schätzen würde. Und doch war da noch etwas – zugegeben nicht mehr als der Schatten einer Erinnerung –, das mich daran hinderte, mit meiner Wahl ganz und gar zufrieden zu sein.

Abgesehen von einem Lastwagen weit vor uns schienen wir allein auf der Straße zu sein. Ich sah das Ackerland zu beiden Seiten vorüberziehen und versuchte noch einmal, mir diesen nur schwer faßbaren Erinnerungsfetzen ins Gedächtnis zu rufen.

«Wir haben es nicht mehr weit, Mr. Ryder», sagte Hoffman neben mir. «Ich bin sicher, der Probenraum in der Dependance wird voll und ganz nach Ihrem Geschmack sein. Es ist sehr ruhig dort, ein idealer Ort, um ein oder zwei Stunden zu üben. Sehr bald schon werden Sie sich ganz in Ihre Musik versenken können. Wie ich Sie beneide, Mr. Ryder! Bald werden Sie Ihre musikalischen Einfälle durchstöbern, so als würden Sie durch eine prächtige Galerie schlendern, in der Sie wie durch ein Wunder aufgefordert wurden, in einem Einkaufskorb nach Hause zu tragen, was immer Ihnen gefällt. Verzeihen Sie» – er lachte auf – «aber das ist immer schon eine Lieblingsphantasie von mir gewesen. Meine Frau und ich, wie wir gemeinsam durch eine wunderbare Galerie voll herrlicher Kunstgegenstände schlendern. Von uns abgesehen ist das Gebäude menschenleer. Nicht einmal ein Wärter ist da. Und tatsächlich, es hängt ein Einkaufskorb über meinem Arm, man hat uns gesagt, wir können uns nehmen, was wir wollen. Natürlich müssen ein paar Regeln eingehalten werden. Wir dürfen nicht mehr nehmen, als in den Korb paßt. Und selbstverständlich ist es uns nicht gestattet, später etwas davon zu verkaufen – nicht, daß wir auch nur im entferntesten daran dächten, eine solch grandiose Gelegenheit derart zu mißbrauchen. Da sind wir nun also, meine Frau und ich, und gemeinsam schlendern wir durch diese himmlische Halle. Diese Galerie könnte Teil irgendeines riesigen herrschaftlichen Anwesens sein, vielleicht mit Blick auf ausgedehnte Flächen Land. Vom Balkon aus hätte man eine atemberaubende Aussicht. Und große steinerne Löwen gäbe es da in jeder Ecke. Meine Frau und ich würden dastehen, die Landschaft betrachten und darüber debattieren, welche Gegenstände wir denn nun mitnehmen. In dieser Phantasie ist es aus irgendeinem Grund immer so, daß gerade ein Sturm losbrechen will. Der Himmel ist schiefergrau, und doch vermitteln all die Schatten den Eindruck, als schiene die hellste Sommersonne auf uns herab. Kletterpflanzen, Efeu, überall auf der Terrasse. Und nur meine Frau und ich, unser Korb ist immer noch leer, und wir debattierten darüber, was wir uns aussuchen sollen.» Plötzlich lachte er. «Verzeihen Sie, Mr. Ryder, ich lasse mich gehen. Aber wissen Sie, ich stelle mir vor, daß es für jemanden wie Sie genau so sein muß, für jemanden mit Ihrem Talent, wenn Sie in einer ruhigen Umgebung eine Stunde allein mit dem Klavier sind. Daß es so für die wirklichen Genies sein muß. Sie werden zwischen Ihren grandiosen musikalischen Einfällen umherwandern. Sie werden einen überprüfen, den Kopf schütteln, ihn wieder wegstecken. So schön er auch sein mag, es war doch nicht das, wonach Sie gesucht haben. Ha! Wie wunderbar es in Ihrem Kopf zugehen muß, Mr. Ryder! Wie gerne wäre ich in der Lage, Sie auf der Reise zu begleiten, auf die Sie sich in dem Augenblick begeben, in dem Ihre Finger die Tasten berühren. Aber natürlich, Sie werden zu Gefilden aufbrechen, zu denen ich Ihnen unmöglich folgen kann. Wie ich Sie beneide, Mr. Ryder!»

Undeutlich murmelte ich etwas, und eine Weile fuhren wir weiter, ohne daß ein Wort geredet wurde. Dann sagte Hoffman:

«Also, meine Frau, ganz am Anfang, als wir noch nicht verheiratet waren. Ich glaube, so hat sie sich unser gemeinsames Leben vorgestellt. Irgendwie so, Mr. Ryder. Daß wir Arm in Arm mit unserem Einkaufskorb in irgendein herrliches, menschenleeres Museum gehen. Obwohl sie natürlich nie an so etwas Luxuriöses gedacht hätte. Wissen Sie, meine Frau stammt aus einer Familie mit vielen überaus talentierten Vorfahren. Ihre Mutter war eine ausgezeichnete Malerin. Ihr Großvater war einer der bedeutendsten flämischen Dichter seiner Generation. Aus einem unerfindlichen Grund ist ihm nicht die Beachtung zuteil geworden, die er verdient hätte, aber das ändert nichts an seiner Bedeutsamkeit. Ach, und da gibt es noch mehr in der Familie, und alle sehr talentiert. Da sie in einer solchen Familie aufgewachsen ist, sind Schönheit und Talent für sie selbstverständlich gewesen. Wie hätte es auch anders sein können? Glauben Sie mir, Mr. Ryder, das hat zu einigen Mißverständnissen geführt. Ganz am Anfang unserer Beziehung hat es sogar zu einem riesigen Mißverständnis geführt.»

Er schwieg wieder und starrte eine Weile auf die sich vor uns erstreckende Straße.

«Die Musik war es, die uns zusammengeführt hat», sagte er schließlich. «Wie oft haben wir in einem der Cafés in der Herrengasse gesessen und über Musik geredet! Oder besser gesagt, ich habe geredet. Ich nehme an, ich habe geredet und geredet. Ich weiß noch, daß ich einmal mit ihr durch den Volksgarten gegangen bin und bis ins kleinste Detail, vielleicht eine volle Stunde lang, meine Empfindungen hinsichtlich Mullerys *Ventilations* beschrieben habe. Natürlich, wir waren jung, wir hatten die Zeit, uns solchen Dingen zu widmen. Selbst damals hat sie nicht viel geredet, aber sie hat sich angehört, was ich zu sagen hatte, und ich erkannte, daß sie tief bewegt war. O ja. Ach übrigens, Mr. Ryder, ich habe gerade gesagt, daß wir jung waren, aber ich denke, daß wir beide damals nicht mehr so ganz jung gewesen sind. Wir waren beide in dem Alter, in dem wir gut und gern schon eine Weile hätten verheiratet sein können. Vielleicht hatte sie das Gefühl, unter einer Art Druck zu stehen, wer weiß? Jedenfalls haben wir bald auch vom Heiraten gesprochen, ich war ja so verliebt in sie, Mr. Ryder, vom ersten Augenblick an war ich so verliebt in sie. Und sie ist damals so schön gewesen. Auch heute noch würden Sie sofort sehen, wie schön sie einmal gewesen sein muß. Aber schön auf eine ganz besondere Art und Weise. Auf den ersten Blick schon konnte man sehen, daß sie ein feines Gespür für alles Höhere hatte. Ich scheue mich nicht, vor Ihnen zuzugeben, daß ich sehr verliebt in sie gewesen bin. Ich kann Ihnen gar nicht sagen, was es für mich bedeutet hat, als sie einwilligte, meine Frau zu werden. Ich dachte, von nun an würde mein Leben eine einzige Freude, eine immerwährende, ununterbrochene Freude sein. Aber schon ein paar Tage später, ein paar Tage, nachdem sie eingewilligt hatte, meine Frau zu werden, kam sie mich das erste Mal in meinem Zimmer besuchen. Ich arbeitete damals im Hotel Burgenhof, und ich hatte ganz in der Nähe in der Glockenstraße ein Zimmer gemietet, nicht weit vom Kanal. Kein besonders reizvolles, aber ein durchaus passables Zimmer. Es gab ganz anständige Bücherregale an der einen Wand und am Fenster einen Schreibtisch aus Eichenholz. Und wie ich schon sagte, das Zimmer ging auf den Kanal. Es war im Winter, ein herrlicher, sonniger Vormittag im Winter, und ein wunderschönes Licht fiel in das Zimmer. Natürlich hatte ich alles aufgeräumt, alles richtig schön gemacht. Sie kam herein und schaute sich um, sie schaute sich überall um. Dann fragte sie leise: ‹Aber wo komponierst du denn?› Ich erinnere mich sehr gut daran, an diesen einen Moment, ich erinnere mich noch lebhaft daran, Mr. Ryder. Ich sehe das als den Wendepunkt in meinem Leben an. Und damit übertreibe ich nicht, Mr. Ryder. In vielerlei Hinsicht, so sehe ich das jetzt, hat mein gegenwärtiges Leben in dem Augenblick begonnen. Christine stand beim Fenster, in diesem Januar-Licht, die Hand beziehungsweise die Finger hatte sie auf dem Schreibtisch, so als wolle sie sich abstützen. Sie sah wunderschön aus.

Und dann stellte sie mir ehrlich überrascht diese Frage. Sehen Sie, Mr. Ryder, sie war verwirrt. ‹Aber wo komponierst du denn? Es gibt ja gar kein Klavier hier?› Ich wußte nicht, was ich darauf antworten sollte. Ich begriff sofort, daß es da ein Mißverständnis gegeben hatte, ein Mißverständnis katastrophalen, tragischen Ausmaßes. Können Sie es mir verdenken, Mr. Ryder, daß ich in Versuchung war, mich durch eine Ausrede zu retten? Richtig gelogen hätte ich nicht. O nein, nicht einmal um mich zu retten. Aber ich befand mich wirklich in einer schwierigen Lage. Wenn ich jetzt daran zurückdenke, erschauere ich durch und durch, auch jetzt noch, während ich Ihnen davon erzähle. ‹Aber wo komponierst du denn?› – ‹Ja, du hast recht, es gibt kein Klavier hier›, sagte ich fröhlich. ‹Hier gibt es nichts. Kein Notenpapier, nichts. Ich habe beschlossen, zwei Jahre lang nicht mehr zu komponieren.› Das habe ich zu ihr gesagt. Ich kam sehr schnell damit heraus, ich habe es nach außen hin ohne das kleinste Zeichen von Besorgtheit und ganz ohne Zögern gesagt. Ich nannte sogar ein exaktes Datum, an dem ich wieder mit dem Komponieren anfangen wollte. Aber vorläufig, ja vorläufig würde ich nicht mehr komponieren. Was hätte ich denn sagen können, Mr. Ryder? Hätte ich diese Frau ansehen sollen, diese Frau, die ich so leidenschaftlich liebte und die erst ein paar Tage zuvor eingewilligt hatte, meine Frau zu werden, hätte ich das denn kampflos hinnehmen sollen? Hätte ich zu ihr sagen sollen: ‹Ach, Liebes, es ist alles nur ein Mißverständnis gewesen. Selbstverständlich gebe ich dich frei. Bitte, laß uns jetzt auseinandergehen ...› Das konnte ich doch nicht, Mr. Ryder. Sie mögen denken, daß ich nicht ehrlich gewesen bin. Aber das wäre zu streng. Denn sehen Sie, an diesem Punkt meines Lebens damals ist das, was ich da gesagt hatte, nicht ganz und gar gelogen gewesen. Ich hatte tatsächlich die Absicht, eines Tages mit einem Instrument zu beginnen, und es stimmt, ich hatte es wirklich immer schon einmal mit dem Komponieren versuchen wollen. Also war es nicht ganz gelogen. Ich bin nicht ganz aufrichtig gewesen, das gebe ich zu. Aber was hätte ich denn sonst tun sollen? Ich konnte sie nicht gehen lassen. Also habe ich ihr erzählt, ich hätte beschlossen, für die kommenden zwei Kalenderjahre mit dem Komponieren auszusetzen. Um meinen Kopf klarzubekommen und auch meine Gefühle, oder irgend so etwas, ich weiß noch, daß ich eine ganze Weile darüber geredet habe. Und sie hat mir zugehört, hat alles in sich aufgenommen und mit ihrem schönen, intelligenten Kopf zu diesem Unsinn genickt, den ich ihr da erzählte. Aber was hätte ich denn machen sollen, Mr. Ryder? Und wissen Sie, nach diesem Vormittag ist sie nie wieder auf mein Komponieren zu sprechen gekommen, nie wieder in all diesen Jahren. Übrigens, Mr. Ryder, ich sehe, Sie wollen eine Frage stellen, seien Sie versichert, ich werde es Ihnen erzählen. An diesem Vormittag, auch während der Zeit, als ich ihr den Hof machte, während all der Spaziergänge am Kanal entlang, als wir uns zum Kaffeetrinken in einem der Cafés in der Herrengasse trafen, habe ich sie niemals, *niemals* absichtlich glauben lassen, ich würde komponieren. Daß ich die Musik immer schon geliebt hatte, daß sie jeden Tag meinen Geist beflügelte, daß ich jeden Morgen beim Aufwachen Musik im Herzen hatte, das ja, das habe ich durchblicken lassen, und das ist auch die Wahrheit gewesen. Aber ich habe sie nie bewußt in die Irre geführt, Mr. Ryder. O nein, nie. Es war einfach nur ein schreckliches Mißverständnis. Da sie nun einmal aus so einer Familie stammte, hat sie unweigerlich *angenommen*... Wer weiß, Mr. Ryder. Aber bis zu diesem Vormittag in meinem Zimmer hatte ich nie auch nur mit einem einzigen Wort etwas Derartiges angedeutet. Na ja, wie gesagt, Mr. Ryder, sie hat über die Sache kein Wort mehr verloren, kein einziges Wort. Wir haben dann bald geheiratet, haben eine kleine Wohnung am Friedrich-Platz gekauft, ich habe eine gute Stellung im Hotel Ambassador gefunden. Wir haben unser gemeinsames Leben begonnen, und eine Zeitlang sind wir recht glücklich gewesen. Natürlich habe ich diese Sache... diese Sache mit dem Mißverständnis nicht vergessen. Aber ich habe mir darüber keine so großen Sorgen gemacht, wie Sie vielleicht meinen. Denn sehen Sie, wie ich schon sagte, ich hatte ja damals wirklich die Absicht, zu gegebener Zeit, bei sich bietender Gelegenheit, mit einem Instrument zu beginnen. Vielleicht Geige. Ich hatte damals gewisse Pläne, wie das nun einmal ist, wenn man jung ist, wenn man noch nicht erkannt hat, wie begrenzt die Zeit ist, wenn man noch nicht erkannt hat, daß sich um einen herum eine Muschelschale gebildet hat, eine harte Schale, so daß man *nicht – heraus – kann*!» Plötzlich nahm er beide Hände vom Lenkrad und riß sie hoch, gegen eine unsichtbare Kuppel um seinen Kopf. Die Geste war eher ein Zeichen von Müdigkeit als von Wut, und im nächsten Moment ließ er die Hände wieder auf das Lenkrad fallen. Mit einem Seufzer fuhr er fort: «Nein, davon hatte ich damals noch keine Ahnung. Ich hoffte immer noch, ich würde mit der Zeit die Art Mensch werden, die sie in mir sah. Ja, tatsächlich, Mr. Ryder, ich war überzeugt, es würde mir gelingen, gerade aufgrund ihrer Gegenwart, gerade aufgrund ihres Einflusses, solch ein Mensch zu werden. Und im ersten Jahr unserer Ehe, Mr. Ryder, waren wir, wie gesagt, recht glücklich. Wir haben diese Wohnung gekauft, sie genügte unseren Ansprüchen vollauf. Es gab Tage, da habe ich gedacht, sie hätte das mit dem Mißverständnis eingesehen und es würde ihr nichts ausmachen. Ich weiß nicht, alle möglichen Gedanken gingen mir damals durch den Kopf. Dann rückte natürlich im Lauf der Zeit das Datum näher, das ich genannt hatte, die Zwei-Jahres-Frist, nach deren Ablauf ich das Komponieren wieder hatte aufnehmen wollen, das Datum kam und ging vorüber. Ich beobachtete sie aufmerksam, doch sie verlor kein Wort darüber. Sie war sehr ruhig, das stimmt schon, aber ruhig war sie ja immer gewesen. Weder sagte noch tat sie irgend etwas Ungewöhnliches. Doch ich denke, daß von der Zeit an, von dem Moment, als die zwei Jahre um waren, diese Anspannung in unser Leben trat. Es war eine tiefe innere Anspannung, sie schien ständig dazusein, ganz gleich wie glücklich wir einen Abend auch verbringen mochten, sie war ständig da. Oft führte ich sie als kleine Überraschung in ihr Lieblingsrestaurant. Oder brachte ihr Blumen oder eines ihrer Lieblingsparfüms mit. Ja, ich habe mich voller Eifer der Aufgabe gewidmet, ihr immer wieder eine Freude zu machen. Aber da war ständig diese Anspannung. Eine ganze Weile gelang es mir, sie zu ignorieren. Ich sagte mir, ich würde mir das alles nur einbilden. Ich nehme an, ich wollte einfach nicht zugeben, daß diese Anspannung da war und mit jedem Tag wuchs. Erst an dem Tag, als die Anspannung verschwand, wußte ich mit Sicherheit, daß sie dagewesen war. Ja, sie verschwand, und da erst erkannte ich, was es gewesen war. Es war eines Nachmittags, wir waren damals seit drei Jahren verheiratet, ich bin von der Arbeit nach Hause gekommen, ich hatte ihr ein kleines Geschenk mitgebracht, einen Lyrikband, von dem ich zufällig wußte, daß sie ihn sich wünschte. Sie hatte das nicht ausdrücklich gesagt, aber ich hatte es mir gedacht. Ich betrat die Wohnung und fand sie vor, wie sie auf den Platz hinunterschaute. Um diese Zeit am Nachmittag konnte man die Leute beobachten, die von der Arbeit nach Hause gingen. Es war eine recht laute Wohnung, aber wenn man noch ziemlich jung ist, empfindet man das als nicht so schlimm. Ich gab ihr das Buch. ‹Nur eine kleine Aufmerksamkeit›, sagte ich zu ihr. Sie schaute weiter aus dem Fenster. Sie kniete auf dem Sofa, ihre Arme ruhten auf der Rückenlehne, so daß sie den Kopf darauf stützen konnte, während sie hinausschaute. Dann nahm sie mir recht gequält das Buch ab, und ohne ein Wort zu sagen schaute sie weiter auf den Platz hinunter. Ich blieb mitten im Zimmer stehen und wartete darauf, daß sie sich für mein Geschenk bedankte. Vielleicht fühlte sie sich nicht wohl. Einigermaßen besorgt stand ich da und wartete. Dann drehte sie sich schließlich um und sah mich an. Nicht unfreundlich, das nicht, aber sie sah mich an, und es war dieser bestimmte Blick. Der Blick eines Menschen, der mit den Augen *bestätigt*, was er denkt. Ja, das war es, und da wußte ich, daß sie mich endlich durchschaut hatte. Und da begriff ich dann auch, begriff, was für eine Anspannung das gewesen war. Ich hatte gewartet, die ganze Zeit über, ich hatte genau auf diesen Augenblick gewartet. Und wissen Sie, es mag Ihnen merkwürdig erscheinen, aber es war eine immense Erleichterung. Endlich, endlich hatte sie mich durchschaut. Ach, was für eine Erleichterung! Ich fühlte mich so befreit. Ich rief tatsächlich ‹Ha!› und lächelte. Das muß sie recht merkwürdig gefunden haben, und im nächsten Moment riß ich mich zusammen. Sofort begriff ich – ach ja, mein Gefühl des Befreitseins war nur allzu kurz –, sofort begriff ich, mit welchen neuen Ungeheuern ich fortan zu kämpfen hätte, und von einem Moment auf den anderen wurde ich vorsichtig. Ich sah ein, ich würde doppelt, dreifach so hart arbeiten müssen, wenn ich sie behalten wollte. Aber sehen Sie, damals habe ich immer noch gedacht, daß ich sie, wenn ich nur hart daran arbeitete, zurückerobern könnte, obwohl sie *dahintergekommen* war. Was für ein Dummkopf bin ich doch gewesen! Und wissen Sie, nach diesem Tag glaubte ich noch mehrere Jahre lang daran, es könne mir tatsächlich gelingen. Oh, ich habe alles sehr genau beobachtet. Ich habe alles in meiner Macht Stehende getan, um ihr eine Freude zu machen. Und nie habe ich in meiner Aufmerksamkeit nachgelassen. Mir war klar, daß ihr Geschmack, ihre Vorlieben sich im Lauf der Zeit bestimmt ändern würden, also habe ich auf jede Nuance geachtet, immer darauf vorbereitet, jegliche Änderung vorwegzunehmen. O ja, Mr. Ryder, ohne mich selbst loben zu wollen, ich habe meine Rolle als ihr Ehemann während jener Jahre ganz großartig gespielt. Wenn ein Komponist, den sie seit Jahren schon mochte, ihr allmählich nicht mehr so gefiel, griff ich das sofort auf, fast noch bevor sie selbst diese Veränderung angesprochen hatte. Wenn dann beim nächstenmal der Name des Komponisten fiel, sagte ich immer schnell, auch wenn sie erst noch sehr zögerte, ihren Zweifel zu äußern: ‹Natürlich, er ist auch nicht mehr das, was er einmal war. Bitte, wir wollen uns gar nicht erst die Mühe machen, heute abend in das Konzert zu gehen. Du wirst dich langweilen.› Und dann wurde ich immer mit dem unmißverständlichen Ausdruck von Erleichterung auf ihrem Gesicht belohnt. O ja, ich war außerordentlich aufmerksam, und wie gesagt, Mr. Ryder, ich habe daran geglaubt. Ich habe mich selbst zum Narren gemacht, ich habe sie ja so geliebt, ich habe mich selbst zum Narren gemacht im Glauben, ich würde sie langsam zurückerobern. Ein paar wenige Jahre lang war ich meiner selbst tatsächlich sehr sicher. Und dann änderte sich alles, es änderte sich alles an einem einzigen Abend. Ich begriff, wie unvermeidlich das gewesen war, daß ich trotz all meiner großen Bemühungen am Ende vor dem Nichts stehen würde. Das begriff ich alles an einem einzigen Abend, Mr. Ryder. Wir waren bei Herrn Fischer eingeladen, er hatte einen kleinen Empfang für Jan Piotrowski im Anschluß an sein Konzert hier in der Stadt organisiert. Man hatte damals gerade angefangen, uns zu solchen Ereignissen einzuladen, ich hatte mir hier allmählich wegen meines weitreichenden Kunstverständnisses einen gewissen Respekt erworben. Nun ja, jedenfalls waren wir in Herrn Fischers Haus, in seinem vornehmen Salon. Keine große Versammlung, höchstens vierzig Personen, es war eigentlich ein sehr entspannter Abend. Ich weiß nicht, ob Sie Piotrowski je kennengelernt haben, Mr. Ryder. Er erwies sich tatsächlich als ein höchst angenehmer Mensch, außerordentlich geschickt darin, den Leuten ihre Befangenheit zu nehmen. Die Konversation floß leicht dahin, wir alle genossen den Abend sehr. Dann ging ich einmal zu dem Tisch hinüber, auf dem ein Buffet aufgebaut war, und ich war gerade dabei, mir ein paar Kleinigkeiten zu nehmen, als ich bemerkte, daß Piotrowski direkt neben mir stand. Ich war damals noch recht jung, ich hatte kaum Erfahrung im Umgang mit Prominenten, und ja, ich gebe es zu, ich war ein wenig nervös. Doch dann lächelte Piotrowski freundlich, fragte mich, ob ich den Abend genoß und nahm mir schnell meine Befangenheit. Und dann sagte er: ‹Gerade habe ich mich mit Ihrer äußerst charmanten Gattin unterhalten. Sie hat mir von ihrer großen Liebe zu Baudelaire erzählt. Ich mußte ihr gestehen, daß ich Baudelaires Werk nicht besonders gut kenne. Sehr zu Recht hat sie mich wegen dieser beklagenswerten Lücke gescholten. Oh, sie hat es erreicht, daß ich mich zutiefst schämte. Ich habe vor, den Mißstand unverzüglich zu beheben. Die Liebe Ihrer Frau zu diesem Dichter ist außerordentlich ansteckend.› Woraufhin ich nickte und sagte: ‹Ja, natürlich. Sie hat Baudelaire immer schon geliebt.› – ‹Und das mit einer derartigen Leidenschaft›, sagte Piotrowski. ‹Sie hat es erreicht, daß ich mich zutiefst schämte.› Und mehr war da nicht, das war alles, was zwischen uns gesprochen wurde. Aber sehen Sie, Mr. Ryder, der springende Punkt war der. *Von ihrer Liebe zu Baudelaire hatte ich überhaupt nichts gewußt!* Ich hatte nicht einmal eine Ahnung gehabt! Sie verstehen doch, was das bedeutet. *Diese leidenschaftliche Liebe hat sie vor mir immer geheimgehalten!* Und als Piotrowski mir das erzählte, ergab plötzlich alles einen Sinn. Auf einmal erkannte ich ganz deutlich etwas, das ich in all den Jahren nicht einmal versucht hatte zu verstehen. Ich meine die Tatsache, daß sie gewisse Aspekte ihres Lebens immer vor mir verborgen hatte, als könnten sie bei der Berührung mit meiner Grobheit Schaden nehmen. Wie gesagt, Mr. Ryder, ich hatte das vielleicht immer schon vermutet. Daß es da eine ganze Seite ihres Lebens gab, an der sie mich nicht teilhaben ließ. Und wer wollte ihr das schon zum Vorwurf machen? Eine Frau von so großer Empfindsamkeit, aufgewachsen in solch einer Familie. Sie hatte nicht gezögert, mit Piotrowski darüber zu reden, aber zu keinem Zeitpunkt in unseren gemeinsamen Jahren hat sie diese Liebe zu Baudelaire auch nur einmal angedeutet. Während der nächsten Minuten ging ich zwischen den Leuten auf dem Empfang umher und wußte kaum, was ich mit den anderen Gästen reden sollte, ich plauderte höflich, und innerlich war alles in Aufruhr. Dann schaute ich quer durch den Raum, es muß etwa eine halbe Stunde nach dem Gespräch mit Piotrowski gewesen sein, ich schaute quer durch den Raum und sah sie, meine Frau, neben Piotrowski auf dem Sofa sitzen und glücklich lachen. Die Situation hatte nichts von einem Flirt. O nein, meine Frau hat immer peinlich genau auf Schicklichkeit geachtet. Aber sie lachte mit einer Ungezwungenheit, wie ich sie, so erkannte ich, seit unseren Spaziergängen am Kanal während der Tage vor unserer Hochzeit nicht erlebt hatte. Das heißt, bevor sie *dahintergekommen* war. Es war ein sehr großes Sofa, und es saßen noch zwei andere Leute da, und dann saßen noch einige Gäste auf dem Fußboden, nur um in Piotrowskis Nähe zu sein. Doch Piotrowski hatte sich gerade mit meiner Frau unterhalten, und sie lachte glücklich. Aber, Mr. Ryder, nicht nur dieses Lachen sprach Bände. Während ich sie beobachtete, ich stand am anderen Ende des Raumes, während ich sie beobachtete, geschah dann folgendes. Bis zu diesem Augenblick hatte Piotrowski ganz vorn am Rand des Sofas gesessen und hatte mit den Händen die Knie umfaßt, genau so! Als er lachte und irgendeine Bemerkung meiner Frau gegenüber machte, sank er allmählich etwas weiter nach hinten, ja, so als wolle er sich in dem Sofa zurücklehnen. Und als er immer weiter nach hinten sank, nahm meine Frau, ganz schnell, ganz geschickt, ein Kissen hinter ihrem Rücken hervor und rückte es für Piotrowski zurecht, so daß es bereit lag, als sein Kopf die Sofalehne erreicht hatte. Es ging ganz schnell, beinahe ohne Überlegung, eine sehr anmutige Geste, Mr. Ryder. Und als ich das sah, da brach mir das Herz. Es war eine Geste solch selbstverständlichen Respekts, der Wunsch, auch in einer solchen Kleinigkeit gefällig zu sein, sich um jemanden zu bemühen. Diese kleine Bewegung enthüllte einen ganzen Bereich ihres Herzens, den sie vor mir fest verschlossen gehalten hatte. Und in dem Augenblick begriff ich, welch Illusionen ich mich hingegeben hatte. Da begriff ich, was ich seither mit Sicherheit weiß und nicht ein einziges Mal in all der Zeit angezweifelt habe. Ich meine, Mr. Ryder, ich begriff, daß sie mich verlassen würde. Früher oder später. Es war nur eine Frage der Zeit. Seit jenem Abend habe ich das gewußt.»

Er schwieg und schien wieder ganz in Gedanken versunken.

Zu beiden Seiten der Straße erstreckte sich jetzt Ackerland, und ich sah Traktoren, die sich in der Ferne langsam über die Felder bewegten.

«Entschuldigung, aber dieser eine Abend, von dem Sie da erzählen. Wie lange ist das jetzt her?»

«Wie lange?» Hoffman schien diese Frage als eine Art Affront zu empfinden. «Ach... ich glaube, tja, Piotrowskis Konzert hier in der Stadt muß wohl vor etwa zweiundzwanzig Jahren stattgefunden haben.»

«Vor zweiundzwanzig Jahren?» fragte ich. «Und Ihre Frau ist während dieser ganzen Zeit bei Ihnen geblieben?»

Hoffman drehte sich verärgert zu mir um. «Was wollen Sie damit sagen, Mr. Ryder? Daß ich nicht weiß, wie die Dinge in meinem eigenen Zuhause stehen? Da vertraue ich mich Ihnen an, weihe Sie in diese intimen Gedanken ein, und Sie maßen sich an, mir Vorträge zu halten, als wüßten Sie besser über diese Dinge Bescheid als ich...»

«Wenn ich mich da in etwas eingemischt habe, das mich nichts angeht, dann bitte ich um Entschuldigung, Mr. Hoffman. Ich wollte lediglich darauf hinweisen...»

«Ja, worauf denn wohl, Mr. Ryder! Sie haben doch von all dem gar keine Ahnung! Tatsache ist, daß ich mich in einer verzweifelten Lage befinde, und das jetzt schon eine ganze Weile. Ich habe es an dem Abend bei Herrn Fischer gesehen, klar und deutlich, so deutlich, wie ich jetzt diese Straße vor mir sehe. Na schön, bis jetzt ist es noch nicht passiert, aber nur, weil... nur weil ich mich so *bemüht* habe. Jawohl, Mr. Ryder, und wie ich mich bemüht habe! Vielleicht lachen Sie mich jetzt aus. Wo ich doch weiß, es ist vergebliche Mühe, wieso mich da quälen? Wieso mich derart an sie hängen? Sie können so etwas gut fragen. Aber ich liebe sie innig, Mr. Ryder, heute mehr denn je. Das ist völlig undenkbar für mich, nie im Leben könnte ich sie gehen lassen, alles wäre dann vollkommen sinnlos. Schön, ich weiß, es hat keinen Zweck, früher oder später wird sie mich wegen jemandem wie Piotrowski verlassen, wegen irgend so jemandem, wegen jemandem, der so ist wie der Mann, für den sie mich gehalten hat, bevor sie dahintergekommen ist. Aber Sie können doch keinen Mann verspotten, der so an seiner Frau hängt. Ich habe mein Bestes getan, Mr. Ryder, ich habe mein Bestes getan, und zwar auf die einzige Art, in der es mir möglich war. Ich habe hart gearbeitet, habe Veranstaltungen organisiert, war Mitglied verschiedener Komitees, und es ist mir im Lauf der Jahre gelungen, in den Künstler- und Musikerkreisen der Stadt beträchtliches Ansehen zu erlangen. Und dann war da natürlich immer noch die eine Hoffnung. Da war die eine Hoffnung, die vielleicht erklärt, wieso ich sie so lange habe an mich binden können. Diese Hoffnung ist inzwischen begraben, seit ein paar Jahren schon ist sie begraben, aber sehen Sie, eine Weile lang war da diese eine, einzige Hoffnung. Ich spreche natürlich von unserem Sohn, von Stephan. Wenn er anders gewesen wäre, wenn er nur mit einem Fünkchen des Talents gesegnet gewesen wäre, mit dem ihr Zweig der Familie so überreich ausgestattet ist! Ein paar Jahre lang hatten wir beide diese Hoffnung. Jeder auf seine Art. Wir haben Stephan beobachtet und haben diese Hoffnung gehegt. Wir haben ihn zur Klavierstunde geschickt, wie haben ihn aufmerksam beobachtet, wir haben wider alle Vernunft diese Hoffnung gehegt. Wir haben uns verzweifelt bemüht, eine Spur des Talents zu entdecken, das nie dagewesen ist, ach, wir haben uns so sehr bemüht, aus jeweils unterschiedlichen Gründen, so sehr haben wir etwas entdecken wollen, aber es ist nie dagewesen...»

«Verzeihung, Mr. Hoffman. Sie sprechen jetzt von Stephan, aber ich kann Ihnen versichern...»

«Jahrelang habe ich mich zum Narren gemacht! Ich habe mir gesagt, daß er, na ja, daß er vielleicht ein Spätzünder ist. Da ist etwas, irgendein kleiner Keim. Ach, ich habe mich zum Narren gemacht, und ich darf wohl sagen, meiner Frau ging es nicht anders. Wir haben gewartet und gewartet, aber in den vergangenen Jahren ist es immer sinnloser geworden, sich etwas vorzumachen. Stephan ist jetzt dreiundzwanzig. Ich kann mir nicht länger einreden, daß er sich morgen oder übermorgen noch entfalten wird. Ich mußte mich damit abfinden. Er kommt nach mir. Und ich weiß jetzt, daß sie es auch gemerkt hat. Natürlich, als seine Mutter liebt sie Stephan von Herzen. Aber statt zum Mittel meiner Rettung zu werden, hat er sich zum genauen Gegenteil entwickelt. Jedesmal, wenn sie ihn anschaut, sieht sie den großen Fehler, den sie machte, als sie mich geheiratet hat...»

«Also wirklich, Mr. Hoffman, ich hatte das Vergnügen, Stephan spielen zu hören, und ich muß Ihnen sagen...»

«Eine Verkörperung, Mr. Ryder! Er ist zur Verkörperung des einen großen Fehlers geworden, den sie in ihrem Leben gemacht hat. Ach, wenn Sie nur ihre Familie kennengelernt hätten! Als sie jung war, muß sie das immer angenommen haben. Sie muß geglaubt haben, daß sie eines Tages schöne, begabte Kinder haben würde. Empfänglich für alles Schöne, so wie sie selbst. Und dann hat sie diesen Fehler gemacht! Natürlich, als seine Mutter liebt sie Stephan über alles. Aber das heißt ja nicht, daß sie ihn nicht ansieht und dabei an ihren Fehler denkt. Er ist genauso wie ich, Mr. Ryder. Ich kann es nicht länger leugnen. Jetzt nicht mehr, wo er doch nun praktisch ein erwachsener Mann ist...»

«Aber Stephan ist ein hochbegabter junger Mann, Mr. Hoffman...»

«Sie müssen so etwas nicht sagen, Mr. Ryder! Bitte beleidigen Sie mit solch trivialen Höflichkeitsbekundungen nicht das rückhaltlose Vertrauen, das ich Ihnen entgegengebracht habe! Ich bin kein Dummkopf, ich sehe doch, wie es um Stephan steht. Eine Zeitlang war er meine einzige Hoffnung, jawohl, aber seitdem, seit ich eingesehen habe, daß es sinnlos ist, und wenn ich ehrlich bin, ich nehme an, ich habe das mindestens schon vor sechs oder sieben Jahren eingesehen, seitdem habe ich versucht – und wer könnte mir das zum Vorwurf machen? – ich habe jeweils von dem einen auf den anderen Tag versucht, sie an mich zu binden. Ich habe zu ihr gesagt, sieh mal, warte wenigstens noch diese nächste Veranstaltung ab, die ich organisiere. Warte wenigstens noch das ab, danach könntest du mich in einem ganz anderen Licht sehen. Und wenn auch die Veranstaltung dann vorüber war, sagte ich immer gleich zu ihr, nein, warte, da kommt noch etwas anderes, eine wunderbare Veranstaltung, ich arbeite gerade daran. Bitte, warte das noch ab. So habe ich das geschafft, Mr. Ryder. Während der vergangenen sechs oder sieben Jahre. Und ich weiß, das heute abend, das ist meine letzte Chance. Ich habe alles darauf gesetzt. Als ich es ihr vergangenes Jahr erzählt habe, als ich ihr zum erstenmal von meinen Plänen für diesen Abend erzählt habe, als ich es ihr in allen Einzelheiten beschrieb, wie die Tische stehen würden, wie das Programm für den Abend aussehen würde, ja sogar – Sie werden mir das verzeihen – daß ich mit eingeplant hatte, daß Sie oder jemand von annähernd vergleichbarem Rang die Einladung annehmen und Höhepunkt des Abends sein würde, ja, als ich ihr zum erstenmal alles erklärte, als ich ihr erklärte, daß durch *mich*, durch diesen mittelmäßigen Menschen, an den sie so lange gekettet gewesen war, daß durch mich Mr. Brodsky die Herzen und das Vertrauen der Bürger dieser Stadt gewinnen und als krönenden Abschluß dieses großartigen Abends eine völlige Umkehr der Stimmung hier bewirken würde – haha! –, also Mr. Ryder, da hat sie mich angesehen, als wollte sie sagen: ‹Sind wir also mal wieder soweit.› Aber ich sah ein Aufflackern in ihren Augen. Etwas, das sagte: ‹Vielleicht schaffst du es diesmal wirklich. Das wäre dann ja mal etwas.› Ja, nur ein Aufflackern, aber es sind gerade diese Momente des Aufflackerns, die mich so lange Zeit haben weitermachen lassen. Ach, da wären wir ja, Mr. Ryder.»

Wir waren auf einen Parkstreifen neben einer Wiese mit hohem Gras gefahren.

«Also, Mr. Ryder», sagte Hoffman. «Tatsache ist, ich bin ein bißchen spät dran. Ich frage mich, ob ich wohl so unhöflich sein und Sie bitten darf, jetzt allein weiter bis zur Dependance zu gehen.»

Ich folgte seinem Blick und sah, daß die Wiese steil einen Hügel hinauf anstieg und daß sich ganz oben auf der Hügelspitze eine kleine Blockhütte befand. Hoffman kramte im Handschuhfach herum und zog einen Schlüssel hervor.

«An der Tür der Hütte gibt es ein Vorhängeschloß. Die Einrichtung ist nicht gerade luxuriös, aber Sie haben dort Ihre Abgeschiedenheit, genauso wie Sie es sich gewünscht haben. Und das Instrument ist ein wirklich hervorragendes Beispiel für die Klaviere, die Bechstein in den zwanziger Jahren hergestellt hat.»

Ich schaute noch einmal den Hügel hinauf und fragte dann: «Diese Hütte da oben?»

«Ich komme Sie wieder abholen, Mr. Ryder, in zwei Stunden. Es sei denn, Sie brauchen schon früher einen Wagen.»

«Zwei Stunden werden genau richtig sein.»

«Tja dann, Mr. Ryder, ich hoffe, es wird alles zu Ihrer Zufriedenheit sein.» Hoffman deutete mit der Hand zur Hütte hinauf, als ob er mir auf höfliche Art und Weise den Weg zeigen wollte, aber es war eine Spur von Ungeduld in der Geste. Ich dankte ihm und stieg aus dem Auto.

FÜNFUNDZWANZIG

Ich zog das Gittertor auf und folgte dem Fußweg, der zu der kleinen Blockhütte hinaufführte. Die Wiese war zunächst beunruhigend morastig, doch weiter oben trat ich bald auf festeren Boden. Auf halber Höhe schaute ich über die Schulter zurück und konnte die lange Straße sich durch die Äcker winden und das Dach eines Autos, das durchaus Hoffmans Wagen sein konnte, in der Ferne verschwinden sehen.

Ich war ein wenig außer Atem, als ich die Hütte erreichte und das verrostete Vorhängeschloß an der Tür öffnete. Von außen sah die Hütte kaum anders aus als ein gewöhnlicher Geräteschuppen, dennoch war ich einigermaßen bestürzt, als ich feststellen mußte, daß sie überhaupt nicht eingerichtet war. Wände und Boden bestanden lediglich aus rauhen Brettern, von denen sich einige verzogen hatten. In den Rissen zwischen den Brettern bewegten sich Insekten, und über mir an den Deckenbalken wogten die Reste von Spinnweben hin und her. Ein leicht ramponierter Flügel nahm fast den ganzen Raum der Hütte ein, und als ich den Klavierstuhl hervorzog und mich setzte, berührte ich mit dem Rücken praktisch die Wand hinter mir.

In diese selbe Wand war das einzige Fenster der Hütte eingelassen, und wenn ich mich auf meinem Stuhl herumschwang und den Hals etwas reckte, konnte ich die Wiese sehen, die sich steil zur Straße hinabsenkte. Der Boden der Hütte schien nicht ganz eben zu sein, und als ich mich wieder zum Flügel umdrehte, hatte ich das unangenehme Gefühl, als würde ich rückwärts den Hügel hinuntergleiten. Doch als ich den Klavierdeckel öffnete und die ersten Töne anschlug, konnte ich mich davon überzeugen, daß das Instrument einen vorzüglichen Klang hatte, besonders die tiefen Töne zeichneten sich durch eine erfreuliche Fülle aus. Der Anschlag war glücklicherweise nicht zu leicht, und das Instrument war ausgezeichnet gestimmt. Ich hatte den Eindruck, als sei das rauhe Holz um mich herum möglicherweise sorgfältig ausgewählt worden, um den Klang auf optimale Weise aufzunehmen und zurückzuwerfen. Abgesehen von einem leichten Knacken, das zu hören war, wenn ich das rechte Pedal betätigte, gab es kaum etwas, worüber ich mich beklagen konnte.

Nach einer kurzen Zeit, in der ich meine Gedanken sammelte, begann ich mit der wirbelnden Eröffnung von *Asbestos and Fibre.* Als dann der erste Satz seine nachdenklichere Phase erreichte, entspannte ich mich mehr und mehr, und zwar so sehr, daß ich fast den ganzen ersten Satz mit geschlossenen Augen spielte.

Als ich mit dem zweiten Satz begann, öffnete ich die Augen wieder und sah, daß die Nachmittagssonne durch das Fenster hinter mir hereinströmte und meinen Schatten klar umrissen auf die Tastatur warf. Doch selbst die Anforderungen des zweiten Satzes änderten nichts an meiner Ruhe. Tatsächlich merkte ich, daß ich jede Nuance der Komposition absolut unter Kontrolle hatte. Mir fiel wieder ein, wieviel Sorgen ich mir den ganzen Tag über gemacht hatte, doch jetzt kam ich mir deswegen recht dumm vor. Außerdem schien es mir nun, da ich etwa in der Mitte des Stückes war, unvorstellbar zu sein, daß meine Mutter davon nicht gerührt sein würde. Es war ganz einfach so, daß ich keinerlei Anlaß hatte, etwas anderes als äußerste Zuversicht beim Gedanken an das Konzert zu empfinden.

Und da, als ich mich der erhabenen Melancholie des dritten Satzes näherte, nahm ich ein Geräusch im Hintergrund wahr. Zuerst dachte ich, es käme von dem linken Pedal oder aus dem Fußboden. Es war ein schwaches, rhythmisches Geräusch, das immer wieder aufhörte und dann von neuem einsetzte, und eine Zeitlang versuchte ich, es nicht zu beachten. Aber es kehrte immer wieder, und während der Pianissimo-Passagen mitten im Satz merkte ich dann, daß draußen, nicht weit weg von mir, jemand dabei war zu graben.

Da das Geräusch nichts mit mir zu tun hatte, konnte ich es nun leicht ignorieren. Ich fuhr mit dem dritten Satz fort und genoß die Mühelosigkeit, mit der die verworrenen Gefühlsknäuel träge an die Oberfläche stiegen und sich lösten. Ich schloß wieder die Augen, und bald schon stellte ich mir die Gesichter meiner Eltern vor, sie saßen nebeneinander und lauschten mit dem Ausdruck feierlicher Konzentration. Merkwürdigerweise sah ich sie nicht in einem Konzertsaal – wo sie ja später am Abend, so wußte ich, sitzen würden –, sondern in dem Wohnzimmer einer Nachbarin in Worcestershire, einer gewissen Mrs. Clarkson, einer Witwe, mit der meine Mutter eine Zeitlang freundschaftlich verkehrt hatte. Vielleicht war es das hohe Gras draußen vor der Hütte, das mich an Mrs. Clarkson erinnert hatte. Ihr Häuschen hatte, genau wie unseres, mitten auf einer Wiese gestanden, und natürlich war sie, da sie ja allein lebte, nicht in der Lage gewesen, das Gras auch nur annähernd zu bändigen. Das Innere ihres Häuschens war hingegen makellos sauber gewesen. In der einen Ecke ihres Wohnzimmers hatte es ein Klavier gegeben, das ich, soweit ich zurückdenken kann, nie aufgeklappt gesehen habe. Vielleicht war es verstimmt oder kaputt gewesen. Aber da kam mir eine ganz spezifische Erinnerung. Ich saß still in diesem Zimmer, mit meiner Tasse Tee auf dem Knie, und hörte zu, wie sich meine Eltern mit Mrs. Clarkson über Musik unterhielten. Vielleicht hatte mein Vater gerade gefragt, ob sie überhaupt je auf dem Klavier spiele, denn ganz gewiß war Musik für Mrs. Clarkson kein häufiges Gesprächsthema gewesen. Während ich jedenfalls in der Blockhütte mit dem dritten Satz aus *Asbestos and Fibre* weitermachte, gestattete ich mir ohne jeden nachvollziehbaren Grund die Genugtuung, mir vorzustellen, ich befände mich wieder in diesem Raum in Mrs. Clarksons Häuschen, und mein Vater, meine Mutter und Mrs. Clarkson würden mit ernstem Gesichtsausdruck zuhören, während ich auf dem Klavier in der Ecke spielte und die Spitzengardine mir in der sommerlichen Brise ständig ins Gesicht zu wehen drohte.

Als ich mich den Schlußtakten des dritten Satzes näherte, drang mir das Geräusch von draußen erneut ins Bewußtsein. Ich war nicht sicher, ob es für eine Weile aufgehört und dann wieder angefangen hatte, oder ob es die ganze Zeit angedauert hatte, aber jedenfalls schien es jetzt weit auffälliger zu sein als zuvor. Da kam mir plötzlich der Gedanke, daß das Geräusch von niemand anderem als Brodsky verursacht wurde, der dabei war, seinen Hund zu begraben. Tatsächlich erinnerte ich mich jetzt daran, daß er mehr als einmal im Lauf des Vormittags seine Absicht kundgetan hatte, den Hund später am selben Tag zu begraben, und ich erinnerte mich sogar dunkel, daß ich einer Art Arrangement zugestimmt hatte, demzufolge ich während der Begräbniszeremonie Klavier spielen sollte.

Nun begann ich, mir einiges von dem vorzustellen, was sich vor meiner Ankunft bei der Hütte ereignet haben mußte. Brodsky war höchstwahrscheinlich zu einem früheren Zeitpunkt eingetroffen und hatte an einer Stelle genau bei der Hügelspitze gewartet, nur einen Steinwurf von der Blockhütte entfernt, an einem Hang mit einer Baumgruppe. Er hatte ganz ruhig an dieser Stelle gestanden, den Spaten gegen einen Baumstamm gelehnt, und ganz in der Nähe, vom Gras fast vollständig verborgen, hatte der in ein Laken gewickelte Kadaver seines Hundes gelegen. Brodsky hatte, wie er mir heute vormittag erzählt hatte, eine schlichte Zeremonie im Sinn gehabt, deren einzige Verschönerung meine Klavierbegleitung sein sollte, und verständlicherweise hatte er mit dem ganzen Ritual nicht vor meiner Ankunft beginnen wollen. So hatte er also gewartet, vielleicht sogar eine volle Stunde lang, er hatte in den Himmel und vom Hügel aus in die Landschaft geblickt.

Zunächst hätte sich Brodsky ganz selbstverständlich alle Erinnerungen an seinen verstorbenen Gefährten wieder ins Gedächtnis gerufen. Doch während die Minuten vergingen und von mir weit und breit noch nichts zu sehen war, würden sich seine Gedanken wohl Miss Collins und dem Rendezvous auf dem Friedhof zugewandt haben. Bald darauf würde Brodsky festgestellt haben, daß er sich an einen bestimmten Frühlingsmorgen vor vielen Jahren erinnerte, als er zwei Korbstühle auf die Wiese hinter ihrem Häuschen hinausgetragen hatte. Das war nur vierzehn Tage nach ihrer Ankunft in der Stadt gewesen, und trotz ihrer knappen Geldmittel hatte sich Miss Collins mit beträchtlicher Energie darangemacht, ihr neues Heim wohnlich herzurichten. An jenem Frühlingsmorgen war sie zum Frühstück heruntergekommen und hatte den Wunsch geäußert, ein wenig an der frischen Luft und in der Sonne zu ruhen.

Bei dem Gedanken an jenen Morgen würde er festgestellt haben, daß er sich lebhaft an das feuchte Gras und die Morgensonne über ihnen erinnerte, als er die Stühle Seite an Seite aufgestellt hatte. Sie war ein wenig später herausgekommen, und sie hatten eine Weile zusammen dagesessen und gelegentlich irgendwelche zwanglosen Bemerkungen gewechselt. Für einen kurzen Augenblick war an jenem Vormittag zum erstenmal seit Monaten die Überzeugung aufgekommen, daß die Zukunft für sie doch noch etwas bereithielte. Brodsky hatte diesen Gedanken gerade schon äußern wollen, doch dann war ihm eingefallen, daß er damit das heikle Thema seiner jüngsten Mißerfolge berühren würde, und er hatte es sich anders überlegt.

Dann hatte sie diese Bemerkung mit der Küche gemacht. Da er sich weigere, die Hartfaserplatten aus dem Raum zu entfernen und das, obwohl er es schon vor Tagen versprochen hätte, komme sie dort überhaupt nicht voran. Er hatte eine Weile geschwiegen und hatte dann, ganz leise, geantwortet, daß im Schuppen viel Arbeit auf ihn warte. Da es offensichtlich nicht einmal möglich war, ein paar Minuten friedlich zusammenzusitzen, könne er sich genausogut zum Arbeiten aufraffen. Und er war aufgestanden und durch das Haus zu dem kleinen

Schuppen im Vorgarten gegangen. Keiner von beiden war laut geworden, und der ganze Wortwechsel hatte nicht länger als ein paar Minuten gedauert. Er hatte dem damals nicht viel Bedeutung beigemessen und war bald sehr von seinen Plänen hinsichtlich der Teppiche in Anspruch genommen gewesen. Einige Male im Lauf des Vormittags hatte er aufgeschaut und sie durch das staubige Fenster des Schuppens ziellos im Vorgarten umhergehen sehen. Er hatte mit der Arbeit weitergemacht und eigentlich damit gerechnet, daß sie auf der Türschwelle erscheinen würde, doch sie war immer wieder zurück ins Haus gegangen. Er war – zugegebenermaßen recht spät – zum Mittagessen hineingegangen, nur um feststellen zu müssen, daß sie bereits gegessen und sich nach oben zurückgezogen hatte. Er hatte eine Weile gewartet, war dann wieder in den Schuppen gegangen und hatte den ganzen Nachmittag gearbeitet. Nach einiger Zeit war ihm aufgefallen, daß es dunkel wurde und daß im Haus die Lichter angingen. Gegen Mitternacht war er schließlich wieder hineingegangen.

Die ganze untere Etage des Hauses hatte im Dunkeln gelegen. Im Wohnzimmer hatte er sich auf einen Holzstuhl gesetzt, und während er auf das Mondlicht schaute, das auf ihre schäbigen Möbel fiel, hatte er darüber nachgedacht, wie merkwürdig dieser Tag verlaufen war. Er hatte sich nicht daran erinnern können, daß sie je einen Tag so verbracht hatten, und so hatte er beschlossen, die Dinge zu einem besseren Abschluß zu bringen, war aufgestanden und war zur Treppe gegangen.

Als er oben angekommen war, hatte er gesehen, daß das Licht in ihrem gemeinsamen Schlafzimmer noch brannte. Als er darauf zuging, hatten die Dielenbretter unter ihm laut geknarrt und damit sein Erscheinen so deutlich angekündigt, als habe er sie gerufen. Vor der Tür war er stehengeblieben, und auf den Lichtstreif schauend, der unter der Tür durchfiel, hatte er versucht, sich ein wenig zu sammeln. Dann, gerade als er nach der Türklinke greifen wollte, war von der anderen Seite ihr Husten zu hören gewesen, nur ein kleines, mit ziemlicher

Sicherheit unbeabsichtigtes Hüsteln, und doch hatte etwas daran ihn innehalten und ihn dann langsam die Hand zurückziehen lassen. Irgend etwas in diesem kleinen Geräusch hatte ihn an eine Facette ihrer Persönlichkeit erinnert, die er in letzter Zeit aus seinen Gedanken hatte verbannen können; einen Zug, den er in glücklicheren Zeiten sehr bewundert hatte, aber den er – und das war ihm plötzlich klargeworden – seit dem Debakel, vor dem sie kürzlich geflüchtet waren, mit wachsender Entschlossenheit zu ignorieren versucht hatte. Irgendwie hatte in diesem Hüsteln all ihr Perfektionismus gelegen, ihre strengen Prinzipien, die Seite in ihr, die sich immer fragte, ob sie ihre Kräfte auch in der denkbar nützlichsten Weise einsetzte. Er war plötzlich sehr wütend auf sie geworden, wegen des Hüstelns, wegen der ganzen Art, in der der Tag verlaufen war, und hatte sich umgedreht und war weggegangen, und es war ihm egal gewesen, wie laut dabei die Dielenbretter unter ihm knarrten. Als er dann wieder in die mit Lichtflecken gesprenkelte Dunkelheit des Wohnzimmers zurückgekehrt war, hatte er sich auf das alte Sofa gelegt, sich mit einem Mantel zugedeckt und war eingeschlafen.

Am nächsten Morgen war er früh aufgewacht und hatte für sie beide das Frühstück vorbereitet. Sie war zur üblichen Zeit heruntergekommen, und sie hatten einander keineswegs unfreundlich begrüßt. Er wollte gerade sagen, wie sehr er das Vorgefallene bedauere, doch sie hatte ihn mit den Worten unterbrochen, sie hätten sich doch beide erstaunlich kindisch verhalten. Dann hatten sie weitergegessen, beide sichtlich erleichtert, daß der Streit nun hinter ihnen lag. Und doch war noch den ganzen Tag, ja auch noch an den darauffolgenden Tagen etwas Kaltes in ihrem Leben geblieben. Und wenn er in den kommenden Monaten, nachdem die Phasen des Schweigens zwischen ihnen sowohl an Länge als auch an Häufigkeit zugenommen hatten, über die Ursprünge dieser Verhaltensweise nachgrübelte, hatte er feststellen müssen, daß er in Gedanken immer wieder zu jenem Frühlingstag zurückgekehrt war, zu jenem Morgen, der für sie beide so vielversprechend begonnen hatte, während sie Seite an Seite im feuchten Gras gesessen hatten.

Während dieser Erinnerungen war ich schließlich bei der Hütte angekommen und hatte zu spielen begonnen. Bei den ersten paar Takten hatte Brodsky noch mit leerem Blick in die Ferne gestarrt. Dann hatte er mit einem Seufzer seine Gedanken wieder auf die vor ihm liegende Aufgabe gerichtet und hatte seinen Spaten zur Hand genommen. Mit der Spatenspitze hatte er die Beschaffenheit des Bodens geprüft, doch dann hatte er innegehalten, weil er möglicherweise zu dem Schluß gekommen war, die Stimmung der Musik entspreche noch nicht seinen Vorstellungen. Erst während der melancholischen Langsamkeit des dritten Satzes hatte Brodsky angefangen zu graben. Der Boden war weich, und es ging mühelos. Dann hatte er den Hundekadaver durch das hohe Gras gezogen und ohne große Umstände in das Grab fallen lassen, und dabei war er nicht einmal in Versuchung gewesen, das Laken zurückzuschlagen und einen letzten Blick auf das Tier zu werfen. Er hatte gerade wieder angefangen, etwas Erde in das Grab zu schaufeln, als etwas, vielleicht die Traurigkeit der Musik, ihn schließlich hatte innehalten lassen. Dann hatte er sich aufgerichtet und sich einige Momente gestattet, in denen er still auf das halb zugeschaufelte Grab schaute. Erst als ich mich dem Ende des dritten Satzes näherte, hatte Brodsky seinen Spaten wieder zur Hand genommen und weitergeschaufelt.

Als ich den dritten Satz beendet hatte, hörte ich, daß Brodsky immer noch angestrengt arbeitete, und ich beschloß, den letzten Satz nicht zu spielen – er eignete sich kaum für eine derartige Zeremonie – und einfach noch einmal mit dem dritten zu beginnen. Das, so meinte ich, sei das mindeste, was ich für Brodsky tun konnte, nachdem ich ihn so lange hatte warten lassen. Das Schaufeln ging noch eine Weile weiter und hörte dann auf, als noch ungefähr die Hälfte des Satzes zu spielen war, aber ich gab ihm noch ein wenig mehr Zeit, um am Grab seinen Gedanken nachzuhängen. Ich erkannte, daß ich den elegischen Nuancen größeren Nachdruck verlieh als beim ersten Durchspielen des Satzes.

Als ich das Ende des Satzes zum zweitenmal erreicht hatte, blieb ich einige Minuten lang still am Klavier sitzen, bevor ich aufstand und in der Enge die Glieder streckte. Die Nachmittagssonne erfüllte jetzt die Hütte, und im Gras ganz in der Nähe hörte ich die Grillen. Nach einer Weile überlegte ich mir, daß ich nach draußen gehen und ein paar Worte mit Brodsky reden sollte.

Als ich die Tür aufstieß und hinaussah, war ich überrascht, wie tief die Sonne schon über der Straße am Fuß des Hügels stand. Ein paar Schritte durch das Gras brachten mich wieder zu dem Fußweg, und ich stieg das letzte Stückchen zur Hügelspitze hinauf. Von dort fiel der Boden sanft in ein liebliches Tal hinab. Unter einer Gruppe schlanker Bäume in meiner unmittelbaren Nähe stand Brodsky bei dem Grab.

Er drehte sich nicht um, als ich zu ihm trat, aber er sagte leise, ohne den Blick von dem Grab abzuwenden: «Mr. Ryder, ich danke Ihnen. Das war wunderschön. Ich bin Ihnen sehr, sehr dankbar.»

Ich brummelte etwas und blieb in respektvoller Entfernung zu dem Grab stehen. Brodsky schaute noch eine Weile zu Boden und sagte dann:

«Nur ein altes Tier. Aber ich wollte die beste Musik. Ich bin Ihnen sehr dankbar.»

«Nichts zu danken, Mr. Brodsky. Es war mir eine Ehre.»

Er seufzte und sah mich jetzt zum erstenmal an. «Wissen Sie, ich kann um Bruno einfach nicht weinen. Ich habe es versucht, aber ich kann einfach nicht weinen. Meine Gedanken gelten ganz der Zukunft. Und manchmal auch ganz der Vergangenheit. Ich nehme an, Sie wissen, was ich meine, ich bin dann ganz bei unserem früheren Leben. Wir wollen jetzt gehen, Mr. Ryder. Wir wollen Bruno jetzt hierlassen.» Er drehte sich um und machte sich daran, langsam in Richtung Tal hinunterzuschlendern. «Wir wollen jetzt gehen. Leb wohl, Bruno, leb wohl. Du warst ein treuer Freund, aber eben nur ein Hund. Wir wollen ihn jetzt hierlassen, Mr. Ryder. Kommen Sie, begleiten Sie mich. Wir wollen ihn hierlassen. Es war sehr freundlich von Ihnen, für ihn zu spielen. Die allerbeste Musik. Aber ich kann jetzt nicht weinen. Sie wird bald hier sein. Es dauert jetzt nicht mehr lange. Bitte, wir wollen jetzt gehen.»

Ich schaute erneut in das Tal hinab und merkte nun, daß es ganz von Grabsteinen bedeckt war. Da fiel mir ein, daß wir auf genau den Friedhof zugingen, auf dem Brodsky sich mit Miss Collins verabredet hatte. Und als ich neben Brodsky herging, hörte ich ihn tatsächlich sagen:

«Am Grab von Per Gustavsson. Da wollen wir uns treffen. Ohne besonderen Grund. Sie sagte, sie würde das Grab kennen, das ist alles. Ich werde da warten, es macht mir nichts aus, ein wenig zu warten.»

Wir waren durch das hohe Gras gegangen, doch dann kamen wir zu einem Fußweg, und als wir weiter den Abhang hinunterkletterten, konnte ich den Friedhof immer deutlicher erkennen. Es war ein ruhiger, abgeschiedener Ort. Die Grabsteine waren im Talgrund in ordentlichen Reihen aufgestellt, von denen einige bis zu den grasbewachsenen Hängen zu beiden Seiten anstiegen. Gerade fand eine Beerdigung statt; ich erkannte die dunklen Umrisse der Trauergäste, insgesamt etwa dreißig Menschen, die sich zu unserer Linken im Sonnenschein versammelt hatten.

«Ich hoffe wirklich, es geht alles gut», sagte ich. «Ich meine natürlich Ihr Treffen mit Miss Collins.»

Brodsky schüttelte den Kopf. «Heute vormittag, da hatte ich noch ein gutes Gefühl. Ich habe gedacht, wenn wir nur reden, kommt schon alles wieder in Ordnung. Aber jetzt bin ich mir nicht mehr so sicher. Dieser Mann, Ihr Freund heute vormittag in der Wohnung von Miss Collins, vielleicht hatte der recht. Vielleicht kann sie mir jetzt nicht mehr verzeihen.

Vielleicht bin ich zu weit gegangen, und sie wird mir nie mehr verzeihen können.»

«Ich bin sicher, es gibt keine Veranlassung, derart pessimistisch zu sein», erwiderte ich. «Was immer auch geschehen ist, das ist jetzt Vergangenheit. Wenn Sie beide nur...»

«All diese vielen Jahre, Mr. Ryder», sagte er. «Tief innen. Ich habe nie wirklich akzeptiert, was sie damals alle über mich gesagt haben. Ich habe nie glauben wollen, ich sei einfach nur dieser... dieser Niemand. Mit dem Verstand vielleicht ja, da habe ich akzeptiert, was sie gesagt haben. Aber nicht mit dem Herzen, nein, da habe ich es nie geglaubt. Nicht eine Minute lang, in all den Jahren. Immer habe ich es gehört, immer habe ich die Musik gehört. Also wußte ich, daß ich besser war, besser, als sie meinten. Und nachdem wir hierhergekommen waren, da war auch sie für eine kurze Zeit davon überzeugt, das weiß ich. Aber dann, tja, dann hat sie angefangen, daran zu zweifeln, und wer wollte ihr das schon übelnehmen? Ich nehme es ihr nicht übel, daß sie mich verlassen hat. Nein, ganz bestimmt nicht. Aber was ich ihr übelnehme, was ich ihr wirklich übelnehme, ist, daß sie nichts Besseres daraus gemacht hat. Ja, sie hätte auf jeden Fall etwas Besseres daraus machen sollen! Ich habe es erreicht, daß sie mich haßt, können Sie sich vorstellen, was mich das gekostet hat? Ich habe ihr ihre Freiheit zurückgegeben, und was fängt sie damit an? Nichts. Sie ist nicht einmal aus dieser Stadt fortgegangen, sie verschwendet einfach nur ihre Zeit. Mit diesen *Leuten*, diesen erbärmlichen Taugenichtsen, mit denen sie den ganzen Tag redet. Wenn ich nur gewußt hätte, daß sie nichts anderes mit ihrem Leben anfangen würde als das! Jemanden, den man liebt, von sich zu stoßen ist etwas sehr Schmerzliches, Mr. Ryder. Glauben Sie denn, ich hätte das unter diesen Umständen getan? Glauben Sie, ich hätte mich in diese Kreatur verwandelt, wenn ich gewußt hätte, daß sie sonst nichts mit ihrem Leben anfangen würde? Diese erbärmlichen, unglücklichen Leute, mit denen sie ständig redet! Und dabei war sie früher so ehrgeizig. Ja, so war das. Und sehen Sie nur, sie hat das alles vergeudet. Sie ist nicht einmal aus dieser Stadt fortgegangen. Wundert es Sie da, daß ich sie von Zeit zu Zeit angeschrien habe? Wenn das alles ist, was sie wollte, wieso hat sie das dann damals nicht gesagt? Glaubt sie etwa, das ist komisch, so irrsinnig komisch, ein trunksüchtiger Bettler zu sein? Die Leute denken sich, na schön, er ist ein Trinker, ihm ist alles egal. Aber das stimmt nicht. Manchmal wird alles klar, richtig klar, und dann... wissen Sie, Mr. Ryder, wie entsetzlich es dann ist? Sie hat sie nicht einmal ergriffen, die Chance, die ich ihr gegeben habe. Sie ist nicht einmal aus der Stadt fortgegangen. Immer nur reden, reden, mit diesen erbärmlichen Leuten. Ich habe sie angeschrien, aber können Sie mir das übelnehmen? Sie hat es verdient, alles, was ich gesagt habe, jede Silbe dieser widerlichen Beschimpfungen, sie hat das verdient...»

«Bitte, Mr. Brodsky, bitte. Das ist wohl kaum der richtige Weg, sich auf diese äußerst wichtige Begegnung vorzubereiten...»

«Glaubt sie denn, daß mir das Spaß gemacht hat? Daß ich es einfach nur so aus Jux gemacht habe? Ich hätte das nicht tun müssen. Hören Sie, Sie sollten wissen, wenn ich mit dem Trinken aufhören will, dann kann ich das. Glaubt sie denn, ich habe das nur zum Scherz gemacht?»

«Ich will mich ja nicht einmischen, Mr. Brodsky. Aber es ist doch sicher an der Zeit, solche Gedanken für immer zu verbannen. Es ist doch sicher höchste Zeit, all diese Differenzen, all diese Mißverständnisse endlich zu vergessen. Sie müssen einfach versuchen, das Beste aus dem Leben zu machen, das noch vor Ihnen liegt. Bitte, versuchen Sie doch, sich zu beruhigen. So können Sie doch Miss Collins nicht gegenübertreten, das würden Sie sicher hinterher bereuen. Übrigens, Mr. Brodsky, wenn ich das sagen darf, Sie hatten sicher recht, ihr gegenüber so besonders nachdrücklich von der Zukunft zu sprechen. Ihr Einfall mit dem Haustier ist meiner Meinung nach wirklich sehr gut. Ich finde tatsächlich, Sie sollten diesen Einfall und andere ähnliche Ideen nicht aus den Augen verlieren. Es gibt wirklich keine Veranlassung, die Vergangenheit wieder aufzurollen. Und natürlich haben Sie allen Grund, jetzt voller Hoffnung in die Zukunft zu schauen. Ich für meinen Teil habe vor, heute abend alles in meiner Macht Stehende zu tun, damit Sie von den Menschen dieser Stadt akzeptiert werden...»

«Ach ja, Mr. Ryder!» Seine Stimmung schien plötzlich umzukippen. «Ja, ja, ja. Heute abend, ja, heute abend habe ich vor... ich habe vor, großartig zu sein!»

«So ist es schon besser, Mr. Brodsky.»

«Heute abend werde ich keine Kompromisse eingehen, auf gar keinen Fall. Ja, schön, sie haben mich gehetzt, ich habe aufgegeben, wir sind fortgelaufen, hierher in diese Stadt gekommen. Aber tief in meinem Innersten habe ich noch nicht ganz aufgegeben. Ich wußte, ich habe nie eine wirkliche Chance gehabt. Und jetzt, endlich, heute abend... Ich habe so lange gewartet, ich gehe keine Kompromisse mehr ein. Und das Orchester, die Musiker werden sich noch wundern, wie hart ich sie rannehmen werde. Ich bin Ihnen wirklich dankbar, Mr. Ryder. Sie sind mir eine richtige Inspiration gewesen. Bis heute morgen habe ich Angst gehabt. Angst vor heute abend, Angst vor dem, was passieren wird. Ich sollte lieber vorsichtig sein, habe ich mir gedacht. Hoffman hat das gesagt, und die anderen auch, gehen Sie es vorsichtig und langsam an, haben sie gesagt. Schön langsam am Anfang, haben sie gesagt. Gewinnen Sie Schritt für Schritt ihre Gunst. Aber heute morgen habe ich Ihr Bild gesehen. In der Zeitung, beim Sattler-Haus. Da habe ich mir gesagt, das ist es, ja, das ist es! Bis zum Ende, ziehe es durch bis zum Ende! Halte nichts zurück! Die Musiker, die werden sich noch wundern! Und allen hier in der Stadt wird es ganz genauso gehen. Ja, ziehe es durch bis zum Ende! Dann wird sie schon sehen. Dann wird sie mich wiedersehen, sie wird erkennen, wer ich wirklich bin, wer ich schon die ganze Zeit gewesen bin! Das Sattler-Haus, ja, das ist es!»

Inzwischen waren wir auf ebenem Grund und gingen den

grasbewachsenen Hauptweg des Friedhofs entlang. Ich nahm eine Bewegung hinter uns wahr, und als ich über die Schulter zurückschaute, sah ich, daß einer der Trauergäste auf uns zulief und eindringlich gestikulierte. Als er näher kam, sah ich, daß es ein dunkelhaariger, untersetzter Mann um die Fünfzig war.

«Das ist aber eine Ehre, Mr. Ryder», sagte er atemlos, als ich mich zu ihm umdrehte. «Ich bin der Bruder der Witwe. Sie wäre hocherfreut, wenn Sie sich uns anschließen würden.»

Ich schaute in die Richtung, in die er deutete, und sah, daß wir jetzt recht nahe an dem Platz waren, wo die Beerdigung stattfand. Der leichte Wind trug sogar schon das Geräusch verzweifelter Schluchzer herbei.

«Hier entlang bitte», sagte der Mann.

«Aber in einem so intimen Moment ist es doch sicherlich...»

«Nein, nein, bitte. Meine Schwester und die anderen würden sich sehr geehrt fühlen. Bitte, hier entlang.»

Nur widerstrebend folgte ich ihm schließlich. Der Boden wurde schlammiger, als wir zwischen den Gräbern vorwärtsgingen. Zunächst konnte ich die Witwe in den Reihen dunkler, vornübergeneigter Rücken nicht ausmachen, doch als wir zu der Gruppe traten, entdeckte ich sie ganz vorn, über das offene Grab gebeugt. Ihr Kummer schien so unermeßlich, daß es so aussah, als würde sie sich gleich auf den Sarg werfen. Und genau deshalb stand vielleicht auch ein alter, weißhaariger Herr neben ihr und hielt sie fest beim Arm und bei der Schulter. Die meisten Leute hinter ihr schluchzten in offenbar aufrichtiger Trauer, doch trotzdem waren die gequälten Klagelaute der Witwe deutlich herauszuhören – langsames, erschöpftes und dennoch schockierend inbrünstiges Wehklagen, wie es von einem Opfer langandauernder Folter kommen könnte. Ich hätte mich am liebsten weggedreht, doch der untersetzte Mann bedeutete mir jetzt durch Gesten, daß ich nach vorn gehen sollte. Als ich mich nicht rührte, flüsterte er nicht allzu leise:

«Bitte, Mr. Ryder.»

Das veranlaßte einige Trauergäste, sich zu uns umzudrehen.

«Hier entlang, Mr. Ryder.»

Der untersetzte Mann nahm mich beim Arm, und wir bahnten uns einen Weg durch die Menge. Dabei drehten sich mir etliche Gesichter zu, und ich hörte wenigstens zwei Stimmen murmeln: «Das ist Mr. Ryder.» Als wir vorne angelangt waren, hatte sich das Geschluchze ein wenig gelegt, und ich spürte viele Blicke in meinem Rücken. Ich nahm eine Haltung stillen Respekts an, wobei ich mir aber schmerzlich bewußt war, daß ich ein lässiges, hellgrünes Jackett und noch nicht einmal eine Krawatte trug. Zudem hatte mein Hemd ein recht aufdringliches orange-gelbes Muster. Schnell knöpfte ich das Jackett zu, während der untersetzte Mann versuchte, die Aufmerksamkeit der Witwe auf uns zu lenken.

«Eva», sagte er sanft. «Eva.»

Obwohl der weißhaarige Herr zu uns herschaute, gab die Witwe durch nichts zu erkennen, daß sie etwas gehört hatte. Sie blieb in ihren Schmerz versunken, und ihre Klagelaute ergossen sich über das Grab. Sichtlich verlegen schaute mich ihr Bruder an.

«Bitte», flüsterte ich und fing an, mich zurückzuziehen, «ich werde mein Beileid ein wenig später aussprechen.»

«Nein, nein, Mr. Ryder, bitte. Nur einen Moment.» Der untersetzte Mann legte jetzt seiner Schwester eine Hand auf die Schulter und sagte noch einmal, diesmal mit deutlich vernehmbarer Ungeduld: «Eva. Eva.»

Die Witwe richtete sich auf, brachte ihr Schluchzen unter Kontrolle und drehte sich dann schließlich zu uns um.

«Eva», sagte ihr Bruder. «Mr. Ryder ist gekommen.»

«Mr. Ryder?»

«Mein tief empfundenes Beileid, gnädige Frau», sagte ich und neigte ernst den Kopf.

Die Witwe starrte mich immer nur weiter an.

«Eva!» zischte der Bruder.

Die Witwe schrak zusammen, schaute zu ihrem Bruder und dann wieder zu mir.

«Mr. Ryder», sagte sie mit überraschend gefaßter Stimme, «das ist wirklich eine Ehre. Hermann» – sie deutete auf das Grab – «ist ein großer Bewunderer von Ihnen.» Dann plötzlich wurde sie wieder von Schluchzern überwältigt.

«Eva!»

«Gnädige Frau», sagte ich schnell, «ich bin lediglich gekommen, um Ihnen mein tiefstes Mitgefühl auszusprechen. Es tut mir wirklich sehr leid. Aber bitte, gnädige Frau, Sie alle, ich will Sie jetzt lieber Ihrem Schmerz überlassen ...»

«Mr. Ryder», sagte die Witwe, und ich sah, daß sie sich wieder gefaßt hatte. «Es ist wirklich eine große Ehre für uns. Ich bin sicher, jeder hier wird mir zustimmen, wenn ich sage, daß wir uns alle außerordentlich, zutiefst geschmeichelt fühlen.»

Ein Chor zustimmenden Gemurmels erhob sich hinter mir.

«Ach, Mr. Ryder», fuhr die Witwe fort, «wie gefällt es Ihnen denn in unserer Stadt? Ich hoffe sehr, es gibt das eine oder andere, das für Sie von Interesse ist.»

«Es gefällt mir sehr. Alle sind hier so freundlich. Eine prächtige Gemeinde. Es tut mir sehr leid, das mit dem ... mit dem Todesfall.»

«Vielleicht hätten Sie gern eine Erfrischung. Etwas Tee oder Kaffee vielleicht?»

«Nein, nein, wirklich, bitte ...»

«Bleiben Sie doch und trinken Sie wenigstens etwas. Ach herrje, hat denn niemand etwas Tee oder Kaffee mitgebracht? Gar nichts?» Die Witwe schaute suchend in die Menge.

«Wirklich, bitte, ich hatte keineswegs die Absicht, mich hier aufzudrängen. Bitte, fahren Sie nur fort mit ... mit dem, was Sie gerade getan haben.»

«Aber Sie müssen etwas nehmen. Also bitte, hat denn nicht einmal jemand eine Thermoskanne mit Kaffee?»

Hinter mir berieten sich viele Stimmen miteinander, und

als ich über die Schulter zurückschaute, sah ich, daß die Leute ihre Taschen durchsuchten. Der untersetzte Mann winkte jemandem hinten in der Menge zu, woraufhin ihm etwas gereicht wurde. Während er es noch prüfte, sah ich, daß es sich um ein in Zellophan eingewickeltes Stück Kuchen handelte.

«Haben wir denn nichts Besseres anzubieten?» rief der untersetzte Mann. «Was soll das denn?»

Inzwischen war hinter mir ein regelrechter Tumult ausgebrochen. Eine ärgerliche Stimme ließ sich besonders deutlich vernehmen: «Also, Otto, wo ist denn dieser Käse?» Schließlich wurde dem untersetzten Mann eine Rolle Pfefferminzbonbons gereicht. Der Mann warf der Versammlung einen ärgerlichen Blick zu, dann drehte er sich um und hielt seiner Schwester den Kuchen und die Bonbons hin.

«Das ist wirklich sehr freundlich von Ihnen», sagte ich, «aber ich bin doch nur gekommen, um...»

«Also, Mr. Ryder», sagte die Witwe mit erregter Stimme, «es scheint, daß dies alles ist, was wir Ihnen anbieten können. Ich weiß nicht, was Hermann dazu gesagt hätte, daß man ihn so blamiert, noch dazu ausgerechnet an solch einem Tag. Aber so ist es nun einmal, und mir bleibt nur, mich zu entschuldigen. Sehen Sie, das ist alles, das ist alles, was wir Ihnen anzubieten haben, die ganze Gastfreundschaft, die wir Ihnen anzubieten haben.»

Die Stimmen hinter mir, die leiser geworden waren, als die Witwe angefangen hatte zu sprechen, erhoben sich jetzt in lautem Streit. Ich hörte jemanden schreien: «Das stimmt doch gar nicht! Etwas Derartiges habe ich nie gesagt!»

Dann trat der weißhaarige Herr vor, der die Witwe am Grab gestützt hatte, und verbeugte sich.

«Bitte, Mr. Ryder», sagte er, «ich möchte mich für die klägliche Art und Weise entschuldigen, in der wir Ihnen dieses große Kompliment vergelten. Sie treffen uns, wie Sie sehen, erbärmlich unvorbereitet an. Ich möchte Ihnen dennoch versichern, daß jeder einzelne hier von tiefer Dankbarkeit erfüllt ist. Bitte, nehmen Sie doch diese Kleinigkeiten, so unzureichend sie auch sein mögen.»

«Bitte, Mr. Ryder, setzen Sie sich doch hierher.» Mit einem Taschentuch wischte die Witwe über die Oberfläche einer marmornen Grabplatte direkt neben dem Grab ihres Mannes. «Bitte.»

Da sah ich ein, daß ich nun nicht mehr zurück konnte. Entschuldigungen murmelnd ging ich zu dem Grab, das die Witwe für mich gesäubert hatte, und sagte: «Das ist wirklich sehr freundlich von Ihnen.»

Kaum hatte ich mich auf die helle Marmorplatte gesetzt, da schienen sämtliche Trauergäste vorzutreten und sich um mich zu versammeln.

«Bitte», hörte ich die Witwe wieder sagen. Sie stand direkt über mir und riß an dem Zellophan, in das der Kuchen eingepackt war. Als sie es endlich geöffnet hatte, reichte sie mir den Kuchen mitsamt der Verpackung. Ich bedankte mich und fing an zu essen. Es war eine Art Obstkuchen, und ich mußte mir große Mühe geben, daß er mir nicht in den Händen zerfiel. Es war außerdem ein recht großzügiges Stück, das ich nicht in einigen wenigen Bissen aufessen konnte. Während ich weiter kaute, hatte ich den Eindruck, daß sich die Trauergäste immer näher um mich drängten, doch als ich zu ihnen aufschaute, sah ich, daß sie alle ganz still dastanden und die Augen respektvoll gesenkt hatten. Eine ganze Weile herrschte Schweigen, und dann räusperte sich der untersetzte Mann und sagte:

«Es ist heute ein sehr schöner Tag gewesen.»

«Ja, sehr schön», erwiderte ich, obwohl ich noch den Mund voll hatte. «Wirklich sehr schön.»

Dann trat der ältere weißhaarige Herr einen Schritt vor und sagte: «Es gibt ein paar herrliche Spazierwege hier in der Gegend, Mr. Ryder. Nicht weit weg vom Stadtzentrum, wirklich prachtvolle ländliche Spazierwege. Wenn Sie einmal eine Stunde erübrigen können, würde ich mich glücklich schätzen, Sie auf einem der Wege zu führen.»

«Vielleicht noch ein Pfefferminz, Mr. Ryder?»

Die Witwe hielt mir die geöffnete Rolle dicht vor das Gesicht. Ich bedankte mich und steckte mir ein Pfefferminz in den Mund, obwohl ich wußte, daß es zu dem Kuchen ziemlich merkwürdig schmecken würde.

«Und was die Stadt selbst angeht», sagte der weißhaarige Herr. «Wenn Sie sich für mittelalterliche Architektur interessieren, da gibt es eine Reihe von Häusern, die außerordentlich reizvoll sind. Besonders in der Altstadt. Ich würde Sie sehr gern einmal herumführen.»

«Tja», entgegnete ich, «das ist sehr freundlich von Ihnen.»

Ich aß weiter, ich wollte jetzt so schnell wie möglich mit dem Kuchen fertig werden. Wieder trat Schweigen ein, und dann seufzte die Witwe und sagte:

«Es ist ja noch sehr schön geworden.»

«Ja», erwiderte ich, «das Wetter ist schon seit meiner Ankunft wirklich prächtig.»

Diese Bemerkung löste allgemein zustimmendes Gemurmel aus, manche lachten sogar höflich, als hätte ich einen Witz gemacht. Ich stopfte mir den Rest des Kuchens in den Mund und wischte mir die Krümel von den Händen.

«Hören Sie», sagte ich, «Sie sind wirklich alle sehr freundlich gewesen. Aber fahren Sie jetzt doch bitte mit der Zeremonie fort.»

«Noch ein Pfefferminz, Mr. Ryder? Mehr haben wir Ihnen nicht anzubieten.» Wieder hielt mir die Witwe die Pfefferminzrolle vor die Nase.

Da dämmerte mir plötzlich, daß die Witwe mich in diesem Augenblick zutiefst hassen mußte. Ja, tatsächlich wurde mir klar, daß praktisch alle Anwesenden, so höflich sie auch waren – der untersetzte Mann eingeschlossen –, wegen meiner Anwesenheit Groll empfanden. Merkwürdigerweise sagte genau in dem Moment, als mir dieser Gedanke durch den Kopf ging, hinter mir eine nicht unbedingt laute, aber deutlich vernehmbare Stimme:

«Was ist denn überhaupt so Besonderes an ihm? Das ist Hermanns Tag.»

Es war ein unruhiges Stimmengewirr zu hören und mindestens zwei geflüsterte Bemerkungen: «Wer hat das gesagt?» Der weißhaarige Herr räusperte sich und sagte dann:

«Auch entlang der Kanäle kann man sehr schön spazierengehen.»

«Was ist denn überhaupt so Besonderes an ihm? Kommt hierher und mischt sich in alles ein.»

«Halt doch den Mund, du Idiot!» antwortete jemand. «Wir werden uns alle blamieren.»

Eine Reihe von Stimmen unterstützte grummelnd diese letzte Bemerkung, doch inzwischen hatte eine zweite Stimme angefangen, voller Aggressivität etwas zu schreien.

«Bitte, Mr. Ryder.» Wieder stieß mir die Witwe die Pfefferminzrolle hin.

«Nein, wirklich nicht...»

«Bitte. Nehmen Sie doch noch eines.»

Ein wütender Wortwechsel zwischen vier oder fünf Beteiligten brach im hinteren Teil der Gruppe aus. «Das geht nun wirklich zu weit. Das Sattler-Haus, das geht einfach zu weit», stieß jemand hervor.

Dann begannen mehr und mehr Leute, einander anzuschreien, und ich spürte, daß bald ein handfester Streit ausbrechen würde.

«Mr. Ryder» – der untersetzte Mann beugte sich zu mir herunter – «bitte, hören Sie nicht auf sie. Die waren schon immer eine Schande für unsere Familie. Immer schon. Wir schämen uns für sie. O ja, wir schämen uns. Bitte machen Sie es uns nicht noch schwerer, indem Sie ihnen zuhören.»

«Aber bestimmt...» Ich wollte aufstehen, doch ich fühlte, wie mich etwas wieder hinunterdrückte. Dann sah ich, daß die Witwe mit der einen Hand meine Schulter umklammerte.

«Bitte, entspannen Sie sich, Mr. Ryder», sagte sie hart. «Bitte, essen Sie jetzt auf.»

Inzwischen war überall heftiger Streit ausgebrochen, und irgendwo hinten schienen sich ein paar Leute gegenseitig anzurempeln. Die Witwe drückte mich immer noch an der Schulter herunter und sah mit einem Ausdruck trotzigen Stolzes auf die Versammlung.

«Das ist mir egal, das ist mir egal!» rief eine Stimme. «So wie jetzt sind wir einfach besser dran!»

Es kam zu weiteren Rempeleien, und dann drängte sich ein dicker, mondgesichtiger junger Mann ganz nach vorne durch. Sichtlich aufgebracht starrte er mich an und rief:

«Das ist ja alles gut und schön, daß Sie hierhergekommen sind. Stellen sich einfach vor das Sattler-Haus! Und lächeln noch so! Und hinterher gehen Sie dann wieder weg. Aber für uns, die wir hier leben müssen, ist das nicht ganz so leicht. Das Sattler-Haus!»

Der junge Mann mit dem Mondgesicht sah nicht aus wie jemand, für den derartige Unverschämtheiten etwas Alltägliches waren, und es schien keinen Zweifel an der Aufrichtigkeit seiner Gefühle zu geben. Ich war einigermaßen bestürzt, und eine ganze Weile sah ich mich außerstande zu antworten. Als der junge Mann mit dem Mondgesicht eine weitere Salve von Anschuldigungen losließ, spürte ich, wie in mir etwas nachgab. Mir wurde bewußt, daß ich die Lage am Vortag unerklärlicherweise falsch eingeschätzt haben mußte, als ich mich entschied, mich vor dem Sattler-Haus fotografieren zu lassen. Zu dem Zeitpunkt war es mir allerdings als der eindrucksvollste Weg erschienen, den Bürgern dieser Stadt ein angemessenes Zeichen zu senden. Das Für und Wider in dieser Sache war mir nur allzu bewußt gewesen – mir fiel wieder ein, wie ich an jenem Morgen beim Frühstück beide Möglichkeiten sorgfältig abgewogen hatte –, aber nun erkannte ich, daß an der Sache mit dem Sattler-Haus möglicherweise mehr war, als ich geahnt hatte.

Ermutigt durch den jungen Mann mit dem Mondgesicht hatten noch mehr Leute angefangen, in meine Richtung zu schreien. Wieder andere versuchten, sie zurückzuhalten, wenn auch nicht mit der Vehemenz, die man hätte erwarten können. Dann nahm ich in dem Geschrei eine neue Stimme wahr, die sanft direkt hinter meiner Schulter erklang. Es war eine männliche Stimme, kultiviert und ruhig, die mir irgendwie bekannt vorkam.

«Mr. Ryder», hörte ich die Stimme. «Mr. Ryder. Der Konzertsaal. Sie sollten sich wirklich auf den Weg machen. Man wird dort schon auf Sie warten. Wirklich, Sie sollten ausreichend Zeit einkalkulieren, die Einrichtungen und die Bedingungen dort zu prüfen...»

Dann wurde die Stimme übertönt, als direkt vor mir ein ganz besonders lauter Wortwechsel ausbrach. Der junge Mann mit dem Mondgesicht deutete auf mich und sagte irgend etwas wieder und immer wieder.

Dann senkte sich ganz plötzlich eine Stille über die Menge. Zuerst dachte ich, die Trauergäste hätten sich endlich beruhigt und würden erwarten, daß ich etwas sagte. Doch dann merkte ich, daß der junge Mann mit dem Mondgesicht – und nicht nur er – auf einen Punkt irgendwo oberhalb meines Kopfes starrte. Erst Sekunden später kam mir in den Sinn, daß ich mich umdrehen sollte, und da sah ich, daß sich Brodsky auf ein Grab gestellt hatte und nun direkt über mir stand.

Vielleicht war es einfach nur der Winkel, aus dem ich zu ihm aufschaute – er hatte sich leicht nach vorn geneigt, so daß ich gegen den weithin sich erstreckenden Hintergrund des Himmels viel von der Unterseite seines Kinns sah –, aber es war etwas entschieden Gebieterisches an ihm. Er schien wie eine riesige Statue über uns aufzuragen, seine Handflächen hatte er in die Luft gereckt. Tatsächlich blickte er auf die Versammlung, als würde er auf ein Orchester blicken – nur Sekunden, bevor er mit dem Dirigieren beginnen würde. Etwas an ihm deutete darauf hin, daß er eine merkwürdige Autorität über genau dieselben Gefühle ausübte, denen die Leute vor ihm gerade freien Lauf gelassen hatten, daß er diese Gefühle ganz nach Belieben anschwellen und wieder dämpfen konnte. Das Schweigen dauerte noch eine Weile an. Dann ließ sich eine einzelne Stimme vernehmen:

«Was wollen *Sie* denn? Sie alter Trunkenbold!»

Vielleicht hatte der Mann mit diesem Geschrei angefangen, um eine weitere Salve von Beschimpfungen auszulösen. Doch die Anwesenden ließen durch nichts erkennen, daß sie ihn gehört hatten.

«Sie alter Trunkenbold!» versuchte der Mann es noch einmal, aber seine Stimme hatte schon an Überzeugung verloren.

Dann, als sich aller Augen auf Brodsky gerichtet hatten, war es ganz ruhig. Nach einer Pause, die mir unangemessen lang erschien, sagte Brodsky:

«Wenn Sie mich so nennen wollen, na schön. Wir werden ja sehen. Wir werden ja sehen, was ich bin. In den kommenden Tagen, Wochen und Monaten. Wir werden ja sehen, ob das alles ist, was ich bin.»

Er hatte ganz ohne Hast gesprochen, mit einer ruhigen Kraft, die den Eindruck, den er anfänglich gemacht hatte, keineswegs abschwächte. Sichtlich fasziniert starrten die Trauergäste weiter zu ihm hinauf. Dann sagte Brodsky sanft:

«Einer, den ihr liebtet, ist gestorben. Dies ist ein ganz besonderer Moment.»

Ich fühlte, wie mir der Saum seines Regenmantels über den Hinterkopf strich, und ich merkte, daß er der Witwe die Hand entgegenstreckte.

«Dies ist ein ganz besonderer Moment. Kommen Sie. Liebkosen Sie jetzt Ihre Wunde. Sie wird Ihnen bis ans Ende Ihres Lebens bleiben. Aber liebkosen Sie sie jetzt, solange sie noch offen ist und blutet. Kommen Sie.»

Brodsky kam von dem Grab herunter. Die Witwe ergriff seine ausgestreckte Hand mit einem verträumten Gesichtsausdruck, und dann faßte Brodsky mit der anderen Hand hinter sie und führte sie allmählich und sacht an den Rand des offenen Grabes zurück.

«Kommen Sie», hörte ich ihn leise sagen. «Kommen Sie jetzt.»

Langsam gingen sie durch das Laub am Boden, bis sie wieder am Grab stand und auf den Sarg hinunterschaute. Als die Witwe wieder angefangen hatte zu schluchzen, zog sich Brodsky vorsichtig zurück und machte einen Schritt nach hinten. Inzwischen weinten auch etliche andere wieder, und mir wurde klar, daß bald alles wieder so sein würde wie vor meinem Eintreffen. Für den Augenblick jedenfalls stand ich nicht mehr im Mittelpunkt der Aufmerksamkeit, und ich beschloß, die Gelegenheit zu ergreifen und mich davonzumachen.

Leise stand ich auf, und es gelang mir, mich an mehreren Gräbern vorbeizustehlen, als ich hörte, daß jemand ganz nah hinter mir herlief. Eine Stimme ließ sich vernehmen.

«Ja, in der Tat, Mr. Ryder, es ist höchste Zeit, daß Sie sich auf den Weg in den Konzertsaal machen. Man kann nie wissen, welche Änderungen womöglich noch nötig sind.»

Ich drehte mich um und erkannte Pedersen, den älteren Stadtrat, den ich an meinem ersten Abend im Kino getroffen hatte. Außerdem wurde mir klar, daß es seine Stimme gewesen war, die ich vorhin ganz sanft hinter meiner Schulter gehört hatte.

«Ach, Mr. Pedersen», sagte ich, als er zu mir aufschloß und dann neben mir Schritt hielt. «Ich bin wirklich froh, daß Sie mich an den Konzertsaal erinnern. Nachdem sich die Gefühle da drüben so hochgeschaukelt hatten, habe ich vollkommen die Zeit vergessen.»

«Ja, tatsächlich, und mir ging es ganz ähnlich», sagte Pedersen und lachte kurz auf. «Und auch ich muß zu einer Sitzung. Die natürlich kaum von vergleichbarer Bedeutung ist, aber trotzdem, es hat etwas mit heute abend zu tun.»

Wir erreichten den grasbewachsenen Pfad, der mitten durch den Friedhof ging, und blieben beide stehen.

«Vielleicht könnten Sie mir behilflich sein, Mr. Pedersen», sagte ich und schaute mich um. «Es war verabredet, daß mich ein Wagen in den Konzertsaal bringt, er müßte eigentlich hier auf mich warten. Es ist nur so, daß ich nicht mehr genau weiß, wie ich wieder zur Straße zurückkomme.»

«Das zeige ich Ihnen gern, Mr. Ryder. Bitte folgen Sie mir.»

Wir gingen weiter, weg von dem Hügel, den ich zusammen mit Brodsky heruntergekommen war. Über dem Tal ging jetzt die Sonne unter, und die Schatten der Grabsteine waren inzwischen deutlich länger geworden. Als wir weitergingen, spürte ich bei mindestens zwei Gelegenheiten, daß Pedersen etwas sagen wollte, doch jedesmal schien er es sich anders zu überlegen. Schließlich sagte ich ganz sachlich:

«Ein paar von den Leuten vorhin. Die schienen wirklich außerordentlich gut informiert zu sein. Ich meine, über die Fotos vor dem Sattler-Haus.»

Pedersen lächelte verlegen und mied meinen Blick. «Tja, wie soll ich das erklären?» sagte er schließlich. «Für einen Außenstehenden ist das wirklich nicht leicht zu verstehen. Nicht einmal für einen Experten, wie Sie einer sind. Es ist ganz und gar nicht einsichtig, wieso Max Sattler – ja, wieso diese ganze Episode der Stadtgeschichte – den Leuten hier inzwischen so viel bedeutet. Auf dem Papier hört sich das kaum nach etwas Besonderem an. Und es ist ja auch alles schon fast hundert Jahre her. Aber sehen Sie, Mr. Ryder, wie Sie ja zweifellos inzwischen bemerkt haben, hat Sattler sich einen Platz in der *Phantasie* der Menschen hier erobert. Er hat, wenn Sie so wollen, geradezu mythische Bedeutung erlangt. Zuweilen wird er gefürchtet, zuweilen empfindet man Abscheu vor ihm. Und bei wieder anderen Gelegenheiten huldigt man seinem Andenken. Tja, wie soll ich das erklären? Lassen Sie es mich so versuchen. Da gibt es einen gewissen Mann, den ich kenne, einen guten Freund. Schon recht betagt inzwischen, aber er hat kein schlechtes Leben gehabt. Er ist hoch angesehen hier und spielt immer noch eine aktive Rolle in allem, was die Stadt betrifft. Wirklich kein schlechtes Leben. Doch immer wieder einmal blickt dieser Mann zurück auf das Leben, das er geführt hat, und fragt sich, ob er nicht gewisse Dinge einfach nur so hat vorübergehen lassen. Er fragt sich, wie alles gekommen wäre, wenn er etwas weniger, nun ja, etwas weniger *ängstlich* gewesen wäre. Etwas weniger ängstlich und etwas leidenschaftlicher.»

Pedersen lachte kurz auf. Der Pfad hatte inzwischen eine Biegung gemacht, und ich sah vor uns das dunkle Eisentor des Friedhofes.

«Dann mag er wohl, Sie wissen schon, zurückdenken», fuhr Pedersen fort. «An einen Dreh- und Angelpunkt irgendwann in seiner Jugend, bevor seine Ansichten derart festgefügt waren. Er erinnert sich, sagen wir einmal, an einen Augenblick, in dem eine Frau versucht hat, ihn zu verführen. Natürlich hat er das nicht zugelassen, dazu war er viel zu anständig. Vielleicht war es aber auch Feigheit. Oder er war zu jung, wer weiß? Er fragt sich, was gewesen wäre, wenn er einen anderen Weg eingeschlagen hätte, wenn er etwas zuversichtlicher gewesen wäre... in Dingen der Liebe und der Leidenschaft. Sie wissen ja, wie das ist, Mr. Ryder. Sie wissen ja, wie alte Männer manchmal ins Träumen geraten und sich fragen, wie alles gewesen wäre, wenn ein Schlüsselmoment anders verlaufen wäre. Nun ja, genauso kann es einer Stadt, einer Gemeinde ergehen. Immer wieder einmal blickt sie zurück, blickt zurück auf ihre Geschichte und fragt sich: ‹Was wäre wenn? Was wäre aus uns geworden, wenn wir nur...› Ach, Mr. Ryder, wenn wir nur was? Wenn wir Max Sattler gestattet hätten, uns dahin zu führen, wo er uns haben wollte? Wären wir dann heute etwas völlig anderes? Wären wir heute eine Stadt wie Antwerpen? Wie Stuttgart? Ehrlich gesagt, das glaube ich nicht, Mr. Ryder. Sie müssen wissen, es gibt gewisse Dinge in dieser Stadt, gewisse Dinge, die so tief verwurzelt sind. Die werden sich nie ändern, nicht in fünf, in sechs oder in sieben Generationen. Was den Alltag hier betrifft, ist Sattler völlig ohne Bedeutung geblieben. Er war einfach nur ein Mann mit verrückten Träumen. Nie im Leben hätte er irgend etwas von Grund auf ändern können. Genau wie bei diesem Freund von mir. Er ist, wie er ist. Keine Erfahrung, und wäre sie auch noch so bedeutungsvoll gewesen, hätte ihn ändern können. So, Mr. Ryder, da wären wir. Wenn Sie dort die Stufen hinuntergehen, gelangen Sie wieder auf die Straße.»

Wir waren durch das große Eisentor des Friedhofs gegangen und standen jetzt in einer weitläufigen, sehr sorgfältig gestalteten Parklandschaft. Pedersen deutete auf eine Hecke zu meiner Linken, hinter der ich einige Steinstufen sehen konnte, die in einem sanften Bogen hinunterführten. Ich zögerte einen Augenblick, dann sagte ich:

«Sie sind außerordentlich freundlich gewesen, Mr. Pedersen. Aber lassen Sie mich Ihnen folgendes versichern: Sollte ich da eine Fehlentscheidung getroffen haben, dann bin ich nicht der Typ, der sich dem entzieht und sich versteckt. Jedenfalls ist das etwas, womit sich ein Mensch in meiner Position abfinden muß. Damit will ich sagen, daß ich im Laufe eines Tages immer wieder aufgefordert werde, wichtige Entscheidungen zu treffen, und die Wahrheit ist, daß ich allenfalls die zu dem Zeitpunkt zur Verfügung stehenden Informationen so gewissenhaft wie nur möglich abwägen und mich dann vorsichtig vorwärtstasten kann. Ja, zuweilen läßt es sich einfach nicht vermeiden, daß ich etwas falsch einschätze. Wie könnte es auch anders sein? Das ist etwas, womit ich mich schon längst abgefunden habe. Und Sie sehen ja, wenn so etwas dann passiert, gilt meine einzige Sorge der Frage, wie ich bei der erstbesten Gelegenheit den Fehler wiedergutmachen kann. Also bitte, genieren Sie sich nicht, sprechen Sie ganz offen mit mir. Wenn Sie meinen, daß es ein Fehler war, vor dem Sattler-Haus zu posieren, dann sagen Sie es bitte.»

Pedersen fühlte sich sichtlich unwohl. Er schaute zu einem großen Grabmal in der Ferne und sagte dann: «Na ja, Mr. Ryder, das ist ja nur meine Meinung.»

«Es ist mir sehr daran gelegen, Ihre Meinung zu hören, Mr. Pedersen.»

«Na ja, wenn Sie es wollen. Ja, Mr. Ryder. Um ganz ehrlich

zu sein, ich war sehr enttäuscht, als ich heute morgen die Zeitung aufgeschlagen habe. Wie ich ja schon erklärt habe, entspricht es einfach nicht dem Wesen dieser Stadt, die Extreme eines Sattler bereitwillig anzunehmen. Gewisse Leute finden ihn faszinierend, *gerade weil* er so weit von allem entrückt ist, weil er hier in der Gegend zu einer Art Legende geworden ist. Wenn man ihn als ernsthafte Alternative hinstellt... also dann, Mr. Ryder, um ganz ehrlich zu sein, werden die Leute hier in Panik geraten. Sie werden zurückschrecken. Sie werden plötzlich feststellen, daß sie sich an das klammern, was ihnen immer schon vertraut war, ganz gleich, welches Unheil das auch über sie gebracht haben mag. Sie haben mich nach meiner Meinung gefragt, Mr. Ryder. Ich glaube, durch die Tatsache, daß man Max Sattler ins Gespräch gebracht hat, ist die Aussicht auf Fortschritt ernstlich unterminiert worden. Aber natürlich ist da noch der heutige Abend. Am Ende wird alles von dem abhängen, was heute abend passiert. Von dem, was Sie sagen werden. Und von dem, was Mr. Brodsky uns zeigen wird. Und wie Sie schon sagten, ist niemand geschickter als Sie, wenn es darum geht, Boden wiedergutzumachen.» Einen Moment lang schien er still für sich über etwas nachzugrübeln. Dann schüttelte er bedächtig den Kopf. «Aber jetzt ist es am besten für Sie, Mr. Ryder, wenn Sie sich in den Konzertsaal begeben. Heute abend muß alles genau nach Plan gehen.»

«Ja, ja, Sie haben ganz recht», erwiderte ich. «Ganz bestimmt wartet mein Wagen schon, um mich dorthin zu bringen. Ich bin Ihnen sehr dankbar für Ihre Offenheit, Mr. Pedersen.»

SECHSUNDZWANZIG

An hohen Hecken und Sträuchern vorbei führten die Stufen steil hinab. Kurz darauf fand ich mich am Straßenrand wieder und sah zu, wie die Sonne über dem Feld auf der anderen Straßenseite unterging. Über die Treppe war ich zu einer Stelle gelangt, an der die Straße eine scharfe Kurve machte, doch als ich der Biegung ein wenig folgte, wurde die Aussicht großzügiger. Nun konnte ich bis zu dem Hügel schauen, den ich vor kurzem erst hinaufgestiegen war – die Umrisse der kleinen Hütte zeichneten sich vor dem Himmel ab –, und da wartete auch Hoffmans Wagen auf dem Parkstreifen, genau an der Stelle, an der er mich vorhin hatte aussteigen lassen.

Ich ging auf den Wagen zu, meine Gedanken waren noch ganz bei dem Gespräch, das ich eben mit Pedersen geführt hatte. Ich dachte daran, wie ich ihn in dem Kino kennengelernt hatte, an die Hochachtung für mich in seinen Worten und Gesten. Nun war es trotz seiner guten Manieren offensichtlich, daß er tief enttäuscht von mir war. Diese Vorstellung empfand ich als merkwürdig beunruhigend, und während ich weiter am Straßenrand entlangging und in den Sonnenuntergang schaute, wurde ich allmählich immer wütender, weil ich in der Sache mit dem Sattler-Haus nicht vorsichtiger gewesen war. Zwar stimmte es – wie ich es auch Pedersen gegenüber erklärt hatte –, daß meine Entscheidung mir zu dem Zeitpunkt die klügste gewesen zu sein schien. Trotzdem konnte ich mich des nagenden Gefühls nicht erwehren, daß ich in der knappen Zeit, bei dem enormen Druck, der auf mir lastete, damals irgendwie besser informiert hätte sein müssen. Und jetzt, noch in diesem späten Stadium, als die abendliche Veranstaltung praktisch schon in greifbarer Nähe war, gab es immer noch gewisse

Aspekte an den Problemen dieser Stadt, die alles andere als eindeutig waren. Ich sah jetzt ein, was für ein Fehler es gewesen war, die Sitzung der Bürger-Selbsthilfe vorhin verpaßt zu haben – und das alles für eine Übungsstunde, die sich als reichlich überflüssig erwiesen hatte.

Als ich bei Hoffmans Wagen ankam, fühlte ich mich erschöpft und entmutigt. Hoffman saß hinter dem Steuer, schrieb eifrig etwas in ein Notizbuch und bemerkte mich erst, als ich die Tür auf der Beifahrerseite öffnete.

«Ach, Mr. Ryder», sagte er und legte sein Notizbuch schnell zur Seite. «Ihre Übungsstunde ist erfolgreich verlaufen, hoffe ich?»

«O ja.»

«Und die Bedingungen dort?» Hastig startete er den Wagen. «War alles zu Ihrer Zufriedenheit?»

«Ganz ausgezeichnet, Mr. Hoffman, vielen Dank. Aber jetzt muß ich so schnell wie möglich in den Konzertsaal. Man kann ja nie wissen, welche Änderungen noch nötig sind.»

«Natürlich. Übrigens muß ich jetzt auch schnell zum Konzertsaal.» Er schaute auf die Uhr. «Ich muß nachsehen, wie es mit den Essensvorbereitungen steht. Als ich vor einer Stunde dort gewesen bin, lief alles glücklicherweise ganz reibungslos. Aber natürlich kann immer schnell ein Chaos ausbrechen.»

Hoffman lenkte den Wagen zurück auf die Straße, und einige Minuten lang fuhren wir, ohne ein Wort zu reden. Obwohl die Straße etwas stärker befahren war als auf der Hinfahrt, war sie immer noch alles andere als überfüllt, und Hoffman gewann schnell an Geschwindigkeit. Ich schaute auf die Felder hinaus und versuchte, mich zu entspannen, aber ich mußte feststellen, daß ich immer wieder an den bevorstehenden Abend denken mußte. Dann hörte ich Hoffman sagen:

«Ich hoffe, Mr. Ryder, Sie nehmen es mir nicht übel, wenn ich es noch einmal zur Sprache bringe. Diese eine kleine Angelegenheit. Das haben Sie sicher vergessen.» Er lachte kurz auf und schüttelte den Kopf.

«Welche Angelegenheit meinen Sie denn, Mr. Hoffman?»

«Ich meine die Sache mit den Sammelmappen meiner Frau. Vielleicht erinnern Sie sich daran, daß ich Ihnen davon erzählt habe, als wir uns kennenlernten. Meine Frau ist seit so vielen Jahren schon eine glühende Verehrerin von Ihnen...»

«Ja, natürlich, ich erinnere mich sehr gut. Sie hat einige Sammelmappen mit Zeitungsausschnitten meine Karriere betreffend angelegt. Nein, nein, ich habe das nicht vergessen. Tatsächlich habe ich mich während all dieser geschäftigen Angelegenheiten gerade darauf sehr gefreut.»

«Sie hat das alles mit glühendem Eifer betrieben, Mr. Ryder. Über viele Jahre hinweg. Zuweilen hat sie sich wirklich große Mühe gemacht, sich gewisse alte Ausgaben von Zeitungen oder Zeitschriften zu beschaffen, die wichtige Artikel über Sie enthielten. Tatsächlich war es höchst bemerkenswert, Mr. Ryder, ihren ganzen Eifer mitzuerleben. Es würde ihr wirklich so viel bedeuten...»

«Glauben Sie mir, Mr. Hoffman, ich habe ganz bestimmt vor, mir die Mappen so bald wie möglich anzusehen. Wie gesagt, ich freue mich schon sehr darauf. Aber jetzt würde ich es sehr begrüßen, wenn wir die Gelegenheit nutzen und über gewisse, nun ja, gewisse Aspekte des heutigen Abends reden könnten.»

«Wie Sie wünschen, Mr. Ryder. Aber ich kann Ihnen versichern, daß wir alles fabelhaft im Griff haben. Es gibt nichts, worüber Sie sich Sorgen machen müßten.»

«Ja, ja, das glaube ich gern. Aber da die Veranstaltung so unmittelbar bevorsteht, wäre es vielleicht trotzdem ganz vernünftig, uns in Gedanken etwas darauf einzustellen. Da ist zum Beispiel die Sache mit meinen Eltern, Mr. Hoffman. Wenn ich auch vollstes Vertrauen zu den Menschen dieser Stadt habe und überzeugt davon bin, daß sie sich ihrer sehr gut annehmen werden, bleibt doch die Tatsache bestehen, daß die Gesundheit der beiden recht angegriffen ist, und deshalb würde ich es sehr zu schätzen wissen...»

«Aber ja, natürlich, das verstehe ich vollkommen. Ich finde es übrigens, gestatten Sie mir die Bemerkung, ganz rührend, daß Sie sich so um Ihre Eltern sorgen. Es freut mich außerordentlich, Ihnen versichern zu können, daß gründlichste Vorbereitungen getroffen wurden, damit es Ihre Eltern jederzeit auch wirklich bequem haben. Eine Gruppe sehr charmanter und fähiger Damen hier aus der Stadt ist dazu eingeteilt worden, sich während der Dauer ihres Aufenthaltes hier um Ihre Eltern zu kümmern. Und was nun die Veranstaltung heute abend betrifft, so haben wir etwas ganz Besonderes für sie geplant, ein glanzvolles Spektakel, von dem ich annehme, daß es Ihnen gefallen wird. Wie Sie ja sicher wissen, ist die Firma der Gebrüder Seeler hier in der Stadt bereits seit zweihundert Jahren berühmt für den Bau von Kutschen, und früher haben sie viele vornehme Kunden beliefert, sogar im Ausland, etwa in Frankreich und in England. Hier in der Stadt finden sich immer noch einige herrliche Beispiele der Kunst der Gebrüder Seeler, und ich habe mir gedacht, daß Ihre Eltern heute abend gern in einem besonders edlen Exemplar vorfahren würden, und für die Gelegenheit haben wir ein Paar prächtige Vollblüter ausgewählt. Vielleicht können Sie sich die Szene vorstellen, Mr. Ryder. Um diese Abendstunde wird die Lichtung vor dem Konzertsaal hell erstrahlen, und all die führenden Persönlichkeiten unserer Gemeinde werden dort versammelt sein, sie werden lachen und einander begrüßen, alle werden höchst elegant gekleidet sein, und die Luft wird vor Aufregung flirren. Mit dem Wagen kann man die Lichtung natürlich nicht erreichen, also werden die Leute zu Fuß durch die Bäume auf das Haus zukommen. Und wenn sich erst einmal eine ausreichend große Menschenmenge vor dem Saal versammelt hat – können Sie sich das vorstellen, Mr. Ryder –, wird aus dem Dunkel der Wälder das Geräusch der sich nähernden Pferde dringen. Die Damen und Herren werden ihre Gespräche unterbrechen und sich umdrehen. Das Geklapper der Hufe wird lauter, und die Kutsche nähert sich mehr und mehr dem Lichtkegel. Und dann werden sie ins Blickfeld preschen, diese prachtvollen Pferde, der Kutscher in Frack und Zylinder, die funkelnde Kutsche der Gebrüder Seeler, in der Ihre so zauberhaften Eltern sitzen! Können Sie sich die Aufregung, die freudige Erwartung vorstellen, die in dem Augenblick durch die Menge gehen wird? Natürlich müssen Ihre Eltern nicht lange mit der Kutsche fahren. Nur über die große Allee durch den Wald. Und ich kann Ihnen versichern, die Kutsche ist ein Meisterwerk an Luxus. Ihre Eltern werden sich dort so geborgen und so wohl fühlen wie in einer Limousine. Natürlich wird es da ein leichtes Schaukeln geben, aber in einer Kutsche dieser Güteklasse stört das nicht, es wirkt eher beruhigend. Ich hoffe, Sie können sich das vorstellen, Mr. Ryder. Ich muß gestehen, ich hatte dieses ganze Arrangement zunächst für Ihre eigene Ankunft vorgesehen, doch dann wurde mir klar, daß Sie es sich in dem Stadium des Abends lieber hinter der Bühne bequem machen würden. Und natürlich möchten wir nicht, daß etwas die Wirkung Ihres Erscheinens auf der Bühne abschwächt. Als wir dann die wirklich freudige Nachricht erhielten, daß Ihre Eltern dieser Stadt auch die Ehre geben würden, habe ich sofort gedacht: ‹Ach, das ist ja die ideale Lösung!› Ja, Mr. Ryder, die Ankunft Ihrer Eltern wird genau die richtige Stimmung schaffen. Selbstverständlich wird von Ihren Eltern nicht erwartet, daß sie dann noch vor dem Saal stehenbleiben. Sie werden sofort zu ihren Ehrenplätzen im Zuschauerraum geführt, und das wird für alle anderen das Signal sein, daß es höchste Zeit ist, daß auch sie allmählich ihre Plätze einnehmen. Und kurz darauf wird dann der offizielle Teil des Abends beginnen. Den Anfang wird ein kurzer Klaviervortrag meines Sohnes Stephan machen. Haha! Ich gebe zu, daß ich mich in dem Punkt wirklich sehr entgegenkommend gezeigt habe. Aber Stephan war so versessen auf eine Gelegenheit aufzutreten, und damals habe ich wohl törichterweise geglaubt... Na ja, es würde zu weit führen, das alles jetzt zu erörtern. Es wird einen kurzen Klaviervortrag von Stephan geben, einfach nur, um eine gewisse Atmosphäre zu schaffen. Während dieses Programmpunktes werden die Lichter nicht gelöscht, damit die Besucher Gelegenheit haben, ihre Plätze zu finden, einander zu begrüßen, in den Gängen miteinander zu plaudern und so weiter. Wenn dann alle auf ihren Plätzen sind, gehen die Lichter aus. Es werden einige offizielle Begrüßungsworte gesprochen. Dann werden die Orchestermitglieder herauskommen, sich setzen und ihre Instrumente stimmen. Und nach einer kleinen Pause wird dann Mr. Brodsky erscheinen. Er wird... er wird dann seinen Auftritt haben. Wenn er geendet hat, und wenn dann – lassen Sie es uns hoffen, lassen Sie es uns *annehmen* – donnernder Applaus losbricht und Mr. Brodsky sich viele Male verbeugt hat, wird es eine kleine Unterbrechung geben. Keine regelrechte Pause, wir werden dem Publikum nicht gestatten, die Plätze zu verlassen. Nur eine kleine Unterbrechung von etwa fünf Minuten, während der die Lichter angehen und die Leute Gelegenheit haben, sich zu sammeln. Während die Leute noch damit beschäftigt sind, ihre Meinungen auszutauschen, wird Herr von Winterstein auf der Bühne erscheinen und vor den Vorhang treten. Er wird eine schlichte Einführung geben. Nicht länger als ein paar Minuten – denn was für eine Einführung wäre überhaupt nötig? Dann wird er sich hinter die Kulissen zurückziehen. Der ganze Zuschauerraum wird in Dunkelheit gehüllt sein. Und jetzt kommen wir zu dem bewußten Augenblick, Mr. Ryder. Zu dem Augenblick Ihres Erscheinens. Darüber hatte ich übrigens schon längst mit Ihnen sprechen wollen, da bis zu einem gewissen Grad Ihre Hilfe vonnöten ist. Sehen Sie, Mr. Ryder, unser Konzertsaal ist wirklich wunderschön, aber da er auch sehr alt ist, fehlt es einfach an vielen Einrichtungen, die man in einem moderneren Gebäude für selbstverständlich halten würde. Die Kücheneinrichtung ist, wie ich Ihnen ja wohl schon erzählt habe, alles andere als angemessen, was uns zwingt, in starkem Maße auf die Einrichtungen des Hotels zurückzugreifen. Aber ich wollte folgendes sagen, Mr. Ryder. Von unserem Sportzentrum – das tatsächlich sehr modern und besonders gut ausgestattet ist – habe ich die elektronische Anzeigetafel ausgeliehen, die normalerweise in der Hallensportanlage hängt. Gerade jetzt sieht die Anlage so aus, als versinke sie in Selbstmitleid! Häßliche schwarze Drähte hängen von der Stelle herab, die sonst die Anzeigetafel einnimmt. Also, Mr. Ryder, um nun auf das zurückzukommen, was ich mit Ihnen besprechen wollte. Herr von Winterstein wird sich nach seiner kleinen Einführung hinter die Kulissen zurückziehen. Der ganze Zuschauerraum wird für einen kurzen Moment in tiefstes Dunkel gehüllt sein, und in dieser Zeit wird sich der Vorhang öffnen. Und dann wird ein einziger Scheinwerfer auf Sie gerichtet sein, wie Sie mitten auf der Bühne an einem Rednerpult stehen. In dem Augenblick wird das Publikum natürlich frenetisch applaudieren. Wenn sich der Applaus dann gelegt hat und noch bevor Sie ein Wort gesprochen haben – das dauert selbstverständlich nur so lange, wie Sie es wünschen –, wird eine Stimme durch den Zuschauerraum schallen und die erste Frage stellen. Die Stimme wird Horst Jannings gehören, dem angesehensten Schauspieler der Stadt. Er wird sich oben in der Tonkabine befinden und über die Lautsprecheranlage zu hören sein. Horst hat einen wunderbar volltönenden Bariton, und er wird jede Frage langsam verlesen. Und während er liest – und dies ist meine bescheidene Idee, Mr. Ryder –, werden die Fragen gleichzeitig auf der direkt über Ihrem Kopf angebrachten elektronischen Anzeigetafel zu lesen sein. Sie müssen wissen, daß aufgrund der Dunkelheit bis zu diesem Zeitpunkt niemand etwas von der Anzeigetafel bemerkt hat. Es wird so aussehen, als erschienen die Wörter über Ihnen in der Luft. Haha! Verzeihen Sie, aber ich dachte, die Wirkung würde sowohl die Dramatik erhöhen, als auch zur Klärung der Situation beitragen. Die Wörter auf der Anzeigetafel werden, wenn ich so sagen darf, dazu dienen, einigen Anwesenden die außerordentliche Dringlichkeit der von Ihnen angesprochenen Probleme noch einmal ins Gedächtnis zu rufen. Schließlich ist es sehr leicht möglich, daß es manchen in der Aufregung einfach nicht gelingt, sich zu konzentrieren. Tja, sehen Sie, Mr. Ryder, mit meiner bescheidenen Idee dürfte das wohl kaum passieren. Jede Frage wird da vor den Leuten erscheinen, in riesigen Buchstaben. Wir wollen es also, Ihr Einverständnis vorausgesetzt, Mr. Ryder, so machen. Die erste Frage wird verlesen, sie wird auf der Anzeigetafel erscheinen, Sie werden vom Rednerpult aus Ihre Antwort geben, und wenn Sie geendet haben, wird Horst die nächste Frage verlesen und so weiter. Das einzige, worum wir Sie bitten wollen, Mr. Ryder, ist folgendes: daß Sie am Ende jeder Antwort das Rednerpult verlassen, nach vorn an die Bühnenrampe kommen und sich verbeugen. Der Grund für meine Bitte ist ein zweifacher. Zunächst einmal gibt es wegen der behelfsmäßigen Lösung mit der Anzeigetafel gewisse technische Probleme, die einfach nicht zu vermeiden sind. Der Elektriker wird jeweils ein paar Sekunden brauchen, um die Fragen in die Anzeigetafel einzugeben, und dann wird es eine Verzögerung von weiteren fünfzehn bis zwanzig Sekunden geben, ehe die Wörter allmählich auf der Tafel erscheinen. Sehen Sie, Mr. Ryder, indem Sie an die Rampe vortreten und sich verbeugen und so den unvermeidlichen Applaus auslösen, werden wir eine Reihe peinlicher Unterbrechungen vermeiden, die den Ablauf des Programms empfindlich stören würden. Und wenn dann jeweils der Applaus verebbt, werden die Stimme von Horst und die Anzeigetafel die nächste Frage ankündigen, was Ihnen genügend Zeit läßt, an das Rednerpult zurückzukehren. Nun ja, Mr. Ryder, da gibt es noch einen zweiten Grund dafür, daß diese Strategie als empfehlenswert erscheint. Die Tatsache, daß Sie an die Rampe vortreten und sich verbeugen, wird für den Elektriker das ganz und gar unmißverständliche Zeichen sein, daß Sie mit Ihrer Antwort geendet haben. Schließlich möchten wir doch um jeden Preis eine Situation vermeiden, in der beispielsweise die Anzeigetafel schon beginnt, die nächste Frage zu drucken, während Sie noch sprechen. Aber sehen Sie, wegen der Verzögerungsprobleme könnte all dies, wie ich schon sagte, allzu leicht passieren. Es würde ja schon genügen, wenn Sie scheinbar mit Ihrer Antwort am Ende sind – daß Sie lediglich eine kleine Pause machen – wenn Ihnen dann aber doch noch ein abschließendes wichtiges Argument einfällt... Sie beginnen, dieses abschließende Argument vorzutragen, doch unterdessen hat der Elektriker schon angefangen... Ha! Was für eine Katastrophe! So etwas wollen wir nicht einmal denken! Also, Mr. Ryder, gestatten Sie mir daher, die schlichte, aber wirkungsvolle Methode vorzuschlagen, daß Sie am Ende jeder Antwort nach vorn an die Rampe treten. Ja, in der Tat wäre es, um dem Elektriker noch ein paar zusätzliche Sekunden zuzugestehen, in denen er die nächste Frage eingibt, eine ungeheure Hilfe, wenn Sie außerdem noch irgendein unauffälliges Zeichen geben könnten, wenn Sie sich dem Ende einer Antwort nähern. Sagen wir, vielleicht ein kleines Schulterzucken. Natürlich werden all diese Arrangements nur im Falle Ihres Einverständnisses in die Tat umgesetzt, Mr. Ryder. Wenn Sie mit einem dieser Einfälle nicht recht glücklich sind, sagen Sie es bitte ganz offen.»

Während Hoffman noch sprach, formte sich in meinem Kopf ein lebhaftes Bild des bevorstehenden Abends. Ich konnte den Applaus hören und das Summen der elektronischen Anzeigetafel über meinem Kopf. Ich sah mich das kleine Schulterzucken ausführen und dann zur Rampe in das blendende Scheinwerferlicht treten. Und ein merkwürdiges, traumhaft unwirkliches Gefühl ergriff mich, als mir so richtig bewußt wurde, wie unvorbereitet ich war. Ich sah, daß Hoffman auf meine Antwort wartete, und brummelte müde:

«Das klingt alles ganz großartig, Mr. Hoffman. Sie haben die Sache wirklich sehr gründlich durchdacht.»

«Aha. Sie stimmen also zu. Die Einzelheiten sind also...»

«Ja, ja», sagte ich und winkte ungeduldig mit der Hand. «Die elektronische Anzeigetafel, das Vortreten an die Rampe, das Schulterzucken, ja, ja, ja. Die ganze Sache ist wirklich sehr gründlich durchdacht.»

«Aha.» Einen Augenblick lang schaute Hoffman noch etwas unsicher drein, aber dann schien er zu dem Schluß zu kommen, daß ich es ehrlich meinte. «Prächtig. Dann wäre ja alles geregelt.» Er nickte und schwieg dann eine Weile. Dann hörte ich ihn wieder vor sich hinmurmeln, ohne daß er den Blick von der Straße wandte: «Ja, ja. Dann ist alles geregelt.»

Während der nächsten Minuten sagte Hoffman weiter nichts zu mir, er murmelte nur weiterhin leise vor sich. Fast der ganze Himmel war jetzt von einem rosafarbenen Schimmer überzogen, und während die Straße sich durch das Ackerland schlängelte, prallte die untergehende Sonne auf die Windschutzscheibe, drang in den Wagen und zwang uns zu blinzeln. Als ich dann einmal durch das Fenster auf meiner Seite schaute, hörte ich Hoffman plötzlich keuchen:

«Hornochse! Hornochse, Hornochse, Hornochse!»

Obwohl er auch das recht leise gesagt hatte, schrak ich doch zusammen, drehte mich um und schaute ihn an. Da sah ich, daß Hoffman immer noch ganz in seine eigene Welt versunken war, daß er geradeaus starrte und immer noch nickte. Ich schaute zu den Äckern, an denen wir vorüberkamen, erblickte auf den Feldern aber nur Massen von Schafen und weit und breit keine Spur von einem Ochsen. Ich konnte mich vage daran erinnern, daß Hoffman sich auf einer Autofahrt mit mir schon einmal ähnlich verhalten hatte, aber bald verlor ich das Interesse an der Sache.

Kurz darauf befanden wir uns wieder auf den Straßen der Innenstadt, und die Autos kamen bald nur noch langsam und kriechend vorwärts. Die Bürgersteige waren voller Menschen, die von der Arbeit nach Hause eilten, und in vielen Schaufenstern brannten schon die Lichter. Nun da ich wieder in der Stadt war, fühlte ich, wie mein Selbstvertrauen allmählich zurückkehrte. Vieles, so überlegte ich mir, würde sich von ganz allein regeln, wenn ich erst einmal im Konzertsaal wäre, wenn ich erst einmal Gelegenheit gehabt hätte, auf der Bühne zu stehen und mir die Umgebung gründlich anzuschauen.

«Ganz bestimmt», sagte Hoffman plötzlich, «wird alles in Ordnung kommen, Mr. Ryder. Da gibt es nichts, worüber Sie sich Sorgen machen müßten. Diese Stadt wird Ihnen alle Ehre erweisen, Sie werden schon sehen. Und was Mr. Brodsky betrifft, so habe ich immer noch vollstes Vertrauen in ihn.»

Ich fand, ich sollte wenigstens so tun, als sei ich optimistisch. «Ja», sagte ich fröhlich, «ich bin sicher, Mr. Brodsky wird heute abend großartig sein. Auf jeden Fall war er eben offensichtlich gut in Form.»

«So?» Hoffman warf mir einen verblüfften Blick zu. «Sie haben ihn kürzlich gesehen?»

«Gerade eben auf dem Friedhof oben. Wie gesagt, er schien ganz zuversichtlich ...»

«Mr. Brodsky war auf dem Friedhof? Ja, was kann er denn da nur gewollt haben?»

Hoffman schaute mich fragend an, und einen Moment lang zog ich in Erwägung, ihm die ganze Geschichte mit dem Friedhof und Brodskys beeindruckendem Einschreiten zu erzählen. Aber dann konnte ich mich doch nicht dazu aufraffen und sagte einfach nur:

«Ich glaube, er hat dort gleich eine Verabredung. Mit Miss Collins.»

«Mit Miss Collins? Du liebe Güte. Was um alles in der Welt hat das nur zu bedeuten?»

Ich schaute ihn an, seine Reaktion überraschte mich ein wenig. «Es scheint, als rücke eine Versöhnung in greifbare Nähe», sagte ich. «Und wenn sich tatsächlich eine glückliche Lösung anbahnt, dann ist das etwas, was Sie sich völlig zu Recht als Verdienst anrechnen können, Mr. Hoffman.»

«Ja, ja.» Hoffman grübelte über irgend etwas nach, er hatte die Stirn gerunzelt. «Mr. Brodsky ist jetzt auf dem Friedhof? Und wartet auf Miss Collins? Wie merkwürdig. Wirklich sehr merkwürdig.»

Je näher wir der Stadtmitte kamen, desto dichter wurde der Verkehr, bis wir an einer Stelle, in einer schmalen Seitenstraße, ganz ins Stocken gerieten. Hoffman, der immer besorgter geworden war, drehte sich jetzt wieder zu mir um.

«Da gibt es etwas, das ich erledigen muß, Mr. Ryder. Ich meine, ich werde auf jeden Fall rechtzeitig bei Ihnen im Konzertsaal sein, aber jetzt im Augenblick...» Sichtlich in Panik schaute er auf die Uhr. «Sehen Sie, ich muß etwas... etwas erledigen...» Dann umklammerte er das Lenkrad und starrte mich unverwandt an. «Es ist so, Mr. Ryder. Aufgrund dieses fürchterlichen Einbahnstraßensystems und dieses teuflischen Berufsverkehrs werden wir noch eine ganze Weile brauchen, um zum Konzertsaal zu kommen. Zu Fuß dagegen...» Plötzlich deutete er an mir vorbei zum Fenster hinaus. «Dort ist es. Direkt vor Ihren Augen. Gerade einmal ein paar Minuten zu Fuß. Ja, Mr. Ryder, das Dach dort.»

Ich sah ein riesiges kuppelförmiges Dach, das alle anderen Gebäude in der Nähe überragte. Ganz gewiß schien es nicht mehr als drei oder vier Blocks entfernt zu sein.

«Also, Mr. Hoffman», sagte ich, «wenn Sie so dringend etwas erledigen müssen, gehe ich auch ganz gern zu Fuß hin.»

«Wirklich? Sie würden mir das nicht übelnehmen?»

Die Autos bewegten sich einige Zentimeter vorwärts und blieben dann wieder stehen.

«Also, ich würde tatsächlich gern ein wenig laufen», sagte ich. «Es sieht so aus, als sei es ein wirklich angenehmer Abend. Und wie Sie ja sagten, es ist zu Fuß nicht weit...»

«Dieses höllische Einbahnstraßensystem! Wir würden noch eine Stunde in diesem Wagen hocken! Ich wäre Ihnen außerordentlich dankbar, Mr. Ryder, wenn Sie mir das nicht übelnehmen würden. Aber sehen Sie, da ist etwas, um das ich mich... um das ich mich einfach kümmern muß...»

«Ja, ja, natürlich. Ich steige hier aus. Es ist sehr freundlich von Ihnen gewesen, mich so herumzufahren, noch dazu wo Sie derart beschäftigt sind im Moment. Ich bin Ihnen wirklich sehr dankbar.»

«Sie werden sich dem Gebäude von hinten nähern. Sie müssen einfach immer nur auf dieses Dach zugehen. Sie können es nicht verfehlen, wenn Sie immer das Dach im Auge behalten...»

«Bitte machen Sie sich keine Sorgen. Ich schaffe das schon», unterbrach ich seine Entschuldigungen und bedankte mich noch einmal bei ihm, und dann trat ich auf den Bürgersteig hinaus.

Bald ging ich eine schmale Straße hinunter, an einer Reihe von Fachbuchhandlungen vorüber, dann an einigen einladenden Touristenhotels entlang. Es war keineswegs schwierig, das Kuppeldach im Auge zu behalten, und für kurze Zeit war ich dankbar, mich an der frischen Luft bewegen zu können.

Doch als ich erst einmal zwei oder drei Blocks weit gegangen war, hatten sich etliche beunruhigende Gedanken in meinem Kopf festgesetzt, die ich nicht wieder vertreiben konnte. Zunächst einmal war mir klar, daß weit mehr als nur eine vage Möglichkeit bestand, die Frage-und-Antwort-Runde könne bei weitem nicht so glatt ablaufen. Tatsächlich konnte man, wenn die Intensität der auf dem Friedhof zur Schau gestellten Gefühle ein Anhaltspunkt war, die Möglichkeit häßlicher Szenen nicht ausschließen. Darüber hinaus war es durchaus denkbar, daß meine Eltern, wenn die Frage-und-Antwort-Runde eher schlecht lief, das Schauspiel mit wachsendem Entsetzen und wachsender Verlegenheit quittieren und dann darum bitten würden, aus dem Zuschauerraum geführt zu werden. Mit anderen Worten, sie würden gehen, bevor ich noch Gelegenheit gehabt hätte, an den Flügel zu treten, und kein Mensch könnte dann mehr sicher sein, wann sie das nächste Mal zu einem meiner Auftritte kommen würden. Ja, schlimmer noch, wenn alles wirklich ganz besonders schlecht lief, war es gar nicht so abwegig, daß einer von beiden womöglich einen Anfall erlitt. Ich war mir nach wie vor sehr sicher, daß mein Vater und meine Mutter in gemeinsamem Erstaunen vereint sein würden

– nur Sekunden, nachdem ich zu spielen begonnen hätte, doch bis dahin stand mir die Frage-und-Antwort-Runde höchst hinderlich im Weg.

Ich merkte auf einmal, daß ich so sehr in Gedanken versunken gewesen war, daß das Kuppeldach hinter einigen Gebäuden kaum noch zu sehen war. Zunächst hielt ich das für nicht weiter schlimm, da ich annahm, das Dach würde bald wieder ins Blickfeld kommen. Doch als ich dann weiterging, wurde die Straße immer schmaler, während die Häuser um mich herum alle sechs oder sieben Stockwerke zu haben schienen, so daß ich kaum ein Stück Himmel sehen konnte, geschweige denn das Kuppeldach. Ich beschloß, nach einer Parallelstraße Ausschau zu halten, doch dann stellte ich fest, daß ich, kaum daß ich um die nächste Ecke gebogen war, von einer kleinen Seitenstraße in die nächste geriet, wobei ich höchstwahrscheinlich immer im Kreis herumging, und von dem Konzertsaal war weit und breit nichts mehr zu sehen.

Nachdem das einige Minuten so gegangen war, überwältigte mich allmählich ein Gefühl der Panik, und ich wollte schon stehenbleiben und jemanden nach dem Weg fragen. Doch dann wurde mir klar, daß das nicht sehr klug wäre. Während der ganzen Zeit, in der ich hier herumgegangen war, hatten sich die Leute nach mir umgedreht – manchmal waren sie sogar wie angewurzelt stehengeblieben – und hatten mich angestarrt. Ich hatte das zwar igendwie wahrgenommen, obwohl ich in meinem Bemühen, mich zurechtzufinden, darüber kaum nachgedacht hatte. Doch nachdem nun die Veranstaltung des heutigen Abends so unmittelbar bevorstand und nachdem soviel davon abhing, begriff ich, daß es wohl keinen guten Eindruck machte, wenn man mich sehen würde, wie ich so offensichtlich ziellos und verunsichert durch die Straßen hastete. Mit einiger Anstrengung richtete ich mich gerade auf und nahm die Haltung eines Menschen an, dessen Angelegenheiten alle wohlgeordnet waren und der einen entspannenden Spaziergang durch die Stadt machte. Ich zwang mich, langsamer zu gehen, und lächelte allen freundlich zu, die in meine Richtung schauten.

Schließlich bog ich um eine weitere Ecke und sah den Konzertsaal plötzlich ganz nahe vor mir. Die Straße, auf der ich jetzt lief, war breiter, und zu beiden Seiten gab es hell erleuchtete Cafés und Geschäfte. Das Kuppeldach war nur noch ein oder zwei Blocks weit weg, genau an der Stelle, an der die Straße hinten eine Biegung machte und aus dem Blickfeld verschwand.

Ich fühlte mich nicht nur erleichtert, sondern auch wesentlich wohler, was den bevorstehenden Abend betraf. Die Überzeugung, die ich vorher schon einmal gehabt hatte – daß sich nämlich alles von allein regeln würde, wenn ich erst einmal den Ort des Geschehens erreicht hatte und auf der Bühne stand –, kehrte zurück, und mit einem Gefühl, das man fast Begeisterung nennen konnte, machte ich mich auf den Weg die Straße hinunter.

Doch als ich um die Ecke gebogen war, bot sich mir ein äußerst merkwürdiger Anblick. Nur ein kleines Stück weiter weg befand sich genau vor mir eine Ziegelsteinmauer – ja, sie erstreckte sich sogar über die ganze Breite der Straße. Mein erster Gedanke war, daß hinter der Mauer Eisenbahngleise verliefen, doch dann sah ich, daß die oberen Stockwerke der Gebäude zu beiden Seiten der Straße ununterbrochen auch jenseits der Mauer bis in größere Entfernung weitergingen. Solange die Mauer meine Neugierde erregte, sah ich sie nicht unmittelbar als Problem an, denn ich rechnete damit, daß ich, sobald ich sie erreicht hatte, einen Durchgang oder eine Unterführung finden würde, die mich auf die andere Seite brachte. Auf jeden Fall war das Kuppeldach jetzt ganz nahe, und Scheinwerfer ließen es vor dem dunkel werdenden Himmel erstrahlen.

Erst als ich direkt vor der Mauer stand, begriff ich, daß es keine Möglichkeit gab, um die Mauer herumzukommen. Die Bürgersteige zu beiden Seiten der Straße hörten einfach schlagartig vor dem Mauerwerk auf. Verwirrt schaute ich mich um, dann ging ich an der Mauer entlang auf den gegenüberliegenden Bürgersteig, ich wollte einfach nicht einsehen, daß es nirgendwo einen Durchgang, nicht einmal ein kleines Loch gab, durch das man hätte kriechen können. Ich konnte nichts entdecken, und nachdem ich schließlich eine ganze Weile hilflos vor der Mauer gestanden hatte, winkte ich einer Passantin zu – einer Frau mittleren Alters, die gerade aus einem nahe gelegenen Geschenkartikelladen kam – und sagte zu ihr:

«Entschuldigen Sie, ich möchte zum Konzertsaal. Wie komme ich denn an dieser Mauer vorbei?»

Meine Frage schien die Frau zu überraschen. «O nein», antwortete sie. «An der Mauer kommen Sie nicht vorbei. Selbstverständlich geht das nicht. Die Mauer riegelt die Straße vollkommen ab.»

«Aber das ist höchst ärgerlich», sagte ich. «Ich muß unbedingt zum Konzertsaal.»

«Ja, ich nehme an, das ist tatsächlich ärgerlich», erwiderte die Frau, als ob sie nie zuvor darüber nachgedacht hätte. «Als ich Sie gerade eben auf die Mauer starren sah, habe ich Sie einfach nur für einen Touristen gehalten. Die Mauer ist eine ziemliche Touristenattraktion, wie Sie ja sehen.»

Sie deutete auf ein Drehgestell mit Postkarten vor dem Geschenkartikelladen. Und tatsächlich sah ich in dem Licht, das aus dem Eingang auf die Straße fiel, lauter Karten, auf denen stolz die Mauer präsentiert wurde.

«Aber was um alles in der Welt hat es für einen Sinn, an einem Platz wie diesem eine Mauer zu errichten?» fragte ich, und ohne daß ich es wollte, war ich laut geworden. «Die ist ja wirklich fürchterlich. Was für einem Zweck könnte die denn dienen?»

«Ich kann Sie durchaus verstehen. Für einen Außenstehenden, besonders für jemanden, der es eilig hat, an ein bestimmtes Ziel zu gelangen, muß das ein Ärgernis sein. Eine architektonische Verrücktheit, das, was die Engländer Folly nennen. Die Mauer wurde Ende des vorigen Jahrhunderts von einem Exzentriker errichtet. Natürlich ist sie ziemlich merkwürdig, aber seit damals ist sie berühmt. Im Sommer wimmelt die ganze Gegend, in der wir hier stehen, von Touristen. Amerikaner, Japaner, und alle machen sie Fotos von der Mauer.»

«Das ist doch einfach absurd», sagte ich wütend. «Bitte sagen Sie mir, wie ich am schnellsten zum Konzertsaal komme.»

«Zum Konzertsaal? Na ja, das ist ein ganz schönes Stück von hier, wenn Sie zu Fuß gehen wollen. Wir sind jetzt natürlich ganz in der Nähe» – sie schaute zu dem Dach hinauf – «aber das hat in Wirklichkeit nichts zu sagen, wegen der Mauer.»

«Das ist doch lachhaft!» Ich hatte vollkommen die Geduld verloren. «Ich finde mich schon allein zurecht. Offenbar sind Sie nicht in der Lage zu begreifen, daß es Menschen gibt, die es eilig haben, Menschen, die einen straffen Zeitplan haben und es sich einfach nicht leisten können, stundenlang in der Stadt herumzulaufen. Also tatsächlich ist diese Mauer, wenn ich es einfach so sagen darf, wirklich typisch für diese Stadt. Überall werden einem völlig absurde Hindernisse in den Weg gelegt. Und was unternehmen Sie dagegen? Regen Sie sich vielleicht darüber auf? Verlangen Sie, daß sie sofort abgerissen wird, damit die Leute ihrer Arbeit nachgehen können? Nein, Sie finden sich schon seit fast einem Jahrhundert damit ab. Sie lassen Postkarten davon drucken und glauben noch, das Ganze hat Charme. Diese Ziegelmauer soll Charme haben? Was für ein fürchterliches Gebilde! Ich könnte diese Mauer durchaus als Symbol benutzen, heute abend in meiner Rede, ich bin sehr in Versuchung, das zu tun! Sie können von Glück sagen, daß ich mir das meiste von dem, was ich zu sagen gedenke, schon zurechtgelegt habe und deshalb natürlich in diesem späten Stadium nicht allzuviel ändern möchte. Guten Abend!»

Ich ließ die Frau stehen und ging schnell denselben Weg die Straße entlang zurück, fest entschlossen, mein wiedererstarktes Selbstvertrauen nicht durch einen derartig albernen Rückschlag beeinträchtigen zu lassen. Doch je weiter ich ging – wobei ich mir die ganze Zeit bewußt war, daß ich mich immer weiter vom Konzertsaal entfernte –, desto mehr spürte ich, daß meine frühere Niedergeschlagenheit wieder zurückkehrte. Die Straße schien viel länger zu sein, als ich sie in Erinnerung hatte, und als ich dann endlich ans Ende gelangte, verirrte ich mich wieder in dem Geflecht kleiner enger Gäßchen.

Nach mehreren Minuten sinnlosen Umherwanderns fühlte ich mich plötzlich außerstande weiterzugehen und blieb stehen. Ich sah, daß ich vor einem Straßencafé haltgemacht hatte, ließ mich gleich am erstbesten Tisch auf einen Stuhl fallen und spürte sofort, wie die mir noch verbliebene Energie von mir wich. Undeutlich nahm ich wahr, daß um mich herum die Dunkelheit hereinbrach, daß irgendwo hinter meinem Kopf elektrisches Licht brannte, daß es dieses selbe Licht Passanten und anderen Gästen des Cafés aller Wahrscheinlichkeit nach ermöglichte, mich klar zu sehen, doch irgendwie konnte ich nicht die Kraft finden, mich aufzurichten oder meine Verzagtheit auch nur nach außen hin zu verbergen. Bald darauf erschien ein Kellner. Ich bestellte einen Kaffee, dann starrte ich weiter auf die Schatten, die von meinem Kopf auf die metallische Oberfläche des Tisches geworfen wurden. All die Möglichkeiten, die mich den bevorstehenden Abend betreffend beunruhigt hatten, fingen wieder an, in meinem Kopf herumzuwirbeln. Vor allem kehrte der eine deprimierende Gedanke immer wieder, daß meine Entscheidung, mich vor dem Sattler-Haus fotografieren zu lassen, meinem Ansehen hier in der Stadt unwiderruflichen Schaden zugefügt hatte; daß ich nun erschreckend viel wiedergutzumachen hatte und daß nur eine außerordentlich imponierende Leistung während der Frage-und-Antwort-Runde allseitige katastrophale Konsequenzen verhindern konnte. Einen Moment lang fühlte ich mich von all diesen Gedanken tatsächlich so überwältigt, daß ich den Tränen nahe war. Doch da spürte ich eine Hand auf meinem Rücken und hörte jemanden ganz sacht über mir wieder und wieder sagen: «Mr. Ryder. Mr. Ryder.»

Ich nahm an, es wäre der Kellner, der mit meinem Kaffee zurückgekommen war, und machte ihm Zeichen, er solle ihn vor mir absetzen. Doch die Stimme rief wieder und wieder meinen Namen, und als ich aufschaute, entdeckte ich Gustav, der besorgt zu mir herabsah.

«Ach, hallo», sagte ich.

«Guten Abend, Mr. Ryder. Wie geht es Ihnen? Ich dachte mir, daß Sie es sind, aber ich war nicht ganz sicher, also bin ich herübergekommen. Geht es Ihnen gut, Mr. Ryder? Wir sind alle da drüben, all die Jungs, wollen Sie nicht kommen und sich zu uns setzen? Die Jungs wären wirklich hoch entzückt.»

Ich schaute mich um und sah, daß ich am Rand eines Platzes saß. Obwohl in der Mitte eine einzelne Straßenlaterne stand, lag der Platz größtenteils im Dunkeln, so daß die Umrisse der darüber hinwegeilenden Menschen nur schemenhaft zu erkennen waren. Gustav deutete auf die gegenüberliegende Seite, wo ich ein Café sah, das etwas größer war als das, in dem ich saß, und dessen offenstehende Fenster und Türen ein warmes Licht nach draußen warfen. Selbst aus dieser Entfernung erkannte ich den Trubel im Innern, und Geigenklänge und Gelächter wurden durch den Abend zu uns herübergetragen. Erst da wurde mir bewußt, daß ich tatsächlich auf dem großen Platz in der Altstadt saß und zu dem Ungarischen Café hinüberschaute. Als ich mich noch weiter umsah, hörte ich Gustav sagen:

«Die Jungs, Mr. Ryder, wollten von mir wieder und immer wieder alles hören. Sie wissen schon, alles, was Sie gesagt haben und wie Sie *zugestimmt* haben. Ich habe es ihnen schon fünf- oder sechsmal erzählt, aber sie wollen es immer wieder hören. Sie lachen und klopfen sich gegenseitig auf die Schulter, und kaum haben sie damit aufgehört, da kommen sie schon wieder und sagen: ‹Na also, Gustav, wir wissen, du hast uns noch nicht alles erzählt. Was *genau* hat denn Mr. Ryder gesagt?› ‹Das habe ich euch doch schon erzählt›, sage ich dann. ‹Das habe ich euch doch schon erzählt. Ihr wißt das ganz genau.›

Aber sie möchten es alles noch einmal hören, und ich wette, sie werden es noch ein paarmal hören wollen, ehe der Abend um ist. Und wenn ich dann diesen gelangweilten Ton annehme, ist das natürlich nur gespielt, Mr. Ryder. In Wirklichkeit bin ich natürlich genauso aufgeregt wie alle anderen und würde mit Freuden unsere Unterhaltung von heute morgen immer und immer noch einmal wiederholen. Es tut so gut, sie wieder so zuversichtlich zu sehen. Ihr Versprechen, Mr. Ryder, hat neue Hoffnung, eine neue *Jugend* auf ihre Gesichter gebracht. Selbst Igor hat gelächelt, hat über einige Witze gelacht! Ich weiß gar nicht mehr, wann ich ihn zuletzt so gesehen habe. O ja, Mr. Ryder, ich würde das Ganze liebend gern noch viele Male erzählen. Immer wenn ich zu der Stelle komme, als Sie sagten: ‹Na schön. Ich werde gerne ein paar Worte in Ihrer Sache sagen›, immer wenn ich zu dieser Stelle komme, dann sollten Sie sie sehen, Mr. Ryder! Sie jubeln und lachen und klopfen einander auf die Schulter, es ist schon ewig her, daß ich sie so erlebt habe. Da saßen wir also, Mr. Ryder, tranken unser Bier und sprachen über Ihre enorme Großzügigkeit, sprachen darüber, wie die Arbeit des Hoteldieners nach all diesen Jahren mit dem heutigen Abend für immer anders werden würde, ja, und während wir gerade über all das sprachen, habe ich zufällig hinausgeschaut, und da habe ich Sie gesehen, Mr. Ryder. Der Café-Besitzer hat, wie Sie sehen können, die Tür offengelassen. Das verleiht dem Lokal eine viel bessere Atmosphäre, wenn man über den ganzen Platz schauen und sehen kann, wie die Nacht hereinbricht. Tja, da habe ich also über den Platz geschaut, und ich dachte so bei mir: ‹Wer mag nur dieser arme Kerl sein, der da drüben ganz allein sitzt.› Aber meine Augen sind nicht mehr so gut, wissen Sie, und deshalb war mir nicht gleich klar, daß Sie es waren, Mr. Ryder. Dann sagte Karl in einer Art Flüsterton – er muß wohl gespürt haben, daß es keine so gute Idee wäre, das laut zu sagen –, er sagte also zu mir: ‹Ich mag mich ja irren, aber ist das nicht Mr. Ryder höchstpersönlich? Da drüben?› Und dann habe ich noch einmal hingeschaut und gedacht, ja, das ist wohl möglich. Wieso um alles in der Welt sitzt er denn da in der Kälte, und weshalb mag er wohl so traurig sein? Ich werde nachsehen gehen, ob er es tatsächlich ist. Erlauben Sie mir zu sagen, Mr. Ryder, daß Karl wirklich sehr diskret war. Keiner von den anderen hat gehört, was er gesagt hat, außer ihm weiß also niemand, wieso ich hinausgeschlüpft bin, obwohl einige jetzt möglicherweise gerade in unsere Richtung schauen und sich fragen, was ich hier tue. Aber ganz im Ernst, Mr. Ryder, geht es Ihnen auch wirklich gut? Sie sehen aus, als mache Ihnen irgend etwas zu schaffen.»

«Oh...» Ich seufzte und rieb mir über das Gesicht. «Es ist nichts. Es ist nur diese viele Herumreiserei, diese ganze Verantwortung. Hin und wieder wird es einfach...» Ich brach ab und lachte kurz auf.

«Aber wieso sitzen Sie denn hier ganz allein, Mr. Ryder? Es ist recht kühl heute abend, und Sie tragen nur ein Jackett. Und das, nachdem ich Ihnen gesagt habe, wie gerne wir Sie bei uns sehen würden, wann immer Sie einmal in das Ungarische Café kommen. Haben Sie etwa gedacht, wir würden Sie mit etwas anderem als überschwenglicher Begeisterung begrüßen, wenn Sie zu uns herüberkommen? Ganz allein hier zu sitzen! Also wirklich, Mr. Ryder! Bitte kommen Sie und setzen Sie sich sofort zu uns. Dann können Sie sich entspannen und den Abend genießen. Und all Ihre Sorgen erst einmal vergessen. Die Jungs werden überglücklich sein. Bitte.»

Auf der anderen Seite des Platzes erschien all das, dieses strahlende Licht im Eingangsbereich, die Musik, das Gelächter, wirklich einladend. Ich stand auf und rieb mir noch einmal über das Gesicht.

«So ist's recht, Mr. Ryder. Gleich wird es Ihnen bessergehen.»

«Ich danke Ihnen. Ich danke Ihnen. Wirklich, ich danke Ihnen.» Ich gab mir Mühe, meine Gefühle unter Kontrolle zu bekommen. «Ich bin Ihnen sehr dankbar. Wirklich. Ich hoffe nur, ich dränge mich nicht auf.»

Gustav lachte. «Das werden Sie ja gleich sehen, ob Sie sich aufdrängen oder nicht, Mr. Ryder.»

Als wir uns auf den Weg über den Platz machten, überlegte ich, daß ich mich besser innerlich einstellen sollte auf die Begegnung mit den Hoteldienern, die bei meinem Erscheinen ganz bestimmt von Dankbarkeit und Aufregung überwältigt sein würden. Mit jedem Schritt, den ich machte, hatte ich mich besser unter Kontrolle, und gerade wollte ich Gustav gegenüber eine höfliche Bemerkung machen, da blieb er plötzlich stehen. Er hatte mir ganz sacht die Hand auf den Rücken gelegt, als wir uns auf den Weg über den Platz gemacht hatten, und ich spürte, daß sich, nur eine Sekunde lang, seine Finger fest um das Material meines Jacketts schlossen. Ich drehte mich um und sah Gustav in dem schummerigen Licht ganz still dastehen und auf den Boden hinunterschauen, die eine Hand hatte er zu den Brauen gehoben, als sei ihm gerade etwas Wichtiges eingefallen. Bevor ich dann allerdings etwas sagen konnte, schüttelte er den Kopf und lächelte unsicher.

«Entschuldigen Sie, Mr. Ryder. Ich habe gerade... ich habe gerade...» Er lachte kurz auf und ging dann wieder weiter.

«Ist alles in Ordnung?»

«O ja, ja. Wissen Sie, Mr. Ryder, die Jungs werden ganz begeistert sein, wenn Sie durch diese Tür kommen.»

Er trat ein oder zwei Schritte vor und ging mir entschlossen über den Platz voran.

SIEBENUNDZWANZIG

Erst als ich das Café betrat und die Wärme spürte, die vom Kaminfeuer im hinteren Teil des Raumes ausging, wurde mir bewußt, wie kühl der Abend geworden war. Seit meinem ersten Besuch in dem Café waren die Möbel umgestellt worden. Die meisten Tische waren an die Wände gerückt worden, um einem großen runden Tisch Platz zu machen, der jetzt die Mitte des Raumes einnahm. An diesem Tisch saß etwa ein Dutzend Männer, sie alle tranken Bier und waren ausgelassener Stimmung. Sie wirkten alle etwas jünger als Gustav, waren aber ebenfalls eher fortgeschrittenen Alters. Nicht weit weg von ihnen, in der Nähe des Tresens, spielten zwei schmächtige Männer in Zigeunerkleidung auf ihren Fideln einen flotten Walzer. Es waren auch noch andere Gäste anwesend, die einfach im Hintergrund saßen, zumeist in den schattigen Nischen des Raumes, als hätten sie gar nicht gemerkt, daß eine Veranstaltung stattfand.

Als Gustav und ich hereinkamen, drehten sich die Hoteldiener alle um und starrten herüber, sie waren sich nicht sicher, ob sie ihren Augen trauen sollten. Dann sagte Gustav: «Ja, Jungs, er ist es wirklich. Er ist höchstpersönlich gekommen, um uns alles Gute zu wünschen.»

Totenstille senkte sich über das Café, und alle – die Hoteldiener, die Kellner, die Musiker, die anderen Gäste – starrten mich an. Dann brach überall im Raum warmherziger Beifall aus. Aus irgendeinem Grund war dieser Empfang sehr überraschend für mich und rührte mich fast zu Tränen. Ich lächelte und sagte: «Danke, danke», während der Beifall anhielt, so stürmisch, daß ich kaum mein eigenes Wort verstand. Die Hoteldiener waren aufgestanden, und selbst die Zigeunergeiger hatten sich die Fideln unter den Arm geklemmt, um in den Applaus mit einzufallen. Gustav führte mich an den Tisch in der Mitte, und als ich mich setzte, ebbte der Applaus schließlich ab. Die Musiker spielten weiter, und ich sah mich von einem Kreis aufgeregter Gesichter umringt. Gustav, der sich neben mich gesetzt hatte, ergriff das Wort:

«Jungs, Mr. Ryder ist so freundlich gewesen...»

Bevor er weiterreden konnte, lehnte sich ein stämmiger Hoteldiener mit roter Nase zu mir herüber und erhob sein Bierglas. «Sie haben uns gerettet, Mr. Ryder», erklärte er. «Von nun an wird unsere Geschichte anders verlaufen. Meine Enkel werden mich als einen anderen Mann in Erinnerung behalten. Das ist ein großer Abend für uns.»

Ich lächelte ihn immer noch an, als ich spürte, wie eine Hand mich am Arm packte, und ich sah mich einem hageren, nervös wirkenden Mann gegenüber.

«Bitte, Mr. Ryder», sagte der Mann. «Bitte, Sie tun das doch auch wirklich, oder? Sie werden es sich doch nicht anders überlegen, wenn es erst einmal soweit ist und Sie doch vor all diesen Leuten an die ganzen anderen wichtigen Dinge zu denken haben...»

«Sei nicht so unverschämt», sagte ein anderer, und der nervöse Mann verschwand, als habe ihn jemand zurückgezogen. Dann hörte ich eine Stimme hinter mir sagen: «Natürlich wird er es sich nicht anders überlegen. Was glaubst du denn, mit wem du sprichst?»

Ich drehte mich auf meinem Stuhl um, weil ich dem nervösen Mann etwas Beruhigendes sagen wollte, aber da schüttelte mir schon ein anderer die Hand und sagte:

«Danke, Mr. Ryder, danke.»

«Sie sind alle sehr freundlich», sagte ich und lächelte in die Runde. «Obwohl ich... obwohl ich Sie eigentlich warnen sollte...»

In dem Moment rempelte mich jemand an, wobei er mich fast auf den Mann neben mir stieß. Ich hörte, daß sich jemand entschuldigte, und dann sagte ein anderer: «Drängele doch nicht so!» Dann ließ sich eine andere Stimme ganz in meiner Nähe vernehmen: «Ich bin derjenige, der vermutet hat, daß Sie es sind, Mr. Ryder. Ich habe Gustav auf Sie aufmerksam gemacht. Das ist wirklich nett von Ihnen, daß Sie uns hier einmal besuchen kommen. An den heutigen Abend werden wir uns immer erinnern. Ein Wendepunkt im Leben eines jeden Hoteldieners dieser Stadt.»

«Hören Sie doch, ich muß Sie warnen», sagte ich laut. «Ich werde in Ihrer Sache wirklich mein Bestes geben, aber ich muß Sie warnen, ich habe möglicherweise nicht mehr den Einfluß, den ich früher einmal hatte. Sehen Sie...»

Doch meine Worte gingen unter in den Hurra-Rufen auf mich, mit denen einige Hoteldiener begonnen hatten. Beim zweiten Hurra fiel die gesamte Gesellschaft mit ein, und dann setzte vorübergehend die Musik aus, und auch die restlichen Anwesenden erhoben zu dem letzten ohrenbetäubenden Hurra-Ruf ihre Stimme. Dann gab es noch einmal Beifall.

«Danke, danke», sagte ich zutiefst gerührt. Als dann der Applaus verebbte, sagte der rotnasige Hoteldiener über den Tisch hinweg:

«Sie sind hier jederzeit willkommen, Mr. Ryder. Sie sind eine berühmte, hochangesehene Persönlichkeit, doch Sie sollen wissen, daß wir hier einen anständigen Kerl erkennen, wenn wir ihn sehen. Das können Sie uns glauben, wir haben ja recht lange in diesem Metier zugebracht und dabei ein gutes Gespür für Anständigkeit entwickelt. Sie sind durch und durch anständig, das sehen wir alle. Anständig und freundlich. Sie denken jetzt womöglich, daß wir Sie einfach nur deshalb bei uns willkommen heißen, weil Sie uns helfen wollen. Und natürlich sind wir Ihnen auch dankbar dafür. Aber ich weiß, daß alle hier Sie wirklich mögen, und das wäre anders, wenn Sie nicht so ein anständiger Kerl wären. Wenn Sie zu hochnäsig oder irgendwie unaufrichtig wären, hätten alle die Nase gerümpft. O ja. Selbstverständlich wären sie Ihnen trotzdem noch dankbar, sie würden Sie gut behandeln, aber sie würden Sie nicht so mögen. Ich will damit folgendes sagen, Mr. Ryder: Auch wenn Sie nicht berühmt wären, wenn Sie nur irgendein durch Zufall hier hereingestolperter Fremder wären, hätten wir Sie, wenn wir erst einmal gesehen hätten, daß Sie in Ordnung sind, wenn Sie erklärt hätten, daß Sie weit weg von zu Hause sind und ein wenig Gesellschaft suchen, herzlich willkommen geheißen. Wir hätten Sie nicht viel anders aufgenommen, als wir es jetzt getan haben, nachdem wir uns überzeugt hatten, daß Sie ein anständiger Kerl sind. Oh, wir sind wirklich nicht halb so reserviert, wie die Leute sagen. Von jetzt an können Sie uns zu Ihren Freunden zählen, Mr. Ryder.»

«Ja, bestimmt», sagte jemand zu meiner Rechten. «Wir sind jetzt Ihre Freunde. Wenn Sie in dieser Stadt je in Schwierigkeiten stecken, können Sie auf uns zählen.»

«Ich danke Ihnen sehr», erwiderte ich. «Ich danke Ihnen. Ich werde heute abend in Ihrer Sache mein Bestes geben. Aber ich muß Sie wirklich warnen ...»

«Bitte, Mr. Ryder», sagte Gustav ganz leise und dicht an meinem Ohr. «Bitte machen Sie sich keine Sorgen mehr. Alles kommt in Ordnung. Wieso amüsieren Sie sich nicht einfach ein bißchen?»

«Aber ich wollte doch Ihre Freunde nur warnen ...»

«Wirklich, Mr. Ryder», fuhr Gustav leise fort. «Es ist bewundernswert, wie Sie sich einsetzen. Aber Sie machen sich zu viele Sorgen. Entspannen Sie sich und amüsieren Sie sich. Nur eine Weile. Sehen Sie uns doch an. Wir alle hier haben Sorgen. Ich zum Beispiel muß mich gleich wieder auf den Weg in den Konzertsaal machen, ich muß wieder an die Arbeit zurück. Aber wenn wir uns hier treffen, sind wir immer froh, unter Freunden zu sein, und dann vergessen wir alles andere. Wir schalten ab und amüsieren uns.» Dann hob Gustav die Stimme über dem Tumult. «Kommt schon, wir wollen Mr. Ryder einmal zeigen, wie wir uns *wirklich* amüsieren! Wir wollen ihm einmal zeigen, wie wir das machen!»

Diese Ankündigung wurde jubelnd und mit weiterem Beifall aufgenommen, dann verfielen alle am Tisch in rhythmisches Klatschen. Die Zigeuner spielten immer schneller und schneller, jetzt im Takt zu dem Klatschen, und einige andere Gäste des Lokals, die zugesehen hatten, fingen ebenfalls an zu klatschen. Auch fiel mir auf, daß die Leute überall im Raum tatsächlich ihre Unterhaltung unterbrachen und ihre Stühle herumdrehten, als wollten sie Zeuge eines ungeduldig erwarteten Spektakels werden. Ein Mann, den ich für den Besitzer hielt – er war dunkelhaarig und groß –, kam aus einem Hinterzimmer hervor und stand da, an den Türrahmen gelehnt, offenbar genauso versessen darauf, sich nichts von dem, was folgen würde, entgehen zu lassen.

Die Hoteldiener klatschten immer noch und waren immer fröhlicher geworden, einige stampften mit dem Fuß auf den Boden, um den Rhythmus noch zu betonen. Dann erschienen zwei Kellner und fingen hastig an, alles vom Tisch abzuräumen. Biergläser, Kaffeetassen, Zuckerdosen, Aschenbecher – alles verschwand im Handumdrehen, und dann kletterte einer der Hoteldiener, ein stämmiger Mann mit Bart, auf den Tisch. Sein Gesicht war unter dem buschigen Bart hellrot, ob vor Verlegenheit oder vom Alkohol konnte ich nicht sagen. Jedenfalls schien er, kaum daß er auf dem Tisch war, keine Hemmungen mehr zu haben, und grinsend fing er an zu tanzen.

Es war ein merkwürdiger, statischer Tanz, die Füße lösten sich kaum je von der Tischplatte, ein Tanz, der eher die statuenhaften Eigenschaften des Körpers betonte als seine Beweglichkeit oder seine agile Anmut. Der bärtige Hoteldiener nahm eine Pose ein, die an einen griechischen Gott erinnerte, die Arme hielt er so, als würde er eine unsichtbare Last tragen, und während das Klatschen und die Ermunterungsrufe noch anhielten, veränderte er ganz leicht die Stellung der Hüfte oder drehte sich langsam um die eigene Achse. Einen Moment lang fragte ich mich, ob das Ganze komisch sein sollte, doch trotz des ausgelassenen Gelächters überall am Tisch war bald klar, daß die Vorstellung keine Satire zu sein beabsichtigte. Als ich dem bärtigen Hoteldiener noch zusah, stupste mich jemand an und sagte:

«Das ist es, Mr. Ryder. Unser Tanz. Der Hoteldiener-Tanz. Davon haben Sie doch sicher schon gehört.»

«Ja», erwiderte ich. «Ach ja. Das ist also der Hoteldiener-Tanz.»

«Genau. Aber warten Sie nur ab, bis jetzt haben Sie noch nichts gesehen.» Der Mann, der da mit mir gesprochen hatte, stupste mich grinsend noch einmal an.

Da sah ich, daß ein großer brauner Pappkarton von Hoteldiener zu Hoteldiener herumgereicht wurde. Der Karton hatte ungefähr die Ausmaße eines Koffers, doch nach der Art zu urteilen, in der er durch die Luft geschleudert wurde, war er wohl leicht und leer. Der Koffer machte einige Minuten lang die Runde am Tisch, dann wurde er an einer besonderen Stelle des Tanzes zu dem bärtigen Hoteldiener hinaufgeworfen. Der ganze Auftritt wirkte gut einstudiert. Genau im richtigen Moment änderte der bärtige Hoteldiener seine Pose und hob wieder die Arme, der Pappkarton kam durch die Luft geflogen und landete prompt in seinen Händen.

Der bärtige Hoteldiener tat so, als habe er eine Steinplatte aufgefangen – was bei seinem Publikum ein ängstliches Brummen auslöste –, und ein oder zwei Sekunden lang sah er so aus, als würde er unter dem Gewicht zusammenbrechen. Doch dann begann er mit beträchtlicher Entschlossenheit, sich aufzurichten, bis er schließlich vollkommen gerade dastand, den Karton hielt er gegen die Brust gedrückt. Als daraufhin Jubelrufe ertönten, fing der bärtige Hoteldiener langsam an, den Karton über den Kopf zu stemmen, bis er ihn schließlich ganz hochgehoben hatte, beide Arme waren vollkommen gestreckt. Obwohl dies in Wirklichkeit natürlich kein Bravourstück war, haftete der Vorstellung Würde und Dramatik an, was mich veranlaßte, in die Jubelrufe mit einzufallen, als habe er tatsächlich ein immenses Gewicht gestemmt. Der bärtige Hoteldiener machte sich dann mit beträchtlichem Geschick daran, die Illusion zu erzeugen, als werde seine Last leichter und immer leichter. Schon bald hielt er den Karton mit einer Hand in die Höhe und vollführte dabei kleine Pirouetten, wobei er den Karton zuweilen über die Schulter nach hinten warf und hinter dem Rücken wieder auffing. Je leichter die Last wurde, desto ausgelassener reagierten seine Kollegen. Als dann die Bravourstücke des bärtigen Hoteldieners immer kühner wurden, begannen seine Kollegen, sich um den ganzen Tisch herum anzuschauen, anzugrinsen und einander immer mehr anzustacheln, bis sich noch einer aus ihrer Gruppe, ein drahtiger kleiner Mann mit schmalem Schnurrbart, daranmachte, auf den Tisch zu klettern.

Der Tisch wackelte und schwankte, doch die anderen Hoteldiener lachten, als gehörte all dies zu dem Schauspiel, dann hielten sie den Tisch fest, während der drahtige Hoteldiener hinaufkletterte. Zunächst bemerkte der Bärtige seinen Kollegen nicht und fuhr damit fort zu demonstrieren, wie gut er den Umgang mit dem Pappkarton beherrschte, während der drahtige Hoteldiener übellaunig hinter ihm stand, wie ein Mann, der darauf wartete, bei einer begehrten Tanzpartnerin an die Reihe zu kommen. Dann schließlich sah der bärtige Hoteldiener den drahtigen Mann und warf ihm den Karton zu. Als der drahtige Hoteldiener den Karton auffing, taumelte er nach hinten, und es schien, als würde er ganz von dem Tisch fallen. Doch gerade noch rechtzeitig konnte er sich abfangen, dann richtete er sich mühsam wieder auf, den Karton hielt er hinter dem Rücken. Währenddessen stieg der bärtige Hoteldiener, der jetzt mitklatschte und fröhlich lächelte, von vielen Händen unterstützt von dem Tisch herunter.

Der drahtige Hoteldiener vollführte annähernd die gleichen Bewegungsabläufe, wenn auch mit weit mehr drolligen Gebärden. Er löste schallendes Gelächter aus, als er komische Fratzen schnitt und in bester Slapstick-Manier herumstolperte. Während ich ihm zusah, schienen das rhythmische Klatschen, die

Zigeunergeigen, das Gelächter und das gespielt-überraschte Geschrei nicht nur meine Ohren, sondern all meine Sinne zu erfüllen. Als dann ein dritter Hoteldiener den drahtigen Mann auf dem Tisch ablöste, spürte ich, daß eine menschliche Wärme mich einzuhüllen begann. Gustavs Ansichten kamen mir plötzlich außerordentlich klug vor. In der Tat, wieso sollte ich mir solche Sorgen machen? Wichtig war doch, daß man ab und zu einmal völlig abschaltete und sich amüsierte.

Ich schloß die Augen und ließ zu, daß die angenehme Atmosphäre mich umspülte, und nur vage drang mir zu Bewußtsein, daß ich immer noch mitklatschte und daß ich im Takt mit dem Fuß auf den Boden stampfte. Vor meinem inneren Auge sah ich ein Bild meiner Eltern, wie sich die beiden in ihrer Pferdekutsche der Lichtung vor dem Konzertsaal näherten. Ich sah die Leute der Stadt – die Männer in schwarzen Anzügen, die Frauen mit Mantel und Schal und Juwelen –, die ihre Unterhaltungen unterbrechen und sich nach dem Geklapper der Pferdehufe umdrehen würden, das aus dem Dunkel der Bäume herüberkam. Und dann würde die funkelnde Kutsche in den Sog der Lichter preschen, die prächtigen Pferde würden langsam zum Stillstand kommen, und ihr Atem würde in die Nachtluft aufsteigen. Und mein Vater und meine Mutter würden aus dem Fenster der Kutsche schauen, auf ihren Gesichtern lägen erste Anzeichen aufgeregter Vorfreude, doch auch so etwas wie Vorsicht und Reserviertheit, ein Widerstreben, sich ganz und gar der Hoffnung hinzugeben, der Abend werde zu einem strahlenden Triumph. Und wenn dann der Kutscher in seiner Livree herbeieilen würde, um ihnen herauszuhelfen, und die Honoratioren sich in einer Reihe aufstellten, um sie willkommen zu heißen, dann würden sie das gespielt ruhige Lächeln aufsetzen, das ich noch aus meiner Kindheit kannte, von jenen seltenen Gelegenheiten her, als meine Eltern Gäste zum Mittag- oder Abendessen eingeladen hatten.

Ich öffnete die Augen und sah, daß jetzt zwei Hoteldiener auf dem Tisch eine komische Nummer vorführten. Wer immer von den beiden den Karton gerade hielt, taumelte umher, bis er fast umfiel, und übergab dann dem anderen im letzten Moment den Karton. Dann merkte ich, daß Boris – der wahrscheinlich schon die ganze Zeit in dem Café gesessen hatte – ganz nah an den Tisch gekommen war und mit offensichtlichem Vergnügen zu den beiden Hoteldienern hochschaute. An der Art, wie er immer genau im richtigen Moment lachte und mitklatschte, war zu erkennen, daß der Junge mit dem ganzen Programm sehr vertraut war. Er saß zwischen zwei stämmigen, eher dunkelhäutigen Hoteldienern, die einander ähnlich genug sahen, um Brüder zu sein. Während ich noch zu ihm hinschaute, machte Boris zu dem einen der beiden eine Bemerkung, und da lachte der Mann und kniff den Jungen zum Spaß in die Wange.

All das Treiben schien mehr und mehr Leute vom Platz hereinzulocken, und allmählich herrschte großes Gedränge in dem Café. Und während bei meinem Eintreffen nur zwei Zigeunergeiger gespielt hatten, merkte ich jetzt, daß drei weitere sich dazugesellt hatten, und die Klänge ihrer Fideln kamen jetzt noch energischer als zuvor aus allen Richtungen. Da ließ sich jemand von hinten vernehmen – ich hatte nicht den Eindruck, daß es einer der Hoteldiener war – und rief: «Gustav!», und im Nu wurde der Ruf vorne an unserem Tisch aufgenommen. «Gustav! Gustav!» riefen die Hoteldiener, und allmählich wurde eine Art Singsang daraus. Auch der nervös wirkende Hoteldiener, der vorhin mit mir gesprochen hatte und der jetzt an der Reihe war, seinen Platz auf dem Tisch einzunehmen – er lieferte eine beseelte, wenn auch nicht sonderlich geschickte Vorstellung –, fiel bald in diesen Ruf ein, und obwohl er jetzt mit dem Karton hinter dem Rücken und an den Hüften hantierte, skandierte er immer wieder: «Gustav! Gustav!»

Ich schaute mich nach Gustav um – er saß nicht mehr neben mir – und sah, daß er zu Boris hinübergegangen war und dem Jungen etwas ins Ohr flüsterte. Einer der dunkelhäutigen Brüder legte Gustav die Hand auf die Schulter und bat den ältlichen Hoteldiener eindringlich, jetzt seine Vorstellung auf dem Tisch zu geben. Gustav lächelte und schüttelte bescheiden den Kopf, doch die Rufe wurden nur noch lauter. Jetzt rief praktisch jeder im Raum seinen Namen, und auch diejenigen, die draußen auf dem Platz standen, schienen mitzumachen. Schließlich warf Gustav Boris ein mattes Lächeln zu und stand auf.

Da Gustav um einige Jahre älter war als die anderen Hoteldiener, schien er größere Mühe zu haben, auf den Tisch zu klettern, doch viele Hände reckten sich vor, um ihm zu helfen. Als er erst einmal auf dem Tisch war, richtete er sich auf und lächelte ins Publikum. Der nervös wirkende Hoteldiener reichte ihm den Karton und ging dann sofort von dem Tisch herunter.

Von Anfang an wich Gustavs Vorstellung von dem ab, was die anderen Tänzer bisher gezeigt hatten. Als man ihm den Karton in die Hand gedrückt hatte, tat er erst gar nicht so, als sei er besonders schwer, sondern er warf ihn sich mühelos über die Schulter und vollführte eine achselzuckende Bewegung. Das löste überall lautes Gelächter aus, und ich hörte die Leute rufen: «Unser alter Gustav!» und «Gustav, wie er leibt und lebt!» Und während er noch demonstrierte, daß er die Last auf die leichte Schulter nahm, drängte sich ein Kellner nach vorne und warf einen richtigen Koffer auf den Tisch. An der Art, wie der Kellner ihn hochschwang und wie er dann laut und dumpf auf dem Tisch aufschlug, war zu erkennen, daß der Koffer keineswegs leer war. Er landete genau vor Gustavs Füßen, und ein Murmeln ging durch die Menge. Dann wurde der Singsang wieder aufgenommen, diesmal noch schneller als vorher. «Gustav! Gustav! Gustav!» Ich sah, daß Boris jede Bewegung seines Großvaters genauestens verfolgte, übergroßer Stolz stand ihm ins Gesicht geschrieben, er klatschte kraftvoll in die Hände und skandierte den Namen seines Großvaters. Gustav bemerkte Boris, lächelte ihn noch einmal an, faßte dann nach unten und nahm den Koffer am Griff hoch.

Als sich Gustav – immer noch nach vorn gebeugt – den Koffer in die Hüfte stemmte, war ich sicher, daß er dessen Gewicht nicht vortäuschte. Als er sich dann aufrichtete, den Pappkarton hatte er immer noch auf der Schulter und den Koffer in der Hand, schloß er die Augen, und seine Miene verdüsterte sich. Doch niemand schien etwas Ungewöhnliches zu bemerken – sehr wahrscheinlich war das eine von Gustavs typischen Eigenheiten vor Beginn einer Vorstellung –, und immer noch waren der Singsang und das Klatschen ohrenbetäubend über dem Quietschen der Geigen zu hören. Doch einen Moment später hatte Gustav die Augen schon wieder geöffnet und schaute mit breitem Lächeln auf die Anwesenden herab. Dann hob er den Koffer noch höher, und er schaffte es, ihn sich unter den Arm zu klemmen, und in dieser Stellung – den Koffer unter dem einen Arm, den Karton auf der anderen Schulter – fing er an, mit langsamen, schleifenden Schritten zu tanzen. Es gab Jubelrufe und Gebrüll, und irgendwo in der Nähe des Eingangs hörte ich jemanden fragen: «Was macht er denn jetzt? Ich kann gar nichts sehen. Was macht er denn jetzt?»

Dann hob Gustav den Koffer noch höher, und mit dem Koffer auf der einen, dem Karton auf der anderen Schulter tanzte er weiter. Da der Koffer sehr viel schwerer war als der Karton, mußte er sich stark zu der einen Seite hinüberbeugen, doch ansonsten schien es ihm gutzugehen, und seine Schritte waren noch immer äußerst lebhaft. Boris, der vor Entzücken strahlte, rief seinem Großvater etwas zu, das ich nicht verstand, worauf Gustav mit einer übertriebenen Kopfdrehung reagierte, was weiteres Geschrei und Gelächter auslöste.

Während Gustav weitertanzte, nahm ich wahr, daß hinter mir irgend etwas vor sich ging. Eine ganze Weile schon hatte mir jemand mit ärgerlicher Regelmäßigkeit seinen Ellenbogen in den Rücken gestoßen, doch ich hatte angenommen, dies sei einfach Folge der Tatsache, daß die Menge so versessen darauf war, die Vorstellung so gut wie nur möglich zu sehen. Doch jetzt drehte ich mich um und sah, daß direkt hinter mir zwei

Kellner auf dem Boden knieten und einen Koffer packten, obwohl die Menge sie von allen Seiten anrempelte. Sie hatten ihn schon fast ganz mit kleinen Holzstücken gefüllt, die wie Küchenbrettchen aussahen. Ein Kellner legte die Bretter zu kompakteren Gebilden zusammen, während der andere ungeduldig Zeichen in den hinteren Teil des Cafés machte und ärgerlich auf den freien Platz deutete, der im Koffer noch verblieben war. Dann sah ich, daß noch mehr Brettchen ankamen, immer zwei oder drei auf einmal, die von Hand zu Hand durch die Menge gereicht wurden. Die Kellner arbeiteten schnell und verstauten die Holzstücke, bis der Koffer zum Bersten gefüllt schien. Doch immer weitere Holzstücke – manchmal auch nur zerborstene Teile – wurden herbeigeschafft, und mit großer Geschicklichkeit brachten die Kellner auch diese noch unter. Vielleicht hätten sie mehr und immer noch mehr in den Koffer gepackt, doch das Geschiebe und Gedränge der Menschen um sie herum schien schließlich ihre Geduld zu erschöpfen, und sie klappten den Deckel zu, zogen die Riemen fest, drängten sich an mir vorbei und hievten den Koffer auf den Tisch.

Boris starrte auf den neuen Koffer, dann schaute er unsicher zu Gustav hoch. Sein Großvater vollführte gerade einen langsamen, schleifenden Ausfallschritt, nicht unähnlich dem eines Stierkämpfers. Einen Moment lang schien die Mühe, die es ihn kostete, Karton und Koffer auf den Schultern zu balancieren, ihn davon abzuhalten, die neue Herausforderung überhaupt wahrzunehmen. Boris beobachtete seinen Großvater und wartete auf den Augenblick, in dem er den zweiten Koffer sehen würde. Offensichtlich warteten darauf auch alle anderen, doch sein Großvater machte immer nur weiter mit seinem Tanz und tat so, als habe er nichts bemerkt. Das war ganz bestimmt ein Trick von ihm! Es war fast sicher, daß sein Großvater mit dem Publikum spielte, und jeden Moment, das wußte Boris, würde er den schweren Koffer aufnehmen und dafür vielleicht den leeren Karton abstellen. Doch aus irgendeinem Grund sah Gustav den Koffer einfach nicht, und jetzt riefen und gestikulierten die Leute. Dann schließlich bemerkte Gustav den Koffer, und auf sein zwischen dem Karton und dem ersten Koffer eingeklemmtes Gesicht legte sich ein Ausdruck des Entsetzens. Alle um Boris herum lachten und klatschten nur um so mehr. Langsam drehte sich Gustav immer weiter um die eigene Achse, doch den Blick hielt er, mit nach wie vor besorgtem Gesichtsausdruck, auf den neuen Koffer geheftet, und einen Augenblick lang ging es Boris durch den Sinn, daß der Großvater seine Besorgnis womöglich nicht gänzlich vortäuschte. Doch dann lachten alle Leute um ihn herum, Leute, die diese Vorstellung seines Großvaters schon viele Male gesehen hatten, und im nächsten Moment lachte auch Boris und stachelte Gustav weiter an. Gustav wurde auf die Stimme des Jungen aufmerksam, und wieder lächelten sich Großvater und Enkel zu.

Dann nahm Gustav den leeren Karton von der Schulter, und nachdem er ihn mit einer Verächtlichkeit, die beinahe anmutig war, an seinem Arm hatte hinuntergleiten lassen, schleuderte er das Ding in die Menge. Das führte wiederum zu Gelächter und Jubelrufen, und der Karton, der über die Köpfe der Zuschauer nach hinten gereicht wurde, verschwand in den Tiefen des Raumes. Dann schaute Gustav wieder auf den neuen Koffer hinunter und hievte den ersten noch höher die Schulter hinauf. Noch einmal nahm sein Gesicht den Ausdruck tiefer Besorgnis an – diesmal war es ganz ohne Zweifel wirklich gespielt –, und Boris lachte wie alle anderen auch. Dann beugte Gustav allmählich die Knie. Das tat er ganz langsam, ob aus Gebrechlichkeit oder aus Effekthascherei, ließ sich nicht eindeutig sagen, schließlich war er ganz auf den Knien, den ersten Koffer hielt er immer noch auf der einen Schulter, mit der Hand des freien Arms langte er nach dem Griff des Koffers zu seinen Füßen. Dann erhob er sich langsam, aber immer ein Stückchen mehr, wobei das Klatschen anhielt, und schließlich hatte er sich wieder ganz aufgerichtet, den schweren Koffer in der Hand.

Gustav spielte jetzt ungeheure Mühe – ungefähr so wie der bärtige Hoteldiener vorhin, als er den Pappkarton zum erstenmal gesehen hatte. Boris sah zu, und Stolz erfüllte ihn. Gelegentlich drehte er sich von seinem Großvater weg, um in die bewundernden Gesichter der Zuschauer zu sehen, die sich um ihn scharten. Sogar die Zigeunergeiger versuchten jetzt, eine Position einzunehmen, aus der sie bessere Sicht hatten, und nutzten dazu Bewegungen des gebeugten Ellenbogens als heimliches Hilfsmittel im Gedränge. Ein Geiger hatte sich auf diese Art bis ganz nach vorn durchgekämpft, so daß er jetzt auf den Tisch gebeugt und mit der Taille gegen den Tischrand gepreßt seine Fidel spielte.

Dann fing Gustav wieder an, mit den Füßen seine schleifenden Bewegungen zu vollführen. Das Gewicht der beiden Koffer, besonders des einen, der mit den Holzstücken gefüllt worden war und den er sich nicht auf die Schulter zu hieven versuchte – was sicherlich gar nicht möglich war –, führte dazu, daß seine Füße jetzt kaum mehr über Sprungkraft verfügten, aber dennoch war das Ganze höchst eindrucksvoll, und die Menge geriet in Verzückung. «Unser alter Gustav!» fing es wieder mit den Rufen an, und auch Boris rief, wenn ihm auch diese Art, seinen Großvater anzusprechen, alles andere als vertraut war, so laut, wie er nur konnte: «Unser alter Gustav! Unser alter Gustav!»

Wieder schien der alte Hoteldiener die Stimme des Jungen aus den anderen herauszuhören, und obwohl er sich diesmal nicht umdrehte, um Boris zu zeigen, daß er den Zuruf erkannt hatte – er tat so, als sei er für so etwas viel zu sehr von seinen Koffern in Anspruch genommen –, war eine neue Lebhaftigkeit in seinen Bewegungen festzustellen. Er fing wieder an, sich langsam zu drehen und zu wenden, und sein Rücken ließ nicht einmal mehr die geringste Spur einer gekrümmten Haltung erkennen. Einen Moment lang sah Gustav geradezu prachtvoll aus, wie er dort statuengleich auf dem Tisch stand, den einen Koffer auf der Schulter, den anderen auf der Hüfte, und sich zu dem Klatschen und der Musik um die eigene Achse drehte. Dann schien er zu straucheln, doch sofort riß er sich wieder hoch, und angesichts dieser Variante gab die Menge ein «ahh!» und noch mehr Gelächter von sich.

Dann wurde sich Boris bewußt, daß es hinter ihm zu einigem Aufruhr gekommen war, und er sah, daß die beiden Kellner wieder da waren und auf dem Boden wieder an etwas herumhantierten, und dabei drängten sie die Menschen zurück, um sich mehr Platz für ihre Arbeit zu verschaffen. Beide Männer knieten und plagten sich mit etwas, das wie eine Golftasche aussah. Ihr Benehmen war grob und ungeduldig – vielleicht ärgerten sie sich darüber, daß die sich um sie scharenden Leute sie ständig mit den Knien anstießen. Boris schaute zu seinem Großvater hoch, und als er sich dann wieder umdrehte, sah er, daß einer der Kellner die Öffnung der Tasche aufhielt, als ob etwas besonders Großes hineingesteckt werden sollte. Und tatsächlich bahnte sich da gerade der andere Kellner seinen Weg durch die Menge, er ging rückwärts, wobei er die Leute barsch zur Seite drängte, und zog einen Gegenstand über den Boden. Boris zwängte sich durch die Menge ein wenig nach hinten und sah, daß es sich um eine Art Maschine handelte. Man konnte es nicht genau sehen – die Beine der Leute waren im Weg –, doch es war irgendein alter Motor, entweder von einem Motorrad oder von einem Rennboot. Die beiden Kellner mühten sich sehr, den Motor in die Golftasche zu bekommen, sie zogen an dem schon ganz straffen Stoff und zerrten an dem Reißverschluß. Boris schaute wieder hoch und sah, daß sein Großvater immer noch mühelos die beiden Koffer balancierte und durch nichts verriet, daß er vielleicht eine Ruhepause brauchte. Die Menge jedenfalls hatte nicht die Absicht, ihm jetzt schon eine Ruhepause zu gönnen. Und dann war Bewegung um ihn, und die beiden Kellner hatten die Golftasche auf den Tisch gehievt.

Für einen Moment wurde das Stimmengewirr noch lauter, als sich die Nachricht von der Ankunft der Tasche zu den Hintenstehenden verbreitete. Gustav bemerkte die Golftasche nicht sofort, weil er gerade im Augenblick die Augen geschlossen hatte, um sich zu konzentrieren, doch schon bald veranlaßte ihn das Drängen der Menge, sich umzuschauen. Sein Blick blieb an der Golftasche haften, und einen Moment lang sah Gustav sehr ernst aus. Dann lächelte er und drehte sich weiter langsam um die eigene Achse. Dann ließ er, wie zuvor schon einmal, wenn auch bei weitem nicht mit derselben Leichtigkeit, den Koffer von der Schulter und den Arm hinuntergleiten. Während er noch fiel, gelang es Gustav mit äußerster Anstrengung, den Arm so zu heben, daß der Koffer hoch und in die Menge geschleudert wurde. Da er so viel schwerer war als der leere Karton, konnte er kaum einen sauberen Bogen beschreiben, und er schlug auf der Tischkante auf, bevor er von den Hoteldienern vorn am Tisch aufgefangen wurde. Der erste Koffer verschwand, wie auch zuvor schon der Karton, in der Menge, und aller Augen waren auf Gustav gerichtet. Der Singsang mit seinem Namen fing wieder an, und der alte Mann besah sich gründlich die Golftasche zu seinen Füßen. Die vorübergehende Erleichterung, die er empfand, weil er jetzt nur noch einen Koffer trug – wenn der auch mit Holzstücken gefüllt war –, schien ihm neue Kraft zu geben. Aber dann machte er ein langes Gesicht und schüttelte angesichts der Golftasche skeptisch den Kopf, was die Menge nur veranlaßte, ihn noch weiter anzustacheln. «Na komm schon, Gustav, zeig's ihnen!» hörte Boris den Hoteldiener neben sich rufen.

Dann versuchte Gustav, sich den schweren Koffer auf die Schulter zu heben, auf der er vorher den leichteren getragen hatte. Das tat er ganz bedächtig, mit geschlossenen Augen, ein Knie hatte er noch auf dem Boden, dann richtete er sich langsam auf. Ein- oder zweimal zitterten ihm die Beine, und dann stand er ganz ruhig da, den Koffer hatte er sicher auf der Schulter, den freien Arm hatte er nach der Golftasche ausgestreckt. Plötzlich durchzuckte Boris ein Gefühl der Angst, und er rief: «Nein!», doch das ging unter in dem Singsang und dem Gelächter, den «Ahhs» und den Seufzern der Menge um ihn herum.

«Na komm schon, Gustav!» rief der Hoteldiener neben ihm. «Zeig ihnen, was du kannst! Du wirst es ihnen schon zeigen!»

«Nein! Nein! Großvater! Großvater!»

«Unser alter Gustav!» waren die Stimmen zu hören. «Na komm schon! Zeig's ihnen!»

«Großvater! Großvater!» Boris hatte jetzt die Arme über den Tisch hinweg ausgestreckt, um die Aufmerksamkeit seines Großvaters auf sich zu lenken, doch Gustavs Gesicht blieb vor Konzentration ganz angespannt, mit ungeheurer Intensität starrte er auf den Schulterriemen der Golftasche, die auf dem Tisch lag. Dann beugte sich der ältliche Hoteldiener allmählich immer weiter hinunter, sein ganzer Körper zitterte unter dem Gewicht des Koffers auf seiner Schulter, seine Hand griff zu früh nach dem Riemen, der noch ein ziemliches Stück von ihm entfernt lag. Da war eine neue Anspannung in dem Raum, vielleicht war es die Ahnung, daß sich Gustav hier an einem Kunststück versuchte, das selbst seine Fähigkeiten überstieg. Dennoch blieb die Atmosphäre festlich, der Singsang seines Namens feierlich.

Boris schaute flehentlich in die Gesichter der Erwachsenen um sich, dann zog er den Hoteldiener neben sich am Arm.

«Nein! Nein! Das reicht jetzt. Großvater hat schon genug getan!»

Der bärtige Hoteldiener – der Mann neben Boris – schaute überrascht zu dem Jungen hinunter und sagte dann lachend: «Nur keine Sorge, nur keine Sorge. Dein Großvater ist phantastisch. Das schafft er ganz bestimmt, und noch viel mehr. Viel mehr. Er ist phantastisch.»

«Nein! Großvater hat jetzt genug getan!»

Doch niemand, nicht einmal der bärtige Hoteldiener – der Boris einen Arm beruhigend um die Schulter gelegt hatte –, hörte zu. Denn Gustav kauerte jetzt praktisch auf dem Tisch, die Hand nur ein paar Zentimeter von dem Schulterriemen der Golftasche entfernt. Dann griff er danach, und während er immer noch tief am Boden kauerte, legte er sich den Riemen um die freie Schulter. Er zog den Riemen dichter zu sich heran und versuchte ein weiteres Mal, sich wieder gerade aufzurichten. Boris schrie und schlug auf die Tischplatte, dann endlich bemerkte Gustav ihn. Der Großvater war schon im Begriff, die Beine zu strecken, doch er hielt inne, und einen Moment lang starrten sich die beiden an.

«Nein.» Boris schüttelte den Kopf. «Nein. Großvater hat schon genug getan.»

Vielleicht konnte Gustav das in all dem Lärm nicht hören, doch er schien die Gefühle seines Enkels durchaus zu verstehen. Er nickte schnell, ein beruhigendes Lächeln leuchtete plötzlich in seinem Gesicht auf, und dann schloß er wieder die Augen, um sich konzentrieren zu können.

«Nein! Nein! Großvater!» Boris zog den bärtigen Hoteldiener wieder am Arm.

«Was ist denn los?» fragte der bärtige Hoteldiener, der vor lauter Lachen Tränen in den Augen hatte. Dann wandte er, ohne die Antwort abzuwarten, seine Aufmerksamkeit wieder Gustav zu und fiel noch kräftiger als zuvor in den Singsang mit ein.

Gustav versuchte immer noch, sich langsam aufzurichten. Ein-, zweimal zitterte sein ganzer Körper, als wolle er zusammensacken. Sein Gesicht rötete sich merkwürdig. Unter- und Oberkiefer preßte er heftig aufeinander, die Wangen waren schon ganz verzerrt, die Nackenmuskeln standen hervor. Selbst in dem lärmenden Getöse hatte man den Eindruck, das Atmen des ältlichen Hoteldieners hören zu können. Und doch schien niemand außer Boris etwas davon zu bemerken.

«Nur keine Sorge, dein Großvater ist phantastisch!» sagte der Bärtige. «Das ist doch noch gar nichts! Das macht er doch jede Woche!»

Gustav richtete sich immer weiter auf, die Golftasche hatte

er um die eine Schulter gehängt, den Koffer balancierte er auf der anderen Schulter. Dann endlich stand er vollkommen aufrecht, sein Gesicht zitterte, war aber voller Triumph, und jetzt erst brach das rhythmische Klatschen ab, und wilder Applaus und Jubelrufe ertönten. Auch die Geigen spielten jetzt eine langsamere, erhabenere, einem Finale angemessene Musik. Gustav drehte sich langsam um die eigene Achse, die Augen fast geschlossen, das Gesicht von Schmerz und Würde verzerrt.

«Das reicht jetzt! Großvater! Hör auf! Hör auf!»

Gustav drehte sich immer weiter, er war entschlossen, allen im Raum seine Könnerschaft zu beweisen. Dann schien plötzlich etwas in ihm zuzuschnappen. Er blieb unvermittelt stehen, und einen Augenblick lang schien er sanft hin- und herzuschwingen, sich zu wiegen wie in einer milden Brise. Im nächsten Moment hatte er sich wieder erholt und fuhr mit seinen Drehungen fort. Erst als er wieder in die Position gelangt war, in der er erstmals ganz aufrecht gestanden hatte, fing er an, den Koffer von der Schulter zu nehmen. Er ließ ihn mit einem lauten Krachen auf den Tisch fallen – er war zu schwer, so hatte er geschätzt, um ihn ohne Verletzungsgefahr für einen der Zuschauer in die Menge zu schleudern –, dann stieß er so lange mit dem Fuß dagegen, bis er von der Tischkante in die Arme seiner wartenden Kollegen glitt.

Jetzt applaudierte und jubelte die Menge, und dann fingen einige an, ein Lied zu singen – eine mitreißende Ballade mit ungarischem Text –, und das Ganze zu der Melodie, die die Zigeuner gerade spielten. Immer mehr Menschen stimmten ein, und bald sang der ganze Raum. Gustav ließ jetzt die Golftasche sinken. Mit metallischem Klacken fiel sie auf den Tisch. Diesmal versuchte er nicht, sie in die Menge zu stoßen, sondern hielt seine Arme einen Moment lang in die Höhe – selbst diese Geste schien ihn jetzt große Kraft zu kosten –, dann stieg er schnell von dem Tisch herunter. Zahlreiche Hände halfen ihm dabei, und Boris beobachtete, wie sein Großvater wieder sicher auf den Boden kam.

Alle im Raum schienen inzwischen ganz und gar im Bann des Liedes zu sein. Die Ballade hatte etwas Liebliches, Sentimentales, und bald faßten sich alle gegenseitig unter die Arme, um zu schunkeln. Einer der Zigeunergeiger kletterte auf den Tisch, schnell folgte ihm ein zweiter, und bald führten die beiden den ganzen Raum an, wobei sie sich im Rhythmus der Musik wiegten.

Boris drängte sich zu der Stelle, an der sein Großvater stand und versuchte, wieder zu Atem zu kommen. Obwohl Gustav nur wenige Augenblicke zuvor noch im Mittelpunkt des Interesses aller Anwesenden gestanden hatte, schien jetzt merkwürdigerweise kaum jemand zur Kenntnis zu nehmen, daß sich Großvater und Enkel innig umarmten, die Augen hatten sie geschlossen, und sie gaben sich keinerlei Mühe, ihre ungeheure Erleichterung voreinander zu verbergen. Nach einer recht lang erscheinenden Zeit lächelte Gustav auf Boris herab, doch der Junge hielt den Großvater immer noch fest umklammert und öffnete die Augen nicht.

«Boris», sagte Gustav. «Boris. Du mußt mir unbedingt etwas versprechen.»

Der Junge hielt seinen Großvater weiter umklammert und sagte nichts.

«Boris, hör zu. Du bist ein guter Junge. Wenn mir etwas zustößt, irgend etwas, dann mußt du meinen Platz einnehmen. Weißt du, deine Mutter und dein Vater sind prachtvolle Menschen. Aber manchmal haben sie große Schwierigkeiten. Sie sind nicht so stark wie du und ich. Also du siehst, wenn mir etwas zustößt und ich dann nicht mehr da bin, mußt du der Starke sein. Du mußt dich um deine Mutter und deinen Vater kümmern, die Familie stark halten, sie zusammenhalten.» Gustav entließ Boris aus seiner Umarmung und lächelte ihn an. «Das versprichst du mir doch, Boris, oder?»

Boris schien darüber nachzudenken, dann nickte er ernsthaft. Einen Augenblick später schon schienen sie von der Menge verschlungen zu werden, und ich sah sie nicht mehr.

Jemand zog mich am Ärmel, ich sollte mich unbedingt unterhaken und mitsingen.

Ich schaute mich um und sah, daß die anderen Geiger sich zu den beiden ersten auf dem Tisch gesellt hatten. Der ganze Raum schien sich im Gesang vereint um sie zu drehen. Noch mehr Leute waren in das Café gekommen, und überall herrschte dichtes Gedränge. Auch sah ich, daß die Türen zum Platz immer noch offenstanden und daß auch in der Dunkelheit dort draußen die Menschen schunkelten und sangen. Ich hakte mich bei einem stämmigen Mann unter – einem Hoteldiener, soweit ich das sehen konnte – und bei einer korpulenten Frau, die wahrscheinlich vom Platz hereingekommen war, und bald schon bewegte ich mich zwischen ihnen durch den Raum. Das Lied, das gesungen wurde, kannte ich nicht, aber bald wurde mir klar, daß auch die meisten anderen Anwesenden weder mit dem Text vertraut waren noch die ungarische Sprache beherrschten, sondern daß sie einfach nur Wörter sangen, die so ähnlich klangen wie der Text. Der Mann und die Frau, die mich einrahmten, sangen beispielsweise völlig unterschiedliche Wörter, und beide taten das, ohne zu zögern und ohne alle Verlegenheit. Als ich einen Moment lang aufmerksam zuhörte, wurde mir tatsächlich klar, daß sie beide völligen Unsinn sangen, doch darauf schien es nicht anzukommen, und bald schon nahm auch mich die Atmosphäre gefangen, und ich fing an zu singen und erfand Wörter, die für meine Ohren ungarisch klangen. Aus irgendeinem Grund funktionierte das überraschend gut – ich stellte fest, daß mehr und mehr von diesen Wörtern mit erfreulicher Leichtigkeit aus mir herausströmten –, und bald schon sang ich mit beträchtlicher Leidenschaft.

Etwa zwanzig Minuten später sah ich schließlich, daß die Menge anfing, sich zu lichten. Auch sah ich, daß die Kellner begonnen hatten, aufzufegen und die Tische an ihren Platz zurückzustellen. Dennoch war da noch eine recht große Gruppe von Leuten, auch ich war dabei, die sich mit untergehakten Armen und leidenschaftlich singend durch den Raum drehten. Auch die Zigeuner standen noch auf dem Tisch und gaben durch nichts zu erkennen, daß sie mit dem Spielen aufhören wollten. Während ich mich von meinen Gefährten sanft durch den Raum schieben und ziehen ließ, spürte ich, wie mich jemand antippte, und ich schaute über die Schulter und sah den Mann, den ich für den Cafébesitzer hielt und der mich anlächelte. Während ich mich vorwärtsschunkelte, hielt er entgegenkommenderweise mit mir Schritt und bewegte sich dabei wegen seiner Größe vornübergebeugt schlurfend, so daß er ein wenig an Groucho Marx erinnerte.

«Sie sehen sehr erschöpft aus, Mr. Ryder», schrie er mir praktisch ins Ohr, aber dennoch hörte ich ihn nur gerade eben über dem Gesang. «Und Sie haben einen so langen und wichtigen Abend vor sich. Bitte, wieso ruhen Sie sich nicht ein paar Minuten aus? Wir haben da ein gemütliches Hinterzimmer, meine Frau hat ein paar Kissen und Decken gebracht und das Sofa vorbereitet, den Gasofen hat sie auch angemacht. Sie werden das bestimmt sehr gemütlich finden. Sie sollten sich hinlegen und eine Weile schlafen. Das Zimmer ist klein, das stimmt schon, aber es geht nach hinten hinaus und ist sehr ruhig. Niemand wird Sie da stören, dafür werden wir schon sorgen. Sie werden das bestimmt sehr gemütlich finden. Also wirklich, Mr. Ryder, ich meine, Sie sollten die wenige Zeit nutzen, die Ihnen jetzt noch bis zum eigentlichen Beginn des Abends bleibt. Kommen Sie doch bitte hier entlang. Sie sehen sehr erschöpft aus.»

Sosehr ich den Gesang und die Gesellschaft genoß, ich merkte nun doch, daß ich tatsächlich ungeheuer erschöpft war und daß sein Vorschlag durchaus sehr vernünftig zu sein schien. Tatsächlich gefiel mir der Gedanke an eine kurze Ruhepause immer besser, und während der Cafébesitzer immer noch lächelnd hinter mir herschlurfte, empfand ich ihm gegenüber allmählich eine tiefe Dankbarkeit, nicht nur wegen dieses freundlichen Angebots, sondern auch wegen der Möglichkeiten, die dieses wunderbare Café bot, und wegen seiner Großzügigkeit den Hoteldienern gegenüber – einer offensichtlich innerhalb der Gemeinde nicht recht gewürdigten Zunft. Ich machte meine Arme los, lächelte den Leuten zu beiden Seiten zum Abschied zu, und schon hatte der Cafébesitzer mir eine Hand auf die Schulter gelegt und schleuste mich zu einer Tür im hinteren Bereich des Lokals.

Er führte mich durch einen verdunkelten Raum – ich sah an den Wänden aufgestapelte Ware –, und dann öffnete er eine weitere Tür, durch die ein schwaches warmes Licht fiel.

«Da wären wir», sagte der Cafébesitzer und führte mich hinein. «Ruhen Sie sich einfach auf dem Sofa aus. Halten Sie die Tür verschlossen, und wenn es zu warm wird, drehen Sie einfach den Thermostat des Gasofens eine Stufe niedriger. Nur keine Sorge, das ist vollkommen sicher.»

Das Feuer im Gasofen war die einzige Lichtquelle im Raum. In dem orangefarbenen Leuchten erkannte ich das Sofa, das ein wenig muffig, aber nicht unangenehm roch, und dann hatte sich, bevor ich es noch merkte, die Tür geschlossen, und ich war allein. Ich kletterte auf das Sofa, das gerade lang genug war, daß ich mich hinlegen konnte, vorausgesetzt, ich rollte mich ein wenig zusammen, und dann zog ich die Decke hoch, die die Frau des Cafébesitzers mir dagelassen hatte.

4

▲

ACHTUNDZWANZIG

Ich erwachte mit dem panikartigen Gefühl, viel zu lange geschlafen zu haben. Tatsächlich war mein erster Gedanke, daß es jetzt Morgen war und ich die ganzen Ereignisse des Abends verpaßt hatte. Doch als ich mich auf dem Sofa aufrichtete, sah ich, daß mit Ausnahme des leuchtenden Feuers im Gasofen alles um mich herum noch dunkel war.

Ich ging an das Fenster und zog den Vorhang zurück. Mein Blick ging auf einen schmalen Hinterhof, der von mehreren Mülltonnen fast ausgefüllt war. Eine Lampe, die man irgendwo hatte brennen lassen, warf ein schwaches Licht auf den Hof, doch ich bemerkte auch, daß der Himmel nicht mehr ganz dunkel war, und wieder durchfuhr mich die Angst, daß schon der Morgen dämmerte. Ich ließ den Vorhang fallen und machte mich auf den Weg nach draußen, wobei ich bitterlich bereute, daß ich das Angebot des Cafébesitzers, mich ein wenig auszuruhen, überhaupt angenommen hatte.

Ich trat in den kleinen Verbindungsraum, in dem ich vorher an den Wänden aufgestapelte Ware gesehen hatte. Der Raum lag jetzt in tiefster Dunkelheit, und während ich nach einer Tür tastete, stieß ich zweimal gegen harte Gegenstände. Schließlich gelangte ich in den Hauptraum des Cafés, wo wir vor nicht allzulanger Zeit noch so frohgemut getanzt und gesungen hatten. Ein schwaches Licht drang durch die Fenster herein, die auf den Platz gingen, und ich erkannte die unregelmäßigen Umrisse von Stühlen, die auf die Tische gestellt worden waren. Ich ging an den Tischen vorbei, kam zum Haupteingang und schaute durch die Glasscheiben hinaus.

Draußen regte sich nichts. Die einsame Straßenlaterne mitten auf dem leeren Platz war die Quelle des Lichtscheins, der in das Café fiel, doch wieder bemerkte ich, daß am Himmel die ersten Anzeichen der Morgendämmerung zu sehen waren. Während ich weiter auf den Platz hinausschaute, wurde ich allmählich immer wütender. Ich begriff, daß ich mich durch zu viele Dinge von den wirklich dringenden Angelegenheiten hatte ablenken lassen – und das in einem Maße, daß ich jetzt sogar einen beträchtlichen Teil dieses wichtigsten Abends meines Lebens verschlafen hatte. Dann mischte sich ein Gefühl der Verzweiflung in meine Wut, und einen Augenblick lang fühlte ich mich den Tränen nahe.

Doch während ich noch in den Nachthimmel schaute, fragte ich mich allmählich, ob ich mir die Vorboten der Morgendämmerung nicht nur eingebildet hatte. Nun, da ich den Himmel eingehender betrachtete, sah ich in der Tat, daß er immer noch sehr dunkel war, und mir kam der Gedanke, daß es wohl noch recht früh sein mußte und ich völlig grundlos in Panik geraten war. Wie ich das jetzt sah, war es immer noch möglich, den Konzertsaal rechtzeitig zu erreichen, um einen Großteil der Ereignisse miterleben und gewiß noch meinen eigenen Beitrag leisten zu können.

Geistesabwesend hatte ich die ganze Zeit an der Tür gerüttelt. Jetzt nahm ich eine ganze Reihe von Riegeln wahr, und nachdem ich alle der Reihe nach geöffnet hatte, trat ich auf den Platz hinaus.

Nach der stickigen Atmosphäre des Cafés fand ich die Luft herrlich erfrischend, und wenn ich nicht so wenig Zeit gehabt hätte, wäre ich gern noch eine Weile auf dem Platz herumgegangen, um meinen Kopf zu klären. Doch so machte ich mich entschlossen auf die Suche nach dem Konzertsaal.

Einige Minuten lang eilte ich durch die leeren Straßen, an geschlossenen Cafés und Geschäften vorbei, ohne auch nur ein einziges Mal das Kuppeldach entdecken zu können. Von der Altstadt mit ihren Laternen ging ein gewisser Charme aus, doch je länger ich umhereilte, desto schwieriger fand ich es, die aufsteigende Panik zu unterdrücken. Ich hatte natürlich erwartet, einigen durch die Nacht fahrenden Taxis zu begegnen; oder doch wenigstens ein paar Leuten, die vielleicht aus einer bis spät in die Nacht geöffneten Lokalität kämen und die ich nach dem Weg fragen könnte. Doch abgesehen von einigen streunenden Katzen schien ich im Umkreis von Meilen das einzige Wesen zu sein, das um diese Stunde noch wach war.

Ich überquerte Straßenbahnschienen, dann sah ich, daß ich am Ufer eines Kanals entlangging. Ein kalter Wind kam vom Wasser her, und da immer noch keine Spur von dem Konzertsaal zu entdecken war, konnte ich die Ahnung nicht länger unterdrücken, daß ich mich gründlich verirrt hatte. Ich hatte beschlossen, es mit einer Straßenbiegung etwas weiter vorne zu versuchen – nach einer engen Kurve zweigte dort eine schmale Straße ab –, als ich Schritte hörte und eine Frau aus genau dieser Straße herauskommen sah.

Ich hatte mich so sehr an den Gedanken gewöhnt, daß die Straßen vollkommen menschenleer waren, daß ich bei dem Anblick der Frau wie angewurzelt stehenblieb. Meine Überraschung wurde außerdem noch dadurch gesteigert, daß sie doch tatsächlich ein wallendes Abendkleid trug. Die Frau ihrerseits war ebenfalls stehengeblieben, doch dann schien sie mich zu erkennen, und lächelnd kam sie weiter auf mich zu. Als sie näher in das Licht der Straßenlaterne trat, sah ich, daß sie Ende Vierzig, vielleicht sogar schon Anfang Fünfzig war. Sie war ein wenig rundlich, bewegte sich jedoch mit beträchtlicher Anmut.

«Guten Abend», sagte ich. «Könnten Sie mir vielleicht helfen? Ich suche den Konzertsaal. Ist das hier die Richtung?»

Die Frau stand jetzt genau vor mir. Lächelnd sagte sie:

«Nein, eigentlich müßten Sie dort entlang. Ich komme gerade von da. Ich wollte ein wenig frische Luft schnappen, aber ich gehe gern mit Ihnen zurück, Mr. Ryder. Natürlich nur, wenn Sie nichts dagegen haben.»

«Es wäre mir ein Vergnügen. Aber ich will Sie nicht von Ihrem Spaziergang abhalten.»

«Nein, nein. Ich bin jetzt schon eine ganze Stunde herumgelaufen. Es ist an der Zeit, daß ich wieder zurückgehe. Ich hätte wirklich warten und dann erst mit den anderen Gästen eintreffen sollen. Aber ich hatte diese dumme Idee, daß ich während all der Vorbereitungen anwesend sein sollte, nur für den Fall, ich könnte gebraucht werden. Natürlich gab es dort nichts für mich zu tun. Bitte entschuldigen Sie, Mr. Ryder, ich habe mich noch gar nicht vorgestellt. Ich bin Christine Hoffman. Mein Mann ist der Direktor Ihres Hotels.»

«Freut mich, Ihre Bekanntschaft zu machen, Mrs. Hoffman. Ihr Mann hat mir schon viel von Ihnen erzählt.»

Ich bereute diese Bemerkung, kaum daß ich sie ausgesprochen hatte. Schnell schaute ich zu Mrs. Hoffman hinüber, konnte aber in diesem Licht ihr Gesicht nicht mehr deutlich sehen.

«Hier entlang, Mr. Ryder», sagte sie. «Es ist nicht weit.»

Die Ärmel ihres Abendkleides bauschten sich, als wir uns in Gang setzten. Ich räusperte mich und sagte:

«Mrs. Hoffman, darf ich Ihren Worten entnehmen, daß die Ereignisse im Konzertsaal noch nicht in vollem Gange sind? Daß die Gäste und so weiter, nun ja, daß sie noch nicht alle eingetroffen sind?»

«Die Gäste? Aber nein. Ich könnte mir denken, daß die ersten Gäste frühestens in einer Stunde eintreffen.»

«Ach. Wunderbar.»

Recht gemächlich gingen wir weiter an dem Kanal entlang, und beide drehten wir uns von Zeit zu Zeit um zu den Spiegelungen der Straßenlaternen auf dem Wasser.

«Ich frage mich gerade, Mr. Ryder», sagte sie endlich, «ob mein Mann, als er mit Ihnen über mich sprach, bei Ihnen den Eindruck erweckt hat, daß ich... ein eher kalter Mensch bin. Ich frage mich, ob er bei Ihnen diesen Eindruck erweckt hat.»

Ich lachte kurz auf. «Der überwältigende Eindruck, den er bei mir hinterlassen hat, Mrs. Hoffman, ist der, daß er außerordentlich an Ihnen hängt.»

Sie ging weiter, ohne etwas darauf zu sagen, und ich war mir nicht sicher, ob sie meine Bemerkung gehört hatte. Nach einer Weile sagte sie:

«Als ich noch jung war, Mr. Ryder, wäre niemand auf den Gedanken gekommen, mich so zu beschreiben. Als kalten Menschen. Als Kind war ich natürlich alles andere als kalt. Selbst heute fällt es mir schwer, mich so zu sehen.»

Ich murmelte etwas halbwegs Diplomatisches. Als wir uns dann vom Kanal weg einer schmalen Seitenstraße zuwandten, sah ich endlich das Kuppeldach des Konzertsaals, das vor dem nächtlichen Himmel erleuchtet war.

«Selbst heute», sagte Mrs. Hoffman neben mir, «habe ich frühmorgens diese Träume. Immer frühmorgens. In diesen Träumen geht es immer um... um Zärtlichkeit. Es passiert nie viel in diesen Träumen, gewöhnlich sind es nicht viel mehr als kleine Fragmente. So beobachte ich beispielsweise meinen Sohn Stephan. Ich beobachte ihn, wie er im Garten spielt. Wir haben uns einmal sehr nahe gestanden, Mr. Ryder, als er noch klein war. Ich habe ihn getröstet, seine kleinen Triumphe mit ihm geteilt. Wir haben uns so nahe gestanden, als er noch klein war. Oder manchmal träume ich auch von meinem Mann. Neulich morgens habe ich geträumt, daß mein Mann und ich einen Koffer auspacken. Wir waren in irgendeinem Schlafzimmer, und wir packten alles auf das Bett. Möglicherweise war es in einem Hotel im Ausland, vielleicht aber auch zu Hause. Auf jeden Fall packten wir zusammen diesen Koffer aus, und da war dieses... dieses behagliche Gefühl zwischen uns. Da waren wir und erledigten diese Arbeit zusammen. Er nahm etwas heraus, dann nahm ich etwas heraus. Und die ganze Zeit haben wir geredet, über nichts Besonderes, wir haben uns einfach nur unterhalten, während wir auspackten. Erst vorgestern morgen habe ich diesen Traum gehabt. Dann bin ich aufgewacht, habe dagelegen und durch die Gardinen in die Morgendämmerung geschaut, und ich war sehr glücklich. Ich habe mir gesagt, bald ist es womöglich *wirklich* so. Später, noch am selben Tag, würden wir genau so einen Augenblick erleben. Natürlich würden wir nicht unbedingt einen Koffer auspacken. Aber irgend etwas, irgend etwas würden wir später noch machen, *eine* Chance würde es geben. Ich bin wieder eingeschlafen, während ich mir das noch sagte, und ich war sehr glücklich. Dann kam der Morgen. Es ist wirklich merkwürdig, Mr. Ryder, aber es geht jedesmal so. Kaum hat der Tag begonnen, kommt diese andere Sache, diese *Kraft*, und übernimmt. Und was auch immer ich tue, alles zwischen uns geht in eine andere Richtung, nicht in die Richtung, die ich wollte. Ich kämpfe dagegen an, Mr. Ryder, aber im Lauf der Jahre habe ich zunehmend an Boden verloren. Es ist etwas, das... das mir einfach so passiert. Mein Mann gibt sich solche Mühe, er bemüht sich so, mir zu helfen, aber es hat keinen Sinn. Bis ich zum Frühstück hinuntergehe, sind all die Dinge, die ich in dem Traum gespürt habe, längst verschwunden.»

Einige auf dem Bürgersteig geparkte Fahrzeuge zwangen uns, hintereinander zu gehen, und Mrs. Hoffman ging ein paar Schritte voraus. Als ich wieder zu ihr aufschloß, fragte ich:

«Und was glauben Sie, was das ist? Diese Kraft, von der Sie sprechen?»

Plötzlich lachte sie. «Es sollte gar nicht so übersinnlich klingen, Mr. Ryder. Die offensichtliche Antwort ist selbstverständlich, daß es alles mit Mr. Christoff zu tun hat. Eine Weile habe ich das jedenfalls geglaubt. Natürlich glaubt das mein Mann, das weiß ich. Wie so viele Leute in der Stadt habe ich gedacht, wir müßten unsere Sympathien einfach verlagern und Mr. Christoff durch jemand Bedeutenderen ersetzen. Aber seit kurzem bin ich mir da nicht mehr so sicher. Ich glaube allmählich, daß es durchaus mit mir zu tun haben könnte. Eine Art Krankheit, die ich da habe. Es könnte auch einfach ein Zeichen des Alters sein. Wir werden schließlich alle älter, und Teile von uns beginnen zu sterben. Vielleicht fangen wir auch an, emotional zu sterben. Halten Sie das für möglich, Mr. Ryder? Ich fürchte, es ist möglich, ich fürchte, das könnte der wahre Grund sein. Daß wir Mr. Christoff verabschieden, nur um dann, zumindest in meinem speziellen Fall, feststellen zu müssen, daß sich nichts geändert hat.»

Wir bogen um eine weitere Ecke. Die Bürgersteige waren sehr schmal, und wir mußten mitten auf der Straße weitergehen. Ich hatte den Eindruck, daß sie auf meine Antwort wartete, und so sagte ich schließlich:

«Was immer es auch mit dem Alter auf sich hat, Mrs. Hoffman, meiner Meinung nach ist es von entscheidender Bedeutung für Sie, daß Sie den Mut nicht verlieren. Daß Sie sich nicht fallenlassen in dieses... was immer es auch ist.»

Mrs. Hoffman schaute in den Nachthimmel hinauf und ging eine Weile weiter, ohne etwas darauf zu erwidern. Dann sagte sie: «Diese herrlichen Träume früh am Morgen. Wenn dann der Tag beginnt und nichts davon wirklich passiert, gebe ich mir selbst oft voller Verbitterung die Schuld daran. Aber ich versichere Ihnen, ich habe noch nicht aufgegeben, Mr. Ryder. Wenn ich aufgeben würde, gäbe es da nicht mehr viel in meinem Leben. Aber ich weigere mich einfach, jetzt schon von meinen Träumen zu lassen. Ich will immer noch eines Tages eine warme, enge Familie. Aber das ist es nicht allein, Mr. Ryder. Sehen Sie, es mag ja dumm von mir sein, das zu glauben, und das können Sie mir dann ruhig sagen. Aber wissen Sie, ich hoffe, daß ich es eines Tages ausfindig machen werde, was immer es auch ist. Ich hoffe, ich mache es ausfindig, und dann spielt es keine Rolle mehr, all diese Jahre, in denen das ständig in mir gearbeitet hat, werden dann ausgelöscht sein. Ich habe so eine Ahnung, daß es dazu nur einen Moment braucht, einen einzigen, *winzigen* Moment, vorausgesetzt, es ist der richtige. Wie eine Schnur, die plötzlich zerreißt, ein dichter Vorhang, der sich plötzlich hebt, um eine gänzlich neue Welt zu enthüllen, eine Welt voller Sonnenschein und Wärme. Sie sehen aus, als würden Sie das überhaupt nicht glauben können, Mr. Ryder. Bin ich vollkommen verrückt, wenn ich an so etwas glaube? Wenn ich glaube, daß trotz all dieser Jahre nur ein einziger Moment, der richtige Moment, alles ändern wird?»

Was sie für Ungläubigkeit gehalten hatte, war etwas völlig anderes gewesen. Denn während sie noch gesprochen hatte, war mir wieder Stephans bevorstehender Auftritt eingefallen, und zweifellos war meine Aufregung deutlich zu sehen gewesen. Jetzt sagte ich, vielleicht ein wenig zu eifrig:

«Ich will ja keine falschen Hoffnungen wecken, Mrs. Hoffman. Aber es ist möglich, durchaus möglich, daß Sie sehr bald etwas erleben werden, etwas, das tatsächlich solch ein Moment sein könnte, genau wie Sie ihn eben beschrieben haben. Es ist durchaus möglich, daß Sie solch einem Moment in allernächster Zukunft begegnen werden. Etwas, das Sie überraschen, das Sie zwingen wird, alles neu zu beurteilen und alles in einem anderen, besseren Licht zu sehen. Etwas, das tatsächlich all diese schlimmen Jahre auslöschen wird. Ich will ja keine falschen Hoffnungen wecken, ich sage ja nur, daß es möglich ist. Solch ein Moment könnte sogar heute abend eintreten, also ist es von entscheidender Bedeutung, daß Sie den Mut nicht verlieren.»

Ich unterbrach mich, denn plötzlich kam mir der Gedanke, daß ich das Schicksal herausforderte. Obwohl ich beeindruckt gewesen war von dem kleinen Stück, das ich Stephan hatte spielen hören, wußte ich schließlich doch recht genau, daß der junge Mann durchaus in der Lage war, unter Druck zusammenzubrechen. Je mehr ich darüber nachdachte, desto mehr bereute ich, derartige Andeutungen gemacht zu haben. Doch als ich zu Mrs. Hoffman hinüberschaute, sah ich, daß meine Worte sie weder überrascht noch ihre freudige Erwartung geweckt hatten. Nach einer Weile sagte sie:

«Als Sie mich vorhin hier durch die Straßen gehen sahen, Mr. Ryder, habe ich nicht einfach nur frische Luft geschnappt, wie ich vorgab. Ich habe versucht, mich innerlich vorzubereiten. Denn daß es diese Möglichkeit geben könnte, von der Sie da sprechen, ist mir natürlich auch in den Sinn gekommen. Ein Abend wie dieser. Ja, vieles ist möglich. Also habe ich mich innerlich darauf vorbereitet. Und ich scheue mich nicht, vor

Ihnen einzugestehen, daß ich gerade in diesem Augenblick ein wenig Angst habe. Denn sehen Sie, gelegentlich hat es in der Vergangenheit solche Momente gegeben, und ich war nicht stark genug, sie zu nutzen. Wer weiß, wie viele solcher Gelegenheiten sich noch bieten werden? Sie sehen also, Mr. Ryder, ich habe mein Möglichstes getan, um mich innerlich darauf vorzubereiten. Ach, da sind wir ja. Das ist die Rückseite des Gebäudes. Dieser Eingang führt Sie in den Küchenbereich. Ich bringe Sie noch zum Bühneneingang. Aber ich komme noch nicht mit hinein. Ich glaube, ich muß noch ein bißchen frische Luft schnappen.»

«Es hat mich sehr gefreut, Sie kennengelernt zu haben, Mrs. Hoffman. Es war sehr freundlich von Ihnen, mich in einer für Sie so schwierigen Zeit hierher begleitet zu haben. Ich hoffe, alles wendet sich heute abend für Sie zum Guten.»

«Danke, Mr. Ryder. Das hoffe ich für Sie auch, da gibt es sicher noch so vieles, an das Sie denken müssen. Es war mir eine große Freude, Ihnen begegnet zu sein.»

NEUNUNDZWANZIG

Als Mrs. Hoffman in der Nacht verschwand, drehte ich mich um und eilte zu dem Eingang, auf den sie gedeutet hatte. Dabei sagte ich mir, daß ich die Lektion des falschen Alarms, die ich gerade gelernt hatte, unbedingt beachten sollte; es war absolut unumgänglich, dafür zu sorgen, daß nichts mich mehr von den bedeutenden Aufgaben, die vor mir lagen, ablenkte. Tatsächlich schien mir jetzt, da ich mich endlich anschickte, den Konzertsaal zu betreten, alles plötzlich ganz einfach zu sein. Der springende Punkt war der, daß ich nach all diesen Jahren wieder einmal vor meinen Eltern auftreten sollte. Vor allem mußte ich deshalb sicherstellen, daß mein Auftritt der prächtigste, der überwältigendste sein würde, dessen ich fähig war. Im Vergleich dazu war selbst die Frage-und-Antwort-Runde nur von zweitrangiger Bedeutung. All die Rückschläge, all das Chaos der vergangenen Tage würde sich als völlig belanglos erweisen, vorausgesetzt, ich konnte jetzt, am heutigen Abend, mein eigentliches Ziel erreichen.

Die breite weiße Tür wurde durch ein einziges Nachtlicht schwach von oben beleuchtet. Ich mußte mich mit dem ganzen Gewicht dagegenstemmen, bevor sie sich öffnen ließ, und mit einem leichten Stolpern betrat ich das Gebäude.

Obwohl Mrs. Hoffman zuversichtlich gewesen war, daß es sich bei dieser Tür um den Bühneneingang handelte, war mein erster Eindruck der, daß ich schließlich doch durch den Küchenbereich hereingekommen war. Ich befand mich in einem breiten, kahlen Korridor, den hartes Licht aus Neonröhren an der Decke erhellte. Von überallher kam das Geräusch rufender und schreiender Stimmen, das Geklapper schwerer metallischer Gegenstände, das Zischen von Wasser und Dampf. Direkt vor mir stand ein Servierwagen, neben dem sich zwei Männer in Uniform heftig stritten. Der eine Mann hielt ein langes Stück Papier in der Hand, das sich bis zu seinen Füßen abgerollt hatte, und wiederholt stieß er mit dem Finger darauf. Ich wollte sie schon unterbrechen, um zu fragen, wo ich Hoffman finden könnte – mein erstes Anliegen war es jetzt, den Zuschauerraum, und natürlich den Flügel, zu inspizieren, bevor das Publikum einzutreffen begann –, aber sie schienen so in ihren Streit versunken, daß ich beschloß weiterzugehen.

Der Korridor machte eine sanfte Biegung. Ich begegnete recht vielen Leuten, die aber alle sehr beschäftigt und etwas sorgenvoll wirkten. Sie trugen weiße Uniformen, und die meisten eilten mit beunruhigtem Gesichtsausdruck hin und her, schleppten schwere Säcke oder schoben Servierwagen. Ich wollte keinen von ihnen anhalten und ging einfach weiter den Korridor entlang, da ich annahm, ich würde schließlich in einen Bereich des Gebäudes gelangen, in dem ich die Garderoben finden würde – und hoffentlich auch Hoffman oder jemand anderen, der mir alles zeigen könnte. Doch dann wurde mir bewußt, daß eine Stimme hinter mir meinen Namen rief. Ich drehte mich um und sah, daß ein Mann hinter mir herlief. Er kam mir irgendwie bekannt vor, und tatsächlich, es war der bärtige Hoteldiener, der vorhin im Café den Tanz eröffnet hatte.

«Ach, Mr. Ryder», keuchte er, «Gott sei Dank habe ich Sie endlich gefunden. Das ist jetzt schon das dritte Mal, daß ich durch das ganze Gebäude laufe. Er hält sich wirklich tapfer, aber wir wollen ihn unbedingt ins Krankenhaus bringen, und er besteht immer noch darauf, sich nicht vom Fleck zu rühren, ehe er nicht mit Ihnen gesprochen hat. Bitte hier entlang, Mr. Ryder. Er hält sich aber wirklich tapfer, Gott segne ihn.»

«Wer hält sich tapfer? Was ist denn überhaupt passiert?»

«Hier entlang, Mr. Ryder. Wir sollten uns lieber beeilen, ich hoffe, es macht Ihnen nichts aus. Tut mir leid, Mr. Ryder, ich habe es Ihnen ja noch gar nicht erklärt. Es ist Gustav, er ist plötzlich krank geworden. Ich war selbst nicht da, als es passierte, aber ein paar von den Jungs, Wilhelm und Hubert, haben hier mit ihm gearbeitet und ihm bei den Vorbereitungen geholfen, und von ihnen haben wir es erfahren. Natürlich bin ich sofort hinübergerannt, genau wie die anderen Jungs auch. Offenbar hat Gustav sehr gut gearbeitet, doch dann ist er in den Waschraum gegangen und einfach nicht wieder herausgekommen. Da das sonst so gar nicht Gustavs Art war, ist Wilhelm hineingegangen, um nachzusehen. Als er hineinkam, scheint es wohl so gewesen zu sein, Mr. Ryder, daß Gustav mit nach vorn gesunkenem Kopf am Waschbecken stand. Da ging es ihm noch gar nicht so schlecht, er hat zu Wilhelm gesagt, ihm sei einfach ein wenig schwindlig, das sei alles, und man solle bloß kein Aufhebens davon machen. Wilhelm, und das ist wieder typisch für ihn, wußte nicht genau, was er machen sollte, zumal Gustav ja gesagt hatte, man solle kein Aufhebens machen, also ist er losgegangen und hat Hubert gesucht. Hubert hat nur einmal hingeschaut und sofort entschieden, daß Gustav sich irgendwo hinlegen sollte. Sie haben ihn in die Mitte genommen, um ihn zu stützen, und da haben sie dann gemerkt, daß er gar nicht mehr bei Bewußtsein war, obwohl er immer noch aufrecht stand und sich am Waschbecken festklammerte. Er hielt den Rand des Waschbeckens umklammert, richtig fest umklammert, und Wilhelm sagt, sie mußten seine Finger einzeln wegziehen. Dann schien Gustav wieder ein wenig zu sich zu kommen, und die beiden stützten ihn jeder auf einer Seite und brachten ihn hinaus. Und da sagte Gustav dann wieder, sie sollten bloß kein Aufhebens machen, es sei alles in Ordnung und er könne jetzt weiterarbeiten. Aber davon wollte Hubert nichts wissen, und sie haben ihn in eine von den Garderoben gebracht, in eine von den leerstehenden.»

Er war ziemlich schnell den Korridor entlang vorausgegangen und hatte die ganze Zeit über die Schulter nach hinten gesprochen, doch während wir uns jetzt an einem Servierwagen vorbeizwängten, brach er ab.

«Das klingt ja alles sehr beunruhigend», sagte ich. «Wann genau ist das denn passiert?»

«Es muß wohl vor ein paar Stunden gewesen sein. Anfangs schien es ihm gar nicht so schlecht zu gehen, und er hat immer wieder gesagt, daß er nur ein paar Minuten braucht, um wieder zu Atem zu kommen. Aber Hubert hat sich Sorgen gemacht und hat uns verständigen lassen, und sofort sind wir zur Stelle gewesen, wir alle. Wir haben eine Matratze gefunden, damit er sich hinlegen konnte, und eine Decke, aber dann schien es ihm schlechterzugehen, und wir haben uns beraten und beschlossen, daß er professionelle Hilfe braucht. Aber Gustav wollte davon nichts wissen, er ist plötzlich sehr bestimmt geworden und hat gesagt, er will erst mit Ihnen sprechen, Mr. Ryder. Er hat sehr nachdrücklich darauf bestanden, er hat gesagt, er würde dann auch bald ins Krankenhaus gehen, wenn wir es denn nun einmal so beschlossen hätten, aber erst, wenn er mit Ihnen gesprochen hat. Und da, direkt vor unseren Augen, ging es ihm dann immer schlechter. Aber er hat nicht vernünftig mit sich reden lassen, Mr. Ryder, also haben wir uns wieder auf die Suche nach Ihnen gemacht. Gott sei Dank habe ich Sie gefunden. Hier ist es, die letzte Tür am Ende des Korridors.»

Ich hatte gedacht, der Korridor verlaufe endlos im Kreis, aber jetzt sah ich, daß er an einer cremefarbenen Wand vor uns aufhörte. Die letzte Tür stand offen, und der bärtige Hoteldiener blieb an der Schwelle stehen und lugte vorsichtig in den Raum. Mit einer Geste forderte er mich dann auf hineinzukommen, und ich betrat hinter ihm den Raum.

Direkt bei der Tür stand etwa ein Dutzend Leute, die sich alle zu uns umdrehten und dann hastig beiseite traten. Ich nahm an, daß es die anderen Hoteldiener waren, aber ich hielt mich nicht damit auf, sie mir gründlich anzusehen, mein Blick hatte sich schon auf Gustavs Gestalt am anderen Ende des Raumes geheftet.

Er lag auf einer Matratze auf dem gefliesten Boden und hatte eine Decke über sich. Ein Hoteldiener kauerte an seiner Seite und sagte ganz sanft etwas zu ihm, aber als er mich sah, stand er auf. Im nächsten Moment hatte sich dann der Raum geleert, die Tür hinter uns sich geschlossen, und ich war mit Gustav allein.

In der kleinen Garderobe standen keine Möbel, da war nicht einmal ein einfacher Stuhl. Es gab keine Fenster, und obwohl aus dem Rost der Belüftungsanlage dicht unterhalb der Decke ein schwaches Brummen zu uns drang, war die Luft stickig. Der Boden fühlte sich kalt und hart an, und die Deckenleuchte war entweder ausgeschaltet worden oder funktionierte nicht, und so waren die Glühbirnen am Schminkspiegel unsere einzige Lichtquelle. Doch trotzdem konnte ich klar und deutlich erkennen, daß Gustavs Gesicht eine merkwürdige graue Färbung angenommen hatte. Er lag auf dem Rücken, ganz still, und rührte sich nur, wenn ihn von Zeit zu Zeit eine Art Welle durchzuckte und ihn zwang, den Kopf noch tiefer in die Matratze zu pressen. Er hatte mich angelächelt, kaum daß ich in den Raum getreten war, hatte aber nichts gesagt, zweifellos schonte er sich für den Moment, in dem wir allein sein würden. Jetzt sagte er mit einer Stimme, die schwach, aber ansonsten überraschend gefaßt klang:

«Tut mir wirklich leid, Mr. Ryder, daß ich Sie auf diese Weise hierhergelotst habe. Das ist sehr ärgerlich, daß das jetzt passieren mußte, und das ausgerechnet an diesem Abend. Wo Sie doch dabei sind, uns diesen großen Gefallen zu tun.»

«Ja, ja», sagte ich schnell, «aber hören Sie. Wie geht es Ihnen denn?» Ich kauerte mich neben ihn.

«Ich glaube, mir geht es nicht so besonders. Und ich denke, ich werde auch jetzt bald ins Krankenhaus gehen und mich untersuchen lassen.»

Er schwieg, während eine weitere Welle durch ihn fuhr, und für einen kurzen Moment entspann sich dort auf der Matratze ein stiller Kampf, in dessen Verlauf der ältliche Hoteldiener die Augen schloß. Dann öffnete er die Augen wieder und sagte:

«Ich mußte einfach mit Ihnen sprechen, Mr. Ryder. Da gibt es etwas, über das ich mit Ihnen reden wollte.»

«Bitte lassen Sie mich Ihnen hier und jetzt versichern», sagte ich, «daß ich mich Ihrer Sache nach wie vor verpflichtet fühle. Tatsächlich freue ich mich schon darauf, vor allen Anwesenden heute abend die ungerechte Behandlung aufzudecken, die Sie und Ihre Kollegen im Laufe der Jahre erfahren haben. Ich habe fest vor, die vielen Mißverständnisse klar hervorzuheben...»

Ich schwieg, denn ich hatte bemerkt, daß er versuchte, meine Aufmerksamkeit zu erregen.

«Ich habe keinen Augenblick daran gezweifelt, Mr. Ryder», sagte er nach einer Pause, «daß Sie zu Ihrem Wort stehen würden. Ich bin Ihnen sehr dankbar dafür, daß Sie so zu uns halten. Aber da ist etwas anderes, über das ich mit Ihnen sprechen möchte.» Wieder machte er eine Pause, und ein weiteres stilles Ringen begann.

«Also wirklich», sagte ich, «es wäre doch wohl klüger, wenn Sie jetzt sofort ins Krankenhaus gingen...»

«Nein. Bitte. Wenn ich erst einmal im Krankenhaus bin, tja, dann ist es womöglich zu spät. Sehen Sie, es ist jetzt wirklich höchste Zeit, daß ich mit ihr spreche. Mit Sophie, meine ich. Ich muß einfach mit ihr sprechen. Ich weiß, Sie sind heute abend sehr beschäftigt, aber sehen Sie, es weiß doch sonst keiner davon. Von der Situation zwischen mir und Sophie, von unserer *Übereinkunft*. Ich weiß, es ist ein bißchen viel verlangt, Mr. Ryder, aber ich frage mich, ob Sie nicht zu ihr gehen und ihr alles erklären könnten. Niemand sonst könnte das.»

«Tut mir leid», sagte ich ehrlich verwirrt. «Erklären? Was genau soll ich ihr denn erklären?»

«Erklären Sie es ihr, Mr. Ryder. Weshalb unsere Übereinkunft... weshalb sie jetzt beendet werden muß. Es wird nicht leicht sein, sie dazu zu überreden, nach all diesen Jahren. Aber wenn Sie es versuchen und ihr klarmachen könnten, warum wir versuchen müssen, es jetzt zu beenden. Mir ist klar, daß ich sehr viel von Ihnen verlange, aber es ist ja auch noch eine Weile hin, bis man Sie auf der Bühne erwartet. Und wie gesagt, Sie sind der einzige, der davon etwas weiß...»

Er brach ab, als eine weitere Schmerzwelle ihn überwältigte. Ich spürte, daß all seine Muskeln sich unter der Decke verkrampften, doch diesmal hielt er den Blick auf mich geheftet, und irgendwie gelang es ihm, die Augen offenzuhalten, obwohl er von Kopf bis Fuß zitterte. Als sein Körper sich wieder entspannt hatte, sagte ich:

«Ja, richtig, es dauert noch ein wenig, ehe ich gebraucht werde. Also schön, ich werde sehen, was ich tun kann. Ich will versuchen, es ihr klarzumachen. Auf jeden Fall werde ich sie so schnell wie möglich hierherbringen. Aber wir wollen hoffen, daß Sie sich bis dahin erholt haben und daß die ganze Situation sich als längst nicht so kritisch erweist, wie Sie befürchtet haben...»

«Bitte, Mr. Ryder. Ich wäre Ihnen sehr dankbar, wenn Sie sie schnell herbringen könnten. In der Zwischenzeit will ich natürlich mein Möglichstes tun, um durchzuhalten...»

«Ja, ja, ich mache mich sofort auf den Weg. Bitte gedulden Sie sich, ich bin so schnell wie möglich wieder zurück.»

Ich richtete mich auf und ging Richtung Tür. Ich hatte die Tür schon fast erreicht, als mir plötzlich etwas einfiel, und so ging ich wieder zu der am Boden liegenden Gestalt zurück.

«Boris», sagte ich zu ihm und kauerte mich noch einmal hin. «Was ist mit Boris? Soll ich ihn auch herbringen?»

Gustav schaute zu mir hoch, dann holte er tief Luft und schloß die Augen. Als er nach einer ganzen Weile immer noch nicht geantwortet hatte, sagte ich.

«Vielleicht ist es am besten, er sieht Sie gar nicht in diesem... in diesem Zustand, in dem Sie im Moment sind.»

Ich glaubte, ein ganz schwaches Nicken gesehen zu haben, aber Gustav sagte immer noch nichts, die Augen blieben geschlossen.

«Schließlich», so fuhr ich fort, «hat er ein ganz bestimmtes

Bild von Ihnen. Vielleicht wollen Sie ja, daß er Sie so in Erinnerung behält.»

Diesmal nickte Gustav deutlicher.

«Ich habe ja nur gedacht, ich sollte Sie das fragen», sagte ich und richtete mich wieder auf. «Also schön. Ich bringe dann nur Sophie hierher. Ich bin bald wieder zurück.»

Ich war wieder bei der Tür – ich hatte meine Hand schon am Griff – als er plötzlich hinter mir rief:

«Mr. Ryder!»

Er hatte das überraschend laut gerufen, außerdem war seine Stimme von derart merkwürdiger Intensität, daß ich kaum glauben konnte, sie sei von Gustav gekommen. Und doch waren seine Augen, als ich mich zu ihm umwandte, wieder geschlossen, und er schien ganz ruhig dazuliegen. Einigermaßen besorgt lief ich noch einmal zu ihm zurück. Aber da öffnete Gustav die Augen und schaute zu mir hoch.

«Sie müssen auch Boris mitbringen», sagte er ganz leise. «So klein ist er nun auch nicht mehr. Soll er mich ruhig so sehen. Er muß das Leben kennenlernen. Muß dem Leben gegenübertreten.»

Die Augen schlossen sich wieder, und als sich seine Gesichtszüge anspannten, dachte ich, er werde wieder von einer Schmerzattacke heimgesucht. Doch diesmal war es etwas anderes, und als ich voller Sorge hinunterschaute, sah ich, daß der alte Mann weinte. Ich schaute ihn noch eine Weile an, weil ich nicht wußte, was ich tun sollte. Schließlich berührte ich ihn sanft an der Schulter.

«Ich mache, so schnell ich kann», flüsterte ich.

Als ich aus der Garderobe trat, wandten sich mir die anderen Hoteldiener, die sich alle dicht um den Eingang geschart hatten, mit ängstlicher Miene zu. Ich drängte mich an ihnen vorbei und sagte bestimmt:

«Bitte passen Sie gut auf ihn auf, meine Herren. Ich muß eine dringende Angelegenheit erledigen, und deshalb müssen Sie mich jetzt entschuldigen.»

Jemand wollte noch etwas fragen, aber ich eilte weiter.

Es war meine Absicht, Hoffman zu finden und darauf zu bestehen, sofort zu Sophies Wohnung gefahren zu werden. Doch als ich dann schnell den Korridor entlangging, wurde mir klar, daß ich keine Ahnung hatte, wo ich nach dem Hoteldirektor suchen sollte. Außerdem sah der Korridor inzwischen ganz anders aus, gar nicht mehr wie vorhin, als ich mit dem bärtigen Hoteldiener hier entlanggekommen war. Es wurden immer noch einige Servierwagen hin- und hergeschoben, doch es wimmelte jetzt hier von Menschen, von denen ich nur annehmen konnte, daß es sich um Mitglieder des Tourneeorchesters handelte. Eine lange Reihe von Garderoben war zu beiden Seiten des Korridors erschienen, bei vielen waren die Türen offen, und die Musiker standen zu zweit oder zu dritt zusammen, unterhielten sich und lachten, einige riefen sich über den Flur etwas zu. Zuweilen kam ich an einer geschlossenen Tür vorbei, hinter der die Klänge eines Instruments zu hören waren, aber im großen und ganzen schien mir die Stimmung der Musiker überraschend ausgelassen und albern zu sein. Ich wollte schon stehenbleiben und einen von ihnen fragen, wo ich wohl Hoffman finden könnte, als ich ihn plötzlich durch die halbgeöffnete Tür einer Garderobe erblickte. Ich ging hin und stieß die Tür noch ein wenig weiter auf.

Hoffman stand vor einem großen Spiegel und betrachtete sich gründlich. Er war in Abendkleidung, und mir fiel auf, daß er ein übertrieben starkes Make-up aufgetragen hatte, so daß ihm etwas von dem Puder auf Schultern und Revers geraten war. Er murmelte ganz leise vor sich hin, wobei er den Blick nicht ein einziges Mal von seinem Spiegelbild abwandte. Dann, während ich ihn von der Tür her weiter beobachtete, vollführte er plötzlich eine merkwürdige Bewegung. Ganz unvermittelt beugte er sich aus der Taille heraus nach vorn, wobei er den abgewinkelten Arm steif nach oben schnellen ließ, so daß der Ellenbogen hervorragte, und dann schlug er sich mit der Faust auf die Stirn – einmal, zweimal, dreimal. Während dieser ganzen Vorstellung wandte er weder die Augen vom Spiegel ab, noch hörte er mit dem Geflüster auf. Dann richtete er sich auf und betrachtete sich schweigend. Ich hatte den Eindruck, als wolle er mit der ganzen Vorstellung noch einmal von vorn beginnen, deshalb räusperte ich mich schnell und sagte:

«Mr. Hoffman.»

Er schrak zusammen und starrte mich an.

«Ich habe Sie gestört», sagte ich. «Verzeihen Sie.»

Höchst verwirrt schaute sich Hoffman um, dann schien er seine Haltung wiederzugewinnen.

«Mr. Ryder», sagte er lächelnd. «Wie fühlen Sie sich? Ich hoffe, alles hier ist zu Ihrer Zufriedenheit.»

«Mr. Hoffman, da hat sich etwas von größter Dringlichkeit ergeben. Ich bräuchte unbedingt einen Wagen, der mich so schnell wie möglich an einen bestimmten Ort bringt. Kann das sofort in die Wege geleitet werden?»

«Ein Wagen, Mr. Ryder? Jetzt?»

«Es ist eine Angelegenheit von allergrößter Dringlichkeit. Natürlich beabsichtige ich, sofort wieder zurückzukommen, auf jeden Fall rechtzeitig, um meinen verschiedenen Verpflichtungen nachzukommen.»

«Ja, ja, natürlich.» Hoffman sah leicht besorgt drein. «Der Wagen dürfte überhaupt kein Problem sein. Unter normalen Umständen könnte ich Ihnen selbstverständlich auch einen Fahrer zur Verfügung stellen, oder ich würde mich glücklich schätzen, Sie selbst zu fahren. Leider hat mein Personal hier im Augenblick alle Hände voll zu tun. Und was mich betrifft, nun ja, ich muß mich um so vieles kümmern, und außerdem muß ich auch noch ein paar Zeilen proben. Haha! Wie Sie ja wissen, muß ich heute abend auch eine kleine Rede halten. Und so banal Ihnen das auch erscheinen mag im Vergleich zu Ihrem eigenen Beitrag und natürlich auch zu dem unseres Herrn Brodsky, der sich im übrigen ein wenig verspätet hat, glaube ich dennoch, daß ich mich so gut wie irgend möglich vorbereiten sollte. Ja, ja, Mr. Brodsky hat sich ein wenig verspätet, das ist wahr, aber es besteht kein Anlaß zur Sorge. Dies hier ist übrigens seine Garderobe, ich habe sie gerade noch einmal überprüft. Eine ganz ausgezeichnete Garderobe. Ich bin fest davon überzeugt, daß er jeden Moment hiersein wird. Wie Sie ja wissen, Mr. Ryder, habe ich persönlich Mr. Brodskys, ähm, Genesung überwacht, und wie erfreulich ist es doch gewesen, das mitzuerleben. So viel Willenskraft, so viel Würde! Und das in einem Maße, daß ich heute abend, an diesem alles entscheidenden Abend, vollstes Vertrauen habe. O ja. Vollstes Vertrauen! Tatsächlich wäre ein Rückfall in diesem Stadium einfach undenkbar. Eine Katastrophe für die ganze Stadt! Und natürlich eine ganz persönliche Katastrophe für mich. Selbstverständlich ist das nur eine recht banale Sorge, aber verzeihen Sie, Sie werden mir dennoch gestatten zu sagen, daß ein Rückfall an diesem alles entscheidenden Abend, in dieser Phase, für mich, nun ja, für mich das Ende bedeuten würde. So kurz vor dem Triumph wäre es für mich das Ende. Ein demütigendes Ende! Ich könnte niemandem in dieser Stadt mehr in die Augen schauen. Ich müßte mich verstecken. Ha! Aber was tue ich denn hier, was rede ich von solch unwahrscheinlichen Szenarien? Ich habe vollstes Vertrauen in ihn. Er wird kommen.»

«Ja, das wird er ganz bestimmt, Mr. Hoffman», sagte ich. «Tatsächlich bin ich sicher, daß dieses ganze Spektakel heute abend ein großer Erfolg wird...»

«Ja, ja, das weiß ich doch!» rief er voller Ungeduld. «Das braucht man mir in dieser Phase nun wirklich nicht mehr zu bestätigen. Ich hätte das auch überhaupt nicht erwähnt, schließlich ist noch soviel Zeit, ehe alles beginnt, ich hätte das auch überhaupt nicht erwähnt, wären da nicht... wären da nicht vorhin diese Vorkommnisse gewesen.»

«Vorkommnisse?»

«Ja, ja. Ach, Sie haben noch nichts davon gehört. Wie sollten Sie auch? Es ist ja auch nichts von Bedeutung, Mr. Ryder. Eine gewisse Reihe von Ereignissen hat sich heute abend zugetragen, und als Folge davon hat Mr. Brodsky, als ich ihn vor einigen Stunden verließ, ein kleines Glas Whisky getrunken. Nein, nein, Mr. Ryder! Ich weiß, was Sie jetzt denken. Nein, nein! Er hat mich vorher zu Rate gezogen. Und nach einiger Überlegung habe ich nachgegeben, denn ich bin zu dem Schluß gekommen, daß ein kleines Glas unter diesen besonderen Umständen keinen Schaden anrichten könnte. Ich habe nach bestem Wissen und Gewissen entschieden, Mr. Ryder. Vielleicht habe ich mich geirrt, das werden wir ja sehen. Ich jedenfalls glaube das nicht. Natürlich, wenn ich die falsche Entscheidung getroffen hätte, dann wäre dieser ganze Abend – pah! – von Anfang bis Ende eine einzige Katastrophe! Ich werde mich für den Rest meines Lebens verstecken müssen. Aber Tatsache ist, Mr. Ryder, daß die Dinge heute abend eine recht komplizierte Wendung genommen haben und daß ich gezwungen war, eine Entscheidung zu treffen. Na ja, das Ende vom Lied war jedenfalls, daß ich Mr. Brodsky bei sich zu Hause mit diesem kleinen Glas Whisky zurückgelassen habe. Ich bin voller Zuversicht, daß er es dabei hat bewenden lassen. Allerdings denke ich jetzt ständig daran, daß ich irgend etwas wegen des Schränkchens hätte unternehmen sollen. Aber eigentlich bin ich damit wohl etwas überängstlich. Schließlich hat Mr. Brodsky solche Fortschritte gemacht, daß man ihm zweifelsohne, ja, zweifelsohne vertrauen kann.» Er hatte die ganze Zeit an seiner Fliege herumgefingert, und jetzt stellte er sich vor den Spiegel, um sie wieder zu richten.

«Also, Mr. Hoffman», sagte ich, «was genau ist denn eigentlich passiert? Wenn etwas mit Mr. Brodsky passiert ist, oder wenn sich sonst irgend etwas zugetragen hat, das den Ablauf in irgendeiner Weise ändern könnte, dann sollte man mich doch wohl unverzüglich davon in Kenntnis setzen. Da geben Sie mir doch wohl recht, Mr. Hoffman.»

Der Hoteldirektor lachte kurz auf. «Sie mißverstehen das völlig, Mr. Ryder. Es gibt keinerlei Anlaß zur Sorge für Sie. Schauen Sie mich an, bin ich etwa besorgt? Nein. Mein guter Ruf hängt von diesem Abend ab, und bin ich nicht trotzdem die

Ruhe und Zuversicht in Person? Glauben Sie mir, Mr. Ryder, da ist wirklich nichts, das Ihnen Kummer bereiten müßte.»

«Was haben Sie denn eben gemeint, Mr. Hoffman, als Sie von diesem Schränkchen sprachen?»

«Schränkchen? Ach, nur dieses Schränkchen, das ich heute abend bei Mr. Brodsky zu Hause entdeckt habe. Wie Sie vielleicht wissen, wohnt er seit vielen Jahren in einem kleinen alten Bauernhaus unweit des Nördlichen Zubringers. Ich bin natürlich schon oft dort gewesen, aber da alles immer ein bißchen unordentlich gewesen ist – Mr. Brodsky hat zweifellos seine ganz eigene Methode beim Aufräumen –, habe ich mich in seinem Haus nie besonders gründlich umgeschaut. Mit anderen Worten, ich habe erst heute abend entdeckt, daß er doch noch einen weiteren Getränkevorrat hatte. Er hat mir hoch und heilig versichert, daß er das völlig vergessen hatte. Erst heute abend, erst als ich gesagt habe, daß man, na ja, unter den Umständen, unter diesen ganz besonderen Umständen aufgrund der Aufregung mit Miss Collins und so weiter – sehen Sie, nur aufgrund dieser Umstände war ich mit ihm einer Meinung, daß es alles in allem genommen, trotz des wirklich sehr kleinen Risikos, tatsächlich das beste für ihn wäre, ein einziges kleines Glas Whisky zu trinken, nur um sein Gleichgewicht wiederzufinden. Schließlich, Mr. Ryder, war der Mann ganz durcheinander nach der Aufregung mit Miss Collins. Und erst da, als ich ihm anbot, eine Taschenflasche aus meinem Auto zu holen, da fiel Mr. Brodsky ein, daß es immer noch ein Schränkchen gab, das er nicht ausgeräumt hatte. Also gingen wir in seine, äh, Küche, ja, ich denke, so könnte man es nennen. Mr. Brodsky ist in den vergangenen Monaten mit der Renovierung des Hauses wirklich gut vorangekommen. Er hat stetige Fortschritte gemacht, und die Elemente haben kaum noch eine Chance einzudringen, wenn es natürlich auch noch keine Fenster im eigentlichen Sinne gibt. Jedenfalls hat er das Schränkchen geöffnet, das übrigens auf der Seite lag, und da war dann, nun ja, da war etwa ein Dutzend alter Flaschen mit Alkohol. Meist

Whisky. Mr. Brodsky war genauso überrascht wie ich. Mir ist schon durch den Kopf gegangen, das muß ich ja zugeben, daß ich etwas tun sollte. Daß ich die Flaschen mitnehmen oder sie vielleicht ausgießen sollte. Aber Sie verstehen sicher, Mr. Ryder, daß das doch ein ziemlicher Affront gewesen wäre. Eine Beleidigung des Mutes und der Entschlossenheit, die Mr. Brodsky gezeigt hat. Und da sein Selbstbewußtsein heute abend wegen Miss Collins sowieso schon einen großen Schlag hat hinnehmen müssen ...»

«Entschuldigung, Mr. Hoffman, aber was reden Sie da die ganze Zeit von Miss Collins?»

«Ach, Miss Collins. Tja, also, das ist eine andere Geschichte. Deshalb bin ich ja überhaupt zufällig dort gewesen, in Mr. Brodskys Bauernhaus. Sehen Sie, Mr. Ryder, heute abend fiel es mir zu, der Überbringer einer höchst traurigen Botschaft zu sein. Um die Aufgabe hätte mich niemand beneidet. Tatsache ist, daß ich schon eine ganze Weile ein wenig beunruhigt war, sogar noch bevor sie sich gestern im Zoo getroffen haben. Ich war beunruhigt, ich meine, wegen Miss Collins. Wer hätte denn auch ahnen können, daß sich die Dinge zwischen ihnen so schnell entwickeln, und das nach all diesen Jahren? Ja, ja, ich habe mir Sorgen gemacht. Miss Collins ist eine wunderbare Frau, vor der ich die größte Hochachtung habe. Ich könnte es nicht ertragen, mit ansehen zu müssen, wie ihr Leben jetzt auseinanderbricht. Sehen Sie, Mr. Ryder, Miss Collins ist eine ungemein kluge Frau, die ganze Stadt kann das bezeugen, doch trotz alledem – und wenn Sie hier leben würden, könnten Sie mir sicher beipflichten – ist da immer etwas sehr Verletzliches an ihr gewesen. Wir alle haben ungeheuren Respekt vor ihr, und viele haben ihren Rat als unschätzbare Hilfe empfunden, aber gleichzeitig haben wir – wie soll ich das erklären? – haben wir uns ihr gegenüber immer als die *Beschützer* gefühlt. Als Mr. Brodsky im Laufe der Monate wieder ... wieder mehr er selbst wurde, haben sich viele Probleme ergeben, über die ich zum Beispiel vorher noch gar nicht richtig nachgedacht hatte, und tja, wie schon gesagt, ich war allmählich etwas beunruhigt. Also können Sie sich vorstellen, wie es auf mich wirken mußte, Mr. Ryder, als ich Sie heute abend nach Ihrer Übungsstunde zurückfuhr und Sie zufällig und ganz arglos erwähnten, daß Miss Collins einem Treffen mit Mr. Brodsky zugestimmt hatte, als Sie ganz deutlich erklärten, daß Mr. Brodsky in ebenjenem Augenblick auf dem Sankt-Peter-Friedhof auf sie wartete ... Du meine Güte, so schnell ist das gegangen! Unser Mr. Brodsky hat ganz eindeutig etwas von einem Valentino an sich! Da habe ich begriffen, daß ich etwas unternehmen mußte, Mr. Ryder. Ich konnte es nicht zulassen, daß Miss Collins ins Elend zurückgestoßen wurde, schon gar nicht als Folge von etwas, das ich, wie indirekt auch immer, getan hatte. Also habe ich vorhin, nachdem Sie mir höchst gnädig erlaubt hatten, Sie in der Stadt abzusetzen, die Gelegenheit ergriffen und habe Miss Collins in ihrer Wohnung aufgesucht. Sie war natürlich überrascht, mich zu sehen. Überrascht, daß ich sie ausgerechnet an diesem Abend persönlich aufsuchte. Mit anderen Worten, meine Gegenwart allein sprach schon Bände. Sie bat mich sofort herein, und ich entschuldigte mich für meinen unangemeldeten Besuch und für die Tatsache, daß ich mich dem schwierigen Thema, das ich ansprechen wollte, nicht mit der Behutsamkeit und dem Takt nähern konnte, die ich normalerweise hätte walten lassen. Das hat sie natürlich voll und ganz verstanden. ‹Ich sehe ein, Mr. Hoffman›, sagte sie, ‹unter welch großem Druck Sie heute abend stehen müssen.› Wir setzten uns in das vordere Wohnzimmer, und ich kam gleich zur Sache. Ich erzählte ihr, was ich über ihr geplantes Rendezvous gehört hatte. Dabei senkte Miss Collins den Blick, genau wie ein kleines Schulmädchen. Dann sagte sie ganz schüchtern: ‹Ja, Mr. Hoffman. In dem Moment, in dem Sie an meiner Tür klingelten, war ich sogar gerade dabei, mich fertigzumachen. Seit über einer Stunde schon probiere ich verschiedene Kleider an. Probiere verschiedene Arten, mein Haar hochzustecken. Und das in meinem Alter, ist das nicht komisch? Ja, Mr. Hoffman, es stimmt schon. Er war heute vormittag hier, und er hat mich dazu überredet!› So etwas in der Art hat sie gesagt, hat es eher gemurmelt, ganz und gar nicht so, wie diese elegante Dame sonst spricht. Also fuhr ich fort. Natürlich ging ich ganz behutsam vor. Taktvoll wies ich auf die möglichen Gefahren hin. ‹Das ist ja alles gut und schön, Miss Collins.› Derartiger Floskeln bediente ich mich. Ich ging so vorsichtig zu Werke, wie es mir in Anbetracht der begrenzten Zeit möglich war. Wäre es ein anderer Abend gewesen, hätten wir mehr Zeit gehabt, allerlei Höflichkeiten auszutauschen, ein wenig Konversation zu betreiben, dann, das darf ich wohl sagen, hätte ich meine Aufgabe natürlich mit mehr Geschick erfüllt. Aber vielleicht hätte das auch kaum einen Unterschied gemacht. Die Wahrheit wäre in jedem Fall hart für sie gewesen. Na jedenfalls, bei all meinem Bemühen, so behutsam wie möglich vorzugehen... als ich sie dann schließlich mit der Wahrheit konfrontierte, als ich zu ihr sagte: ‹All diese Wunden werden wieder aufgerissen werden, Miss Collins. Sie werden weh tun, sie werden Ihnen große Schmerzen bereiten. Das Ganze wird Sie zermürben, Miss Collins. Innerhalb weniger Wochen, innerhalb weniger Tage. Wie können Sie das vergessen haben? Wie können Sie sich alldem wieder aussetzen? Was Sie schon einmal durchgemacht haben, die Demütigungen, die tiefen Verletzungen, all das wird sich wiederholen, und zwar noch schlimmer als vorher. Und das, nachdem Sie die ganzen Jahre alles getan haben, um sich ein neues Leben aufzubauen!› Als ich ihr die Dinge mit diesen Worten klarmachte – ach, ich kann Ihnen sagen, Mr. Ryder, das ist gar nicht einfach gewesen –, habe ich gesehen, wie sie innerlich zusammengefallen ist, auch wenn sie nach außen hin versuchte, Ruhe zu bewahren. Ich habe gesehen, wie die Erinnerung an all das zurückgekommen ist, wie die alten Wunden wieder aufgebrochen sind. Es ist gar nicht einfach gewesen, Mr. Ryder, das kann ich Ihnen sagen, aber ich hielt es für meine Pflicht fortzufahren. Dann schließlich sagte sie ganz leise: ‹Aber Mr. Hoffman. Ich habe es ihm doch versprochen. Ich habe ihm versprochen, ihn heute abend zu treffen. Er wird sich auf mich verlassen. Vor einem solch großen Abend wie diesem braucht er mich immer.› Woraufhin ich sagte: ‹Natürlich wird er enttäuscht sein, Miss Collins. Aber ich selbst werde mein Möglichstes tun, um es ihm zu erklären. Wie dem auch sei, tief in seinem Innern wird er es auch schon wissen, genau wie Sie jetzt, daß dieses Rendezvous etwas sehr Unkluges ist. Daß man die Vergangenheit am besten ruhen läßt.› Und wie im Traum schaute sie aus dem Fenster und sagte: ‹Aber er wird schon dort sein. Er wird schon dort warten.› Woraufhin ich sagte: ‹Ich werde selbst hingehen, Miss Collins. Ja, ich habe zwar sehr viel zu tun heute abend, aber das hier halte ich für so wichtig, daß ich niemand anderen mit dieser Aufgabe betrauen möchte. Am besten gehe ich jetzt sofort zu dem Friedhof und sage ihm, wie die Sache steht. Seien Sie versichert, Miss Collins, daß ich alles tun werde, um ihn zu trösten. Ich werde ihn ermutigen, den Blick nach vorn zu richten, auf die außerordentlich bedeutende Herausforderung, die an diesem Abend vor ihm steht.› So etwas in der Art habe ich zu ihr gesagt, Mr. Ryder. Und wenn ich auch zugeben muß, daß sie im ersten Augenblick am Boden zerstört zu sein schien, so ist sie doch eine vernünftige Frau, und ein Teil von ihr muß gewußt haben, daß ich recht hatte. Denn sie berührte ganz freundlich meinen Arm und sagte: ‹Gehen Sie zu ihm. Jetzt gleich. Tun Sie, was Sie können.› Und so stand ich auf, um zu gehen, doch dann fiel mir ein, daß ich noch eine letzte schmerzliche Pflicht zu erfüllen hatte. ‹Ach, und Miss Collins›, sagte ich zur ihr. ‹Was nun den heutigen Abend betrifft. Unter den Umständen ist es wohl das beste, Sie bleiben zu Hause.› Sie nickte, und ich sah, daß sie den Tränen nahe war. ‹Schließlich›, so fuhr ich fort, ‹müssen wir auf seine Gefühle Rücksicht nehmen. Unter den Umständen könnte Ihre Anwesenheit im Zuschauerraum zu diesem kritischen Zeitpunkt einen gewissen Einfluß auf ihn haben.› Sie nickte wieder und gab zu erkennen, daß sie voll und ganz verstanden hatte. Da bat ich sie dann, mich zu entschuldigen, und ging. Und obwohl so viele andere Dinge darauf warteten, erledigt zu werden – die Lieferung von Speck und Brot –, sah ich ein, daß es jetzt von größter Dringlichkeit war, Mr. Brodsky sicher über dieses letzte unerwartete Hindernis hinwegzuhelfen. Da bin ich dann zum Friedhof gefahren. Als ich ankam, war es schon dunkel, und ich mußte eine Weile zwischen den Gräbern umhergehen, bevor ich ihn entdeckte, er saß auf einem Grabstein und sah ganz niedergeschlagen aus. Und als er mich näher kommen sah, schaute er müde hoch und sagte zu mir: ‹Sie sind gekommen, um es mir zu sagen. Ich wußte es. Ich wußte, es hat nicht sein sollen!› Das machte mir die Sache leichter, denken Sie jetzt womöglich, aber ich kann Ihnen sagen, Mr. Ryder, es war alles andere als leicht. Der Überbringer solcher Nachrichten zu sein. Ich nickte ernst und antwortete, ja, er habe recht, sie werde nicht kommen. Sie habe sich alles noch einmal überlegt und dann ihre Meinung geändert. Außerdem habe sie beschlossen, heute abend nicht in den Konzertsaal zu kommen. Ich sah keinen Sinn darin, das jetzt noch näher zu erklären. Er schien völlig verstört, also schaute ich weg und tat eine Weile so, als betrachtete ich eingehend den Grabstein neben dem, auf dem er saß. ‹Ach, der alte Herr Kaltz›, sagte ich zu den Bäumen, weil ich wußte, daß Mr. Brodsky still vor sich hin weinte. ‹Ach, der Herr Kaltz. Wie viele Jahre ist das jetzt schon her, seit wir ihn begraben haben? Es kommt mir vor, als wäre es erst gestern gewesen, aber es ist ja schon vierzehn Jahre her. Und er ist so einsam gewesen, bevor er starb.› Auf diese Weise redete ich weiter, um Mr. Brodsky Gelegenheit zum Weinen zu geben. Dann glaubte ich, daß er die Tränen unter Kontrolle hatte, und ich drehte mich zu ihm um und schlug ihm vor, mit mir zum Konzertsaal zu fahren und sich fertigzumachen. Aber er sagte nein, es sei noch zu früh. Die Anspannung sei für ihn zu groß, wenn er schon so zeitig vor Ort sei. Und da dachte ich, er könne womöglich recht haben, und schlug ihm vor, ihn nach Hause zu fahren. Er war einverstanden, also verließen wir den Friedhof und gingen zum Wagen. Während der Fahrt, die ganze Zeit, während wir auf dem Nördlichen Zubringer fuhren, starrte er immer nur aus dem Fenster und sagte kein Wort, und manchmal standen ihm die Tränen in den Augen. Da wurde mir klar, daß wir es noch nicht geschafft hatten. Daß noch längst nicht alles so sicher war, wie es vor ein paar Stunden noch geschienen hatte. Aber ich war immer noch ganz zuversichtlich, Mr. Ryder, so wie jetzt auch. Dann sind wir bei seinem Bauernhaus angekommen. Er hat es wirklich schön renoviert, viele Räume sind jetzt richtig gemütlich. Wir sind in das große Zimmer gegangen und haben Licht gemacht, und ich habe mich umgeschaut und ein bißchen mit ihm geplaudert. Ich habe ihm angeboten, ein paar Experten zu bestellen, die sich um das Problem mit dem Schimmel an den Wänden kümmern könnten. Er schien mich gar nicht zu hören, sondern saß auf seinem Stuhl einfach nur da, mit diesem entrückten Blick. Dann sagte er, daß er etwas trinken wolle. Nur ein Schlückchen. Ich sagte ihm, das sei unmöglich. Dann sagte er, ganz ruhig, daß es ja nicht so sei wie früher, wenn er etwas trinken wollte. Es sei bestimmt nicht so. Diese Art zu trinken hätte er für immer hinter sich gelassen. Aber schließlich habe er gerade eine fürchterliche Enttäuschung erlebt. Sein Herz sei gebrochen. Das waren seine Worte. Sein Herz sei gebrochen, sagte er, aber er wisse, wieviel heute abend von ihm abhinge. Er wisse, er müsse gut sein. Er wolle ja nicht etwas trinken so wie früher. Das könne ich doch sicher sehen, oder? Und ich schaute ihn an, und ich sah, daß er die Wahrheit sagte. Ich sah einen traurigen, enttäuschten, aber verantwortungsbewußten Mann. Er hatte sich besser kennengelernt, als es sich die meisten Menschen je erhoffen dürfen, und er hatte sich völlig unter Kontrolle. Und er sagte, daß er in dieser Krise eben einfach ein Schlückchen trinken müsse. Um über den Schock dieses seelischen Schlages hinwegzukommen. Um die Kraft zu finden, die er für die Anforderungen des bevorstehenden Abends brauchte. Ich habe ihn in der Vergangenheit wirklich oft nach etwas zu trinken verlangen hören, Mr. Ryder, und das hier war tatsächlich ganz anders. Das war deutlich zu sehen. Ich schaute ihm tief in die Augen und sagte: ‹Kann ich mich auf Sie verlassen, Mr. Brodsky? Ich habe etwas Whisky in einer Taschenflasche im Auto. Wenn ich Ihnen nur ein kleines Glas gebe, kann ich mich dann darauf verlassen, daß es auch wirklich dabei bleibt? Ein kleines Glas und mehr nicht?› Darauf sah er mir direkt in die Augen und antwortete: ‹Es ist nicht mehr so wie früher. Das schwöre ich Ihnen.› Also bin ich zum Auto gegangen, es war schon sehr dunkel, und die Bäume rauschten im Wind, und ich holte die Flasche aus dem Auto und brachte sie hinein, und da saß er nicht mehr auf seinem Stuhl. Da bin ich dann weiter durchgegangen und habe ihn in der Küche entdeckt. Die Küche ist eigentlich ein mit dem Bauernhaus verbundenes Nebengebäude, das Mr. Brodsky mit viel Geschick umgebaut hat. Ja, da habe ich ihn dann gesehen, wie er das Schränkchen öffnete, das Schränkchen, das ganz auf der Seite lag. Er habe das ganz vergessen, sagte er, als er merkte, daß ich wieder hereingekommen war. Und da war der Whisky. Flaschen über Flaschen. Er nahm nur eine von den Flaschen heraus, öffnete sie und goß etwas davon in ein Glas. Dann goß er, während er mir in die Augen sah, den Rest der Flasche auf den Boden. Sein Küchenfußboden, das sollte ich wohl sagen, besteht hauptsächlich aus blanker Erde, es ist also nicht so, als hätte er schrecklich viel Schmutz damit gemacht. Tja, er hat die Flasche auf den Boden ausgegossen, dann sind wir wieder in das große Zimmer zurückgegangen, und er hat sich auf den Stuhl gesetzt und angefangen, in kleinen Schlucken seinen Whisky zu trinken. Ich habe ihn eingehend beobachtet, und ich habe gesehen, daß er nicht so getrunken hat wie früher. Allein schon die Tatsache, daß er in der Lage war, in so kleinen Schlucken zu trinken... Ich wußte, daß ich die richtige Entscheidung getroffen hatte. Ich sagte ihm, daß ich nun zurückfahren müsse. Daß ich schon viel zu lange fortgeblieben sei. Die Anlieferung von Speck und Brot mußte überwacht werden. Ich stand auf, und dann wußten wir beide, ohne es auszusprechen, was mir auf der Seele lag. Ich meine natürlich das Schränkchen. Und Mr. Brodsky sah mir direkt in die Augen und sagte: ‹Es ist nicht mehr so wie früher.› Das reichte mir. Darauf zu bestehen, jetzt noch länger zu bleiben, das hätte ihn nur demoralisiert. Es wäre eine Beleidigung gewesen. Na jedenfalls, wie ich schon sagte, als ich ihm ins Gesicht sah, fühlte ich vollkommene Zuversicht. Ich bin gegangen, ohne noch einen weiteren Gedanken daran zu verschwenden. Und erst während der letzten Minuten, Mr. Ryder, ist mir ein Hauch von Zweifel durch den Kopf gegangen. Aber vom Verstand her weiß ich natürlich, daß das nur die Anspannung vor einem großen Ereignis ist. Er wird jeden Moment hier sein, das weiß ich ganz bestimmt. Und der ganze Abend, auch da bin ich mir vollkommen sicher, wird ein Erfolg werden, ein voller Erfolg...»

«Mr. Hoffman», sagte ich, und meine Ungeduld gewann die Oberhand, «wenn Sie denken, es ist in Ordnung, Mr. Brodsky Whisky trinkend zurückgelassen zu haben, dann ist das Ihre Sache. Ich bin mir nicht so sicher, ob das die richtige Entscheidung war, doch Sie können die Lage natürlich viel besser beurteilen als ich. Aber wie dem auch sei, darf ich Sie daran erinnern, daß ich selbst in diesem Augenblick Hilfe brauche? Wie ich Ihnen schon sagte, ich brauche so schnell wie möglich einen Wagen. Es handelt sich wirklich um eine Angelegenheit von erheblicher Dringlichkeit, Mr. Hoffman.»

«Ach ja, ein Wagen.» Hoffman schaute sich nachdenklich um. «Das Einfachste wäre es, wenn Sie sich *meinen* Wagen ausleihen würden, Mr. Ryder. Er ist da draußen vor dieser Brandschutztür geparkt.» Er deutete ein Stückchen weiter den Korridor hinunter. «Tja, wo habe ich denn die Schlüssel? Ach, da sind sie ja. Die Lenkung zieht ein wenig nach links. Ich hatte vor, das richten zu lassen, aber dann mußten so viele Dinge erledigt werden. Bitte machen Sie mit dem Wagen, was immer Sie für nötig halten. Ich brauche ihn erst morgen früh wieder.»

DREISSIG

Ich lenkte Hoffmans großen schwarzen Wagen von dem Parkplatz herunter und auf eine gewundene, von Tannen gesäumte Straße. Dies war eindeutig nicht der übliche Weg von dem Gelände herunter. Die Straße war voller Schlaglöcher, sie war unbeleuchtet und so schmal, daß zwei Fahrzeuge unmöglich hätten aneinander vorbeifahren können, ohne die Geschwindigkeit zu drosseln. Ich fuhr vorsichtig, starrte in die Dunkelheit und rechnete jeden Augenblick mit einem Hindernis oder einer scharfen Kurve. Dann ging es plötzlich ganz geradeaus, und im Scheinwerferlicht sah ich, daß ich durch einen Wald fuhr. Ich beschleunigte, und ein paar Minuten lang ging es weiter durch die Dunkelheit. Dann sah ich auf einmal etwas Helles durch die Bäume zu meiner Linken, ich wurde langsamer und stellte fest, daß ich auf die vor dem Nachthimmel prächtig erleuchtete Vorderfront des Konzertsaals schaute.

Das Gebäude lag jetzt ein ganzes Stück zurück, und ich schaute von der Seite darauf, aber ich konnte viel von seiner eindruckgebietenden Fassade erkennen. Es gab Reihen herrlicher steinerner Säulen zu beiden Seiten des Hauptbogens, und hohe Fenster reichten hinauf bis an das riesige Kuppeldach. Ich fragte mich, ob die Besucher wohl schon allmählich eintrafen, und ich hielt den Wagen an und kurbelte das Fenster herunter, um besser sehen zu können. Doch selbst als ich mich in meinem Sitz ganz aufrichtete, hinderten mich die Bäume daran, etwas von dem ebenerdigen Teil des Gebäudes zu sehen.

Während ich noch weiter zu dem Konzertsaal schaute, dachte ich an die Möglichkeit, daß genau in diesem Augenblick auch meine Eltern eintreffen könnten. Ganz lebhaft erinnerte ich mich plötzlich an Hoffmans Beschreibung der Pferdekutsche, mit der sie aus der Dunkelheit vor die bewundernden Blicke der Menge gebracht würden. Genau in dem Moment, als ich mich noch aus dem Fenster hinauslehnte, meinte ich tatsächlich, in unmittelbarer Nähe das Geräusch ihrer vorbeifahrenden Kutsche zu hören. Ich stellte den Motor ab und horchte noch einmal, dabei lehnte ich mich noch weiter hinaus. Dann stieg ich ganz aus dem Wagen und stand dort in der Nacht und horchte angestrengt.

Der Wind wiegte die Bäume. Dann hörte ich noch einmal die schwachen Geräusche von vorhin: das Klappern von Hufen, ein rhythmisches Klirren, das Rattern eines hölzernen Gefährts. Dann entschwanden die Geräusche hinter dem Rauschen der Bäume. Ich horchte noch ein wenig länger, aber jetzt war es still. Schließlich drehte ich mich um und stieg wieder in den Wagen.

Ich war ganz ruhig, fast heiter und gelassen gewesen, als ich da auf der Straße gestanden hatte, aber kaum hatte ich den Motor wieder angelassen, ergriff mich eine kraftvolle Mischung aus Enttäuschung, Panik und Wut. Meine Eltern fuhren in ebendiesem Moment vor, und hier war ich nun, meine Vorbereitungen waren alles andere als abgeschlossen, und sogar jetzt noch bewegte ich mich von dem Konzertsaal weg, um mich um etwas vollkommen anderes zu kümmern. Ich begriff nicht, wie ich es zu so etwas hatte kommen lassen können, und ich fuhr weiter durch den Wald, meine Wut wurde immer stärker, und ich beschloß, umgehend zu erledigen, was auch immer ich jetzt tun mußte, und dann so schnell wie möglich zum Konzertsaal zurückzufahren. Doch gleich darauf kam mir der Gedanke, daß ich gar nicht genau wußte, wie ich zu Sophies Wohnung kommen sollte oder ob dieser Waldweg überhaupt in die richtige Richtung führte. Ein Gefühl der Sinnlosigkeit überkam mich allmählich, aber dennoch raste ich weiter und starrte in den Wald, der sich im Scheinwerferlicht vor mir auftat.

Dann nahm ich plötzlich zwei Gestalten wahr, die winkend auf der Straße vor mir standen. Sie waren direkt vor mir, und obwohl sie zur Seite traten, als ich näher kam, machten sie weiter nachdrücklich Zeichen. Ich fuhr langsamer und sah, daß am Straßenrand eine Gruppe von fünf oder sechs Leuten um einen kleinen tragbaren Ofen herum ein Lager aufgeschlagen hatte. Mein erster Gedanke war, daß es sich um Landstreicher handelte, doch dann sah ich eine Frau mittleren Alters in eleganter Kleidung und einen grauhaarigen Mann im Anzug, die sich zu meinem Fenster herunterbeugten. Die anderen hinter ihnen – die auf etwas, das nach umgedrehten Kisten aussah, um den Ofen herum gesessen hatten – standen jetzt auf und kamen auf das Auto zu. Sie alle hatten, so merkte ich jetzt, Camping-Tassen aus Blech in der Hand.

Als ich das Fenster herunterdrehte, schaute die Frau zu mir herein und sagte:

«Ach, wir sind ja so froh, daß Sie vorbeigekommen sind. Sehen Sie, wir sind gerade ganz festgefahren in einer Diskussion, und wir können zu keinerlei Einigung kommen. Das ist doch immer das Problem, nicht? Wir können uns über nichts einigen, und das gerade jetzt, wo es notwendig ist, zu handeln.»

«Aber natürlich», sagte der grauhaarige Mann im Anzug feierlich, «müssen wir bald zu irgendeiner Entscheidung kommen.»

Doch noch bevor einer von ihnen weitersprechen konnte, sah ich, daß die Gestalt, die hinter ihnen herankam und sich jetzt herunterbeugte, um mich anzusehen, Geoffrey Saunders war, mein alter Schulfreund. Als er mich erkannte, drängte er sich nach vorn und klopfte gegen die Wagentür.

«Ach, ich habe mich schon gefragt, wann ich dich wiedersehen würde», sagte er. «Um ganz ehrlich zu sein, ich war allmählich schon ein bißchen ärgerlich. Weißt du, weil du einfach nicht zum Tee gekommen bist. Obwohl du es doch zugesagt hattest und so. Na ja, ich glaube, jetzt ist nicht der richtige Zeitpunkt, das alles zu erörtern. Aber trotzdem, ein bißchen frech ist es schon von dir, alter Knabe. Na, macht nichts. Du solltest lieber aussteigen.» Damit öffnete er die Wagentür und trat beiseite. Ich wollte schon protestieren, doch er fuhr fort: «Komm schon, trink einen Kaffee mit uns. Dann kannst du dich an unserer Diskussion beteiligen.»

«Also ehrlich, Saunders», sagte ich, «das ist jetzt wohl kaum für mich der geeignete Zeitpunkt.»

«Ach, komm schon, alter Knabe.» Es lag eine Spur von Verärgerung in seiner Stimme. «Weißt du, ich habe viel nachgedacht über dich, seit wir uns neulich abend getroffen haben. Ich habe mich an unsere Schulzeit erinnert und so. Heute morgen zum Beispiel bin ich aufgewacht und habe an die Zeit gedacht, du weißt das wahrscheinlich nicht mehr, an die Zeit, als wir für ein paar jüngere Schüler die Richtungsweiser in einem Querfeldeinrennen spielten. Muß so um die Zeit herum gewesen sein, als wir vierzehn oder fünfzehn waren. Du weißt das wahrscheinlich nicht mehr, aber mir ist das heute morgen, als ich noch im Bett lag, wieder eingefallen. Wir standen draußen vor diesem Pub am Rand von diesem großen Feld, und du bist wegen irgend etwas ganz aufgebracht gewesen. Steig doch aus, alter Knabe, sonst kann ich gar nicht richtig mit dir reden.» Ungeduldig hatte er immer weiter Zeichen gemacht. «So ist gut. Na bitte.» Er nahm mich mit der freien Hand am Ellenbogen – in der anderen hielt er die Kaffeetasse –, während ich zögerlich aus dem Auto stieg. «Ja, an den Tag mußte ich wieder denken. Einer von diesen nebligen Oktobermorgen, wie sie für England typisch sind. Da standen wir dann also herum und warteten darauf, daß die anderen keuchend aus dem Nebel auftauchen würden, und ich weiß noch, daß du andauernd gesagt hast: ‹Für dich ist das ja in Ordnung, für dich ist das alles gut und schön› und daß du furchtbar unglücklich warst. Also habe ich schließlich zu dir gesagt: ‹Hör mal, dir geht es doch nicht nur allein so. Du bist doch nicht der einzige auf der Welt, der Sorgen hat.› Und ich habe angefangen, dir von der Zeit zu erzählen, als ich sieben oder acht war und als wir mit der ganzen

Familie Urlaub gemacht haben, meine Eltern, mein kleiner Bruder und ich. Wir sind in einen dieser englischen Badeorte gefahren, nach Bournemouth oder so. Vielleicht war es auch die Isle of Wight. Das Wetter war herrlich und so, aber weißt du, irgend etwas stimmte nicht, wir sind einfach nicht miteinander klargekommen. Natürlich gar nichts Ungewöhnliches bei so einem Familienurlaub, aber das wußte ich damals nicht, ich war ja erst sieben oder acht. Na jedenfalls, es war einfach nicht das Wahre, und eines Nachmittags ist mein Vater einfach davongestürmt. Ich meine, einfach so, aus heiterem Himmel. Wir hatten uns gerade etwas an der Küste angesehen, und meine Mutter war dabei, uns etwas zu zeigen, und plötzlich ging er einfach weg. Er hat nicht geschrien oder so etwas, er ist einfach nur weggegangen. Wir wußten nicht, was wir tun sollten, also haben wir einfach angefangen, ihm hinterherzugehen, Mutter, der kleine Christopher und ich, wir sind ihm hinterhergegangen. Wir sind ihm nicht dicht gefolgt, immer etwa dreißig Meter hinter ihm, gerade dicht genug, um ihn nicht aus den Augen zu verlieren. Und Vater ging immer weiter. Die ganze Küste entlang, über den Pfad mit den Klippen, an Strandkabinen und all den Sonnenbadenden vorbei. Dann ging er Richtung Stadt, vorüber an den Tennisplätzen und durch die Straßen mit den Geschäften. Wir müssen ihm eine gute Stunde hinterhergegangen sein. Und nach einer Weile machten wir allmählich eine Art Spiel daraus. So sagten wir etwa: ‹Guckt mal, er ist gar nicht mehr böse. Er spielt nur mit uns!› Oder etwa: ‹Er hält den Kopf absichtlich so. Guckt euch das nur an!›, und dann lachten wir und lachten. Und wenn man genau hinschaute, konnte man glauben, daß er absichtlich so komisch lief. Christopher war ja noch so klein, ich habe es ihm gesagt, ich habe ihm gesagt, Vater geht so, weil er einen Spaß machen will, und Christopher lachte und lachte, als wenn es alles nur ein Spiel wäre. Und Mutter auch, sie lachte und sagte: ‹Ach, Jungs, euer Vater!› und lachte noch mehr. Und wir gingen immer so weiter, und siehst du, ich war der einzige, obwohl ich doch erst sieben oder acht war, ich war der einzige, der wußte, daß Vater das nicht wirklich zum Spaß machte. Daß er das Ganze noch längst nicht verdaut hatte und vielleicht sogar wütender und immer wütender wurde, weil wir ihm hinterhergingen. Weil er sich vielleicht auf eine Bank setzen oder irgendwo in ein Café gehen wollte, das aber wegen uns nicht konnte. Weißt du das noch? Ich habe dir das alles damals erzählt. Und einmal habe ich zu Mutter hingeschaut, weil ich wollte, daß das jetzt aufhört, und da habe ich es dann gemerkt. Ich habe gemerkt, daß sie selbst überzeugt war, ganz und gar überzeugt, daß Vater es alles nur aus Spaß machte. Und der kleine Christopher wollte die ganze Zeit hinlaufen. Weißt du, direkt zu Vater hinlaufen. Und ich mußte andauernd Ausreden erfinden, ich habe gelacht und gesagt: ‹Nein, das ist verboten. Das ist gegen die Spielregeln. Wir müssen weit hinten zurückbleiben, sonst funktioniert es nicht.› Aber weißt du, Mutter hat gesagt: ‹Ach ja! Wieso gehst du nicht und ziehst ihn am Hemd und guckst, ob du zurücklaufen kannst, ehe er dich fängt!› Und ich mußte andauernd sagen, ich war der einzige, weißt du, der einzige, ich mußte andauernd sagen: ‹Nein, nein, wir wollen noch warten. Bleib hier. Bleib hier.› Mein Vater hat ziemlich komisch ausgesehen. Er hatte so einen merkwürdigen Gang, wenn man ihn so aus der Ferne sah. Hör mal, alter Knabe, wieso setzt du dich nicht? Du siehst ja vollkommen erschöpft und sehr besorgt aus. Setz dich doch einfach hierher und hilf uns bei unserer Entscheidung.»

Geoffrey Saunders deutete auf eine umgedrehte Apfelsinenkiste bei dem Camping-Ofen. Ich war tatsächlich sehr erschöpft und entschied, daß ich alles, was an Aufgaben vor mir lag, nach einer kleinen Ruhepause und nach einem Schluck Kaffee bestimmt besser meistern konnte. Ich setzte mich auf eine Kiste, und dabei merkte ich, daß mir die Knie zitterten und daß ich regelrecht schwankte. Teilnahmsvoll versammelten sich die Leute um mich. Jemand hielt mir eine Tasse mit Kaffee hin, während mir ein anderer die Hand auf den Rücken gelegt hatte und sagte: «Ruhen Sie sich einfach aus. Lassen Sie sich nur Zeit.»

«Danke, danke», sagte ich, nahm den Kaffee und stürzte ihn gierig hinunter, obwohl er sehr heiß war.

Der grauhaarige Mann im Anzug hockte sich jetzt vor mich hin und sah mir ins Gesicht, wobei er ganz sanft sagte: «Wir müssen eine Entscheidung treffen. Sie werden uns dabei helfen.»

«Eine Entscheidung?»

«Ja. Es geht um Mr. Brodsky.»

«Ach ja.» Ich nahm noch einen Schluck Kaffee. «Ja, ich weiß. Mir ist klar, daß jetzt alles von mir abhängt.»

«So weit würde ich nun auch wieder nicht gehen», sagte der grauhaarige Mann.

Ich schaute ihn wieder an. Er war ein vertrauenerweckender Mensch mit freundlichem, ruhigem Benehmen. Doch gerade jetzt in diesem Augenblick, das konnte ich sehen, war er sehr ernst.

«So weit würde ich nun auch wieder nicht gehen und sagen, daß *alles* von Ihnen abhängt. Es ist nur so, daß wir in Anbetracht der Situation einen Teil der Verantwortung übernehmen müssen. Meine Meinung ist, und das habe ich auch in aller Deutlichkeit gesagt, daß es ab muß.»

«Es muß ab?»

Der grauhaarige Mann nickte ernst. Dann sah ich das Stethoskop um seinen Hals, und mir wurde klar, daß er so etwas wie ein Arzt sein mußte.

«Ach ja», sagte ich. «Es muß ab. Ja.»

Da erst schaute ich mich um und sah voller Schrecken auf dem Boden ganz in der Nähe des Wagens ein großes Knäuel aus Metall liegen. Ganz vage kam mir der Gedanke, daß ich diesen Trümmerhaufen verursacht hatte, daß ich möglicherweise in eine Art Unfall verwickelt gewesen war, ohne es zu wissen. Ich stand auf – sofort reckten sich mir mehrere Hände entgegen, um mir zu helfen – und ging zu dem Metallhaufen und sah, daß es sich tatsächlich um die Überreste eines Fahrrads handelte. Das Metall war hoffnungslos verbogen, und zu meinem Entsetzen sah ich Brodsky mitten in den Trümmern. Er lag mit dem Rücken auf dem Boden, und seine Augen beobachteten mich ruhig, als ich mich ihm näherte.

«Mr. Brodsky», murmelte ich und starrte ihn an.

«Ach. Ryder», sagte er, und dabei lag überraschend wenig Schmerz in seiner Stimme.

Ich drehte mich zu dem grauhaarigen Mann um, der hinter mir hergekommen war, und sagte zu ihm: «Ich bin sicher, daß ich mit dem hier nichts zu tun habe. Ich habe keinerlei Erinnerung an einen Unfall. Ich bin einfach nur geradeaus gefahren...»

Der grauhaarige Mann, der verständnisvoll nickte, gab mir mit Zeichen zu verstehen, ich solle ruhig sein. Dann führte er mich ein wenig beiseite und sagte leise: «Wir können fast sicher sein, daß er Selbstmord begehen wollte. Er ist sehr betrunken. Sehr, sehr betrunken.»

«Ach. Ja.»

«Ich bin sicher, er wollte Selbstmord begehen. Aber alles, was er erreicht hat, ist, daß seine Beine eingeklemmt sind. Das rechte Bein ist praktisch unverletzt. Es steckt einfach fest. Das linke Bein steckt auch fest. Und dieses linke Bein macht mir Sorgen. Es ist wirklich in keinem sehr guten Zustand.»

«Nein», sagte ich und schaute über die Schulter noch einmal zu Brodsky hin. Er schien das zu merken und sagte in die Dunkelheit hinein:

«Ryder. Hallo.»

«Bevor Sie kamen, haben wir schon eine ganze Weile darüber diskutiert», fuhr der grauhaarige Mann fort. «Meine Meinung ist, daß es ab muß. So könnten wir eventuell sein Leben retten. Nach einigem Debattieren hat sich die Mehrheit der Anwesenden dieser Meinung angeschlossen. Wenn auch die beiden Damen dort drüben es anders sehen. Sie sind beide dafür, noch etwas länger auf einen Krankenwagen zu warten.

Aber meine Meinung ist, daß wir damit ein ernsthaftes Risiko eingehen. Das ist meine berufliche Meinung.»

«Ach ja. Ja, ich verstehe, was Sie meinen.»

«Meiner Ansicht nach muß das linke Bein unverzüglich abgenommen werden. Ich bin Chirurg, aber leider habe ich keinerlei Instrumente bei mir. Keine schmerzstillenden Mittel, nichts. Nicht einmal Aspirin. Wissen Sie, ich war nicht im Dienst, ich bin einfach nur hier herumgegangen, um ein wenig frische Luft zu schnappen. Genauso wie diese anderen braven Leute hier. Von vorhin hatte ich noch zufällig dieses Stethoskop in der Tasche, aber sonst nichts. Aber nun, da Sie angekommen sind, könnte das die Sachlage ändern. Haben Sie irgendwelches Material im Wagen?»

«Im Wagen? Also eigentlich, tja, ich weiß nicht. Wissen Sie, ich habe mir den Wagen ausgeliehen.»

«Sie meinen, es ist ein Mietwagen.»

«Nein, nicht eigentlich. Ich habe ihn mir ausgeborgt. Von einem Bekannten.»

«Ach so.» Ernst schaute er auf den Boden und überlegte. Über seine Schulter schauend sah ich, daß die anderen uns abwartend beobachteten. Dann sagte der Chirurg:

«Vielleicht wären Sie so freundlich und würden einmal im Kofferraum nachschauen. Möglicherweise ist ja etwas da, das wir brauchen können. Irgendein scharfer Gegenstand, mit dem ich die Operation durchführen könnte.»

Ich dachte darüber nach, dann sagte ich: «Ich werde gerne nachsehen gehen. Aber vielleicht sollte ich zuerst mit Mr. Brodsky darüber sprechen. Sehen Sie, ich kenne ihn ein wenig, und ich sollte wirklich zuerst mit ihm sprechen, bevor... bevor ein solch drastischer Schritt unternommen wird.»

«Na schön», sagte der Chirurg. «Aber meine Ansicht – meine berufliche Meinung – ist, daß wir schon sehr viel Zeit verschwendet haben. Bitte machen Sie schnell.»

Ich ging noch einmal zu Brodsky hinüber und schaute ihm ins Gesicht.

«Mr. Brodsky...», begann ich, aber er unterbrach mich sofort.

«Ryder, helfen Sie mir. Ich muß zu ihr.»

«Zu Miss Collins? Ich glaube, es gibt jetzt wichtigere Dinge, um die man sich kümmern muß.»

«Nein, nein. Ich muß mit ihr sprechen. Ich sehe es. Ich sehe es jetzt ganz klar. Mein Kopf ist jetzt ganz klar. Seit das passiert ist, ich weiß nicht, ich war auf meinem Fahrrad, etwas hat mich erfaßt, irgendein Fahrzeug, ein Auto, wer weiß? Ich muß betrunken gewesen sein, ich erinnere mich nicht, aber den Rest weiß ich noch. Ich sehe es jetzt, ich sehe alles. Er ist es. Die ganze Zeit hat er gewollt, daß es schiefgeht. Er ist es, er hat das alles gemacht.»

«Wer? Hoffman?»

«Er ist der verachtungswürdigste Mensch. Der verachtungswürdigste. Früher habe ich das nicht gesehen, aber jetzt ist es mir klar. Seit das Fahrzeug mich erfaßt hat, was immer es auch war, ein Auto, ein Lastwagen, seitdem sehe ich es ganz deutlich. Er ist heute abend zu mir gekommen und war voller Verständnis. Ich habe auf dem Friedhof gewartet. Ich habe gewartet und gewartet. Mein Herz hat geklopft. Ich habe all diese Jahre gewartet. Das wissen Sie nicht, oder, Ryder? Ich habe sehr, sehr lange gewartet. Auch wenn ich betrunken war, habe ich gewartet. Nächste Woche, habe ich mir immer gesagt. Nächste Woche höre ich mit dem Trinken auf und gehe zu ihr. Ich bitte sie, mich auf dem Sankt-Peter-Friedhof zu treffen. Jahr um Jahr habe ich mir das gesagt. Und da war ich nun endlich und habe gewartet. Auf dem Grab von Per Gustavsson, auf dem ich manchmal mit Bruno gesessen habe. Ich habe gewartet. Fünfzehn Minuten, eine halbe Stunde, eine Stunde. Dann kommt *er*. Er berührt mich, hier, an der Schulter. Sie hat ihre Meinung geändert, sagt er. Sie kommt nicht. Kommt nicht einmal heute abend in das Konzert. Er ist freundlich wie immer. Ich höre ihm zu. Trinken Sie Whisky. Das wird Sie beruhigen. Das ist doch etwas anderes heute. Aber ich kann doch keinen

Whisky trinken, sage ich. Wie kann ich denn Whisky trinken? Sind Sie verrückt? Nein, trinken Sie einen Whisky, sagt er. Nur einen kleinen. Das wird Ihnen helfen, ruhiger zu werden. Ich dachte, er wollte nur freundlich sein. Jetzt verstehe ich das. Von Anfang an wollte er, daß es schiefgeht. Er hat nie geglaubt, daß ich es schaffen könnte. Ich würde es nicht schaffen, weil ich ja nur ein... ein *Stück Dreck* bin. Davon war er überzeugt. Jetzt bin ich nüchtern. Mit dem, was ich getrunken habe, könnte man ein Pferd umbringen, aber seit der Sache mit dem Wagen bin ich nüchtern. Ich sehe es jetzt ganz deutlich. Er ist es. Er ist noch verachtungswürdiger als ich. Damit soll er nicht durchkommen. Ich werde es schaffen. Helfen Sie mir, Ryder. Das darf er nicht. Ich fahre jetzt zum Konzertsaal. Ich werde es ihnen schon zeigen. Sie ist fertig, die Musik, sie ist hier in meinem Kopf, alles hier oben. Ich werde es ihnen schon zeigen. Aber sie muß kommen. Ich muß mit ihr sprechen. Helfen Sie mir, Ryder. Bringen Sie mich zu ihr. Sie muß kommen, sie muß im Zuschauerraum sitzen. Dann wird sie sich erinnern. Er ist der verachtungswürdigste Mensch, aber ich sehe es jetzt ganz deutlich. Helfen Sie mir, Ryder.»

«Mr. Brodsky», unterbrach ich ihn. «Es ist ein Chirurg anwesend. Er muß eine Operation durchführen. Es könnte ein wenig schmerzhaft sein.»

«Helfen Sie mir, Ryder. Helfen Sie mir nur, zu ihr zu kommen. Ihr Auto? Bringen Sie mich hin. Bringen Sie mich zu ihr. Sie wird in dieser Wohnung sein. Ich hasse diese Wohnung. Wie ich sie hasse, hasse. Da draußen habe ich immer gestanden. Bringen Sie mich zu ihr, Ryder. Bringen Sie mich jetzt hin.»

«Mr. Brodsky, ich glaube, Sie begreifen nicht, in welcher Lage Sie sich befinden. Wir dürfen keine Zeit mehr verlieren. Ich habe dem Chirurgen versprochen, den Kofferraum zu durchsuchen. Ich bin sofort wieder zurück.»

«Sie hat solche Angst. Aber es ist noch nicht zu spät. Wir könnten ein Haustier haben. Aber daran wollen wir nicht denken, wir wollen jetzt nicht an das Haustier denken. Sie soll nur zum Konzertsaal kommen. Das ist alles, was ich will. Sie soll nur zum Konzertsaal kommen. Das ist alles, was ich will.»

Ich drehte mich von Brodsky weg und ging zum Wagen hinüber. Ich öffnete den Kofferraum und sah, daß Hoffman ihn unordentlich mit allerlei Zeug vollgestopft hatte. Da waren ein zerbrochener Stuhl, ein Paar Gummistiefel, eine Ansammlung von Plastikdosen. Dann fand ich eine Taschenlampe, und als ich damit den Kofferraum ableuchtete, entdeckte ich in einer Ecke eine kleine Säge. Sie sah ein wenig ölig aus, aber als ich mit einem Finger über die Schneide fuhr, fühlten sich die Zähne scharf genug an. Ich schloß den Kofferraum und ging wieder zu der Stelle hinüber, an der die anderen um den Ofen herum standen und sich unterhielten. Als ich näher kam, hörte ich den Chirurgen sagen:

«Die Geburtshilfe ist heutzutage ein langweiliges Gebiet. Kein Vergleich mit der Zeit, als ich noch studierte.»

«Entschuldigung», sagte ich. «Ich habe das hier gefunden.»

«Ah», sagte der Chirurg und drehte sich zu mir um. «Danke. Und Sie haben mit Mr. Brodsky gesprochen? Gut.»

Plötzlich war ich ärgerlich, weil man mich so tief in die Sache verwickelt hatte, und so sagte ich vielleicht ein wenig gereizt, indem ich auf die Gesichter in der Runde schaute:

«Hat man denn hier in der Stadt für Fälle wie diesen keine anständigen Vorkehrungen getroffen? Haben Sie nicht gesagt, daß Sie einen Krankenwagen gerufen haben?»

«Vor ungefähr einer Stunde haben wir nach einem Wagen telefoniert», meldete sich Geoffrey Saunders zu Wort. «Von der Telefonzelle dort drüben. Unglücklicherweise sind Krankenwagen wegen des großen Ereignisses im Konzertsaal heute abend schwer zu bekommen.»

Ich schaute zu der Stelle, auf die er gedeutet hatte, und sah, daß sich dort tatsächlich etwas von der Straße zurückversetzt, beinahe schon da, wo der dunkle Wald begann, ein öffentlicher Fernsprecher befand. Beim Anblick der Telefonzelle fiel mir auf einmal die dringende Angelegenheit wieder ein, die ich doch gerade erledigen wollte, und mir ging durch den Kopf, daß ich Sophie, wenn ich sie jetzt anrief, nicht nur schonend vorbereiten, sondern sie auch fragen konnte, wie ich am besten zu ihrer Wohnung käme.

«Wenn Sie mich bitte entschuldigen wollen», sagte ich und drehte mich um. «Ich habe jetzt ein wichtiges Gespräch zu führen.»

Ich ging auf die Bäume zu und betrat die Telefonzelle. Während ich meine Taschen nach Münzen durchsuchte, sah ich durch die Glaswand die Gestalt des Chirurgen langsam auf den am Boden ausgestreckten Brodsky zugehen, die Säge hielt er taktvoll hinter dem Rücken. Geoffrey Saunders und die anderen gingen nervös im Kreis umher und schauten auf ihre Kaffeetassen oder auf ihre Füße. Dann drehte sich der Chirurg um und sagte etwas zu ihnen, und zwei der Männer, Geoffrey Saunders und ein junger Mann in einer braunen Lederjacke, gesellten sich zögernd zu ihm. Einen Moment lang standen die drei da und schauten verbissen auf Brodsky hinunter.

Ich drehte mich weg und wählte Sophies Nummer. Das Telefon klingelte eine ganze Weile, und dann kam Sophie an den Apparat; sie klang schläfrig und leicht besorgt. Ich holte tief Luft.

«Also hör mal», sagte ich, «du scheinst nicht zu begreifen, was für ein Druck jetzt auf mir lastet. Denkst du etwa, das ist so einfach für mich? Ich habe jetzt nur noch sehr wenig Zeit, und ich hatte immer noch keine Gelegenheit, den Konzertsaal zu inspizieren. Und statt dessen erwarten die Leute, daß ich alle diese anderen Dinge tue. Glaubst du, das heute abend ist einfach für mich? Begreifst du überhaupt, was der heutige Abend bedeutet? Meine Eltern kommen heute abend. Ja, richtig! Endlich kommen sie, heute abend! Womöglich sind sie in diesem Augenblick schon dort! Und sieh nur, was passiert. Bekomme ich vielleicht Gelegenheit, mich vorzubereiten? Nein, ich muß eine Sache nach der anderen erledigen. Diese vermaledeite Frage-und-Antwort-Runde zum Beispiel. Sie haben doch tatsächlich eine elektronische Anzeigetafel mitgebracht. Kannst du dir das vorstellen? Was soll ich denn nur machen? Diese Leute halten so vieles für selbstverständlich. Was soll ich denn noch alles tun, ausgerechnet heute abend? Aber es ist eben überall dasselbe. Sie erwarten einfach alles von mir. Wahrscheinlich werden sie sich heute abend gegen mich wenden, das würde mich nicht einmal überraschen. Wenn sie mit meinen Antworten nicht zufrieden sind, werden sie sich gegen mich wenden, und was soll ich dann machen? Vielleicht komme ich ja nicht einmal bis an den Flügel. Oder meine Eltern verlassen womöglich den Saal, und zwar in dem Moment, wo sich die Leute gegen mich wenden ...»

«Also hör mal, so beruhige dich doch», sagte Sophie. «Es wird schon alles klappen. Sie wenden sich doch nie gegen dich. Immer sagst du, sie werden sich gegen dich wenden, aber in all diesen Jahren hat sich bisher niemand, nicht ein einziger, gegen dich gewendet...»

«Aber verstehst du denn gar nicht? Das heute ist doch nicht irgendein Abend. Meine Eltern kommen. Wenn sie sich heute abend gegen mich wenden, dann wird es... dann wird es...»

«Sie werden sich nicht gegen dich wenden», unterbrach Sophie mich wieder. «Das sagst du jedesmal. Von überall auf der Welt rufst du mich an, um mir das zu sagen. Immer, wenn du diese Phase erreicht hast. Sie werden sich gegen mich wenden, sie werden mir auf die Schliche kommen. Und was passiert? Ein paar Stunden später rufst du wieder an, und du bist ganz ruhig und völlig zufrieden mit dir. Ich frage dich, wie alles gelaufen ist, und du klingst einigermaßen überrascht, daß ich so etwas überhaupt frage. ‹Ach, es lief ausgezeichnet›, sagst du. Immer sagst du so etwas in der Art, und dann gehst du zu anderen Dingen über, als wäre es das alles gar nicht wert, daß man darüber spricht...»

«Also Moment mal. Was willst du denn damit sagen? Was sind das denn für Anrufe? Weißt du überhaupt, wieviel Mühe es mich kostet, dich so anrufen zu können? Manchmal bin ich irrsinnig beschäftigt, aber trotzdem finde ich ein paar Minuten in meinem Terminplan, um anzurufen, einfach nur, um zu schauen, ob es dir gutgeht. Und meistens bist du es doch, die all ihre Probleme bei mir ablädt. Was willst du denn damit sagen, daß ich immer so rede ...»

«Es hat doch gar keinen Zweck, das jetzt alles zu erörtern. Was ich sagen will, ist doch nur, daß heute abend alles gutgehen wird ...»

«Du hast wirklich gut reden. Du bist genau wie alle anderen. Du hältst das alles einfach für selbstverständlich. Du denkst, ich brauche bloß zu erscheinen, und alles andere wird schon irgendwie gehen ...» Plötzlich fiel mir Gustav ein, der auf seiner Matratze in der unmöblierten Garderobe lag, und ich brach unvermittelt ab.

«Was ist los?» fragte Sophie.

Ich brauchte noch einen Augenblick, um mich zu sammeln. Dann sagte ich:

«Hör mal. Da ist etwas, das ich dir sagen wollte. Ich habe schlechte Nachrichten. Es tut mir leid.»

Sophie schwieg am anderen Ende der Leitung.

«Es geht um deinen Vater», sagte ich. «Er ist plötzlich krank geworden. Er ist im Konzertsaal. Du mußt sofort kommen.»

Ich hielt wieder inne, aber immer noch sagte Sophie nichts.

«Er hält sich sehr tapfer», fuhr ich nach einer Weile fort. «Aber du mußt jetzt sofort kommen. Und Boris auch. Deshalb rufe ich überhaupt an. Ich habe einen Wagen. Ich bin auf dem Weg und hole euch beide jetzt ab.»

Am anderen Ende der Leitung entstand eine mir sehr lang vorkommende Pause. Dann sagte Sophie:

«Das wegen gestern abend tut mir sehr leid. Ich meine, das in der Galerie Karwinsky.» Sie brach ab, und ich dachte, sie wolle wieder in Schweigen verfallen. Aber dann fuhr sie fort: «Ich habe eine erbärmliche Figur gemacht. Du brauchst mir gar nichts vorzumachen. Ich weiß, es war erbärmlich. Ich weiß nicht genau, wieso, ich bin in solchen Situationen nie gut. Damit muß ich mich eben einfach abfinden. Ich werde nie mit dir von Stadt zu Stadt reisen und dich bei solchen Gelegenheiten begleiten können. Das liegt mir einfach nicht. Tut mir leid.»

«Aber das ist doch völlig unwichtig», sagte ich sanft. «Das mit der Galerie gestern hatte ich schon vollkommen vergessen. Wen interessiert es schon, was für einen Eindruck du auf solche Leute machst? Das waren schreckliche Leute, alle wie sie da waren. Und du warst bei weitem die attraktivste Frau dort.»

«Das glaube ich nicht», sagte sie und lachte plötzlich auf. «Ich bin doch jetzt schon eine richtige alte Schachtel geworden.»

«Aber obwohl du jetzt vielleicht alt wirst, bist du doch immer noch schön.»

«Also so etwas!» Wieder lachte sie. «Wie kannst du nur so etwas sagen!»

«Tut mir leid», sagte ich und lachte auch. «Ich meine, du bist überhaupt nicht älter geworden. Nicht so, daß man es sehen würde.»

«Nicht so, daß man es sehen würde?!»

«Ich weiß nicht...» Verwirrt lachte ich wieder. «Vielleicht hast du abgehärmt und häßlich ausgesehen. Ich kann mich gar nicht mehr erinnern.»

Sophie lachte erneut und verstummte dann. Als sie wieder zu sprechen anfing, war ihre Stimme ernst. «Aber ich habe eine erbärmliche Figur gemacht. Ich werde nie mit dir auf Reisen gehen können, solange ich so bin.»

«Hör doch, ich verspreche dir, ich gehe jetzt nicht mehr auf Reisen. Heute abend, wenn alles gutgeht, wer weiß. Vielleicht war es das dann.»

«Und mir tut es leid, daß ich immer noch nichts gefunden habe. Ich verspreche dir, ich werde bald etwas für uns finden. Etwas wirklich Behagliches.»

Darauf fiel mir nicht sofort etwas ein, und eine Weile schwiegen wir beide. Dann hörte ich sie sagen:

«Und es macht dir wirklich nichts aus? Wie ich mich gestern abend benommen habe? Wie ich mich immer benehme?»

«Das macht mir überhaupt nichts aus. Du darfst dich bei solchen Gelegenheiten benehmen, wie du willst. Tu, was du magst. Es ist mir alles recht. Du bist mehr wert als all diese Menschen zusammen.»

Sophie sagte nichts. Nach einer Weile fuhr ich fort:

«Es ist zum Teil auch meine Schuld. Das mit dem Haus, meine ich. Es ist ungerecht, daß ich dich allein nach einem Haus suchen lasse. Vielleicht können wir es von jetzt an anders machen, vorausgesetzt alles geht gut heute abend. Wir könnten doch zusammen nach etwas suchen.»

Am anderen Ende der Leitung herrschte Schweigen, und einen Augenblick lang fragte ich mich, ob Sophie überhaupt noch dran war. Aber dann sagte sie in einer fernen, verträumten Stimme:

«Wir finden doch bestimmt bald etwas, oder?»

«Ja, natürlich. Wir machen uns gemeinsam auf die Suche. Zusammen mit Boris. Wir finden etwas.»

«Und du kommst bald, ja? Um uns zu Papa zu bringen?»

«Ja, ja. Ich komme, so schnell ich kann. Also macht euch schnell fertig, ihr beide.»

«Ja, gut.» Ihre Stimme klang wieder so fern, und es war nichts von Eile darin zu spüren. «Ich gehe Boris jetzt wecken. Ja, gut.»

Als ich aus der Telefonzelle trat, hatte ich den Eindruck, daß sich am Himmel deutlich die Morgendämmerung ankündigte. Ich sah die Menschen um Brodsky herum, und als ich näher kam, konnte ich den Chirurgen ausmachen, der auf den Knien kauerte und vor sich hinsägte. Brodsky schien dieses Martyrium klaglos hinzunehmen, doch gerade in dem Moment, als ich beim Wagen anlangte, stieß er einen gräßlichen Schrei aus, der durch die Bäume schallte.

«Ich muß jetzt fahren», sagte ich, ohne jemanden direkt anzureden, und tatsächlich schien mich auch niemand zu hören.

Doch als ich dann die Wagentür schloß und den Motor anließ, drehten sich alle Gesichter voller Entsetzen zu mir. Bevor ich das Fenster hochkurbeln konnte, kam Geoffrey Saunders angelaufen.

«Na hör mal», sagte er wütend. «Hör mal. Du kannst doch jetzt nicht einfach wegfahren. Wenn wir ihn befreit haben, werden wir ihn irgendwo hinschaffen müssen. Wir werden deinen Wagen brauchen, begreifst du das denn nicht? Das versteht sich doch wohl von selbst.»

«Also hör mal, Saunders», sagte ich bestimmt. «Ich sehe ja, daß ihr hier Probleme habt. Ich würde auch gerne helfen, aber ich habe getan, was ich tun konnte. Ich muß mich jetzt um meine eigenen Angelegenheiten kümmern.»

«Das ist typisch für dich, alter Knabe», sagte er. «Einfach typisch.»

«Hör mal, du hast doch keinen Schimmer. Wirklich, Saunders, du hast keinen Schimmer. Ich habe mehr Verpflichtungen zu erfüllen, als du dir überhaupt vorstellen kannst. Versteh doch, ich führe eben einfach nicht deine Art von Leben!»

Ich hatte diesen letzten Satz herausgeschrien, und ich merkte, daß sogar der Chirurg in seiner Arbeit innegehalten hatte und zu mir herüberschaute. Soweit ich sehen konnte, hatte selbst Brodsky für den Augenblick seine Schmerzen vergessen und starrte mich an. Ich war leicht verunsichert und sagte in verbindlicherem Ton:

«Tut mir leid, aber ich muß mich wirklich um eine sehr dringende Angelegenheit kümmern. Bis Sie soweit sind, bis Mr. Brodsky in einem Zustand ist, der einen Transport erlaubt, ist ganz bestimmt auch der Krankenwagen hier. Na, jedenfalls tut es mir leid, aber ich kann einfach nicht länger warten.»

Damit kurbelte ich schnell das Fenster hoch und fuhr los, um den Wagen weiter durch den Wald zu steuern.

EINUNDDREISSIG

Noch eine ganze Weile führte die Straße weiter durch den Wald. Dann lichteten sich die Bäume allmählich, und in der Ferne sah ich den Morgen schwach heraufdämmern. Dann waren die Bäume ganz verschwunden, und ich befand mich auf den menschenleeren Straßen der Stadt.

An einer roten Ampel mußte ich anhalten, und während ich dort in der Stille saß und wartete – kein anderes Fahrzeug war in Sicht –, schaute ich mich um und stellte fest, daß ich langsam anfing, die Gegend, in die ich jetzt gelangt war, zu erkennen. Ich befand mich, so stellte ich erleichtert fest, bereits ganz in der Nähe von Sophies Wohnung; tatsächlich würde mich die Straße genau vor mir, davon war ich überzeugt, direkt zu der Wohnung führen. Außerdem fiel mir wieder ein, daß die Wohnung über einem Friseurgeschäft lag, und als die Ampel auf Grün wechselte, fuhr ich über die Kreuzung und dann die stille Straße entlang, wobei ich eingehend die Gebäude betrachtete, an denen ich vorüberkam. Dann sah ich vor mir in der Ferne zwei Gestalten, die an der Bordsteinkante warteten, und ich trat auf die Bremse.

Sophie und Boris trugen nur dünne Jacken und schienen in der Morgenluft zu frieren. Sie kamen auf den Wagen zugelaufen, und Sophie beugte sich vor und rief ärgerlich:

«Du hast aber lange gebraucht! Was hat dich denn so lange aufgehalten?»

Bevor ich antworten konnte, legte Boris Sophie die Hand auf den Arm und sagte:

«Ist schon gut. Wir kommen zeitig genug hin. Ist ja schon gut.»

Ich schaute den Jungen an. Er trug eine große Aktenmappe,

die wie eine Arzttasche aussah und durch die er auf groteske Weise ernst wirkte. Doch sein Benehmen hatte dennoch etwas merkwürdig Beruhigendes, und es schien ihm zu gelingen, seine Mutter zu besänftigen.

Ich hatte erwartet, daß sich Sophie neben mich setzen würde, doch sie nahm mit Boris auf dem Rücksitz Platz.

«Tut mir leid», sagte ich, als ich den Wagen wendete, «aber hier in der Gegend kenne ich mich noch nicht so gut aus.»

«Wer ist denn jetzt bei ihm», wollte Sophie wissen, und in ihrer Stimme lag wieder große Anspannung. «Kümmert sich denn jetzt jemand um ihn?»

«Er ist bei seinen Kollegen. Sie sind alle da. Alle sind sie da bei ihm.»

«Siehst du?» hörte ich hinter mir sanft die Stimme von Boris. «Ich habe es dir doch gesagt. Also mach dir keine Sorgen. Es kommt schon alles in Ordnung.»

Sophie seufzte schwer, doch wieder schien es Boris zu gelingen, sie zu besänftigen. Dann hörte ich ihn einen Augenblick später sagen:

«Sie werden sich schon gut um ihn kümmern. Also mach dir keine Sorgen. Sie werden sich schon gut um ihn kümmern. Das werden sie doch, oder?»

Diese Frage war offensichtlich an mich gerichtet. In gewisser Weise ärgerte ich mich allmählich über die Rolle, die er sich selbst zugedacht hatte – außerdem war ich nicht gerade erfreut darüber, daß die beiden nebeneinander hinten im Wagen saßen, als sei ich ein Taxifahrer –, und so beschloß ich, nicht zu antworten.

Während der nächsten Minuten fuhren wir schweigend weiter. Wir kamen wieder zu der Kreuzung, und danach versuchte ich, mich an den Weg zurück in den Wald zu erinnern. Wir fuhren immer noch durch die menschenleeren Straßen der Stadt, als Sophie leise sagte, wobei ihre Stimme über dem Motorengeräusch kaum hörbar war:

«Das ist ein Warnzeichen.»

Ich wußte nicht genau, ob sie mit mir sprach, und wollte schon über die Schulter zu ihr zurückschauen, als sie mit derselben leisen Stimme fortfuhr:

«Boris, hörst du mir zu? Wir müssen uns damit abfinden, das ist ein Warnzeichen. Dein Großvater wird allmählich alt. Er muß jetzt alles langsamer angehen. Es hat keinen Zweck, das zu leugnen. Er muß jetzt alles langsamer angehen.»

Boris gab darauf eine Antwort, aber ich konnte ihn nicht verstehen.

«Ich habe schon eine ganze Weile darüber nachgedacht», fuhr Sophie fort. «Ich habe dir noch nichts davon gesagt, weil ich weiß, wie sehr du... wie sehr du an deinem Großvater hängst. Aber ich habe schon eine ganze Weile darüber nachgedacht. Es hat schon viel früher einige Anzeichen gegeben. Und nun, wo das hier passiert ist, können wir davor nicht länger die Augen verschließen. Er wird allmählich alt und muß jetzt alles langsamer angehen. Ich habe da so meine Pläne, ich habe dir nie davon erzählt, aber seit einiger Zeit habe ich da so meine Pläne. Ich werde Herrn Hoffman um eine Unterredung bitten. So eine richtige Unterredung mit ihm über Großvaters Zukunft. Ich habe schon alles vorbereitet. Ich habe mit Herrn Sedelmayer vom Hotel Imperial und auch mit Herrn Weissberg vom Ambassador gesprochen. Ich habe dir nie etwas davon erzählt, aber ich habe gesehen, daß Großvater nicht mehr so kräftig ist wie früher. Also habe ich Erkundigungen eingezogen. Wenn jemand so lange in einem Hotel gearbeitet hat wie dein Großvater, ist es nicht unüblich, nein, von einem gewissen Stadium an ist es keineswegs unüblich, daß man so jemandem dann eine etwas andere Arbeit gibt. Damit er nicht mehr gar so viel zu tun hat wie vorher. Im Hotel Imperial gibt es diesen Mann, er ist viel älter als dein Großvater, man sieht ihn gleich, wenn man in die Halle kommt. Früher war er Küchenchef, aber als er später für die Arbeit zu alt wurde, haben sie sich dann dazu entschlossen. Er hat eine prächtige Uniform und sitzt in einer Ecke der Halle hinter diesem großen Mahagoni-

Tisch mit Füllfederhalter und Tintenfaß. Herr Sedelmayer sagt, es funktioniert wunderbar, und er ist jeden Pfennig wert. Die Besucher des Hotels, vor allem die Stammgäste, wären empört, wenn sie in die Halle kämen und der alte Mann würde nicht dort hinter seinem Schreibtisch sitzen. Das Arrangement gibt dem Ganzen eine solche Vornehmheit. Na ja, ich dachte, ich spreche einmal mit Herrn Hoffman darüber. So etwas könnte Großvater ja auch tun. Natürlich würde er dann weniger Geld bekommen, aber er könnte sein kleines Zimmer behalten, das er doch so liebt, und würde zu essen bekommen. Vielleicht könnten sie ihm so einen Schreibtisch geben wie im Imperial. Aber andererseits möchte Großvater eventuell stehen. In einer besonderen Uniform, irgendwo in der Halle. Ich will ja nicht sagen, daß das alles sofort geschehen muß. Aber doch recht bald. Er ist nicht mehr der Jüngste, und das jetzt ist ein Warnzeichen. Davor können wir die Augen nicht verschließen. Wir haben nichts davon, wenn wir uns etwas vormachen.»

Sophie schwieg einen Augenblick. Inzwischen hatte ich uns bis an den Waldrand gebracht. Der Morgenhimmel hatte eine purpurne Färbung angenommen.

«Mach dir keine Sorgen», sagte Boris. «Mit Großvater kommt schon wieder alles in Ordnung.»

Ich hörte Sophie tief seufzen. Dann sagte sie:

«Er würde dann auch mehr Zeit haben. Er ist dann nicht mehr annähernd so beschäftigt, und du wirst nachmittags öfter mit ihm in die Altstadt gehen können. Oder wohin auch immer du mit ihm gehen willst. Aber er wird einen anständigen Mantel brauchen. Deshalb habe ich diesen hier mitgebracht. Es ist höchste Zeit, daß ich ihm den gebe. Ich habe ihn lange genug bei mir gehabt.»

Es war ein Rascheln zu hören, und als ich in den Spiegel schaute, sah ich, daß Sophie neben sich das weiche braune Paket mit dem Mantel ihres Vaters hielt. In dem Moment mußte ich ihre Aufmerksamkeit auf mich lenken, um etwas zu fragen, das unseren Weg betraf, und zum erstenmal, seit wir losgefahren waren, schien sie meine Anwesenheit zu bemerken. Sie beugte sich vor und sagte dicht an meinem Ohr:

«Ich habe damit gerechnet, daß so etwas passieren würde. Bald werde ich eine Unterredung mit Herrn Hoffman führen.»

Ich murmelte etwas Zustimmendes und schaltete die Scheinwerfer ein, als wir in die Dunkelheit des Waldes eintauchten.

«Andere Leute», sagte Sophie. «Andere machen einfach weiter, als ob sie alle Zeit der Welt hätten. Das ist nie meine Art gewesen.»

Während der nächsten Minuten schwieg sie, doch ich spürte ihre Gegenwart ganz in meiner Nähe, und ich merkte, daß ich aus irgendeinem Grund damit rechnete, jeden Moment ihre Finger auf meinem Gesicht zu fühlen. Dann sagte sie leise:

«Ich weiß noch. Als Mutter starb. Wie einsam er da war.»

Ich schaute sie wieder im Spiegel an. Sie war immer noch zu mir vorgebeugt, doch sie starrte hinaus in den an uns vorüberziehenden Wald.

«Mach dir keine Sorgen», sagte sie leise, und der Mantel raschelte erneut. «Ich werde schon dafür sorgen, daß wir es schön haben. Wir drei. Dafür werde ich schon sorgen.»

Irgendwo hinter dem Konzertsaal brachte ich den Wagen auf einem kleinen Parkplatz zum Stehen. Direkt vor uns war eine Tür, über der immer noch ein Nachtlicht brannte, und obwohl es nicht die Tür war, durch die ich vorher das Gebäude betreten hatte, stieg ich aus und ging schnell darauf zu. Als ich zurückschaute, half Boris seiner Mutter gerade aus dem Wagen. Er bestand darauf, eine Hand schützend hinter ihr zu halten, während die beiden rasch auf das Gebäude zukamen, und die Arzttasche, die er mit der anderen Hand umklammerte, schlug ihm dabei ungeschickt gegen die Beine.

Durch die Tür gelangten wir in den langen, kreisförmigen Korridor, und fast sofort mußten wir einem Servierwagen Platz machen, den zwei Männer schoben. Es schien um etliches wärmer zu sein als vorhin – es war jetzt spürbar stickig –, doch dann sah ich zwei Musiker in Abendkleidung, die bei einer Tür freundlich miteinander plauderten, und merkte voller Erleichterung, daß wir nicht weit weg von der Stelle hereingekommen waren, an der ich mich von Gustav getrennt hatte.

Während ich voranging, füllte sich der Korridor mit immer mehr Musikern. Die meisten hatten sich inzwischen für das Konzert umgezogen, doch ihre Stimmung schien immer noch heiter und ausgelassen. Ihr Gelächter und ihr Geschrei über den Korridor hinweg hatten noch zugenommen, und einmal wären wir beinahe mit einem Mann zusammengestoßen, der aus einer Garderobe kam und mit einem Cello posierte, als wäre es eine Gitarre. Dann sagte jemand:

«Ach, Sie sind doch Mr. Ryder, nicht? Wir sind uns schon einmal begegnet, wissen Sie noch?»

Vier oder fünf Männer in einer Gruppe, die uns über den Korridor entgegenkamen, waren stehengeblieben und schauten uns an. Sie trugen komplette Abendgarderobe, und ich sah sofort, daß sie alle betrunken waren. Der Mann, der gesprochen hatte, hielt einen Strauß Rosen in der Hand und schwenkte ihn achtlos, während er auf mich zukam.

«Im Kino neulich abends», sagte er. «Herr Pedersen hat uns bekannt gemacht. Guten Abend, Mr. Ryder. Meine Freunde haben mir gesagt, daß ich mich ziemlich schändlich benommen habe und mich bei Ihnen entschuldigen muß.»

«Ach richtig», sagte ich, als ich den Mann erkannte. «Guten Abend. Schön, Sie zu sehen. Leider muß ich gerade jetzt etwas sehr Dringendes...»

«Ich hoffe, ich war nicht allzu ungehobelt», sagte der Betrunkene und trat genau vor mich, bis sein Gesicht beinahe meines berührte. «Es ist nie meine Absicht, ungehobelt zu sein.»

Seine Gefährten gaben Laute unterdrückter Heiterkeit von sich.

«Nein, Sie sind keineswegs ungehobelt gewesen», erwiderte ich. «Aber gerade im Moment, entschuldigen Sie bitte...»

«Wir waren eben», sagte der Betrunkene, «auf der Suche

nach dem Maestro. Nein, nein, nicht nach Ihnen, Mr. Ryder. Nach unserem *ureigenen* Maestro. Wir haben ihm Blumen mitgebracht, sehen Sie? Als Zeichen unserer großen Hochachtung. Haben Sie eine Ahnung, wo wir ihn finden können, Mr. Ryder?»

«Das weiß ich leider nicht. Ich... ich glaube kaum, daß Sie Mr. Brodsky jetzt schon hier im Gebäude finden werden.»

«Nein? Er ist noch nicht hier?» Der Betrunkene drehte sich zu seinen Gefährten um. «Unser Maestro ist noch nicht hier. Was soll man davon nur halten?» Dann wandte er sich wieder mir zu: «Wir haben ihm Blumen mitgebracht.» Wieder schüttelte er den Strauß, und ein Paar Blütenblätter fielen zu Boden. «Als Zeichen der Zuneigung und der Hochachtung des Stadtrats. Und als Zeichen der Entschuldigung. Natürlich. Wir haben ihn so lange Zeit nicht richtig verstanden.» Von seinen Gefährten kamen weitere Geräusche unterdrückten Gelächters. «Er ist noch nicht hier. Unser ureigener geliebter Maestro. Tja, dann vertreiben wir uns wohl lieber noch ein bißchen die Zeit mit den Musikern. Oder vielleicht gehen wir auch in die Bar zurück. Was meint ihr, Freunde?»

Ich merkte, daß Sophie und Boris das Ganze mit wachsender Ungeduld beobachteten.

«Entschuldigen Sie mich», sagte ich und ging weiter. Die Männer hinter uns brachen wieder in ersticktes Gelächter aus, aber ich beschloß, nicht zurückzuschauen.

Schließlich wurde es um uns ruhiger, und dann sahen wir vor uns das Ende des Korridors und die Hoteldiener, die sich draußen vor der letzten Garderobe versammelt hatten. Sophie ging schneller, blieb dann aber stehen, als wir noch ein ganzes Stück von der Garderobe entfernt waren. Die Hoteldiener ihrerseits, denen unser Näherkommen nicht entgangen war, hatten rasch eine Gasse gebildet, und einer von ihnen – ein drahtiger Mann mit Schnurrbart, den ich vom Ungarischen Café her erkannte –, kam auf uns zu. Er sah etwas unsicher aus und redete anfangs nur mich an.

«Er hält sich sehr tapfer, Mr. Ryder. Er hält sich wirklich sehr tapfer.» Dann wandte er sich an Sophie und flüsterte, indem er die Stimme senkte: «Er hält sich sehr tapfer, Fräulein Sophie.»

Zunächst antwortete Sophie nicht, sondern starrte einfach nur an den Hoteldienern vorbei auf die Stelle, an der die Tür der Garderobe ein wenig offenstand. Dann sagte sie plötzlich, wie um ihre Anwesenheit zu rechtfertigen:

«Ich habe ihm etwas mitgebracht. Hier» – sie hob das Paket hoch – «ich habe das hier für ihn mitgebracht.»

Jemand rief in die Garderobe hinein, und zwei weitere Hoteldiener, die drinnen gewesen waren, erschienen auf der Türschwelle. Sophie regte sich nicht, und einen Moment lang schien niemand zu wissen, was als nächstes gesagt oder getan werden sollte. Dann stellte sich Boris vor uns auf, seine schwarze Tasche hatte er vor sich in die Luft gehoben.

«Bitte, meine Herren», sagte er. «Treten Sie zur Seite, bitte. Dorthin, bitte.»

Er winkte die Hoteldiener von der Tür fort. Die beiden Männer auf der Türschwelle blieben, wo sie waren, und schauten amüsiert drein, und Boris bedachte sie mit ungeduldigen Gesten. «Meine Herren! Hier hinüber, bitte!»

Nachdem er vor der Garderobe ausreichend Platz geschaffen hatte, schaute sich Boris nach seiner Mutter um. Sophie trat ein paar Schritte weiter vor und blieb dann wieder stehen. Sie starrte auf die Tür – die beiden Hoteldiener hatten sie halb offengelassen –, und in ihrem Blick lag Besorgnis. Wieder wußte niemand, was jetzt zu tun war, und wieder war es Boris, der das Schweigen brach.

«Bitte warte hier, Mutter», sagte er, und damit drehte er sich um und verschwand in der Garderobe.

Sophie entspannte sich sichtlich. Sie trat ein paar Schritte vor und beugte sich beinahe lässig nach vorn, um zu sehen, ob sie erkennen konnte, was in dem Raum vor sich ging. Als sie feststellte, daß Boris die Tür hinter sich praktisch zugeschlagen hatte, richtete sie sich auf und stand abwartend da wie in der

Schlange an einer Bushaltestelle, ihr Paket hing über den gefalteten Armen.

Nach ein paar Minuten kam Boris wieder heraus. Er hielt immer noch seine Arzttasche in der Hand, und vorsichtig schloß er die Tür hinter sich.

«Großvater sagt, er freut sich sehr, daß wir gekommen sind», sagte er leise und schaute seine Mutter an. «Er freut sich wirklich sehr.»

Er schaute seiner Mutter immer weiter ins Gesicht, und zuerst war ich etwas verwirrt über die Art und Weise, wie er das tat. Dann merkte ich, er wartete darauf, daß Sophie ihm eine Botschaft mit auf den Weg gab, die er Gustav ausrichten könnte, und tatsächlich sagte Sophie nach kurzer Überlegung:

«Sag ihm, ich habe ihm etwas mitgebracht. Ein Geschenk. Und daß ich es ihm gleich hineinbringe. Ich... ich muß es erst noch fertigmachen.»

Als Boris wieder in der Garderobe verschwunden war, legte sich Sophie den Mantel über den einen Arm und fing an, die Kniffe in der braunen Verpackung zu glätten. Vielleicht hing es mit der eklatanten Sinnlosigkeit dieser Handlung zusammen, jedenfalls fielen mir in dem Moment plötzlich die vielen Dinge ein, die ich noch zu erledigen hatte. So erinnerte ich mich zum Beispiel daran, daß ich immer noch den Saal inspizieren mußte und daß meine Chancen, das in nutzbringender Weise tun zu können, mit jeder Minute schwanden.

«Ich bin gleich wieder zurück», sagte ich zu Sophie. «Da gibt es etwas, um das ich mich kümmern muß.»

Sie beschäftigte sich weiter mit ihrem Paket und antwortete nicht. Ich war schon drauf und dran, alles noch etwas lauter zu wiederholen, doch dann wollte ich diese Art unangebrachter Aufmerksamkeit lieber nicht auf mich lenken, eilte unauffällig davon und machte mich auf die Suche nach Hoffman.

▲

ZWEIUNDDREISSIG

Ich war den Korridor ein Stück weit hinuntergegangen, als ich eine Art Tumult vor mir bemerkte. Etwa ein Dutzend Leute drängte schreiend und gestikulierend vorwärts, und mein erster Gedanke war, daß in der wachsenden Anspannung ein Streit unter dem Küchenpersonal ausgebrochen war. Doch dann sah ich, daß sich die Menge langsam auf mich zubewegte und daß sie aus einer merkwürdigen Mischung von Menschen bestand. Einige waren in kompletter Abendgarderobe, während andere – in Anoraks, Regenmänteln und Jeans – direkt von der Straße hereingekommen zu sein schienen. Ein paar Orchestermitglieder hatten sich ebenfalls zu der Gruppe gesellt.

Einer der Männer, die am lautesten schrien, kam mir irgendwie bekannt vor, und ich versuchte, mich zu erinnern, wo ich ihn schon einmal gesehen hatte, als ich ihn rufen hörte:

«Aber Mr. Brodsky, ich muß doch wirklich sehr bitten!»

Da erkannte ich den grauhaarigen Chirurgen, den ich vorhin im Wald kennengelernt hatte, und sah, daß jener Mann, der sich mitten in der Menge langsam mit einem Ausdruck dickköpfiger Entschlossenheit vorwärtsbewegte, doch tatsächlich Brodsky war. Er sah entsetzlich aus. Die Haut auf Gesicht und Hals war ganz weiß und furchtbar schrumplig geworden.

«Aber er sagt doch, daß es ihm gutgeht! Wieso können Sie das ihn denn nicht entscheiden lassen?» rief ein Mann mittleren Alters im Smoking als Antwort darauf. Eine Reihe von Stimmen bekräftigte sofort diese Aussage, und im Gegenzug erhob sich Protestgeschrei.

Mittlerweile hatte Brodsky sein langsames Voranschreiten fortgesetzt und achtete überhaupt nicht auf den Tumult um ihn herum. Zunächst sah es so aus, als würde die Menge ihn tragen, doch als er näher kam, sah ich, daß er sich allein, nur mit Hilfe einer Krücke, vorwärtsbewegte. Da war etwas an dieser Krücke, das mich genauer hinsehen ließ, und ich erkannte, daß Brodsky sich tatsächlich an einem zusammengeklappten Bügelbrett abstützte.

Während ich dastand und mir das Schauspiel ansah, schienen die Leute mich einer nach dem anderen zu bemerken und schwiegen dann, so daß die Menge, je näher sie kam, um so stiller wurde. Doch der Chirurg rief immer weiter:

«Mr. Brodsky! Ihr Körper hat einen sehr schweren Schock erlitten. Ich muß Sie wirklich bitten, sich hinzusetzen und sich auszuruhen!»

Brodsky schaute nach unten und konzentrierte sich auf jeden Schritt, weswegen er mich zuerst auch nicht sah. Als er dann schließlich spürte, daß sich um ihn herum etwas verändert hatte, blickte er auf.

«Ach, Ryder», sagte er. «Da sind Sie ja.»

«Mr. Brodsky. Wie fühlen Sie sich?»

«Mir geht es gut», sagte er ruhig.

Die Menge hatte jetzt etwas Platz gemacht, und er legte den Abstand zwischen uns mühelos zurück. Als ich ihn beglückwünschte, weil er so schnell gelernt hatte, an einer Krücke zu gehen, schaute er zu seinem Bügelbrett hinunter, als würde er es nach langer Zeit zum erstenmal wieder sehen.

«Der Mann, der mich hergebracht hat», sagte er, «hatte das hier, dieses Ding, zufällig hinten in seinem Lieferwagen. Es ist gar nicht so übel. Es ist sehr stabil. Ich kann prima gehen damit. Da gibt es nur ein Problem, Ryder. Ab und zu fängt es an aufzuklappen. So etwa.»

Er schüttelte das Brett, und tatsächlich klappte es langsam auf. Ein Haken hinderte es daran, ganz aufzugehen, aber ich sah, daß das wiederholte Aufklappen, und sei es auch nur in so geringem Maße, ein beträchtliches Ärgernis darstellen mußte.

«Ich brauche irgendeine Schnur dafür», sagte Brodsky leicht traurig. «Irgend so etwas. Aber dafür ist jetzt keine Zeit.»

Als ich zu der Stelle schaute, auf die er deutete, konnte ich nicht anders, voller Entsetzen mußte ich auf sein linkes Hosenbein starren, das knapp unterhalb des Oberschenkels zu einem Knoten gebunden war.

«Aber Mr. Brodsky», sagte ich und zwang mich, wieder hochzuschauen, «Sie können sich doch unmöglich sehr wohl fühlen im Moment. Haben Sie denn überhaupt die Kraft, heute abend das Orchester zu dirigieren?»

«Doch, doch. Mir geht es gut. Ich werde dirigieren, und es wird... es wird großartig sein. Genauso großartig, wie ich es mir immer schon vorgestellt habe. Und sie wird es dann erleben, mit eigenen Augen und Ohren. All diese Jahre bin ich durchaus nicht solch ein Idiot gewesen. All diese Jahre habe ich es in mir gehabt, es hat da gewartet. Sie wird mich heute abend sehen, Ryder. Es wird großartig werden.»

«Meinen Sie Miss Collins? Aber kommt sie denn her?»

«Sie wird herkommen, das wird sie. O ja, ja. Er hat sein Möglichstes getan, um sie davon abzuhalten, um ihr angst zu machen, aber sie wird kommen, o ja. Ich habe sein Spiel inzwischen durchschaut. Ich war bei ihr, Ryder, erst bin ich ein ganzes Stück gegangen, das war ziemlich schwer, aber schließlich ist dieser Mann vorbeigekommen, dieser gute Mann hier» – Brodsky schaute sich in der Menge um und winkte irgend jemandem zu – «ist vorbeigekommen, er hatte einen Lieferwagen. Wir sind zu ihrer Wohnung gefahren, ich habe an die Tür geklopft, ich habe geklopft und geklopft. Irgend jemand, ein Nachbar, hat gedacht, es wäre wie früher. Wissen Sie, das habe ich früher immer gemacht, bei Nacht an die Tür geklopft und geklopft, und am Ende haben sie dann immer die Polizei geholt. Aber ich habe gesagt, nein, Sie Idiot, ich bin nicht mehr betrunken. Ich hatte einen Unfall, und jetzt bin ich nüchtern, ich sehe alles ganz klar. Das habe ich alles zu ihm hinaufgeschrien, zu diesem Nachbarn, einem fetten alten Mann. Ich sehe jetzt alles ganz deutlich, ich sehe jetzt alles, was er die ganze Zeit versucht hat zu tun, ja, das habe ich zu ihm hinaufgeschrien. Und dann ist sie zur Tür gekommen, ja, sie, sie ist gekommen, und sie hat mich mit ihrem Nachbarn reden hören, und ich habe sie durch die Glasscheibe gesehen, und ich wußte nicht, was ich tun sollte, also habe ich den Nachbarn sein lassen und habe angefangen, mit ihr zu reden. Sie hat zugehört, aber zuerst hat sie die Tür nicht aufgemacht, aber dann habe ich gesagt, sieh mal, ich hatte einen Unfall, und da hat sie die Tür dann aufgemacht. Wo ist denn dieser Schneider? Wo ist er bloß hingegangen? Er sollte mir doch meine Jacke fertigmachen.» Brodsky schaute sich um, und eine Stimme hinten aus der Menge war zu hören:

«Er ist gleich wieder da, Mr. Brodsky. Ja, hier ist er ja schon.»

Ein kleiner Mann mit einem Bandmaß tauchte auf und fing an, bei Brodsky Maß zu nehmen.

«Was soll denn das? Was soll denn das?» murmelte Brodsky ungeduldig. Dann sagte er zu mir: «Ich habe keinen Anzug. Sie hatten schon einen fertig, er wurde mir ins Haus geliefert, haben sie gesagt. Wer weiß? Ich hatte diesen Unfall, ich weiß nicht, wo er jetzt ist. Sie müssen mir eben einen neuen besorgen. Einen Anzug und ein Frackhemd, ich will das Beste für heute abend. Sie wird sehen, was ich all die Jahre immer gemeint habe.»

«Mr. Brodsky», sagte ich, «Sie sprechen da über Miss Collins. Verstehe ich recht, daß es Ihnen gelungen ist, sie schließlich doch noch zu überreden, heute abend zu kommen?»

«O ja, sie wird kommen. Das hat sie versprochen. Sie wird ihr Wort nicht noch ein zweites Mal brechen. Sie ist einfach nicht auf den Friedhof gekommen. Ich habe gewartet und gewartet, aber sie ist einfach nicht gekommen. Aber das ist nicht ihre Schuld gewesen. Er war das, der Hoteldirektor, er hat ihr angst gemacht. Aber ich habe ihr gesagt, es ist jetzt zu spät zum Angst haben. Wir hatten unser ganzes Leben lang Angst, und jetzt müssen wir mutig sein. Zuerst hat sie nicht zugehört. Was hast du bloß gemacht, hat sie andauernd gefragt. Sie war nicht so wie sonst, sie hat beinahe geweint, hat sich die Hände vor das Gesicht gehalten und beinahe geweint, es war ihr sogar egal, daß die Nachbarn alles hören konnten. Es war mitten in der Nacht, und sie hat gesagt, Leo, Leo – ja, sie nennt mich jetzt so – Leo, was hast du denn nur mit deinem Bein gemacht? Da ist ja alles voller Blut. Und ich habe gesagt, das ist nichts, das macht nichts. Ein Unfall, aber es kam gerade ein Arzt vorbei, kümmere dich jetzt gar nicht darum, habe ich zu ihr gesagt, viel wichtiger ist im Moment, daß du heute abend kommst. Hör nicht auf diesen Widerling vom Hotel, diesen... diesen *Hotelpagen*. Wir haben nur noch so wenig Zeit. Heute abend wird sie sehen, was ich immer schon im Sinn hatte. In all den Jahren bin ich keineswegs der Idiot gewesen, für den sie mich gehalten hat. Und sie hat gesagt, sie könne nicht kommen, sie sei nicht fertig, und übrigens, hat sie gesagt, werden dann nur all diese Wunden wieder aufbrechen. Und ich habe gesagt, hör nicht auf diesen Hotelpagen, diesen Hausmeister, dafür ist es jetzt zu spät. Und sie hat mit dem Finger gezeigt und gesagt, aber was ist denn passiert, dein Bein, es blutet ja, und ich habe gesagt, kümmere dich nicht darum, ich habe sie angeschrien in dem Moment. Kümmere dich nicht darum, habe ich gesagt. Siehst du denn nicht, ich muß dich dort haben! Du mußt einfach kommen! Du mußt es selbst sehen, du mußt kommen! Da habe ich dann gesehen, daß sie gemerkt hat, wie ernst es mir war. Ich sah ihre Augen und wie sich darin etwas veränderte, wie die Angst verschwand, wie etwas zum Leben erwachte, und ich wußte, daß ich endlich gewonnen und dieser Hoteltoilettenmann verloren hatte. Und ich sagte zu ihr, ganz leise, ich sagte jetzt zu ihr: ‹Du wirst also kommen?› Und sie hat ruhig genickt, und ich wußte, ich konnte mich auf sie verlassen. Ohne den Schatten eines Zweifels, Ryder. Sie hat genickt, und ich wußte, ich konnte mich auf sie verlassen, also habe ich mich umgedreht und bin weggegangen. Ich bin hierhergekommen, dieser gute Mann hier – wo ist er denn? – hat mich in seinem Lieferwagen hierhergefahren. Aber ich wäre auch zu Fuß gekommen, jetzt bin ich eigentlich wieder ganz in Ordnung.»

«Aber Mr. Brodsky», sagte ich, «sind Sie denn sicher, es geht Ihnen so gut, daß Sie auf die Bühne können? Schließlich haben Sie einen schrecklichen Unfall gehabt...»

Ich hatte das nicht beabsichtigt, aber daß ich dieses Thema erwähnte, hatte nur den Effekt, daß weiteres Geschrei losbrach. Der Chirurg kämpfte sich nach vorn durch, er erhob seine Stimme über die anderen und schlug sich mit der Faust in die Handfläche, um seinen Worten mehr Nachdruck zu verleihen.

«Mr. Brodsky, ich bitte Sie! Selbst wenn es nur ein paar Minuten sind, Sie *müssen* sich jetzt ausruhen!»

«Mir geht es gut, mir geht es gut, lassen Sie mich in Ruhe!» schrie Brodsky und setzte sich wieder in Bewegung. Als er sich dann zu mir umdrehte – ich war stehengeblieben –, rief er mir zu: «Wenn Sie diesen Hotelpagen sehen, Ryder, sagen Sie ihm, daß ich hier bin. Sagen Sie ihm das. Er hat gedacht, ich würde es nie im Leben bis hierher schaffen, er hat gedacht, ich bin nur ein Stück Scheiße. Sagen Sie ihm, daß ich hier bin. Wollen doch mal sehen, wie ihm das gefällt.» Damit ging er weiter den Korridor hinunter, gefolgt von einer streitenden Menschenschar.

Ich ging in die entgegengesetzte Richtung weiter und hielt Ausschau nach Hoffman. Es standen jetzt weniger Orchestermitglieder auf dem Korridor herum, und viele Garderobentüren waren mittlerweile geschlossen. Einmal zog ich in Erwägung, zurückzulaufen und etwas gründlicher durch eine der noch offenen Türen zu schauen, als ich vor mir auf dem Korridor Hoffmans Gestalt erblickte.

Er hatte mir den Rücken zugekehrt und ging mit gesenktem Kopf langsam vorwärts. Obwohl ich zu weit hinten war, um ihn hören zu können, war es offensichtlich, daß er seine Rede übte. Als ich dann näher kam, taumelte er plötzlich vornüber. Ich dachte schon, er würde fallen, doch dann merkte ich, daß er wieder einmal die merkwürdige Bewegung probte, die ich ihn schon vor Brodskys Garderobenspiegel hatte üben sehen. Er beugte sich vor, streckte den Arm mit nach außen ragendem Ellenbogen in die Höhe und fing an, sich mit der Faust vor die Stirn zu schlagen. Er war noch immer mitten in dieser Bewegung, als ich dicht hinter ihn trat und mich räusperte. Hoffman schrak zusammen, richtete sich auf und drehte sich zu mir um.

«Ach, Mr. Ryder. Bitte, machen Sie sich keine Sorgen. Ich bin sicher, Mr. Brodsky wird jetzt jeden Moment hier eintreffen.»

«Was Sie nicht sagen, Mr. Hoffman. Sollten Sie übrigens gerade dabeigewesen sein, Ihre Rede zu üben, mit der Sie sich beim Publikum für Mr. Brodskys Nichterscheinen entschuldigen wollen, so freue ich mich sehr, Ihnen mitteilen zu können, daß das nicht nötig sein wird. Mr. Brodsky ist hier.» Ich deutete den Korridor hinunter. «Er ist gerade angekommen.»

Hoffman sah überrascht aus, und eine Sekunde lang war er völlig erstarrt. Dann faßte er sich und sagte:

«Ah ja. Gut. Was für eine Erleichterung. Aber dann war ich ja natürlich von Anfang an... war ich ja von Anfang an voller Zuversicht.» Er lachte und schaute den Korridor auf und ab, als hoffte er, Brodsky zu Gesicht zu bekommen. Dann lachte er wieder und sagte: «Tja, dann gehe ich wohl lieber mal und kümmere mich um ihn.»

«Bevor Sie das tun, Mr. Hoffman, wäre ich Ihnen sehr dankbar, wenn Sie mich über den neuesten Stand meine Eltern betreffend informieren würden. Sie sind doch inzwischen bestimmt heil hier im Gebäude eingetroffen, oder? Und Ihr Einfall mit Pferd und Kutsche – ich glaube, ich habe die Kutsche gehört, als ich vorhin am Vordereingang vorbeigefahren bin – hat doch sicherlich den Eindruck gemacht, den Sie sich erhofft hatten, oder?»

«Ihre Eltern?» Hoffman sah wieder verwirrt aus. Dann legte er mir die Hand auf die Schulter und sagte: «Ach ja. Ihre Eltern. Tja, lassen Sie mich mal überlegen.»

«Mr. Hoffman, ich habe mich darauf verlassen, daß Sie und Ihre Kollegen sich gut um meine Eltern kümmern. Sie sind beide nicht gerade bei bester Gesundheit...»

«Natürlich, natürlich. Es besteht kein Grund zur Beunruhigung. Es ist nur so, bei all den Dingen, an die ich denken muß, und da Mr. Brodsky sich nun auch noch ein wenig verspätet hat, obwohl Sie mir ja erzählt haben, er ist inzwischen eingetroffen... Haha...» Seine Stimme verlor sich, und noch einmal schaute er den Korridor hinunter. Ich fragte recht kühl:

«Wo sind meine Eltern in diesem Augenblick, Mr. Hoffman? Können Sie mir das sagen?»

«Ach. Genau in diesem Moment, also ich will ehrlich sein, bin ich selbst... Aber ich kann Ihnen versichern, daß sie in kompetentesten Händen sind. Natürlich würde ich liebend gerne persönlich jeden einzelnen Aspekt des Abends überwachen, aber Sie müssen verstehen... Haha. Miss Stratmann. Sie wird ganz genau wissen, wo Ihre Eltern sind. Es ist ihre Aufgabe, die ganze Situation Ihre Eltern betreffend genauestens im Auge zu behalten. Nicht etwa, daß je die Gefahr bestünde, es könnte ihnen an Aufmerksamkeit mangeln, solange sie hier bei uns sind. Ich mußte ganz im Gegenteil Miss Stratmann bitten, sorgfältig darauf zu achten, daß sie die Gastfreundschaft, die ihnen unweigerlich von allen Seiten entgegengebracht wird, nicht etwa erschöpft...»

«Ich darf wohl schließen, Mr. Hoffman, daß Sie keine Ahnung haben, wo sich die beiden gerade befinden. Und wo ist Miss Stratmann?»

«Oh, ich bin sicher, sie ist hier irgendwo. Lassen Sie uns doch gehen und nach Mr. Brodsky schauen, Mr. Ryder. Ganz bestimmt werden wir dabei auch Miss Stratmann finden. Vielleicht ist sie sogar im Büro. Jedenfalls, Mr. Ryder» – er nahm plötzlich eine entschiedenere Haltung an – «werden wir nicht viel erreichen, wenn wir hier stehenbleiben.»

Wir machten uns gemeinsam auf den Weg den Korridor hinunter. Im Laufen schien Hoffman seine Fassung wieder gänzlich zurückzugewinnen, und lächelnd sagte er:

«Jetzt können wir sicher sein, daß alles gutgehen wird. Sie, Mr. Ryder, machen ganz den Eindruck eines Mannes, der weiß, was er tut. Und nun, da Mr. Brodsky hier ist, wird alles klappen. Alles wird genauso ablaufen wie geplant. Ein wundervoller Abend liegt vor uns allen.»

Dann änderte sich etwas an seinem Gang, und ich merkte, daß er auf irgend etwas vor uns starrte. Ich folgte seinem Blick und sah Stephan, der mit besorgtem Gesichtsausdruck mitten auf dem Korridor stand. Der junge Mann sah uns und kam schnell auf uns zu.

«Guten Abend, Mr. Ryder», sagte er. Dann senkte er die Stimme und sagte zu Hoffman: «Vater, kann ich dich einen Augenblick sprechen?»

«Wir sind sehr beschäftigt, Stephan. Mr. Brodsky ist gerade eingetroffen.»

«Ja, das habe ich gehört. Aber weißt du, Vater, es ist wegen Mutter.»

«Ach. Mutter.»

«Es ist nur so, sie ist immer noch im Foyer, und ich bin in fünfzehn Minuten dran. Ich habe sie gerade eben gesehen, sie geht einfach nur im Foyer auf und ab, und ich habe ihr gesagt, daß ich bald an der Reihe bin, und sie hat geantwortet: ‹Tja, mein Junge, ich muß mich um einiges kümmern. Ich will versuchen, wenigstens das Ende deines Auftrittes mitzubekommen, aber ich muß mich zuerst um einiges kümmern.› Das hat sie gesagt, aber sehr beschäftigt hat sie nicht ausgesehen. Also wirklich, es ist höchste Zeit, daß du und Mutter, daß ihr beide eure Plätze einnehmt. Ich bin in knapp fünfzehn Minuten dran.»

«Ja, ja, ich komme gleich. Und ich bin sicher, deine Mutter

wird bald erledigt haben, was sie noch zu tun hat. Warum machst du dir solche Sorgen? Geh doch wieder in deine Garderobe zurück und mach dich fertig.»

«Aber was hat Mutter denn noch im Foyer zu erledigen? Sie steht einfach nur da und plaudert mit allen, die zufällig vorbeikommen. Bald wird sie ganz allein dort sein. Die Leute gehen schon auf ihre Plätze.»

«Ich nehme an, sie vertritt sich nur noch einmal die Beine, bevor das Konzert beginnt. Also, Stephan, jetzt beruhige dich doch. Du mußt dafür sorgen, daß der Abend einen guten Anfang nimmt. Wir verlassen uns alle auf dich.»

Der junge Mann dachte darüber nach, dann schien er sich plötzlich an mich zu erinnern.

«Sie sind so freundlich gewesen, Mr. Ryder», sagte er lächelnd. «Ihre ermutigenden Worte sind von unschätzbarem Wert für mich gewesen.»

«Ihre ermutigenden Worte?» Hoffman schaute mich verblüfft an.

«O ja», sagte Stephan. «Mr. Ryder ist sowohl mit seiner Zeit als auch mit seinem Lob äußerst verschwenderisch gewesen. Er hat mir zugehört, als ich geübt habe, und seine Worte sind die ermutigendsten gewesen, die ich seit Jahren gehört habe.»

Hoffman sah uns an, schaute von einem zum anderen, ein ungläubiges Lächeln umspielte seine Lippen. Dann fragte er mich:

«Sie haben Zeit dafür aufgebracht, Stephan zuzuhören? Ihm zuzuhören?»

«Ja, allerdings. Ich habe schon einmal versucht, Ihnen das zu erzählen, Mr. Hoffman. Ihr Sohn verfügt über außerordentliches Talent, und was auch immer heute abend passiert, ich bin sicher, sein Auftritt wird eine Sensation.»

«Was denn, das glauben Sie wirklich? Aber Tatsache ist doch, Mr. Ryder, daß Stephan hier, daß er... daß er...» Hoffman schien doch recht verwirrt zu sein, und mit einem kurzen

Auflachen klopfte er seinem Sohn auf den Rücken. «Tja dann, Stephan, scheint es ja so, als ob du uns heute abend womöglich etwas bieten wirst.»

«Das hoffe ich, Vater. Aber Mutter ist immer noch im Foyer. Vielleicht wartet sie ja einfach nur auf dich. Ich meine, eine Frau, die bei einer solchen Gelegenheit ganz allein dasitzt, na ja, das ist immer ein wenig peinlich. Vielleicht ist das ja der Grund. Sobald du hineingehst und dich auf deinen Platz setzt, kommt sie vielleicht auch herein und setzt sich zu dir. Es ist ja nur so, daß ich sehr bald schon dran bin.»

«Na schön, Stephan, ich kümmere mich darum. Mach dir keine Sorgen. Jetzt gehst du am besten wieder in deine Garderobe und machst dich fertig. Mr. Ryder und ich haben erst noch ein paar Dinge zu erledigen.»

Obwohl Stephan immer noch recht unglücklich aussah, ließen wir ihn stehen und gingen weiter.

«Ich sollte Sie vorwarnen, Mr. Hoffman», sagte ich, als wir ein Stückchen weiter den Korridor hinuntergegangen waren. «Sie werden wahrscheinlich feststellen, daß Mr. Brodsky eine leicht... nun ja, eine leicht feindselige Haltung Ihnen gegenüber eingenommen hat.»

«Feindselig?» Hoffman wirkte überrascht.

«Das heißt, als ich ihn vorhin sah, hat er einer gewissen Verärgerung Ihnen gegenüber Ausdruck gegeben. Er schien eine Art Groll zu hegen. Ich dachte, ich sollte Ihnen das sagen.»

Hoffman murmelte etwas, das ich nicht verstand. Als dann der Korridor weiter seiner sanften Biegung folgte, war vor uns der Raum zu sehen, bei dem es sich offensichtlich um Brodskys Garderobe handelte – eine kleine Menschenmenge hatte sich davor versammelt. Der Hoteldirektor ging langsamer, dann blieb er ganz stehen.

«Ich habe über das nachgedacht, was Stephan gerade gesagt hat, Mr. Ryder. Wenn ich es mir recht überlege, sollte ich wohl doch lieber gehen und nach meiner Frau schauen. Mich davon überzeugen, daß es ihr gutgeht. Schließlich, an einem Abend wie diesem, Sie verstehen, die Nerven.»

«Natürlich.»

«Dann entschuldigen Sie mich also. Ich überlege gerade, Mr. Ryder, ob ich Sie wohl bitten dürfte nachzusehen, ob mit Mr. Brodsky da drüben auch alles in Ordnung ist. Ich denke, ja, tatsächlich» – er schaute auf die Uhr – «es ist höchste Zeit, daß ich mich an meinen Platz begebe. Stephan hatte vollkommen recht.»

Hoffman lachte kurz auf und eilte in die Richtung davon, aus der wir gekommen waren.

Ich wartete, bis er außer Sichtweite war, dann ging ich auf die Leute zu, die sich vor Brodskys Tür versammelt hatten. Einige schienen ganz einfach nur aus Neugier dort zu stehen, während andere sich mit gesenkter Stimme in erhitzten Debatten ergingen. Der grauhaarige Chirurg hielt sich dicht bei der Tür, erklärte voller Nachdruck einem Orchestermitglied etwas, und wiederholt deutete er mit der Hand gereizt ins Innere der Garderobe. Die Tür, so sah ich zu meiner Überraschung, stand weit offen, und als ich darauf zuging, streckte der kleine Schneider, den ich vorhin schon einmal gesehen hatte, den Kopf zur Tür heraus und schrie: «Mr. Brodsky braucht eine Schere. Eine große Schere!» Jemand eilte davon, und der Schneider verschwand wieder in dem Raum. Ich drängte mich durch die Menge nach vorn und schaute in die Garderobe hinein.

Dort saß Brodsky mit dem Rücken zur Tür und betrachtete sich in seinem Garderobenspiegel. Er trug jetzt einen Smoking, und der Schneider zupfte und zog an seinen Schultern herum. Auch ein Frackhemd trug er jetzt, aber immer noch keine Fliege.

«Ach, Ryder», sagte er, als er mich im Spiegel sah. «Kommen Sie herein, kommen Sie herein. Wissen Sie, es ist lange her, daß ich so etwas getragen habe.»

Er klang jetzt viel ruhiger als bei unserer letzten Begegnung, und ich fühlte mich an die gebieterische Haltung erinnert, die er auf dem Friedhof an den Tag gelegt hatte, als er vor die Trauergäste getreten war.

«Jetzt, Mr. Brodsky», sagte der Schneider und richtete sich auf, und eine Weile begutachteten die beiden die Jacke im Spiegel. Dann schüttelte Brodsky den Kopf.

«Nein, nein. Noch ein bißchen enger», sagte er. «Hier und hier. Zuviel Stoff.»

«Das dauert nur einen Moment, Mr. Brodsky.» Hastig zog der Schneider ihm die Jacke aus, machte eine knappe Verbeugung, als er an mir vorbeiging, und verschwand durch die Tür.

Brodsky schaute weiter auf sein Spiegelbild, und gedankenverloren fingerte er an seinem hochgeklappten Kragen herum. Dann nahm er einen Kamm und richtete sich die Frisur – er hatte, so bemerkte ich am Glanz seiner Haare, etwas Haarwasser hineingerieben.

«Wie fühlen Sie sich jetzt?» fragte ich und ging näher zu ihm hin.

«Gut», sagte er langsam und kümmerte sich weiter um seine Frisur. «Ich fühle mich gut.»

«Und Ihr Bein? Sind Sie sicher, Sie können mit einer derart schweren Verletzung auftreten?»

«Mein Bein, ach, das ist doch nichts.» Er legte den Kamm weg und betrachtete sich. «Es ist nicht so schlimm gewesen, wie es ausgesehen hat. Mir geht es gut.»

Als Brodsky das sagte, sah ich im Spiegel, daß der Chirurg – der die ganze Zeit bei der Tür stehengeblieben war – einen ungeduldigen Schritt in den Raum hinein machte. Doch bevor er noch irgend etwas sagen konnte, rief Brodsky mit grimmiger Inbrunst dem Spiegel entgegen:

«Mir geht es gut! Diese Wunde ist doch gar nichts!»

Der Chirurg ging bis zur Türschwelle zurück, doch von dort starrte er weiterhin ärgerlich auf Brodskys Rücken.

«Aber Mr. Brodsky», sagte ich leise, «Sie haben ein Bein verloren. Das ist doch alles andere als eine Kleinigkeit.»

«Ich habe ein Bein verloren, das stimmt.» Brodsky zupfte wieder an seiner Frisur herum. «Aber das ist vor Jahren gewesen, Ryder. Vor vielen Jahren. Ich war wohl noch ein Kind damals. Es ist alles schon so lange her, ich kann mich gar nicht mehr erinnern. Dieser Idiot von einem Arzt hat das überhaupt nicht gemerkt. Ich hing fest in diesem Fahrrad, aber es ist nur die Prothese gewesen, mit der ich feststeckte. Der Idiot hat das nicht gemerkt. Und so was nennt sich nun Chirurg! Mein ganzes Leben schon, so kommt es mir vor, Ryder, bin ich ohne dieses Bein gewesen. Wie lange ist das jetzt nur her? In meinem Alter fängt man an, solche Dinge zu vergessen. Es macht einem nicht einmal mehr etwas aus. So eine Wunde wird mit der Zeit wie ein alter Freund. Von Zeit zu Zeit bereitet es einem natürlich Probleme, aber ich lebe schon so lange damit. Es muß passiert sein, als ich noch ein Kind war. Ein Zugunglück vielleicht. Irgendwo in der Ukraine. Im Schnee vielleicht. Wer weiß? Das spielt jetzt keine Rolle mehr. Es kommt mir so vor, als sei es schon mein ganzes Leben lang so gewesen. Nur ein Bein. Das ist gar nicht so schlimm. Man kommt schon zurecht damit. Dieser Idiot von einem Arzt. Er hat das Holzbein abgesägt. Ja, da hat es Blut gegeben, es blutet immer noch, deshalb brauche ich auch die Schere, Ryder. Ich habe nach einer Schere verlangt. Nein, nein, nicht für die Wunde. Für das Hosenbein, ich meine, für das Hosenbein hier. Wie soll ich dirigieren, wenn dieses Hosenbein so leer herumschlackert? Aber dieser Idiot von einem Arzt, dieser Krankenhauspraktikant, hat das Holzbein abgesägt, also was soll ich jetzt machen? Ich muß» – mit den Fingern machte er die Geste einer Schere, die knapp über dem Knie durch den Stoff schnitt – «ich muß etwas tun. Es muß so elegant wie möglich aussehen. Dieser Idiot, er hat nicht nur mein Holzbein ruiniert, er hat mir auch noch den Stumpf zerkratzt. Es ist jetzt schon Jahre her, daß die Wunde so geblutet hat. Was für ein Schwachkopf das ist, der mit seinem ernsten Gesicht. Hält sich für einen bedeutenden Mann und sägt mir das Holzbein ab. Schneidet mir in das Ende von dem Stumpf. Kein Wunder, daß es immer noch blutet. Überall Blut. Aber das Bein habe ich vor Jahren verloren. Vor sehr langer Zeit schon, so kommt es mir jedenfalls vor. Ich habe ein Leben lang Zeit gehabt, mich daran zu gewöhnen. Aber dieser Idiot jetzt mit seiner Säge, jetzt blutet es wieder.» Er schaute hinunter und rieb mit dem Schuh etwas in den Boden. «Ich habe nach einer Schere verlangt. Ich muß so gut wie möglich aussehen, Ryder. Ich bin nicht eitel. Ich tue das nicht, weil ich eitel bin. Aber in Augenblicken wie diesen muß ein Mann anständig aussehen. Sie wird mich heute abend sehen, an den heutigen Abend wird sie sich in all den Jahren, die noch vor uns liegen, erinnern. Und dieses Orchester ist ein gutes Orchester. Hier, lassen Sie mich Ihnen das hier zeigen.» Er langte nach vorn und hielt einen Taktstock gegen das Licht. «Ein guter Stock. Vermittelt einem ein ganz besonderes Gefühl, das merkt man. Das ist schon ein Unterschied, wissen Sie. Für mich ist die Spitze immer besonders wichtig. Die Spitze muß genau so sein.» Er starrte auf den Taktstock. «Es ist schon lange her, aber ich habe keine Angst. Heute abend werde ich es ihnen allen zeigen. Und ich werde keine Kompromisse eingehen. Ich gehe meinen Weg bis ans Ende. Wie Sie gesagt haben, Ryder. Max Sattler. Aber was ist dieser Mann doch für ein Schwachkopf! Dieser Idiot! Dieser Krankenhauspförtner!»

Diese letzten Worte schrie Brodsky mit sichtlicher Genugtuung dem Spiegel entgegen, und ich sah, daß sich der Chirurg – der mit erstauntem Gesichtsausdruck von der Tür her zugesehen hatte – schüchtern zurückzog.

Als der Chirurg endlich gegangen war, ließ Brodsky zum erstenmal Zeichen von Anspannung erkennen. Er schloß die Augen und lehnte sich schwer atmend zu der einen Seite seines Stuhls. Doch da platzte einen Augenblick später schon ein Mann in den Raum, der eine Schere vorstreckte.

«Ach, endlich», sagte Brodsky und nahm die Schere. Als der Mann dann gegangen war, legte Brodsky die Schere auf die

Ablage vor dem Spiegel und richtete sich langsam auf. Er hievte sich an der Rückenlehne seines Stuhls hoch, dann streckte er eine Hand nach dem Bügelbrett aus, das an der Wand in der Nähe des Spiegels lehnte. Ich machte einen Schritt nach vorn, um ihm zu helfen, aber überraschend behende griff er auch ohne meine Unterstützung nach dem Bügelbrett und schob es sich unter den Arm.

«Sehen Sie», sagte er und schaute traurig auf das leere Hosenbein hinunter. «Da muß ich unbedingt etwas tun.»

«Soll ich den Schneider zurückrufen?»

«Nein, nein. Der hat doch keine Ahnung. Ich mache das schon selbst.»

Brodsky schaute immer noch auf das leere Hosenbein hinunter. Während ich ihn beobachtete, fielen mir die verschiedenen anderen dringenden Angelegenheiten ein, um die ich mich kümmern mußte. Vor allem mußte ich zu Sophie und Boris zurück und in Erfahrung bringen, wie es jetzt um Gustav stand. Es war sogar möglich, daß eine wichtige Entscheidung Gustav betreffend bis zu meiner Rückkehr aufgeschoben worden war. Ich räusperte mich und sagte:

«Sie haben hoffentlich nichts dagegen, Mr. Brodsky, aber ich muß jetzt gehen.»

Brodsky schaute immer noch auf sein Hosenbein hinunter. «Es wird großartig heute abend werden, Ryder», sagte er leise. «Sie wird schon sehen. Sie wird es endlich begreifen.»

▲

DREIUNDDREISSIG

Die Szene vor Gustavs Garderobe hatte sich in meiner Abwesenheit kaum verändert. Die Hoteldiener hatten sich ein Stückchen von der Tür entfernt und konferierten jetzt flüsternd am anderen Ende des Korridors. Sophie dagegen stand noch ganz so da, wie ich sie zuletzt gesehen hatte, mit dem Paket über den Armen und auf die einen Spaltbreit geöffnete Tür schauend. Einer der Hoteldiener, der meine Ankunft bemerkt hatte, kam auf mich zu und sagte mit gesenkter Stimme:

«Er hält sich immer noch sehr tapfer, Mr. Ryder. Aber Josef ist jetzt den Arzt holen gegangen. Wir haben entschieden, daß wir damit nicht länger warten sollten.»

Ich nickte, dann fragte ich leise, indem ich zu Sophie hinschaute: «Ist sie überhaupt noch nicht drin gewesen?»

«Noch nicht, Mr. Ryder. Aber ich bin sicher, Fräulein Sophie wird jeden Augenblick hineingehen.»

Wir schauten beide einen Moment lang zu ihr hinüber.

«Und Boris?» fragte ich.

«Oh, er ist schon ein paarmal drin gewesen.»

«Ein paarmal?»

«Oh, ja. Gerade im Moment ist er auch wieder drin.»

Ich nickte wieder, dann ging ich zu Sophie. Sie hatte meine Rückkehr nicht bemerkt und schrak zusammen, als ich sie sanft an der Schulter berührte. Dann lachte sie und sagte:

«Er ist da drin. Papa.»

«Ja.»

Sie veränderte ihre Haltung ein wenig und lehnte sich auf die eine Seite, um besser durch den Türspalt schauen zu können.

«Willst du ihm denn nicht den Mantel geben?» fragte ich.

Sophie schaute auf den Mantel hinunter und sagte dann: «Oh doch. Doch. Ich wollte gerade...» Ihre Stimme verlor sich, und sie lehnte sich wieder auf die eine Seite. Dann rief sie:

«Boris? Boris! Komm doch mal kurz heraus.»

Einen Moment später erschien der sehr gefaßt aussehende Boris und schloß vorsichtig hinter sich die Tür.

«Na, und?» fragte Sophie.

Boris warf mir kurz einen Blick zu. Dann drehte er sich wieder zu seiner Mutter um und sagte:

«Großvater sagt, es tut ihm leid. Er hat gesagt, ich soll dir sagen, es tut ihm leid.»

«Ist das alles? Ist das alles, was er gesagt hat?»

Einen Augenblick lang spiegelte sich Unsicherheit auf dem Gesicht des Jungen. Dann sagte er beruhigend: «Ich gehe wieder hinein. Er sagt bestimmt noch mehr.»

«Aber ist das alles, was er dir gerade eben gesagt hat? Daß es ihm leid tut?»

«Mach dir keine Sorgen. Ich gehe wieder hinein.»

«Einen Moment noch.» Sophie fing an, das Packpapier aufzureißen, in das der Mantel gewickelt war. «Bring das deinem Großvater. Gib ihm den Mantel. Sieh nach, ob er richtig paßt. Sag ihm, ich kann immer noch einige Änderungen machen.»

Sie ließ die aufgerissene Verpackung auf den Boden fallen und hielt einen dunkelbraunen Mantel hoch. Boris nahm ihn ohne große Umstände und ging in die Garderobe zurück. Wegen des Mantels vielleicht – er hing dem Jungen sehr sperrig über den Armen – ließ Boris hinter sich die Tür offen, und bald drang Stimmengemurmel auf den Korridor hinaus. Sophie rührte sich nicht vom Fleck, aber ich merkte, daß sie sich anstrengte, wenigstens ein paar Worte aufzuschnappen. Die Hoteldiener hinter uns hielten immer noch respektvoll Abstand, doch ich sah, daß auch sie inzwischen besorgt auf die Tür schauten.

Ein paar Augenblicke vergingen, dann kam Boris wieder heraus.

«Großvater bedankt sich bei dir», sagte er zu Sophie. «Er ist jetzt sehr glücklich. Er sagt, er ist sehr glücklich.»

«Ist das alles, was er gesagt hat?»

«Er sagt, er ist glücklich. Vorher hat er sich nicht ganz wohl gefühlt, aber jetzt, da der Mantel gekommen ist – er sagt, das bedeutet ihm sehr viel.» Boris schaute hinter sich, dann wieder zu seiner Mutter. «Er sagt, er ist sehr glücklich damit.»

«Ist das alles, was er gesagt hat? Nichts darüber... nichts darüber, ob er ihm paßt? Ob ihm die Farbe gefällt?»

Weil ich in diesem Augenblick Sophie beobachtete, konnte ich nicht genau sehen, was Boris als nächstes tat. Ich hatte den Eindruck, daß er nichts Besonderes machte, sondern einfach nur einen Moment schwieg, während er über eine Antwort auf die Frage seiner Mutter nachdachte. Aber plötzlich rief Sophie:

«Wieso tust du das?»

Der Junge starrte sie verblüfft an.

«Wieso tust du das? Du weißt sehr wohl, was ich meine. Das! Das!» Sie packte Boris bei der Schulter und fing an, ihn heftig zu schütteln. «Ganz der Großvater!» sagte sie und drehte sich zu mir um. «Das macht er ihm nach!» Dann wandte sie sich zu den Hoteldienern, die sie voller Bestürzung anstarrten: «Der Großvater! Von dem hat er das. Seht ihr, was er da mit der Schulter macht? So blasiert, so selbstgefällig. Seht ihr das? Ganz der Großvater!» Sie starrte Boris an und schüttelte ihn immer weiter. «So, du hältst dich also für besonders großartig, was? Habe ich recht?»

Boris riß sich los und stolperte ein paar Schritte zurück.

«Hast du das gesehen?» fragte mich Sophie. «Wie er das immer macht. Ganz der Großvater.»

Boris ging noch ein paar Schritte zurück, noch weiter weg von uns. Dann bückte er sich nach seiner schwarzen Arzttasche und hielt sie sich schützend vor die Brust. Ich dachte, er würde jeden Moment in Tränen ausbrechen, doch im letzten Augenblick gelang es ihm, sich zu beherrschen.

«Mach dir keine Sorgen...», fing er an, dann schwieg er und hielt sich die schwarze Tasche noch höher vor die Brust. «Mach dir keine Sorgen. Ich werde... ich werde...» Er gab auf und schaute sich um. Die Tür des Nebenraumes war nur ein kleines Stückchen hinter dem Jungen, und schnell drehte er sich um und verschwand in dem Raum, die Tür schlug er hinter sich zu.

«Bist du wahnsinnig?» fragte ich Sophie. «Er ist so schon aufgeregt genug.»

Sophie reagierte zuerst überhaupt nicht. Dann seufzte sie und ging zu der Tür, durch die Boris verschwunden war. Sie klopfte an, dann ging sie hinein.

Ich hörte Boris etwas sagen, aber obwohl Sophie die Tür offengelassen hatte, konnte ich nichts verstehen.

«Es tut mir leid», hörte ich Sophie zur Antwort geben. «Ich habe das nicht so gemeint.»

Boris sagte wieder etwas, das ich nicht verstand.

«Nein, nein, ist schon gut», sagte Sophie sanft. «Du bist großartig gewesen.» Nach einer Weile sagte sie dann: «Ich muß jetzt gehen und mit deinem Großvater sprechen. Ich muß jetzt gehen.»

Boris sagte wieder etwas.

«Ja, gut», sagte darauf Sophie. «Ich werde ihn bitten, zu dir hereinzukommen und hier zu warten.»

Der Junge setzte jetzt zu einer ziemlich langen Antwort an.

«Nein, das wird er nicht», unterbrach Sophie ihn nach einer Weile. «Er wird nett zu dir sein. Nein, das verspreche ich. Das wird er ganz bestimmt. Ich werde ihn bitten hereinzukommen. Aber ich muß jetzt gehen und mit Großvater sprechen. Bevor der Arzt eintrifft.»

Sophie kam heraus und schloß die Tür. Dann kam sie nah zu mir und sagte ganz leise:

«Bitte geh hinein und warte bei ihm. Er ist so aufgeregt. Ich muß gehen und mit Papa sprechen.» Im Nu hatte sie mir eine Hand auf den Arm gelegt und sagte: «Bitte sei wieder lieb zu ihm. So wie früher. Er vermißt das so.»

«Tut mir leid, ich weiß gar nicht, wovon du redest. Wenn er so aufgeregt ist, dann doch wohl, weil du...»

«Bitte», sagte Sophie. «Vielleicht ist es alles meine Schuld, aber bitte laß uns jetzt damit aufhören. Bitte geh hinein und bleib bei ihm.»

«Natürlich werde ich bei ihm bleiben», erwiderte ich kühl. «Warum auch nicht? Du gehst jetzt besser zu deinem Vater hinein. Er hat wahrscheinlich alles mitbekommen.»

Ich betrat den Raum, in den Boris sich zurückgezogen hatte, und stellte überrascht fest, daß es dort ganz anders aussah als in den anderen Garderoben, die ich vom Korridor aus gesehen hatte. Tatsächlich sah es viel eher nach Klassenzimmer aus, es gab ordentliche Reihen von kleinen Tischen und Stühlen und vorne eine große Tafel. Der Raum war groß und schwach erleuchtet, überall waren tiefe Schatten. Boris saß an einem Tisch recht weit hinten und schaute kurz auf, als ich hereinkam. Ich sagte nichts zu ihm und fing an, mich umzusehen.

Auf der Tafel war ein wirres Gekritzel zu sehen, und ich überlegte kurz, ob es wohl von Boris stammte. Als ich dann wieder die leeren Reihen entlangging und die Tabellen und Karten betrachtete, die an den Wänden aufgehängt waren, seufzte der Junge tief. Ich schaute zu ihm hin und sah, daß er sich die schwarze Tasche auf den Schoß gestellt hatte und angestrengt versuchte, etwas daraus hervorzuziehen. Schließlich holte er ein großes Buch hervor und legte es vor sich auf den Tisch.

Ich drehte mich um und schlenderte weiter durch den Raum. Als ich das nächste Mal zu ihm hinschaute, blätterte er fasziniert die Seiten um, und ich sah, daß er sich wieder einmal das Heimwerkerhandbuch anschaute. Ich war darüber mehr als nur leicht irritiert und drehte mich weg, um mir ein Plakat anzusehen, das vor den Gefahren des Mißbrauchs von Lösungsmitteln warnte. Dann sagte Boris hinter mir:

«Ich mag dieses Buch wirklich. Man bekommt tatsächlich alles gezeigt.»

Er hatte versucht, es so zu sagen, als würde er mit sich selbst reden, doch ich war ziemlich weit weg von dem Platz, an dem er saß, und so war er gezwungen gewesen, die Stimme ganz unnatürlich zu erheben. Ich beschloß, nicht zu reagieren, und schlenderte weiter durch den Raum.

Nach einer Weile seufzte Boris wieder auf.

«Mutter regt sich manchmal so auf», sagte er.

Wieder hatte er durch nichts erkennen lassen, daß er mich direkt angesprochen hatte, also reagierte ich nicht. Als ich mich schließlich umdrehte, tat er immer noch so, als wäre er in sein Buch vertieft. Ich schlenderte zur gegenüberliegenden Ecke des Raumes und sah dort ein großes, an die Wand geheftetes Blatt mit der Aufschrift «Verloren». Es handelte sich um eine lange Liste mit Einträgen in den verschiedensten Handschriften und mit jeweils einer Spalte für das Datum, den verlorenen Gegenstand und den Namen des Besitzers. Aus irgendeinem Grund fand ich dieses Blatt Papier unterhaltsam und betrachtete es noch eine Weile. Die Einträge ganz oben auf der Liste schienen ernst gemeint zu sein – ein verlorener Füllfederhalter, eine verlorene Schachfigur, eine verlorene Brieftasche. Von der Mitte an abwärts fanden sich dann nur noch spaßige Einträge. Jemand behauptete, «drei Millionen US-Dollar» verloren zu haben. Ein weiterer Eintrag stammte von «Dschingis-Khan», der «den asiatischen Kontinent» verloren hatte.

«Ich mag dieses Buch wirklich sehr», sagte Boris hinter mir. «Es wird einem tatsächlich alles gezeigt.»

Plötzlich war ich mit meiner Geduld am Ende, ich ging schnell zu ihm hinüber und schlug mit der Hand auf den Tisch.

«Also hör mal, wieso liest du andauernd in diesem Ding?» fragte ich. «Was hat dir deine Mutter darüber erzählt? Ich nehme an, sie hat dir erzählt, daß es ein wundervolles Geschenk ist. Tja, das ist aber gar nicht so. Das hat sie dir wohl erzählt? Daß es ein herrliches Geschenk ist? Daß ich es nach sorgfältiger Überlegung eigens für dich ausgesucht habe? Sieh es dir doch an! Sieh es dir doch an!» – ich versuchte, das Buch seinem Griff zu entziehen, doch er klammerte sich daran fest und warf dann seine Arme darüber – «es ist einfach nur ein nutzloses altes Handbuch, das jemand wegwerfen wollte. Glaubst du denn wirklich, daß man aus einem Buch, aus so einem Ding irgend etwas lernen kann?»

Ich versuchte immer noch, ihm das Buch wegzuziehen, doch Boris, der sich ganz über den Tisch gelehnt hatte, schützte das Buch jetzt mit seinem Körper. Die ganze Zeit wahrte er dabei ein provozierendes Schweigen. Ich zerrte noch einmal daran, voller Entschlossenheit, ihm das Ding ein für allemal wegzunehmen.

«So hör doch, es ist ein nutzloses Geschenk. Völlig nutzlos. Kein Gedanke, kein Gefühl ist beim Kauf des Buches investiert worden. Es dir zu geben ist mir erst hinterher eingefallen, auf jeder Seite steht das deutlich geschrieben. Aber du denkst, ich habe dir etwas so Wundervolles geschenkt! Gib es mir, jetzt gib es mir endlich!»

Vielleicht aus Angst, das Handbuch könnte zerreißen, hob Boris plötzlich die Arme, und ich hielt auf einmal das Buch in der Hand. Er schwieg noch immer, und ich kam mir wegen meines Ausbruchs irgendwie lächerlich vor. Ich sah auf das Buch, das in meiner Hand baumelte, dann warf ich es in die andere Ecke des Raumes. Es schlug auf einem Tisch auf und landete irgendwo im Dunkeln. Sofort fühlte ich mich ruhiger und holte tief Luft. Als ich dann wieder zu Boris hinsah, saß er ganz gerade da und starrte auf die Stelle, an der das Handbuch gelandet war. Dann stand er auf und lief hin, um es sich zurückzuholen. Doch er hatte noch nicht einmal die Hälfte des Weges zurückgelegt, als Sophies überaus besorgte Stimme vom Korridor her zu hören war:

«Boris, komm einen Augenblick her. Nur einen Augenblick.»

Boris zögerte und schaute noch einmal zu der Stelle, an der das Buch gelandet war, dann verließ er den Raum.

«Boris», konnte ich Sophie draußen sagen hören, «geh und

frag Großvater, wie es ihm jetzt geht. Und frag ihn, ob er möchte, daß der Mantel irgendwie geändert wird. Die unteren Knöpfe könnten falsch angebracht sein. Der Mantel könnte im Wind zu sehr aufklappen, wenn Großvater viel auf der Brücke steht. Geh und frag ihn, aber halte dich nicht auf und rede nicht zu lange mit ihm. Frag ihn einfach und komm dann sofort wieder heraus.»

Bis ich wieder draußen auf dem Korridor stand, war der Junge schon in Gustavs Garderobe verschwunden, und die Szene, die mich empfing, war mir längst vertraut: Sophie stand angespannt da und rührte sich nicht vom Fleck, sie starrte auf die Tür; die Hoteldiener, die ein wenig weiter weg standen, schauten mit besorgtem Gesichtsausdruck zu. Doch in Sophies Blick lag eine Verzweiflung, die ich vorher nicht bemerkt hatte, und plötzlich spürte ich ihr gegenüber eine Anwandlung von Zärtlichkeit. Ich ging zu ihr hin und legte ihr den Arm um die Schultern.

«Das ist für uns alle eine schwierige Zeit», sagte ich sanft. «Eine sehr schwierige Zeit.»

Ich wollte sie näher zu mir heranziehen, doch plötzlich schüttelte sie meinen Arm ab und starrte nur weiter auf die Tür. Bestürzt und ärgerlich über diese Zurückweisung sagte ich zu ihr:

«Also hör mal, in Zeiten wie diesen müssen wir einander beistehen.»

Sophie antwortete nicht, und dann kam Boris wieder aus der Garderobe heraus.

«Großvater sagt, der Mantel ist genau das, was er wollte, und er gefällt ihm um so mehr, als er ja von Mutter kommt.»

Sophie gab ein gereiztes Stöhnen von sich. «Aber will er nun, daß ich den Mantel ändere oder nicht? Wieso sagt er das nicht? Der Arzt wird doch bald hier sein.»

«Er sagt... er sagt, er mag den Mantel sehr. Er mag ihn wirklich sehr.»

«Frag ihn wegen der unteren Knöpfe. Wenn er ständig im

Wind auf der Brücke steht, muß sich der Mantel richtig schließen lassen.»

Boris dachte eine Weile darüber nach, dann nickte er und ging in die Garderobe zurück.

«Sieh mal», sagte ich zu Sophie, «dir scheint nicht klar zu sein, welchen Belastungen ich im Moment ausgesetzt bin. Weißt du eigentlich, daß ich sehr bald schon auf die Bühne muß? Ich muß komplexe Fragen hinsichtlich der Zukunft dieser Gemeinde beantworten. Es wird eine elektronische Anzeigetafel geben. Weißt du überhaupt, was das bedeutet? Es ist ja gut und schön, daß du dir über diese Knöpfe und das alles Sorgen machst. Aber weißt du eigentlich, welchen Belastungen ich im Moment ausgesetzt bin?»

Mit sorgenvollem Blick drehte sich Sophie zu mir um und schien gerade etwas sagen zu wollen, doch genau in dem Moment kam Boris wieder heraus. Diesmal sah er seiner Mutter ernst ins Gesicht, sagte aber nichts.

«Na, und, was hat er gesagt?» fragte Sophie.

«Er sagt, er mag den Mantel wirklich sehr. Er sagt, er erinnert ihn an einen Mantel, den Mutter hatte, als sie noch klein war. Irgendwas mit der Farbe. Er sagt, auf dem Mantel war damals das Bild eines Bären. Auf dem Mantel, den Mutter damals hatte.»

«Aber muß ich ihn ändern? Wieso gibt er mir denn darauf keine klare Antwort? Der Arzt wird jetzt bald hier sein!»

«Du scheinst nicht zu begreifen», unterbrach ich sie. «Da draußen sind Leute, die sich auf mich verlassen. Es wird eine elektronische Anzeigetafel geben, alles. Sie wollen, daß ich nach jeder Frage an den Bühnenrand vortrete. Das ist eine ziemliche Belastung. Du scheinst einfach nicht...»

Ich hielt inne, als mir bewußt wurde, daß Gustav etwas rief. Sofort drehte Boris sich um und ging in die Garderobe zurück, und eine recht lange Zeit, wie mir schien, standen Sophie und ich dort zusammen und warteten darauf, daß er wieder herauskam. Als er dann endlich wiederkam, schaute der Junge keinen von uns beiden an, sondern ging an uns vorbei und blieb vor den Hoteldienern stehen.

«Meine Herren, bitte.» Mit einer Geste deutete er auf die Tür. «Großvater möchte, daß Sie alle hereinkommen. Er möchte Sie alle jetzt bei sich haben.»

Boris ging voraus, und nach kurzem Zögern folgten ihm eifrig die Hoteldiener. Sie gingen einer nach dem anderen an uns vorbei, und einige murmelten verlegen ein oder zwei Worte in Sophies Richtung.

Als der letzte hineingegangen war, lugte ich in den Raum, doch wegen der Hoteldiener, die dichtgedrängt genau vor dem Eingang standen, konnte ich Gustav immer noch nicht sehen. Das Geräusch von drei oder vier gleichzeitig sprechenden Stimmen drang nach draußen, und gerade schon wollte ich noch näher herangehen, als Sophie plötzlich an mir vorbei in den Raum preschte. Es entstand ein ziemliches Gedränge, und dann legten sich die Stimmen.

Ich ging dicht an die Tür heran. Da die Hoteldiener eine Gasse für Sophie gebildet hatten, konnte ich Gustav jetzt ganz deutlich auf seiner Matratze liegen sehen. Der braune Mantel war über seinen Oberkörper drapiert, noch über der grauen Decke, an die ich mich von vorhin noch erinnerte. Er hatte kein Kissen, und offensichtlich fehlte ihm die Kraft, den Kopf zu heben, doch er schaute gütig lächelnd seine Tochter an.

Sophie war zwei oder drei Schritte vor der Stelle stehengeblieben, an der Gustav lag. Sie hatte mir den Rücken zugekehrt, so daß ich ihren Gesichtsausdruck nicht sehen konnte, doch sie schien auf ihn hinunterzustarren. Nach einigen Momenten des Schweigens sagte Sophie dann:

«Kannst du dich noch an den Tag erinnern, als du in meine Schule gekommen bist? Als du mir mein Schwimmzeug gebracht hast? Ich hatte es zu Hause liegengelassen, und den ganzen Vormittag über war ich so aufgebracht gewesen, weil ich nicht genau wußte, was ich tun sollte, und dann bist du mit dem blauen Turnbeutel gekommen, diesem Beutel mit der Kordel, bis direkt ins Klassenzimmer. Weißt du noch, Papa?»

«Dieser Mantel wird mich jetzt wärmen», sagte Gustav. «Genau das habe ich gebraucht.»

«Du hattest nur eine halbe Stunde Pause, also bist du den ganzen Weg vom Hotel gerannt. Du bist ins Klassenzimmer gekommen mit dem blauen Turnbeutel in der Hand.»

«Ich bin immer so stolz auf dich gewesen.»

«Den ganzen Vormittag über habe ich mir solche Sorgen gemacht. Ich habe nicht genau gewußt, was ich tun sollte.»

«Das ist ein wirklich guter Mantel. Sieh dir nur den Kragen an. Und das hier, dieses ganze Stück hier herunter, ist echtes Leder.»

«Entschuldigung», vernahm ich eine Stimme ganz in meiner Nähe, und als ich mich umdrehte, sah ich einen jungen Mann mit Brille und einer Arzttasche, der sich hindurchzuzwängen versuchte. Dicht hinter ihm war ein weiterer Hoteldiener, den ich vom Ungarischen Café her erkannte. Die beiden betraten den Raum, und der junge Arzt eilte zu Gustav, kniete sich neben ihn und fing an, ihn zu untersuchen.

Sophie schaute schweigend auf den Arzt hinab. Dann trat sie ein paar Schritte zurück, als wollte sie anerkennen, daß jetzt jemand anderer an der Reihe war, die Aufmerksamkeit ihres Vaters zu beanspruchen. Boris ging zu ihr hinüber, und einen Moment standen die beiden so eng beieinander, daß sie sich fast berührten, doch Sophie schien den Jungen gar nicht zu bemerken und starrte immer weiter auf den gekrümmten Rükken des Arztes.

Genau in diesem Moment fielen mir plötzlich wieder die vielen Dinge ein, die ich vor meinem Auftritt unbedingt noch erledigen mußte, und ich dachte, daß die Ankunft des Arztes für mich eine durchaus geeignete Gelegenheit war, mich zurückzuziehen. Leise ging ich zurück auf den Korridor und wollte mich gerade auf die Suche nach Hoffman begeben, als ich spürte, wie sich hinter mir etwas bewegte und jemand mich kräftig am Arm packte.

«Und wo willst du jetzt schon wieder hin?» flüsterte Sophie ärgerlich.

«Tut mir leid, aber du verstehst einfach nicht. Ich habe jetzt viel zu erledigen. Es wird eine elektronische Anzeigetafel geben, alles. So schrecklich viel hängt von mir ab.» Die ganze Zeit, während ich das sagte, versuchte ich, meinen Arm aus ihrem Griff zu befreien.

«Aber Boris. Er braucht dich hier. Wir brauchen dich beide hier.»

«Also hör mal, du hast offensichtlich keine Ahnung! Meine Eltern, verstehst du denn nicht? Meine Eltern werden jeden Moment ankommen! Ich habe noch tausend Sachen zu erledigen! Du hast keine Ahnung, du hast offensichtlich überhaupt keine Ahnung!» Schließlich riß ich mich los. «So hör doch, ich komme ja zurück», rief ich in verbindlichem Ton über die Schulter, als ich davoneilte. «Ich komme zurück, sobald ich kann.»

VIERUNDDREISSIG

Ich lief immer noch schnell den Korridor entlang, als ich mehrere Personen bemerkte, die hintereinander in einer Reihe an der Wand standen. Ich schaute genauer hin und sah, daß sie alle Arbeitsoveralls trugen und offenbar darauf warteten, in einen kleinen schwarzen Schrank zu klettern. Weil ich neugierig geworden war, ging ich langsamer, schließlich drehte ich mich um und ging zu ihnen hin.

Der Schrank war hoch und schmal wie ein Besenschrank und ungefähr einen halben Meter über dem Boden an der Wand befestigt. Einige wenige Treppenstufen führten hinauf, und aus dem Benehmen der Leute, die Schlange standen, schloß ich, daß sich in dem Schrank vielleicht eine Toilette oder ein Trinkwasserbehälter befand. Doch als ich näher kam, sah ich, daß der Mann, der im Moment gerade ganz oben auf der Treppe stand, sich weit nach vorn gebeugt hatte, so daß sein Hinterteil vorragte, und daß er allem Anschein nach eifrig den Inhalt des Schrankes durchsuchte. Die anderen, die noch in der Schlange standen, gestikulierten unterdessen und riefen ihm ungeduldig zu, er solle sich beeilen. Als der Mann dann aus dem Schrank hervorkam und sich vorsichtig nach der obersten Treppenstufe umsah, rief einer der Männer in der Schlange etwas und zeigte in meine Richtung. Alle Köpfe wandten sich mir zu, und im nächsten Augenblick hatte sich die Schlange aufgelöst, da alle sich beeilten, Platz für mich zu machen. Der Mann, der am Schrank gewesen war, kam so schnell er konnte die Stufen herunter, dann verbeugte er sich in meine Richtung und machte eine einladende Geste zum Schrank hin.

«Danke», sagte ich, «aber ich glaube, da gibt es einige, die warten schon länger.»

Es erhob sich ein Proteststurm, und mehrere Hände schoben mich praktisch die kleine Treppe hinauf.

Die schmale Schranktür war zugefallen, und als ich sie öffnete – ich mußte sie zu mir hin aufziehen, was mich zwang, bedenklich auf der obersten Stufe zu balancieren –, entdeckte ich zu meiner Überraschung, daß ich aus enormer Höhe auf den Zuschauerraum hinabschaute. Die ganze Rückwand des Schrankes fehlte, und wäre ich leichtfertig genug gewesen, hätte ich, so sah ich jetzt, die Decke des Konzertsaales berühren können, wenn ich mich nur hinausgelehnt und ein wenig gestreckt hätte. Der Ausblick war ganz gewiß imponierend, doch das ganze Arrangement kam mir unnötig gefährlich vor. Der Schrank, wenn man es denn überhaupt einen Schrank nennen konnte, war tatsächlich nach vorn geneigt, was einen sorglosen Betrachter ermutigen mochte, sich schwankend bis an den Rand zu bewegen. Unterdessen war lediglich eine dünne Kordel in Hüfthöhe angebracht worden, um einen Sturz in den Zuschauerraum zu verhindern. Ich sah keinen offensichtlichen Grund für die Existenz des Schrankes – es sei denn als Teil irgendeines Systems, das es erlaubte, Flaggen oder ähnliches in den Saal herabhängen zu lassen.

Ich schob die Füße vorsichtig nach vorn, bis sie beide innerhalb des Schrankes waren, und dann umklammerte ich den Türrahmen mit festem Griff und warf einen Blick auf die Szene, die sich unter mir entfaltete.

Etwa drei Viertel der Plätze waren inzwischen besetzt, doch die Lichter waren noch an, und überall plauderten Leute und begrüßten einander. Manche winkten Bekannten zu, die in weiter entfernten Reihen saßen, andere standen in den Gängen und redeten und lachten. Die ganze Zeit über kamen weitere Zuschauer durch die beiden Haupteingänge herein. Die Reihen glitzernder Notenständer im Orchestergraben fingen das Licht ein, während auf der Bühne selbst – den Vorhang hatte man offengelassen – ein einsamer Flügel mit hochgeklapptem Deckel wartete. Als ich auf dieses Instrument hinuntersah, auf dem ich bald diese höchst bedeutungsvollste aller Vorstellungen geben sollte, kam mir der Gedanke, daß ich der Möglichkeit, die Bedingungen zu begutachten, wohl nicht mehr näherkommen würde als in diesem Augenblick, und wieder empfand ich große Niedergeschlagenheit angesichts der Art und Weise, in der ich seit meiner Ankunft in der Stadt meine Zeit verplant hatte.

Während ich noch weiter hinunterschaute, trat plötzlich Stephan Hoffman aus den Kulissen auf die Bühne. Es hatte keine Ankündigung gegeben, und die Lichter wurden nicht einmal geringfügig gedämpft. Darüber hinaus fehlte Stephans Gebaren jegliche Feierlichkeit und Würde. Rasch und mit besorgter Miene trat er an den Flügel, ohne in das Publikum zu schauen. Da war es dann alles andere als überraschend, daß die meisten Anwesenden im Saal gerade nur einmal gelinde Neugier zur Schau trugen und dann mit ihren Gesprächen und Begrüßungen fortfuhren. Gewiß war es für sie doch eine Überraschung, als er die aufbrausenden Anfangstakte von *Glass Passions* anschlug, doch selbst dann noch schien die überwiegende Mehrheit nach nur wenigen Sekunden zu dem Schluß zu kommen, daß der junge Mann lediglich den Flügel oder das Verstärkersystem testete. Nach nur wenigen Takten schien dann irgend etwas Stephans Aufmerksamkeit zu erregen, und sein Spiel verlor alle Intensität, als habe jemand plötzlich einen Stöpsel herausgezogen. Sein Blick folgte etwas, das sich durch die Menge bewegte, und am Ende war sein Kopf völlig vom Flügel weggedreht, während er spielte. Da sah ich, daß er zwei Gestalten beobachtete, die gerade den Zuschauerraum verließen, und als ich mich ein wenig weiter vorbeugte, erkannte ich gerade noch Hoffman und seine Frau, die unter mir aus meinem Blickfeld verschwanden.

Stephan hörte ganz zu spielen auf, er drehte sich auf seinem Hocker herum und starrte seinen Eltern hinterher. Dieses Verhalten schien der Menge jeglichen noch verbleibenden Zweifel daran zu nehmen, daß Stephan eine Klangprobe durchführte. Und er sah tatsächlich ganz so aus, als warte er auf Zeichen von den Tontechnikern auf der anderen Seite des Saals. Als er sich schließlich von dem Hocker erhob und von der Bühne abging, beachtete ihn niemand mehr.

Erst als er in den Kulissen war, gestattete er sich, den Gefühlen der Empörung, die jetzt auf ihn einbrandeten, auch nachzugeben. Andererseits haftete der Vorstellung, daß er die Bühne nach nur wenigen Takten verlassen hatte, im Moment auch etwas höchst Irreales an, während er die hölzernen Stufen hinunterrannte und dann durch mehrere Türen im Bühnenhinterraum lief.

Als er auf dem Korridor erschien, wimmelte es dort von hin und her laufenden Bühnenarbeitern sowie von Küchenpersonal. Stephan lief Richtung Foyer, wo er seine Eltern zu finden hoffte, doch er war noch nicht weit gegangen, da sah er seinen Vater allein und mit besorgtem Gesichtsausdruck auf sich zukommen. Der Hoteldirektor seinerseits bemerkte Stephan erst, als sie einander so nahe waren, daß sie beinahe zusammenstießen. Da blieb er stehen und starrte seinen Sohn verblüfft an.

«Was? Du spielst nicht?»

«Vater, warum seid ihr beide, Mutter und du, einfach so weggegangen? Und wo ist Mutter jetzt? Geht es ihr nicht gut?»

«Deine Mutter.» Hoffman seufzte schwer. «Deine Mutter meinte, es sei nur richtig, wenn sie jetzt gehen würde. Natürlich habe ich sie begleitet und ... Tja, ich will ganz ehrlich sein, Stephan. Ich will es dir sagen. Ich neige dazu, einer Meinung mit ihr zu sein. Ich habe mich ihrem Wunsch nicht entgegengestellt. Du siehst mich so an, Stephan. Ja, ich sehe ein, ich habe dich enttäuscht. Ich hatte dir versprochen, dir diese Chance zu geben, diese Möglichkeit, vor der ganzen Stadt zu spielen, vor all deinen Freunden und Kollegen. Ja, ja, ich hatte es dir versprochen. Vielleicht hast du mich ja auch selbst darum gebeten, vielleicht hast du mich in einem Augenblick erwischt, in dem ich abgelenkt war, wer weiß schon, wie das passiert ist? Es spielt auch keine Rolle. Worauf ich hinaus will, ist, ich habe zugestimmt, ich habe es versprochen, und ich wollte mein Wort nicht brechen, siehst du, es ist meine Schuld. Aber du mußt versuchen zu verstehen, Stephan, wie es für uns, für deine Eltern, ist. Wie schwierig es ist, mit ansehen zu müssen...»

«Ich werde mit Mutter reden», sagte Stephan und drehte sich eilig um. Einen kurzen Moment lang wirkte Hoffman ganz entgeistert, und dann packte er seinen Sohn ziemlich grob am Arm, wobei er unsicher lachte.

«Das kannst du nicht machen, Stephan. Ich meine, siehst du, deine Mutter ist auf die Damentoilette gegangen. Haha. Na, jedenfalls finde ich, es ist am besten, du läßt sie das Ganze aussitzen, sozusagen. Aber Stephan, was machst du eigentlich? Du solltest doch jetzt spielen. Ach, wer weiß, vielleicht ist es ganz gut so. Ein paar unbequeme Fragen, aber mehr nicht.»

«Vater, ich gehe wieder hinein und spiele. Bitte, geh wieder auf deinen Platz. Und bitte überrede auch Mutter, wieder zurückzukommen.»

«Stephan, Stephan.» Hoffman schüttelte den Kopf und legte seinem Sohn eine Hand auf die Schulter. «Du sollst wissen, daß wir beide nur das Beste von dir denken. Wir sind beide unendlich stolz auf dich. Aber diese fixe Idee, diese fixe Idee, an der du dein ganzes Leben lang festgehalten hast. Ich meine das mit... das mit deiner Musik. Deine Mutter und ich, wir konnten uns nie ein Herz fassen, es dir zu sagen. Natürlich haben wir dir deine Träume gegönnt. Aber das hier. All das hier» – er machte eine Geste in Richtung Zuschauerraum –, «das hier ist alles ein schrecklicher Fehler gewesen. Wir hätten nie zulassen sollen, daß das Ganze solche Formen annimmt. Siehst du, Stephan, Tatsache ist doch dies. Dein Spiel hat sehr viel Charme, es ist auf eine Weise eine ungeheure Leistung. Wir haben dir immer gern zugehört, wenn du zu Hause gespielt hast. Aber Musik, ernsthafte Musik, Musik auf dem Niveau, wie es heute abend verlangt wird... das, verstehst du, ist etwas völlig anderes. Nein, nein, unterbrich mich nicht, ich versuche, dir etwas zu sagen, etwas, das ich dir schon vor langer Zeit hätte sagen sollen. Siehst du, das hier ist der Städtische Konzertsaal. Das Publikum, das Konzertpublikum, das sind nicht Freunde und Verwandte, die im Wohnzimmer sitzen und wohlwollend zuhören. Das richtige Konzertpublikum ist an Niveau gewöhnt, an professionelles Niveau. Wie soll ich dir das nur erklären, Stephan?»

«Vater», unterbrach Stephan, «du begreifst einfach nicht. Ich habe sehr intensiv geübt. Und wenn ich mich für das Stück, das ich spielen will, auch erst vor kurzem entschieden habe, so habe ich dennoch sehr intensiv geübt, und wenn du jetzt nur kommen würdest, dann könntest du hören...»

«Stephan, Stephan...» Hoffman schüttelte wieder den Kopf. «Wenn es nur eine Frage harter Arbeit wäre. Wenn es nur das wäre. Aber ein paar von uns sind einfach nicht mit dem Talent geboren. Wir haben es einfach nicht in uns, und damit müssen wir uns abfinden. Es ist schrecklich, daß ich dir so etwas in diesem Augenblick sagen muß, und das, nachdem wir dich so lange in diesem Irrglauben gehalten haben. Ich hoffe, du kannst uns verzeihen, deiner Mutter und mir, wir sind so lange schwach gewesen. Aber wir haben ja gesehen, wieviel Spaß es dir gemacht hat, und haben es einfach nicht übers Herz gebracht. Aber das ist keine Entschuldigung, ich weiß. Es ist entsetzlich, mein Herz blutet deinetwegen, das kannst du mir glauben. Ich hoffe, du wirst uns verzeihen können. Es war ein schrecklicher Fehler, das Ganze solche Formen annehmen zu lassen. Zuzulassen, daß du die Bühne betrittst, und das vor der ganzen Stadt. Deine Mutter und ich, wir lieben dich beide viel zu sehr, um das mit ansehen zu können. Es ist einfach zuviel verlangt, mit ansehen zu sollen, wie... wie der eigene geliebte Sohn sich lächerlich macht. So, jetzt ist es heraus, ich habe die Karten auf den Tisch gelegt. Es ist grausam, aber wenigstens habe ich es dir endlich gesagt. Ich habe gedacht, ich könnte es vielleicht. Ich könnte dort sitzen inmitten des Gelächters und

Gekichers. Aber als es dann soweit war, hat deine Mutter gemerkt, daß sie es nicht ertragen konnte, und mir ging es ganz genauso. Was ist denn los? Wieso willst du mir denn nicht zuhören? Begreifst du denn nicht, daß mir das große Qualen bereitet? Es ist nicht leicht, derart offen zu sprechen, nicht einmal mit dem eigenen Sohn...»

«Vater, bitte, ich bitte dich. Komm doch einfach und hör zu, und wenn es nur ein paar Minuten sind, und bilde dir dein eigenes Urteil. Und Mutter. Bitte, bitte, überrede Mutter. Ihr werdet dann beide sehen, ich weiß, ihr werdet...»

«Es ist höchste Zeit, Stephan, daß du auf die Bühne zurückgehst. Dein Name steht im Programm. Du bist schon einmal aufgetreten. Du mußt es jetzt wenigstens zum Ende bringen. Laß sie alle sehen, daß du wenigstens dein Bestes versucht hast. So, mehr kann ich dir nicht raten. Beachte sie gar nicht, achte erst gar nicht auf ihr Gekicher. Selbst wenn sie laut lachen, so als würde statt eines ernsten und tiefsinnigen Musikstücks eine übermütige Pantomime dargeboten, selbst dann sollst du daran denken, daß dein Vater und deine Mutter stolz darauf sind, daß du wenigstens den Mut hast, es zu Ende zu führen. Ja, Stephan, du mußt jetzt gehen und es einfach durchstehen. Aber du mußt uns verzeihen, wir lieben dich einfach viel zu sehr, als daß wir das mit ansehen könnten. Tatsächlich glaube ich, es würde deiner Mutter das Herz brechen, Stephan, wenn sie es mit ansehen müßte. Jetzt mußt du aber gehen, du hast nicht mehr viel Zeit. Geh, geh, so geh doch.»

Hoffman wirbelte herum, eine Hand hatte er an die Stirn gelegt, als würde sich in einem Migräneanfall alles drehen, und so entfernte er sich ein paar Schritte von Stephan. Dann reckte er sich ganz unvermittelt hoch und schaute zu seinem Sohn zurück.

«Stephan», sagte er voller Entschlossenheit. «Es ist jetzt höchste Zeit, daß du wieder auf die Bühne gehst.»

Stephan starrte seinen Vater noch eine Weile an, und dann,

als er sah, daß seine Sache hoffnungslos war, drehte er sich um und machte sich auf den Weg den Korridor hinunter.

Als er sich erneut seinen Weg durch die Reihe von Türen im Bühnenhinterraum bahnte, stellte Stephan fest, daß eine Vielzahl von Gedanken und Gefühlen auf ihn einstürmte. Natürlich war er enttäuscht, daß es ihm nicht gelungen war, seine Eltern zu überreden, wieder auf ihren Platz zurückzugehen. Darüber hinaus spürte er, wie tief in ihm eine nagende Furcht erwachte, die er schon seit einigen Jahren nicht mehr empfunden hatte – die Furcht nämlich, daß das, was sein Vater gesagt hatte, der Wahrheit entsprach und daß er tatsächlich Opfer einer immensen Selbsttäuschung gewesen war. Doch als er sich dann den Kulissen näherte, kehrte sein Selbstvertrauen rasch wieder zurück, und mit diesem Selbstvertrauen ging ein aggressiver Drang einher, wenigstens für sich selbst herauszufinden, wozu er fähig war.

Stephan kehrte auf die Bühne zurück und stellte fest, daß die Lichter ein wenig gedämpft worden waren. Doch der Zuschauerraum war alles andere als dunkel, und viele Besucher hatten sich noch immer nicht gesetzt. An verschiedenen Stellen des Saales sah man, wie Menschen sich in Wellen erhoben, wenn jemand sich die Reihe entlang zu seinem Platz zwängte. Das Stimmengewirr senkte sich kaum, als der junge Mann am Flügel Platz nahm, und hielt beständig an, während er darauf wartete, daß sich sein Gefühlsaufruhr legte. Dann fielen seine Hände auf genau dieselbe harte und präzise Weise nieder wie zuvor und beschworen eine Stimmung zwischen Schock und Heiterkeit herauf, wie sie für die Eröffnungstakte von *Glass Passions* erforderlich war.

Als er die Hälfte des kurzen Vorspiels hinter sich gebracht hatte, war das Publikum bedeutend ruhiger geworden. Als er dann den ersten Satz beendete, war das Publikum vollkommen still. Wer auf dem Gang gestanden und sich unterhalten hatte, stand immer noch dort, doch gleichsam wie erstarrt, den Blick auf die Bühne geheftet. Wer saß, schaute und hörte ganz aufmerksam zu. An einem der Eingänge hatte sich ein Grüppchen gebildet, hier waren auch einige Zuspätkommende hereingeströmt und mitten im Gehen stehengeblieben. Als Stephan mit dem zweiten Satz begann, drehten die Techniker die Zuschauerraumbeleuchtung ganz ab, und ich konnte das Publikum nicht mehr genau erkennen. Doch es konnte kein Zweifel daran bestehen, daß eine allgemeine Verblüffung herrschte, die sich immer weiter im ganzen Saal ausbreitete. Zugegebenermaßen war ein Teil dieser Reaktion der Überraschung zuzuschreiben, mit der das Publikum wahrnahm, daß einer der hiesigen jungen Männer in der Lage war, ein solches technisches Niveau zu erreichen. Doch ganz unabhängig von Stephans Fertigkeit, gab es in seinem Spiel eine merkwürdige Intensität, die man gar nicht hätte ignorieren können. Außerdem hatte ich den Eindruck, daß viele der Anwesenden diesen unerwarteten Auftakt des Abends als eine Art Omen ansahen. Wenn dies lediglich das Vorspiel war, was würden dann die übrigen Ereignisse des Abends noch an Überraschungen bereithalten? Würde sich der Abend womöglich doch noch als Wendepunkt für die Gemeinde erweisen? Solcher Art schienen die unausgesprochenen Fragen in so manch verblüfftem Gesicht in der Menge unter mir zu sein.

Stephan beschloß seinen Vortrag mit einer versonnenen, leicht ironischen Interpretation der Coda. Nachdem er geendet hatte, herrschte ein oder zwei Sekunden lang Stille, und dann brach der Saal in begeisterten Beifall aus, und der junge Mann sprang auf. Er war sichtlich entzückt, und wenn er jetzt vielleicht auch enttäuscht war, weil seine Eltern nicht dabeigewesen waren, um seinen Triumph mitzuerleben, so ließ er nicht zu, daß sich dieses Gefühl in seinem Gesicht spiegelte. Er verbeugte sich mehrmals, während der Applaus noch anhielt, und dann, vielleicht weil ihm plötzlich einfiel, daß sein Beitrag ja nur ein bescheidener Bestandteil des ganzen Programms war, verschwand er hastig aus dem Blickfeld des Publikums.

Der Applaus hielt eine ganze Weile noch heftig an, bis er zu aufgeregtem Gemurmel abebbte. Dann erschien von den Kulissen her, ohne daß die Leute viel Gelegenheit gehabt hätten, sich untereinander auszutauschen, ein Mann mit strengem Gesicht und silbergrauem Haar. Als er langsam und wichtigtuerisch an das Rednerpult am Bühnenrand trat, erkannte ich in ihm den Mann, der an meinem ersten Abend den Vorsitz über das Bankett zu Ehren Brodskys geführt hatte.

Über den Zuschauerraum senkte sich sofort wieder Schweigen, doch gute dreißig Sekunden lang sagte der Mann mit dem strengen Gesicht nichts, sondern schaute einfach nur leicht angewidert auf das Publikum. Dann holte er schließlich gelangweilt Luft und sagte:

«Wenn es auch mein Wunsch ist, daß Sie alle den heutigen Abend genießen, möchte ich Sie doch daran erinnern, daß wir uns nicht hier versammelt haben, einer Kabarettvorstellung beizuwohnen. Außerordentlich bedeutende Angelegenheiten sind der Anlaß dieser Veranstaltung, das dürfen wir nicht vergessen. Angelegenheiten, die unsere Zukunft, ja gleichsam das Wesen unserer Gemeinde betreffen.»

Der Mann mit dem strengen Gesicht wiederholte diesen Gedanken penetrant mehrere Minuten lang, wobei er gelegentlich lange Pausen machte, in denen er finstere Blicke in die Runde warf. Allmählich verlor ich das Interesse, und weil ich mich daran erinnerte, daß die Leute hinter mir anstanden, um ebenfalls in den Schrank klettern zu können, beschloß ich, Platz zu machen. Doch gerade, als ich mich aus der Enge des Schrankes hinauszwängen wollte, merkte ich, daß der Mann mit dem strengen Gesicht zu etwas anderem übergegangen war – daß er tatsächlich gerade dabei war, den nächsten Auftritt anzukündigen.

Die fragliche Person, so schien es, war nicht nur «der Stützpfeiler des gesamten Büchereiwesens der Stadt», sondern darüber hinaus ein Mensch mit der Fähigkeit, «das Beben eines Tautropfens auf der Spitze eines Herbstblattes einzufangen».

Der Mann mit dem strengen Gesicht schaute noch ein letztes Mal voller Verachtung in das Publikum, dann brummelte er einen Namen und ging von der Bühne. Der Saal brach in eifrigen Beifall aus, der offensichtlich eher dem Mann mit dem strengen Gesicht galt als der Person, die er angekündigt hatte. Tatsächlich erschien besagter Mann erst nach etwa einer Minute, und als er dann die Bühne betrat, empfing man ihn eher zurückhaltend.

Der Mann war klein und kahlköpfig und hatte einen Schnurrbart. Er hielt einen Schnellhefter in der Hand, den er dann auf dem Rednerpult ablegte. Dann nahm er einige Blätter Papier heraus und fing an, sie hin- und herzuschieben, wobei er nicht ein einziges Mal aufschaute, um für den Applaus zu danken. Unruhe breitete sich im Saal aus. Ich wurde wieder neugierig und entschied, daß es denen, die hinter mir anstanden, wohl nichts ausmachen würde, noch ein wenig länger zu warten, und so stellte ich mich wieder vorsichtig ganz nah an den Rand des Schrankes.

Als der kahlköpfige Mann schließlich das Wort ergriff, sprach er viel zu dicht am Mikrofon, und seine Stimme dröhnte und zitterte.

«Ich möchte Ihnen heute abend eine Auswahl von Werken aus allen dreien meiner Schaffensperioden vorstellen. Viele Gedichte werden Sie schon aus meinen Lesungen im Café Adèle kennen, aber ich bin sicher, Sie werden nichts dagegen haben, sie in diesem bedeutenden Rahmen noch einmal zu hören. Und ich darf Ihnen jetzt schon sagen, daß es am Ende eine kleine Überraschung geben wird. Etwas, von dem ich sicher bin, daß es Ihnen ein wenig Freude bereitet.»

Dann fing er wieder an, seine Papiere hin- und herzuschieben, und hier und da begannen die Zuschauer, sich flüsternd zu unterhalten. Dann war der kahlköpfige Mann endlich soweit. Er räusperte sich laut in das Mikrofon, und es wurde wieder still.

Viele der Gedichte waren gereimt und relativ kurz. Es waren

Gedichte über Fische im Stadtpark, über Schneestürme – über zerbrochene Fenster, die Kindheitserinnerungen wachriefen –, und alle wurden sie in einem merkwürdig hohen Singsangton vorgetragen. Ein paar Minuten lang schweifte meine Aufmerksamkeit ab, und dann wurde mir bewußt, daß ein Teil des Publikums irgendwo direkt unter mir angefangen hatte, sich recht lautstark zu unterhalten.

Im Moment waren die Stimmen noch recht diskret, doch sogar während ich noch zuhörte, schienen sie dreister zu werden. Während der kahlköpfige Mann ein langes Gedicht über die Katzen seiner Mutter rezitierte, war immer deutlicher der Lärm einer ziemlich großen Gruppe zu hören, die sich in mehr oder weniger normaler Lautstärke unterhielt. Ich überwand meine Vorsicht und bewegte mich ganz an den Rand des Schranks, und indem ich mich mit beiden Händen an dem Holzrahmen festhielt, lugte ich hinunter.

Die Gruppe saß direkt unter mir, aber die Zahl der am Gespräch Beteiligten war kleiner, als ich vermutet hatte. Sieben oder acht Leute hatten offenbar beschlossen, dem Dichter keine Aufmerksamkeit mehr zu schenken, und unterhielten sich jetzt gutgelaunt miteinander, wobei sich einige ganz auf ihren Sitzen herumgedreht hatten. Ich wollte mir diese Gruppe gerade schon näher ansehen, da fiel mein Blick auf Miss Collins, die einige Reihen dahinter saß.

Sie trug das elegante schwarze Abendkleid, das sie bei dem Bankett am ersten Abend getragen hatte, die Stola hatte sie immer noch um die Schultern. Teilnahmsvoll schaute sie auf den kahlköpfigen Mann, den Kopf hatte sie leicht zur Seite geneigt, einen Finger an das Kinn gehoben. Ich beobachtete sie noch eine ganze Weile, aber in ihrer Erscheinung gab es nicht das geringste, das darauf schließen ließ, sie könne irgend etwas anderes als heiter und gelassen sein.

Mein Blick kehrte zu der Radaugruppe unter mir zurück, und ich bemerkte, daß inzwischen Spielkarten herumgereicht wurden. Erst da wurde mir bewußt, daß der Kern dieser

Gruppe aus den Betrunkenen bestand, die ich an meinem ersten Abend in dem Kino und dann kürzlich wieder auf dem Korridor getroffen hatte.

Das Kartenspiel wurde immer ausgelassener, bis die ganze Gruppe in Jubelrufe und kreischendes Gelächter ausbrach. Mißbilligende Blicke wurden in ihre Richtung geworfen, doch dann begannen allmählich mehr und mehr Leute in dem Saal, sich zu unterhalten, wenn auch in gemäßigterer Lautstärke.

Der kahlköpfige Mann gab durch nichts zu erkennen, daß er etwas davon bemerkte, und fuhr fort, Gedicht um Gedicht ernsthaft vorzutragen. Etwa zwanzig Minuten, nachdem er die Bühne betreten hatte, machte er eine Pause, und indem er einige Blätter zusammensammelte, sagte er:

«Und damit kommen wir zu meiner zweiten Schaffensperiode. Wie einige von Ihnen ja sicherlich bereits wissen, wurde meine zweite Schaffensperiode durch ein Schlüsselerlebnis eingeleitet. Ein Erlebnis, das es mir nicht länger erlaubte, mit demselben handwerklichen Rüstzeug, dessen ich mich bisher bedient hatte, künstlerisch tätig zu sein. Bei diesem Erlebnis handelt es sich um die Entdeckung, daß mir meine Frau untreu geworden war.»

Er ließ den Kopf fallen, als bereite ihm die Erinnerung immer noch Schmerzen. Da rief dann plötzlich einer aus der Gruppe unter mir:

«Also hat er sich offensichtlich wirklich des falschen handwerklichen Rüstzeugs bedient!»

Seine Begleiter lachten alle, dann rief ein anderer:

«Nur ein schlechter Handwerker gibt seinem Handwerkszeug die Schuld.»

«Und seine Frau scheint das auch gemacht zu haben», sagte der erste wieder.

Dieser Wortwechsel, offensichtlich mit der Absicht geführt, daß so viele Leute wie möglich ihn hören sollten, löste reichliches Gekicher aus. Es war schwer zu sagen, wieviel davon der kahlköpfige Mann auf der Bühne mitbekommen hatte, doch er hielt inne, und ohne in die Richtung der Zwischenrufer zu schauen, fing er wieder an, seine Papiere hin- und herzuschieben. Sollte er beabsichtigt haben, noch weitere einleitende Erklärungen zu seiner zweiten Schaffensperiode abzugeben, so ließ er diese Idee jetzt fallen und begann wieder zu rezitieren.

Die zweite Schaffensperiode des kahlköpfigen Mannes unterschied sich nicht wesentlich von seiner ersten, und die Unruhe im Publikum wuchs. Und zwar so sehr, daß ein beträchtlicher Teil des Saales, als einer der Betrunkenen nach einigen weiteren Minuten etwas sagte, das ich nicht verstand, in offenes Gelächter ausbrach. Erst jetzt schien der kahlköpfige Mann zu bemerken, daß er das Publikum nicht mehr unter Kontrolle hatte, er schaute mitten im Satz hoch und blinzelte wie unter Schock in die Lichter. Eine naheliegende Lösung wäre gewesen, die Bühne zu verlassen. Eine etwas würdevollere Alternative hätte sein können, vor seinem Abgang noch drei oder vier Gedichte zu lesen. Doch der kahlköpfige Mann entschied sich für etwas völlig anderes. In panikartiger Geschwindigkeit begann er, wieder zu lesen, offenbar in der Absicht, sein geplantes Programm so schnell wie möglich abzuspulen. Das führte nicht nur dazu, daß man ihn kaum mehr verstand, es stachelte darüber hinaus seine Gegner noch weiter an, die nun sahen, daß sie ihn in die Defensive gezwungen hatten. Mehr und mehr Bemerkungen wurden herausgeschrien – und das nicht nur von der Gruppe unter mir –, die jedesmal im ganzen Saal mit Gelächter quittiert wurden.

Dann machte der kahlköpfige Mann schließlich einen Versuch, die Kontrolle über das Publikum zurückzugewinnen. Er legte seinen Hefter beiseite, und ohne ein Wort zu sagen, starrte er bittend vom Rednerpult in den Saal hinab. Die Zuschauer, von denen viele gelacht hatten, wurden jetzt ruhiger – vielleicht aus Neugier ebensosehr wie aus schlechtem Gewissen. Als der kahlköpfige Mann dann endlich sprach, hatte seine Stimme ein gewisses Maß an Autorität wiedererlangt.

«Ich habe Ihnen eine Überraschung versprochen», sagte er.

«Hier ist sie also. Ein neues Gedicht. Ich habe es erst vor einer Woche fertiggestellt. Ich habe es ausdrücklich für dieses großartige Ereignis heute abend verfaßt. Es heißt ganz schlicht ‹Brodsky, der Bezwinger›. Wenn Sie mir gestatten würden.»

Der Mann schob noch einmal seine Papiere hin und her, doch diesmal blieb das Publikum ruhig. Dann lehnte er sich vor und begann mit seinem Vortrag. Nach den ersten paar Zeilen schaute er schnell hoch und schien überrascht darüber, daß der ganze Saal ruhig geblieben war. Er las weiter, und dabei wuchs sein Selbstvertrauen mehr und mehr, so daß er kurz darauf in weit ausholenden Gesten die Hände schwenkte, um den Schlüsselstellen Nachdruck zu verleihen.

Ich hatte mir vorgestellt, das Gedicht würde ein umfassendes Porträt Brodskys zeichnen, doch bald schon wurde klar, daß es sich einzig und allein mit Brodskys Kämpfen gegen den Alkohol befaßte. Die Anfangsstrophen enthielten Vergleiche zwischen Brodsky und einer Vielzahl mythischer Helden. Bilder wurden entworfen, in denen Brodsky von einer Hügelspitze aus einer angreifenden Armee Speere entgegenschleuderte, Bilder, in denen Brodsky mit einem Meeresuntier rang, und Bilder, in denen Brodsky an einen Felsen geschmiedet war. Das Publikum hörte weiterhin mit respektvoller, ja feierlicher Haltung zu. Ich schaute zu Miss Collins, konnte aber in ihrem Benehmen keinerlei offenkundige Veränderung bemerken. Sie beobachtete den Dichter weiterhin mit interessierter, doch distanzierter Miene, einen Finger hatte sie noch immer seitlich ans Kinn gelegt.

Nach mehreren Minuten bekam das Gedicht einen neuen Tenor. Die Motive aus der Mythologie wurden fallengelassen, statt dessen wurde geballt auf tatsächliche Vorfälle aus jüngster Vergangenheit angespielt, an denen Brodsky beteiligt gewesen war – Vorfälle, die, soweit ich das erraten konnte, am Ort inzwischen zu Legenden geworden waren. Die meisten dieser Anspielungen entgingen mir natürlich, doch ich erkannte, daß das Gedicht versuchte, Brodskys Rolle in diesen Episoden mit neuen Augen zu betrachten und aufzuwerten. Literarisch erschien mir dieser Teil des Gedichts als große Verbesserung gegenüber dem vorherigen, doch die Einführung solch konkreter und vertrauter Zusammenhänge bewirkte, daß jeglicher Einfluß verlorenging, den der kahlköpfige Mann inzwischen auf das Publikum erlangt haben mochte. Eine Anspielung auf die «Bushaltestellen-Tragödie» löste erneutes Gekicher aus, das sich immer weiter verbreitete, als erwähnt wurde, wie Brodsky, «zahlenmäßig unterlegen und angeschlagen, schließlich gezwungen wurde, sich hinter der Telefonzelle zu ergeben». Doch erst, als der kahlköpfige Mann von «einer glanzvollen Zurschaustellung von Mut beim Schulausflug» sprach, brach der gesamte Saal, wie aus einem Mund, in Gelächter aus.

Von diesem Moment an war es mir klar, daß nichts den kahlköpfigen Mann mehr retten konnte. Die Schlußstrophen, die einer Lobpreisung von Brodskys neugewonnener Nüchternheit gewidmet waren, wurden praktisch nach jeder Zeile mit wahren Lachsalven quittiert. Als ich wieder zu Miss Collins hinüberschaute, sah ich, daß der Finger an ihrem Kinn schnelle streichelnde Bewegungen vollführte, doch ansonsten wirkte sie genauso ruhig und gefaßt wie zuvor. Der kahlköpfige Mann, den man über dem Gelächter und den Zwischenrufen kaum noch hörte, kam schließlich zum Ende, und nachdem er empört seine Papiere zusammengesammelt hatte, stolzierte er von der Bühne. Einige Zuhörer, die möglicherweise der Meinung waren, das Ganze könne ein wenig zu weit gegangen sein, spendeten recht großzügigen Applaus.

Während der nächsten Minuten blieb die Bühne leer, und bald unterhielt sich das Publikum wieder mit voller Lautstärke. Ich beobachtete die Gesichter unter mir und nahm interessiert zur Kenntnis, daß zwar viele Leute fröhliche Blicke tauschten, andere jedoch ärgerlich zu sein schienen und heftig gestikulierten. Dann fiel das Scheinwerferlicht wieder auf die Bühne, und Hoffman erschien.

Der Hoteldirektor sah wütend aus und lief ohne Umstände zu dem Rednerpult.

«Meine Damen und Herren, bitte!» rief er, auch dann noch, als die Menge sich allmählich beruhigte. «Bitte! Ich möchte Sie doch sehr bitten, die Bedeutung des heutigen Abends nicht zu vergessen. Um Herrn von Winterstein zu zitieren, wir sind nicht hier zusammengekommen, um einer Kabarettvorstellung beizuwohnen!»

Die Heftigkeit dieses Vorwurfs mißfiel einigen ganz deutlich, und ein ironisches «oho» kam von der Gruppe unter mir. Doch Hoffman fuhr fort:

«Ganz besonders schockiert es mich, feststellen zu müssen, daß so viele von Ihnen an dieser völlig überholten Meinung zu Mr. Brodsky festzuhalten beharren. Ganz abgesehen von den anderen großen Verdiensten von Herrn Zieglers Gedicht kann man doch seine zentrale These, daß Mr. Brodsky nämlich ein für allemal die Dämonen bezwungen hat, die ihn einst heimgesucht haben, nicht in Zweifel ziehen. Diejenigen unter Ihnen, die gerade eben über Herrn Zieglers beredte Ausführungen zu diesem Punkt gelacht haben, werden, und dessen bin ich sicher, in Kürze – ja noch innerhalb der nächsten Augenblicke! – darüber tief beschämt sein. Jawohl, beschämt! So beschämt, wie ich vor kaum einer Minute stellvertretend für die ganze Stadt gewesen bin!»

Er hämmerte auf das Rednerpult, während er das sagte, und ein überraschend großer Anteil des Publikums brach in selbstgefälligen Beifall aus. Hoffman, spürbar erleichtert, doch offensichtlich unsicher, wie er nun reagieren sollte, machte mehrere unbeholfene Verbeugungen. Bevor dann der Beifall noch gänzlich erstorben war, faßte er sich wieder und sprach laut in das Mikrofon:

«Mr. Brodsky hat es in jeder Hinsicht verdient, als eine herausragende Persönlichkeit in unserer Gemeinde zu gelten! Als geistiger und kultureller Urquell, an dem unsere Jugend sich labt. Als leuchtendes Vorbild für all jene unter uns, die vielleicht alt an Jahren, aber doch in diesen dunklen Kapiteln der Geschichte unserer Stadt einsam und verloren sind. Das hat Mr. Brodsky in jeder Hinsicht verdient! Hier, sehen Sie mich doch an! Ich setze meinen guten Ruf, meine *Glaubwürdigkeit* auf das, was ich Ihnen jetzt sage! Aber wozu meine Worte? In kürzester Zeit werden Sie es mit eigenen Augen sehen und mit eigenen Ohren hören. Dies ist kaum die Einführung, die ich zu halten gedachte, und ich bedaure, daß ich dazu gezwungen wurde. Aber wir wollen uns nicht länger unnötig aufhalten. Lassen Sie mich unsere hochgeschätzten Gäste auf die Bühne bitten, das Orchester der Stuttgarter Nagel-Stiftung. Das am heutigen Abend dirigiert wird von unser aller – Mr. Leo Brodsky!»

Es gab ordentlichen Beifall, als Hoffman in die Kulissen abging. Während der nächsten paar Minuten geschah nichts, dann wurde der Orchestergraben erleuchtet, und die Musiker kamen heraus. Es wurde noch einmal applaudiert, und dann folgte eine angespannte Stille, während die Mitglieder des Orchesters auf ihren Stühlen hin- und herrutschten, ihre Instrumente stimmten und mit ihren Notenständern herumhantierten. Sogar die Radaugruppe unter mir schien sich dem Ernst dessen, was nun geschehen sollte, zu beugen; sie hatten ihre Spielkarten weggesteckt und saßen jetzt aufmerksam da, die Blicke nach vorn gerichtet.

Endlich war das Orchester zur Ruhe gekommen, und ein Scheinwerfer strahlte auf eine bestimmte Stelle der Bühne in der Nähe der Kulissen. Eine weitere Minute lang passierte nichts, und dann war hinter der Bühne ein hämmerndes Geräusch zu hören. Das Geräusch wurde lauter, bis schließlich Brodsky in den Lichtkegel trat. Dort blieb er stehen, vielleicht um dem Publikum Zeit zu geben, seine Ankunft zu bemerken.

Allerdings hätten viele Anwesende große Mühe gehabt, ihn zu erkennen. In seinem Abendanzug, dem leuchtendweißen Frackhemd und mit dem sorgfältig frisierten Haar war er eine imposante Erscheinung. Allerdings konnte kein Zweifel daran bestehen, daß das schäbige Bügelbrett, das er immer noch als Krücke benutzte, die Wirkung etwas schmälerte. Hinzu kam noch, daß ich, als er sich auf das Podium des Dirigenten zubewegte – bei jedem Schritt hämmerte das Bügelbrett auf dem Boden –, die Handarbeit bemerkte, die er an dem leeren Hosenbein ausgeführt hatte. Sein Wunsch, den Stoff nicht herumflattern zu lassen, war vollkommen verständlich. Aber statt den Stoff am Stumpf festzuknoten, hatte Brodsky das Hosenbein ein paar Zentimeter unterhalb des Knies wellenförmig abgeschnitten. Eine wirklich elegante Lösung, so begriff ich, war einfach nicht möglich, doch dieser Saum schien mir viel zu auffällig und nur dazu angetan, noch zusätzliche Aufmerksamkeit auf seine Verletzung zu lenken.

Und doch schien es mir, während er weiter über die Bühne ging, daß ich mich in diesem Punkt völlig geirrt hatte. Denn obwohl ich die ganze Zeit darauf wartete, daß die Menge bei der Entdeckung von Brodskys Zustand den Atem anhielt, trat dieser Moment nicht ein. Soweit ich feststellen konnte, schien das Publikum das fehlende Bein überhaupt nicht zu bemerken und einfach in angespannter Vorfreude darauf zu warten, daß Brodsky das Podium erreichte.

Vielleicht war es die Erschöpfung oder auch die Anspannung, jedenfalls schien er nicht in der Lage, sich mit dem Bügelbrett auf dieselbe geschmeidige Art vorwärtszubewegen, wie ich es bereits auf dem Korridor erlebt hatte. Er taumelte beträchtlich, und ich dachte, daß ein solcher Gang, sollte man die Verletzung nicht bemerkt haben, unweigerlich den Verdacht erwecken würde, er könnte betrunken sein. Er war noch einige Meter von dem Podium entfernt, als er stehenblieb und verärgert auf sein Bügelbrett hinuntersah – das wieder einmal, so konnte ich erkennen, gerade aufklappen wollte. Er schüttelte es, dann ging er weiter. Einige Schritte kam er noch vorwärts, dann gab etwas an dem Bügelbrett nach. Es klappte langsam unter ihm auf, und zwar gerade in dem Moment, in dem er sein Gewicht darauf stützte, und Brodsky und das Bügelbrett gingen gemeinsam zu Boden.

Die Reaktion auf diesen Vorfall war merkwürdig. Statt besorgt aufzuschreien, wie man hätte erwarten können, wahrte das Publikum während der ersten ein oder zwei Sekunden mißbilligendes Schweigen. Dann ging ein Geraune durch den Saal, eine Art kollektives «Hhm», als ob man sich angesichts der entmutigenden Vorzeichen weitere Schlußfolgerungen vorbehalte. Auch die drei Bühnenarbeiter, die herbeikamen, um Brodsky zu helfen, taten dies mit einem sichtlichen Mangel an Eilfertigkeit, ja sogar mit einem Anflug von Widerwillen. Aber wie auch immer, bevor sie ihn noch erreichten, schrie Brodsky, während er damit beschäftigt war, sich von dem Bügelbrett zu befreien, ihnen ärgerlich vom Boden aus zu, sie sollten weggehen. Die drei Männer blieben wie angewurzelt stehen, dann starrten sie Brodsky an, mit einem Blick, in dem eine gewisse morbide Faszination zu erkennen war.

Brodsky kämpfte noch eine Weile auf dem Boden weiter. Zuweilen schien er aufstehen zu wollen, dann wieder sah es so aus, als versuche er eher, einen Teil seiner Kleidung aus dem Gestänge des Bügelbretts herauszuziehen. Einmal stieß er eine Reihe von Flüchen aus, die höchstwahrscheinlich an das Bügelbrett gerichtet waren und die das Verstärkersystem nur allzu deutlich wiedergab. Noch einmal schaute ich zu Miss Collins hinunter und sah, daß sie sich jetzt auf ihrem Platz ganz nach vorn gelehnt hatte. Doch als dann Brodskys Kämpfe andauerten, lehnte sie sich wieder zurück und legte erneut den Finger ans Kinn.

Dann schließlich erzielte Brodsky einen Durchbruch. Es gelang ihm, das Bügelbrett in seiner ausgeklappten Stellung aufzurichten, und er zog sich daran hoch. Stolz stand er auf seinem einen gesunden Bein da, das Brett hatte er mit beiden Händen fest umklammert, die Ellenbogen nach außen abgewinkelt, als wollte er sich anschicken, hinaufzuklettern. Er starrte auf die drei Bühnenarbeiter, und als sie sich in Richtung Kulissen zurückzuziehen begannen, wandte er seinen Blick dem Publikum zu.

«Ich weiß, ich weiß», sagte er, und obwohl er nicht laut sprach, waren die Mikrofone entlang des Bühnenrandes so ausgerichtet, daß man ihn recht gut hören konnte. «Ich weiß, was Sie alle jetzt denken. Tja, Sie irren sich.»

Er schaute hinunter, und wieder nahm seine mißliche Lage ihn ganz in Anspruch. Dann richtete er sich erneut ein wenig auf und fing an, mit der Hand die gepolsterte Oberfläche des Bügelbretts entlangzufahren, als sei dessen eigentlicher Zweck ihm gerade jetzt erst wieder eingefallen. Schließlich schaute er erneut ins Publikum und sagte:

«Verbannen Sie all diese Gedanken aus Ihrem Kopf. Das» – er ließ den Kopf nach unten fallen – «ist lediglich ein unglücklicher Unfall gewesen. Mehr nicht.»

Noch einmal ging ein Raunen durch den Saal, und dann herrschte wieder Stille.

Während der nächsten Minuten blieb Brodsky über das Bügelbrett gebeugt stehen und rührte sich nicht, den Blick hatte er auf das Podium des Dirigenten geheftet. Ich begriff, daß er die Entfernung zum Podium abschätzte, und tatsächlich begann er einen Augenblick später schon seine Wanderung dorthin. Er bewegte sich vorwärts, indem er das gesamte Gestell des Bügelbretts hochhob, es dann wie eine richtige Gehhilfe wieder aufsetzte und das eine Bein dabei hinter sich herzog. Zuerst schien das Publikum entsetzt zu sein, doch während sich Brodsky beständig vorwärtsarbeitete, fingen einige Leute an zu klatschen, weil sie wohl zu dem Schluß gekommen waren, Zeugen einer Art Zirkusnummer zu sein. Dieses Signal wurde schnell überall im Saal aufgegriffen, so daß Brodsky den noch verbleibenden Weg zum Podium unter beträchtlichem Beifall zurücklegte.

Als Brodsky sein Ziel erreichte, ließ er das Bügelbrett los, und indem er sich an dem halbrunden Geländer des Podiums festklammerte, bewegte er sich sacht auf seine Position. Vorsichtig suchte er sich an das Geländer gelehnt sein Gleichgewicht, dann ergriff er den Taktstock.

Der Applaus für die Bügelbrettnummer war inzwischen erstorben, und erneut war eine Atmosphäre gespannter Vorfreude zu spüren. Auch die Musiker schauten ein wenig nervös zu Brodsky empor. Doch Brodsky schien das Gefühl zu genießen, nach so vielen Jahren wieder einmal einem Orchester vorzustehen, und eine Zeitlang lächelte er einfach nur und schaute sich um. Dann hob er schließlich den Taktstock in die Luft. Die Musiker gingen in Positur, doch dann überlegte Brodsky es sich anders, er senkte den Taktstock wieder und wandte sich an das Publikum. Er lächelte freundlich und sagte:

«Sie denken alle, daß ich nur ein widerlicher Trunkenbold bin. Wollen doch mal sehen, ob das alles ist, was ich bin.»

Das am nächsten plazierte Mikrofon war ein ganzes Stück weit weg, und nur ein Teil des Publikums schien diese Bemerkung zu hören. Aber wie dem auch sei, nur einen kurzen Augenblick später hob er den Taktstock wieder, und das Orchester wurde in die forschen Anfangsakkorde von Mullerys *Verticality* getrieben.

Diese Art, das Stück zu beginnen, erschien mir nicht als besonders ungewöhnlich, doch ganz offensichtlich war es nicht das, was das Publikum erwartet hatte. Viele schraken merklich auf ihrem Platz zusammen, und als sich die ausgedehnten Dissonanzen bis in den sechsten und siebten Takt erstreckten, nahm ich auf einigen Gesichtern einen panikartigen Ausdruck wahr. Sogar manch ein Musiker schaute nervös erst auf den Dirigenten, dann auf die Partitur. Doch Brodsky wollte die Intensität ständig steigern, wobei er die ganze Zeit sein übertrieben langsames Tempo wahrte. Dann gelangte er mit dem zwölften Takt an die Stelle, an der die Musik gleichsam explodiert und dann in Wellen wieder abebbt. Eine Art Seufzer ging durch das Publikum, dann begann die Musik fast sofort wieder, sich emporzuschwingen.

Gelegentlich stützte sich Brodsky mit der freien Hand ab,

doch in dieser Phase war er in eine tiefere Schicht seiner selbst vorgedrungen und schien in der Lage zu sein, sein Gleichgewicht ohne große zusätzliche Stütze zu halten. Er wiegte den Oberkörper hin und her. Leidenschaftlich schwenkte er die Arme durch die Luft. Während der Anfangspassagen des ersten Satzes bemerkte ich, wie einige Orchestermitglieder mit schuldbewußtem Blick ins Publikum schauten, als wollten sie sagen: «Ja, tatsächlich, das verlangt er von uns!» Doch nach und nach versenkten sich die Musiker in Brodskys Vision. Zuerst ließen sich die Geiger mitreißen, und dann sah ich, daß mehr und mehr Musiker ganz in ihrem Spiel aufgingen. Als Brodsky sie dann in die Melancholie des zweiten Satzes hineingeführt hatte, schien das Orchester seine Autorität gänzlich akzeptiert zu haben. Auch das Publikum hatte inzwischen seine Ruhelosigkeit abgelegt und saß da wie versteinert.

Brodsky nutzte die freiere Form des zweiten Satzes, um immer ungewöhnlichere Interpretationen zu wagen, und auch meine Faszination wuchs zusehends – sosehr ich auch an jeden nur denkbaren Aspekt bei Mullery gewöhnt war. Auf fast widernatürliche Weise ignorierte er die äußere Struktur der Musik – die Verbeugungen des Komponisten vor Tonalität und Melodik, die die Oberfläche des Werkes zierten –, um sich statt dessen auf die merkwürdigen Impulse zu konzentrieren, die sich dicht unter der äußeren Schale verbargen. Dem Ganzen haftete etwas leicht Schmuddeliges an, etwas, das an Exhibitionismus denken ließ und das nahelegte, daß Brodsky selbst zutiefst peinlich berührt war von dem, was er da zutage förderte, und doch konnte er dem Drang nicht widerstehen, noch weiter zu gehen. Die Wirkung war nervenaufreibend, aber unwiderstehlich.

Wieder betrachtete ich die Menge unter mir. Es konnte kein Zweifel daran bestehen, daß dieses Provinzpublikum von Brodsky gefangengenommen war, und ich hielt es durchaus für möglich, daß meine Frage-und-Antwort-Runde sich nicht als so knifflig erweisen würde, wie ich befürchtet hatte. Wenn es

Brodsky gelungen war, das Publikum mit dieser Darbietung für sich zu gewinnen, dann war es bestimmt nicht mehr von so entscheidender Bedeutung, wie ich die Fragen beantwortete. Meine Aufgabe würde es im wesentlichen sein, etwas zu bekräftigen, wovon das Publikum schon überzeugt war – obwohl ich so schlecht vorbereitet war, sah es also aus, als könnte ich meinen Pflichten in völlig angemessener Weise gerecht werden, und zwar mit einigen diplomatischen, gelegentlich humorigen Bemerkungen. Wenn Brodsky andererseits das Publikum aufgewühlt und unentschlossen zurückließ, würde ich, ungeachtet meines Ranges und meiner Erfahrung, hart arbeiten müssen. Die Stimmung im Saal war immer noch von Unbehagen gekennzeichnet, und während ich jetzt an die zornige Unruhe des dritten Satzes dachte, fragte ich mich, was wohl geschehen mochte, wenn Brodsky mit diesem Teil des Stückes begann.

Erst in diesem Augenblick fiel mir plötzlich ein, das Publikum nach meinen Eltern abzusuchen. Aber da ich sie bisher nicht gesehen hatte, war die Wahrscheinlichkeit, jetzt plötzlich ihre Gesichter unter mir zu entdecken, wohl eher klein. Dennoch beugte ich mich nach vorn, dabei fast alle Vorsicht außer acht lassend, und ließ meinen Blick über die Zuschauer schweifen. Es gab gewisse Bereiche des Saales, die ich nicht einsehen konnte, sosehr ich mir auch den Hals verrenkte, und ich begriff, daß ich früher oder später in den Saal hinuntergehen mußte. Sollte es mir dann immer noch nicht gelingen, meine Eltern zu finden, könnte ich wenigstens versuchen, Hoffman oder Miss Stratmann aufzuspüren, und sie fragen, wo sich meine Eltern befanden. Aber wie auch immer, ich sah ein, daß ich es mir nicht leisten konnte, noch mehr Zeit damit zu verschwenden, die Vorgänge von meinem gegenwärtigen Aussichtspunkt zu beobachten, und so drehte ich mich vorsichtig um und machte mich daran, aus dem Schrank herauszuklettern.

Als ich wieder auf die oberste Stufe der kleinen Treppe hinaustrat, sah ich, daß die Schlange hinter mir sehr viel länger geworden war. Mindestens zwanzig Personen standen jetzt dort und warteten, und ich hatte irgendwie ein schlechtes Gewissen, weil ich nun doch so lange geblieben war. Alle in der Schlange redeten aufgeregt durcheinander, verfielen aber sofort in Schweigen, als sie mich sahen. Ich brummelte eine Entschuldigung, als ich die Stufen hinunterging, dann machte ich mich eilends auf den Weg den Korridor hinunter, genau in dem Augenblick, als der nächste in der Reihe eifrig die Stufen hinaufkletterte, auf den Eingang des Schrankes zu.

Auf dem Korridor war es viel ruhiger als vorher, was größtenteils daran lag, daß die Aktivitäten des Küchenpersonals sich vorübergehend beruhigt hatten. Alle paar Meter kam ich an einem vollbeladenen Servierwagen vorbei. An manchen lehnten Männer in Overalls, sie rauchten und tranken Kaffee aus Styroporbechern. Als ich schließlich stehenblieb und einen dieser Männer nach dem schnellsten Weg in den Saal fragte, deutete er einfach nur auf eine Tür hinter mir. Ich bedankte mich, zog die Tür auf und stand vor einer schlecht beleuchteten Treppe.

Ich stieg mindestens fünf Treppenläufe hinab. Dann stieß ich eine schwere Drehtür auf und ging durch einen düsteren Teil des Bühnenhintergrunds weiter. In dem dämmrigen Licht erkannte ich gemalte Kulissenteile – ein Schloß, ein von Mondlicht erhellter Himmel, ein Wald –, die an der Wand lehnten. Über mir sah ich ein Gewirr von Stahltrossen. Das Orchester war jetzt ganz deutlich zu hören, und ich bewegte mich auf die Musik zu und tat mein möglichstes, nicht gegen einen der vielen kistenartigen Gegenstände zu stoßen, die in meinem Weg standen. Nachdem ich schließlich eine Holztreppe hinaufgegangen war, wurde mir bewußt, daß ich direkt hinter der Bühne stand. Ich wollte schon wieder zurückgehen – ich hatte gehofft, diskret irgendwo in der Nähe des Parketts herauszukommen –, doch da war etwas an der Musik, die mich nicht losließ, etwas Problematisches, das vorher nicht dagewesen war und das mich veranlaßte stehenzubleiben.

Ich blieb stehen und hörte etwa eine Minute lang zu, dann machte ich einen Schritt nach vorn und schaute hinter dem schweren, faltigen Vorhang hervor. Das tat ich natürlich mit beträchtlicher Vorsicht – selbstverständlich wollte ich um jeden Preis vermeiden, daß die Zuschauer mein Gesicht sahen und zu applaudieren anfingen –, nur um zu entdecken, daß ich aus einem sehr scharfen Winkel auf Brodsky und das Orchester schaute. Es war also sehr unwahrscheinlich, daß die Zuschauer mich sehen konnten.

Ich begriff, daß sich in der Zeit, in der ich durch das Gebäude gewandert war, viel geändert hatte. Brodsky, so vermutete ich, hatte das Ganze zu weit getrieben, denn im Klang des Orchesters war jetzt jenes Zögern in der Technik zu spüren, das so oft Zeichen für die mangelnde Übereinstimmung zwischen Dirigent und Musikern ist. Auf den Gesichtern der Musiker – ich konnte sie jetzt erstmals ganz aus der Nähe sehen – spiegelten sich Ungläubigkeit, Kummer, ja sogar Abscheu. Während sich meine Augen dann immer mehr an den Glanz der Scheinwerfer gewöhnten, schaute ich am Orchester vorbei auf die Zuschauer. Ich konnte nur die ersten Reihen erkennen, doch es war offensichtlich, daß die Leute jetzt besorgte Blicke wechselten, sich nervös räusperten und den Kopf schüttelten. Eine Frau stand gerade auf, um den Saal zu verlassen. Doch ungerührt dirigierte Brodsky weiter, er schien sogar bestrebt, noch weiter zu gehen. Dann sah ich, daß zwei Cellisten sich kopfschüttelnd ansahen. Das war ein untrügliches Zeichen für Meuterei, was Brodsky zweifellos bemerkte. Er dirigierte jetzt fast manisch, und die Musik bewegte sich gefährlich am Rande des Wahnsinns.

Bis zu diesem Augenblick hatte ich Brodskys Gesichtsausdruck nicht sehr gut erkennen können – ich sah ihn meist von hinten –, doch als er sich immer heftiger drehte und wendete, sah ich sein Gesicht dann deutlicher. Erst da dämmerte es mir, daß noch etwas ganz anderes Brodskys Benehmen beeinflußte. Ich musterte ihn erneut – die Art, wie sich sein Körper in einem ganz eigenen Rhythmus drehte und verkrampfte –, und ich begriff, daß Brodsky unter großen Schmerzen litt und das wahrscheinlich schon seit einer geraumen Weile. Als ich das erst einmal bemerkt hatte, waren die Anzeichen untrüglich. Er schaffte es nur noch mit letzter Kraft weiterzumachen, und sein Gesicht war nicht nur vor Inbrunst verzerrt.

Ich fühlte mich verpflichtet, etwas zu unternehmen, und rasch schätzte ich die Lage ein. Brodsky hatte noch anderthalb Sätze, die hohe Anforderungen stellten, sowie einen komplizierten Epilog vor sich. Der vorteilhafte Eindruck, den er zu Beginn gemacht hatte, war schnell verwischt worden. Das Publikum würde sehr bald schon nicht mehr unter Kontrolle zu halten sein. Je mehr ich darüber nachdachte, um so offensichtlicher wurde es, daß die Vorstellung zu einem Ende gebracht werden mußte, und ich fragte mich, ob ich nicht auf die Bühne hinaustreten und die Sache selbst in die Hand nehmen sollte. Tatsächlich war ich wohl der einzige Mensch im Saal, der das bewerkstelligen konnte, ohne daß sich den Zuhörern der Eindruck einer größeren Katastrophe vermittelte.

Doch während der nächsten Minuten rührte ich mich nicht, denn mich beschäftigte die Frage, auf welche Weise ich solch ein Einschreiten denn zu Wege bringen sollte. Sollte ich hinaustreten und mit den Armen wedeln, um ein Ende zu signalisieren? Das könnte nicht nur anmaßend wirken, sondern auch auf eine gewisse Mißbilligung meinerseits hindeuten – ein katastrophaler Eindruck. Weit besser wäre es vielleicht, auf den Beginn des Andante zu warten und dann ganz bescheiden im Rhythmus der Musik auf die Bühne zu gehen und Brodsky und dem Orchester höflich zuzulächeln, so als sei der ganze Auftritt weit im voraus geplant worden. Zweifellos würden die Zuhörer dann applaudieren, woraufhin ich dann meinerseits – immer noch lächelnd – zuerst Brodsky und dann den Musikern applaudieren könnte. Brodsky würde dann hoffentlich geistesgegenwärtig genug sein, die Musik allmählich «ausklingen» zu lassen und sich zu verbeugen. Bei meiner Anwesenheit auf der Bühne würde die Menge Brodsky kaum Probleme bereiten. Unter meiner Anleitung – ich würde weiter applaudieren und lächeln, als hätte Brodsky in jeder Hinsicht etwas von unbestreitbarer Schönheit dargeboten – könnten die Erinnerungen an den ersten Teil seiner Vorstellung in einer Intensität zurückkehren, die das Publikum wieder auf seine Seite brächten. Brodsky könnte sich in angemessener Weise verbeugen, und wenn er sich dann umdrehen würde, um von der Bühne abzugehen, könnte man mich sehen, wie ich ihm höflich vom Podium herunterhelfen, vielleicht das Bügelbrett zusammenklappen und ihm reichen würde, damit er es wieder als Krücke benutzen konnte. Ich könnte ihn dann zu den Kulissen führen und dabei oft zu den Zuhörern zurückschauen, um sie zu weiterem Applaus zu ermutigen und so weiter. Ich konnte mir in der Tat vorstellen, daß mir das gelingen würde, vorausgesetzt, ich schätzte die Lage absolut richtig ein.

Aber genau in dem Augenblick geschah etwas anderes, das sich vielleicht schon die ganze Zeit über angekündigt hatte. Brodsky schwang den Taktstock in hohem Bogen, und fast gleichzeitig ließ er die andere Hand in die Luft schießen. Dabei schien er das Gleichgewicht zu verlieren. Er erhob sich ein paar Zentimeter in die Luft, dann schlug er auf dem Bühnenboden auf, wobei er das Geländer des Podiums, das Bügelbrett, die Partitur und den Notenständer mitriß.

Ich erwartete, daß die Leute ihm zu Hilfe eilten, doch nach dem Laut des Erschreckens, der auf seinen Sturz folgte, senkte sich peinlich berührtes Schweigen über den Saal. Erst als Brodsky mit dem Gesicht nach unten reglos auf dem Boden liegenblieb, setzte überall leises Gemurmel ein. Schließlich legte einer der Geiger sein Instrument zur Seite und ging zu Brodsky. Eine Reihe von Leuten – Bühnenarbeiter, Musiker – folgten bald seinem Beispiel, doch an der Art, wie sie sich der am Boden ausgestreckten Gestalt näherten, war etwas Zögerliches, als rechneten sie damit, gründlich zu mißbilligen, was sie entdecken würden.

Etwa in dem Moment kam ich wieder zur Besinnung – ich hatte gezögert, weil ich nicht einschätzen konnte, welchen Eindruck es machen würde, wenn ich mich zu erkennen gab – und eilte auf die Bühne, um mich zu denen zu gesellen, die Brodsky zu Hilfe gekommen waren. Als ich näher kam, stieß der Geiger einen Schrei aus, ließ sich auf die Knie fallen und fing an, Brodsky mit ganz neuer Dringlichkeit zu untersuchen. Dann schaute er zu uns auf und sagte entsetzt flüsternd: «Mein Gott, er hat ja ein Bein verloren! Ein wahres Wunder, daß es so lange gedauert hat, bis er zusammengebrochen ist!»

Laute des Erstaunens waren zu hören, und wir alle, die wir uns um Brodsky versammelt hatten – wir waren etwa zu zwölft –, sahen uns an. Aus irgendeinem Grund waren wir übereinstimmend entschieden der Meinung, daß die Nachricht von dem fehlenden Bein auf keinen Fall durchsickern durfte, und wir stellten uns noch dichter zusammen, um Brodsky vor den Blicken des Publikums abzuschirmen. Diejenigen, die am nächsten bei Brodsky standen, berieten leise darüber, ob sie ihn von der Bühne tragen sollten. Dann gab jemand ein Zeichen, und der Vorhang begann sich zu senken. Schnell wurde klar, daß Brodsky genau dort lag, wo der Vorhang herunterkommen würde, und mehrere Hände streckten sich aus und zogen ihn gerade in dem Augenblick vom Bühnenrand weg, als der Vorhang fiel.

Die Bewegung bewirkte, daß wieder etwas Leben in Brodsky kam, und als der Geiger ihn auf den Rücken drehte, öffnete er die Augen und sah suchend von Gesicht zu Gesicht. Dann fragte er mit einer Stimme, die eher verschlafen als sonst etwas klang:

«Wo ist sie? Wieso ist sie nicht hier, um mich zu halten?»

Wieder wurden Blicke gewechselt. Dann flüsterte jemand:

«Miss Collins. Er muß Miss Collins meinen.»

Kaum waren diese Worte ausgesprochen, da war hinter uns

ein sachtes Räuspern zu hören, und wir drehten uns um und sahen, daß Miss Collins ganz dicht am Vorhang auf der Bühne stand. Sie schien immer noch sehr gefaßt und warf uns einen Blick höflicher Anteilnahme zu. Nur die Art, in der sie die Hände verschränkt hielt, etwas höher über der Brust, als man normalerweise erwarten würde, zeugte von innerem Aufruhr.

«Wo ist sie?» fragte Brodsky wieder mit seiner verschlafenen Stimme. Dann fing er plötzlich an, leise vor sich hinzusingen.

Der Geiger schaute zu uns auf. «Ist er betrunken? Jedenfalls riecht er nach Alkohol.»

Brodsky hörte auf zu singen, die Augen fielen ihm zu, und er fragte: «Wo ist sie? Wieso kommt sie denn nicht?»

Nicht laut, aber deutlich hörbar, antwortete Miss Collins vom Vorhang her: «Ich bin hier, Leo.»

Sie hatte in nahezu zärtlichem Tonfall gesprochen, aber als sofort eine Gasse für sie gebildet wurde, rührte sie sich nicht. Doch der Anblick der Gestalt auf dem Boden führte schließlich dazu, daß sich in ihrem Gesicht Anzeichen von Sorge zeigten. Brodsky, der die Augen immer noch geschlossen hatte, fing wieder an, vor sich hinzusummen.

Dann öffnete er die Augen und schaute sich gründlich um. Sein Blick fiel zuerst auf den Vorhang – vielleicht suchte er nach dem Publikum –, doch als er sah, daß er geschlossen war, betrachtete er noch einmal prüfend die Gesichter, die auf ihn herabstarrten. Schließlich schaute er wieder zu Miss Collins hoch.

«Wir wollen uns umarmen», sagte er. «Wir wollen es der Welt zeigen. Der Vorhang...» Mit einiger Mühe richtete er sich ein wenig auf und rief: «Haltet euch bereit, den Vorhang wieder hochzuziehen!» Dann sagte er sanft zu Miss Collins: «Komm und halte mich. Umarme mich. Dann sollen sie den Vorhang wieder hochziehen. Die Welt soll es sehen.» Langsam ließ er sich wieder fallen, bis er flach auf dem Rücken lag. «Na, komm doch», brummelte er.

Miss Collins schien etwas sagen zu wollen, aber dann überlegte sie es sich anders. Sie schaute zu dem Vorhang, in ihren Augen spiegelte sich jetzt Angst.

«Sie sollen es sehen», sagte Brodsky. «Sie sollen sehen, daß wir zusammen waren, als es zu Ende ging. Daß wir uns unser ganzes Leben lang geliebt haben. Wir wollen es ihnen zeigen. Wenn der Vorhang hochgeht, sollen sie es sehen.»

Miss Collins starrte weiter auf Brodsky, dann schließlich ging sie auf ihn zu. Die Leute traten zur Seite, einige schauten sogar weg. Sie blieb stehen, bevor sie ihn ganz erreicht hatte, und mit bebender Stimme sagte sie:

«Wir können uns ja bei der Hand halten, wenn du willst.»

«Nein, nein. Das hier ist das Ende. Wir wollen uns richtig umarmen. Sie sollen es sehen.»

Miss Collins zögerte einen Moment, dann ging sie direkt auf ihn zu und kniete sich hin. In ihren Augen, so sah ich, standen Tränen.

«Mein Liebes», sagte Brodsky sanft. «Halt mich noch einmal. Meine Wunde bereitet mir jetzt große Schmerzen.»

Plötzlich zog Miss Collins die Hand zurück, die sie gerade ausstrecken wollte, und stand auf. Kühl schaute sie auf Brodsky herab, dann ging sie rasch zum Vorhang zurück.

Brodsky schien ihren Rückzug nicht zu bemerken. Er starrte jetzt zur Decke hinauf, die Arme hatte er weit ausgebreitet, als rechnete er damit, daß Miss Collins von oben auf ihn zukommen würde.

«Wo bist du?» fragte er. «Sie sollen es sehen. Wenn sie den Vorhang hochziehen. Sie sollen sehen, daß wir zusammen waren, als es zu Ende ging. Wo bist du?»

«Ich komme nicht, Leo. Wohin auch immer du jetzt gehst, du wirst allein gehen müssen.»

Brodsky mußte den veränderten Tonfall bemerkt haben, denn obwohl er weiter an die Decke starrte, fielen ihm die Arme zu den Seiten herab.

«Deine Wunde», sagte Miss Collins leise. «Immer nur deine Wunde.» Dann verzerrten sich ihre Züge aufs häßlichste.

«Ach, wie ich dich hasse! Wie ich dich dafür hasse, daß du mein Leben vergeudet hast! Ich werde dir niemals, niemals verzeihen! Deine Wunde, deine alberne kleine Wunde! Das ist deine wahre Liebe, Leo, diese Wunde, das ist die einzige wahre Liebe deines Lebens! Ich weiß, wie es sein würde, selbst wenn wir es versuchten, selbst wenn es uns gelingen könnte, wieder etwas aufzubauen. Auch die Musik, damit wird es immer dasselbe sein. Selbst wenn sie dich heute abend akzeptiert hätten, selbst wenn man dich hier in der Stadt feiern würde, selbst dann würdest du alles kaputtmachen, alles würdest du kaputtmachen, um dich herum alles zerstören, so wie du es vorher auch schon gemacht hast. Und alles wegen dieser Wunde. Ich, die Musik, wir sind doch für dich nichts anderes als eine Geliebte, bei der du Trost suchst. Du wirst immer zu deiner einzigen wahren Liebe zurückkehren. Zu dieser Wunde! Und weißt du, was mich so wütend macht? Leo, hörst du mir überhaupt zu? Deine Wunde ist gar nichts Besonderes, wirklich überhaupt nichts Besonderes. Allein hier in dieser Stadt kenne ich viele mit schlimmeren Wunden. Und trotzdem leben sie weiter, jeder einzelne von ihnen, mit weit mehr Mut, als du je hattest. Sie leben einfach weiter. Und sie erwerben sich Ansehen. Aber du, Leo, schau dich doch an. Du hätschelst immer nur deine Wunde. Hörst du mir überhaupt zu? Hör mir zu, ich will, daß du jedes einzelne Wort hörst! Diese Wunde ist alles, was du jetzt noch hast. Früher habe ich einmal versucht, dir alles zu geben, aber es hat dich nicht interessiert, und ein zweites Mal sollst du mich nicht haben. Wie du mein Leben vergeudet hast! Wie ich dich hasse! Hörst du mich, Leo? Schau dich doch nur an! Was soll bloß aus dir werden? Also, ich will es dir sagen. Du gehst jetzt an einen Ort, an dem es schrecklich sein wird. An einen dunklen und einsamen Ort, und ich werde nicht mit dir gehen. Geh nur allein, geh du nur allein mit dieser albernen kleinen Wunde!»

Brodsky hatte langsam eine Hand in der Luft geschwenkt. Als sie jetzt schwieg, sagte er:

«Ich könnte... ich könnte wieder Dirigent sein. Die Musik gerade eben, bevor ich zu Boden fiel. Die war gut. Hast du es gehört? Ich könnte wieder Dirigent sein...»

«Hast du mir überhaupt zugehört, Leo? Du wirst *nie* ein richtiger Dirigent sein. Das bist du nie gewesen, selbst damals nicht. Du wirst den Leuten in dieser Stadt nie gute Dienste leisten können, selbst wenn du wolltest. Weil dir ihr Leben egal ist. Und das ist die Wahrheit. Deine Musik wird sich immer nur um diese alberne kleine Wunde drehen, sie wird nie mehr sein als das, sie wird nie Tiefe haben und niemals für andere von Wert sein. Ich dagegen kann auf meine bescheidene Weise wenigstens sagen, daß ich getan habe, was ich konnte. Daß ich mein Bestes gegeben habe, um den unglücklichen Leuten hier zu helfen. Aber du, schau dich doch an. Du hast dich immer nur für diese Wunde interessiert. Und deshalb bist du auch damals kein *wirklicher* Musiker gewesen. Und du wirst auch nie mehr einer werden. Hörst du mir überhaupt zu, Leo? Ich will, daß du das hier hörst. Du wirst nie etwas anderes sein als ein Scharlatan. Ein erbärmlicher, verantwortungsloser Schwindler...»

Plötzlich schoß ein stämmiger Mann mit rotem Gesicht durch den Vorhang.

«Ihr Bügelbrett, Mr. Brodsky!» verkündete er fröhlich und hielt besagten Gegenstand vor sich in die Höhe. Als er dann spürte, was für eine Stimmung herrschte, schrak er zurück.

Miss Collins schaute auf den Neuankömmling, dann warf sie einen letzten Blick auf Brodsky und rannte durch den Spalt im Vorhang hinaus.

Brodskys Gesicht war immer noch der Decke zugekehrt, doch inzwischen hatte er die Augen wieder geschlossen. Ich drängte mich nach vorn, kniete mich neben ihn und kontrollierte seinen Herzschlag.

«Unsere Matrosen», brummelte er. «Unsere Matrosen. Unsere betrunkenen Matrosen. Wo mögen sie jetzt nur sein? Wo seid ihr? Wo seid ihr nur?»

«Ich bin es», sagte ich. «Ryder. Wir müssen schnellstens dafür sorgen, daß Sie Hilfe bekommen, Mr. Brodsky.»

«Ryder.» Er öffnete die Augen und schaute zu mir hoch. «Ryder. Vielleicht stimmt es ja. Was sie gesagt hat.»

«Machen Sie sich keine Sorgen, Mr. Brodsky. Ihre Musik war großartig. Besonders die ersten beiden Sätze…»

«Nein, nein, Ryder. Das habe ich überhaupt nicht gemeint. Das spielt jetzt kaum noch eine Rolle. Ich meine das andere, was sie gesagt hat. Daß ich allein gehe. An irgendeinen dunklen, einsamen Ort. Vielleicht stimmt das ja.» Plötzlich hob er den Kopf vom Boden und starrte mir in die Augen. «Ich will nicht gehen, Ryder», sagte er flüsternd. «Ich will nicht gehen.»

«Ich will versuchen, sie zurückzuholen, Mr. Brodsky. Wie gesagt, besonders in den ersten beiden Sätzen ließen sich enorme Innovationen erkennen. Ich bin sicher, sie wird mit sich reden lassen. Bitte entschuldigen Sie mich, ich bin gleich wieder zurück.»

Ich befreite meinen Arm aus seiner Umklammerung und lief durch den Vorhang hinaus.

▲

FÜNFUNDDREISSIG

Ich war höchst verblüfft darüber, den Zuschauerraum völlig verändert vorzufinden. Die große Saalbeleuchtung war wieder eingeschaltet worden, und es war praktisch kein Publikum mehr da. Gut zwei Drittel der Leute waren gegangen, und von denen, die noch geblieben waren, standen die meisten auf den Gängen und unterhielten sich. Doch ich dachte nicht lange darüber nach, denn inzwischen hatte ich Miss Collins entdeckt, die durch den Mittelgang auf den Ausgang zuging. Ich verließ die Bühne und lief ihr an den Leuten vorbei hinterher, und ich war bis auf Hörweite herangekommen, als sie gerade den Ausgang erreicht hatte.

«Miss Collins! Nur einen Augenblick bitte!»

Sie drehte sich um, und als sie mich entdeckte, warf sie mir einen strengen Blick zu. Ein wenig überrascht blieb ich wie angewurzelt stehen, als ich auf halber Höhe des Ganges war.

Plötzlich spürte ich, wie alle Entschlossenheit, sie einzuholen und mit ihr zu sprechen, von mir wich, und ich mußte feststellen, daß ich aus irgendeinem Grund verlegen auf meine Füße schaute. Als ich den Kopf schließlich wieder hob, sah ich, daß sie gegangen war.

Ich blieb noch eine Weile dort stehen und fragte mich, ob es wohl dumm von mir gewesen war, daß ich sie so ohne weiteres hatte gehen lassen. Doch dann merkte ich, daß sich meine Aufmerksamkeit langsam auf die Gespräche richtete, die um mich herum geführt wurden. Da gab es ganz besonders eine Gruppe, die rechts von mir stand – sechs oder sieben schon ältere Leute –, und ich hörte einen der Männer sagen:

«Wie man von Frau Schuster hört, ist dieser Kerl während der ganzen Sache keinen einzigen Tag lang nüchtern gewesen.

Also wie kann man von uns erwarten, so einen Mann zu respektieren, wie talentiert er auch immer sein mag? Was für ein Beispiel gibt er denn unseren Kindern? Nein, nein, das hat man alles viel zu weit gehen lassen.»

«Bei dem Diner der Gräfin», sagte eine Frau, «ist er ganz bestimmt betrunken gewesen. Nur durch ganz geschickte Manöver ist es ihnen gelungen, das zu verschleiern.»

«Entschuldigen Sie», unterbrach ich, «aber Sie wissen überhaupt nichts von dieser ganzen Angelegenheit. Ich kann Ihnen versichern, daß Sie ganz und gar falsch informiert sind.»

Ich rechnete damit, daß meine Gegenwart sie so verblüffen würde, daß sie schweigen müßten. Aber sie schauten mich nur freundlich an – als hätte ich sie lediglich gefragt, ob sie etwas dagegen hätten, wenn ich mich zu ihnen gesellte –, dann nahmen sie ihre Unterhaltung wieder auf.

«Es will ja niemand wieder anfangen, Christoff zu loben», sagte der erste Mann. «Aber diese Vorstellung gerade eben. Wie Sie schon sagten, es grenzte wirklich an Geschmacklosigkeit.»

«Es grenzte schon ans Unmoralische. Das ist es. Es grenzte ans Unmoralische.»

«Entschuldigen Sie», unterbrach ich diesmal etwas heftiger. «Aber ich habe zufällig ganz genau zugehört und bemerkt, was Mr. Brodsky vor seinem Zusammenbruch gelungen ist, und mein Urteil unterscheidet sich wesentlich von Ihrem. Meiner Meinung nach hat er etwas sehr Reizvolles, Frisches geschaffen, etwas, das dem inneren Kern des Stückes sehr nahekommt.»

Ich warf ihnen allen einen eisigen Blick zu. Sie schauten mich wieder freundlich an, einige lachten höflich, als hätte ich einen Witz gemacht. Dann sagte der erste Mann:

«Es will ja niemand Christoff verteidigen. Wir haben ihn alle inzwischen durchschaut. Aber wenn man so etwas hört wie das eben, sieht man die Dinge wieder im richtigen Verhältnis.»

«Offensichtlich», sagte ein anderer, «glaubt Brodsky, daß

Max Sattler es richtig gemacht hat. Jawohl. Tatsächlich ist er fast den ganzen Tag herumgelaufen und hat das erzählt. Bestimmt hat er das im Vollrausch gesagt, aber da der Mann ja ständig betrunken ist, werden wir seiner Meinung wohl nie näherkommen. Max Sattler. Das erklärt wirklich vieles von dem, was wir gerade gehört haben.»

«Christoff hatte wenigstens ein Gespür für Struktur. Für ein gewisses System, an das man sich halten konnte.»

«Meine Herren», sagte ich, «Sie widern mich an!»

Sie drehten sich nicht einmal mehr zu mir um, und ich ging ärgerlich von ihnen weg.

Als ich den Gang entlang zurückging, schienen alle um mich herum zu diskutieren, was sie gerade erlebt hatten. Viele, so bemerkte ich, redeten aus dem bloßen Bedürfnis heraus, sich etwas von der Seele zu sprechen, ungefähr so, wie man es nach einem Feuer oder einem Unfall tun würde. Als ich ganz vorne im Zuschauerraum angekommen war, sah ich zwei Frauen weinen und eine dritte, die sie tröstete und sagte: «Ist ja gut, ist ja alles vorbei jetzt. Alles vorbei jetzt.» Der Duft nach Kaffee zog durch diesen Teil des Saals, und etliche Leute hielten Kaffeetassen in der Hand und tranken, wie um sich zu stärken.

Genau in dem Moment fiel mir ein, daß ich nach oben zurückgehen und nachsehen sollte, wie es Gustav ging. Ich bahnte mir einen Weg durch die Menge und verließ den Zuschauerraum durch einen Notausgang.

Ich fand mich auf einem ruhigen, menschenleeren Korridor wieder. Wie der obere Korridor machte er eine sanfte Biegung, aber dieser hier war eindeutig für Besucher gedacht. Es gab einen üppigen Teppichboden, das Licht war warm und gedämpft. An den Wänden hingen Gemälde in Blattgoldrahmen. Ich hatte nicht damit gerechnet, daß der Korridor so menschenleer sein würde, und einen Moment lang stand ich zögernd da und wußte nicht genau, welchen Weg ich nehmen sollte. Doch da, als ich schon wieder weitergehen wollte, hörte ich eine Stimme hinter mir rufen:

«Mr. Ryder!»

Ich drehte mich um und sah etwas weiter hinten auf dem Korridor Hoffman mit dem Arm winken. Er rief mich noch einmal, doch aus irgendeinem Grund blieb er wie angewurzelt an seinem Platz stehen, so daß ich schließlich gezwungen war zurückzugehen.

«Mr. Hoffman», sagte ich, als ich auf ihn zuging. «Es ist wirklich höchst bedauerlich, was da passiert ist.»

«Eine Katastrophe. Eine totale Katastrophe.»

«Es ist wirklich höchst bedauerlich. Aber Sie sollten nicht allzu niedergeschlagen sein, Mr. Hoffman. Sie haben doch getan, was Sie konnten, um den Abend zu einem Erfolg zu machen. Und wenn ich das sagen darf, ich habe ja auch noch meinen Auftritt zu absolvieren. Ich versichere Ihnen, ich werde alles in meiner Macht Stehende tun, damit wir den Abend wieder in den Griff bekommen. Übrigens, Mr. Hoffman, ich habe mich gefragt, ob wir die Frage-und-Antwort-Runde in ihrer ursprünglich vorgesehenen Form nicht fallenlassen könnten. Mein Vorschlag wäre, daß ich einfach eine Rede halte, irgend etwas Angemessenes, wobei ich berücksichtige, was geschehen ist. Ich könnte zum Beispiel ein paar Worte dahingehend sagen, wie sehr wir die Bedeutung der außerordentlichen Vorstellung in unserem Herzen bewahren werden, die Mr. Brodsky gerade geben wollte, als er so krank wurde, und daß wir uns bemühen werden, dem Geist dieser Vorstellung treu zu bleiben, irgend so etwas. Natürlich werde ich das Ganze kurz halten. Ich könnte dann vielleicht meinen eigenen Vortrag Mr. Brodsky widmen oder auch seinem Andenken, je nach dem Zustand, in dem er sich in dem Moment befindet...»

«Mr. Ryder», sagte Hoffman ernsthaft, und ich hatte den Eindruck, als habe er mir überhaupt nicht zugehört. Er war sehr besorgt und schien mich nur beobachtet zu haben, um eine Gelegenheit zu finden, mich zu unterbrechen. «Mr. Ryder, da gibt es eine Angelegenheit, die ich Ihnen gegenüber zur Sprache bringen wollte. Eine ganz unbedeutende Angelegenheit.»

«Aha, und das wäre, Mr. Hoffman?»

«Eine ganz unbedeutende Angelegenheit, jedenfalls für Sie. Für mich, für meine Frau, dagegen eine Angelegenheit von einiger Wichtigkeit.» Plötzlich verzerrte sich sein Gesicht vor Wut, und er warf den Arm zurück. Ich dachte schon, er wollte mich schlagen, aber dann wurde mir klar, daß er auf eine Stelle hinter sich etwas weiter unten auf dem Korridor deutete. In dem gedämpften Licht erkannte ich die Silhouette einer Frau, die mit dem Rücken zu uns in einer Nische lehnte. Die Wandvertiefung war verspiegelt, und mit dem Kopf berührte die Frau praktisch das Glas, so daß sich ihr Spiegelbild schräg von ihr wegneigte. Während ich noch zu der Gestalt hinschaute, warf Hoffman, der wahrscheinlich dachte, ich hätte seine erste Geste nicht wahrgenommen, den Arm ein zweites Mal nach hinten. Dann sagte er:

«Ich meine die Sammelmappen meiner Frau, Mr. Ryder.»

«Die Sammelmappen Ihrer Frau. Ach ja. Ja, sie war so freundlich... Aber dies, Mr. Hoffman, ist doch sicherlich kaum der Zeitpunkt...»

«Sie werden sich wohl erinnern, Mr. Ryder, daß Sie mir versprochen haben, sich die Mappen anzusehen. Und wir haben doch, aus Rücksichtnahme auf Sie, Mr. Ryder, damit Sie nicht zu einer unpassenden Zeit damit belästigt werden, wir haben doch – Sie erinnern sich doch, Mr. Ryder? –, wir haben doch ein Zeichen vereinbart. Ein Zeichen, das Sie mir geben wollten, um mir zu signalisieren, daß Sie bereit wären, sich die Mappen anzusehen. Daran erinnern Sie sich doch, Mr. Ryder?»

«Natürlich, Mr. Hoffman. Und ich hatte selbstverständlich die Absicht...»

«Ich habe Sie sehr genau beobachtet, Mr. Ryder. Immer wenn ich Sie entdeckte, wie Sie durch das Hotel schlenderten, durch die Halle gingen, Ihren Kaffee tranken, da habe ich dann immer bei mir gedacht: ‹Ach, jetzt scheint er ja einen Moment Zeit zu haben. Vielleicht ist es jetzt der geeignete Zeitpunkt.›

Und ich habe auf das Zeichen gewartet, ich habe Sie sehr genau beobachtet, aber ist das Zeichen vielleicht gekommen? Pah! Und hier sind wir nun, Ihr Besuch ist jetzt bald vorüber, es sind nur noch ein paar Stunden bis zu Ihrem Flug und Ihrer nächsten Verpflichtung in Helsinki! Es gab Momente, Mr. Ryder, da habe ich gedacht, ich hätte es vielleicht übersehen, ich hätte mich für eine Sekunde weggedreht und beim Wiederhinschauen hätte ich dann die Schlußphase Ihres Zeichens irrtümlich für irgendeine andere Geste gehalten. Natürlich, wenn dies der Fall sein sollte, daß Sie bei einer Reihe von Gelegenheiten das Zeichen gegeben haben, und wenn ich nur zu begriffsstutzig gewesen bin, es zu bemerken, dann werde ich mich selbstverständlich entschuldigen, ohne Einschränkungen, ohne falsches Schamgefühl, ohne stolzes Gehabe. Doch es ist meine Überzeugung, Mr. Ryder, daß Sie kein derartiges Zeichen gegeben haben. Mit anderen Worten, Mr. Ryder, Sie haben meine Frau... meine Frau» – er schaute zu der Gestalt weiter hinten auf dem Korridor zurück und senkte die Stimme – «Sie haben meine Frau äußerst geringschätzig behandelt. Sehen Sie, hier sind sie!»

Erst da bemerkte ich die beiden großen Alben, die er in den Armen hielt. Jetzt streckte er sie mir entgegen.

«Da, bitte, Mr. Ryder. Die Früchte der Ergebenheit, mit der meine Frau sich Ihrer wundervollen Karriere gewidmet hat. Wie sie Sie bewundert. Das ist deutlich zu sehen. Schauen Sie sich diese Seiten an!» Mühsam öffnete er eine der Mappen, während er die andere unter dem Arm hielt. «Schauen Sie, Mr. Ryder. Selbst kleinste Ausschnitte aus irgendwelchen obskuren Zeitschriften. Sachen, die nur ganz beiläufig über Sie geschrieben wurden. Sie sehen, Mr. Ryder, wie ergeben sie Ihnen ist. Sehen Sie sich das an, Mr. Ryder! Und hier und hier! Und Sie finden nicht einmal einen Moment Zeit, sich diese Mappen anzusehen. Was soll ich ihr denn jetzt sagen?» Wieder deutete er auf die Gestalt weiter hinten auf dem Korridor.

«Tut mir leid», setzte ich an. «Tut mir wirklich sehr leid.

Aber sehen Sie, meine Zeit hier scheint irgendwie durcheinandergeraten zu sein. Aber ich hatte selbstverständlich die Absicht...» Da sah ich dann ein, daß bei all dem wachsenden Chaos des Abends wenigstens ich einen kühlen Kopf bewahren mußte. Ich schwieg, dann sagte ich einigermaßen beherrscht: «Also, Mr. Hoffman, vielleicht fällt es Ihrer Frau leichter, meine aufrichtige Entschuldigung zu akzeptieren, wenn sie sie aus meinem eigenen Mund hört. Ich hatte das große Vergnügen, sie vorhin schon kennenzulernen. Wenn Sie mich jetzt zu ihr führen, werden wir diese Angelegenheit vielleicht schnell aus dem Weg räumen können. Dann sollte ich natürlich wirklich auf die Bühne gehen, ein paar Worte über Mr. Brodsky sagen und dann mein Konzert geben. Vor allem meine Eltern werden schon ganz ungeduldig sein.»

Nach diesen Worten machte Hoffman einen leicht verwirrten Eindruck. Dann versuchte er, seinen früheren Ärger wieder anzufachen, und sagte: «Sehen Sie sich diese Seiten an, Mr. Ryder! Sehen Sie sich das an!» Doch die Glut war inzwischen erstorben, und er schaute mich ein wenig einfältig an. «Dann lassen Sie uns gehen», sagte er mit matter Stimme, als hätte er eben eine entsetzliche Niederlage erlitten. «Lassen Sie uns gehen.»

Doch einen Moment lang rührte er sich überhaupt nicht, und es kam mir so vor, als gingen ihm einige Erinnerungen an weit zurückliegende Ereignisse durch den Kopf. Dann ging er voller Entschlossenheit auf seine Frau zu, und ich folgte ein paar Schritte hinter ihm.

Mrs. Hoffman drehte sich um, als wir näher kamen. Ich ging nicht ganz bis zu ihr hin, doch sie schaute an ihrem Mann vorbei und sagte zu mir:

«Wie schön, Sie wiederzusehen, Mr. Ryder. Leider scheint sich der Abend nicht ganz so zu entwickeln, wie wir gehofft hatten.»

«Bedauerlicherweise», erwiderte ich, «haben Sie wohl recht.» Dann machte ich einen Schritt nach vorn und fügte hinzu: «Und nachdem eines zum anderen gekommen war, Mrs. Hoffman, scheine ich auch noch eine ganze Reihe von Dingen vernachlässigt zu haben, auf die ich mich schon sehr gefreut hatte.»

Ich rechnete damit, daß sie auf diese Andeutung reagieren würde, doch sie schaute mich einfach nur interessiert an und wartete darauf, daß ich fortfuhr. Dann räusperte sich Hoffman und sagte:

«Meine Liebe. Ich ... ich wußte von deinem Wunsch.»

Er lächelte sanft und hielt die Mappen hoch, in jeder Hand eine.

Mrs. Hoffman starrte ihn entsetzt an. «Gib mir diese Mappen», sagte sie streng. «Dazu hattest du nicht das Recht. Gib sie mir her.»

«Meine Liebe ...» Hoffman kicherte einmal kurz, und sein Blick fiel auf seine Füße.

Mrs. Hoffman hatte immer noch die Hand ausgestreckt, in ihrem Gesichtsausdruck lag rasende Wut. Der Hoteldirektor reichte ihr erst die eine und dann die andere Mappe. Seine Frau warf schnell einen Blick auf beide, um sich davon zu überzeugen, daß es die richtigen waren, und dann schien sie von einem Gefühl der Verlegenheit überwältigt zu werden.

«Meine Liebe», murmelte Hoffman, «ich habe ja bloß gedacht, es würde nicht schaden ...» Wieder verlor sich seine Stimme, und er lachte.

Eisig starrte Mrs. Hoffman ihn an. Dann drehte sie sich zu mir um und sagte: «Es tut mir sehr leid, Mr. Ryder, daß mein Mann es für nötig befunden hat, Sie mit derartig banalen Dingen zu belästigen. Guten Abend.»

Sie klemmte sich die Mappen unter den Arm und ging weg. Aber sie war gerade erst ein paar Schritte weit gekommen, als Hoffman plötzlich rief:

«Banal? Nein, nein! Diese Mappen sind doch nicht banal! Und auch nicht die Mappe über Kosminsky. Genausowenig wie die Mappe über Stefan Hallier. Die sind nicht banal. Wenn sie es nur wären. Wenn ich nur glauben könnte, daß sie es wären!»

Seine Frau blieb stehen, drehte sich aber nicht um, und Hoffman und ich starrten sie an, während sie ganz still im gedämpften Licht des Korridors stand. Dann machte Hoffman ein paar Schritte auf sie zu.

«Der Abend. Es ist eine einzige Katastrophe. Weshalb sollten wir so tun, als wäre es nicht so? Weshalb erträgst du mich überhaupt noch? Jahr um Jahr, Fehler um Fehler. Nach dem Jugendfestival war deine Geduld mit mir sicherlich am Ende. Aber nein, du hast es trotzdem bei mir ausgehalten. Dann die Ausstellungswoche. Immer noch hast du es bei mir ausgehalten. Wieder hast du mir noch eine Chance gegeben. Na schön, ich habe dich angebettelt, ich weiß. Dich um noch eine weitere Chance angefleht. Und du hast es nicht übers Herz gebracht, mich abzuweisen. Kurz und gut, du hast mir den heutigen Abend geschenkt. Und was habe ich vorzuweisen? Der Abend ist eine einzige Katastrophe. Unser Sohn, unser einziger Sohn hat sich vor den angesehensten Bürgern dieser Stadt lächerlich gemacht. Das ist meine Schuld gewesen, ja, das weiß ich. Ich habe ihn ermutigt. Ich weiß, selbst noch im allerletzten Moment hätte ich ihn aufhalten sollen, aber ich hatte nicht die Kraft. Ich habe ihn seinen Weg bis ganz zum Ende gehen lassen. Glaube mir, meine Liebe, das ist nie meine Absicht gewesen. Von Anfang an habe ich mir vorgenommen, morgen sage ich es ihm, morgen werden wir einmal richtig darüber reden, wenn wir erst etwas mehr Zeit haben. Morgen, morgen, ich habe es immer weiter hinausgeschoben. Ja, ich war schwach, das gebe ich zu. Sogar heute abend noch habe ich mir vorgenommen, nur noch ein paar Minuten und dann sage ich es ihm, aber nein, nein, ich konnte nicht, und er ist seinen Weg gegangen. Jawohl, unser Stephan, er ist dort vor die ganze Welt getreten und hat Klavier gespielt! Sich lächerlich gemacht! Ach, und wenn das wenigstens alles wäre! Alle Welt, die ganze Stadt weiß, wer für die Vorkommnisse des heutigen Abends verantwortlich ist. Und die ganze Stadt weiß, wer die Verantwortung für Mr. Brodskys Genesung übernommen hat. Na schön, na schön, ich leugne es ja gar nicht, ich habe versagt, ich habe es nicht geschafft, ihn wieder auf die Beine zu bringen. Der Mann ist ein Trunkenbold, ich hätte sehen müssen, wie sinnlos es von Anfang an gewesen ist. Der ganze Abend bricht um uns zusammen, während wir hier reden. Sogar Mr. Ryder hier, sogar er kann ihn nicht mehr retten. Er trägt nur noch zu unseren Problemen bei. Der beste Pianist der Welt, und wozu bringe ich ihn her? Damit er an dieser Schmach teilnimmt? Wieso hat man mir bloß gestattet, meine ungeschickten Hände auch nur in die Nähe solch geheiligter Dinge wie Musik, Kunst, Kultur zu bringen? Du stammst aus einer talentierten Familie, du hättest jeden Beliebigen heiraten können. Was für einen Fehler du gemacht hast. Was für eine Tragödie. Aber noch ist es nicht zu spät für dich. Du bist immer noch schön. Also worauf wartest du noch? Was für einen Beweis brauchst du denn noch? Verlaß mich. Verlaß mich. Such dir jemanden, der deiner würdig ist. Einen Kosminsky, einen Hallier, einen Ryder, einen Leonhardt. Wie konnte es nur dazu kommen, daß du einen solchen Fehler gemacht hast? Verlaß mich, ich bitte dich, verlaß mich. Begreifst du denn überhaupt, wie abscheulich es ist, dein Gefängniswärter zu sein? Nein, schlimmer noch, die Kette mit der Kugel um deinen Knöchel? Verlaß mich, verlaß mich» – plötzlich beugte Hoffman sich vor, und indem er die Faust an die Stirn hob, vollführte er die Bewegung, die ich ihn vorher hatte üben sehen.

«Meine Liebe, meine Liebe, verlaß mich. Ich bin in einer untragbaren Situation. Nach heute abend ist es mit meiner Verstellung endlich vorbei. Sie werden es alle erfahren, bis hin zum kleinsten Kind in der Stadt. Von heute abend an werden sie, wenn sie mich wie gehetzt meinen Geschäften nachgehen sehen, alle wissen, daß ich nichts habe: weder Talent noch Sensibilität, noch Raffinesse. Verlaß mich, verlaß mich. Ich bin nur *ein Hornochse*, *ein Hornochse*, *ein Hornochse*!»

Er führte noch einmal seine Bewegung aus, der Ellenbogen ragte merkwürdig vor, als er sich vor die Stirn schlug. Dann sank er auf die Knie und begann zu schluchzen.

«Eine einzige Katastrophe», murmelte er zwischen seinen Schluchzern. «Alles ist eine einzige Katastrophe.»

Mrs. Hoffman hatte sich inzwischen umgedreht und beobachtete ihren Mann aufmerksam. Sein Ausbruch schien sie nicht im geringsten zu überraschen, und ihr Blick war jetzt voller Zärtlichkeit, ja fast voller Sehnsucht. Sie machte einen zögerlichen Schritt, und dann noch einen, auf Hoffmans vornübergebeugte Gestalt zu. Dann streckte sie langsam eine Hand aus, als ob sie sanft über seinen Kopf streichen wollte. Die Hand schwebte eine Sekunde über Hoffman, aber sie berührte ihn nicht, und dann zog sie sie zurück. Im nächsten Moment hatte sie auf dem Absatz kehrtgemacht und verschwand den Korridor hinunter.

Hoffman schluchzte weiter, offensichtlich hatte er nichts von den Bewegungen seiner Frau bemerkt. Ich beobachtete ihn noch eine Weile und war unschlüssig, was ich als nächstes tun sollte. Dann wurde mir plötzlich klar, daß ich jetzt wohl zu meinem Auftritt auf die Bühne mußte. Und in einer heftigen Gefühlsaufwallung erinnerte ich mich daran, daß es mir bisher nicht gelungen war, irgendwo im Gebäude auch nur ein einziges Anzeichen für die Anwesenheit meiner Eltern zu entdecken. Meine Gefühle Hoffman gegenüber, die bis zu diesem Augenblick dem Mitleid recht nahegekommen waren, wandelten sich plötzlich, und so ging ich zu ihm hin und schrie ihm ins Ohr:

«Also, Mr. Hoffman, es mag ja sein, daß Sie aus Ihrem Abend eine einzige Katastrophe gemacht haben. Aber ich werde mich nicht mit Ihnen hinunterziehen lassen. Ich habe vor, dort hinauszugehen und meinen Auftritt zu absolvieren. Ich werde mein möglichstes tun, um in diese ganzen Vorkommnisse wieder ein wenig Ordnung zu bringen. Aber zuerst einmal, Mr. Hoffman, will ich es ein für allemal von Ihnen wissen. Was ist aus meinen Eltern geworden?»

Hoffman schaute auf und schien leicht überrascht, weil seine Frau gegangen war. Dann sah er mich gereizt an und stand auf.

«Also bitte, was wollen Sie, Mr. Ryder», fragte er voller Überdruß.

«Meine Eltern, Mr. Hoffman. Wo sind sie? Sie haben mir versichert, daß man sich gut um sie kümmern würde. Und doch waren sie vorhin, als ich nachgeschaut habe, nicht im Publikum. Ich will jetzt gleich auf die Bühne gehen und wünsche, daß man meinen Eltern einen bequemen Platz gibt. Deshalb muß ich Sie jetzt bitten, Mr. Hoffman, mir zu antworten. Wo sind sie?»

«Ihre Eltern, Mr. Ryder.» Hoffman holte tief Luft und fuhr sich mit der Hand müde durch das Haar. «Da müssen Sie Miss Stratmann fragen. Sie ist diejenige, die unmittelbar für ihr Wohlergehen verantwortlich ist. Ich habe lediglich die umfassendere Organisation der Ereignisse überwacht. Und da ich mich, wie Sie ja sehen, in der Hinsicht als völliger Versager erwiesen habe, können Sie kaum von mir erwarten, daß ich in der Lage bin, Ihre Frage zu beantworten...»

«Ja, ja, ja», sagte ich und wurde immer ungeduldiger. «Also wo ist Miss Stratmann?»

Hoffman seufzte und deutete über meine Schulter. Ich drehte mich um und sah, daß sich hinter mir eine Tür befand.

«Sie ist dort drin?» fragte ich streng.

Hoffman nickte, und dann taumelte er zu der verspiegelten Nische, bei der seine Frau gestanden hatte, und schaute auf sein Spiegelbild.

Ich klopfte energisch an die Tür. Als keine Antwort kam, schaute ich vorwurfsvoll zu Hoffman hinüber. Er stand jetzt über den vorstehenden Rand der Nische gebeugt. Ich wollte meine Wut schon noch weiter an ihm auslassen, als ich von innen eine Stimme hörte, die mich aufforderte hereinzukommen. Ich warf noch einen letzten Blick auf Hoffmans gekrümmte Gestalt, und dann öffnete ich die Tür.

SECHSUNDDREISSIG

Das große, moderne Büro, in dem ich mich nun befand, unterschied sich grundlegend von allem anderen, was ich bisher in dem Gebäude gesehen hatte. Es handelte sich um eine Art Anbau, augenscheinlich völlig aus Glas konstruiert. In dem Raum brannte kein Licht, und ich konnte erkennen, daß die Morgendämmerung endlich hereingebrochen war. Die weichen Strahlen des frühen Sonnenlichts zogen sich über schwankende Stapel Papier, über Aktenschränke, über Adreßbücher und Ordner, die auf den Schreibtischen verstreut lagen. Insgesamt standen drei Schreibtische in dem Büro, doch im Augenblick war außer Miss Stratmann niemand anwesend.

Sie schien beschäftigt zu sein, und es kam mir merkwürdig vor, daß sie die Lampe ausgemacht hatte, denn das bleiche Licht in dem Raum war kaum hell genug, als daß man dabei hätte lesen oder schreiben können. Ich konnte mir höchstens vorstellen, daß sie die Lampe nur für einen Moment ausgemacht hatte, um den Anblick der Sonne zu genießen, die hinter den Bäumen aufstieg. Und als ich näher kam, sah ich, daß sie einen Telefonhörer in der Hand hielt und tatsächlich mit leerem Blick aus dem riesigen Fenster schaute.

«Guten Morgen, Mr. Ryder», sagte sie, als sie sich zu mir umdrehte. «Ich stehe Ihnen gleich zur Verfügung.» Dann sagte sie in das Telefon hinein: «Ja, in etwa fünf Minuten. Die Würstchen auch. Sie sollten mit dem Grillen innerhalb der nächsten fünf Minuten beginnen. Und das Obst. Das sollte jetzt soweit sein.»

«Miss Stratmann», sagte ich und ging auf ihren Schreibtisch zu, «es gibt jetzt wichtigere Dinge als die Frage, wann die Würstchen gegrillt werden sollen.»

Sie schaute schnell zu mir hoch und sagte noch einmal: «Ich stehe Ihnen gleich zur Verfügung, Mr. Ryder.» Dann sprach sie wieder in das Telefon und fing an, etwas aufzuschreiben.

«Miss Stratmann», sagte ich, und meine Stimme nahm einen harten Klang an, «ich muß Sie bitten, aufzulegen und sich anzuhören, was ich zu sagen habe.»

«Einen Moment bitte», sagte Miss Stratmann in das Telefon. «Hier hat sich etwas ergeben, um das ich mich besser kümmern sollte. Es dauert nur einen Augenblick.» Dann legte sie schließlich auf und schaute mich an. «Also, was gibt es denn, Mr. Ryder?»

«Miss Stratmann», sagte ich, «als wir uns kennenlernten, haben Sie mir versichert, daß Sie mich über alle Aspekte meines Aufenthaltes hier jederzeit auf dem laufenden halten würden. Daß Sie mich jederzeit meinen Terminplan und meine verschiedenen Verpflichtungen betreffend beraten würden. Ich habe geglaubt, daß ich mich auf Sie verlassen könnte. Ich bedauere sehr, sagen zu müssen, daß Sie meinen Erwartungen ganz und gar nicht entsprechen.»

«Ich weiß wirklich nicht, Mr. Ryder, welchem Umstand ich diese Schimpfkanonade verdanke. Gibt es irgend etwas Spezielles, mit dem Sie unzufrieden sind?»

«Ich bin mit allem unzufrieden, Miss Stratmann. Man hat mir wichtige Informationen vorenthalten, wenn ich sie brauchte. Man hat mir nichts von Änderungen mitgeteilt, die in letzter Minute an meinem Terminplan vorgenommen wurden. Man hat mir in kritischen Phasen nicht beigestanden und geholfen. Als Folge davon habe ich mich auf meine Aufgaben nicht in der Weise vorbereiten können, wie ich das gern getan hätte. Und dennoch und trotz alledem habe ich vor, sehr bald schon auf die Bühne zu gehen, wo ich versuchen will, etwas von dem zu retten, was sich allmählich für Sie alle als katastrophaler Abend erweist. Doch bevor ich das tue, habe ich noch eine ganz schlichte Frage an Sie. Wo sind meine Eltern? Sie sind vor einer ganzen Weile mit einer Pferdekutsche eingetroffen. Aber als ich vorhin den Zuschauerraum absuchte, habe ich sie nirgendwo entdecken können. Man hat sie weder in eine der Logen noch auf die Ehrenplätze in der ersten Reihe gesetzt. Also frage ich Sie noch einmal, Miss Stratmann, wo sind sie? Weshalb hat man sich nicht so aufmerksam um sie gekümmert, wie Sie das versprochen hatten?»

Miss Stratmann betrachtete mich aufmerksam in dem Morgendämmerungslicht, dann seufzte sie.

«Also, Mr. Ryder, darüber hatte ich mit Ihnen schon seit einer geraumen Weile sprechen wollen. Wir waren alle hocherfreut, als Sie uns vor einigen Monaten mitgeteilt hatten, daß Ihre Eltern die Absicht hätten, in unsere Stadt zu kommen. Wir waren alle ganz entzückt. Aber ich muß Sie daran erinnern, Mr. Ryder, daß wir die Information, derzufolge Ihre Eltern in unsere Stadt kommen wollten, von Ihnen und wirklich nur von Ihnen allein haben. Während der vergangenen drei Tage, und ganz besonders heute, habe ich nun wirklich alles getan, um etwas über den Verbleib Ihrer Eltern in Erfahrung zu bringen. Ich habe wiederholt mit dem Flughafen, mit dem Bahnhof, mit den Busgesellschaften, mit jedem Hotel hier in der Stadt telefoniert, aber ich habe keine Spur von ihnen entdecken können. Niemand hat etwas von ihnen gehört, niemand hat sie gesehen. Also, Mr. Ryder, jetzt frage ich Sie. Sind Sie sicher, daß sie hierher in die Stadt kommen?»

Während sie noch geredet hatte, waren mir Zweifel gekommen, und plötzlich spürte ich, wie etwas in mir allmählich zerbrach. Um mein Unbehagen zu verbergen, drehte ich mich um und schaute in die Morgendämmerung hinaus.

«Also», sagte ich schließlich, «ich war mir wirklich ganz sicher, daß sie diesmal kommen würden.»

«Sie waren sich ganz sicher.» Miss Stratmann, deren Berufsehre ich ganz gehörig gekränkt haben mußte, starrte mich inzwischen vorwurfsvoll an. «Begreifen Sie überhaupt, Mr. Ryder, welch große Mühe sich hier alle in Erwartung der Ankunft

Ihrer Eltern gegeben haben? Die medizinischen Vorkehrungen, die Gastfreundschaft, die Pferdekutsche? Eine Gruppe von Damen hier aus dem Ort hat viele Wochen damit zugebracht, ein Programm zusammenzustellen, um Ihre Eltern während ihres Aufenthaltes hier zu unterhalten. Und Sie sind sich ganz sicher gewesen, daß sie kommen, sagen Sie.»

«Natürlich», sagte ich und lachte auf, «hätte ich den Leuten nie im Leben all diese Arbeit und Mühe zugemutet, wenn ich weniger sicher gewesen wäre. Aber Tatsache ist» – noch einmal lachte ich unwillkürlich auf – «Tatsache ist, daß ich mir sicher war, daß sie diesmal, endlich, kommen würden. Es ist doch nicht absurd von mir gewesen, anzunehmen, daß sie diesmal kommen würden? Schließlich befinde ich mich auf dem Höhepunkt meiner Karriere. Wie lange kann ich denn schon noch damit rechnen, so herumreisen zu können? Selbstverständlich tut es mir leid, sollte ich jemandem unnötig Unannehmlichkeiten bereitet haben, aber das ist doch sicher nicht der Fall. Sie müssen hier irgendwo sein. Außerdem habe ich sie ja gehört. Als ich den Wagen in diesem Wald angehalten habe, war deutlich zu hören, wie sie mit ihrer Pferdekutsche angekommen sind. Ich habe sie gehört, sie müssen hier sein, bestimmt ist es nicht absurd anzunehmen...»

Ich sank auf einen Stuhl, der ganz in meiner Nähe stand, und mir wurde bewußt, daß ich angefangen hatte zu schluchzen. Dabei fiel mir auf einmal wieder ein, wie vage die Möglichkeit gewesen war, daß meine Eltern in die Stadt kommen würden. Ich begriff überhaupt nicht, wie ich in dieser Angelegenheit je so zuversichtlich hatte sein können, daß ich erst Hoffman und dann Miss Stratmann so vehement zur Rede gestellt hatte. Ich schluchzte noch eine Weile, dann wurde mir bewußt, daß Miss Stratmann über mich gebeugt stand.

«Mr. Ryder, Mr. Ryder», sagte sie immer wieder sanft. Als ich dann meine Tränen unter Kontrolle gebracht hatte, sagte sie in ganz freundlichem Tonfall: «Mr. Ryder. Vielleicht hat Ihnen das überhaupt noch niemand hier erzählt. Aber es gab einmal eine Zeit, recht viele Jahre ist das jetzt schon her, da sind Ihre Eltern hierher in die Stadt gekommen.»

Ich hörte auf zu schluchzen und schaute zu ihr hoch. Sie lächelte mich an, dann ging sie langsam auf die Fensterscheibe zu und schaute wieder in die Morgendämmerung hinaus.

«Sie müssen wohl zusammen auf Urlaub gewesen sein», sagte sie, den Blick hatte sie immer noch in die Ferne gerichtet. «Sie sind mit dem Zug angekommen und blieben zwei oder drei Tage und haben sich die Stadt angesehen. Wie gesagt, es ist schon eine ganze Weile her, und Sie waren noch nicht ganz so berühmt, wie Sie es heute sind. Dennoch waren Sie aber auch kein Unbekannter mehr, und irgend jemand, ein Angestellter im Hotel Ihrer Eltern vielleicht, hat gefragt, ob sie mit Ihnen verwandt seien. Wissen Sie, wegen des Namens und weil sie doch beide Engländer waren. So kam dann heraus, daß diese beiden netten älteren Engländer Ihre Eltern waren. Es hat wohl nicht ganz die Aufregung gegeben, zu der es heute gekommen wäre, aber man hat sich wirklich sehr gut um sie gekümmert. Und dann im Lauf der Jahre, als Sie immer berühmter wurden, haben sich die Leute daran erinnert, an das eine Mal, als Ihre Eltern hier gewesen sind. Ich selbst kann mich an ihren Besuch nicht so genau erinnern, weil ich ja damals noch so klein war. Aber ich weiß noch, daß die Leute darüber geredet haben.»

Voller Interesse schaute ich auf ihren Rücken. «Miss Stratmann, das erzählen Sie mir doch nicht alles, nur um mich zu trösten, oder?»

«Nein, nein, keineswegs. Alle können bestätigen, was ich sage. Wie gesagt, ich war damals ja noch ein Kind, aber viele Leute hier könnten Ihnen alles darüber erzählen. Es ist übrigens auch alles ausgezeichnet dokumentiert.»

«Aber hat es so ausgesehen, als wären sie glücklich gewesen? Haben sie miteinander gelacht und ihren Urlaub genossen?»

«Ganz bestimmt haben sie das, Mr. Ryder. Nach allem, was man so hört, haben sie sich sehr gut amüsiert. Alle erinnern sich an ein überaus freundliches Paar. Sehr nett und rücksichtsvoll sind sie miteinander umgegangen.»

«Aber... aber was ich gern wissen möchte, Miss Stratmann, ist, hat man sich denn auch gut um sie gekümmert? Das möchte ich gern von Ihnen wissen...»

«Natürlich hat man sich gut um sie gekümmert. Und sie haben sich sehr gut amüsiert. Die ganze Zeit über waren sie sehr glücklich.»

«Woher wollen Sie das denn wissen? Sie haben doch selbst gesagt, daß Sie damals noch ein kleines Kind waren.»

«Was ich Ihnen gerade erzählt habe, kann Ihnen jeder bestätigen.»

«Wenn auch nur etwas von dem, was Sie mir hier erzählen, der Wahrheit entspricht, wie kommt es dann, daß mich während der ganzen Zeit, die ich jetzt hier gewesen bin, noch niemand darauf angesprochen hat?»

Miss Stratmann zögerte einen Moment und drehte sich dann wieder zu den Bäumen und dem Sonnenaufgang um. «Das weiß ich nicht», erwiderte sie leise und schüttelte den Kopf. «Das weiß ich nicht, wieso das so ist. Aber Sie haben recht. Die Leute reden nicht mehr so viel darüber, wie man erwarten könnte. Aber es stimmt, das können Sie mir glauben. Ich kann mich von meiner Kindheit her noch sehr gut daran erinnern.»

Von draußen war Vogelgezwitscher zu hören. Miss Stratmann schaute immer noch zu den Bäumen in der Ferne, wahrscheinlich gingen ihr weitere Kindheitserinnerungen durch den Kopf. Ich beobachtete sie eine Weile, dann sagte ich:

«Sie sagen, man hat sie gut behandelt hier?»

«O ja», entgegnete Miss Stratmann beinahe im Flüsterton, den Blick hatte sie immer noch in die Ferne gerichtet. «Ich bin ganz sicher, daß man sie sehr gut behandelt hat. Es muß im Frühling gewesen sein, und der Frühling ist immer so wunderschön hier. Und die Altstadt, Sie haben ja inzwischen selbst gesehen, wie zauberhaft sie ist. Die Leute haben sie bestimmt auf Dinge um sie herum aufmerksam gemacht, ganz normale

Leute, die zufällig vorbeigingen. Auf besonders interessante Gebäude, auf das Kunsthandwerkliche Museum, auf die Brükken. Und wenn sie eine Pause eingelegt haben, um Kaffee zu trinken und eine Kleinigkeit zu essen, und wenn sie nicht genau wußten, was sie bestellen sollten, vielleicht wegen der Sprachschwierigkeiten, dann sind die Kellner bestimmt sehr hilfreich gewesen. O ja, sie haben sich hier sehr gut amüsiert.»

«Aber Sie sagen, sie sind mit der Bahn gekommen. Hat ihnen denn auch jemand mit dem Gepäck geholfen?»

«Ach, die Gepäckträger am Bahnhof sind ganz bestimmt sofort hingegangen, um ihnen zu helfen. Sie werden ihr Gepäck bis an das Taxi hinausgebracht haben, und anschließend hat sich dann der Taxifahrer darum gekümmert. Man wird sie zu ihrem Hotel gebracht haben, und das ist es dann gewesen. Ich bin sicher, sie haben an ihr Gepäck nicht einmal denken müssen.»

«Hotel? Welches Hotel war das?»

«Ein sehr komfortables Hotel, Mr. Ryder. Eines der besten, die es damals hier gab. Es hat ihnen ganz bestimmt ausgezeichnet gefallen, und sie haben alles genossen. Jede Minute dort haben sie genossen.»

«Ich hoffe, es ist nicht allzu nahe an der Hauptverkehrsstraße gewesen! Meine Mutter hat Verkehrslärm nicht ausstehen können.»

«Damals war das mit dem Verkehr nicht annähernd so ein Problem wie heute. Ich weiß noch, in meiner Kindheit habe ich oft mit meinen Freunden mitten im Wohngebiet auf der Straße mit einem Springseil oder einem Ball gespielt. Heute ist es für Kinder völlig ausgeschlossen, das zu tun! O ja, so haben wir oft gespielt, manchmal stundenlang. Aber um auf Ihre Frage zurückzukommen, Mr. Ryder» – Miss Stratmann drehte sich mit einem wehmütigen Lächeln wieder zu mir um – «das Hotel, in dem Ihre Eltern damals gewohnt haben, lag weitab von jedem Straßenverkehr. Es war ein überaus idyllisches Hotel. Das Haus gibt es heute nicht mehr, aber wenn Sie möchten, kann ich Ihnen ein Bild davon zeigen. Würden Sie es gern sehen? Das Hotel, in dem Ihre Eltern damals gewohnt haben?»

«Das würde ich sehr gern, Miss Stratmann.»

Sie lächelte wieder und ging durch den Raum zurück auf ihren Schreibtisch zu. Ich dachte schon, sie wollte eine Schreibtischschublade öffnen, doch im letzten Moment bog sie zur rückwärtigen Wand des Büros ab. Sie streckte eine Hand aus, zog an einer Kordel und fing an, etwas herunterzuziehen, das wie eine Wandkarte aussah. Aber es war keine Karte, sondern ein riesiges Farbfoto. Sie zog es immer weiter, bis fast auf den Fußboden hinunter, bis ein Klicken der Gleitrolle signalisierte, daß die Karte fest eingerastet war. Dann ging sie zu ihrem Schreibtisch zurück, knipste ihre Leselampe an und richtete den Strahl der Lampe auf das Foto.

Eine ganze Weile betrachteten wir dann beide schweigend das Bild vor uns. Das Hotel wirkte wie eine kleinere Version dieser Art von Märchenschloß, das sich verrückte Könige im vergangenen Jahrhundert hatten erbauen lassen. Es stand unmittelbar am Rand eines steil abfallenden Tals, in dem Farnkräuter und Frühlingsblumen wuchsen. Die Fotografie war an einem sonnigen Tag von der gegenüberliegenden Seite des Tals aufgenommen worden und bot so die Art angenehmer Bildkomposition, die sich für eine Postkarte oder einen Kalender eignete.

«Ich glaube, Ihre Eltern haben in diesem Zimmer hier gewohnt», hörte ich Miss Stratmann sagen. Von irgendwoher hatte sie einen Zeigestock hervorgeholt und deutete auf ein Fenster in einem der Türmchen des Hotels. «Von da hätten sie einen wunderbaren Ausblick gehabt, sehen Sie?»

«Ja, in der Tat.»

Miss Stratmann nahm ihren Zeigestock herunter, doch ich starrte immer weiter auf das Fenster und versuchte, mir vorzustellen, welchen Ausblick man von dort wohl gehabt hätte. Vor allem meine Mutter hätte einen solchen Ausblick sehr zu schätzen gewußt. Selbst wenn sie einen ihrer schlechten Tage gehabt hätte und die ganze Zeit im Bett hätte bleiben müssen, wäre die Aussicht immer noch ein großer Trost für sie gewesen. Sie hätte beobachtet, wie der leichte Wind durch den Talgrund gegangen wäre und die Farnkräuter und das Laub der knorrigen Bäume bewegt hätte, die an den Hängen am anderen Ende des Tals emporkletterten. Auch das weite Stück Himmel hätte ihr gefallen. Dann bemerkte ich im Bildvordergrund einen Abschnitt der Hügelstraße – die durch die untere rechte Ecke des Fotos schnitt –, von der aus der Fotograf höchstwahrscheinlich die Aufnahme gemacht hatte. Meine Mutter hätte mit einiger Gewißheit von ihrem Zimmer aus auf diese Straße schauen können. Somit hätte sie aus der Ferne das Leben des Ortes beobachten können. Zuweilen wäre ein Auto oder ein Lieferwagen vorbeigefahren, vielleicht sogar ein Pferdefuhrwerk; ab und zu hätte man auch einen Traktor oder ein paar herumstreunende Kinder gesehen. Ein derartiger Anblick hätte ihr ganz bestimmt große Freude bereitet.

Während ich immer noch auf das Fenster schaute, fing ich schließlich wieder an zu weinen. Nicht so unkontrolliert wie zuvor, doch die Tränen stiegen mir immer wieder in die Augen und rollten mir über das Gesicht. Miss Stratmann bemerkte meine Tränen, doch diesmal schien sie es nicht für nötig zu erachten, ihnen Einhalt zu gebieten. Sie lächelte mich sanft an, dann drehte sie sich wieder zu dem Foto um.

Plötzlich erschreckte mich ein Klopfen an der Tür. Auch Miss Stratmann schrak zusammen. Dann sagte sie: «Entschuldigen Sie mich bitte, Mr. Ryder» und ging zur Tür.

Ich drehte mich auf meinem Stuhl um, als ein Mann in weißer Kellnerkleidung hereinkam, der hinter sich einen Servierwagen herzog. Er brachte den Servierwagen nur bis halb über die Türschwelle, so daß er die Tür offenhielt, und dann schaute er in die Morgendämmerung hinaus.

«Es wird ein herrlicher Tag werden», sagte er und lächelte uns an. «Hier ist Ihr Frühstück, Fräulein Stratmann. Möchten Sie es vielleicht dort auf dem Schreibtisch haben?»

«Frühstück?» Miss Stratmann machte einen etwas verwirrten Eindruck. «Es sollte doch erst in einer halben Stunde serviert werden.»

«Herr von Winterstein hat angeordnet, daß mit dem Frühstück jetzt begonnen werden soll. Und wenn Sie mich fragen, so hat er auch völlig recht damit. Ein Frühstück ist genau das, was die Leute jetzt brauchen.»

«Ach so.» Miss Stratmann schien nach wie vor verwirrt und schaute sich ratsuchend zu mir um. Dann fragte sie den Mann: «Ist dort draußen alles... alles in Ordnung?»

«Alles bestens jetzt. Natürlich, nachdem Mr. Brodsky diesen Zusammenbruch hatte, war eine Art Panik aufgekommen, aber jetzt sind alle ganz glücklich und amüsieren sich. Wissen Sie, Herr von Winterstein hat gerade eben im Foyer eine herrliche Rede gehalten über das großartige Erbe dieser Stadt, über all die Dinge, auf die wir stolz sein sollten. Er hat viel von dem erwähnt, was wir in den vergangenen Jahren geleistet haben, und auf die schrecklichen Probleme hingewiesen, mit denen sich andere Städte zu plagen haben, Probleme, über die wir hier uns keinerlei Gedanken machen müssen. Genau das haben wir gebraucht. Schade, daß Sie das nicht mit anhören konnten. Danach hatten wir alle eine viel positivere Einstellung uns selbst und der Stadt gegenüber, und jetzt amüsieren sich alle. Schauen Sie doch, da sind ja einige von den Leuten.» Er deutete auf das Fenster, und tatsächlich konnte man draußen im bleichen Licht einige Gestalten erkennen, die langsam durch das Gras gingen. Vorsichtig trugen sie ihre Teller vor sich und sahen sich nach einer Sitzgelegenheit um.

«Entschuldigen Sie mich», sagte ich und stand auf. «Ich muß jetzt zu meinem Auftritt. Ich werde noch zu spät kommen. Ich bin Ihnen sehr dankbar, Miss Stratmann. Für alles. Aber bitte entschuldigen Sie mich jetzt.»

Ohne eine Antwort abzuwarten, drängte ich mich an dem Servierwagen vorbei auf den Korridor hinaus.

SIEBENUNDDREISSIG

Fahles Morgenlicht durchdrang inzwischen den Dämmer des Korridors. Ich schaute mich zu der verspiegelten Nische um, an der ich Hoffman zurückgelassen hatte, doch er war gegangen. Ich eilte weiter in Richtung Zuschauerraum, an den Gemälden mit ihrem Goldrahmen vorbei. Ich begegnete einem weiteren Kellner mit einem Servierwagen voller Frühstückssachen, der sich gerade vorbeugte, um an eine Tür zu klopfen, doch ansonsten war der Korridor menschenleer.

Ich ging schnell weiter und hielt Ausschau nach dem Notausgang, der mich ursprünglich auf diesen Korridor geführt hatte. Inzwischen war ich von dem ganz und gar unwiderstehlichen Drang beseelt, mit meinem Auftritt zu beginnen. Welch große Enttäuschungen ich soeben auch erlitten haben mochte, all dies, so begriff ich, entband mich keineswegs von der Verantwortung all jenen gegenüber, die viele Wochen lang auf den Augenblick gewartet hatten, in dem ich mich an den Flügel setzen würde. Mit anderen Worten, es war meine Pflicht, am heutigen Abend wenigstens eine Vorstellung auf dem für mich sonst üblichen Niveau zu geben. Dem nicht zu entsprechen – das spürte ich plötzlich ganz intensiv – wäre so, als würde ich eine fremde Tür öffnen und in einen dunklen, unbekannten Raum geschleudert werden.

Nach einer Weile war mir der Korridor überhaupt nicht mehr vertraut. Die Tapeten waren hier dunkelblau, signierte Fotografien hatten die Gemälde ersetzt, und mir wurde klar, daß ich meine Tür verpaßt hatte. Doch ich sah, daß ich mich jetzt einer anderen, weit wichtigeren Tür mit der Aufschrift «Bühne» näherte, und beschloß hineinzugehen.

Eine Zeitlang tastete ich mich durch Dunkelheit, dann befand ich mich wieder in den Kulissen. Ich konnte den Flügel mitten auf der leeren Bühne erkennen, der schwach von ein oder zwei Deckenscheinwerfern beleuchtet wurde. Ich sah außerdem, daß der Vorhang noch geschlossen war, und trat leise auf die Bühne hinaus.

Ich schaute zu der Stelle hin, an der Brodsky vorhin gelegen hatte, aber es war nichts mehr zu sehen. Dann drehte ich mich zu dem Flügel um, unsicher, wie ich jetzt verfahren sollte. Wenn ich mich jetzt auf den Stuhl setzte und einfach zu spielen anfing, war es sehr gut möglich, daß die Techniker geistesgegenwärtig genug sein würden, den Vorhang hochzuziehen und die Scheinwerfer einzuschalten. Doch andererseits war da auch die Möglichkeit – man konnte ja nie wissen, was inzwischen vorgefallen war –, daß die Techniker ihren Posten verlassen hatten und daß sich der Vorhang erst gar nicht öffnen würde. Außerdem hatten die Leute bei meinem letzten Blick aufs Publikum ja schon herumgestanden und unruhig miteinander geredet. Am besten war es wohl, beschloß ich, vor den Vorhang zu treten und eine Ankündigung zu machen, und so hätten dann alle – das Publikum, die Techniker – Gelegenheit, sich vorzubereiten. Schnell legte ich mir ein paar Sätze zurecht, und dann trat ich ohne weitere Umschweife auf den Spalt im Vorhang zu und zog den schweren Stoff beiseite.

Ich war darauf vorbereitet gewesen, den Saal in einiger Unordnung vorzufinden, doch der Anblick, der sich mir bot, bestürzte mich sehr. Nicht nur, daß das gesamte Publikum verschwunden war, es fehlte auch die ganze Bestuhlung. Mir kam der Gedanke, daß der Konzertsaal vielleicht über eine Art Vorrichtung verfügte, über einen Hebel, mittels dessen sämtliche Stühle im Boden verschwanden – so daß der Raum auch noch eine zweite Funktion als Ballsaal oder ähnliches erfüllen konnte –, doch dann erinnerte ich mich daran, wie alt das Gebäude war, und kam zu dem Schluß, daß dies höchst unwahrscheinlich war. Ich konnte nur vermuten, daß es sich um stapelbare Stühle handelte, die man als Brandschutzmaßnahme inzwischen weggeräumt hatte. Jedenfalls erstreckte sich jetzt vor mir ein riesiger, dunkler, menschenleerer Raum. Es brannten überhaupt keine Lampen, statt dessen hatte man große, rechteckige Platten aus der Decke entfernt, so daß das Tageslicht in bleichen Strahlen zu Boden fiel.

Ich schaute in das trübe Licht und glaubte, am hintersten Ende des Saals einige Gestalten ausmachen zu können. Sie schienen dort zu stehen und sich zu unterhalten – vielleicht waren es die Bühnenarbeiter, die gerade mit dem Aufräumen fertig geworden waren –, und dann hörte ich das Echo von Schritten, als einer von ihnen langsam irgendwohin fortging.

Ich stand am Bühnenrand und fragte mich, was ich jetzt wohl tun sollte. Ich hatte, so nahm ich an, weit mehr Zeit in Miss Stratmanns Büro verbracht, als ich gedacht hatte – möglicherweise über eine Stunde –, und ganz offensichtlich hatte das Publikum alle Hoffnung aufgegeben, ich könnte überhaupt noch erscheinen. Aber wenn die Ankündigung gemacht würde, könnten die Besucher dennoch innerhalb weniger Minuten wieder zurückgebracht werden, und trotz der fehlenden Stühle sah ich keinen Grund dafür, daß ein vollkommen zufriedenstellendes Konzert unmöglich sein sollte. Allerdings blieb immer noch unklar, wohin all die Leute gegangen waren, und ich begriff, daß ich zuerst Hoffman, oder wer sonst inzwischen die Verantwortung übernommen hatte, aufspüren und mit ihm den nächsten Schritt besprechen mußte.

Ich kletterte von der Bühne hinunter und machte mich auf den Weg durch den Saal. Ich hatte noch nicht einmal die Hälfte der Strecke zurückgelegt, da hatte ich auf einmal in all der Dunkelheit die Orientierung verloren, und indem ich ein wenig die Richtung änderte, ging ich auf den nächstgelegenen Lichtstrahl zu. Während ich das tat, streifte plötzlich eine Gestalt an mir vorbei.

«Oh, Entschuldigung», sagte die Person. «Ich bitte um Verzeihung.»

Ich erkannte Stephans Stimme und sagte: «Hallo. Also wenigstens Sie sind noch hier.»

«Ach, Mr. Ryder. Tut mir leid, ich habe Sie gar nicht gesehen.» Es klang müde und niedergeschlagen.

«Sie sollten aber wirklich ein wenig fröhlicher sein», sagte ich zu ihm. «Sie haben eine fabelhafte Vorstellung gegeben. Das Publikum war außerordentlich bewegt.»

«Ja. Ja, ich nehme an, sie haben meinen Auftritt ganz gut aufgenommen.»

«Na jedenfalls, herzlichen Glückwunsch. Nach all der harten Arbeit muß das sehr befriedigend für Sie sein.»

«Ja, ich denke schon.»

Wir gingen jetzt nebeneinander durch die Dunkelheit. Das Tageslicht, das von der Decke hereinfiel, machte es höchstens noch schwieriger zu sehen, wohin man ging, doch Stephan schien den Weg zu kennen.

«Wissen Sie, Mr. Ryder», sagte er nach einer Weile, «ich bin Ihnen wirklich außerordentlich dankbar. Sie haben mich so wunderbar ermutigt. Doch die Wahrheit ist, ich habe heute abend den Erwartungen wirklich nicht entsprochen. Jedenfalls meinen Erwartungen nicht. Natürlich habe ich viel Applaus bekommen, aber das doch nur, weil die Leute etwas so Spezielles nicht erwartet hatten. Aber ganz im Ernst, ich weiß, daß ich noch einen weiten Weg vor mir habe. Meine Eltern hatten recht.»

«Ihre Eltern? Du liebe Güte, über die sollten Sie sich keine Gedanken machen.»

«Nein, nein, Mr. Ryder, Sie verstehen nicht. Meine Eltern, sehen Sie, legen wirklich allerhöchste Maßstäbe an. Die Leute, die heute abend hier gewesen sind, die waren ja wirklich sehr freundlich, aber viel Ahnung haben sie nicht von diesen Dingen. Sie haben gesehen, daß ein junger Mann von hier auf einem gewissen Niveau gespielt hat, und sind deswegen ganz aufgeregt gewesen. Aber ich will an den wirklichen Maßstäben gemessen werden. Und ich weiß, das wollen meine Eltern auch. Ich habe einen Entschluß gefaßt, Mr. Ryder. Ich gehe weg von hier. Ich muß einfach in eine größere Stadt, muß bei jemandem wie Lubetkin oder Peruzzi studieren. Ich sehe jetzt ein, daß ich hier nie das Niveau erreichen werde, das mir vorschwebt, nicht hier in dieser Stadt. Sehen Sie sich doch bloß an, wie sie etwas beklatscht haben, was doch schließlich nur eine ganz gewöhnliche Interpretation der *Glass Passions* gewesen ist. Genau das ist es doch. Ich habe das vorher nicht so klar gesehen, aber ich nehme an, es wäre nicht verkehrt, mich als einen großen Fisch in einem kleinen Teich zu bezeichnen. Ich sollte für eine Weile weggehen. Sollte herausfinden, was ich wirklich kann.»

Wir gingen weiter, und unsere Schritte hallten durch den Saal. Dann sagte ich:

«Das ist wahrscheinlich ein sehr kluger Entschluß. Ja, ich bin überzeugt, daß Sie die richtige Entscheidung getroffen haben. Ein Umzug in eine größere Stadt, größere Herausforderungen, ich bin überzeugt, es wird Ihnen guttun. Aber Sie müssen sehr aufpassen, bei wem Sie studieren. Wenn Sie möchten, werde ich einmal darüber nachdenken und dann sehen, ob ich etwas für Sie arrangieren kann.»

«Wenn Sie das tun würden, Mr. Ryder, wäre ich Ihnen ewig dankbar. Ja, ich muß einfach sehen, was noch in mir steckt. Dann komme ich eines Tages hierher zurück und zeige es ihnen allen. Ich werde ihnen zeigen, wie man die *Glass Passions* *wirklich* spielt.» Er lachte auf, aber immer noch wirkte er alles andere als fröhlich.

«Sie sind ein talentierter junger Mann. Sie haben alles noch vor sich. Sie sollten wirklich besserer Laune sein.»

«Ja, ich denke, das sollte ich wohl. Ich denke, ich bin einfach nur ein bißchen entmutigt. Bis heute abend hatte ich nicht begriffen, welch steiler Weg noch vor mir liegt. Das finden Sie bestimmt sehr komisch, aber wissen Sie, ich hatte gedacht, ich könnte diese ganze Sache heute abend schon erfolgreich zu Ende führen. Da sieht man mal, was passiert, wenn man an so einem Ort lebt. Man fängt allmählich an, nur noch in kleinen Maßstäben zu denken. Jawohl, ich hatte gedacht, ich würde heute abend alles schaffen, was nur zu schaffen ist! Da sehen Sie, wie lächerlich meine Einschätzung bis heute gewesen ist. Meine Eltern haben ganz recht. Ich habe noch eine Menge zu lernen.»

«Ihre Eltern? Also hören Sie, ich kann Ihnen nur raten, vergessen Sie vorläufig einmal Ihre Eltern. Ich verstehe wirklich nicht, wenn ich das so sagen darf, wie sie einfach...»

«Ach, da wären wir ja. Hier entlang bitte.» Wir waren bei einer Art Durchgang angelangt, und Stephan zerrte an einer Gardine, die davor hing. «Hier hindurch, und dann sind wir auch schon da.»

«Entschuldigung, aber wo sind wir dann?»

«Im Wintergarten. Ach, vielleicht haben Sie noch gar nichts über den Wintergarten gehört. Er ist hochberühmt. Er wurde hundert Jahre nach dem eigentlichen Konzertsaal errichtet, aber inzwischen ist er beinahe ebenso berühmt. Da sind jetzt alle und frühstücken.»

Wir fanden uns auf einem Korridor wieder, an dessen einer Seite sich über die ganze Länge eine Reihe von Fenstern zog. Durch das am nächsten gelegene Fenster sah ich den hellblauen Morgenhimmel.

«Ach, übrigens», sagte ich, als wir wieder weitergingen. «Was ist eigentlich mit Mr. Brodsky? Ich meine, wie geht es ihm? Ist er... gestorben?»

«Mr. Brodsky? O nein, er kommt wieder ganz in Ordnung, da bin ich sicher. Man hat ihn irgendwo hingebracht. Also, ich habe gehört, daß man ihn in das Sankt-Nicholas-Krankenhaus gebracht hat.»

«Das Sankt-Nicholas-Krankenhaus?»

«Der Ort, an dem die aufgenommen werden, die ganz am Ende sind. Im Wintergarten eben haben die Leute darüber geredet, und, na ja, sie haben gesagt, daß er dort auch hingehöre, daß man dort wisse, wie man mit solchen Problemen umzugehen habe. Ich war ein wenig schockiert, um ehrlich zu sein. Also eigentlich – das sage ich Ihnen jetzt ganz im Vertrauen, Mr. Ryder – hat mir all das sehr bei meiner Entscheidung geholfen. Ich meine, das mit meinem Weggang. Diese Vorstellung, die Mr. Brodsky heute abend gegeben hat, war meiner Meinung nach das Großartigste, was in diesem Konzertsaal seit vielen, vielen Jahren zu hören gewesen ist. Jedenfalls seit ich bewußt Musik zu hören verstehe. Aber Sie haben ja gesehen, was passiert ist. Die Leute wollten das nicht, es hat sie erschreckt. Es war weit mehr, als sie je erwartet hatten. Sie sind sehr erleichtert, daß er so zusammengebrochen ist. Sie wissen jetzt, daß sie etwas anderes wollen. Etwas nicht ganz so Extremes.»

«Etwas, das sich nicht so sehr von dem unterscheidet, was Mr. Christoff geboten hat, vielleicht.»

Stephan dachte darüber nach. «Ein wenig anders schon. Wenigstens ein neuer Name. Sie wissen jetzt, daß Mr. Christoff nicht so ganz das Wahre ist. Ein wenig besser soll es schon sein. Aber... aber jedenfalls nicht *so.*»

Durch das Fenster sah ich jetzt den weithin sich erstreckenden Rasen und die Sonne, die in der Ferne über einer Reihe von Bäumen aufging.

«Und was glauben Sie wird jetzt aus Mr. Brodsky werden?» fragte ich.

«Mr. Brodsky? Ach, der wird einfach wieder zu dem Leben zurückkehren, das er vorher auch schon geführt hat. Ich nehme an, er wird wohl seine Tage als Trunkenbold beschließen. Andere Möglichkeiten wird man ihm wohl nicht einräumen, jedenfalls nicht nach heute abend. Wie gesagt, man hat ihn in das Sankt-Nicholas-Krankenhaus gebracht. Ich bin hier aufgewachsen, Mr. Ryder, und in mancherlei Hinsicht liebe ich diese Stadt noch immer. Aber jetzt will ich wirklich unbedingt fort von hier.»

«Vielleicht sollte ich versuchen, etwas zu sagen. Ich meine, vielleicht sollte ich vor den Leuten im Wintergarten eine kleine Rede halten. Ein paar Worte über Mr. Brodsky sagen. Damit sie, was ihn betrifft, die Dinge richtig sehen.»

Stephan dachte während der nächsten paar Schritte darüber nach, dann schüttelte er den Kopf.

«Das lohnt die Mühe nicht, Mr. Ryder.»

«Aber ich muß sagen, daß mir das genausowenig gefällt wie Ihnen. Man weiß ja nie. Ein paar Worte von mir könnten vielleicht...»

«Ich glaube kaum, Mr. Ryder. Jetzt würden die Leute nicht einmal mehr auf Sie hören. Nicht nach dieser Vorstellung von Mr. Brodsky. Das hat sie an etwas erinnert, vor dem sie Angst haben. Außerdem gibt es in dem Wintergarten kein Mikrofon oder sonst etwas, nicht einmal ein Podest, von dem aus Sie reden könnten. Über all dem Lärm würde man Sie nie im Leben hören. Sehen Sie, der Wintergarten ist recht groß, fast so groß wie der Konzertsaal selbst. Von einer Ecke in die andere sind es bestimmt... tja, sogar wenn man ganz genau diagonal durchgeht, alle Tische und alle im Weg sitzenden Gäste beiseite schiebt, würden Sie immer noch auf mindestens fünfzig Meter kommen. Es ist ein ganz schön großer Raum, das werden Sie ja sehen. Ich an Ihrer Stelle, Mr. Ryder, würde mich jetzt einfach entspannen und mein Frühstück genießen. Schließlich müssen Sie ja jetzt an Helsinki denken.»

Der Wintergarten, in morgendliches Sonnenlicht getaucht, hatte tatsächlich riesige Ausmaße. Überall unterhielt man sich fröhlich, manche saßen an Tischen, andere standen in kleinen Gruppen zusammen. Ich sah die Leute Kaffee und Fruchtsaft trinken, andere aßen von Tellern oder aus Schüsseln, und als wir uns unseren Weg durch die Menge bahnten, stieg mir der Duft nach frischen Brötchen, nach Fischpastetchen und nach Speck in die Nase. Ich sah Kellner mit Tabletts und Kaffeekannen hin- und hereilen. Überall um mich herum begrüßten sich voller Freude Stimmen, und die ganze Atmosphäre wirkte auf mich wie die einer Wiedersehensfeier. Und doch waren dies Menschen, die sich regelmäßig trafen. Ganz offensichtlich hatten die Ereignisse des Abends dazu geführt, daß sie sich selbst und ihre Gemeinde in völlig neuem Licht sahen, und die daraus resultierende Stimmung schien, aus welchem Grund auch immer, dazu geführt zu haben, daß man sich gegenseitig feierte.

Ich begriff jetzt, daß Stephan recht gehabt hatte. Es hatte wenig Sinn, vor dieser Menge eine Rede zu halten, geschweige denn sie zu bitten, zu meinem Konzert in den Zuschauerraum zurückzukehren. Plötzlich spürte ich, daß ich müde war und großen Hunger hatte, also beschloß ich, mich zu setzen und selbst auch etwas zu frühstücken. Doch als ich mich umsah, konnte ich nirgendwo mehr einen freien Stuhl entdecken. Und als ich mich umdrehte, mußte ich außerdem feststellen, daß Stephan nicht mehr neben mir war, sondern sich von einer Gruppe an einem Tisch, an dem wir gerade vorbeigekommen waren, in ein Gespräch hatte ziehen lassen. Ich sah, daß man ihn sehr warmherzig begrüßte, und rechnete mehr oder weniger damit, daß er mich vorstellen würde. Doch er schien inzwischen sehr in das Gespräch vertieft zu sein, und bald schon trug auch er ein fröhliches Gebaren zur Schau.

Ich beschloß, ihn zu lassen, wo er war, und ging weiter durch die Menge. Ich dachte, daß mich früher oder später ein Kellner entdecken und dann mit einem Teller und einer Tasse Kaffee auf mich zueilen und mich vielleicht auch an einen freien Platz führen würde. Doch obwohl tatsächlich einige Male ein Kellner in meine Richtung gelaufen kam, eilte er jedesmal an mir vorbei, und ich mußte mit ansehen, wie er jemand anderen bediente.

Nach einer Weile merkte ich dann, daß ich in der Nähe des Haupteingangs des Wintergartens stand. Jemand hatte die Türen weit offengelassen, und viele Besucher waren auf den Rasen hinausgetreten. Auch ich machte ein paar Schritte nach draußen, und die Kühle der Luft überraschte mich. Aber auch hier standen die Leute in Gruppen zusammen und redeten, tranken ihren Kaffee oder aßen im Stehen. Einige hatten sich umgedreht, um den Sonnenaufgang zu betrachten, während andere umherschlenderten und sich die Beine vertraten. Eine Gruppe hatte sich sogar in das feuchte Gras gesetzt, Teller und Kaffeetassen standen um sie herum wie bei einem Picknick.

Ganz in der Nähe entdeckte ich auf dem Rasen einen Servierwagen, über den sich geschäftig ein Kellner gebeugt hatte. Da ich inzwischen noch hungriger geworden war, bahnte ich mir einen Weg dorthin und wollte dem Kellner gerade auf die Schulter klopfen, als er sich umdrehte und an mir vorbeilief, die Arme vollbeladen mit drei großen Tellern – auf denen ich Rühreier, Würstchen, Pilze und Tomaten sah. Ich schaute ihm hinterher, wie er weitereilte, dann beschloß ich, daß ich mich nicht eher von dem Servierwagen wegrühren würde, bis er zurückgekommen wäre.

Während ich wartete, betrachtete ich die Szene um mich herum und bemerkte, daß ich mir völlig grundlos Sorgen darüber gemacht hatte, ich könnte den verschiedenen Anforderungen, mit denen ich hier in der Stadt konfrontiert würde, nicht gewachsen sein. Wie jedesmal hatten sich meine Erfahrung und mein Instinkt als ausreichend erwiesen, um mir über alles hinwegzuhelfen. Natürlich war ich in gewisser Weise enttäuscht über den heutigen Abend, doch während ich weiter darüber nachdachte, begriff ich dann, wie unangebracht derartige Gefühle waren. Wenn eine Gemeinde auch ohne die Anleitung eines Außenstehenden zu einer Art Gleichgewicht finden konnte – dann um so besser.

Als der Kellner nach ein paar Minuten immer noch nicht zurückgekehrt war – während dieser Zeit waren mir ständig die verschiedensten Düfte, die von den heißen Behältern auf dem Wagen kamen, aufreizend in die Nase gestiegen –, entschied ich, daß es keinen Grund gab, weshalb ich mich nicht selbst bedienen sollte. Ich hatte mir schon einen Teller genommen und mich gerade gebückt, um im unteren Bereich des Wagens nach Besteck zu suchen, als mir bewußt wurde, daß hinter mir eine ganze Reihe von Gestalten stand. Ich drehte mich um und sah mich den Hoteldienern gegenüber.

Soweit ich feststellen konnte, waren alle zwölf, die ich zuletzt um Gustavs Krankenlager herum versammelt gesehen hatte, jetzt auch hier vor mir. Als ich mich umgedreht hatte, senkten einige den Blick, doch ein paar schauten mich weiter durchdringend an.

«Meine Güte», sagte ich und tat mein Bestes, um sie nicht merken zu lassen, daß ich mich gerade beim Frühstück hatte bedienen wollen. «Meine Güte, was ist denn passiert? Ich hatte selbstverständlich die Absicht, zurückzukommen und mich nach Gustavs Befinden zu erkundigen. Ich habe angenommen, daß man ihn inzwischen ins Krankenhaus gebracht hat. Mit anderen Worten, ich habe angenommen, daß er jetzt in guten Händen ist. Ganz bestimmt wollte ich zurückkommen, sobald...» Ich schwieg, als ich den kummervollen Ausdruck auf ihren Gesichtern sah.

Der bärtige Hoteldiener trat vor und räusperte sich verlegen. «Er ist vor einer halben Stunde gestorben, Mr. Ryder. Er hat im Laufe der Jahre immer wieder einmal Probleme gehabt, aber eigentlich ging es ihm ganz gut, so daß es für uns alle völlig überraschend gekommen ist. Wirklich völlig überraschend.»

«Das tut mir sehr leid.» Ich stellte fest, daß ich angesichts dieser Nachricht wirklich großen Kummer empfand. «Wirklich. Und ich bin Ihnen dankbar, Ihnen allen, daß Sie gekommen sind, um es mir zu erzählen. Wie Sie ja wissen, kannte ich ihn erst seit ein paar Tagen, aber er ist sehr freundlich zu mir gewesen, hat mir bei meinen Koffern geholfen und so weiter.»

Ich sah, daß die Hoteldiener alle ihren bärtigen Kollegen ansahen und ihn anstachelten, noch etwas zu sagen. Der bärtige Hoteldiener holte tief Luft.

«Also, Mr. Ryder», sagte er, «natürlich sind wir hergekommen, weil wir wußten, daß Sie die Nachricht so schnell wie möglich hören wollten. Aber auch» – er senkte plötzlich den Blick – «aber auch, verstehen Sie, Mr. Ryder, weil Gustav, bevor er gestorben ist, es noch unbedingt wissen wollte. Er wollte unbedingt wissen, ob Sie schon Ihre kleine Rede gehalten haben. Das heißt, die kleine Rede, die Sie in unserem Namen halten wollten, Mr. Ryder. Noch kurz vor dem Ende wollte er das unbedingt wissen.»

Inzwischen hatten alle Hoteldiener den Blick gesenkt und warteten schweigend auf meine Antwort.

«Ach so», sagte ich. «Also wissen Sie noch gar nichts von dem, was sich im Konzertsaal zugetragen hat.»

«Wir sind alle bis gerade eben bei Gustav gewesen, Mr. Ryder», sagte der bärtige Hoteldiener. «Er ist gerade eben erst weggebracht worden. Sie dürfen uns das nicht übelnehmen, Mr. Ryder. Es ist sehr unhöflich von uns gewesen, während Ihrer Rede einfach nicht anwesend zu sein, vor allem natürlich, wenn Sie so freundlich gewesen sind, sich an das kleine Versprechen zu erinnern, das Sie uns gegeben haben, und...»

«Sehen Sie», unterbrach ich leise, «vieles ist nicht so gelaufen wie geplant. Es überrascht mich, daß Sie noch nichts davon gehört haben, aber dann, unter den Umständen, wie Sie ja sagen, dann nehme ich an...» Ich schwieg, dann holte ich Luft und sagte mit fester Stimme: «Es tut mir leid, aber Tatsache ist, daß vieles, und nicht nur die kleine Rede, die ich in Ihrem Namen vorbereitet hatte, nicht so gelaufen ist wie geplant.»

«Sie sagen also, Mr. Ryder...» Die Stimme des bärtigen Hoteldieners verlor sich, dann ließ er enttäuscht den Kopf hängen. Die anderen Hoteldiener, die mich alle angestarrt hatten, senkten einer nach dem anderen wieder den Blick. Dann platzte einer von ihnen, der in der Gruppe recht weit hinten stand, beinahe ärgerlich heraus:

«Gustav hat die ganze Zeit danach gefragt. Bis zum Ende hat er immer wieder danach gefragt. ‹Schon irgendwelche Nachricht von Mr. Ryder?› Andauernd hat er das gefragt.»

Etliche seiner Kollegen beruhigten ihn schnell wieder, und

es folgte ein lang anhaltendes Schweigen. Schließlich sagte der bärtige Hoteldiener, der immer noch auf den Boden hinunterschaute:

«Das ist jetzt auch egal. Wir werden uns einfach immer weiter anstrengen, trotz allem. Im Grunde werden wir uns sogar noch mehr anstrengen als vorher. Wir wollen Gustav nicht enttäuschen. Er ist uns immer eine Inspiration gewesen, und obwohl er nicht mehr unter uns weilt, soll sich nichts ändern. Wir haben ein mühseliges Stück Arbeit vor uns, das ist schon immer so gewesen, das wissen wir, und es wird auch jetzt nicht einfacher werden. Aber wir werden nicht von den einmal gesetzten Maßstäben abweichen, nicht einmal ein kleines bißchen. Wir werden einfach immer an Gustav denken, und wir werden nicht aufgeben. Natürlich, Ihre kleine Rede, Mr. Ryder, wenn es denn nur möglich gewesen wäre, die hätte... die hätte uns schon sehr helfen können, daran besteht gar kein Zweifel. Aber selbstverständlich, wenn es Ihnen in der Situation unangemessen erschien...»

«Also hören Sie», sagte ich und fing allmählich an, die Geduld zu verlieren, «Sie werden alle noch früh genug erfahren, was geschehen ist. Wirklich, es überrascht mich, daß Sie sich nicht einmal die Mühe gemacht haben, etwas mehr über die größeren Belange Ihrer Gemeinde in Erfahrung zu bringen. Außerdem scheinen Sie überhaupt keine Ahnung davon zu haben, was ich durchmachen mußte. Keine Ahnung von den immensen Verpflichtungen, die ich zu übernehmen hatte. Selbst in diesem Moment, in dem ich hier stehe und mit Ihnen rede, muß ich schon an meine nächste Verpflichtung in Helsinki denken. Wenn für Sie nicht alles so gelaufen ist wie geplant, tut mir das sehr leid. Aber Sie haben wirklich nicht das Recht dazu, mich hier so zu belästigen...»

Die Worte verklangen in meinem Mund. Etwas weiter weg zu meiner Rechten führte ein Pfad von dem Konzertsaal weg in den umliegenden Wald. Seit einer ganzen Weile schon sah ich einen beständigen Strom von Leuten aus dem Gebäude herauskommen und zwischen den Bäumen verschwinden – wahrscheinlich waren sie auf dem Weg nach Hause, um noch ein paar Stunden zu ruhen, ehe der Tag begann. Jetzt entdeckte ich Sophie und Boris unter ihnen, zielbewußt gingen sie den Pfad entlang. Der Junge hatte wieder einmal schützend den Arm um seine Mutter gelegt, doch ansonsten gab es nichts an ihnen, was die Aufmerksamkeit des zufälligen Betrachters auf ihren Kummer gelenkt hätte. Ich versuchte, den Ausdruck auf ihren Gesichtern zu erkennen, aber die beiden waren zu weit weg, und im nächsten Moment waren sie auch schon hinter den Bäumen verschwunden.

«Tut mir leid», sagte ich etwas sanfter und drehte mich wieder zu den Hoteldienern um, «aber Sie müssen mich jetzt entschuldigen.»

«Wir werden nicht von den einmal gesetzten Maßstäben abweichen», sagte der bärtige Hoteldiener leise, wobei er immer noch auf den Boden schaute. «Eines Tages werden wir es schaffen. Sie werden schon sehen.»

«Entschuldigen Sie mich.»

Ich wollte gerade weggehen, als der Kellner wieder angelaufen kam, wobei er die alten Männer zur Seite drängte, um an seinen Servierwagen zu gelangen. Da fiel mir der Teller wieder ein, den ich immer noch auf dem Rücken hielt, und warf ihn dem Kellner entgegen.

«Der Service heute morgen war wirklich grauenhaft», sagte ich kühl, bevor ich davoneilte.

ACHTUNDDREISSIG

Der Pfad lief in vollkommen gerader Linie durch den Wald, so daß ich das hohe Eisentor am entgegengesetzten Ende deutlich erkennen konnte. Sophie und Boris hatten bereits eine erstaunliche Wegstrecke zurückgelegt, und obwohl ich so schnell ging, wie ich nur konnte, hatte sich auch noch nach ein paar Minuten die Entfernung zwischen uns kaum verringert. Außerdem wurde ich ständig von einer Gruppe junger Leute behindert, die genau vor mir hergingen und immer, wenn ich zu überholen versuchte, die Geschwindigkeit erhöhten oder sich über die ganze Breite des Pfades verteilten. Als ich sah, daß Sophie und Boris gerade dabei waren, die Straße zu erreichen, fing ich an zu laufen und drängte mich durch die jungen Leute hindurch, denn inzwischen war es mir egal, was für einen Eindruck ich hinterließ.

Ich lief zügig weiter, war allerdings noch nicht einmal in Rufweite, als Sophie und Boris durch das Tor gingen. Bis ich selbst das Tor erreicht hatte, ging mein Atem nur noch keuchend, und ich mußte stehenbleiben.

Ich war auf einer der Hauptstraßen in der Nähe der Stadtmitte herausgekommen. Die Morgensonne erleuchtete den Bürgersteig auf der gegenüberliegenden Straßenseite. Die Geschäfte waren noch geschlossen, aber es war bereits eine stattliche Anzahl Menschen unterwegs, die sich auf dem Weg zur Arbeit befanden. Dann sah ich zu meiner Linken Leute an einer Haltestelle, die im Begriff waren, in eine Straßenbahn einzusteigen, und Sophie und Boris hatten sich ebenfalls dort angestellt. Ich fing wieder an zu laufen, doch die Bahn war anscheinend weiter weg gewesen, als ich gedacht hatte, denn obwohl ich das schnelle Tempo beibehielt, erreichte ich die

Haltestelle erst, als alle Fahrgäste schon eingestiegen waren und die Straßenbahn sich gerade in Bewegung setzen wollte. Nur indem ich wie wild winkte, gelang es mir, den Fahrer zum Halten zu bringen und mich mühselig hineinzuhieven.

Die Straßenbahn schlingerte vorwärts, während ich den Mittelgang entlangtaumelte. Ich war völlig außer Atem, und so nahm ich nur sehr undeutlich wahr, daß der Wagen halbvoll war, und erst, als ich mich auf einen Sitz recht weit hinten fallen ließ, wurde mir bewußt, daß ich an Sophie und Boris vorbeigegangen sein mußte. Immer noch keuchend beugte ich mich zur Seite und schaute den Gang entlang nach vorn.

Der Straßenbahnwagen war durch einen Ausgang in der Mitte in zwei deutlich voneinander getrennte Hälften unterteilt. Im vorderen Abschnitt befanden sich einander gegenüber an der Längsseite der Bahn zwei lange Sitzreihen, und ich sah, daß Sophie und Boris nebeneinander auf der sonnigen Seite der Bahn ganz in der Nähe der Fahrerkabine saßen. Meine Sicht auf sie war etwas verdeckt von einigen Fahrgästen, die im Bereich des Ausgangs standen und sich an Haltegriffen festhielten, und ich lehnte mich noch weiter in den Gang vor. Während ich das tat, schlug sich der Mann mir gegenüber – in unserer Hälfte des Straßenbahnwagens gab es viele kleine, einander zugekehrte Sitzreihen – auf die Schenkel und sagte:

«Sieht aus, als würde es wieder ein schöner sonniger Tag werden.»

Mit seinem kurzen Reißverschlußblouson war er ordentlich, wenn auch bescheiden gekleidet, er war wohl eine Art Handwerker – ein Elektriker vielleicht. Ich lächelte ihm kurz zu, woraufhin er mir von einem Gebäude zu erzählen begann, in dem er und seine Kollegen seit einigen Tagen arbeiteten. Ich hörte ihm mit halbem Ohr zu und lächelte gelegentlich oder gab einen zustimmenden Laut von mir. Währenddessen wurde meine Sicht auf Sophie und Boris immer weiter blockiert, denn immer mehr Fahrgäste standen auf und drängten zu den Ausstiegstüren.

Dann hielt die Bahn, die Leute stiegen aus, und meine Sicht wurde besser. Boris, der so selbstbeherrscht aussah wie immer, hatte Sophie eine Hand auf die Schulter gelegt und schaute die anderen Fahrgäste mißtrauisch an, als ob sie eine Gefahr für seine Mutter darstellten. Sophies Gesichtsausdruck konnte ich immer noch nicht erkennen. Ich sah jedoch, daß sie alle paar Sekunden eine gereizte winkende Handbewegung in der Luft machte, die vielleicht einem Insekt galt, das um sie herumflog.

Ich wollte mich gerade noch besser zurechtsetzen, als mir bewußt wurde, daß der Elektriker irgendwie auf das Thema Eltern zu sprechen gekommen war. Seine Eltern seien jetzt beide in den Achtzigern, erzählte er mir, und obwohl er sein möglichstes tue, um sie einmal am Tag zu besuchen, werde dies aufgrund seiner gegenwärtigen Tätigkeit immer schwieriger. Da kam mir plötzlich ein Gedanke, und ich unterbrach ihn und sagte:

«Entschuldigen Sie, aber da wir gerade von Eltern sprechen, es scheint, meine Eltern sind vor einigen Jahren hier in der Stadt gewesen. Nur als Touristen, wissen Sie. Das muß jetzt doch schon einige Jahre her sein. Es ist nur so: Diejenige, die mir davon erzählt hat, ist damals noch ein Kind gewesen und kann sich nicht mehr genau an sie erinnern. Also habe ich gedacht, da wir doch gerade über Eltern sprechen, und na ja, ich will ja nicht unhöflich sein, aber ich nehme an, Sie haben die Fünfzig schon vor einiger Zeit überschritten, also habe ich gedacht, Sie könnten sich womöglich noch an ihren Besuch erinnern.»

«Das ist gut möglich», erwiderte der Elektriker. «Aber Sie müssen sie mir schon ein bißchen genauer beschreiben.»

«Tja, also meine Mutter ist recht groß. Dunkles, schulterlanges Haar. Eine leicht vogelige Nase. Das gibt ihr ein etwas strenges Aussehen, auch wenn sie gar nicht streng sein will.»

Der Elektriker dachte einen Augenblick nach und schaute dann auf die draußen vorbeiziehende Stadt hinaus. «Ja», sagte er und nickte. «Ja, ich glaube, ich kann mich an genau so eine

Dame erinnern. Sie ist nur ein paar Tage hier gewesen. Hat sich die Sehenswürdigkeiten angesehen, irgend so etwas.»

«Ja, genau. Dann erinnern Sie sich also?»

«Ja, sie schien sehr nett zu sein. Das muß jetzt wohl, ach, mindestens dreizehn, vierzehn Jahre her sein. Vielleicht auch noch länger.»

Ich nickte begeistert. «Das würde dann genau zu dem passen, was mir Miss Stratmann erzählt hat. Ja, das war meine Mutter. Sagen Sie mir, hatten Sie den Eindruck, daß es ihr hier gut gefallen hat?»

Der Elektriker dachte angestrengt nach, dann sagte er: «So wie ich es in Erinnerung habe, schien es ihr hier sehr zu gefallen, ja. Tatsächlich» – er hatte meinen besorgten Blick aufgefangen – «tatsächlich bin ich *sicher*, daß es ihr wirklich sehr gefallen hat.» Er beugte sich vor und tätschelte freundlich mein Knie. «Ich bin wirklich fest davon überzeugt, daß es ihr hier sehr gut gefallen hat. Schauen Sie, überlegen Sie doch einfach einmal. Es muß ihr doch hier gefallen haben, glauben Sie nicht?»

«Ich denke schon», sagte ich und drehte mich zum Fenster um. Das Sonnenlicht glitt durch das Innere der Straßenbahn. «Ich denke schon. Es ist nur so, daß...» Ich seufzte tief. «Es ist nur so, daß ich wünschte, ich hätte das damals gewußt. Ich wünschte, jemand hätte daran gedacht, mir davon zu erzählen. Und was ist mit meinem Vater? Hatten Sie den Eindruck, daß es ihm auch gut gefallen hat?»

«Ihr Vater. Hhm.» Der Elektriker verschränkte die Arme und runzelte die Stirn.

«Er muß damals wohl recht dünn gewesen sein», sagte ich. «Das Haar schon ziemlich grau. Er hatte ein Lieblingsjackett. Aus Tweed, hellgrün, mit Lederflicken auf dem Ellenbogen.»

Der Elektriker dachte weiter nach. Dann schüttelte er schließlich den Kopf. «Tut mir leid. Ich glaube nicht, daß ich mich an Ihren Vater erinnere.»

«Aber das ist nicht möglich. Miss Stratmann hat mir versichert, daß sie gemeinsam hier gewesen sind.»

«Und damit hat sie auch ganz bestimmt recht. Es ist nur so, daß ich mich nicht an Ihren Vater erinnern kann. An Ihre Mutter, ja. Aber an Ihren Vater...» Er schüttelte wieder den Kopf.

«Aber das ist doch lächerlich! Was hätte meine Mutter denn hier allein machen sollen?»

«Ich sage ja nicht, daß er nicht bei ihr war. Es ist nur so, daß ich mich nicht an ihn erinnern kann. Schauen Sie, regen Sie sich doch nicht so auf. Ich hätte gar nicht so offen gesprochen, hätte ich gewußt, daß Sie das so aufregen würde. Ich habe ein schreckliches Gedächtnis. Jeder sagt das. Gerade gestern erst habe ich nach dem Mittagessen meinen Werkzeugkasten bei meinem Schwager stehengelassen. Vierzig Minuten hat es mich gekostet, zurückzufahren und ihn zu holen. Mein Werkzeugkasten!» Er lachte auf. «Sie sehen, ich habe ein schreckliches Gedächtnis. In einer so wichtigen Angelegenheit sollte man mir wirklich als allerletztem trauen. Ich bin sicher, Ihr Vater ist gemeinsam mit Ihrer Mutter hier gewesen. Vor allem, wenn andere Leute das auch sagen. Wirklich, auf mich sollte man sich als allerletzten verlassen.»

Doch inzwischen hatte ich mich schon von ihm weggedreht und schaute wieder zum vorderen Bereich der Straßenbahn, wo Boris endlich seinen Gefühlen freien Lauf ließ. Er lag jetzt in den Armen seiner Mutter, und ich sah, daß sich seine Schultern mit seinen Schluchzern hoben und senkten. Plötzlich schien es nichts Wichtigeres mehr zu geben, als zu ihm zu gehen, und indem ich in Richtung des Elektrikers kurz eine Entschuldigung brummelte, stand ich auf und fing an, mir meinen Weg durch den Wagen zu bahnen.

Ich hatte sie beinahe schon erreicht, als die Straßenbahn plötzlich eine scharfe Kurve nahm, und ich war gezwungen, nach einer Haltestange ganz in der Nähe zu greifen, um nicht das Gleichgewicht zu verlieren. Als ich wieder hinsah, wurde mir klar, daß Sophie und Boris mich noch nicht bemerkt hatten, obwohl ich inzwischen schon ganz in ihrer Nähe stand. Sie hielten sich immer noch fest umarmt, die Augen hatten sie geschlossen. Flecken von Sonnenlicht glitten über ihre Arme und Schultern. An der Art, wie sie sich gegenseitig trösteten, war etwas derart Intimes, daß es selbst mir unmöglich erschien, mich aufzudrängen. Und als ich sie weiter anschaute, spürte ich allmählich, selbst angesichts ihres offensichtlichen Kummers, ein merkwürdiges Gefühl des Neides. Ich ging noch ein wenig näher heran, bis ich gleichsam die Beschaffenheit ihrer Umarmung fühlte.

Dann öffnete Sophie endlich die Augen. Mit ausdruckslosem Blick betrachtete sie mich, während der Junge weiter an ihrem Busen schluchzte.

«Es tut mir leid», sagte ich schließlich zu ihr. «Das alles tut mir so leid. Ich habe das mit deinem Vater gerade eben erst gehört. Natürlich bin ich euch hinterhergekommen, sobald ich gehört hatte ...».

Plötzlich ließ mich etwas in ihrem Gesichtsausdruck innehalten. Noch einen Moment lang schaute Sophie mich weiterhin kühl an. Dann sagte sie müde:

«Geh weg von uns. Du hast immer nur an der Außenseite unserer Liebe gestanden. Und jetzt sieh dich doch an. Auch nur an der Außenseite unseres Kummers. Geh weg. Geh doch einfach weg von uns.»

Boris machte sich von ihr los, drehte sich um und sah mich an. Dann sagte er zu seiner Mutter: «Nein, nein. Wir müssen zusammenbleiben.»

Sophie schüttelte den Kopf. «Nein, es hat keinen Zweck. Laß ihn, Boris. Laß ihn um die Welt reisen und sein Können und seine Weisheit unter die Leute bringen. Er braucht das. Wir wollen ihn jetzt diesem Leben überlassen.»

Boris sah mich verwirrt an, dann schaute er zu seiner Mutter zurück. Womöglich wollte er gerade noch etwas sagen, doch da stand Sophie auf.

«Komm jetzt, Boris. Wir müssen hier aussteigen. Boris, komm jetzt bitte.»

Tatsächlich wurde die Straßenbahn langsamer, und auch andere Fahrgäste standen auf. Ein paar Leute gingen eilig an mir vorbei, dann drängten sich auch Sophie und Boris durch. Ich hielt mich immer noch an meiner Haltestange fest und sah Boris nach, der auf den Ausgang zuging. Genau in dem Moment sah er sich zu mir um, und ich hörte ihn sagen:

«Aber wir müssen doch zusammenbleiben. Das müssen wir einfach.»

Dann tauchte Sophies Gesicht hinter ihm auf, mit einer merkwürdigen Gleichgültigkeit sah sie mich an, und ich hörte ihre Stimme sagen:

«Er wird nie einer von uns sein. Das mußt du einfach begreifen, Boris. Er wird dich nie so lieben wie ein richtiger Vater.»

Noch mehr Leute hasteten an mir vorbei. Ich hob die Hand in die Luft.

«Boris!» rief ich.

Der Junge, der hinter der Menge zurückblieb, schaute mich noch einmal an.

«Boris! Diese Busfahrt, du erinnerst dich doch? Diese Busfahrt zum künstlichen See. Erinnerst du dich noch, Boris, wie schön das war? Wie nett all die Leute in dem Bus zu uns gewesen sind? Die Kleinigkeiten, die sie uns geschenkt haben, der Gesang. Daran erinnerst du dich doch, Boris?»

Die Fahrgäste stiegen jetzt aus. Boris warf mir noch einen letzten Blick zu, und dann war er verschwunden. Mehr und mehr Leute hasteten an mir vorbei, und dann setzte sich die Straßenbahn auch schon wieder in Bewegung.

Nach einer Weile drehte ich mich um und ging an meinen Platz zurück. Der Elektriker lächelte fröhlich, als ich mich wieder ihm gegenüber hinsetzte. Dann wurde mir bewußt, daß er sich vorbeugte und meine Schulter tätschelte, und ich merkte, daß ich schluchzte.

«Hören Sie», sagte er, «im ersten Moment scheint immer alles ganz schlimm zu sein. Aber das geht vorbei, nichts ist so schlimm, wie es im ersten Moment aussieht. Kopf hoch.» Eine Weile fuhr er mit seinen leeren Phrasen fort, während ich immer weiter schluchzte. Dann hörte ich ihn sagen: «Schauen Sie, frühstücken Sie doch einfach ein wenig. Essen Sie doch etwas, wie wir anderen auch. Dann fühlen Sie sich bestimmt gleich viel besser. Na los. Gehen Sie sich doch etwas zu essen holen.»

Ich schaute auf und sah, daß der Elektriker einen Teller auf dem Schoß hielt, auf dem ein halb gegessenes Croissant und ein kleines Stückchen Butter lagen. Seine Knie waren von Krümeln übersät.

«Ach», sagte ich, richtete mich auf und nahm wieder Haltung an. «Wo haben Sie das denn her?»

Der Elektriker deutete über meine Schulter nach hinten. Ich drehte mich um und sah, daß etliche der Fahrgäste ganz hinten in der Bahn standen, wo eine Art Buffet aufgebaut worden war. Mir fiel auch auf, daß die ganze hintere Hälfte des Wagens inzwischen regelrecht überfüllt war und daß überall um uns herum Fahrgäste aßen und tranken. Das Frühstück des Elektrikers war bescheiden verglichen mit vielen anderen; ich sah, daß sich Leute den Weg durch den Wagen bahnten und große Teller mit Eiern, Speck, Tomaten und Würstchen in der Hand hielten.

«Na los», sagte der Elektriker wieder. «Holen Sie sich etwas zu essen. Dann reden wir über Ihre Probleme. Oder wenn Ihnen das lieber ist, vergessen wir Ihre Probleme und reden über all das, worüber Sie gern reden möchten, über alles, was Sie aufheitern könnte. Fußball, Film, egal über was. Aber zuerst müssen Sie sich etwas zu essen holen. Sie sehen aus, als hätten Sie schon eine ganze Weile nichts mehr bekommen.»

«Da haben Sie ganz recht», erwiderte ich. «Jetzt, wo ich so darüber nachdenke, fällt mir auf, daß ich schon sehr lange nichts mehr gegessen habe. Aber sagen Sie mir doch bitte eines. Wohin fährt die Bahn eigentlich? Ich muß zu meinem Hotel zurück und meine Sachen packen. Wissen Sie, ich fliege heute vormittag nach Helsinki. Ich muß ziemlich bald in mein Hotel zurück.»

«Ach, diese Straßenbahn fährt Sie an fast jeden Ort in der

Stadt, an den Sie möchten. Das hier nennen wir die Morgenrunde. Dann gibt es auch noch die Abendrunde. Zweimal am Tag fährt eine Bahn die gesamte Rundstrecke ab. O ja, Sie kommen mit dieser Bahn fast überallhin. Mit der Bahn am Abend natürlich auch, aber die Atmosphäre ist dann ganz anders. O ja, das ist wirklich eine phantastische Bahn.»

«Wie wunderbar. Tja dann, wenn Sie mich entschuldigen wollen. Ich denke, ich werde Ihren Rat beherzigen und mir jetzt etwas zu essen holen. Ja, eigentlich haben Sie ganz recht. Allein beim Gedanken daran geht es mir schon besser.»

«So ist es recht», sagte der Elektriker und hob sein Croissant wie zum Gruß.

Ich stand auf und ging in den hinteren Bereich des Wagens. Verschiedene Düfte wurden von dort zu mir herübergetragen. Einige Leute waren im Begriff, sich zu bedienen, doch als ich über ihre Schultern hinweg nach vorn schaute, sah ich, daß direkt unter dem hinteren Fenster der Straßenbahn ein üppiges Buffet in einem Halbkreis aufgebaut worden war. Es war aufgetischt, was das Herz begehrte: Rühreier, Spiegeleier, eine reiche Auswahl an Aufschnitt und Würstchen, Bratkartoffeln, Pilze, gegrillte Tomaten. Es gab eine große Platte mit Rollmöpsen und anderen Fischgerichten, zwei große Körbe mit Croissants und verschiedene Brötchensorten, eine Glasschale mit frischem Obst, etliche Kannen voller Kaffee und Krüge mit Säften. Alle um das Buffet herum schienen mehr als bestrebt, an das Essen zu gelangen, und doch war die Atmosphäre außerordentlich herzlich, man reichte sich gegenseitig Dinge und tauschte freundliche Bemerkungen aus.

Ich nahm mir einen Teller, dabei schaute ich hoch und durch das rückwärtige Fenster auf die hinter uns zurückbleibenden Straßen der Stadt, und meine Stimmung wurde immer besser. So schlecht war es schließlich doch nicht gelaufen. Welche Enttäuschungen diese Stadt mir auch gebracht haben mochte, es konnte kein Zweifel daran bestehen, daß die Menschen meine Anwesenheit hier sehr zu schätzen gewußt hatten – genau wie an allen anderen Orten, an denen ich bisher gewesen war. Und hier stand ich nun, mein Besuch war fast zum Abschluß gekommen, und vor mir stand ein außerordentlich eindrucksvolles Buffet, das praktisch alles bot, was ich mir je zum Frühstück gewünscht hatte. Vor allem die Croissants sahen sehr vielversprechend aus. Und in der Tat, aus der Art und Weise, in der die Fahrgäste überall im Wagen ihre Croissants verschlangen, mußte man unweigerlich schließen, daß sie vollkommen frisch und von höchster Qualität waren. Andererseits sah wirklich alles, auf das mein Blick fiel, äußerst verlockend aus.

Ich fing an, mir von allem etwas zu nehmen. Dabei sah ich mich allmählich vor meinem geistigen Auge schon wieder auf meinem Platz sitzen und angenehm mit dem Elektriker plaudern, und zwischen den einzelnen Bissen würde ich die frühmorgendlichen Straßen betrachten. In vielerlei Hinsicht war der Elektriker im Augenblick der ideale Gesprächspartner für mich. Er war ganz offensichtlich warmherzig, doch gleichzeitig sehr darauf bedacht, nicht aufdringlich zu erscheinen. Ich konnte ihn von hier aus erkennen, er aß immer noch an seinem Croissant, offenbar hatte er keine Eile, die Straßenbahn zu verlassen. Es sah im Gegenteil so aus, als sei er entschlossen, noch eine ganze Weile sitzen zu bleiben. Und da diese Straßenbahnlinie einen vollständigen Kreis beschrieb, war es durchaus möglich, daß er, vorausgesetzt wir beide genossen unsere Unterhaltung, zu den Menschen gehörte, die erst aussteigen würden, wenn wir das nächste Mal seine Haltestelle erreichten. Auch das Buffet würde offensichtlich noch eine ganze Weile aufgebaut bleiben, so daß wir dann und wann unser Gespräch unterbrechen und unsere Teller noch einmal füllen konnten. Ich sah schon, wie wir uns ständig gegenseitig aufforderten, uns noch einmal zu bedienen. «Na los! Noch ein kleines Würstchen! Bitte, geben Sie mir Ihren Teller, ich bringe Ihnen eins mit.» Wir würden dort zusammensitzen, essen, uns über Fußball unterhalten und über alles, was uns sonst noch in den

Sinn käme, während draußen die Sonne am Himmel höher und höher stieg und die Straßen und unsere Seite des Straßenbahnwagens erleuchtete. Erst wenn wir wirklich genug hätten, wenn wir so viel gegessen und geredet hätten, wie wir nur wollten, würde der Elektriker vielleicht auf seine Uhr schauen, seufzen und darauf hinweisen, daß jetzt gleich wieder die Haltestelle käme, an der ich aussteigen mußte, wenn ich zu meinem Hotel wollte. Auch ich würde seufzen, nur sehr zögerlich aufstehen und mir die Krümel abklopfen. Wir würden uns die Hand geben, einander einen schönen Tag wünschen – auch er würde bald aussteigen müssen, so würde er mir sagen –, und ich würde fortgehen und mich zu der Gruppe fröhlicher Fahrgäste gesellen, die sich um den Ausgang herum versammelt hätten. Wenn die Straßenbahn dann hielte, würde ich dem Elektriker vielleicht noch ein letztes Mal zuwinken und dann aussteigen, und ich würde mit Sicherheit wissen, daß ich meinem Aufenthalt in Helsinki voller Stolz und Zuversicht entgegensehen konnte.

Ich füllte meine Kaffeetasse beinahe bis zum Rand. Dann machte ich mich, die Tasse vorsichtig in der einen, meinen großzügig beladenen Teller in der anderen Hand balancierend, auf den Weg zurück zu meinem Platz.